Emil Ertl

Auf der Wegwacht

Emil Ertl: Auf der Wegwacht

Erstdruck: Leipzig, L. Staakmann, 1911

Neuausgabe
Herausgegeben von Karl-Maria Guth
Berlin 2019

Umschlaggestaltung von Thomas Schultz-Overhage

Gesetzt aus der Minion Pro, 11 pt

Verlag: Henricus - Edition Deutsche Klassik GmbH
Mörchinger Str. 33, 14169 Berlin, info@henricus-verlag.de
Druck: Libri Plureos GmbH, Friedensallee 273, 22763 Hamburg

ISBN 978-3-7437-0742-9

Bibliografische Information der Deutschen Nationalbibliothek

Die Deutsche Nationalbibliothek verzeichnet diese Publikation in der Deutschen Nationalbibliografie; detaillierte bibliografische Daten sind im Internet über www.dnb.de abrufbar.

Eine schwarzgekleidete Frau, in noch jugendlicher Fülle blühend, saß in dem kleinen Kontor am Schreibtisch, ein schweres kaufmännisches Buch vor sich, und reihte mit ihrer leichten, heiteren Schrift Eintragungen geschäftlichen Inhalts aneinander. Emsig und akkurat füllte sie die steilen Kolonnen mit Zahlen, die sie aus geschichteten Papieren ablas, und wenn ihrer genug auf einer Seite standen, so zog sie mit dem Lineal einen waghalsigen Strich aus Tinte darunter und zählte zusammen. Hierauf übertrug sie das Ergebnis stracks oben auf das nächste Blatt und machte sich vergnüglich daran, Stufe für Stufe von der gewonnenen Höhe wieder herabzusteigen, auf den Leitersprossen der vorgezeichneten Linien.

Eben im Begriffe, eine neue Zeile zu bezwingen, stutzte sie ein wenig – aber bloß einen Augenblick, fuhr dann rasch mit Schreiben fort und sagte, ohne aufzusehen: »Hundertdreißig Ellen, das wär' sonst gar nicht übel; nur komisch – jedesmal, wenn ich eine Dreizehn hinschreiben soll, so gibt's mir einen kleinen Stich.«

»Wenn ohnedies eine Null hintendran steht!« sagte in seiner borstigen Art Herr Baudrillard, an den diese Worte gerichtet waren.

»Es bleibt halt doch eine Dreizehn«, meinte die junge Frau, während sie bedächtig die Feder über dem Tintenfasse ausschnellte. Und leise in sich hineinlachend, weil sie wußte, daß Herr Baudrillard jetzt wütend war, beugte sie sich wieder über ihren Folianten.

Herr Baudrillard, der am andern Fenster der Schreibstube vor einer mächtigen Wage stand, konnte sich's nicht versagen, eine kleine Kundgebung gegen den Aberglauben zu veranstalten. Unwirsch ließ er die messingenen Gewichte in die leere kupferne Wagschale fallen, eins nach dem andern, Schlag auf Schlag, erst die größeren, daß es dröhnte, dann die kleineren und kleinsten, mit herausforderndem Geklapper – bis die Zunge der Wage endlich zu schwingen aufhörte und lotrecht stillstand wie der Zeiger einer Turmuhr, die auf Mittag weist.

»Zwei, vier, sechs ...« rechnete er zusammen; »neun Pfund und zwölf Lot.«

Und während er die Rohseidensträhne, die er abgewogen hatte, in einen auf dem Boden stehenden Korb warf und sich anschickte, einen neuen Berg von Seidenzöpfen in die leer gewordene Wagschale zu schlichten, sagte er, ohne sich umzuwenden: »Die Dreizehn beißt sowenig wie irgend eine andere Zahl, vor der brauchen Sie sich nicht zu fürchten. Aber zu lachen haben wir jetzt freilich nichts, da müßt' ich lügen, und vorbewahrt bleibt immer besser, als nachbeklagt ... Wollen Sie einen guten Rat anhören?«

Das Lineal heranlangend und die Feder neu eintauchend, um einen schönen Strich zu ziehen, ließ Frau Therese einen kleinen Seufzer vernehmen.

»Mit dem Anhören allein ist halt wenig gedient«, sagte sie, »denn bei den guten Ratschlägen ist das so: wenn man sie nicht befolgt, so nützen sie meistens nichts. Mit dem Befolgen aber hat es leicht einen Haken, bei mir wenigstens. Da kann etwas noch so vernünftig ausgedacht sein – wenn ich ein Gefühl dagegen hab', so tu' ich es doch nicht, das weiß ich im voraus.«

»Also, wenn Sie keine Räson annehmen wollen, dann ist Ihnen freilich nicht zu helfen!« brauste Herr Baudrillard auf. »Denn wo keine Räson ist, da kann mit dem besten Willen von der Welt nicht einmal unser Herrgott etwas machen, wie allmächtig daß er ist; und so geschieht halt nachher, was der blinde Zufall will. Ist Ihnen das lieber? Auch gut! Mir kann's recht sein, ich habe das Meinige getan. Erledigt!«

»Erledigt!« spottete Frau Therese ihm nach, indem sie mit einem kühnen Ruck der Feder die Schneide des Lineals entlang fuhr. Weil sie aber leichtsinnigerweise die Finger der linken Hand, die das Lineal fest niederdrückten, nicht steil genug aufgesetzt hatte, so gab dieses plötzlich nach und machte einen kleinen Schubs nach aufwärts, wodurch der kaum erst ins Leben getretene saftige Strich sich alsbald in eine peinliche Tintenkalamität verwandelte.

Laut auflachend, fing sie nach Fließpapier zu suchen an.

»Also, jetzt haben wir's! Und da wollen Sie an keine Unglückszahl glauben!«

Herr Baudrillard hatte einen raschen Blick herübergeworfen, was es gäbe; drehte ihr aber sogleich wieder den Rücken zu.

»Wenn weiter nichts passiert, ist es eh' recht!« bockte er in seine Arbeit hinein. »Leicht, daß noch was Schlimmeres nachkommt – da wäre aber dann keine Zahl dran schuld, das hätten ganz allein Sie auf dem Gewissen!«

Das Wort ging ihr nach, und während sie liebevoll zusah, wie die kleinen Stückchen Saugpapier, die sie in die Unglücksstelle tauchte, die überschüssige Tinte gierig auftranken, nahmen ihre Züge allmählich einen sorgenden und nachdenklichen Ausdruck an.

»Wissen Sie, Baudrillard, wer Sie so reden hört, der müßte rein glauben, ich wär' eine rechte Urschel. Also quetschen Sie sich endlich aus, wenn es schon sein muß: Was wollen Sie eigentlich, daß ich tun soll?«

»Die Kinder zusammenpacken und nach Wien fahren!« platzte er heraus. »Wenn Herr Mairold noch am Leben wär', so tät' er mir recht geben. In dem Höllennest da sitzen bleiben, wie's jetzt hier zugeht – da ist kein Verstand drin! Erledigt!«

Eine kleine Weile blieb die Antwort aus, man hörte nichts als das Rauschen des strömenden Regens vor den Fenstern und das leise Murmeln von Zahlen, während Frau Therese zusammenzählte. Dann wurde ein Blatt umgewendet, und ein weniges später setzte neuerdings das entschlossene Knistern der Feder ein, die sie wieder geschäftig über das Papier gleiten ließ.

»Also abschieben wollen Sie mich?« sagte sie. »Darauf war ich eigentlich gefaßt. Ein schöner Rat, das! … Als ob die Preußen nicht eh' schon eingebildet genug wären! Die müßten rein glauben, ich wär' vor ihnen davongeloffen!«

»Der Benedek ist auch davongeloffen, noch dazu mit der ganzen stolzen Nordarmee! Wenn der sich nicht geniert, so brauchen Sie sich auch nichts drauszumachen.«

»Beim Kriegführen ist das ganz etwas anderes!« behauptete sie, sich ereifernd. »Da ist es keine Schande, und man nennt es retirieren. Überhaupt der arme Benedek – der kann am allerwenigsten was dafür! Einzig Ihr Kaiser ist schuld daran, der Intrigant, der hat es angezettelt, daß wir mit zwei Fronten kämpfen müssen!«

»Der Napoleon ist nicht mein Kaiser!« begehrte Baudrillard auf. »Die Schatten der Märtyrer vom 2. Dezember stehen zwischen ihm und der Nation! … Übrigens wissen Sie ganz gut, daß ich nicht bloß von den Preußen rede, wenn ich Ihnen rate, zu reisen. Es ist ein viel gefährlicherer Feind, den ich meine.«

»Ja glauben Sie denn, daß der vor den Schanzen halt machen wird, die man jetzt Hals über Kopf um Floridsdorf aufwirft?« fragte Frau Therese, sich aufrichtend. »Und bilden Sie sich wirklich ein, daß man dann in Wien, wo sie völlig den Kopf verloren haben und an nichts anderes denken als an das Fabrizieren von Hinterladerpatronen, in der Hinsicht weniger zu fürchten haben wird als hier? Gerade im Gegenteil! Wo so viele Menschen beisammen wohnen und noch immer mehr aus dem flachen Lande zuströmen, da kann man erst recht etwas fangen, das liegt auf der Hand!«

»Na, hören Sie, wenn in einem Stadtel wie Nedweditz zehn bis zwölf Todesfälle auf den Tag kommen! Das müßte für Wien schon in die Tausende gehn, im Verhältnis. Aber natürlich – besser noch, Sie fahren dann gleich weiter, ins Gebirg hinein, und suchen sich irgend eine stille, gesunde Gegend, wo Sie mit den Kindern bleiben können, bis alles vorüber ist.«

»So wie die hohen Herrschaften es machen, nicht wahr, und die Geldprotzen!« sagte sie, wieder über ihr kaufmännisches Buch gebeugt. »Die verkriechen sich auch, wenn's ungemütlich wird, und wissen ein gutes Platzerl zu finden, wo einem angeblich nichts geschehen kann. Aber ich sag' immer, es nützt alles nichts; wenn's will, kann's einen überall treffen.«

»Wie ein Türk reden Sie daher!« grollte er ingrimmig und warf gleich eine Handvoll Gewichte in die kupferne Wagschale, daß es nur so dröhnte.

Fröhlich weiterschreibend und in unverwüstlicher Laune still vor sich hin lachend über sein Getöse, das wie Theaterdonner durch die kleine Schreibstube scholl, hörte sie, wie der elementaren Entladung der Pfunde das kleinere Geknatter und Geklapper der Lote und Quentchen folgte, womit sein gerechter Unmut gleichsam zu verebben und wieder in sanftere Gleise einzulenken schien. Bis nach und nach aller Ton erstarb und es schließlich ganz still wurde und bloß der Regen draußen vor den Fenstern rauschte und merkwürdig lange nichts anderes mehr zu erlauschen war, als immer nur der Regen und immer nur das Rauschen. Denn von Herrn Baudrillard vernahm man jetzt kein Lebenszeichen mehr, kein Geräusch seines Hantierens und nicht einmal einen Atemzug.

Aufmerksam geworden, hob Frau Therese den Kopf, was wohl mit ihm geschehen wäre, und sah ihn auf seinen niedrigen Beinen am Fenster stehen, wie er angelegentlich in den Fabrikshof hinunterspähte.

Jetzt machte er gar Anstalt, den Fensterflügel zu öffnen.

Die Feder hinlegend, erhob sie sich und trat ans andere Fenster, das ihr zunächst war, und vor dem ihr Schreibtisch stand. Leute liefen unten zusammen, trotz des Regens, Arbeiter und Fabriksmädel, scheu miteinander flüsternd, in bleicher Furcht aneinander gedrängt, wie Schafe, wenn der Wolf um die Hürde streicht. Ein zweirädriger Karren wurde über das Pflaster geschoben. Auf dem leichten Gestell schwankte ein Ding, das einem Sarg aus braunem Wachstuch glich.

Frau Therese hörte, wie Herr Baudrillard in den Hof hinunter fragte, wer es sei? Die Hand aufs Herz gepreßt, stand sie unbeweglich am Fenster und lehnte die heiße Stirn gegen die Scheibe, über deren Außenseite ein Wasserschleier rieselte.

»Dem Birenz sein Weib!« rief eines von den Fabriksmädchen herauf, machte plötzlich kehrt und rannte wie von der Pest gejagt über den Hof davon.

Und während die Männer den Karren weiterschoben, hörte sie noch, wie Herr Baudrillard, das Fenster wieder schließend, in dumpfer Bestürzung sagte: »Die hab' ich noch heut' vormittag an ihrem Schweifrahmen gesehen!«

Wie erschöpft setzte sie sich in ihren Schreibsessel und ließ die Hände im Schoße ruhen. Und es war eine seltsame Empfindung, daß ihr ihre eigenen zarten, schöngeformten Hände, wie sie so auf dem schwarzen Trauerkleide lagen, fremd erschienen, als wären es gar nicht die ihrigen gewesen.

Als sie aufblickte, stand der kleine lederfarbene Südfranzose mit dem allzufrühen wackeren Spitzbäuchlein knapp vor ihr am Schreibtisch und ließ, während er erregt an seinem kohlschwarzen Knebelbart zerrte, die eigentümlich schwermütigen Augen mit dem Ausdruck eines treuen Bernhardinerhundes auf ihr ruhen.

»Darf ich offen heraussagen, was ich auf dem Herzen habe?«

Mit einer Bewegung der Hand wies sie auf den Stuhl, der seitlich neben ihrem Schreibtisch stand. Ihrer Einladung Folge leistend, setzte er sich und begann: »Erinnern Sie sich an den letzten Abend, Frau Mairold, wo der Herr noch bei Bewußtsein war? Wie er da nach mir verlangte und mich holen ließ?«

Es standen ihr alle Einzelheiten jener Nacht vor Augen, in der ihr Gatte gestorben war, und das blonde Haupt in die Hand stützend, sah sie in Gedanken verloren vor sich nieder.

»Herr Mairold ist immer wie ein zweiter Vater zu mir gewesen«, fuhr Baudrillard fort. »Ich war ja noch ein kleiner Bub, damals, wie er seine Fabrik von Wien nach Mähren hinaus verlegt und uns aus Lyon nach Nedweditz gebracht hat, die Eltern und mich. Mein leiblicher Vater war als einfacher Arbeiter aufgewachsen, durch Fleiß und Tüchtigkeit in seinem Metier hat er es bis zum Werkführer gebracht; das war genug für ihn und sollte auch für mich genug sein. Von der neuen Zeit und ihren Forderungen hat er nicht viel gewußt. Herr Mairold war es, der darauf sah, daß ich zur Schule ging und etwas lernte, erst hier in Nedweditz, später in Brünn. Dann schickte er mich noch nach Wien und ließ mich tüchtig in der Weberei ausbilden, theoretisch an der Textilschule, und im Stuhl unter seiner eigenen Aufsicht, in der Luftschützgasse. Und wie ich dann hier in Nedweditz ein paar Jahre lang als Gehilfe meines Vaters gearbeitet hatte und mein Vater plötzlich starb, da machte Herr Mairold mich zum leitenden Direktor über die ganze große Fabrik. So viel Vertrauen hat Herr Mairold zu mir gehabt. Das alles vergeß ich ihm nie. Und Sie sollten es aber auch nicht vergessen, Frau Mairold, daß er Vertrauen zu mir hatte.«

»Sie haben dieses Vertrauen verdient und gerechtfertigt«, sagte Frau Therese; »ich weiß, daß ich keinen tüchtigeren und verläßlicheren Mitarbeiter besitze als Sie.«

Mit bekümmerter Miene streckte Baudrillard beide Hände gegen sie aus.

»Warum folgen Sie mir dann nicht? Warum reisen Sie nicht? Warum setzen Sie sich durchaus in den Kopf, unter Verhältnissen, wie sie jetzt hier herrschen, in Nedweditz zu bleiben? Beim Andenken unseres seligen Herrn gelob' ich es: ich würde Ihnen in diesen Tagen der Gefahr das Ihrige gewissenhafter betreuen, als wenn es sich um mein eigenes Hab und Gut handelte!«

»Daran zweifle ich keinen Augenblick«, entgegnete sie warm. »So müssen Sie es auch nicht nehmen, Baudrillard! Mangel an Vertrauen ist es keineswegs, daß ich nicht vom Flecke weichen will. Aber auch Unterschätzung der Gefahr ist es nicht, für so kurzsichtig brauchen Sie mich nicht zu halten. Als ich mich nach dem Tode meines Mannes entschloß, ihn, so gut ich es eben vermag, zu vertreten, bis mein Ältester herangewachsen wäre und in seine Fußstapfen treten könnte, da bin ich mir auch über die Pflichten klar geworden, die ich damit übernahm. Wer einem ausgebreiteten Fabrikswesen vorstehen will, das vielen Menschen Erwerb und Unterhalt gewährt, der darf nicht bloß befehlen wollen; er muß sich eins wissen mit denen, die in seinem Sinne schaffen, nicht nur in sonnigen, auch an trüben Tagen! Es wäre schmählich, wollte er in Zeiten der Not eine Ausnahmsstellung für sich in Anspruch nehmen, wo aller Augen auf ihn gerichtet sind und die geängstigten Herzen ein Beispiel von Mut und Treue von ihm erwarten. Gerade weil es so schlimm hier steht, fühl' ich es eindringlicher als je, daß wir zusammengehören, Sie und ich und alle, die an unserer gemeinsamen Arbeit beteiligt sind, bis hinunter zur letzten Spulerin und zum jüngsten Lehrbuben. Jetzt daran zu denken, wie ich mich selbst in Sicherheit brächte, und die andern, die nicht fortkönnen, einfach in Stich zu lassen in ihrer Bedrängnis – das brächt' ich nie und nimmer über mich!«

»Das ist aller Ehren wert«, sagte Baudrillard; »aber Sie vergessen, daß die patriarchalischen Grundsätze, wie sie noch in der Fabrik Ihres Herrn Vaters auf dem Schottenfeld bestanden haben, auf die heutige Seidenindustrie nicht mehr anwendbar sind. Früher, da waren Fabriksherr und Arbeiter fast wie eine große Familie. Das hat sich längst aufgehört! Heute muß einem jeden das Hemd näher sein als der Mantel, sonst macht er einfach pleite. Wie können Sie unter solchen Umständen an Ihre Arbeiter denken? Stellen wir den Betrieb ein, das wäre ohnedies das Vernünftigste! Dann gilt gleiches Recht für alle, der geringste Arbeiter ist gerade so freizügig wie Sie selbst, keiner braucht in Nedweditz zu bleiben, der nicht mag. Krieg ist *force majeure*, andere haben auch ihre Arbeiter entlassen, wie kommen gerade wir dazu, unser bißchen Schmalz zuzusetzen? Auf einen ausgiebigen Absatz für die Herbstsaison ist doch auf keinen Fall zu rechnen; wer soll Samt und Seide kaufen, wenn kein Geld da ist?«

»Sorgen Sie sich nicht, unsere Kunden kenne ich besser als Sie!« sagte Frau Therese lachend. »Unsere Brillantinstoffe kaufen die feinen Damen auch dann, wenn sie gerade nicht bei Kasse sind, und von dem schönen schwarzen Razimor, den wir fabrizieren, brauchen die galizischen und russischen Juden genau so viel Ellen und Stücke für ihre Atlaspekische, ob Krieg ist, oder Frieden!«

»Aber wir verdienen nichts daran, wir zahlen drauf, wir arbeiten mit Verlust! Die Finanzmisere von 1859 steckt uns noch in allen Gliedern, jetzt kommen uns wieder diese verflixten Preußen über den Hals! Da! Sehen Sie her –« er zog ein schmutziges und zerknülltes kleines Papier aus der Hosentasche, nicht größer als ein Zündholzschächtelchen, und streifte es aus. »Das ist ein Sechserl«, rief er voll Verachtung, »bare zehn Kreuzer wert, Scheidemünze aus Papier, die Kaurimuscheln der Neger sind mir lieber! Heißt das nicht so viel wie Staatsbankrott? Wie soll da eine Industrie gedeihn! Und während unsere Konkurrenz einfach zusperrt, oder wenigstens die Löhne reduziert, wie zum Beispiel Pinkas & Co. es getan haben, wollen Sie von beidem nichts wissen und lassen mit vollem Dampf weiterarbeiten, als ob wir uns mitten in einer Hochkonjunktur befänden!«

»Die Leute müßten rein verhungern«, sagte Frau Therese. »Bei der entsetzlichen Teuerung kann man ihnen nicht außerdem noch Lohn abzwacken!«

»Also wie Sie wollen!« sagte Baudrillard. »Aus meinem Säckel geht es nicht, Sie sind die Herrin, ich wasche meine Hände in Unschuld – erledigt! Aber wissen Sie, was in jener letzten Nacht, von der ich spreche, Herr Mairold zu mir sagte? Baudrillard, sagte er, ich verlasse mich auf Sie! Und dabei sah er mich an, mit einem Blick, den ich nie vergesse. Ich konnte kein Wort reden vor Kummer, aber ich hab' ihm die Hand gedrückt, und das war ein Versprechen. Er hat mich verstanden und ist leichter gestorben, weil er wußte, daß in allem und jedem geschehen würde, was in seinem Sinn wäre, soweit es von mir abhängt. Daran denke ich jetzt, wo es sich um das teuerste Vermächtnis handelt, das Herr Mairold hinterlassen hat. Muß ich Sie, eine so gute Mutter, erst daran erinnern, welcher Gefahr Sie die Kinder aussetzen, wenn Sie darauf beharren, hier zu bleiben? Und haben Sie wirklich den Mut, eine solche Verantwortung auf sich zu nehmen? Ich kann es nicht glauben! Wo Leben und Gesundheit Ihrer Kinder in Frage stehen, da darf, da muß jede andere Rücksicht schweigen!«

»Sie meinen es gut, ich weiß es«, sagte Frau Therese milde; »aber Sie tun Unrecht daran, mir meinen Entschluß unnötig zu erschweren.«

»Ich denke bloß an den Herrn.«

»Ja, wissen Sie denn wirklich so genau, was mein Mann anordnen würde, wenn er noch am Leben wäre? Und wollen Sie nicht auch mir ein bißchen Urteil darüber zutrauen?«

»Er hätte Sie fortgeschickt!«

»Sie irren! Streng gegen sich und die Seinen, wie er stets war, halte ich es für wahrscheinlicher, daß gerade er uns ausharren hieße, könnten wir seine Entscheidung einholen. Da es nicht möglich ist, so will ich wenigstens tun, was nach meinem eigenen Gefühl das Richtige ist. In der Erziehung der Kinder wird es mir nicht gelingen, seine männliche Hand ganz zu ersetzen. Aber ich will es wenigstens versuchen, soweit es in meinen Kräften steht. Wir gehen einer Zukunft entgegen, in der Mut und Ausdauer nötig sein werden, weichlich erzogene Menschen wird man nicht brauchen können. In den Blättern liest man, daß Herr von Bismarck auf Österreichs Ausscheiden aus dem deutschen Bunde bestehen und von keinem Frieden wissen will, bevor diese Bedingung nicht zugestanden worden. Es kann eine Zeit kommen, wo in unserm Vaterlande Not an deutschen Männern sein wird und an solchen besonders, die unter schwierigen Verhältnissen auszuharren gelernt haben. Meine Kinder aber sollten ihr ganzes Leben hindurch, wenn sie in ihren frühesten Erinnerungen nach den Eindrücken forschen, die ihnen aus diesem Unglücksjahre geblieben sind, von nichts anderem zu erzählen wissen als von einer angenehmen Sommerfrische, in die wir uns feige verkrochen hätten? Und wenn einer sie fragt: Damals, als die Preußen in Mähren einrückten und die Cholera durchs Land wütete, wo seid ihr gewesen? Dann werden sie antworten: Damals floh unsere Mutter, alle Arbeit und Sorge auf Herrn Baudrillards Schultern wälzend, mit uns aus Nedweditz und brachte uns in Sicherheit, während unsere Spielgenossen, die Kinder der Angestellten und Arbeiter, in dem bedrohten Orte zurückbleiben mußten. Gefiele Ihnen das? Mir nicht! Ich will, daß meine Kinder, wenn sie einmal begreifen lernen, was für eine schwere Not in diesem Jahre Sechsundsechzig über ihr Vaterland hereingebrochen ist, eine Erinnerung davon behalten, die dem Ernst der Lage entspricht. Sie sollen wissen, daß es Gefahren gibt, denen man sich nicht entziehen darf! Für ihr ganzes Leben soll ihnen eine tiefe Ehrfurcht eingeprägt bleiben vor den harten Forderungen, mit denen große Tatsachen an uns herantreten. Denn gerade dem Andenken ihres verewigten Vaters zu Ehren will ich sie zu aufrechten und herzhaften deutschen Männern und Frauen erziehen!«

»Und wenn nun eins von den lieben Kleinen wirklich krank würde!« rief Baudrillard die Hände zusammenschlagend. »Und wenn das Unglück Österreichs im Kreise Ihrer eigenen Familie, unter Ihren eigenen Kindern seine Opfer forderte –?«

Beide Hände in ihr Haar vergrabend, senkte Frau Therese den Blick: »Ich hätte nicht gedacht, Baudrillard, daß Sie so grausam sein können!«

»Verzeihen Sie! Verzeihen Sie mir!« stammelte er, während Tränen in seine Augen traten und er nach ihrer Hand faßte, sie zu küssen.

Sie hatte sich erhoben und machte Anstalt, den Schreibtisch in Ordnung zu bringen und ihre Arbeit für heute zu beschließen.

»Sie sind bewundernswert!« rief Baudrillard hingerissen. »Man kann nicht anders, als Sie bewundern!«

Da lächelte sie schon wieder und gewann rasch den gewohnten heiteren Ton zurück.

»Also fallen Sie nicht gleich wieder ins andere Extrem. Eben noch haben Sie mir den Kopf gewaschen – wozu diese Übertreibungen, ich bitte Sie? Jede nächstbeste Arbeiterfrau, die Kinder hat, muß ganz die gleichen Gefahren auf sich nehmen wie ich. Es sind eben schwere Zeiten, was läßt sich tun? Die Zähne aufeinanderbeißen und – hoffen ...«

Das große Buch zuklappend, zögerte sie noch einen Augenblick am Schreibtisch, den Blick zum Fenster hinausgerichtet, wo ununterbrochen der Regen strömte.

»Sehen Sie, Baudrillard, wir haben alle unsere Schicksale«, sagte sie bewegt. »Und ich glaube halt einmal nicht daran, daß sie vernunftlos und willkürlich fallen wie Würfel im Spiel – nein, daran glaube ich nicht!«

»Aber vor der Zahl dreizehn haben Sie doch Respekt?«

»Vor der Zahl dreizehn?« Sie lachte. »Mit diesem Respekt ist es nicht weit her, im Ernst gesprochen, das dürfen Sie mir glauben! Für albern halte ich die Vorsehung nicht, es muß schon etwas dahinterstehen, das der ganzen Sache einen Sinn gibt. Warum sollen wir uns also fürchten? Das ewige Strampeln und Gescheitseinwollen führt zu nichts Gutem. Mit Gelassenheit und Zuversicht tun, was man als richtig empfindet – das ist alles, und das Überflüssigste, das ich mir denken kann, bleibt die Angst.«

»Aber wenn nun die Angst ganz von selber kommt und auf einmal da ist, man weiß nicht woher –« meinte Baudrillard; »und wenn man die sorgenden Gedanken nicht los wird. Tag und Nacht, und das Gefühl der Verantwortlichkeit einen drückt und man doch nicht eingreifen und nichts ändern kann – was läßt sich dann dagegen tun?«

»Dagegen muß dann jeder sein eigenes Mittel anwenden, wie es eben für ihn paßt«, sagte sie in Gedanken verloren. »Wollen Sie wissen, wie ich mir helfe? Wenn ich so wach liege in der Nacht und nicht schlafen kann, und wenn dann schlimme Gedanken heranschleichen wollen wie heimtückische Wölfe – da denke ich geschwind an etwas recht Liebliches, das scheucht sie, und husch, sind sie fort!«

»Und woran also denken Sie ungefähr?« wollte Baudrillard wissen.

»Ach, das läßt sich nicht so leicht sagen, es muß einem eben einfallen.«

»Bloß zum Beispiel?« beharrte er.

Sie überlegte einen Augenblick … »Zum Beispiel an den Frühling.«

»An den Frühling?« wunderte er sich.

»An einen blühenden Apfelbaum etwa, um den die Bienen summen. Können Sie sich etwas Holderes vorstellen?«

»Und das sollte wirklich helfen?« fragte er ungläubig.

Er hatte eine so verdutzte Miene aufgesetzt, daß sie laut herauslachen mußte.

»Ob es jedem hilft, weiß ich freilich nicht. Mir hilft's!«

»Das will ich mir merken und auch probieren«, sagte Baudrillard.

»Versuchen Sie's, schaden kann es auf keinen Fall.«

Sie langte ihren Regenkragen vom Haken und warf ihn um die Schultern.

»Es ist Zeit, daß ich mich eile, der Franzl wird ungeduldig werden, wie ich ihn kenne.« Und an der Tür noch einmal innehaltend, sagte sie mit der ruhigen Heiterkeit einer Natur, die mit sich selbst völlig eins ist: »Das wäre also jetzt ein für allemal abgetan, Baudrillard, und wir brauchen nicht mehr darauf zurückzukommen, nicht wahr? Ich bleibe hier, und Sie wissen warum. Erledigt!«

Sie nickte ihm lächelnd einen Gruß zu und verließ die Schreibstube. Nachdenklich ging Baudrillard auf und nieder, dann trat er ans Fenster, um ihr nachzublicken.

»Eine seltene Frau! Gott schütze sie und die Ihrigen!«

Er sah sie unter ihrem Regenschirm durch den Hof schreiten und in den Garten eintreten, wo unter breiten Kastanien das kleine Wohnhaus der Familie lag. Jetzt ging sie langsam die Ligusterhecken entlang, jetzt blieb sie vor ein paar Rosenstöcken stehn, klaubte eine

Raupe ab oder sonst einen Schädling, den sie im Vorbeigehn auf frischer Tat ertappt haben mochte. Dann setzte sie ihren Weg fort und verschwand in der grüngestrichenen Tür des Hauses.

»Eine seltene Frau! Eine bewundernswerte Frau!« wiederholte Baudrillard.

Mit einem Seufzer wendete er sich in die Stube zurück und stand wieder vor der großen Wage.

»Courage hat sie, das muß man ihr lassen, und einen Kopf wie Eisen!« schloß er seinen Gedankengang ... »Aber ein Unsinn bleibt's deswegen doch! Erledigt!«

Und dröhnend und klappernd flogen die messingenen Gewichte wieder in die kupferne Wagschale.

* * *

Doll hätte es eigentlich nicht tun sollen, denn es war den Kindern verboten, im Regen hinauszulaufen. Aber was diese merkwürdigen dumpfen Schläge bedeuteten, die man von Zeit zu Zeit jenseits des Gartens hörte, das mußte er unbedingt wissen, und ihn focht das Regnen wenig an; im Gegenteil, Spaß machte es ihm, wenn die Tropfen auf sein dichtes Haar fielen. Da war er immer neugierig und gespannt, ob der Pelz für etwas gut wäre, und wie lang es wohl dauern würde, bis die Feuchtigkeit durchdränge und er es naß spürte.

Am Einfahrtstor arbeiteten Zimmerleute mit Äxten. Die kleine hölzerne Brücke über den Straßengraben, die von der Reichsstraße in den Fabrikshof führte, war schadhaft geworden und mußte ausgebessert werden. Schon waren die Träme erneut, jetzt nagelte ein Mann dicke Bohlen darüber. Als er den Knaben stehen sah, nahm er die Pfeife aus dem Mund, spuckte aus und sagte: »Wissen Sie, junger Herr, warum das geschehen muß?«

»Damit die Zimmerleute was zu tun haben«, sagte Doll.

»Im Gegenteil! Ein Geriß ist um die paar Zimmerleute, die es noch gibt, die meisten haben eh' die Cholera«, sagte der Mann. »Es hat einen ganz andern Grund, denken Sie einmal nach!«

»Also – weil die Bretter morsch geworden waren«, meinte Doll.

»Das gewöhnliche Fuhrwerk hätten sie noch lang ausgehalten«, sagte der Zimmermann; »aber damit die Preußen mit ihren Kanonen darüber fahren können, deswegen müssen wir alles neu machen.«

Der Mann hämmerte weiter und lachte dabei vor sich hin, aber daß er gescherzt haben könnte, kam Doll nicht in den Sinn. Von Fabriksleuten und deren Kindern hatte er über die Preußen nicht anders reden hören als mit Furcht und Schrecken, und die alte Zilli, wenn sie sich in der Kinderstube nicht mehr zu helfen wußte, liebte es seit einiger Zeit, als höchsten Trumpf die dunkle Drohung auszuspielen: »Warte nur, bis die Preußen kommen!« Eine unbestimmte Vorstellung von rauhbärtigen Männern, die Untaten verübten, verband sich in Dolls Gedanken mit dem Wort: »Die Preußen!«

Durch Hof und Garten lief er ins Haus zurück und schüttelte die Tropfen aus dem dunklen Haar. Im Bubenzimmer weckte die Nachricht, die er brachte, vaterländische Begeisterung. Harnische aus Pappe wurden angelegt und Schwerter umgegürtet. Da sich nur ein einziger Helm fand, so machte Christl, der es verstand, mehrere Tschako aus gefalteten Zeitungen zurecht, für die jüngeren Brüder. Um diesen Kopfbedeckungen auch die nötige militärische Weihe zu geben, verwendete er ausschließlich die Hauptblätter dazu, die mit Berichten vom Kriegsschauplatz angefüllt waren. Der Ankündigungsteil, streifenförmig zugeschnitten, wurde hierauf zu einem prächtigen Federbusch zusammengerollt, die obere Spitze des Tschakos gekappt, der Busch durch das so entstandene Loch gesteckt, und der Generalshut war fertig.

Größeres Ansehen freilich genoß der vorhandene Helm, er war vom Hauch des Heldentums umwittert, mit Goldpapier überzogen und sogar mit einem Visier versehen, das man herabklappen konnte. Natürlich nahm das Vorrecht, ihn zu tragen, Christl für sich in Anspruch, und niemand hätte gewagt, es ihm streitig zu machen. Er war nicht bloß der Älteste – das wäre noch nichts besonderes gewesen; aber daß er auch der Stärkste war – das galt etwas im Bubenzimmer.

»Holla, ein Zündnadelgewehr!« rief Moini und rieb ein Streichholz an, so oft er den Hahn der harmlosen Flinte niederklappen ließ.

Das Kriegsgeschrei, das nach glücklicher Vollendung der Rüstungen nicht lange aufs Bubenzimmer beschränkt blieb, sondern auch auf die Mädchenstube übergriff und bald alle Gänge und Treppen des kleinen Hauses erfüllte, drang schließlich gar bis in die Schlafkammer hinüber, wo die Mutter in einem gepolsterten Stuhle saß und ihren Jüngsten säugte. Sie hatte beide Füße auf ein hölzernes Schemelchen gestellt und beugte sich regungslos, mehr leidend als tätig, auf das hilfsbedürftige Wesen nieder, das in ihrem Schoße ruhte und selbstsüchtig schmatzend seine Lebensnahrung aus ihr trank.

Durch das offene Fenster, vor dem der Regen strömte, wehte ein feuchtschwüler Hauch ins Zimmer, bewegte mit eintönigem Geklapper die aufgezogenen Jalousien und spielte in den leichten dunklen Löckchen, die sich um die Schläfe des Säuglings ringelten, daß sie leise erzitterten wie von einer inneren Erschütterung. Mit vorsichtiger Hand strich ihm die junge Frau die seidigen Härchen hinters Ohr zurück und lächelte, als er mit einer abwehrenden Bewegung des Kopfes sich nur noch heftiger an ihrer Brust festsaugte, als fürchte er, sie könnte ihm entzogen werden. Nie hatte sie das geheimnisvolle Glück und Wunder der Mutterschaft tiefer empfunden als vor diesem Kinde, das erst nach dem Tode des Vaters auf die Welt gekommen war. Blut vom Blute eines Dahingeschiedenen, drängte es sich noch wie im Traume an die Quelle seines Lebens, gleichsam eine Verkörperung des unbewußten Naturtriebes, der gierig darauf bedacht scheint, jede Lücke, die der Tod gerissen, durch neues Dasein zu füllen.

Jetzt lenkte das Getöse, das die Buben verbrachten, und das Kreischen der Mädchen, das dazwischen klang, ihre Gedanken von dem Säugling ab. In dem wirren Durcheinander von Stimmen unterschied sie ein jedes und wußte genau, wer es war, wenn eins etwas angab, oder ein anderes plötzlich aufkirrte, oder ein schallendes Gelächter ertönte, oder ein Streit sich erhob und eine weinerliche Mädchenstimme sich gegen brüderliche Übergriffe wehrte. Große Verantwortung hatte das Schicksal auf ihre Schultern gelegt, sie fühlte es. Wie bald rang sich aus dem ersten unschuldigen Schlummer der Kindheit ein Wille, eine Leidenschaft, eine Verstocktheit, eine Eitelkeit los, wie bald gab es Fragen zu lösen, Wege zu wählen, Entscheidungen zu treffen, die einem ganzen Leben die Richtung wiesen. Manchmal fiel es ihr schwer auf die Seele: sie ging in Gedanken alle ihre Bekannten durch, und unter den kinderreichen Familien, die sie wußte, war keine, von der man freudig hätte sagen können, daß alles geglückt und nichts verfehlt worden sei.

Ihr Vater, der wie ihr Gatte Seidenzeugmacher, freilich einer von den kleineren, gewesen war, sich aber bereits zur Ruhe gesetzt hatte, sagte einmal: »Auf den Einschlag kommt alles an. Die Kette ist bei jedem Menschen gute Organsinseide, von Geburt aus, das hat unser Herrgott schon so eingerichtet. Wenn man aber zum Einschießen ordinäre Baumwolle nimmt statt feine Tramseide, so gibt es natürlich bloß Halbware.«

Das war des alten Herrn Bornschbögel Meinung von Erziehung.

Als der kleine Franzl sich satt getrunken hatte und schwer wie eine reife Frucht von ihrer Brust schlafend abfiel, legte sie ihn behutsam in sein grünausgeschlagenes Körbchen. Sie schob das Körbchen ans Fenster, die Luft sollte darüber hinstreichen können; hierauf klappte sie das Dach hoch und zog den grünen Vorhang vor das schlummernde Christkindlein, damit die Helligkeit des Himmels es nicht blende. Dann schlich sie auf den Fußspitzen aus dem Zimmer.

Unversehens tauchte sie mitten im Kriegsgetümmel auf, unter Lachen die Bedrohten schirmend und dem Ansturm der Helden einen überirdischen Widerstand entgegensetzend, wie die Pallas Athene in den Sagen des Griechenvolks. Da steigerte sich noch das Geschrei und die Lustbarkeit, über den Gang tobte der Kampf die Halbtreppe hinauf und hinunter und umbrandete sie, die wie ein eherner Fels aus dem Gewoge ragte und den unsichtbaren Schild ihrer Mütterlichkeit über alle Schwachen und Wehrlosen hielt. Mit einmal erhob sich jämmerliches Gezeter, der bis an die Zähne gerüstete Wolfl, der der Jüngste von den Brüdern war, hatte einen Schwertstreich über den Federbusch abbekommen, daß ihm der Tschako nur mehr wie eine unförmliche Masse von zusammengeknülltem Zeitungspapier auf dem Kopfe saß. Heulend wollte er sich in die Kleiderfalten der Mutter flüchten, aber sie hielt ihn sich vom Leibe und sagte lachend: »Nichts da! Jetzt wehr dich und sei kein Feigling!«

»Der Moini hat mich geschlagen!« röhrte Wolfl, sich hilflos seinem Jammer hingebend.

»Wer Krieg anfängt, der muß auch einen Puff aushalten können und nicht gleich wehleidig tun. Meistens ist es halt doch der Ungeschickte und Unbedachte, der den kürzeren zieht!«

Doll und Vefi kamen mit »Hurra« den Laufteppich herangaloppiert, an ihrer Spitze Christl, aus vollem Halse schreiend: »Die preußischen Gardekürassiere kommen!«

Aber die Attacke verlief im Sand. Moini, der sein Zündnadelgewehr in Tätigkeit gesetzt hatte, war nahe daran, eine Feuersbrunst anzustiften. Da erklärte Frau Therese, nun sei es genug, und trieb schließlich die ganze Bande zu Paaren. Durch Schreien allein hätten die Preußen keine Schlacht gewonnen, und durch bloßes Dreinschlagen auch nicht.

Um sich wohlverdiente Siegergefühle in die Brust zu pflanzen, dazu gehöre mehr als Bubenweisheit, und mit Streichhölzern könne man zwar einen Teppich versengen, aber ein Zündnadelgewehr erfinden noch lange nicht!

»Übrigens muß ich mich wundern«, sagte sie, »daß ihr auf einmal alle Preußen geworden seid?«

»Ich bin und bleibe Österreicher mit Leib und Seele!« versicherte Christl.

»Ei? Sind die preußischen Gardekürassiere Österreicher?«

Er schwieg betreten. Der Eifer des Schlachtgetümmels hatte ihn fahnenflüchtig gemacht. Und war doch sonst überzeugter Patriot. So wirkt der Erfolg geheime Anziehungskraft.

Um es gut zu machen, wollte er gleich von vorne anfangen. Aber die Mutter beharrte darauf, der Krieg sei nun zu Ende, es müsse wieder etwas Vernünftiges und Nützliches getan sein – was, das werde sie schon angeben.

Daß gerade die alte Zilli mit einem Auftragebrett anrückte, auf dem eine ganze Batterie von Milchgläsern nebst Kaffeegeschirr für die Mutter stand, erleichterte die Entwaffnung. Der Friede war bald geschlossen, die Kinder saßen erwartungsvoll um den großen Familientisch herum, Frau Therese goß die Milch ein und schnitt Brot vor, ein jedes holte sich, was ihm zugemessen ward.

»Zu allererst bekommt die Käthi«, sagte die Mutter; »weil die noch am meisten wachsen muß.«

Wie ein Püppchen anzuschauen mit seinem Kopf voll goldiger Ringel, empfing das Kind sein volles Glas, trug es behutsam in den kleinen Händen und kehrte damit auf seinen Platz zurück. Glücklich angelangt, ohne daß sich ein Unfall ereignet hatte, konnte es nicht umhin, eine so bemerkenswerte Sache ausdrücklich festzustellen und rief frohlockend über den Tisch hin, daß alle es hören sollten: »Käthi hat keinen Tropfen verschüttet!«

»Wacker!« bestätigte die Mutter, während sie fortfuhr auszuteilen.

»Dies ist für Wolfi«, sagte sie, einen besonders tüchtigen Ranken abschneidend; »weil man für die Blessierten am ausgiebigsten sorgen soll.«

Den Wolfi stieß noch immer der Bock, er gehörte zu den Wehleidigen, und es war ein wenig lächerlich, wie er seinen Kummer übertrieb. Die älteren Geschwister kicherten auch untereinander und stießen sich an, die Mutter aber sagte nichts weiter und band ihm lächelnd ihr Schnupftuch um die Stirn. Da war er auf einmal getröstet, kam sich sehr besonders vor und hieb befriedigt die starken Zähne ins Brot.

Thom Bornschbögel, Frau Theresens Bruder, der ein scharfer Krittler war, sagte einmal, als er zufällig einen ähnlichen Vorfall mit angesehen hatte: »Du gibst deinen Fratzen aber schon in allem und jedem nach. Statt ihnen den Kopf zurechtzusetzen, verziehst du sie nach echt weibischer Art!«

Sie aber glaubte beobachtet zu haben, daß es manchmal besser sei, auf die Torheiten der Kleinen wie auf etwas Nichtssagendes und Bedeutungsloses heiter einzugehen, statt sie aufzubauschen und ihnen durch die üblichen Szenen eine über den Augenblick hinausreichende Wichtigkeit aufzuprägen.

»Man soll die Kinder nicht fortwährend meistern wollen«, sagte sie, »die Zeit tut schon auch das ihrige, und oft werden sie dann von selbst gescheiter.«

»Schöne Grundsätze!« sagte darauf Thom Bornschbögel. »Wir werden ja sehen, was dabei herauskommt.«

Zum Glück war Thom Bornschbögel jetzt nicht da, sonst hätte er eine gesalzene Bemerkung über das Schnupftuch um Wolfis Stirn kaum unterdrückt. Er kam niemals nach Nedweditz, überhaupt sah Frau Mairold ihn selten, am öftesten noch um Weihnachten und Neujahr in Wien, wenn die Familien einander die herkömmlichen Staatsbesuche machten.

»Dies gehört Vefi«, fuhr sie auszuteilen fort; »ihr muß man knapp zumessen, sonst läßt sie die Hälfte übrig, und ihr wißt, daß ich es nicht leiden mag, wenn etwas veruraßt wird.«

Es war das sonnigste Kind, dem je eine dunkle Ponymähne um die Ohren geflattert. Eine unerklärte, grundlose Freude schien diesem Mädchen angeboren, schon im Wickelkissen hatte es ohne eigentliche Veranlassung gelächelt. Auch wenn es keine Miene verzog, so lächelten wenigstens die Augen, und in die Wangen hatten sich ein Paar Grübchen eingenistet, die nicht mehr daraus verschwinden wollten. Aber wie die Sonne nichts redet, so war es auch Vefis Sache nicht, viel zu sagen. Es leuchtete bloß alles an ihr, als sie sich ihre Ration holte.

»Das hier mag Doll sich holen«, fuhr die Mutter fort, »obgleich er es eigentlich nicht verdient; denn wenn mir recht ist, sah ich ihn vorhin ohne Hut und Schirm im Hofe, und bekanntlich ist es untersagt, in den Regen hinauszulaufen.«

»Am Einfahrtstor zimmern sie eine Brücke, damit die preußischen Kanonen drüberfahren können!« sagte Doll.

»Da seht ihr's, was er davon hatte«, sagte die Mutter lachend: »einen Bären haben sie ihm aufgebunden!«

»Wo ist der Bär?« fragte die kleine Käthi rasch, und Doll war froh, daß die Heiterkeit, die darauf entstand, die Aufmerksamkeit von ihm ablenkte.

Die Milchgläser, die für Moini und Christl bestimmt waren, goß Frau Therese aus ihrer Kaffeekanne voll. Wie die andern Kinder nahmen auch die beiden ältesten Knaben, die schon zur Lateinschule gingen, in Empfang, was für sie bestimmt war, dankten und setzten sich wieder. Es bestand nur ein geringer Altersunterschied zwischen ihnen, aber sie glichen einander so wenig, daß niemand sie für Brüder gehalten hätte. Durch die ganze Familie hindurch waren zwei verschiedene Rassen ausgeprägt, eine mit schmalem, länglichem Schädel, die von den Mairolds stammte, und der auch Christl angehörte; sie war schlank, trocken, dunkelhaarig und von bräunlicher Gesichtsfarbe. Die andere, mehr rundköpfige, hatte etwas Weicheres, Anmutigeres, war ein wenig kleiner, ausgesprochen hell und bedeutend voller; das war der Bornschbögelsche Schlag, zu dem Moini gehörte.

»Nun wär' es so ziemlich nach dem Alter gegangen, von unten auf«, sagte Frau Therese schließlich; »bloß die Riki hab' ich übersprungen, aber sie weiß schon warum: weil sie unser kleines Hausmütterchen und längst daran gewöhnt ist, an sich selbst zuletzt zu denken.«

Strahlend über die Anerkennung, die ihrer frühen Beflissenheit zum Häuslichen gezollt wurde, nahm das halbwüchsige Mädchen, das im Alter zwischen Doll und Moini stand, ihre Milch und ihr Brot aus den Händen der Mutter entgegen und sagte beschämt: »Du bist es, Mutzi, die zu allerletzt immer erst an sich selbst denkt!«

»Ich kann's erwarten«, sagte die Mutter lächelnd und goß sich ihre Tasse voll. »Laßt uns dankbar dafür sein, Kinder, daß wir wohlbehalten um unsere Mahlzeit beisammensitzen. Wie viele Menschen haben jetzt kaum satt zu essen, bei der entsetzlichen Teuerung, und wie viele Soldaten müssen hungern!«

Christl sagte: »Die Kartoffeln sollen sie manchmal aus der Erde graben und roh verzehren, hab' ich in der Zeitung gelesen.«

»Kein Wunder, wenn dann Seuchen entstehen!« sagte die Mutter.

Das Gespräch kam auf das Weib des Birenz, das an Cholera erkrankt war.

Ob dem Birenz sein Weib jetzt sterben müsse? wollte Wolfi wissen.

»Zum Glück kommen viele mit dem Leben davon.«

»Läßt der liebe Gott die Bösen sterben und die Guten nicht?«

»Darin macht er keinen Unterschied«, sagte die Mutter.

»Werden denn die Guten nicht belohnt?« fragte Wolfi.

Die Mutter blickte zu ihm hinüber, und dann von einem zum andern in der Runde.

»Vielleicht geht es dabei ähnlich zu wie in unserer Fabrik«, sagte sie. »Die Weber, die nicht im Stücklohn stehn, verdienen genau das gleiche ein jeder in der Woche, ob sie nun gute Arbeiter sind, oder minder gute. Aber der gute streicht, wenn er ein Stück Samt oder Seide fertig gebracht hat, zärtlich mit der Hand darüber hin und hat seine Freude daran. Das ist der ganze Lohn, den er vor dem andern voraus hat; aber es ist viel, ihr könnt mir's glauben, es ist weit mehr als die Gulden und Kreuzer wert sind, die ein jeder ohne Unterschied, der Gerechte wie der Ungerechte, am Samstag ausbezahlt bekommt, zur Stunde der Abrechnung.«

Die Kinder schwiegen, es war nichts zu hören als ein emsiges Löffeln und Schlürfen. Aber es befand sich auch ein Böcklein unter den gutwilligen Lämmern.

Das Bedürfnis eines mehr oder weniger gutmütigen Nörgelns, das im Bornschböglischen Blute lag, bildete sich bei Moini manchmal in kritische Schärfe um. Dann wurde der starke Verstand und das sichere Urteil, die bei seiner Jugend überraschen mußten, ihm zum Nachteil, eine frühreife Bitterkeit spaltete sein Inneres, er litt darunter und wußte sich doch nicht zu helfen.

»Wenn einer an der Cholera stirbt«, sagte er, »so hat er nichts mehr davon, daß er ein guter Weber gewesen ist.«

»Aber so lang er lebt, kann er doch zufrieden mit sich sein!« meinte Christl.

»Der andere ist oft noch viel zufriedener, auch wenn er gar keinen Grund dazu hat!«

Bestürzt blickte Christl vor sich hin. Nicht zum besten dafür ausgerüstet, die Wirklichkeit zu bezwingen, spann er sich gern in edle

Gläubigkeit ein. Er war von denen, die Einklang brauchen, die man verwundet, wenn man ihnen ihre Täuschungen nimmt.

»Dem Birenz seh' ich immer gerne zu, wenn er webt«, sagte er. »Man merkt es ihm an, mit welcher Freude er bei seiner Arbeit ist.«

»Du hast mich verstanden«, sagte die Mutter.

Vefi plagte schon die ganze Zeit die Neugier, worin das Vernünftige und Nützliche wohl bestehen würde, das nun getan werden sollte, wie die Mutter angekündigt hatte. Die aber hielt hinterm Berg und wollte nichts verraten. Erst als der große Familientisch wieder abgeräumt war, brachte sie einen Korb mit altem Linnen, setzte sich mitten unter die Schar, erklärte, um was es sich handle, und zeigte die nötigen Handgriffe.

Da wurde es ganz still, und mit ernster Miene tat ein jedes, wie ihm geheißen. Die Größeren sahen ein, daß es wirklich eine vernünftige und nützliche Tätigkeit sei, zu der die Mutter sie anhielt, und die Kleinsten, die es noch nicht verstehen konnten, gaben sich wenigstens den Anschein, als verstünden sie es.

Durch alle Zeitungen ging in jenen schweren Tagen die patriotische Mahnung, sich opferwillig helfend und lindernd in den Dienst der allgemeinen Sache zu stellen.

Die alte Zilli, die nicht zurückbleiben wollte, hatte sich auch mit an den Tisch gesetzt. Und während sie geschickt, trotz ihrer gichtischen Finger, helle Büschel Fäden aus der verschlissenen Leinwand löste, klapperte die Mühle hinter der Zahnlücke: Ja, das seien Zeiten jetzt, die Birenzin hätt' es eh' gewußt und von einem glühenden Besen am Himmel geträumt ... Herentgegen die Preußen, denen würden die Österreicher sicher noch heimleuchten, sie mögen es bloß abwarten! Das dicke Ende komme immer erst nach, und unser Herrgott werde sich's schon noch überlegen, ob er es wirklich mit den Evangelischen halten wolle, die an keine Heiligen glaubten!

Sie kicherte vergnügt vor lauter Siegeszuversicht und hielt sich die Hand dabei vor den Mund, damit man die Zahnlücke nicht sehen sollte. Dann stellten sich wieder Sorgen ein, sie erzählte, was sie die Leute von den Preußen hatte erzählen hören, von ihrer Gewaltsamkeit und Härte, von Plünderungen und Requisitionen, und stieß geheimnisvolle Drohungen gegen sie aus, gerade als gehörte sie zur Partei der Finsterlinge, die am Hofe zu Wien den Krieg schürte, oder als hätte sie mitgeholfen, Patronen zu fabrizieren, während doch nur Scharpie gezupft wurde, für die Verwundeten.

»Was sprechen denn die Preußen für eine Sprache?« fragte Wolfi.

Verdutzt blickte sie auf und überlegte einen Augenblick.

»Die Preußen? Was werden die Preußen für eine Sprache reden? Preußisch halt!«

Christl und Moini stießen sich an und lachten.

»Käthi hat schon einen Berg!« rief das Kind mit dem Kopf voll seidiger Ringel und patschte stolz mit dem Händchen auf ein winziges Häuflein Scharpie, das vor ihr aufgeschichtet lag. Und als sich niemand um sie kümmerte, krähte sie immer lauter, daß alle es hören sollten: »Käthi hat schon einen Berg!«

»Ist Preußisch so ähnlich, wie Herr Baudrillard mit seiner Mutter spricht?« wollte Doll wissen.

»Herr Baudrillard spricht Französisch«, sagte Frau Therese; »die Preußen dagegen sprechen Deutsch, denn sie sind Deutsche wie wir selbst.«

»Käthi hat schon einen Berg!« schrie das kleine Mädchen aus vollem Halse.

Die älteren Schwestern wurden endlich aufmerksam und machten einander Zeichen mit den Augen.

»O – was für einen großen, großen Berg die Käthi hat!«

Aber Wolfi, der die Wahrheit noch für eine absolute Größe hielt, durchkreuzte die freundliche Absicht: »Da seht einmal her, wie ein richtiger Berg aussieht!«

Die kleine Käthi schoß empörte Blicke auf den Störenfried, bis Niki, die neben ihr saß, ihre Wange an die des Kindes lehnte: »Der Wolfi ist aber auch der Ältere!«

»Der Wolfi ist aber auch der Ältere!« wiederholte Käthi. Und froh, ihren Gegner durch eine unbestreitbare Tatsache entwaffnet zu wissen, beugte sie sich wieder über ihr Leinwandläppchen und fuhr fort, mit den kleinen, ungeschickten Fingerchen nach Fäden zu suchen, die sich gutwillig aus dem Gewebe wollten herauszupfen lassen.

Die Fenster der Stube standen offen, denn es war schwül, und der Regen, der auf das nasse Laub des Gartens niederrieselte, war ein zaghafter, lauwarmer Landregen, ein schlappes, weichliches, hilfloses Weinen des Himmels. Die Abendluft dampfte von Nebeln.

»Wenn wir wieder in den Garten können«, sagte Christl, abermals vergessend, daß er mit allen seinen Wünschen bei den Österreichern stand, »so zeige ich euch, wie die Schlacht bei Königgrätz gewesen ist. Der Moini macht den Benedek.«

Er stand auf, trat ans Fenster und beugte sich hinaus.

»Man sieht keine fünfzig Schritt weit. So muß der Nebel von Chlum gewesen sein, hinter dem die Preußen sich versteckt haben. Dürfen wir nicht ins Freie, Mutzi?«

»Du siehst doch, wie es niedergießt!«

»Die Soldaten haben sich auch im Regen schlagen müssen.«

»Daraus macht man kein Spiel!« verwies ihn die Mutter streng.

»Warum ist dann überhaupt Krieg, Mutzi, wenn die Preußen auch Deutsche sind?« fragte Doll.

Hilflos sah die junge Frau vor sich hin. Zilli aber sagte: »Rauft ihr nicht auch miteinander, Wolfi und du und Moini und Christl? Und seid doch Brüder? No also!«

»Ich mag nicht der Benedek sein!« schrie Moini heraus.

Doll aber hatte die Scharpie, die vor ihm lag, mit einer Bewegung des Handrückens in den Tisch hineingeschoben und saß stumm, mit herabgesunkenen Armen da, plötzlich ganz bleich geworden.

* * *

Ein paar Tage später flog es wie ein Lauffeuer durch den ganzen Ort: »Die Preußen kommen!« Da waren die Knaben nicht mehr zu halten und liefen in den Regen hinaus, und Riki und Vefi liefen ihnen nach; bloß die kleine Käthi, die eifrig damit beschäftigt war, Glasperlen aufzufassen, und der noch kleinere Franzl, der den Schlaf des Gerechten schlief, ließen sich nicht alarmieren und blieben im Hause zurück.

Anschließend an das große Tor des Fabrikshofes war eine langgestreckte ebenerdige Kote in die Mauer eingebaut, in welcher der alte Hummer wohnte. Die niedrigen Fenster gingen nach der Straße, wie aus einer Theaterloge sah man die Soldaten vorübermarschieren. Der alte Hummer war Torwart, Hausmeister, Gärtner und Nachtwächter in einer Person, und die Hummerin, die sich eine Ehre daraus machte, daß sich nicht nur die Kinder, sondern auch Herr Baudrillard und sogar Frau Therese in ihrer geringen, aber nett und sauber gehaltenen Stube eingefunden hatten, sagte, während sie mit dem Fürtuch über

Tisch und Stühle wischte: »Unordentlich ist es halt bei uns, aber sehen tut man gut.«

Schwer und müde hallten die Schritte, wie die abgehetzten Truppen durch den Straßenkot trotteten, verdrossene Mienen unter den blauen Feldmützen, die nassen Monturen von Schmutz starrend, die Gewehrläufe nach unten. Ununterbrochen goß der Regen nieder.

»Das sind die verflixten Zündnadelgewehre«, erklärte der alte Hummer, der selbst Soldat gewesen war. »Aber es muß ordentlich Berliner Blau dabei sein, von außen schauen sie auch nicht viel anders aus als unsere Vorderlader.«

Herr Baudrillard sagte: »Schießen werden sie doch ein bissel anders als die österreichischen Gewehre, die man noch mit dem Ladstock laden muß!«

»Die haben auch einen Ladstock!« behauptete der alte Hummer, die Gewehre der vorbeimarschierenden Soldaten mit Kennerblick musternd.

Moini, der viel in den Zeitungen las, bemerkte, auf die Ausrüstung allein komme es auch nicht an. Wegen der Zündnadelgewehre wäre noch lange kein Königgrätz notwendig gewesen. Aber in der Oberleitung sei so gut wie alles versehen worden, das wisse heute jedes Kind.

»Die Schlamperei war echt österreichisch«, sagte er.

Frau Therese wendete den Blick.

»Echt österreichisch? Das hört man wohl oft aussprechen und liest es sogar gedruckt. Vornehm – wenn ein Österreicher in Zeiten der Not ein solches Wort wiederholt!«

»Du hast es neulich selbst gesagt: meistens ist es halt doch der Ungeschickte und Unbedachte, der den kürzeren zieht.«

»Daß die österreichischen Waffen auch siegreich sein können, das hat der Tag von Custozza gezeigt«, sagte Frau Therese.

»Wohin marschieren jetzt die Preußen, Mutzi?« fragte einer der Knaben.

»Vermutlich gegen Wien.«

»Die sehen nicht aus, als ob sie Wien erobern wollten«, meinte Baudrillard.

»Wer weiß, wie lange sie schon so im Regen marschieren?«

Ob sie jetzt Wien bombardieren würden? wollte Doll wissen. Aber Christl meinte, dazu müßten sie erst schweres Geschütz herbeischaffen. Die reinen Hexenmeister wären diese Preußen doch nicht!

»Aushungern werden sie die Stadt«, behauptete Baudrillard. »Die Zufuhr abschneiden und aushungern. Erledigt!«

»Erst müßten sie dort sein«, sagte Frau Therese. »Wie es heißt, sammelt der Benedek das geschlagene Heer um Olmütz. Sicher stellt er sich ihnen noch einmal in den Weg.«

Christl brannte das Herz vor Vaterlandsliebe. Da draußen marschierten die Preußen!

»Schade, daß wir jetzt nicht in Wien sind! Ich ginge zu den Freiwilligen; jeden Tag sind Aufrufe in der Zeitung, aber es tröpfelt bloß so, niemand will mittun.«

Am Fenster hing ein schwarz-gelb gestrichenes Schilderhaus, das das Wetter anzeigte.

»Bei uns ist es geradeso wie bei diesem Wetterhäuschen«, sagte Moini. »Solange die Sonne scheint, steht der Soldat mit dem aufgepflanzten Bajonett da; sobald aber Regenwetter einfällt, muß der Herr mit dem Zylinderhut und dem Regenschirm heraus.«

Baudrillard lachte.

»Ganz unrichtig ist es nicht, was der Moini sagt. Im Frieden, da haben wir die Militärwirtschaft, der Bürger muß ducken und das Maul halten; bloß zum Steuerzahlen ist er da, genau wie vor dem Achtundvierzigerjahr. Jetzt, weil es schief geht, rufen sie den Landsturm auf, die Bürgerwehren und sogar Freiwillige aus dem Volk!«

»Daß die Wiener Bevölkerung sich benimmt, als ginge der ganze Krieg sie nichts an, das kann mir nicht gefallen«, sagte Frau Therese ablenkend.

»Ich habe mich auch gewundert«, sagte Baudrillard. »Ein Maskenfest mit Musik und Tanz beim Schwender – an demselben Tage, wo die Nachricht von der Schlacht bei Königgrätz in Wien eintraf! Aber freilich, so lang der Staat nichts ist als eine Handvoll feudaler Herren, so lange kann man vom Volk keinen Patriotismus verlangen.«

Der alte Hummer hatte es gehört und stellte sich in Positur.

»Entschuldigen schon mit allem schuldigen Respekt, Monsieur Herr von Baudrillard, aber der Patriotismus, der gehört sich halt einmal für einen ordentlichen Österreicher, indem, daß der Österreicher seinen Kaiser hat. Und das ist kein hergeloffener Kaiser wie der Napoleon, der was sein Käppi herunternimmt, wenn er salutieren tut, und den man wieder schassieren kann, wenn man ihn satt hat.«

»Im Unglück sollten freilich alle Österreicher zu ihrem Kaiser stehn«, meinte Frau Therese mit einem Seufzer.

»Tun sie auch!« sagte der alte Hummer eifrig. »Und wenn ein paar windige Tschechen und Ungarn sich von den Preußen aufhussen lassen oder ein paar Wiener Strizzi zum Schwender auf die Gaudi gehn, so ändert das daran kein Haar!«

»Haben die Soldaten alle einen Schnupfen Mutzi?« fragte Vefi, die kein Auge von den vorbeiziehenden Truppen wendete.

»Warum?«

»Weil du immer sagst, daß man Schnupfen bekommt, wenn man in den Regen hinausläuft.«

Baudrillard lachte, daß ihm das Bäuchlein wackelte; beim Sprechen hätte niemand ihm den geborenen Franzosen angemerkt, aber wenn er lachte, so geschah es auf französisch, und die kleinen Laute, die er dabei ausstieß, waren wie eine fremde Sprache.

Doll hatte eines der Fenster geöffnet, um besser zu sehen; ein Mann trat aus der Reihe und bat um Wasser. Er war in Schweiß gebadet, durch den langen Marsch in der feuchtschwülen Sommerluft, mit dem schweren Gepäck auf dem Rücken.

»Waren Sie in der Schlacht bei Königgrätz?« fragte Christl.

Er nickte ein paarmal mit dem Kopf, schwieg aber, während er sich mit dem schmutzigen Taschentuche den Schweiß von der Stirn trocknete.

Schnell hatte die Hummerin Krug und Trinkglas gebracht, Riki goß ein und reichte ihm die ersehnte Labung.

»Gehören Sie zur Armee des Prinzen Friedrich Karl?« fragte Frau Therese.

Der Mann leerte das Glas auf einen Zug. »Wir sind keine Preußen«, sagte er, bat um ein zweites, und erquickt aufatmend, nachdem er auch dieses geleert hatte, wiederholte er: »Nein, Preußen sind wir nicht, überhaupt keine Feinde. Sachsen sind wir!«

Er bedankte sich und lief seiner Abteilung nach, um wieder in Reih und Glied zu treten.

»Sachsen!« rief Baudrillard. »Bundestruppen!«

Er suchte nach seiner Zigarrentasche und hielt die wenigen Zigarren, die sich darin fanden, auf der flachen Hand zum Fenster hinaus.

»Sind die Sachsen auch Deutsche?« fragte Doll.

»Sie sind Deutsche, ebenso wie die Preußen«, sagte Frau Therese.

»In der Schlacht bei Königgrätz haben also Deutsche gegen Deutsche gefochten?«

»Leider. Übrigens besteht die österreichische Nordarmee nur zum geringen Teil aus Deutschen.«

»Sind denn nicht alle Österreicher Deutsche?«

»Das siehst du doch in unserer Fabrik, daß mehr als die Hälfte von den Arbeitern Böhmen sind.«

»Ich mag die Böhmen nicht leiden!« sagte Doll.

Der Zug der Soldaten war zu Ende, einige militärische Fuhrwerke rasselten noch hinter ihnen drein, und ein paar sächsische Offiziere, die sich im Orte länger aufgehalten haben mochten, sprengten in scharfem Trab vorüber – dann lag die Straße wieder still und öde unter dem rieselnden Regen.

Der alte Hummer, der auf gute Formen hielt, geleitete Frau Therese noch bis an die Schwelle seines Hauses und entschuldigte sich, daß es bloß Sachsen gewesen waren. Und als sie lachte und meinte, dafür könne er doch nichts, da sagte er, sich in militärischer Haltung verabschiedend: »Das nächstemal, wenn sich Frau Mairold wieder die Ehre geben wollen, unser niedriges Dach zu betreten, werden es sicher schon richtige Preußen sein!«

»Bemühen Sie sich nicht«, sagte sie gutmütig scherzend; »die Zündnadelgewehre kommen noch früh genug!«

Die beiden Mädchen sprangen, das Kleid über den Kopf geschlagen, in den Regen hinaus und liefen kreischend über den Hof. Wolfi folgte ihnen, während die zwei ältesten Knaben unter den Regenschirm der Mutter flüchteten, sich beiderseits an ihren Arm hängend. Doll aber ging, ernst und nachdenklich geworden, neben ihnen her, des Regens nicht achtend.

»Werden wir auch einmal mit den Böhmen einen Krieg führen, Mutzi?« fragte er.

»Es kann sein«, sagte Frau Therese. »Aber hoffentlich nicht mit Säbeln und Gewehren.«

»Bloß mit Kanonen?«

»Auch nicht mit Kanonen, überhaupt nicht mit Mordwaffen. Ich denke an keinen blutigen Krieg, ich meine einen friedlichen Kampf, mit Werkzeugen aller Art – mit der Weberschütze zum Beispiel.«

»Das verstehe ich nicht«, sagte Doll.

»Ihr könnt mit mir kommen, ich wollte ohnedies einen Gang durch die Fabrik machen.«

Sie traten in das zwei Stock hohe Fabriksgebäude, welches den Hof an den beiden Seiten, die nicht durch den Garten und die Straßenmauer begrenzt waren, im rechten Winkel umschloß.

In den großen, lichten Sälen, durch die sie schritten, surrte und klapperte das Geräusch der Arbeit. Ganze Reihen von Haspeln, die schimmernde Seidensträhne in den ausgebreiteten Armen hielten, drehten sich wie im Tanze, manche bedächtig und manche geschwinder, und hie und da überkam einige die Lust, daß sie nicht mehr zu halten waren und eine rasende Tarantella tanzten. Dann verschwammen die Farben der Seidensträhne, die sie gleich Blumengewinden in den Händen schwangen, wie zu einer Fläche, gerade als würden buntseidene Sonnenschirme, rote, blaue, grüne und gelbe, fröhlich um und um gewirbelt. Die schweren, bedächtigen Spulmaschinen kollerten und rollten und ließen die glänzenden Fäden schön gleichmäßig auflaufen, auf Hunderte und Hunderte von Spulen, die zusehends dicker und dicker wurden, wenn man eine Weile dabei stand, wie walzenförmige Raupen, die sich gierig vollfressen und ewig nicht genug bekommen können. In anderen Sälen wieder bewegten sich die hohen, tonnenförmigen Schweifrahmen, die bis an die Decke reichten und sich schillernde Schärpen in allen Farben um die Bäuche wickelten, indem sie die Fäden von den Spulgestellen wie mit einer menschlichen Hand an sich zogen und zusammenfaßten, um allen die gleiche Länge zu geben und eine ordentliche Kette zum Verweben vorzurichten.

Geräte und Maschinen wurden noch mit der Hand betrieben wie zu Väterszeiten, nur daß alles vervielfältigt war und ins Große ging und die einzelnen Hantierungen, auf viele Personen verteilt, sich gegenseitig ergänzten, um dem gemeinsamen Sinne zu dienen, der durch Vereinfachung der Handgriffe nach rascherer und genauerer Arbeit strebte. Frau Therese kannte die meisten von den Winderinnen, Spulerinnen und Schweiferinnen, die an den hölzernen Kurbeln und Rädern standen oder wachsam zwischen den schnurrenden Spulen auf und nieder gingen, sich gegenseitig in die Hände fördernd. Für viele hatte sie einen freundlichen Blick, ein aufmunterndes Wort bereit, für andere eine kurze Bemerkung, die auf dieses oder jenes Versehen aufmerksam machte, für einige eine strenge Zurechtweisung, wo sie auf Nachlässigkeit stieß.

»Wie geht es der Mutter, Juli?« wendete sie sich an ein flinkes junges Fabriksmädchen, das eine Spülmaschine bediente.

Sie hatte die Juli Schafzahl zur Firmung geführt und stand deshalb in einem besonderen Verhältnis zu ihr. Die alte Schafzahlin aber, die Mutter Julis, die früher in der Mairoldschen Fabrik als Winderin in Verwendung gestanden hatte, war vom Teufel der Unzufriedenheit aus dem Tempel getrieben und einem Konkurrenzunternehmen in die Arme geführt worden, das ein gewisser Millechner vor wenigen Jahren in Nedweditz begründet hatte. Der Millechner, der ein Anfänger war, betrieb die Politik, die besten von den Mairoldschen Arbeitern und Arbeiterinnen abspenstig zu machen und durch allerhand Versprechungen an sich zu ziehen. In diesen Kriegszeiten aber hatte er die Flinte ins Korn geworfen und den Betrieb eingestellt. Frau Therese wußte es.

»Was macht die Mutter?« wiederholte sie, als die Juli Schafzahl verlegen schwieg.

Da kam es heraus: halb verrückt war die alte Schafzahlin geworden, weil sie den ganzen lieben Tag nichts anderes zu tun hatte, als sich vor den Preußen und vor der Cholera zu fürchten. Dazu die Sorge um den täglichen Unterhalt; denn von dem, was die Juli verdiente, konnten unmöglich zwei Menschen satt werden, bei der herrschende; Teuerung.

»Sag ihr halt, sie soll wieder kommen – aushilfsweise, verstehst du. Wenn der Millechner wieder aufsperrt, so kann sie dann wieder gehn.«

Das Mädchen haschte nach der Hand ihrer Patin, sie zu küssen.

»In der Not müssen alle Menschen zusammenhalten«, sagte Frau Therese.

Als sie die Treppe zum ersten Stockwerk hinaufstiegen, fragte Doll: »Können wir auch an Cholera krank werden, Mutzi?«

»Jeden kann es treffen. Gott beschütze euch Kinder!«

»Die alte Schafzahlin hätt' ich nicht wieder aufgenommen«, sagte Moini. »Die soll beim Millechner bleiben.«

»Es gibt eine Gerechtigkeit«, sagte Frau Therese, »die heißt: Aug' um Aug', Zahn um Zahn. Sie ist schon viele tausend Jahre alt, und wenn sie für uns noch immer gut genug wäre, so müßten die Menschen sich wenig verändert haben.«

»Gott selbst ist auch schon viele tausend Jahre alt«, sagte Moini.

»Mit jedem Menschen, der ihn besser erkennt, wird er neu geboren«, sagte die Mutter.

Sie öffnete eine Tür, da ratterten die Webstühle, die in dem großen Saale standen. Wie hölzerne Gerüste, um ein kleines Haus zu bauen, türmten sie sich in langen Reihen hintereinander, aber nichts war leblos an ihnen, alles in Tätigkeit, alles in Bewegung, sinnvoll und gemessen, als hätte ein Zauberer großen, schwerfälligen Tieren mit Knochen, Muskeln und Nerven seinen Willen eingehaucht, daß sie gehorsam ihre ungefügen Glieder in den Dienst der menschlichen Arbeit stellten. Die Weber, die vor dem Zeugbaum saßen, traten mit den Füßen auf die Weberschemel, da stiegen die Schäfte mit den Litzen hoch und hoben aus der flach gespannten Seidenkette eine Anzahl Fäden, bis die Schütze mit dem Einschlagfaden hindurchgezogen war. Dann schlug die Weberlade den eingewobenen Faden fest, und der Weber trat den anderen Schemel, daß wieder andere Kettfäden hoch stiegen und die Schütze zurückfliegend einen neuen Schußfaden eintragen konnte. So ging es ununterbrochen auf und ab und hin und her, mit Rattaplamtschinn und Rattapumtschinn, den ganzen langgestreckten Saal entlang. Und ebenso im nächsten Saale und ebenso im dritten und im vierten, daß man hindurchschreitend vor lauter Getöse kaum sein eigenes Wort verstehen konnte.

An einem Stuhle, auf dem ein schwerer schwarzer Atlas gewebt wurde, wie eine sternlose Nacht anzuschauen, hielt Frau Therese inne.

»Wieviel haben Sie fertig gebracht, Nemec?«

Der Weber ließ die Schütze ruhen und hob dreimal beide Hände mit ausgespreiteten Fingern: »Dreißig Ellen!«

Sie traten an den nächsten Stuhl. Da saß der muntere Mundel, der schwarzes Zeug genau von der gleichen Art webte und den Knaben zunickte, denn sie kannten einander. Er war früher in Wien Arbeiter in der Bornschbögelschen Fabrik gewesen und hatte sich nach dem Rücktritt des alten Herrn nach Nedweditz gewendet, weil er Herrn Thom Bornschbögel nicht leiden konnte.

»Wenn man schon schwarzen Razimor webt«, pflegte er zu sagen, »so will man wenigstens hie und da ein freundliches Gesicht sehen.«

Frau Therese wendete sich an ihn mit der gleichen Frage, wieviel er fertig gebracht hätte?

»Fertig?« sagte der muntere Mündel. »Fertig bin ich noch lange nicht!« Und schleuderte seine Schütze.

Wie weit er mit seiner Arbeit gekommen sei? wiederholte Frau Therese.

»Ja, weit ist es gekommen mit der Arbeit!« sagte der muntere Mundel. »Gasierten Baumwollenzwirn heißt es jetzt einschießen, statt gute Tramaseide.« Und schleuderte seine Schütze.

»Wie viele Ellen haben Sie gewebt?« schrie ihm Christl ins Ohr.

Da ließ er die Schütze ruhen und zeigte es wie der erste Weber mit den ausgespreitzten Fingern der Hand, aber bloß mit der einen Hand; und die legte er mit dem Daumen an die Nase und klappte sie siebenmal auf und zu, während er Christl dabei schalkhaft zublinzelte.

»Fünfunddreißig Ellen?« fragte Christl lachend.

Da nickte Frau Therese und zeigte ihren Knaben den walzenförmigen Kettenbaum, auf dem die prächtige, glänzendschwarze Seide aufgewickelt war, und wie die Kette von da aus, schimmernd gleich dem Gefieder eines Raben, als ein breiter, glatter Strom von Tausenden von Fäden durch den ganzen Stuhl hindurch dem Weber in den Schuß lief. Hierauf hieß sie die beiden Weber aufstehn und den unten angebrachten Schrank öffnen, wo eine zweite Walze sich befand, auf der der fertig gewebte Stoff sich aufwickelte.

Und sie machte die Knaben aufmerksam, wie bei dem einen Weber, den sie Nemec genannt hatte, der Kettenbaum noch dicker war als der Stoffbaum, bei dem muntern Mündel hingegen, der mehr Kette verwebt hatte, der Stoffbaum anzuschwellen begann, dass er den Kettenbaum an Umfang bereits übertraf.

Aber es war zu viel Lärm in den Sälen, als dass sie weitere Erklärungen hätte hinzufügen können.

Darum sagte sie bloß: »Merkt, was ihr gesehen habt, wir wollen später darüber sprechen.«

»Wünsch' wohl gespeist zu haben«, sagte der muntere Mündel und setzte sich wieder.

In diesem Stockwerk des Fabriksgebäudes wurden nur glatte und einfarbige Gewebe hergestellt, geköperte und atlasbindige, samtartige und gazeartige.

Mit wachem Blick ging Frau Therese zwischen den Stühlen hin, manchmal blieb sie stehen, um eine Erkundigung einzuziehen, oder weil sie eine Kleinigkeit zu erinnern fand, manchmal bloß deshalb, weil die Schönheit des Gewebes ihren Blick festhielt, oder der Zauber der Farbe ihre Sinne bestrickte.

Denn allenthalben quoll es wie Frühlingspracht unter den Weberrieten hervor, es gab Seidenstoffe, die wie Rosenbeete blühten, oder wie gelbe persische Ranunkel, oder wie purpurviolette Hyazinthen, andere waren zart, schneeweiß und rein wie Gladiolen, andere dunkelblau wie Akeley oder amethystfarben wie Irisblüten, noch andere glühten gleich dunkelscharlachroten Anemonen, oder jauchzten feuerrot wie Kapuzinerblumen, oder klagten in der düsteren Pracht der schwarzpurpurnen Trauercalla.

Nachdem sie alle Säle durchschritten hatten und auf der andern Seite wieder auf die Treppe gelangt waren, die in das zweite Stockwerk führte, sagte Frau Therese: »Ihr habt die Weber gesehen, die beide an dem gleichen schweren schwarzen Stoffe weben. Sie haben beide an demselben Tage die aufgebäumte Kette übernommen, es webt ein jeder an seinem Stück die gleiche Zeit, und das Gewebe, das sie liefern, ist bei beiden gleich schön und gut. Bei dem Nemec aber ist der Stoffbaum noch schmächtiger als der Kettenbaum; bei dem muntern Mündel dagegen umgekehrt der Kettenbaum bereits schmächtiger als der Stoffbaum. Was ist daraus zu erkennen?«

»Daß der muntere Mündel in derselben Zeit mehr Kette verwebt hat als der Nemec«, sagte Moini.

»Und daß also dieser der Fleißigere oder Geschicktere ist«, sagte Christl.

»Ganz richtig. Und welchem gebührt der Preis?«

»Dem Mündel, der in derselben Zeit mehr fertig gebracht hat.«

»Er ist ein Deutscher«, sagte Frau Therese, »der andere dagegen ein Böhme. Wenn wir Deutschen in allem und jedem um soviel tüchtiger sein werden, als dieser deutsche Weber jenen böhmischen an Fleiß und Geschicklichkeit übertrifft, so wird der Vorteil auf unserer Seite sein. So meinte ich es, als ich vorhin sagte, man könne auch mit der Weberschütze einen Kampf kämpfen und einen Sieg erringen. Verstehst du es jetzt, Doll?«

»Ja«, sagte Doll, »ich versteh' es ganz gut; aber ich kann nun einmal die Böhmen nicht leiden.«

»Mir stehen auch die Deutschen näher, weil ich selbst eine Deutsche bin«, sagte Frau Therese; »aber Zu- und Abneigungen sind keine Waffen, nur was geleistet wird, zählt. Darum haben wir Deutschen in Österreich, wenn wir unser Volk lieben, die Pflicht, das Beste, das in uns ist, zu entwickeln und auszubilden, damit wir aufrechte und brauchbare Menschen werden.«

»Einem Fabriksherrn kann es überhaupt gleichgültig sein, ob Deutsche oder Böhmen in seiner Fabrik arbeiten«, sagte Moini; »es kommt bloß darauf an, daß es gute Weber sind.«

»Solang ich gute deutsche Weber fände, würde ich keinen Slawen nehmen«, sagte Christl.

»Die Hauptsache wäre, überhaupt weniger Arbeiter zu brauchen«, meinte Moini.

»Auf der kleinen Reise, die wir im Vorjahr mit dem Großvater machten, Christl und ich, haben wir in Mährisch-Schönberg eine große mechanische Leinenweberei gesehen. Warum werden nicht auch für die Seide Kraftstühle verwendet?«

»Man hat schon vielerlei Versuche angestellt, aber noch keine befriedigende Lösung gefunden«, sagte Frau Therese.

»Indessen muß es sicher noch dazu kommen. Wenn ihr einmal herangewachsen seid und die Fabrik übernehmt, Christl und du, so könnt ihr euch mit der Frage beschäftigen.«

»Ich werde bloß mechanische Stühle einrichten«, sagte Moini, »und jeder soll hundertmal so viel weben wie ein Handarbeiter. Wenn es mit Leinen geht, so muß es auch mit Seide gehn.«

»Es soll mich freuen, wenn du es zustande bringst«, sagte die Mutter lächelnd.

Im obersten Geschoß, in das sie jetzt eintraten, wurden die gemusterten Stoffe hergestellt.

Die Webstühle, die auch hier noch durch Handarbeit betätigt wurden, waren alle mit Jacquards versehen, und ein einziger Tritt, den der Arbeiter bewegte, setzte den Mechanismus, der fast so klug war wie ein Mensch, in Bewegung, daß er die Platinen hob oder fallen ließ, an denen die Korden befestigt waren, und damit auch die Seidenfäden der Kette, die wieder an den Korden hingen, hochzog oder flach liegen ließ, genau im Rhythmus, wie die Verschiedenheit der Musterung es erheischte. Und jedesmal, wenn wieder eine Anzahl Fäden aus der wagrecht ausgespannten Seidenkette emporgehoben wurden, schoß der Weber aus der Hand oder aus einer seitwärts angebrachten Schnellvorrichtung die Schütze durch das also gebildete Fach und schlug den eingetragenen Faden mit der Weberlade fest.

Aufmerksam schritten die Knaben an der Seite der Mutter durch die hellen Säle und hatten ihre Freude an den prächtigen und mannigfach gemusterten Seidenzeugen, die aus der kunstfertigen Hand der Weber hervorgingen. Da gab es einfarbige Damaste in reicher Zeichnung, die sich nur durch die Verschiedenartigkeit der Körnung aus dem satten Grunde abhob, und Modestoffe mit Dessins in allen erdenklichen Formen und Farben, schimmernde Brokatelle und Seidengaziere in schwarz, violett und grau, oder in den hellen Abstufungen von dunkelrosa bis zu weiß, über die eine verschwenderische Hand Tupfen und Streifen, Sterne und Kreise, Blätter und Früchte, Ranken, Strahlen und Wellen oder den jungen Blütenflor der Wiesen und Gärten ausgestreut zu haben schien.

Frau Therese blieb stehen. An einer dieser Jacquardmaschinen saß ein bärtiger Mann und webte, ein Junge, im Alter Dolls etwa, stand neben ihm und sah ihm zu. Der Mann blickte auf und nickte stumm und ernst einen Gruß, ohne mit Weben einzuhalten.

»Wie geht es Ihrem Weib, Birenz?« fragte Frau Therese.

Er gab keine Antwort und fuhr fort, seine Schnellschütze zu schleudern. Ein Tropfen kollerte über seinen Bart. Wie im größten Zorn schleuderte er seine Schütze, hin und her, her und hin, und ratterte mit dem Jacquardtritt.

»Die Mutter ist gestorben«, sagte der Junge schüchtern.

Da hörte der Birenz zu weben auf und weinte in die hohle Hand.

»Was soll jetzt mit dem Lois geschehen?« fragte Frau Therese.

Aus großen, scheuen Augen sah der Junge zu Frau Mairold auf.

»Haben Sie niemand, der sich um den Buben annimmt?«

»Wir haben keinen Menschen!«

»Er kann mitkommen und einstweilen bei meinen Knaben bleiben«, sagte Frau Therese.

Wie taub saß der Mann da und rührte sich nicht.

»Willst du mit uns kommen, Lois?« fragte sie und streckte ihm die Hand hin.

Der Bub legte zaghaft seine Hand in die ihrige, durch den Schrecken, der sich auf seinen Zügen malte, brach es wie ein Lichtstrahl.

Da stand der Birenz schwerfällig auf und wollte sich Frau Mairold nähern, um ihr zu danken. Sie erschrak heftig, als sie in sein Gesicht blickte, und wich unwillkürlich vor ihm zurück.

»Sie sind selbst krank!« rief sie entsetzt.

Er wankte und mußte sich an seinem Webstuhl festhalten.

»Ich hab' gemeint, ich könnt's überwinden.«

In demselben Augenblick schlug er wie ein Stück Holz zu Boden und wand sich in Krämpfen. Arbeiter sprangen herzu und bemühten sich um ihn. Schreckensrufe schnitten durch den Saal, eine eiskalte Hand griff in die Triebwerke, die Stühle hörten auf zu rattern, und es wurde totenstill. Man trug den Birenz aus dem Saal, aus allen Stockwerken eilten die Leute herbei, wie Mücken durch die Gefahr angezogen, der sie entfliehen wollen, und liefen durcheinander, wahnsinnig vor Angst.

Eine Zeit stand Frau Therese zu Stein erstarrt, die Knaben umfangend, die sich an ihre Knie drängten. So ist die Mutter für alle Zeit gebildet, die vor den Pfeilen des Gottes ihr Liebstes am sichersten durch den eigenen Leib zu decken glaubt.

Jetzt raffte sie sich auf und floh, die Knaben mit sich ziehend, durch den Saal zurück. Die andere Treppe war leer geblieben. Sie eilten hinunter und kamen ins Freie. Im Hofe klang die Stimme Baudrillards, der Anordnungen traf. Schon wurde der zweirädrige Karren, auf dem der Sarg aus braunem Wachstuch schwankte, über das Pflaster gerollt. Rasch bog Frau Mairold gegen den Garten ab, hieß Christl, Moini und Doll vorausgehn und folgte, den kleinen Lois Birenz an der Hand führend.

Es treten auch an die stärkste Seele Augenblicke heran, wo sie zag wird, wo sie hilflos wie ein verirrtes Vöglein, das gegen die Fensterscheiben stößt, sich ängstlich fragt: Wie find' ich den rechten Weg?

In Frau Therese wühlte der Zweifel. Sie rief Christl zu sich und sagte: »Du bist der Älteste, du hast die meiste Erinnerung an den Vater. Was meinst du? Wenn er mir raten könnte, würde er mich heißen euch Kinder in Sicherheit bringen und diesem entsetzlichen Orte entfliehn?«

»Ich weiß es nicht, Mutter«, sagte Christl. »Aber alle anderen müssen bleiben und ausharren, weil sie nicht die Mittel haben zu reisen. Nach meinem Gefühl wär' es erbärmlich, wenn wir sie im Stiche ließen.«

Sie legte ihre Arme um seinen Hals und küßte ihn.

Am Abend war der Birenz tot. Frau Therese aber hatte zu ihren acht Kindern noch ein neuntes bekommen.

* *
*

Den nächsten Morgen fand sich im Mairoldschen Gartenhause ein massiger Herr ein, der gut seine zwei Zentner wog und kurzatmig keuchend unsagbar unter der Hitze litt.

»Der halbe Gemeinderat ist mir davongeloffen«, sagte er; »die Leute haben so viel Angst vor den Preußen. Soll man wirklich alles, was einen Wert hat, im Keller vergraben – was meinen Sie?«

»Ich vergrabe nichts«, sagte Frau Therese lachend. »So viel wie Sie, Herr Kilian, hätt' ich wohl auch kaum zu vergraben. Samt und Seidenstoffe gehn nicht so reißend ab wie die warmen Semmeln.«

»Eine Uhr zum Beispiel werden Sie doch besitzen! Was machen Sie, wenn Ihnen einer Ihre Uhr wegnimmt?«

»Dagegen werde ich mir schon zu helfen wissen. Übrigens sind die preußischen Soldaten keine Strolche, und für den Notfall gibt es Offiziere.«

»Also das sag' ich auch!« meinte Herr Kilian erleichtert und trocknete sich den Schweiß von der Stirn. »Wenn sie nichts von Zucht und Ordnung wüßten, so hätte bei Königgrätz nicht alles so großartig geklappt.«

Die allgemeine Verwirrung hatte den gewichtigen Mann, der Bäckermeister seines Zeichens und außerdem Bürgermeister von Nedweditz war, ganz verzagt gemacht.

»Sie sind eine vernünftige Frau«, sagte er, »mit Ihnen kann man reden. Aber da gibt es Tschechen im Gemeinderat, die tun rein, als ob die Türken im Anzug wären. Und die Deutschen getrauen sich überhaupt nichts zu sagen, weil es halt von Angebern wimmelt, wissen Sie. Die Regierung hat eh' schon ein Aug' auf die Deutschen – als ob sie mit den Preußen unter einer Decke stecken. Es ist schwer Mensch sein, man weiß rein nicht, was man tun soll.«

»Tun Sie gar nichts als Ihre Pflicht«, sagte Frau Therese.

Er sah hilflos drein und schwitzte wie ein gebratener Apfel.

»Ja, tun Sie Ihre Pflicht, das ist leicht gesagt. Wenn ich gewußt hätt', daß es so kommt, so hätt' ich mich nie zum Bürgermeister wählen lassen. Jetzt kneifen sie alle aus und lassen mich sitzen. Ich hab' ja keine Ahnung, was man im Kriegsfall als Bürgermeister zu tun hat.«

Frau Therese überlegte. Vorschriften kannte sie auch keine, aber was not tun würde, wenn die Preußen kämen, das ließ sich allenfalls auch erraten.

»Vor allem lassen Sie auf der Wiese hinter dem städtischen Krankenhaus eine Cholerabaracke errichten; die Krankheit, die von den Lazaretten ausgegangen ist, wird leider noch zunehmen, sobald die Preußen einmal da sind. Die Verwundeten, wenn welche eintreffen sollten, müssen von den Cholerakranken natürlich abgesondert werden; zu diesem Zweck schiene es mir ratsam, das Schulhaus als Notspital einzurichten. Die Wohnungen und Ställe müssen Sie vorgemerkt halten, wir werden Einquartierung bekommen. Eine halbe Kompagnie kann ich in meinen Lagerräumen unterbringen, ich habe sie bereits frei machen lassen. Da Sie auch Postmeister sind, wird es Ihre Pflicht sein, alle Postpferde und Wagen sogleich fortzuschicken. Auch die Postgelder und Telegraphenapparate müssen geflüchtet werden. Denn als Österreicher haben wir dafür zu sorgen, daß die Preußen sich keiner öffentlichen Hilfsmittel für ihre Zwecke bedienen können. Im übrigen bewahren Sie kaltes Blut, stellen die Stadt, wenn eine preußische Truppenabteilung einrückt, unter den Schutz des Befehlshabers und lassen sich, wenn der Feind ihr eine Schätzung auflegen sollte, womöglich eine Bestätigung darüber ausstellen. Das ist alles, was ich Ihnen zu raten weiß.«

»Sie sollten eigentlich Bürgermeister sein«, sagte Herr Kilian. »Ich habe mir gleich gedacht, daß man bei Ihnen noch am ehesten ein vernünftiges Wort zu hören bekommt.«

Sie beredeten noch mehreres miteinander und Frau Therese versprach, mit ihm in Verbindung zu bleiben und ihm bei den Vorkehrungen, die er zu treffen hätte, mit ihrem Rat zur Seite zu stehn. Sichtlich aufgerichtet ging er schließlich fort und machte Anstalt, alles ins Werk zu setzen, genau wie sie es ihn geheißen.

Es kamen wieder sonnige Tage, und mit ihnen kamen die richtigen Preußen, wie der alte Hummer es versprochen hatte. Zuerst zogen sie bloß durch den Ort hindurch wie früher die Sachsen, ohne sich länger darin aufzuhalten, und aus den Fenstern des Torwächterhäuschens gab es genug zu sehen: rote Husaren, ein ganzes Regiment, unzählige Batterien mit Kanonen und blaues Fußvolk mit Pickelhauben, das kein Ende nehmen wollte. Es waren großenteils stattliche Leute, in ihren blanken Uniformen, die in der Sonne blitzten, und Doll wunderte sich, daß sie so freundlich dreinschauten und gar nicht wie Wüteriche aussahen. Manchmal sangen sie sogar ein fröhliches deutsches Lied im Chor, während des Marschierens, daß es ganz heimatlich zu Gemüte klang. Und die großen blonden Bärte, die viele von ihnen trugen, erhöhten noch den Eindruck, daß man es mit tüchtigen und besonnenen Männern zu tun habe.

»Warum tragen die österreichischen Soldaten keine Bärte?« fragte Doll.

»Weil sie nicht dürfen«, sagte Baudrillard.

»Und warum dürfen sie nicht?«

»Weil es verboten ist. Erledigt!«

Der alte Hummer trat vor. Von einem gebürtigen Franzosen war es kaum zu verlangen, daß er hätte wissen sollen, warum das österreichische Militär keine Bärte tragen durfte; aber ein altgedienter österreichischer Soldat mußte es natürlich wissen. Darum hob der alte Hummer den Finger und sagte: »Das will ich Ihnen genau erklären, junger Herr. Es wäre nämlich gegen die sogenannte Subordination, verstanden? Indem, daß im Jahre achtundvierzig, wo die große Revolution gewesen ist, die Aula und die Ungarn und die andern Demokraten, die was damit umgegangen sind, den kaiserlichen Thron in die Luft zu sprengen, alles wild haben wachsen lassen im Gesicht wie die Indianer. Darum war es nachher das erste, wie die sogenannte Redaktion wieder Ordnung gemacht hat in Österreich, daß der Kaiser dem Kremsierer Reichstag einen Deuter gegeben hat, er soll ein Gesetz machen gegen die Bärte. Aber im Reichstag, hab' ich mir sagen lassen, da waren eigentlich lauter Spezi von der Aula beisammen, denen hat die Indianertracht gefallen, und sie haben sie halt barduh nicht abschaffen wollen. Schließlich ist es dem Kaiser zu dick geworden, und er hat den Reichstag einfach gestampft. Das heißt man in der Politik die Sistierung der Verfassung. Die Liberalität ist nicht ganz einverstanden damit; ich finde es aber in der Ordnung, daß man kaiserliches Militär nicht wie die Indianer herumlaufen läßt.«

Baudrillard lachte, Doll aber sagte erstaunt: »Die Indianer haben doch gar keine Bärte!«

Der alte Hummer stutzte einen Augenblick, war aber schnell wieder gefaßt.

»Freilich haben sie keine Bärte«, sagte er; »vorne nämlich! Dafür haben sie aber hinten auf dem Kopf ihren sogenannten Klaps, oder wie man es heißt.«

»Den Skalp meint er!« rief Baudrillard, fast sterbend vor Lachen, hielt sich seinen Leib und stieß kleine, runde französische Laute dabei aus.

Vielleicht hätte der alte Hummer es übel genommen, hätte er Zeit gefunden, empfindlich zu sein. Er war aber vollauf damit beschäftigt, die Honneurs zu machen; denn wer irgend abkommen konnte im Haus oder in der Fabrik, lief wenigstens für ein paar Minuten in die Pförtnerswohnung am Tor, um auch ein Endchen Weltgeschichte mit eigenen Augen zu sehen. Geräusche gab es genug, die anlockten. Einmal ratterten die Trommeln, stundenlang, und der Ton blieb gleichsam vor dem Hause stehn, weil jedesmal, wenn der eine Trommler sich entfernt hatte, ein anderer gerade vorübermarschierte und ein dritter mit der nächsten Abteilung schon wieder heranrückte. Ein andermal bliesen die Trompeten, oder eine ganze Blechmusik, die an der Spitze eines Reiterregimentes ritt, setzte mit einer schmetternden Fanfare ein. Dann hörte man wieder einen ganzen Tag lang von früh bis spät nichts als das Rasseln von schwerem Fuhrwerk, draußen auf der Reichsstraße. Manchmal war es wie ein Erdbeben, daß der Boden schütterte und die Fenster des Fabriksgebäudes klirrten. Endlose Züge von Munitions- und Bagagewagen rollten vorüber, der militärische Troß und Hunderte und Hunderte hochbepackter Planwagen aus dem Preußischen, die mit Hütt und Hott und Peitschenknall den Eilmärschen des siegreichen Heeres nachhasteten, um es mit Schießbedarf und Lebensmitteln zu versorgen. Und hintennach folgten noch ganze Karawanen ländlicher Fuhrwerke, mit ausgehungerten Kleppern bespannt, jedes von einem armseligen und verängstigten böhmischen Bäuerlein gelenkt, das man gezwungen hatte, sich und seine Habe in den Dienst des Feindes zu stellen. Marode, Versprengte, oder aus einem andern Grunde Zurückgebliebene wurden auf diese Weise ihren Truppenkörpern nachgesendet, vor allem aber neu ausgehobene Ersatzmannschaften, ein zweites Aufgebot, wie es schien. Denn es waren großenteils reifere Männer, wiederum viele davon mit blonden Vollbärten, die ihre Pfeife rauchend auf den Leiterwagen saßen und ernst und schweigend die Häuser des Ortes, die Bewohner und die ganze Gegend betrachteten.

Eine Zeitlang wurde es dann wieder still, weit und breit war keine Uniform zu sehen, keine österreichische, keine sächsische und keine preußische. Unter den Kastanien vor der Gartenwohnung spielten die Kinder mit ihrem neuen Kameraden, dem kleinen Lois Birenz, und die sengend heiße Luft war erfüllt von dem Geklapper der Webstühle, das aus den weit offenstehenden Fenstern der Fabrik herüberklang. Nichts deutete auf Kriegszeiten, und als Frau Therese an einem Abend, der vorübergehende Erquickung atmete, mit den älteren Knaben auf den sogenannten Hals stieg, einen mäßigen Höhenzug, der sich knapp über dem Städtchen aus dem Flachland streckte, da lagen, soweit das Auge reichte, die goldenen Kornfelder und die grünen Rübenäcker so friedlich unter der Abendsonne, daß niemand geglaubt hätte, sich mitten in einer vom Feinde besetzten Provinz zu befinden.

Herr Kilian ließ kaum einen Tag verstreichen, ohne Frau Mairold zu besuchen und sich Weisungen von ihr zu holen. Der behagliche und selbstsichere Ausdruck, der ihm sonst eigen gewesen, kehrte in sein Gesicht zurück, er bildete sich ein, gute Gedanken zu haben, weil er die ihrigen ausführte, und hielt sich wieder für den umsichtigsten Bürgermeister in ganz Mähren.

»Eigentlich ist es schade«, sagte er einmal; »alles wäre jetzt so schön vorbereitet, und nun bleiben die Preußen aus!«

Sie wunderte sich: »Mir scheint gar, Sie haben Sehnsucht nach Einquartierung und Requisitionen?«

»Das gerade nicht, aber wenn ich gewußt hätte, daß alles für die Katz' ist, so hätt' ich mich nicht so geplagt! Nedweditz ist doch wirklich ein nettes Stadterl, hat eine angenehme Lage, Gas, Wasserleitung, kurz alles, was der Mensch braucht. Die städtische Promenade, die ich vergangenes Jahr vor meiner Villa draußen, am Schwimmschulkai habe anlegen lassen, wird sich auch bald anwachsen. Warum tun also die Preußen so hoppatatschig und marschieren an uns alleweil bloß vorbei? Es ist rein, als ob ihnen Nedweditz nicht gut genug wäre!«

»Kränken Sie sich nicht«, sagte Frau Therese lachend. »Wer weiß, ob die Preußen die Schönheiten von Nedweditz nicht noch würdigen lernen. Die Hauptmasse der feindlichen Armee muß doch wohl noch im Norden stehn – ich hoff' es wenigstens.«

Es fehlten alle Nachrichten. Seit geraumer Zeit gab es keine Post mehr, keine Zeitungen, die telegraphischen Verbindungen waren unterbrochen. Daß die Preußen Prag längst besetzt hatten, wußte man, das war gleich nach der Schlacht von Königgrätz geschehen. Daß ein großer Teil von Mähren besetzt war, wußte man auch; die gewaltigen Truppendurchzüge, die stattgefunden hatten, ließen keinen Zweifel darüber. In allem übrigen blieb man auf Gerüchte angewiesen, die auf ihre Richtigkeit zu prüfen, niemand in der Lage war.

»Der Gemeindediener hat einen Stromer eingebracht«, sagte Herr Kilian. »Der behauptet, der König Wilhelm und sein Hauptquartier befinden sich längst in Brünn. Vor acht Tagen schon sollen die Preußen Lundenburg besetzt haben.«

»Lundenburg?« rief Frau Therese bestürzt.

Sie konnte es kaum glauben und erschrak deshalb so heftig, weil sie wußte, daß die Preußen so gut wie in Wien waren, wenn sie einmal Lundenburg besetzt hatten. Der Herr Bürgermeister aber, mehr Kirchturmspatriot als Vaterlandsfreund, verstand ihren Ausruf anders.

»Mir ist es auch unbegreiflich, warum sie sich gerade Lundenburg aussuchen«, meinte er. »Was ist Lundenburg, ich bitte Sie? Ein elendes Nest im Vergleich zu Nedweditz! Nicht begraben sein möchte ich in Lundenburg! Die Preußen wissen auch nicht, wo es schön ist. Nedweditz lassen sie links liegen und marschieren nach Lundenburg!«

»Lundenburg wird halt für die Kriegsführung wichtiger sein«, meinte Frau Therese belustigt.

»Von der Strateschie verstehe ich nichts«, sagte er; »ich weiß nur so viel, daß Lundenburg nicht einmal eine ordentliche Kanalisierung hat.«

Sein Ehrgeiz, die Vorzüge von Nedweditz ins rechte Licht zu setzen, sollte bald Befriedigung finden. Eh' man sich's versah, lag die kleine Stadt, die fast von den Landkarten getilgt schien, wieder mitten in Europa. Das preußische Gouvernement leitete den Verkehr in die gewohnten Wege. Jetzt waren auf einmal ganze Stöße von Zeitungen da. Aber es stand nicht viel Schönes darin.

»Teufelskerle sind diese Preußen!« sagte der alte Hummer bekümmert; »den Benedek haben sie richtig von Wien abgeschnitten.«

Der muntere Mundel, der gerade vorüberging, legte sich ins Guckfenster der Portiersloge, das nach der Torfahrt sah.

»Wissen Sie schon, daß Wien belagert wird?«

»Von den Preußen?« fragte der alte Hummer erschrocken.

»Nein, vom Belcredi. Er hat den Belagerungszustand über Wien verhängt.«

»Und warum denn?« fragte der alte Hummer.

»Weil die Wiener eine Petition an den Kaiser verfaßt haben, er soll eine Verfassung einführen. No, und der Herr Staatsminister, der hat halt jetzt keine Lust, eine Verfassung zu verfassen, drum hat er sich gedacht: wer eine Verfassung will, den laß ich lieber abfassen; denn was für Folgen eine Verfassung haben kann, solang sich Österreich in einer so schlechten Verfassung befindet, das ist ja gar nicht zu fassen!«

»Da hat der Herr Staatsminister ganz recht gehabt«, sagte der alte Hummer. »Eine Frechheit ist es, den Kaiser mit so was zu sekkieren, wo er jetzt eh' so viel zu denken und zu tun hat!«

In der Schreibstube gerieten Frau Therese und Baudrillard unversehens in die Politik.

»So etwas ist noch nicht dagewesen«, sagte er: »Ein Sieg zu Land wie der von Custozza und einer zur See wie der von Lissa – und trotzdem ist Venezien dahin!«

»Vielleicht mußte es so kommen«, meinte sie, »weil es das Natürliche und Vernünftige ist. Ich sage immer, alles Strampeln und Gescheitseinwollen hilft nichts, es geschieht doch stets, was sein soll.«

Aber in dem Punkt war er reizbar.

»Unsinn! Sie entschuldigen schon. Geschehen tut, was der Gescheitere will, denn der ist heutzutage auch der Stärkere. Die Borniertheit des klerikalen Grafenregiments hat Österreich eine der schönsten Provinzen gekostet. Erledigt!«

»Ich versteh' das nicht so«, sagte Frau Therese kleinlaut. »Aber man muß halt auch bedenken, daß wir mit zwei Fronten haben kämpfen müssen.«

»Die Preußen haben mit noch viel mehr Fronten kämpfen müssen. Gegen uns und die Sachsen, gegen Bayern, Hessen, Hannover – was weiß ich, gegen wen sonst!«

»Ihr Kaiser wird den Frieden vermitteln, heißt es«, sagte sie, um ihn zu reizen.

»Dieser Scharlatan ist nicht mein Kaiser!« rief Baudrillard auf den Tisch schlagend.

Da mußte Frau Therese lachen, und er begriff, daß sie ihn bloß aufgezogen hatte.

Der alte Hummer klopfte an die Tür und meldete, die Einquartierung sei da. Nun gab es für Frau Theresen alle Hände voll zu tun. Ein halbes Ulanenregiment war in die Stadt eingerückt. An dem Rathaus von Nedweditz hing ein Adler mit einem einzigen Kopf und der Umschrift: »Königlich preußische Feldpost.« Der Bürgermeister besaß leider auch nur einen einzigen Kopf, und den verlor er. Die Verzeichnisse der Unterkünfte, die auf Frau Mairolds Betreiben angelegt worden waren, schusterte er so heillos durcheinander, daß es allerorts Verlegenheiten gab. In den engen Straßen stauten sich Menschen, Pferde und Fouragewagen, und mancher kräftige militärische Fluch über die »echt österreichische Wirtschaft« entlud sich auf die Köpfe der Bevölkerung.

Nichts konnte Frau Theresen empfindlicher treffen als jenes oft wiederholte Schlagwort, das ihr Vaterland herabsetzte, und das, obgleich man es in Österreich selbst oft genug zu hören bekam, aus norddeutschem Munde doppelt bitter klang. In Scham und Zorn eilte sie aufs Rathaus, forderte Herrn Kilian die Papiere ab und nahm mit Hilfe des Gemeindeschreibers und des quartiermachenden Offiziers die Verteilung der Wohnungszettel selbst in die Hand. Allmählich verlief sich die Stauung; wie eine plötzlich hereingebrochene Flut in Ritzen und Löcher versickert oder vom Boden eingesogen wird, so verschwanden nach und nach die Krieger und Rösser aus dem Gedränge der Stadtpläne und Gassen und krochen unter, wo einem jeden mit mehr oder weniger Entgegenkommen die gastliche Stätte bereitet war.

Anscheinend gefiel es den Ulanen nicht übel in Nedweditz. Es sah fast aus, als ob sie sich häuslich in der Stadt niederlassen wollten. Der Bürgermeister behauptete, sie müßten sogar einen Brief an ihre Kameraden von den Fußtruppen geschrieben haben, wie schön es hier sei; denn wenige Tage später rückten auch noch zwei Bataillone Pickelhauben ein. Die brachten eine Feldmusik mit, nun ging es hoch her in Nedweditz; vor der »Amalienruhe«, der Villa des Bürgermeisters, in den neuen städtischen Promenadenanlagen am Schwimmschulkai, wo eine Büste des Herrn Kilian aufgestellt war, gab es jeden Abend Konzert.

Auch in der Mairoldschen Fabrik lag ein Fähnlein Ulanen. Die Soldaten, die ihre Rosse im Fabrikshof wuschen und striegelten, plauderten gern mit den Kindern und scherzten gutmütig mit ihnen, wenn sie herumstanden und zusahen. Es befanden sich muntere Bursche unter diesen Kriegern, einige liebten es, während der Arbeit mehrstimmig zu pfeifen, was manchmal wunderhübsch klang, und fast alle machten den Eindruck von grundbraven und gemütlichen Leuten.

»Sehr anjenehm!« schnarrte der Leutnant, die Hacken zusammenschlagend, als Frau Therese ihn mit Baudrillard bekannt machte.

Doll hatte es gehört und flüsterte mit Moini und Christl. Er hatte sich die Preußen viel schlimmer vorgestellt. So, als ob man sich vor ihnen fürchten müßte. Und waren doch eigentlich ganz nette Menschen?

»Wie sie die Stimme pressen: Sehr anjenehm!« sagte Christl. »Und so was Patziges haben sie! Jedem Leutnant sieht man es an, daß er sich für ein Weltwunder hält!«

»Jedenfalls sind sie mir lieber als die Böhmen«, meinte Doll. »Die Deutschen gehören alle zusammen. Es ist zum Weinen, daß sie einen Krieg miteinander führen!«

Da sagte Moini, die Preußen seien jetzt keine Feinde mehr, der Krieg sei längst zu Ende, bloß in Nedweditz hätte man noch nichts davon gewußt. Das machte Doll ganz eigen froh. Es war ihm, als fiele ihm ein Stein vom Herzen. Indessen wunderte er sich, ob denn ein Krieg so schnell aus sein könne?

Moini sagte: »Wenn so viele Plutzer gemacht werden, schon!«

»Und warum sind dann die Preußen überhaupt noch da?« wollte der Lois Birenz wissen.

»Es dauert eben eine Weile, bis so ein Friede fertig wird«, erklärte Christl. »Vorderhand heißt es bloß erst Waffenstillstand; nun müssen sie noch die Bedingungen auskochen.«

»Werden sie uns ein paar Länder wegnehmen?« fragte Doll.

»Das nicht, aber Deutsche sollen wir nicht mehr sein dürfen.«

Doll sah ihn groß an und schwieg betreten. Plötzlich faßte er ihn am Arm und rüttelte ihn.

»Das können sie uns doch nicht verbieten!«

Da mußte Moini über seinen Eifer lachen.

»Der Doll meint, daß er jetzt ein Böhm' werden muß.«

»Ein Preuße möcht' ich nie werden«, sagte Christl. »Aber ein Deutscher will ich immer bleiben!«

»Ich will ein großer, reicher Fabriksherr werden, der sich um keinen Menschen zu kümmern braucht«, sagte Moini.

»Aber doch ein *deutscher* Fabriksherr?« fragte Doll.

»Mein Gott, ich bitte dich!« sagte Moini. »Die Großmutter Bornschbögel war eine geborene Zwennek, die wird auch nicht in direkter Linie von Armin, dem Cherusker, abgestammt haben!«

Was Doll gehört hatte, ging ihm nach, und er kam später, als er mit dem Lois Birenz im Garten spielte, darauf zurück.

»Wir beide wollen stets Deutsche bleiben, Lois! Unser ganzes Leben lang! Was meinst du?«

Das Proletarierkind sah etwas befremdet drein. Mit solchen Fragen hatte es sich nie abgegeben und empfand sie als fremde Überflüssigkeiten, wie wenn man von kostbarem Pelzwerk für Damen gesprochen hätte, oder von silbernen Tafelaufsätzen.

»Also – du bist doch nicht etwa ein Böhme?« drängte Doll.

»Ich weiß es nicht«, sagte Lois Birenz. »Der Vater hat Deutsch geredet und die Mutter Böhmisch.«

»Kannst du auch Böhmisch reden?«

»Ein bissel schon.«

Doll schwieg. Er hatte den Lois lieb gewonnen, nun tat es ihm weh, daß der ein halber Böhme sein sollte.

»Es ist gut, daß ich auch Böhmisch kann«, sagte der Lois. »Wenn ich einmal Fabriksarbeiter bin, so hab' ich ein leichteres Fortkommen.«

»Willst du denn Fabriksarbeiter werden?« fragte Doll.

»Kein gewöhnlicher!« sagte der Lois. »Ein besserer natürlich, so wie der Vater einer war. Du, mit dem Jacquardtritt kann ich schon ganz gut umgehn!«

Da fiel es dem Doll erst wieder ein, daß der alte Birenz und sein Weib an der Cholera gestorben waren, und daß der Lois keine Eltern mehr hatte.

»Ich habe zwei Donnerkeile«, sagte er; »wenn es dir recht ist, Lois, so schenk' ich dir einen.«

»Was ist das, ein Donnerkeil?«

Er führte ihn geheimnisvoll hinter ein Gebüsch des Gartens, wo an der Mauer wohlverwahrt zwei armdicke Holzklötze lagen. Davon schenkte er ihm einen.

»Nun haben wir jeder einen Donnerkeil!« sagte der Lois Birenz erfreut.

Und sie brachen Zweige von den Büschen und bedeckten die Holzklötze mit Laub, damit niemand sie entdecken sollte.

* *
*

Die Einquartierung in der Fabrik machte Frau Theresen viel zu schaffen. Die Lagerräume ebener Erde waren in Ställe verwandelt, ein Teil der Arbeitssäle in eine Kaserne. Den Betrieb unter solchen Umständen aufrecht zu erhalten, kostete Mühe, aber sie bestand darauf, daß es geschehen müsse, und schachtelte mit Umsicht und Entschlossenheit die verschiedenen Hantierungen auf knappstem Räume ineinander. Die Winderinnen und Spulerinnen waren jetzt im zweiten Stockwerk zwischen den Jacquardmaschinen untergebracht.

»Eine Kaserne und eine Fabrik, wo Mädchen beschäftigt sind, das wird sich nicht gut miteinander vertragen«, sagte Baudrillard mit einem versteckten Schmunzeln um die Lippen. »Oder vielmehr, ich fürchte, es verträgt sich nur allzugut.«

Es war leicht zu bemerken, daß seinem gallischen Blute eher der Spaß als der Ernst der Gefahr einleuchtete, die er andeuten wollte.

Frau Therese aber meinte, solange der Mensch arbeite, gebe es auch Zucht und Ordnung. Erst mit dem Nichtstun fange der Verderb an.

»Die ganze Stadt ist jetzt eine Kaserne«, sagte sie. »Ich könnt' es nicht verantworten, unsere Fabriksmädeln gerade in einer solchen Zeit müßig umherlaufen zu lassen. Sehen Sie strenge darauf, Baudrillard, daß die Arbeit so gewissenhaft verrichtet wird wie sonst, verlangen Sie eher noch mehr! Nichts bewahrt den Menschen sicherer davor, eine Dummheit zu begehn, oder auf Abwege zu geraten, als eine gesunde, durch nützliche Arbeit hervorgerufene Müdigkeit.«

Es war ganz eigen, wie die preußischen Soldaten den Fabriksmädchen, wenn sie abends aus der Arbeit gingen, mit einer Art ernster Scheu nachblickten. Diesen Leuten, die größtenteils aus dem Bauernstand hervorgegangen waren, schien es Achtung einzuflößen, daß das Getriebe eines rastlosen Schaffens ruhig seinen Fortgang nahm, unbeirrt durch ihre kriegerische Anwesenheit. Vielleicht empfand mancher eine stille Beschämung, wenn er das prahlerische Rasseln seines Säbels auf dem Pflaster des Hofes mit dem emsigen Surren der Spulräder und dem besonnenen Klappern der Webstühle verglich, das aus den Fenstern klang. Vielleicht erwachte in manchem eine Regung von Sehnsucht nach den Segnungen des Friedens, wenn er müßig und überflüssig auf einer Abendbank sitzend, die von des Tages Mühen Erlösten fröhlich aus dem Haufe strömen und den Heimweg antreten sah. Unbestreitbar blieb, daß das Beispiel einer nützlichen Tätigkeit, das sie vor Augen hatten, einen guten Einfluß auf die Krieger übte. Die meisten wurden dadurch in Zucht gehalten, und Ausschreitungen kamen nur ganz vereinzelt vor. Dagegen vollzogen sich mehrere Annäherungen ehrbarer Natur, gegen die nichts Ernstliches einzuwenden war. So hatte die Juli Schafzahl, Frau Theresens Patenkind, das Glück, die Bekanntschaft eines preußischen Sergeanten zu machen, eines rechtschaffenen und gesetzten Mannes, der in seinem bürgerlichen Berufe Maschinenschlosser war und sie später nach Neubrandenburg heimführte.

Eine größere Schwierigkeit, die niemand vorausgesehen hatte, ergab sich aus den fortwährenden Reibereien zwischen den Soldaten und den männlichen Arbeitern, besonders den slawischen. Frau Therese suchte ihnen durch umsichtige Anordnungen vorzubeugen, wo es nicht gelang, wußte sie durch rasches und entschiedenes Eingreifen den Ausbruch ernsterer Zwistigkeiten zu verhüten, die der ganzen Bevölkerung hätten zum Nachteil gereichen können. Sie verstand es, sich Achtung zu verschaffen, auch die Rohen und Aufgebrachten beugten sich schließlich ihrer Festigkeit, die immer gerecht, leutselig und besonnen blieb.

Außer dem Fähnlein Ulanen lag auch noch eine starke Abteilung Fußtruppen in der Fabrik. Die Schreibstube und die anstoßende Wohnung Baudrillards waren für den Oberst und mehrere Herren vom Stab bereitgestellt, daran schloß sich in den notdürftig instand gesetzten Rohseidenspeichern die Adjutantur. Die Notwendigkeit, Offiziere und Mannschaften zu verpflegen, versetzte das Haus in einen Wirbel von Geschäftigkeit. Manchmal ging es zu wie in einem großen Gasthof, und hätte nicht Riki bei all ihrer Jugend die Gaben einer geborenen Wirtschafterin entfaltet, so wäre es überhaupt nicht zu leisten gewesen. Dem flinken Kinde flog die Arbeit nur so von der Hand; für sein ganzes Leben lernte es jetzt den Segen einer tüchtigen Wirksamkeit lieben, die vielen zum Nutzen gereicht.

Eine ungleich mannigfaltigere Tätigkeit forderten die Umstände von Frau Theresen selbst. Aus dem Süden und Westen, wo die March entlang und gegen die niederösterreichische Grenze kleinere Gefechte stattgefunden hatten, trafen Schübe von Verwundeten in Nedweditz ein. Nun war es ein Segen, daß das Schulhaus instand gesetzt worden war und als Lazarett dienen konnte. Aber es fehlte an Wäsche, an Verbandzeug, und Frau Therese geizte nicht; auch die Scharpie, die die Kinder zupfen geholfen, ließ sie jetzt den Feinden zugute kommen. Für sie hörten sie auf Feinde zu sein, weil sie litten.

Aus Bedürfnis und Barmherzigkeit führte sie die Oberaufsicht über die Pflege, verweilte täglich stundenlang in diesen Sälen des Jammers, frug die Leidenden nach ihren kleinen Wünschen, machte Besorgungen für sie, oder schrieb Briefe in ihre Heimat. Außerdem gab sie die Richtung so ziemlich für alles, was in ihrem eigenen Hause, in der Fabrik, in der Stadt geschah. Auf ihren Schultern lag die Verantwortung für das Wohl der Arbeiter, ja der ganzen Bürgerschaft, denn ihre Winke bestimmten das Verhalten gegenüber den in Nedweditz liegenden Truppenkörpern. Es war eine harte Zeit. Manchmal hatte sie so viel zu denken und zu sorgen, daß sie meinte, Kopf und Herz müßten ihr zerspringen. Da mahnte das hilflose Geschöpf, dem sie noch den natürlichen Gottesdienst der Mutterschaft schuldete, zu neuer Hingabe. Und ihm zulieb, während sie es mit befreitem Gemüt an ihre Brust legte, erlernte sie die hohe Kunst des Willens, hinter sich zu weisen, was abgetan war. Zuversicht sollte es aus ihr trinken und kraftvolle Heiterkeit, das war ihr Ehrgeiz und ihre Hoffnung. Mit der Muttermilch sollte ihm das große Wunder ins Blut übergehen, das allen mechanischen Gesetzen des Seins zu widersprechen scheint, und das sie doch täglich an sich selbst erlebte: daß gerade die strengsten Anforderungen, die an uns gestellt werden, wenn wir sie im rechten Geiste zu bewältigen wissen, Leib und Seele eher stärken als schwächen und es keine wirksamere Erholung gibt als den Wechsel der Pflichten.

Sie wenigstens fühlte, wie sie nicht nur innerlich weiter und tiefer, sondern auch nach außen hin ausdauernder und geschmeidiger wurde, und begriff plötzlich das sonst schwer zu deutende Wort, der Geist sei es, der sich den Körper baue. Aus jeder neuen Not wußte sie neuen seelischen Gewinn zu ziehen, auch für die Ihrigen. Denn indem sie die Knaben ins Vertrauen zog und mit ihnen manche Schwierigkeit, die fast unlösbar schien, wie mit Erwachsenen beriet, erreichte sie es, daß sie an Urteil und Einblick gewannen und die Bedrängnis des Tages ihnen zu einer unvergleichlichen Schule wurde. Der junge Lois Birenz, der sich immer mehr als kluges und aufgewecktes Bürschchen entpuppte, ward ihr dabei von großem Nutzen. Wie alle Proletarierkinder überragte er an Erfahrung seine Altersgenossen aus dem Bürgerstande und leistete, besonders wo es sich um Angelegenheiten der Arbeiterschaft handelte, unersetzliche Dienste. Denn er wußte die Gedanken der geringen Leute und verstand die eigentliche Meinung ihrer Worte, die oft einen ganz andern Sinn ausdrückten als dieselben Worte in der Sprache der Gebildeten.

Einmal erschien wieder Herr Kilian im Mairoldschen Hause. Er gebärdete sich zornmütig und brauschtete wie ein Ertrinkender.

»Haben Sie so etwas schon gehört? Erst requirieren sie mir den letzten Sack Mehl, und dann verlangen sie, daß ich ihnen Brot backen soll!«

Frau Theresen kam der Ton seiner Entrüstung nicht ganz echt vor, sie schöpfte Verdacht, weil er allzu dick auftrug.

»Haben Sie wirklich alles Mehl abliefern müssen?« fragte sie ungläubig.

»Bis auf den letzten Sack!«

»Und nichts zurückbehalten?«

»Nichts!«

»Schade«, sagte sie, »der Kommandant hat mir erst heute das Doppelte über den marktüblichen Preis geboten, wenn ich ihm dreißig Metzen zu verschaffen wüßte.«

»Dreißig Metzen –?« meinte Herr Kilian. »Wenn Sie mich nicht verraten, so ist die Sache gemacht.«

»Wissen Sie, Herr Bürgermeister«, sagte Frau Therese aufflammend, »wenn Sie einen Rat von mir wollen, dann verlange ich auch Offenheit und Ehrlichkeit! Mir ist alle Lüge widerlich, schon in Friedenszeiten. Jetzt, wo wir wehrlos einem Feinde gegenüberstehen, der das Kriegsrecht auf seiner Seite hat, sieht sie noch außerdem der Dummheit zum Verwechseln ähnlich. Gehen Sie hin und lassen Sie Brot backen, sonst sind wir geschiedene Leute!«

»Sind Sie aber hantig!« sagte er. »Diesen Preußen gegenüber, die uns brandschatzen wollen wie nicht gescheit, wird man doch noch ein bissel mogeln dürfen?«

»Mogeln darf ein anständiger Mensch überhaupt nicht, merken Sie sich das! Ich habe mich beim Kommandanten verbürgt, daß nichts verheimlicht wird, soweit ich es verhindern kann, und dafür die Zusicherung erhalten, daß von einer zwangsweisen Durchsuchung von Kellern und Speichern Abstand genommen werden soll.«

»Sie tun rein, als ob Sie die Frau Oberbürgermeisterin wären!« grollte Herr Kilian.

»Gehen Sie und lassen Sie Brot backen!« wiederholte Frau Therese.

»Ihnen zulieb, meinetwegen!« sagte er, ging hin und ließ Brot backen.

Ihre Verstimmung über diesen Zwischenfall verflog rasch, sie hatte diesen Abend noch einen Auftrag zu erledigen, der sie tief innerlich beglückte. Ein schwerverwundeter Füsilier, der im Schulhauslazarett lag, hatte sie gebeten, seinen Angehörigen Nachricht von ihm zu geben. Bis zu diesem Tage hatten die Ärzte an seinem Aufkommen gezweifelt; nun erklärten sie ihn für gerettet. So leicht war es Frau Theresen nie geworden, fremden Menschen einen Brief zu schreiben. Wie ein himmlischer Lohn für all das Traurige, das sie erlebt, für all das Üble, das sie ertragen hatte, kam es ihr vor: mit wenigen Schriftzügen gab sie einer bekümmerten Mutter den Sohn, gab sie bangenden Schwestern den Bruder zurück.

Kaum hatte sie geendet, so kam abermals Herr Kilian angerückt. Er zog ein Papier aus der Tasche und sagte: »Weil Sie die Preußen so eifrig in Schutz nehmen, daß ihnen nur ja kein Unrecht geschieht, so muß ich Ihnen doch vorlesen, was die alles von uns haben wollen. Erstens 20 000 Gulden bar – was sagen Sie dazu? Ferner: einen halben Zentner Speck, acht Startin Wein, einen halben Zentner Kaffee, zwanzig Hut Zucker, fünfzig Ellen gute Leinwand, fünftausend Sohlennägel, zweihundert Gurtschnallen, achtzig Paar Sporen, dreißig Halfterketten, fünfzig Paar Hufeisen, zwölf Paar Steigbügel, zwei Häute Rindsleder schwarz, zwei Häute detto weiß, fünfzehn Kalbsfelle zum Hosenbesatz, zwanzig Pferdebürsten und Striegel, zehn Ries Konzeptpapier, zehn Ries Mundierpapier, acht Pfund Siegellack, zweitausend Stück Oblaten, fünf Pfund Tinte ...«

»Genug! Halten Sie um Gottes willen ein!« rief Frau Therese lachend. »Wollen die Preußen denn wirklich so lange dableiben, bis sie fünf Pfund Tinte und zehn Ries Mundierpapier verschrieben haben?«

»Wo soll ich achtzig Paar Sporen hernehmen?« sagte der Bürgermeister.

»Die achtzig Paar Sporen wären mir noch lieber als die zwanzigtausend Gulden bar«, meinte Frau Therese.

»Die Kasse ist leer, und wo nichts ist, da hat nicht bloß der Kaiser, sondern auch der König von Preußen sein Recht verloren. Ich rühre einfach kein Ohrwaschel, sollen die Preußen schauen, wo sie zwanzigtausend Gulden und fünftausend Sohlennägel hernehmen!«

Aber Frau Therese bestand darauf, daß alles Geforderte herbeigeschafft werden müsse, soweit es irgend anginge.

»Es wäre albern, wider den Stachel zu löcken«, sagte sie. »Heben Sie das Geld ein, indem Sie die Abgabe auf die Bürgerschaft verteilen, und buchen Sie gewissenhaft, was ein jeder beigesteuert hat. Die übrigen Lieferungen nach Vermögen. Sind achtzig Paar Sporen in Nedweditz nicht aufzutreiben, oder bereitet ein anderer Posten uns Verlegenheit, so wird der Kommandant ein Einsehen haben. Ich will mit ihm sprechen, er zeigte sich stets entgegenkommend, er wird auch diesmal Nachsicht üben, wenn er die Überzeugung gewinnt, daß es nicht am guten Willen fehlt.«

»Daß Sie sich trauen?« sagte Herr Kilian mit einem verschmitzten Zug um die wulstigen Lippen.

»Wie meinen Sie das?« fragte sie, sich aufrichtend.

»Sie sind eine Deutsche, man könnte leicht auf den Gedanken kommen, daß Sie es mehr mit den Preußen halten als mit uns.«

Frau Mairold stand auf und öffnete die Tür: »Hinaus!«

Der Bürgermeister stotterte und wollte noch allerhand Erklärungen machen; ihm würde so etwas ja nie in den Sinn kommen ... Schlimmes hätte er gewiß nicht sagen wollen ... er hätte bloß gemeint ... Aber sie packte ihn beim Rockkragen und warf ihn eigenhändig zur Tür hinaus.

Den nächsten Tag war er schon wieder da und bat fußfällig um Entschuldigung. Er brauchte sie, im Schulhauslazarett war die Cholera ausgebrochen.

»Ich weiß von nichts mehr«, sagte Frau Therese. »Ich erinnere mich nicht mehr, was wir miteinander hatten.«

Die Not war zu groß, als daß sie sich damit hätte abgeben wollen, dem feisten Bäcker etwas nachzutragen. Es geschah ja nicht ihm zulieb, daß sie mit ihm zusammen arbeitete.

Der erste, den die im Schulhaus ausgebrochene Seuche ergriffen hatte, und der ihr auch bereits zum Opfer gefallen war, das war jener verwundete Füsilier, dessen Angehörigen sie erst gestern geschrieben, die Ärzte hätten ihm sichere Genesung in Aussicht gestellt. An seinen Wunden war er nicht gestorben, darin behielten die Ärzte recht.

Die Cholerabaracke war überfüllt, im Schulhaus konnte man die an der Seuche Erkrankten nicht lassen, ohne die übrigen Verwundeten, die dort lagen, der Gefahr einer Ansteckung auszusetzen.

»Es stehen keine geeigneten Lokalitäten mehr zur Verfügung«, sagte der Bürgermeister zu dem preußischen Regimentsarzt. »Wir werden

Frau Mairold ersuchen müssen, daß sie noch ein paar Säle im Obergeschoß der Fabrik frei machen läßt. Das sind die einzigen lichten und luftigen Räume, die es in Nedweditz noch gibt, und separieren lassen sie sich auch, weil jeder Trakt durch eine eigene Treppe zugänglich ist.«

Der Regimentsarzt sah Frau Theresen erbleichen. Er besann sich und dachte nach. Niemand, mit dem er während dieses Feldzuges in Berührung gekommen war, hatte ihm größere Achtung, tiefere Ehrfurcht eingeflößt als diese tapfere Frau.

»Die Räume würden sich kaum genügend isolieren lassen«, sagte er. »In der Fabrik sind viele Soldaten untergebracht, Arbeiter gehen ein und aus; überdies hat Frau Mairold Kinder.«

»Im Krieg kann man doch nicht auf Fabriksarbeiter und Kinder Rücksicht nehmen!« meinte der Bürgermeister.

»Sie scheinen zu glauben, daß im Krieg die Roheit und Rücksichtslosigkeit einen Freibrief hat?« herrschte der Regimentsarzt ihn an.

»Wenn Ihnen die Fabrikssäle nicht passen«, sagte Herr Kilian, »so suchen Sie sich selbst geeignetere Lokalitäten für ein Choleraspital. Ich weiß keine.«

»Ich werde welche zu finden wissen. Ich brauche ein freistehendes Haus, womöglich in einem Garten. Draußen am Schwimmschulkai, in der Nähe der neuen Promenadeanlagen sah ich eine stattliche Villa, wem gehört die?«

»Das ist meine Villa!« fuhr der Bürgermeister auf. »Ich habe auch Familie, bitte!«

»Ziehen Sie ins Rathaus!« sagte der Regimentsarzt, kehrte ihm den Rücken und begab sich zum Kommandanten.

Am Abend hing über der in Stein gemeißelten Aufschrift »Amalienruhe« an der Villa des Bürgermeisters eine Tafel: »Choleraspital«.

* * *

Der Oberst hatte den Vorstellungen Frau Theresens nachgegeben und wirklich einen Teil der ausgeschriebenen Requisition erlassen. Über den Rest wurde eine ordnungsmäßige Empfangsbestätigung ausgestellt und später alles auf Heller und Pfennig ersetzt; weder die Stadt, noch die Bürgerschaft kam zu Schaden.

Übrigens hatte es vorderhand noch nicht den Anschein, als sei der Krieg wirklich zu Ende. Eines Morgens sprengte auf schaumbedecktem Pferde ein Meldereiter in den Hof, gleich darauf wurde Alarm geblasen, die Ulanen zogen ihre Rosse aus den Ställen, die Füsiliere packten ihre Tornister und traten an. Es war ein Durcheinanderrennen, wie wenn man mit dem Stock in einen Ameishaufen stöbert. Eine Stunde später war es still in der ganzen Stadt, es klirrten keine Sporen und es rasselte kein Säbel mehr. Bloß aus dem städtischen Krankenhause und der dahinter gelegenen Cholerabaracke, aus dem Schulhaus und aus der Villa des Bürgermeisters klang das Schreien der Verwundeten und das Stöhnen der Sterbenden.

Eine seltsame Stille, eine fast hörbare Stille, wie wenn eine rastlose Mühle plötzlich zu tosen aufhört, so lag es über dem verödeten Fabrikshof und über dem kleinen Garten, in welchem einzelne Blätter sich bereits gelb zu färben begannen. Auch das Klappern der Webstühle war fadenscheinig geworden, einer nach dem andern verstummte, und mancher brave Weber, der sein Leben lang hinter dem Zeugbaum gesessen hatte, rollte auf dem zweirädrigen Krankenkarren aus der Fabrik, um nie mehr dahin zurückzukehren.

»Weiß der Himmel, wie solche Üppigkeit in unsern Stand gefahren ist!« sagte der Weber, den sie den muntern Mündel nannten. »Sonst ist unsereins halt schön ehrbar zu Fuß gegangen – jetzt muß schon ein jeder Andreher seine Equipage haben wie ein vornehmer Herr! Der eine läßt sich mit der Gemeindekutsche in die Amalienruhe fahren, als ob ihm seine eigene Villa nicht mehr noblicht genug wäre, der andere gar zweispännig vor die Stadt hinaus, wo unser Herrgott seine Sommerfrischen hat. Bleibt zu Hause, Leuteln, und tut nicht aufhauen, was braucht ein ehrlicher Weber fuhrwerken? Wo er mit seinen eigenen Füßen nicht hinkommt, da soll er wegbleiben und lieber schön fleißig seine Schütze durchs Fach schmeißen!«

Mit solchen Worten suchte er sich und den Genossen das Herz zu stärken, daß die bleiche Furcht nicht mithelfen sollte, der Krankheit neuen Boden zu bereiten. Und wenn er einen sah, der die Hände in den Schoß legen wollte, weil doch alles unnütz sei und keiner wissen könne, ob er nicht morgen tot wäre, so eiferte er dagegen in seiner Art, bald spaßhaft, bald deutsam.

»Da hat neulich mein Webstuhl Mucken gehabt und halt durchaus nicht mehr weben wollen. Die Litzen sagen: wir heben nicht; die

Korden sagen: wir ziehen nicht, und das ganze Geschirr ist verrüttet. Ist denn der Teuxel in das Zeug gefahren? denk' ich und schaue nach, was los ist. Ein Dutzend Kettfäden waren gerissen. Flugs dreh' ich sie an und steige auf meine Schemel. Ich bin der Weber, hab' ich gesagt, und ihr habt zu parieren! Und alles ist wieder gegangen wie am Schnürl.«

»Was soll das Geschichtet bedeuten?« fragte der Weber Nemec, der ihm zunächst saß. Er wußte schon, daß die Geschichten, die der muntere Mündel erzählte, manchmal etwas bedeuten sollten.

»Es soll bedeuten, daß wir alle miteinander nicht gescheiter sind als die Litzen und Korden, Schäfte und Platinen an einem Webstuhl. Der Weber ist unser Herrgott, er dreht die zerschlissenen Fäden wieder an und webt weiter, wenn er mag, wir haben bloß zu parieren.«

Der Weber Kernbeiß, der auch in der Nähe saß, sagte: »Wenn ich an einen Herrgott glauben tät', so brauchet ich freilich keine Angst nicht vor der Cholera zu haben. Dann könnt' ich fleißig beten und mir einbilden, es nützt was, und die Kettfäden werden schon bei einem andern reißen, nicht grade bei mir.«

»Für dich hat das Geschichtel wieder eine andere Deutung«, sagte der muntere Mündel. »Mit Beten hätt' ich meine Kettfäden nie wieder in Ordnung gebracht, ob es einen Herrgott gibt, oder nicht. Andrehen mußt du – so und so. Denn wenn du bloß dasitzen tust und darauf wartest, daß die Cholera dich holt, so kann es dir passieren, daß sich die Cholera denkt: justement nicht! und schleicht sich an dir vorbei. Nachher bleibst du am Leben und bist der Narr. Gewebt hast du nichts, verdient hast du nichts, und wenn du deine Errettung vom sichern Tod feiern willst, kannst Choleratinktur saufen statt Grinzinger.«

»Wenn ich aber andrehe und sie holt mich«, sagte Kernbeiß, »dann war die ganze Plag' für die Katz'.«

»Gar nicht für die Katz'!« sagte der muntere Mundel; »denn während du andrehst, mußt du aufpassen wie ein Haftelmacher und immer bloß an die Fäden denken. Dabei hast du keine Zeit für die Angst, und keine Angst haben ist mehr wert als drei Seidel Choleratinktur im Tag. So überlegt sich's die Cholera vielleicht noch einmal und holt dich schließlich doch nicht. Holt sie dich aber wirklich, so kannst sie auslachen; dann hast du in deine letzten Tag' wenigstens keine Angst durchzumachen gehabt, und bis die Angst anfangen will, bist eh' hin und weißt nichts mehr von dir.«

Frau Mairold freute sich, wenn sie von dergleichen Gesinnungen hörte. Sie waren nach ihrem Herzen; neuerdings hatte sie an sich selbst den unvergleichlichen Segen der Arbeit erfahren. Im Trubel der Geschäftigkeit war sie sich die ganze Zeit her der Gefahr, die sie und ihre Kinder umgab, kaum bewußt geworden. Jetzt, da es nach dem Abmarsch der Preußen wieder ein Ausruhen und Aufatmen gab, meldeten sich manchmal nagend die eigenen Sorgen, über die die Flut der sorgenden Gedanken um andere brausend hinweggegangen war. Und in der verhältnismäßigen Ruhe, die sich über Hof und Garten, Fabrik und Wohnhaus breitete, hörte man um so deutlicher die schwarzen Schwingen des Todesengels rauschen.

An einem Abend empfand Moini plötzlich Übelkeit, er wurde zu Bett gebracht, ein heftiges Erbrechen, das sich einstellte, ließ das Schlimmste befürchten. Frau Therese schob mit Hilfe Zillis die Bettstatt aus dem Bubenzimmer, der Militärarzt, den die Preußen zurückgelassen, und dem noch die meiste Erfahrung in der Behandlung der fürchterlichen Krankheit zuzutrauen war, fand sich aus Gefälligkeit ein und verordnete Choleratinktur. Das war das Arkanum der Verlegenheit, mit dem die Wissenschaft ihr ratloses Umhertappen in der Finsternis zu bemänteln suchte.

Die Nacht, während der Frau Therese bei dem Kranken wachte, ist ein Markstein in ihrem Leben geblieben.

Aber niemand braucht deshalb zu fürchten, daß diese Nacht grauenvolle Ereignisse brachte. Nein! Sie wich einem Morgen, der voll Sonne war, und mit den Nebeln des Zwielichts entflohen die Schreckgespenste. Moinis Erkrankung war von keiner Bedeutung gewesen, sie verlor sich, wie sie gekommen, ohne sichtliche Ursache. Der wiedergenesene Jüngling saß wohlbehalten und bloß mit einer Blässe, die ihm fast weibliche Anmut verlieh, mit den Geschwistern beim Frühstück und war weicher und liebevoller gestimmt, als es sonst in seiner Art lag.

»Wie die Mutzi mich gedauert hat«, sagte er, »das kann ich gar nicht aussprechen. So oft ich aufwachte, sah ich ihre großen Augen, die ganz rätselhaft und fast zum Fürchten waren.«

Kein Mißgeschick, kein Leid, kein Unglück konnte fürder kommen, ohne daß Frau Therese gedacht hätte: Was weiter? Hast du doch jene Nacht überlebt! Keine Furcht, keine den Ereignissen vorauseilende

Sorge konnte sich melden, ohne den lindernden Gedanken: es haben sich damals noch schlimmere Befürchtungen als grundlos erwiesen!

»Ich habe die Choleratinktur unterschätzt«, sagte der Regimentsarzt. »Man sieht, sie wirkt doch Wunder!« Lange noch erzählte er mit einer leichten Rührung, wie er den jungen Moini Mairold, eins der klügsten Bürschchen, das er je gekannt, vom Tode errettet und seiner Mutter, der trefflichsten Frau, der er je begegnet, wiedergeschenkt hätte. Und war doch ein wohlunterrichteter und ehrlicher Mann. Um vieles später hat er sich als bescheidener Mithelfer an jenen Forschungen beteiligt, die der schrecklichen Krankheit auf den Grund zu kommen suchten. Da lächelte er über jene Lebensrettung von damals ein beschämtes Lächeln und dachte nicht daran, daß uns, wenn wir ausschließlich in menschlichem Wissen unser Vertrauen suchen, nur die engen Grenzen, die dem Leben gesetzt sind, daran hindern, immer wieder aufs neue über uns selbst zu lächeln.

Einmal hörte Doll, als er mit dem Lois Birenz durch den Garten ging, Pferdegetrappel auf dem Pflaster des Hofes, und als sie über den Zaun lugten, erblickten sie eine Koppel prächtig gesattelter Rosse, die zur Abkühlung von preußischen Soldaten umhergeführt wurden. Die Knaben liefen ans Tor und sahen sich um, wo die Reiter geblieben wären. Eine Gruppe von Offizieren kam die staubige Straße herab, aus der Richtung des Schulhauslazarettes, wo sie offenbar die verwundeten Soldaten besucht hatten. Es waren fast lauter Generäle in glänzenden Uniformen, und einige hatten Schärpen um die Schultern oder die halbe Brust voll Orden.

In den Garten zurückeilend, trafen die beiden Späher die übrigen Geschwister unter den Kastanien und erzählten, was sie erlebt hätten. Doll glühte von Begeisterung, die hochgewachsenen preußischen Offiziere, die der Ruhm eines unglaublich rasch beendeten siegreichen Feldzuges umstrahlte, erschienen ihm wie Heldengestalten der deutschen Sage. Christl aber blickte finster, es empörte ihn, daß der Feind noch immer auf österreichischem Boden stand. Da sahen sie die Generäle in den Garten treten und sich dem Hause nähern.

Die Mutter erschien am offenen Fenster ihrer ebenerdig gelegenen Schlafstube und sagte mit fliegendem Atem: »Geht den Herrn entgegen, ihr Buben, und führt sie ins Wohnzimmer. Ich ließe mich entschuldigen, ich hätte noch dringend zu tun, würde aber sofort erscheinen, sie zu begrüßen. Vefi bleibt hier und paßt auf Käthi!«

»Wo ist Riki?« fragte einer der Knaben.

»Sie hilft der Zilli in der Küche. Die Herrn nehmen bei uns einen Imbiß, darum gibt es alle Hände voll zu tun. Hätten sie sich ein wenig früher ansagen lassen, so wären wir pünktlicher gewesen. Nun kann ich ihnen nicht helfen, sie werden sich einen Augenblick gedulden müssen.«

Frau Therese zog sich vom Fenster zurück, sie sahen, wie sie den Säugling aus dem Körbchen in ihre Arme nahm und sich mit ihm in den gepolsterten Stuhl setzte. Zögernd schickten sie sich an, dem Auftrag der Mutter nachzukommen.

»Wie sagt man denen eigentlich?« meinte Moini. »Wenn es Generäle sind, vermutlich Excellenz?«

»Ich rede überhaupt kein Wort«, sagte Christl. »Preußische Offiziere heiß' ich bei uns nicht willkommen!«

Die Generäle waren bereits in den Flur getreten, die Knaben folgten und stießen und schoben einander nach rechter Bubenart, keiner wollte der erste sein. Auf einmal stand Doll vorne an. Da mußte er es übernehmen, die Honneurs zu machen; er wurde rot, verbeugte sich und sagte: »Die Mutter läßt um Entschuldigung bitten, sie kommt gleich, der Franzi muß erst noch trinken.«

Die Herren lachten, und einer der Jüngsten, der zugleich der Stattlichste war, sagte mit dem fruchtlosen Bemühen des Norddeutschen, den österreichischen Tonfall zu treffen: »Das Fran-zerl? Das wird wahrscheinlich das jüngste Brü-derl sein?«

Doll bejahte, und der junge General sagte noch, indem er seine Hand ergriff und die andere warm darüberlegte: »Ich wäre untröstlich, wenn Ihre Mutter, die so liebenswürdig war, uns einzuladen, sich Ungelegenheiten machen würde! Ist es erlaubt, so treten wir inzwischen näher?«

Der Lois Birenz öffnete die Tür zum Wohnzimmer. Die Herren gingen hinein und nahmen Platz. Doll konnte keinen Blick von dem jungen General wenden, er fühlte sich von ihm wie bezaubert. Sein Haupt mit dem Prachtvollen blonden Vollbart leuchtete von männlicher Schönheit, und seine gütigen blauen Augen musterten mit freundlichem Ausdruck die Knaben, die etwas befangen vor ihm standen, durch Zufall genau nach der Größe aneinandergereiht wie die Orgelpfeifen, von Wolfi bis Christl.

»Also, das Brü-derl braucht noch die Mutter«, sagte er heiter. »Wieviel seid ihr im ganzen?«

»Acht Kinder«, sagte Wolfi, »fünf Buben und drei Mädeln.«

»Eigentlich neun«, verbesserte ihn Doll. »Der da, das ist der Neunte, er heißt aber Lois Birenz.«

»Es ist keine üble Rasse, die da heranwächst«, bemerkte der junge General zu seinen Begleitern. Hierauf faßte er Christl ins Auge, der mehr abseits stand, und sagte lächelnd: »Sie sind wohl der Älteste? Ich habe zu Hause auch ein paar Söhne ungefähr in Ihrem Alter. Wollen Sie nicht einmal nach Berlin kommen, sie zu besuchen?«

Christl war bleich. Wie ein angeborener Naturtrieb wühlte in ihm die Abneigung gegen die nordische Art, die nordische Sprache, gegen diese strengen, dunklen Uniformen, gegen diese nachschleppenden Säbel, vor denen sein Vaterland zitterte. Er holte tief Atem und sagte, starr vor sich hinsehend: »Vielleicht kommen wir einmal nach Berlin – wenn wieder Krieg ist … Aber nicht, um Ihre Söhne zu besuchen!«

Der General stutzte.

Einer von den anderen Offizieren, der eine Schärpe quer über der Brust trug, stand rasselnd auf und machte ein paar Schritte gegen Christl. Aber der blonde Held warf ihm einen Blick zu, da setzte er sich wieder, klemmte ein Glas ins Auge und sagte verächtlich lachend: »Ein revanchelustiger junger Österreicher!«

Eine leise Verstimmung umdüsterte die Brauen des stattlichen Mannes. Er schien im Begriffe, sich von den Knaben abzuwenden, da trafen ihn die heißen Blicke Dolls, die für die Verletzung des Gastrechtes Verzeihung zu erflehen schienen. Und sogleich umfloß ihn wieder jener Zauber hoheitsvoller Güte, der ihm eigen war.

»Sind auch Sie uns böse, weil wir nach Österreich gekommen sind?« fragte er lächelnd.

»Es ist schade, daß Sie unser Feind sind«, sagte Doll. »Sie sollten nur gegen die Böhmen Krieg führen!«

Da lachte der General herzlich und meinte: »Mir wär' es auch lieber gewesen, aber wir konnten es uns nicht aussuchen ...« Ein Ernst von wunderbarer Geistigkeit kehrte in seine Züge zurück, indem er sich jetzt neuerdings an Christl wendete.

»Der Friede ist geschlossen, junger Mann, und dank der Weisheit unseres erhabenen Herrn und Königs ist es ein für Österreich ehrenvoller Friede, der keine Gebietsabtretung fordert. Der Kaiser von

Österreich und der König von Preußen haben einander die Hände gereicht. Eine dauernde Freundschaft wird, so Gott will, die beiden Reiche verbinden, die einander in jahrhundertlangem Bruderzwist befehdet haben, und den Völkern eine ruhige Entwicklung gönnen. Unter solchen Umständen könnten vielleicht auch wir das Vergangene vergessen und das Kriegsbeil begraben! Meinen Sie nicht?«

Er streckte Christl die Hand hin. Der Ausdruck von Würde, Kraft und Güte in seinem von Heldenschönheit strahlenden Antlitz hatte etwas Bezwingendes. Beschämt und verwirrt legte Christl seine Hand in die des jungen Generals, und als dieser noch die Linke darbot, schlug auch Doll von Herzen ein, und die andern zögerten nicht länger. Da vereinigte er zwischen seinen starken Händen die Hände der Knaben und drückte sie warm.

Einer von den älteren Offizieren sagte halblaut zu seinem Nachbar: »Das Österreich der Zukunft schließt ein Bündnis mit Preußen!«

»Nicht mit Preußen allein«, sagte dieser. »Mit dem norddeutschen Bunde!«

»Mit dem neuen deutschen Reich, wollen wir hoffen!« sagte ein dritter fest und beinahe feierlich.

Da blickte der General auf, aus seinem hellen, klaren und doch schwärmerischen Auge brach ein Strahl wie das Leuchten seltsamer Ergriffenheit.

»Gemach, ihr Herren! Laßt uns Schritt vor Schritt setzen!«

Frau Therese trat ein, in schwarze Seide gekleidet. Sie verbeugte sich tief vor dem blonden Helden, der aufgesprungen und ihr entgegengeeilt war, und bat um Nachsicht, daß sie habe warten lassen.

Er reichte ihr liebenswürdig lächelnd die Hand und sagte mit bestrickender Schalkhaftigkeit: »Ich würde mir ein Gewissen daraus machen, wenn das Franzerl aus seiner gewohnten Ordnung gekommen wäre!«

»Ich sehe mich verraten«, sagte sie anmutig errötend; »aber vielleicht gerade dadurch entschuldigt. Die Pflichten der Mutter weiß auch der siegreiche Feldherr zu achten.«

»Das Kriegshandwerk zerstört, die Mütter sind es, die aufbauen, die Hoffnungen der Zukunft sind in ihre Hände gelegt, man halte die Mütter heilig!« ...

Der junge Feldherr neigte sich ritterlich und küßte Frau Theresen die Hand. Ein paar Augenblicke war es ganz still im Zimmer, die älteren Generäle und die Ordonnanzoffiziere standen wie aus Eisen, stramm, ohne mit einer Wimper zu zucken, gerade als wären sie im Dienst.

»Übrigens fordert die Kühnheit unserer unerwarteten Ansage«, fuhr er in leichterem Tone fort, »eine Entschuldigung von unserer Seite. Ich habe es mir nicht versagen können, Ihnen während der kurzen Mittagsrast, die uns in diesem Orte vergönnt ist, persönlich zu danken, und wir nehmen Ihre gütige Einladung gerne an, wenn Sie gestatten wollen, daß wir sogleich nach Tisch aufbrechen, denn die Pflicht ruft uns. Ich schätze mich glücklich, als Gast, nicht als Feind in dieses Haus zu treten, dessen Herrin, wie mir berichtet wurde, es in so seltener Weise verstanden hat, in schwerer Zeit die Pflichten der Patriotin mit der Gerechtigkeit und Nachsicht gegen einen begreiflicherweise unwillkommenen militärischen Gegner zu vereinen.«

»Wenn ich die gütigen Worte Ew. königlichen Hoheit richtig deute«, sagte Frau Therese, »so ist der Friede geschlossen?«

»Er ist geschlossen«, sagte der Prinz und reichte ihr den Arm. Die Gesellschaft trat ins Eßzimmer, wo der große Familientisch für die Gäste gedeckt war. Die Knaben sahen noch, wie Frau Therese an der Spitze der Tafel Platz nahm, dann schloß Niki, die die Bedienung besorgte, die Tür, während sie ihnen mit den Augen zuzwinkerte und Zeichen gab, sich anständig zu verhalten. Es ging ihnen allmählich ein Licht auf, mit wem sie gesprochen hatten.

Eine Stunde später sahen sie den Kronprinzen von Preußen mit seinem Gefolge im Hof zu Pferde steigen und davonreiten.

Als Frau Therese gegen Abend zufällig ins Wohnzimmer trat, fand sie zu ihrer Überraschung Doll darin, der sich von den Geschwistern zurückgezogen hatte, um allein zu sein. Er lag auf dem Diwan, vergrub das Gesicht in die Hände und schluchzte, daß es einen Stein hätte erbarmen können.

Sie redete ihm zu, streichelte ihn und suchte dahinter zu kommen, was sein Herz beschwere? Aber er wollte oder konnte nichts sagen, er küßte dankbar ihre Hände, die Lippen blieben ihm verschlossen. Sie merkte zum erstenmal, daß eine seltsame Anlage, die sie an ihrem verstorbenen Manne gekannt hatte, und die Mairoldisches Erbgut sein mochte, sich auch bei Doll auszubilden begann. War es Stolz und Kälte? War es Trotz und Hang zur Einsamkeit? oder Scham? oder Überempfindlichkeit? Sie wußte die eigentliche Ursache dieser Erscheinung nicht zu deuten, die sich als eine schier unüberwindliche Scheu äußerte, sich ins Herz blicken zu lassen.

Vorsichtig und schonend forschte sie bei den andern Kindern, ob irgend etwas vorgekommen wäre? Aber es hatte sich nichts begeben, was Dolls Kummer aufgeklärt hätte. Da nahm sie den Lois Birenz beiseite, der fast unzertrennlich von Doll war, und fragte ihn geradezu, ob er etwas Näheres zu sagen wüßte? Der dachte eine Weile nach und meinte schließlich, er wüßte bloß das eine, daß Doll ganz überwältigt und begeistert von dem jungen preußischen General gewesen sei, der am Vormittag mit ihnen gesprochen hätte.

»Deswegen heult man doch nicht?« sagte Frau Therese.

»Nein, das ist wahr«, sagte Lois; »deswegen heult man nicht.«

Sie überlegte. Es kam ihr auf einmal vor, als ob der Lois Birenz dennoch eine richtige Fährte angedeutet haben könnte.

»Du zum Beispiel würdest doch deswegen nicht weinen?« wiederholte sie.

»Nein, ich nicht!«

»Und Doll?«

»Der ist wieder ein ganz anderer Mensch.«

»Was bist du also eigentlich für eine Gattung Mensch?«

»So einer wie diese massiven hölzernen Zampelstühle, wissen Sie, von denen noch einige da sind. Der Doll aber, der ist mehr wie so eine Jacquardmaschine mit feinen Platinen, die sich leicht verbiegen, wenn einer nicht Obacht gibt.«

Sie lächelte und sah ihm nachdenklich in die aufgeweckten dunklen Augen.

»Wir wollen den Doll sich selbst überlassen und nichts darüber reden«, sagte sie, das Gespräch abbrechend.

Der Lois wollte gehn, aber sie nahm ihn bei der Hand und hielt ihn fest.

»Was willst du eigentlich werden, Lois?«

»Fabriksarbeiter, aber ein besserer – so wie der Vater einer war!«

»Ob du ein besserer wirst, das wird von dir abhängen. Zuerst heißt es einmal in eine ordentliche Schule gehn. Lernst du gern?«

»Sehr gern!«

»Wir übersiedeln wie jedes Jahr im Herbst nach Wien. Wenn du magst, kannst du mitkommen.«

»Das möcht' ich freilich«, sagte der Lois strahlend.

»Also abgemacht!«

Wie närrisch lief der Lois in den Garten, stellte sich hinter ein Gebüsch, legte die Hand an den Mund und quakte wie ein Frosch. Alsbald meldete sich ein wirklicher Frosch, dem er schon seit längerer Zeit auf der Spur war, und quakte auch. Vorsichtig anspringend näherte sich der Knabe, und jedesmal, wenn der Frosch zu quaken aufhörte, hielt er inne und stand still wie eine Mauer. Der Frosch hatte ein Zweiglein knacken hören und lauschte mißtrauisch. Aber weil eine ganze Zeitlang sich nichts rührte, so dachte er: »Es hat weiter keine Gefahr, und quaken brauche ich auch nicht mehr, der freche Rivale scheint Fersengeld gegeben zu haben.« Und war eben im Begriffe, seine Schallblase gemächlich wieder einschrumpfen zu lassen, als neuerdings ein herausforderndes »Qua, qua, qua« ertönte. Da ärgerte sich der Frosch, daß er beinahe geplatzt wäre. »Dem Stümper muß ich doch zeigen, wie ich es kann!« dachte er und fing wie wahnsinnig zu quaken an: »Qua, qua, qua, qua, qua ...«

Grün wie feuchtes Laub, saß er auf seinem grünen Läublein, bloß die große Schallblase, auf die er sehr stolz war, hatte eine gelblichweiße Färbung, und die hervorgequollenen Augen, auf die er noch viel stolzer war, glänzten wie ein Paar Perlen aus schwarzem Bernstein. Da zappelte er plötzlich in einer heißen und eklig trockenen Hand, daß er fast meinte, in einen Backofen geraten zu sein.

Der Lois Birenz lief zu Doll, setzte den Laubfrosch auf den Boden und rief: »Doll! Ich darf mit dir nach Wien! Hier hab' ich dir was gefangen!«

Den Doll stieß noch der Bock, wie einen, der stark und lange geweint hat. Und jedesmal, wenn er »hup« machte, hüpfte der Frosch auf dem Boden. So ging es jetzt wechselweise: Hup! hup! – Hup! hup! – Hup! hup! ...

Schließlich fingen die beiden Freunde zu lachen an und konnten fast nicht mehr aufhören zu lachen. Zwischenhinein klang freilich noch ab und zu ein nachhinkendes »Hup«, aber wenn dann der Freudenfrosch wie auf Kommando einen Hupfer machte, so mußten sie immer noch mehr lachen. Und das geheimnisvolle Weh Dolls war wie weggeblasen.

* * *

Es gibt Herbsttage, die einem windgeschützten Wasserspiegel gleichen, wunschlose Tage, die kein Hauch trübt, die tief und reich und wie verklärt scheinen. Tage, die mit Dankbarkeit erfüllen, weil man sie erleben durfte. Ein solcher Tag stieg blau und strahlend über dem weiten Marchfeld auf und hob segnend seine rosigen Hände – da brauste mit lautlosem Jubel eine Flut von Licht über das ungeheure Häusermeer von Wien. Die Türme und Kuppeln von Kirchen und Palästen badeten sich im goldenen Duft der Sonne, und hunderttausend Fensterscheiben, geblendet von ihrer feurigen Schönheit, hielten ihr demütig den Spiegel vor, daß sie sich darin beschaue.

Frau Sonne indessen war nicht eitel, daß sie schön sei, wußte sie längst; sie leuchtete nicht, damit die Welt sie bestaune, sie leuchtete, weil es ihr Freude machte. Aber ihre Fehler hatte sie auch, wie alles Irdische, und wenn sie keine Eitelkeit kannte, so plagte sie dafür um so mehr die Neugier. Darum langweilten sie die unzähligen verjüngten Kunterfeite, die die blitzenden Fensterscheiben ihr entgegenhielten, und die sich mit ihrer eigenen Pracht doch nicht zu messen vermochten. »Wie ich aussseh', weiß ich ohnedies«, sagte sie ungehalten; »aber was die Menschen tun und treiben, möcht' ich wissen. Das interessiert mich immer wieder aufs neue, weil ihnen auch immer wieder etwas Neues einfällt.« Und wendete keinen Blick auf ihre tausendfältig wiedergespiegelte Herrlichkeit, sondern schlich sich durch die Fensterscheiben hindurch in Stuben und Kammern und sah sich um und spionierte.

Da machte in einer hochgelegenen Vorstadtgegend jemand ein Fenster auf und ließ sie ein. Fröhlich huschte sie über den blank gebohnten, kunstvoll getäfelten Fußboden hin und erfüllte das geräumige Zimmer mit Glanz. Vorwitzig umherlugend, betrachtete sie, was rings an den Wänden stand. Da gab es hochbeinige Bücherkästen, aus denen die goldgepreßten Einbände hinter grünen Gardinen hervorlugten, da gab es Stühle, deren Rückenlehne einer Lyra mit kleinfingerdicken Saiten aus geglättetem Ebenholze glich, da stand ein altväterischer Schreibschrank mit vielen kleinen Fächern und Lädchen, über die man einen schweren gewölbten Holzdeckel herabklappen konnte, wenn man sie alle auf einmal verschließen wollte. Die schönen, rötlichbraunen, spiegelglatt polierten Möbel aus der Zeit des behaglichen Wohlstands, in der man wenig von Kunst redete, aber um so mehr Wert auf edel gediegenen Hausrat legte, gefielen ihr so gut, daß sie sich's nicht versagen konnte, liebevoll darüber hinzustreichen. Und wie sie ihre Strahlen auf ihnen spielen ließ, sprühte bald da, bald dort ein kleines Feuerwerk von lebendigen Lichtern auf, das wie ein schalkhaftes Kichern klingelte.

Jetzt sah sie sich erst nach dem rundlichen alten Herrn um, der ihr den Fensterflügel aufgetan. In seinem grauen Schlafrock, ein gesticktes Hauskäppchen mit goldener Quaste auf dem Kopf, stand er am offenen Fenster und atmete in tiefen Zügen die frische Morgenluft. Und während er die Hand schützend über die Augen hielt, blickte er über das endlose Gewühl von Dächern und Rauchfängen hinweg in die Ferne, wo aus bläulichem Dunst das steile, bunt gemusterte Dach des Stephansdomes aufstieg und wie ein tausendjähriger Traum der kühne Turm gegen Himmel wirbelte, dessen goldener Knauf hoch über dem Häusermeere gleich einem Leuchtturmfeuer blitzte und funkelte. Nun beugte er sich hinaus und sah nach der andern Seite hin, wo die sanftgeschwungenen Höhen des Kahlenberges über den Dächern sichtbar wurden und der Leopoldsberg, der einst die Burg der Babenberger getragen, im farbigen Schmuck seiner herbstlichen Wälder feurig erglühte. In einer steilen, beinahe an eine Bastion erinnernden Linie senkte dieser Berg sich gegen die Donau nieder, ein trutziges Bollwerk, vorgeschoben bis knapp ans letzte deutsche Ufer des mächtigen Stromes, dräuend gegen die nahen Grenzen der Slawen und Ungarn. Seit fast sagenhaften Zeiten schmiegten sich in die Falten seines rebenumkränzten, sanft bis in die Niederung hinwallenden Gewandes die Mauern von Wien, den herrlichsten deutschen Dom in ihrer Mitte. Seit fast sagenhaften Zeiten hielt Deutschlands erzgepanzerte Faust über diese alte Stätte deutscher Kultur, über diesen äußersten Vorposten deutscher Art und Sitte das Schwert und das Kreuz. Hier hatte der böhmische Ottokar verblutet, hier war die Macht der Türken zerschellt. Wie ganz anders hatten im Wechsel der Jahrhunderte die Verhältnisse sich gestaltet! Wie hatten die Notwendigkeiten des Völkerlebens, wie hatte das Ränkespiel des Eigennutzes und die Nebenbuhlerschaft um den Besitz der Macht das Gefühl der Zusammengehörigkeit zerstört! Nun war es Deutschland selbst, das mit einem entschlossenen Säbelhiebe eins seiner blühendsten Glieder sich vom Leibe trennte ...

Ernst und nachdenklich gestimmt, betrachtete der alte Herr die unter dem prangenden Morgenhimmel hingebreitete Stadt, in der allmählich die Geräusche des Tages erwachten und der Verkehr zu grollen begann.

»Vielleicht ist Österreich«, dachte er, »gar nicht so alt, wie wir immer glaubten? Vielleicht ist es erst am dritten Juli begründet worden? ... Wir werden umlernen müssen, wir Alten!« ...

Und er nickte wehmütig lächelnd, so als ob er mit den »Alten« nicht bloß sich und seinesgleichen meinte, zu der ehrwürdigen Burghöhe Leopolds des Heiligen hinüber und zu dem altersgrauen Dom, auf dessen Spitze das Leuchtfeuer des jungen Tages flammte und glitzerte.

Jetzt zog er die Uhr, erschrak, als ob er sich versäumt hätte, und trippelte in seinen weichen Morgenschuhen eilfertig zu dem andern Fenster hinüber, wo auf einem Tische ein Zeichenpult mit einer halbfertigen Federzeichnung aufgeschlagen stand. Eine Zeitlang betrachtete er aus einiger Entfernung die Arbeit des gestrigen Tages, schüttelte unzufrieden den Kopf, setzte sich endlich, rieb chinesische Tusche an und begann mit der Feder zu zeichnen. Da wurde die Sonne wieder neugierig, schlich sich wie eine leise Katze über seinen Rücken hinauf und lugte ihm über die Schulter.

Was war das für ein mühsames Werk, das er da auf dem aufgespannten Papiere aus lauter kleinen und feinen Strichelchen gewissenhaft zusammenbaute! An den Lichtern gab es freilich nichts weiter zu tun, die ließ er leer; in den Halbschatten aber legte er mit seiner nadelspitzen Feder die Strichlein sorgfältig nebeneinander wie ein appetitliches Gericht Spargel, und in den tiefen Schatten gar flocht er ganze Gitterwerke aus Strichelchen, als ob er die unwirtlichen Fenster eines Kerkers nachbilden wollte. Ein Kupfer, das er neben sich liegen hatte, diente ihm bei dieser Tätigkeit als Leitfaden und Wegweiser. Es stellte den Paß Luegg im Salzburgischen vor – Frau Sonne kannte ihn gut, wie oft hatte sie in seine Abgründe hineingeleuchtet! Den Paß Luegg mit der alten, halbverfallenen Burg obenauf, die die Straße bewacht, und der schäumenden Salzach tief unten in der Schlucht.

Indessen hielt der alte Herr sich nicht knechtisch an sein Vorbild. Er wollte seinem Blatte eine noch viel größere Kraft, eine noch viel tiefere Tiefe geben. Darum überzog er die schattigen Stellen mit noch viel schwärzeren Gittern, als der Kupferstecher es gewagt hatte, und an einzelnen Punkten, wo man gar keinen Boden mehr sollte sehen können, weil es wie in die Hölle hinunterging, da legte er die Strichlagen so dicht übereinander, daß sie schließlich zu einem abgründigen, tintenklecksartigen Gebilde zusammenflossen.

Darüber freute Frau Sonne sich ganz kindisch, denn sie wußte, daß ihr Licht um so mehr zur Geltung kommen mußte, je düsterer die Schatten dunkelten, und je bodenloser die Abgründe gähnten. Und um die Bemühungen des emsigen Zeichners, wie sie es verdienten, zu unterstützen, zauberte sie auf die helle Mauerwand der Burg Luegg ein rundes, warmes, leuchtendes Sonnenkringel, wodurch die ganze Landschaft plötzlich so täuschend natürlich wurde, daß man beinahe nicht glauben konnte, bloß eine Zeichnung vor sich zu sehen. Wenigstens der alte Herr fand, daß dem so sei, und darüber hatte nun wieder er seine helle Freude. So gut war ihm schon lange keine Zeichnung gelungen, meinte er. Und angeeifert durch den Erfolg, beschloß er, auf dem betretenen Pfade auszuharren und die Schatten immer noch schwärzer und die Abgründe immer noch abgründiger zu machen – als die Tür aufging und eine behäbige Frau, mit Besen und Mistschaufel bewaffnet, ins Zimmer trat.

»Sie stehen auch jeden Tag früher auf, Herr Bornschbögel«, sagte sie ungehalten; »an ihrer Stelle tät' ich mich überhaupt gar nicht mehr niederlegen!«

»Glauben Sie, ich werd' einen solchen Göttermorgen verschlafen?« sagte er vergnügt. »Dazu hab' ich, in meinem Alter, keine Zeit mehr!«

Sie bewegte, weil er unbeirrt weiter zeichnete, den Stiel der Schaufel aus dem Handgelenk, so daß das schwingende Blech Töne von sich gab wie das Musik- und Tanzinstrument irgendeiner kohlschwarzen Nation. Da aber alles Zeichengeben nichts fruchtete, so näherte sie sich, schüttelte den Kopf und stieß einen fast besorgniserregenden Seufzer aus.

»Und immer tüfteln und stricheln schon in aller Früh' –« sagte sie in einem Jammerton, der sich würdig an den vorausgegangenen Seufzer schloß. »Nein als ob Ihnen wer was dafür zahlen tät'!«

»Das ist der Paß Luegg«, sagte er, sich in seinem Sessel zurücklehnend und das Werk seines Fleißes mit unverhohlener Befriedigung betrachtend. »Schauen Sie sich das einmal an, das bekommt meine Tochter zu ihrem Geburtstag als Bindband.« Frau Bohatschek, den Besen in der einen, die Schaufel in der andern Hand, trat hinter seinen Stuhl, um die Kunstleistung zu besichtigen.

»Eine schieche Gegend«, sagte sie. »Ich hab' mir's eh' schon ein paarmal angeschaut. In dem Felseng'schloß möcht' ich nicht wohnen, nicht um ein Eckhaus! Und das Wasser rinnt noch alleweil bergauf.«

»Finden Sie?« sagte er ein bißchen enttäuscht. Aber einer löblichen Selbsterkenntnis, die an sein Gewissen pochte, rasch Tür und Tor öffnend, setzte er aufrichtig hinzu: »Eigentlich kommt's mir auch so vor. Ja, mit der Salzach hab' ich ein Kreuz, sie will sich halt durchaus nicht legen! Es kommt manchmal gerade bloß auf ein paar Stricherln an!«

Er nahm die Feder zur Hand und wollte die »paar Stricherln« hinsetzen.

»Jetzt wird hier ausgekehrt!« sagte sie.

»No, kehren Sie nur mich nicht hinaus, Brummbär! Auf die halbe Minute wird's doch nicht ankommen?«

»Wenn die Salzach die ganze Zeit her Manderln gemacht hat, so wird sie sich in der halben Minute auch nicht bändigen lassen.«

»Da haben Sie recht, Frau Bohatschek«, sagte er, die Feder hinlegend. »Übers Knie brechen soll man nichts, und die rechte Einsicht kommt immer erst nach und nach!«

Müßiggehen brauchte Herr Bornschbögel nicht, auch wenn ihn der staubfressende Drache aus dem Tempel der Kunst vertrieb. Er hatte, seit er sich vom Geschäft zurückgezogen, gleich für zwei Freudenschmäuse gesorgt, an die er sich abwechselnd setzen konnte. Die eine Tafel war mehr für den Winter gedeckt, die andere mehr für den Sommer, oder, wenn man lieber will, die eine mehr für Regenwetter, die andere mehr für Sonnenschein. Denn bereit standen sie immer beide, und wenn es mit der Kunst nicht mehr ging, so kam die Natur an die Reihe, oder umgekehrt. Die an Arbeit gewohnte Seele war stets hungrig nach Schaffen und Hervorbringen, und zwar mußte es etwas Hübsches sein, etwas Farbiges, oder wenigstens etwas Zierliches; sonst hätte sie die schönen glatten und gemusterten Seidenzeuge zu sehr vermißt, die sie mehr als ein Menschenalter lang aus dem Nichts hervorgezaubert hatte. Darum teilte Herr Bornschbögel sein Leben zwischen Tuschnäpfe und Gartentöpfe, und wenn, wie es jetzt der Fall war, Frau Bohatschek das Federzeichnen untersagte, weil sie auskehren wollte, so begab er sich ganz einfach zu seinen Blumen.

Der Garten hinter dem Hause war nicht einmal gar so klein. Jetzt stand er voll Astern. Sie blühten in allen Farben, amarantviolett und blauviolett, lavendelblau und weiß, fliederfarben und rosenrot, feuerrot und purpurn, beinahe bis zu schwarz, und bronzefarbig bis zum prachtvollsten Kupferbraun. Überall blühten sie, in Beeten, in Gruppen, in Einfassungen, überall Astern, nichts als Astern. Herr Bornschbügel war gewohnt, alles was er anfing, gründlich zu machen. Dieser Herbst gehörte den Astern, den hochstämmigen und den zierlichen, den großblütigen und den kleinblütigen, den gefüllten und den einfachen, den alltäglichen und den seltensten. Und während er andächtig zwischen den herrlichen zarten und satten Farben umherging, wählte er im Geiste aus, was er in Töpfe setzen wollte, um die Wohnung im ersten Stock des Hauses zu schmücken, wenn seine Tochter mit den Kindern aus Nedweditz heimkehren würde. Fast war ihm zumute, als musterte er wie einst in seinem Magazin schöne schillernde Seidenstoffe, nur daß bei diesen der Färber seine Hand mit im Spiele gehabt hatte, während hier wie durch ein Wunder alles gleichsam von selbst wurde, wie es war, das reine Tischlein-decke-dich. Und er freute sich unter dem wunderbar klaren, sonnigen Herbstmorgen, den er jetzt im Freien doppelt genoß, daß die Welt so voll von Wundern war.

Als Frau Bohatschek den Kaffee auf den Frühstückstisch stellte, siehe, da lag ein Brief auf dem Auftragebrett. Er erbrach ihn und sagte ganz gelassen, aber mit einer Stimme, die von verhaltenem Jubel fast ein wenig zitterte: »Heute abend kommen sie!«

Sie war gleich stehen geblieben, um zu erfahren, was in dem Brief stünde, und sagte: »Es ist alles parat unten, im ersten Stock. Bloß die Vorhänge sind noch nicht aufgemacht. Dreimal war ich beim Tapezierer, dreimal hat er mir versprochen zu kommen, aber meinen Sie, es hätte was genützt?« ...

Und sie holte aus, um die Geschichte vom Tapezierer ausführlicher zu erzählen. Aber er unterbrach sie, indem er sagte: »Blumen müssen auch noch hinein! Ein ganzer Wald von Astern!«

»Jesses, werden die Kinder eine Freud' haben!« rief sie die Hände zusammenschlagend.

Wenn es sich nicht um Kunstwerke und Staubauskehren handelte, war sie eine ganz trätable Person, und die Kinder hatte sie gern.

»Ob die Veferl schon recht groß geworden ist?« meinte sie jetzt.

»Und erst der Franzl!« sagte er strahlend. »Der war ja noch ein Wickelkind, jetzt wird er uns entgegenlaufen!«

Aber in solchen Dingen hatte sie eine bessere Schätzung.

»Was Ihnen nicht einfällt, Herr Bornschbögel, der Franzl ist ja noch nicht einmal abgespent!«

»Das macht nichts«, meinte er, »deswegen kann er doch laufen können! Wie alt ist er denn?« Er rechnete es an den Fingern nach. »Bald acht Monate«, sagte er, »no also!«

»Das müßte schon ein Wunderkind sein«, sagte sie lachend.

»Ist er auch!« behauptete Herr Bornschbögel eifrig. »Ist auch ein Wunderkind! Was der schon für Augen gemacht hat, wie er drei oder vier Tage alt war! Ich hab' nur immer gewartet, daß er den Mund aufmacht und ›Großvater‹ sagt – so hat er mich angeschaut!«

Er beeilte sich mit dem Frühstück und lief in den Garten. Den ganzen Vormittag arbeitete er wie ein Kuli, grub Astern aus dem Boden, setzte sie in Blumentöpfe und schleppte sie, einen Arm voll nach dem andern, die Treppe hinauf, vor die Wohnungstür, wo sich allmählich ein ganzer Blütenhain ansammelte; deswegen war aber im Garten noch lange nichts zu bemerken. In dieser Asternwildnis hätte man noch viel ausgiebiger roden können, ohne daß Lücken sichtbar geworden wären.

»Sehen Sie, wie gut es war, daß ich früh aufgestanden bin«, sagte Herr Bornschbögel beim Mittagessen zu Frau Bohatschek. »Jetzt stehen die Astern erst auf dem Gang. Ich wär' ja mein Lebtag nicht fertig geworden!«

»Warum muß es auch gleich der halbe Garten sein?« meinte sie. »Weniger hätt' es auch getan.«

»So –? Neidkragen –! Haben Sie ganz auf die Cholera vergessen? Und auf die Preußen? Das ist kein gewöhnliches Wiedersehen, wissen Sie, bei so einem Anlaß werd' ich meine Astern nicht zählen!«

Am Nachmittag ging es ans Verteilen der Blumen in den Zimmern. Für jedes hatte er etwas Besonderes bestimmt. Für Frau Therese ein ganzes Fenster voll Großblütiger in schwarzpurpur, weil sie vermutlich noch Trauer trug; erst kürzlich war das Jahr voll geworden seit dem Tod ihres Mannes. Ans andere Fenster kamen schneeweiße, die gehörten dem kleinen Franzl, weil er sich noch im Stande der Unschuld befand. Für Käthi ein Fenster Gefüllte mit rosenroten Strahlen wie der erwachende Tag, für Vefi ans zweite Fenster die neuen Staudenförmigen, die mit ganz kleinen, aber überaus zierlichen und unzähligen Röschen bedeckt waren. Riki, die schon ihre eigene kleine Stube hatte, bekam blaue in allen Abschaltungen, und bei den Buben war es nicht so heikel, die mochten sich mit den gewöhnlicheren Sorten begnügen, vielleicht vergaßen sie ohnehin, die Blumen zu begießen, und ließen sie verdursten. Aber blühen sollte es auch bei ihnen; bei Christi und Moini, den beiden Lateinschülern, bunt durcheinander, weil es auch in ihren Köpfen ungefähr so aussehn mochte, bei Doll und Wolfi ebenfalls bunt durcheinander, aber wieder aus einem anderen Grunde: weil das unbekannte Leben ihnen noch in allen Farben schillerte.

Schließlich stellte er noch auf jeden Tisch, auf jeden Schrank ein paar Töpfe, hauptsächlich jubelnd rote, zur allgemeinen Aufheiterung, und damit Frau Therese sich erinnern sollte, daß jede Trauer ein Ende nehmen und der Mensch wieder dem Leben und der Freude gehören müsse. Und dann sah er an alles, was er gemacht hatte, und siehe da, es war sehr gut. Nur auf den Öfen, meinte er, hätte allenfalls noch etwas Platz. Eben war er auf einen Stuhl gestiegen und hatte begonnen, den Schutzengel, der auf Frau Theresens Ofen stand, rings mit Astern zu garnieren, als unten ein Wagen vorfuhr und gleich darauf ein zweiter. Kaum fand er Zeit vom Stuhl zu klettern, so stürmte es auch schon die Treppe herauf, und im nächsten Augenblick wurde Herr Bornschbögel in Küssen beinahe erstickt.

Der gipsene Schutzengel auf Frau Theresens Ofen hatte sich gern die Hände gerieben vor Vergnügen: die vielen Kinder waren wieder da! Aber weil er selbst ein gipsenes Knäblein an der Hand führte, das er nicht loslassen durfte, und in der andern Hand einen gipsenen Palmzweig zu halten hatte, so mußte er sich darauf beschränken, die großen gipsenen Schwingen, die ihm aus den Schultern wuchsen, leise hin und her zu bewegen; und dabei lächelte er wohlgefällig auf die Umarmungen nieder, die sich zu seinen Füßen abspielten. Aber niemand bemerkte es, und alle meinten, es sei das Wiedersehen von Menschen, die einander lieb haben, daß auf einmal ein solcher Hauch von Himmelsluft durch den Raum wehte.

Mitten im Jubel erinnerte sich der Großvater an den Franzl und sah sich nach ihm um. Er machte auf einmal ein ganz verdutztes Gesicht: »Ja – und wer soll denn das da sein?«

»Das ist der Lois Birenz«, sagte Doll, der ein zugebundenes Einsudglas mit dem Freudenfrosch in der Hand trug.

Frau Therese hielt es für nötig, ein erklärendes Wort hinzuzufügen, weil der Großvater den Lois Birenz gar so entgeistet anstarrte.

»Der Lois bleibt bis auf weiteres bei uns, Vater«, sagte sie, »ich werde dir später von ihm erzählen.«

»Ich erinnere mich schon, du hast mir ja von ihm geschrieben«, sagte Herr Bornschbögel, sich fassend. »Aber im ersten Augenblick bin ich beinah' erschrocken –: Teuxel, hab' ich mir gedacht, so groß kann der Franzl in der Zeit doch noch nicht geworden sein?«

Da trat die alte Zilli mit dem richtigen Franzl ein, aber der wurde wirklich noch immer auf dem Arm getragen. In dem fröhlichen Lachen, in das der Großvater mit einstimmte, hörte man aus dem tiefsten Hintergrunde auf einmal ein vergnügtes Aufkirren, das fast wie ein Juchschrei klang. Alle sahen sich um. Es war Frau Bohatschek, die für einen Augenblick die Herrschaft über sich verloren hätte, vor lauter Triumph, weil sie dem alten Herrn gegenüber einmal recht behalten.

»No, no, no!« machte Herr Bornschbögel. »Also schauen Sie her, Frau Bohatschek – aufrecht sitzen kann er ja doch schon, der Franzl! Gelt, Bubi? Gib dem Großvater das Handerl? So!« ...

Das Abendessen war diesmal gemeinsam. Auf dem Tisch blühten Astern, lauter rote: Flaggengala. Vefi hatte außerdem eine ihrer kleinen, niedlichen Staudenförmigen mitgebracht und vor sich hingestellt, die mit unzähligen Röschen übersät war. Sie konnte sich gar nicht mehr von dem Anblick trennen, und es war, als ob die Röschen, die noch in den Knospen staken, unter ihrem entzückten Betrachten erblühten wie unter der Sonne.

Frau Therese mußte berichten und immer wieder berichten, wer etwas zu sagen hatte, half mit, und der Großvater wurde nicht müde zu fragen.

»Eine Courage hat schon dazu gehört«, meinte er schließlich; »aber wacker war es doch von dir, daß du ausgehalten hast und nicht davongeloffen bist. Wenn die Wellen hoch gehn, darf der Schiffskapitän sich nicht ans Land setzen lassen. Und den Buben wird es auch gesund gewesen sein, daß sie einmal einen Ernst gesehen haben.«

Sie erzählte von der Angst jener Nacht, in der Moini an der schrecklichen Krankheit knapp vorbeigekommen war.

»Also, jetzt kannst froh sein!« sagte der Großvater aufgeräumt. »Wie manche Familie hat ihr Liebstes verloren, in dieser bösen Zeit, du hast zu deinen Kindern sogar noch einen Buben dazubekommen und bringst einen neuen Hausgenossen mit, der mir bis jetzt recht gut gefällt. Er kann auch Großvater zu mir sagen, wenn er mag.«

Der Lois Birenz wurde rot, aus Verlegenheit, weil von ihm die Rede war, und aus Freude, weil er dem alten Herrn sollte Großvater sagen dürfen. Doll, der neben ihm saß, ermutigte ihn durch einen Schlag auf den Schenkel. Da sagte der Lois Birenz: »Bittschön, Herr Großvatter! Dankschön, Herr Großvatter!«

Herr Bornschbögel nickte ihm lächelnd zu, zündete sich eine Zigarre an und sagte noch: »So bleibt es halt doch alleweil das Gescheiteste, man tut, was einem bestimmt ist ...« Er sah die blauen Rauchwölkchen zerfließen und hing seinen Gedanken nach. »Schließlich geht es auf der Welt auch nicht viel anders zu als beim Weben«, sagte er behaglich. »Wenn einer zimper ist und nicht weiß, soll er ordentlich auf seine Tritte steigen oder nicht, aus lauter Angst, es könnten ihm ein paar Kettfäden reißen, so reißen sie ihm manchmal erst recht. Wer aber ruhig und gleichmäßig, wie es sich gehört, seine Schemel tritt und nicht rechts noch links schaut, dem gelingt es oft ganz wunderbar, daß er schön kleinweis das ganze Stück glücklich zu Ende bringt, ohne daß ihm was dabei passiert ist. No, und wenn es eine gute und schöne Webe ist, so kann man ein Feiertagskleid draus machen, daran haben nachher viele Menschen eine Freud'!«

Die Worte ihres Vaters taten Frau Therese wohl. Aber es gibt mehr Meinungen unter den Menschen, als man glaubt, und nicht alle urteilten wie Herr Bornschbögel. Auch die Nahestehenden, die unser Bestes wollen, können unser Tun oft nicht begreifen, weil die Kreise, in denen die Gedanken und Gefühle eines jeden eingeschlossen sind, die Kreise der anderen zwar manchmal schneiden, aber niemals völlig durchdringen und decken.

Das sollte Frau Therese neuerdings erfahren, als einige Tage später Ludger Herrnfeld, ein Freund ihres verstorbenen Mannes, sie besuchte, der tolle Ludger, den sie halb liebte, halb fürchtete, der elegante, zartfühlende, spottlustige, rücksichtslose, sehnsüchtige Ludger Herrnfeld. Herr Mairold hatte große Stücke auf ihn gehalten, obgleich Ludger beträchtlich jünger und eine ganz anders geartete Natur war. Und die seltene Treue, mit der dieses Aprilwetter von einem Menschen an dem Verstorbenen und seinem Hause hing, verlieh ihm eine Ausnahmestellung, die durch keine verwandtschaftlichen Rechte hätte übertroffen werden können.

»Ich habe einen wahren Grimm auf Sie gehabt«, sagte er, als er eintrat. »Ihre Gegenwart macht mich wieder zum Lamm. Ich mag mir die Laune nicht verderben, darum verzichte ich darauf, Sie nachträglich abzukanzeln. Die Vorsehung sei gepriesen!«

»Seit wann anerkennen Sie eine Vorsehung?« fragte sie lachend.

»Ich anerkenne, was sich bewährt«, sagte er. »Ob die Homöopathie oder die Allopathie mich kuriert, ist mir gleichgültig; wenn ich nur wieder gesund werde.«

»Sind Sie krank?« fragte sie teilnehmend.

Ludger Herrnfeld lachte.

»Nein, nein – nicht so nach der gewöhnlichen Art. Übrigens – wem fehlt es nicht im Kopf oder im Herzen oder sonstwo? Reden wir nicht davon! Was hat es für einen Sinn, wenn der Mops mit der Wurst über den Spucknapf springt? Kriegt er sie nicht zu fressen, so soll er wenigstens das Springen sein lassen.«

»Sie sind dunkel«, sagte Frau Therese.

»Wie das Innere einer Nuß. Wer den Nußknacker gebrauchen wollte, fände vielleicht etwas, das einem Kerne ähnlich sähe – einem süßen, oder einem bitteren.«

Sie schwiegen. Im Nebenzimmer hörte man durch die verschlossene Tür ein endloses Geklimper auf und nieder, es war Riki, die auf dem Klavier Skalen übte.

»Mit der Zeit müssen Sie mir alles erzählen«, sagte Herrnfeld. »Die Kinder werden es mir erzählen. Heute will ich mich bloß freuen, daß Sie wieder da sind« ...

Er lauschte vorgebeugt und deutete mit dem Daumen nach der Tür.

»Ganz wie das Leben.«

»Wieso?«

»Hinauf, hinunter ... hinauf, hinunter ...«

Er stand auf und ging auf dem weichen Teppich hin und her.

»Hinauf, hinunter ... Geistlos und öde ... Gott im Himmel!«

»Da ist mir gerade etwas Merkwürdiges eingefallen«, sagte er stehen bleibend. »Die Menschen sind große Optimisten. Fragen Sie einmal herum: an den Teufel glaubt fast keiner mehr, an Gott glauben sie fast alle. Ist das nicht merkwürdig?«

»Wie haben Sie all die Zeit her gelebt?« fragte Frau Therese ablenkend.

»Wie immer, in einem großen Walde« ... Er setzte sich ihr wieder gegenüber und sah sie an. »Trauer steht Ihnen gut«, sagte er; »Sie sollten sie niemals ablegen. Auch in zehn Jahren nicht!«

»Es ist kaum erst ein Jahr verstrichen ...« sagte Frau Therese befangen ... »Warum waren Sie eigentlich ungehalten?«

»Ach – es hat doch keinen Zweck, Pulver zu verpuffen, nur damit es knallt!« sagte er ungeduldig. »Wo sind denn die Kinder? Ich möchte die Kinder sehn!«

Sie befanden sich teils in der Schule, teils waren sie an die Luft geführt worden. Bloß Riki war zu Hause. Frau Therese wollte sie rufen. Aber Herrnfeld hielt sie zurück.

»Lassen Sie Riki Skalen üben!« bat er. »Es ist so eine schöne trostlose, stimmungsvolle Melodie: hinauf, hinunter ...«

»Wenn Sie noch etwas bleiben, werden die Kinder heimkommen«, sagte sie.

»Ja! Ich möchte die Kinder sehen. Ich habe sie gern. Ich möchte, daß etwas Tüchtiges aus ihnen wird. Ich interessiere mich für ihre Erziehung ... Befolgen Sie Grundsätze dabei?«

Frau Therese fühlte, wie sie errötete. Es fiel ihr schwer, Rechenschaft zu geben, in Begriffen zu denken war sie nicht gewohnt.

»Ich bin eigentlich viel zu wenig belesen«, sagte sie verlegen. »Ich mache alles mehr nach meinem Gefühl.«

»Daran tun Sie recht«, sagte Herrnfeld. »Aber für eines wär' ich Ihnen verbunden. Wenn Sie Ihren Kindern sagen wollten, daß ein Stein in Bewegung gerät, wenn man daran stößt, und daß man naß wird, wenn man ins Wasser springt; daß dagegen ein Stein, der nicht durch irgendeine Ursache veranlaßt wird, seine Lage zu verändern, in der Regel liegen bleibt, wo er früher lag, und daß man nicht ins Wasser springen darf, wenn man es vermeiden will, naß zu werden.«

Frau Therese lachte.

»Das werden die Kinder wohl von selbst auch wissen, denk' ich?«

»Sie irren!« sagte er. »Das ist es, was am schwersten in den Menschenschädel hineingeht, der voll von Seifenschaum ist. Wiederholen Sie es Ihren Kindern täglich wie Percys Star, früh und abends, zehntausendmal, damit sie es endlich begreifen lernen; das ist das A und O aller Erziehung.«

Man vernahm Kinderstimmen im Vorzimmer, nach und nach rückte das junge Volk ein. Frau Therese sann darüber, was Herrnfeld mit seinen Worten habe sagen wollen. Er hatte sich wieder erhoben und ging im Zimmer auf und nieder.

»Sie finden vielleicht, daß ich billige Weisheit predige«, sagte er noch. »Mag sein. Ich habe es für nötig gehalten, Ihnen zu sagen, was ich denke. Deswegen bin ich eigentlich gekommen. Im übrigen empfehle ich mich Ihrer ferneren Gnade und bitte um eine Tasse Kaffee, wenn Sie nach wie vor Ihre Jause um diese Zeit zu nehmen gewohnt sind.«

Nun riß einer der Knaben die Tür auf und rief: »Ludger ist da!« Eins nach dem andern stürmte herein, ihn zu begrüßen. Die Kinder liebten ihn. Er hatte etwas in seinem Wesen, das ihm ihr Zutrauen gewann. Es herrschte ein kameradschaftliches Verhältnis zwischen ihnen, fast wie unter Altersgenossen, sie nannten ihn einfach Ludger, zum Onkel ließ er sich durchaus nicht stempeln; es hätte auch nicht zu ihm gepaßt. Er wollte jung sein, jung bleiben, er scheute das Altwerden, sogar das Älterwerden, und war auch jung in seinem ganzen Wesen und nach seinem Aussehen kaum mehr als dreißig, obgleich das Haar schütter zu werden begann. Er pflegte sich sehr, trug die besten Kleider, war prächtig gewachsen und bewegte sich mit weltläufiger Sicherheit.

In seinem Kaffee fand er jetzt zur allgemeinen Überraschung ein niedliches Schäfchen aus Porzellan, fischte es heraus, schenkte es Käthi und bat um Zucker. Als er aber mit dem Löffel umrührte, war statt des Zuckers ein kleines Schweinchen in der Tasse, und als er abermals Zucker verlangte, ein Hündchen, und so streng die Kinder ihm auch aufpaßten, schließlich noch ein Katzerl. Bis sie jubelnd über ihn herfielen und in seinen Rocktaschen auf der einen Seite eine ganze Vorratskammer von verschwundenem Zucker, auf der andern noch eine kleine Reservemenagerie entdeckten. Da war er entlarvt. Die älteren Knaben aber behaupteten, sie hätten es gleich gesehen und genau beobachtet, wie es zugegangen wäre.

»Eigentlich kannst du also doch nicht zaubern!« belehrte ihn die kleine Käthi.

Er lachte und sagte: »Wenn der Ludger zaubern könnte, so säh' es ein bißchen anders aus in der Welt!«

»Was würdest du dann machen?« fragte Vefi gespannt.

»Vor allem ginge ich jetzt nicht zu Fuß nach Haufe«, sagte er, »sondern führe in einer goldenen Karosse, die mit zwölf weißen Mäusen bespannt wäre.«

»Das wäre unpraktisch«, sagte Doll. »Pferde laufen viel schneller als Mäuse. Es müßte dir etwas Besseres einfallen.«

»Du hast recht, schließlich könnte ich mir auch einen Fiaker nehmen. Ich verzichte auf die weißen Mäuse, aber ich würde in einem großen kristallenen Schlosse wohnen und riesige Frösche in grünen Livreen aus Samt mit silbernen Tressen müßten mich bedienen. Dich und deinen neuen Freund Lois Birenz würde ich zu meinen Ministern ernennen, und Vefi und Käthi wären meine Hofdamen und trügen lange, purpurrote, goldgestickte Atlasschleppen.«

»Das Leben in so einem Schlosse würde dir auf die Dauer langweilig«, sagte Moini. »Wenn du es recht überlegst, so fällt dir am Ende etwas noch Besseres ein.«

»Auch du hast recht«, sagte Herrnfeld. »Wenn ich schon zaubern kann, so soll wenigstens etwas Ordentliches dabei herauskommen. Also werde ich mich zum Papste zaubern. Nein – besser noch zum Kaiser von China! Oder am allerbesten – gleich zu einem Fabriksherrn vom Schottenfeld!«

Da lachte Frau Therese und sagte: »Ja, das will ich glauben. Wenn wir bloß am Ostersonntag wären, was mancher von denen sich schon am Karfreitag einbildet, so könnten wir freilich zufrieden sein!«

Zu jenen, die mit Frau Theresens Verhalten während des Krieges nicht einverstanden waren, gehörte auch Thom Bornschbögel, ihr Bruder. Er haßte die Preußen und schätzte sie gering, aber er fühlte auch keine Verpflichtung gegen sein Vaterland; wenn es schief ging, war seiner Meinung nach ein jeder sich selbst der Nächste.

»Ich steh' auf niemanden an und bin immer allein fertig geworden«, pflegte er zu sagen. »Soll jeder es halten wie ich und sich selbst helfen, so braucht er keinen andern dazu.«

In der Kriegsnot hatte er seine Fabrik, die sich in Schlesisch-Riebstadt befand, einfach zugesperrt, die Arbeiter entlassen, die Angestellten auf Wartegebühr gesetzt. Die Zentrale in Wien, unter die Aufsicht bewährter Mitarbeiter gestellt, zehrte bei herabgesetztem Betrieb vom aufgestapelten Lager wie der Igel von seinem Fett, wenn er Winterschlaf hält. Thom Bornschbögel selbst hatte mit den Seinen die Hauptstadt, in der die Cholera wütete, verlassen und war unsichtbar geworden, bloß der Prokurist wußte, wo er sich aufhielt.

Nun saß er wieder in dem alten, unscheinbaren Hause in der Seidengasse, wo seit unvordenklichen Zeiten das Bornschbögelsche Geschäft sich befand. Aber weil heute Sonntag war, saß er nicht unten im Kontor, sondern oben in seiner Wohnung und hielt Musterung. Denn jeder Sonntagsmorgen war in dieser Familie ein kleiner jüngster Tag, an dem abgerechnet und über die Sünden der ganzen Woche Gericht gehalten wurde.

»Philippine, bring' deine Ausgehschuhe! Sind das Absätze – he? Hast du zwei linke Füße – wie? Du wirst, bevor du zur Kirche gehst, dreißigmal abschreiben: Ich soll meine Schuhe nicht schieftreten!«

»Ich red' ja die ganze Zeit, wenn wir ausgehen«, klagte Frau Minka Bornschbögel: »Philippine, halte dich gerade! Philippine, hatsche nicht wie ein altes Weib! Philippine, vertritt nicht deine Schuhe! Glaubst du es hilft etwas? Nichts! Aber rege dich nur deswegen nicht auf, Thom, es könnte dir schaden!«

»Zeig' dein Schulheft, Laurenz!« fuhr Herr Bornschbögel fort. »Also, wird's bald? Zieh' dich nicht wie ein Strudelteig – hörst du? Vorwärts! Her damit! Da ist ja mehr rot darin als schwarz! Was –? Schon wieder ein Ungenügend?«

Und klatsch! saß ihm eine Ohrfeige im Gesicht.

»Mit dem Buben ist es schon gar ein Kreuz!« jammerte Frau Minka. »Stundenlang sitzt er vor seinem Büchel, und wenn er dann ausgefragt wird, kann er erst recht nichts. Wo der seine Gedanken hat – ich weiß es nicht und bin mir auch nicht gescheit genug, was man mit ihm anfangen soll. Wenn es sich um eine Spitzbüberei handelt, das kapiert er geschwind – aber beim Lernen ist es rein, als hätt' er ein Brett vor der Stirn. Es ist mit dem Klavierspielen gerade so ...«

»Die Klimperei kann mir überhaupt gestohlen werden!« brummte Thom Bornschbögel ungehalten.

»Klavierspielen«, meinte sie, »muß ein junger Mann heutzutage doch gelernt haben. Aber alterieren mußt du dich deswegen nicht, Thom! Wenn du es für überflüssig hältst, von mir aus kann er die Musik auch sein lassen. Zum Üben kommt er ohnedies nicht wegen der dummen Schule, darum macht er auch immer wieder dieselben Gikser. Und wenn ich hundertmal sage: Laurenz, nimm dich zusammen! Laurenz, es sind drei Kreuz vorgeschrieben! Laurenz, schau, es war' doch schön, wenn du auch einmal ein bißchen Walzer spielen könntest wie andere junge Leute! Bei einem Ohr hinein, beim andern wieder heraus! Justement greift er daneben – rein, als ob er mir einen Schur antun wollte!«

»Aber ich tu's doch gar nicht zufleiß, ich hab' halt so steife Finger!« verteidigte sich Laurenz weinend.

»Heul' nicht!« kommandierte Herr Bornschbögel. »Und du, Ludmilla, mach' nicht ein Gesicht wie ein Haubenstock!« herrschte er das jüngere Mädchen an. »Wie oft soll ich dir noch sagen, daß man die Lippe nicht so hängen läßt! Es ist unglaublich, was für Kinder das sind! Ein jedes hat eine andere schlechte Angewohnheit! Schau' nicht mit dem linken Aug' weiß Gott wohin, hörst du? Mich sollst du ansehn, wenn ich mit dir spreche und überhaupt nicht so polizeiwidrig dumm dreinblicken wie ein Kalb! Weil alles Reden bei dir nichts hilft, so wirst du heute vom Tisch aufstehn und weggehn, wenn die Sonntagsmehlspeise aufgetragen wird!«

»Puh – puh – puh ...« fing nun auch Ludmilla zu heulen an.

»Die Mäuse brauchen kein Wasser, es regnet ohnedies genug!« überschrie sie Frau Minka. »Es geschieht dir ganz recht, warum folgst du nicht! Predige ich nicht ohnedies den ganzen Tag: Ludmilla, schau nicht so dumm! Ludmilla, mach' den Mund zu, es fliegt dir ein Vogel hinein! Ludmilla, denk' an dein linkes Auge! Aber bei euch könnte man sich die Lungensucht an den Hals reden, ihr seht es doch nicht ein, daß man es nur zu eurem Besten tut. Nun hast du es dir selbst zuzuschreiben, wenn du keine Mehlspeise bekommst; wer nicht hören will, muß fühlen.«

»Laß deine Fingernägel anschauen, Ulrich!« wendete Thom Bornschbögel sich an den jüngsten Knaben. »Haben wir Hoftrauer – wie? Heißt das Reinlichkeit – was? Da! Und da! Und da! Damit du dir merkst, daß heute Sonntag ist, und daß es sich nicht gehört, mit ungepflegten Nägeln zum Frühstück zu kommen!«

Das Klatschen, das seine Worte begleitete, entfesselte neues Gezeter, und Xaver Wegrad, der ins Zimmer getreten war, blieb erschrocken stehen: »Was ist denn los bei euch? Warum herrscht denn da Heulen und Zähneklappern?«

»Weil Sonntag ist«, sagte Herr Bornschbögel ingrimmig und schnappte mit dem Unterkiefer in die Luft wie eine Dogge, die eine Mücke fängt.

»Sonst ist doch Samstag der Auszahlungstag?«

»Unter der Woche habe ich keine Zeit, mich meiner Familie zu widmen. So heißt es halt am Sonntag ein bissel nach dem Rechten sehn. Denn was Hänschen nicht lernt, das lernt der Hans nimmermehr

... Schaut jetzt, daß ihr weiterkommt!« herrschte er die Kinder an. »Wenn ihr einmal groß seid, werdet ihr mir's danken!«

Xaver Wegrad war ein Vetter des verstorbenen Herrn Mairold und mit Thom Bornschbögel befreundet. Die Bandfabrik in der Halbgasse, die er von seinem Vater übernommen, ließ er ungefähr so weitergehen, wie sie von selber ging; der alte treue Mechanismus hatte Beharrungsvermögen genug in sich, um nicht gleich stille zu stehn, wenn niemand sich um ihn bekümmerte. Die Fabrik fuhr fort zu klappern wie die Mühle im Märchen, die unentwegt ihre Arbeit verrichtet, während der Müller auf der faulen Haut liegt. Das tat nun Herr Xaver Wegrad eigentlich nicht; beweglichen Geistes und phantasievoll, beschäftigte er sich mit hundert Dingen, nur gerade mit denen nicht, die ihm oblagen. Die Verhältnisse, in die er hineingeboren war, hatten noch den engen, handwerklichen Zuschnitt von früher, darum bedrückten sie ihn; aber sie der neuen Zeit anzupassen, dazu fehlte es ihm wieder an Liebe zur Sache und an Stetigkeit. Vor allem wohl auch an Nötigung; denn der goldne Boden des Handwerks von ehedem war keine Sage gewesen, und die Segnungen der Väterarbeit, die dem einzigen Sohne und Enkel in den Schoß fielen, hatten ihn früh daran gewöhnt, das Leben mehr für eine angenehme Zerstreuung zu halten als für eine Aufgabe. Indessen war er gut zu leiden, leicht zu entflammen und trotz seines schon gesetzten Alters immer noch ein Sehnsüchtiger und Suchender, der irgendwie aus seiner Haut wollte.

»Es bricht ein neues Zeitalter an in Österreich«, sagte er heiter, als er mit Thom allein geblieben war. »Auf allen Gebieten stehen Umwälzungen bevor. Darum bin auch ich in mich gegangen und habe beschlossen, meinen innern Menschen umzukrempeln. Siehst du mir nichts an?«

»Die Fahnen wehen noch alleweil«, sagte Thom und meinte den prächtigen braunen Bart, der dem Freunde zu beiden Seiten des ausrasierten Kinns auf die Brust herniederwallte. Er fand es unpassend für einen Geschäftsmann, einen solchen Bart zu tragen, ohne daß er einen andern Grund dafür hatte nennen können, als daß »man« so etwas nicht tue.

»Ein paar weiße Fäden sind eingeschossen«, bemerkte er boshaft; »sonst find' ich dich wenig verändert.«

»Man kann sie zählen«, sagte Wegrad vor den Spiegel tretend. Er ließ die beiden Flügel des Bartes mit einer gewohnheitsmäßigen Bewegung durch seine Hände gleiten und warf sich in die Brust. Er war ein stattlicher Mann, schlank und hochgewachsen, mit einer stolz geschwungenen Adlernase in dem offenen, männlichen Gesicht, das jenen Ausdruck von Kühnheit und Festigkeit zeigte, welcher manchen Menschen eigen ist, mehr weil sie an sich glauben, als weil sie sich erprobt hätten.

»Seid ihr eigentlich den Sommer über in Riebstadt gewesen?« fragte er und setzte sich Herrn Bornschbögel gegenüber.

»Lächerlich!« sagte Thom. »Solche Husarenstückeln überlasse ich meiner Schwester Therese.«

»Mir hat es, aufrichtig gesagt, imponiert, wie sie sich aus der Affäre zog«, meinte Xaver Wegrad. »Kein Mann hätte sich umsichtiger benommen.«

»An Umsicht fehlt es ihr nicht, aber an Einsicht.«

»Die Einquartierung in deiner Fabrik wird schön gehaust haben, wenn kein Herr zugegen war.«

»Im Gegenteil! Nicht ein einziger Soldat hat die Fabrik betreten. Versperrte Türen gewaltsam zu sprengen, ist einer Gemeinde, die den Kopf verloren hat, teils zu umständlich, teils zu verantwortungsvoll. Zustellungen haben sie mir wohl geschickt, eine nach der andern. Darauf bleibt man die Antwort schuldig und wartet ruhig bis alles sich im Sand verlaufen hat. So behandelt man unsere Behörden, wenn man sich auskennt; merk' es dir!«

»Dazu gehört Courage«, sagte Xaver Wegrad den Kopf schüttelnd.

»Es kommt nur darauf an, daß man richtig kalkuliert.«

Wegrad fragte sich im Stillen, wie es wohl zugegangen wäre, wenn alle es hätten ähnlich machen wollen. Aber er hatte Ursache, seinen Freund Thom heute nicht zu verstimmen.

»Ihr habt also vom Krieg nicht viel gesehen und gehört«, sagte er ablenkend.

»Pulver riechen ist Sache der Soldaten«, versetzte Thom. »Wir haben den Sommer im Salzburgischen zugebracht, wo man von Kriegsnot und Cholera nichts wußte. Wenn alle so gescheit gewesen wären, so wäre mancher vor Schaden bewahrt geblieben. Die Therese soll sich schwer tun, hör' ich, sie hat alles Ersparte zugesetzt, jetzt muß sie sogar Geld aufnehmen, aufs Haus. Sie paßt zur Fabriksherrin wie die Gans zum Salathüten. Man spricht sogar davon, daß die Firma Mairold wackelt, Wenn es wahr ist – ich wundere mich nicht darüber.«

Xaver Wegrad hatte sich erhoben und ging mit großen Schritten im Zimmer auf und nieder.

»Das täte mir leid ... Deine Schwester schien heiter und zuversichtlich wie immer, als ich sie unlängst sah. Ich hatte nicht den Eindruck, als ob sie von Sorgen bedrückt wäre.«

»So etwas zeigt man nicht.«

»Und wenn sie sich in einer augenblicklichen Kalamität befände – so sind doch Verwandte und Freunde da, die sie nicht im Stich lassen würden.«

»Wer zum Beispiel?« fragte Thom Bornschbögel scharf.

»Du zum Beispiel!«

»Lächerlich!«

»Sie ist deine Schwester.«

»So lange die Firma Mairold floriert. Wenn es aber nicht der Fall ist, dann ist die Therese für mich nichts anderes als der Chef der Firma Mairold.«

»So, so ... Nun, dann würde ich ihr beispringen.«

»Von dir könnte sie es nicht annehmen.«

»Wer weiß? ... Eigentlich ist es mir lieb, daß du mir das angedeutet hast, das von den Geschäftsnöten. Sonst könntest du am Ende glauben, ich spekuliere aufs Geld. Ich möchte dich nämlich um etwas ersuchen. Deswegen bin ich heute gekommen.«

Er setzte sich wieder Herrn Bornschbögel gegenüber und sah ihm etwas befangen ins Gesicht.

»Ich gehe auf Freiersfüßen. Deine Schwester ist mir lieb. Sie ist eine ausgezeichnete Frau. Sie ist auch noch immer eine hübsche und begehrenswerte Frau, man sieht ihr die acht Kinder nicht an ...«

»Neun sind es«, bemerkte Thom trocken.

»Neun?«

»Das neunte ist ein Proletarierrrange, den sie sich von der Straße aufgelesen hat.«

»Du meinst den Lois, der mit Doll zur Schule geht?«

»Weiß nicht, wie er heißt.«

»Gleichviel ... Ich komme in das Alter, wo mir festere Ziele not täten. Im Grunde bin ich unzufrieden mit mir. Es war mir von Jugend auf alles zu leicht gemacht. Ich hab' es schon ausgesprochen: umkrempeln möchte ich mich, solange es noch Zeit ist. Und – mit einem

Wort, um es kurz zu machen, ich hätte Lust, deine Schwester zu heiraten.«

»So tu, was du nicht lassen kannst«, sagte Thom bitter.

»Ich möchte mir begreiflicherweise keinen Korb holen. Darum wollte ich dich bitten, für mich anzuklopfen.«

»Lächerlich!« sagte Thom abermals.

Das Gespräch wurde durch das Eintreten Georg Haarhammers unterbrochen, der eine Schwester der Minka Bornschbögel zur Frau hatte. Er legte einen großen Packen, den er unter dem Arm getragen hatte, auf den Tisch und begrüßte die Herren mit ein paar harmlosen Scherzen, die er mit schmetterndem Gelächter begleitete.

»Die Baupläne sind fertig«, sagte er; »ich habe sie mitgebracht.«

»Dann können wir sie gleich ansehen«, meinte Thom, der froh war, nicht länger mit Wegrad allein zu sein. »Hast du Zeit?«

»Bis zur Zwölfuhrmesse«, sagte Haarhammer.

»Immer fromm!« spottete Bornschbügel.

»Was wird denn gebaut?« fragte Wegrad.

Haarhammer löste die Schnur und öffnete das Paket. Er erklärte die Pläne und Risse, die auf pergamentartiges Pauspapier mit schwarzen, roten und blauen Linien klar und reinlich aufgezeichnet waren. Auf das Bornschbögelsche Haus in der Seidengasse sollte ein zweites Stockwerk aufgesetzt und das Ganze erweitert, erneut und dem herrschenden Geschmack entsprechend ausgestattet werden.

Wieviel Zeit der Umbau in Anspruch nehmen würde? wollte Thom wissen.

Das war aber der Punkt, über den Haarhammer wie alle Baumeister nicht gern bindende Erklärungen abgab. Von Thom bedrängt, meinte er schließlich: »Sagen wir halt – ein paar Monate. Mit der Zeit wird er schon fertig werden.«

Und wieder ließ er sein schmetterndes Lachen hören, das aufreizend auf Herrn Bornschbögel wirkte. Im vertrauten Kreise nannte er den Schwager gern den »Maurermeister« und schätzte ihn überhaupt gering, weil er es nicht mit Seidenwebern, sondern mit Ziegelschupfern zu tun hätte. Jetzt, da er im Begriffe stand, ihm einen Auftrag zuzuwenden, hielt er sich für berechtigt, ihn auch danach zu behandeln.

»Wenn deine Maurer mehr Zeit mit Pfeifenstopfen verbringen als mit Mörteln«, sagte er übellaunig, »so ist das nicht meine, sondern deine Sache.«

Frau Minka Bornschbögel, die eingetreten war und gleichfalls die Pläne besichtigt hatte, tippte ihm auf die Schulter: »Reg' dich nur nicht auf, Thom, du weißt, es könnte dir schaden! Verbrodeln wird der Haarhammer sicher nichts, wenn er weiß, daß dir dran liegt.«

»Aber selbstverständlich nicht!« versicherte Haarhammer gutmütig. »Zerwuzeln werd' ich mich!«

»Einen Lieferungstermin muß jeder Geschäftsmann einhalten!« beharrte Thom.

»Wir hängen halt ein bissel stark vom Wetter ab, wir Maurer.«

Abermals schmetterte er sein gesundes Lachen, das auf eiserne Konstitution und schlichte Gemütsart deutete. Und dann setzte er auseinander, daß es unmöglich sei, im Spätherbst noch mit dem Umbau zu beginnen, wenn der Regen anhalte wie bisher, und daß es dann wieder von der Frühjahrswitterung abhänge, ob man nicht bis in den Sommer hinein damit zuwarten müsse.

»Eine Ausrede wißt ihr alleweil«, meinte Bornschbögel nur halb besänftigt und sah nach der Uhr. »Geh' halt jetzt in deine Messe und bet' um schönes Wetter, vielleicht nützt es was.«

»Warum nicht?« sagte Haarhammer; »gutes Bauwetter gehört für uns zum Gottessegen, wie für den Landmann gutes Erntewetter.«

»Aber ein bissel aufgeklärter solltet ihr sein als die Bauern«, spottete Thom.

»Woher denn?« fragte Haarhammer, ernst geworden. »Aus den Zeitungen vielleicht? Meinst du, ich hätte Zeit, die Sachen ordentlich zu studieren? So bleib' ich halt bei meinem Herrgott – und du laß mich in Frieden, in dem Kapitel red' ich dir auch nichts drein.«

Als er sich entfernt und die beiden Freunde wieder allein gelassen hatte, wurmte es Thom, daß er ihm die gebührende Antwort schuldig geblieben sei. Er hielt sich an Wegrad schadlos und setzte ihm auseinander, wie ein gebildeter Mensch heutzutage liberal und Freigeist sein müsse, wenn er sich nicht lächerlich machen wolle; und Wegrad stimmte bei und sagte, alles Glauben sei Humbug, die neue Zeit werde bald mit allen Religionen aufgeräumt haben.

»Bloß wir haben noch unser Konkordat!« rief er aufgebracht. »Echt österreichisch!«

»Wir hinken alleweil nach ... Aber jetzt wird es auch bei uns bald Tag werden müssen, verlaß dich darauf!«

Sie besprachen noch Einzelheiten der Baupläne, die Haarhammer dagelassen hatte. Es war vorzüglich auf eine ausgiebige Erweiterung der Warenlager und Manipulationsräume abgesehen. Thom hatte längst eine gewisse Beengung in dem vom Vater überkommenen Geschäftshause als hinderlich empfunden, und bereits begann ein überraschender Aufschwung des gesamten industriellen Lebens sich anzukündigen. Trotz der finanziellen Erschöpfung des Staates regte es sich an allen Enden wie Frühling, der unerschlossene Reichtum der Länder, die natürliche Kraft der Völker drängte nach Entfaltung. Es war, als hätte Österreich einen vorteilhaften Krieg glücklich beendet und rüste sich jetzt, die Früchte seiner Siege einzusammeln.

»Etwas reichlich groß hast du dir's vorgenommen«, meinte Wegrad. »Man wird die Seidengasse nicht wiedererkennen, wenn du so einen Geschäftspalast hineinstellst. Mehr Raum allein für deine Magazine und Schreibstuben ist vorgesehen, als meine ganze Fabrik in der Halbgasse einnimmt.«

»Das neue Gewand wird mir nicht am Leibe schlottern«, sagte Thom zuversichtlich. »Ich weiß, was kommen muß. Die Ära der Großindustrie steht vor der Tür. Die Freiheit, die seit achtundvierzig begraben war, erwacht zum Leben. Jetzt erst geht die Saat auf, die damals gesät wurde. Die Wiederherstellung der Verfassung ist nicht mehr aufzuhalten. Schon hat der Kaiser die Einberufung des Reichsrates zugesagt. Wir brauchen nichts als freie Ellbogen, so arbeiten wir uns hinauf. Die Preußen kann ich nicht schmecken, aber sie haben uns erlöst wie der Prinz das schlafende Dornröschen. Jetzt erst sind wir Österreich. Jetzt werden wir zeigen, was wir können. Ich verlange vom Staat nichts, als daß er mich nicht hindert; für mich sorgen werd' ich schon selbst. Verlaß dich nur darauf: ich irre mich nie, ich hab' auch diesmal richtig kalkuliert.«

»Es wird einen scharfen Konkurrenzkampf geben«, sagte Wegrad. »Ich denke daran, meine Fabrik aufzulassen und mein Kapital in die Firma Mairold einzuwerfen. Deiner Schwester müßte es nur lieb sein, einen männlichen Berater zur Seite zu haben, der doch schließlich auch eine gewisse Geschäftserfahrung besitzt.«

Und nachdem er sich trotz aller Hindernisse zu dem Gegenstand, der ihm auf dem Herzen lag, zurückgefunden hatte, faßte er den Stier bei den Hörnern: »Du hast mir meine Frage von vorhin nicht beantwortet. Darf ich auf deine Unterstützung zählen?«

»Wo –? Wie –?« fragte Thom unschuldig tuend.

»Bei deiner Schwester.«

»Ach so, bei meiner Schwester? Bei der Therese meinst du?«

»Du hast doch nur die eine Schwester!« rief Wegrad ungeduldig.

»Allerdings. Und die ist eine verwitwete Mairold. Die Firma Mairold hat mich nie um Rat gefragt, so kann ich ihr meinen Rat auch nicht aufdrängen.«

»Hier handelt es sich doch nicht um die Firma!«

»Doch! Du willst dein Geld in die Firma einwerfen und Mitchef werden. Ich werde mich hüten, etwas dreinzureden. Soll nur die Therese selbst ihre Entscheidung treffen, sie ist kein unmündiges Kind mehr, und daß sie schließlich doch tut, was ihr und nicht was mir gefällt, das weiß ich im voraus.«

Wenn Thom Bornschbögel einmal eine Meinung ausgesprochen hatte, dann blieb es dabei, und wenn die Welt darüber zugrunde ging. Das erfuhr Xaver Wegrad jetzt wieder, obgleich er es längst wußte. Gekränkt ging er schließlich fort, er hatte den Eindruck gewonnen, daß der Freund seine Verbindung mit Frau Mairold nicht wünsche. Er riet hin und her, was der Grund sein mochte? Und wie wir für etwas, das uns halb oder ganz mißglückt, lieber die Mängel und Schwächen anderer, als unsere eigenen verantwortlich machen, so führte seine Witterung ihn auf Thom Bornschbügels Selbstsucht, von der er argwöhnte, daß sie einer Stärkung der Firma Mairold, die eine nicht zu unterschätzende Konkurrentin war, durch sein Kapital und seine Arbeitskraft abhold sei. Aber gerade hieraus sog er wieder Hoffnung; der häßliche Einfall trug dazu bei, ihn aus seiner gedrückten Stimmung aufzurichten. Wenn Thoms geschäftlicher Scharfsinn ihn für eine Gefahr hielt, so mußte Frau Theresens geschäftlicher Scharfsinn einen Gewinn in ihm erblicken.

Und daß sie, vielleicht von Gläubigern bedrängt, der Stimme der Vernunft Gehör schenken würde, auch wenn die Stimme ihres Herzens noch zauderte, sich für ihn zu entscheiden, das glaubte er von ihrem reifen Urteil erwarten zu dürfen.

Indessen hatte das spät erwachte Gefühl, das aufrichtig war, die Selbstsicherheit, an der es ihm sonst nicht fehlte, erschüttert. Da er in seinem Leben nichts geleistet und nichts versucht, also auch keinen Mißerfolg erfahren hatte, so war er gewohnt gewesen, sich für etwas Besonderes zu halten, eine Täuschung, die von seiner beweglichen

Einbildungskraft lebhaft unterstützt wurde. Hierin trat, solange er mit sich allein blieb, auch jetzt keine Änderung ein; sobald er sich aber in Frau Mairolds Nähe befand, deren Anlagen und Verdienste sein entflammtes Herz vielleicht über Gebühr vergrößerte, kam er sich in Vergleich mit ihr müßig und unnütz vor und wurde zaghaft. Durch einen Korb hätte er das Urteil, das er in solchen Augenblicken zu innerst über sich selbst fällte, gleichsam bestätigt und besiegelt gefunden, und immer scheute er die Beschämung, die ihn dann von seiner eingebildeten Höhe herabgestürzt hätte. So geschah es, daß er Frau Mairolds Gesellschaft zwar mehr als sonst suchte, aber den ganzen Winter verstreichen ließ, ohne sich zu erklären. Um sich nicht selbst der Feigheit zeihen zu müssen, redete er sich dabei ein, daß es aus Zartgefühl geschehe, weil eine Werbung sogleich nach Ablauf des Trauerjahres sowohl auf sie selbst, wie auch nach außen hin den Eindruck unangebrachter Hast hätte hervorrufen müssen.

Frau Theresens Benehmen blieb ihm gegenüber das gleiche, das es immer gewesen war. Sie schätzte den Vetter ihres Mannes, der stets freundschaftliche Beziehungen zum Verstorbenen wie zur ganzen Familie unterhalten hatte, wegen seiner schätzenswerten Eigenschaften und sah milde über seine Mängel hinweg. Daß die Veränderung seiner Gefühle, die sich in ihm vollzogen hatte, ihr entgangen wäre, bleibt unwahrscheinlich; eine kluge Frau übersieht nicht leicht ein angelegentliches, wenn, auch unausgesprochenes Werben. Aber andere Saiten aufzuziehen, sah sie sich deswegen nicht veranlaßt. Vielleicht unterlag sie der allgemeinen weiblichen Eitelkeit, der das Auftauchen eines Courmachers, auch wenn er keine Aussicht auf Erhörung hat, immer ein klein wenig schmeichelt. Vielleicht wollte sie auch nur ihren gesteigerten Einfluß zu seinen Gunsten ausnützen, das Eisen schmieden, weil es heiß war, an ihm bosseln, ihn in Form bringen, einen tätigen und ganzen Mann aus ihm machen; denn daß sie sich bemühte, ihn zu erziehen, war leicht zu bemerken. Und gerade hieraus schöpfte Herrnfeld, der die beiden oft beisammen sah, Verdacht; er fühlte, daß sie ihn niemals erzogen, vielmehr dadurch, daß sie sich seinen Unarten willig anpaßte, wie man es Fremden gegenüber tut, gleichsam in einer gewissen Entfernung von sich gehalten hatte.

Er seufzte im Stillen darüber und sagte einmal zu Frau Therese: »Am Saum des großen Waldes, in dem ich wohne, brennt manchmal ein Feuer, und ich sehe, wie die Kinder Tannzapfen hineinwerfen, um in der Glut Erdäpfel zu braten. Ich habe mir oft überlegt, ob ich lieber ein Tannzapfen, eine Kartoffel oder ein Feuer sein möchte.«

»Und wofür haben Sie sich entschieden?« fragte sie befremdet; denn sie wußte, daß Herrnfeld nicht in einem großen Walde, sondern in der Mariahilferstraße wohnte.

»Ich schwanke noch«, sagte er. »Die Kartoffel läßt sich braten, um verspeist zu werden, das ist dumm. Der Tannzapfen läßt sich verbrennen, um das Feuer zu nähren, das tut weh. Das Feuer aber verzehrt den Tannzapfen, um eine Kartoffel gar zu braten – das ist grausam … Es ist mir lieb, daß ich nichts damit zu tun habe. Ich sehe zu, lächle und – gehe vorüber.«

Sie schüttelte den Kopf und fand ihn wunderlicher als je.

Im Frühjahr wurde mit dem Umbau des Bornschbögelschen Hauses in der Seidengasse begonnen. Thom schien geneigt, die Unbequemlichkeiten, die der Familie und dem Geschäftswesen daraus erwuchsen, tragisch zu nehmen. Immer war er auf der Suche nach einem Schuldtragenden, den er dafür verantwortlich machen könnte, daß die Arbeiten nicht rascher vom Fleck rückten. Haarhammer indessen hatte sich im Verkehr mit seinen Auftraggebern längst eine dicke Haut angeschafft, an der Ausbrüche bauherrlicher Ungeduld abglitten wie Wassertropfen von der Ente. Als einer, der es mit den Elementen zu tun hat, erinnerte er tatsächlich an einen Landmann, der, die Hände in den Hosentaschen, gemächlich zuschaut und es wachsen läßt, sobald er das Seinige geleistet hat.

»Überstürzen gedeiht nicht«, sagte er gern; »so ein Bauwerk darf man nicht bloß machen, es muß nach und nach werden, mit Gottes Hilfe.«

Im Erdgeschoß ließ er, um die Tragfähigkeit zu erhöhen, eiserne Träger einziehen, die er früher nicht vorgesehen hatte.

»Warum ist das jetzt auf einmal notwendig?« fragte Thom aufgebracht.

»Die besten Gedanken kommen einem immer erst bei der Arbeit selbst«, erklärte er aufrichtig.

»Und wenn es dir zufällig nicht eingefallen wäre, so hätte uns das Haus vielleicht über dem Kopf zusammenstürzen können?«

»Davor ist man bei keinem Haus sicher«, sagte Haar-Hammer und schmetterte sein befreiendes Lachen.

An einem der nächsten Tage sagte Thom zu seiner Frau: »Der Pinkenfeld in der Dreilaufergasse hat auch umbauen lassen. Sein Haus steht fix und fertig. Der Haarhammer ist ein Fretter. Ich hätte gute Lust, ihm die Arbeit zu entziehen.«

»Was hat der Pinkenfeld für einen Baumeister?« fragte Frau Minka erschrocken.

»Es ist eine Baugesellschaft, bei der er Aktionär ist. Da geht halt alles ins große. Wie die Pilze nach einem warmen Regen schießen die Häuser auf. Ich habe den Bauleiter gesprochen. Die kleinen Baumeister, sagt er, müssen alle zugrunde gehen, sie können nicht mehr aufkommen. In drei Wochen, sagt er, bauen wir Ihnen so ein Haus, das ist heutzutage keine Affäre mehr. Jetzt kommen wir schon in den Sommer, und der Haarhammer patzt noch allweil mit den Traversen herum!«

Frau Minka hatte Mühe, ihn zu beschwichtigen. Es wäre ihr aus Familienrücksichten peinlich gewesen, hätte ihr Mann den Haarhammer vor den Kopf gestoßen. Daß kleine Reibereien stets neue Spannungen zwischen den beiden Männern hervorriefen, konnte sie nicht verhindern; aber bei der Geneigtheit Haarhammers, ein hitziges Wort des Schwagers nicht auf die Goldwage zu legen, und bei der lachenden Sicherheit, mit der er ruhig seinen Weg ging, gelang es ihr wenigstens, einen offenen Bruch hintanzuhalten.

Als Xaver Wegrad sich endlich einen Rand nahm, bei Frau Therese das entscheidende Wort zu sprechen, fand er das Nest ausgeflogen. Der Sommer hatte die Familie Mairold wie gewöhnlich nach Mähren entführt. Er entschloß sich kurz und trat die Reise nach Nedweditz an. Als er von der Poststraße, die über den sogenannten »Hals« führte, das Städtchen zu seinen Füßen liegen sah, ließ er sich vom Kutscher die Mairoldsche Fabrik zeigen. Das Herz schlug ihm höher, es war ein ehrlicher Wille in ihm, dieser tapfern Frau, die er liebte und verehrte, eine Stütze, ein Berater, ein Führer durchs Leben zu sein. Er fühlte die Fähigkeit in sich, an ihrer Seite, durch sie, über sich selbst hinauszuwachsen. Und er wußte, daß sie ihm gut war; bloß darüber quälten ihn noch Zweifel, ob diese Neigung sich als eine frauliche, oder als eine bloß freundschaftliche offenbaren, und ob sie stark genug sein würde, die Bedenken der Witwe, der Mutter und vielleicht auch der Fabriksherrin zu überwinden.

Nachdem er, sein unerwartetes Erscheinen durch allgemeines Interesse am Fabrikswesen rechtfertigend, ein paar Tage hindurch die

Gastfreundschaft Theresens genossen hatte und neuerdings zaghaft geworden war, beschloß er, die Sache von der geschäftlichen Seite her in Angriff zu nehmen und Herrn Baudrillard ins Vertrauen zu ziehen. Er tat dies zwar nicht geradezu, ließ es sich aber angelegen sein, jeden Mangel des Betriebes, dessen Verbesserung Geldaufwendungen notwendig gemacht hätte, aufzuspüren; und dann redete er beiläufig davon, wie er dies und das deichseln würde, wenn er etwas mitzureden hätte, und wie man allenthalben merke, daß es an Kapital fehle, während er mit dem seinigen nicht wisse, wohin. Baudrillard indessen, der überraschend schnell begriff, wo der Hase im Pfeffer lag, verhielt sich zurückhaltend und lehnte die verhüllte Werbung um seine Bundesgenossenschaft ziemlich unverhüllt ab, indem er gleichmütig sagte: »Es ist bis jetzt auch so gegangen«; oder: »Wer etwas besser macht, als es sein soll, verdirbt es«, oder: »Mit der Zeit stecken wir allenfalls wieder etwas hinein, wenn's nötig wird. Man muß einen Acker auch nicht zu reichlich düngen, sonst trägt er Kraut statt Knollen. Erledigt!«

Einmal, spät am Abend, saß Frau Therese mit Herrn Wegrad noch auf der Gartenbank unter ihren Fenstern plaudernd beisammen – im Mondenschein – die Kinder waren schon schlafen gegangen.

Er erzählte von den vielerlei Dingen, die er wußte und erfahren hatte, er stand in Fühlung mit der Bildung der Zeit, mit den Wissenschaften, mit den Künsten, mit dem Leben. Sie kam sich dürftig vor neben ihm, so als ob sie bloß der mit dem Tag verbrauchten Nützlichkeit gehöre. Das Herz wurde ihr bang, weil so viel vorüberglitt, von ihr unbemerkt, das Glanz und Schönheit bedeutet.

»Manchmal kommt mir die Sehnsucht« ... sagte sie.

»Es stände nur bei Ihnen« ...

Sie schwiegen. Es war etwas Unausgesprochenes zwischen ihnen wie die Finsternis, die unter den Bäumen des Gartens lauerte. Aus dem offenstehenden Fenster stöhnte eins der Kinder im Schlafe auf. Frau Therese lauschte, es blieb wieder alles still.

»Träume!« sagte Wegrad.

»Sehen Sie«, sagte sie, »wie der Mond die Kastanienblätter in den Kies zeichnet! ... So saß ich hier in mancher Nacht – mit ihm. Wir redeten von den Kindern. Von ihrer Zukunft, und wie wir sie erziehen wollten.«

»Dürfen wir nur Freuden kennen«, fragte Wegrad, »die von Pflichten kommen?«

»Ich will Ihnen sagen, wie wir uns die Zukunft unserer Knaben dachten.«

Und sie schilderte einen Mann, wie er nach ihrer Meinung sein sollte. Es war aber das getreue Abbild des verstorbenen Herrn Mairold, das sie beschrieb, und das Gegenbild von Xaver Wegrad. Da sank ihm wieder der Mut.

»So hätte ich auch gern werden mögen«, sagte er schließlich.

»Ich habe lange, lange überlegt«, sagte sie. »Man darf nur eines lieben, nur eines wollen. Es kommt mir selbst oft zu hart vor. Ich bin noch nicht alt genug, es gibt soviel Lockendes, so viele Möglichkeiten. Aber ich weiß es, daß man nur eines lieben, nur eines wollen darf« ...

»Und warum das Leben nicht reicher machen?« fragte er bang.

»Weil wir ein hochgestecktes Ziel nur erreichen, wenn wir keine andern Ziele kennen.«

Er schwieg bekümmert, endlich sagte er: »Es wird dabei viel Entsagung gefordert.«

»Ja, das ist das Schwerste im Leben, daß man an manchem vorübergehen muß.«

Sie stand auf und trat ins Licht des Mondes.

»In so einer milden Nacht«, sagte sie heiter, »kommt man fast ins Philosophieren. Und morgen ist ein Arbeitstag. Es ist Zeit, daß ich schlafen geh'. Leben Sie wohl und gute Nacht! ... Wann reisen Sie?«

Er hatte von seiner Abreise noch kein Wort gesprochen.

»Morgen früh«, sagte er gepreßt.

»Leben Sie wohl!« wiederholte sie, ihm die Hand drückend. »Wir wollen gute Freunde bleiben, nicht wahr?«

Er beugte sich nieder und drückte seine Lippen auf ihre Hand, dann ging sie ins Haus.

Den nächsten Morgen reiste er ab. Als sie im Herbst in die Stadt zurückkehrte, war er von Wien abwesend und blieb den ganzen Winter fort. Erst im Frühjahr tauchte er wieder auf, hielt sich aber in gemessener Entfernung, ohne daß es sonderlich aufgefallen wäre. Bloß Ludger Herrnfeld bemerkte es.

»Ich sehe seit einiger Zeit einen eigentümlichen Lichtschein um Ihr Haupt«, sagte er zu Frau Therese. »Es muß die Glut einer seraphischen Liebe in Sie gefahren sein, die mich auf irdische Entsagung schließen läßt.«

»Was nehmen Sie sich heraus?« rief sie entrüstet. »Wer gibt Ihnen das Recht, ungehörig zu mir zu sprechen?«

»Es war nur ein Versuch, der mißglückte wie so ziemlich alles, was ich beginne«, sagte er bitter. »Die Feindesliebe der heiligen Therese, Ihrer Namenspatronin, war so groß, daß ihr Unbill zufügen mußte, wer ihre Gunst gewinnen wollte. Von einer solchen Heiligkeit sind Sie noch weit entfernt, wie ich sehe, und ich habe den Nachteil davon: statt mir Ihre Gunst zuzuwenden, strafen Sie mich mit Ungnade. Der Schein um Ihr Haupt hat mich getäuscht.«

»Wenn etwas Sie entlastet«, sagte Frau Therese, »so ist es der Umstand, daß Sie wenigstens offen zugeben, sich eine Ungehörigkeit herausgenommen zu haben.«

»Das klingt schon milder«, sagte er heiter. »Vielleicht erreicht Ihre Vollkommenheit mit der Zeit noch einen so hohen Grad, daß ich wenigstens auf Ihre christliche Nächstenliebe zählen darf.«

Es dauerte mehrere Jahre, ehe Xaver Wegrad den verwandtschaftlichen Verkehr mit Frau Mairold wieder aufnahm. Er hatte sich inzwischen vermählt, etwas eigen Übertriebenes und Großsprecherisches war in sein Wesen gekommen, und jedesmal, wenn er die Flügel seines Bartes durch die Hände gleiten ließ, hob er den Kopf dabei und drückte die Augen zu wie der Hahn, wenn er kräht. Im übrigen schwänzelte er vor Liebenswürdigkeit und nannte Frau Therese nicht anders als seine schöne Cousine.

Der alte Herr Bornschbögel fand, daß er unleidlich geworden sei.

»Seine Erziehung ist zu jäh unterbrochen worden«, sagte Ludger. »Erst stand er im Warmhaus und wurde sorgsam begossen, dann kümmerte sich niemand mehr um ihn, in Dürre und Regen blieb er sich selbst überlassen; so schoß er ins Kraut, ohne eine Blüte anzusetzen.«

Frau Therese seufzte und dachte an ihre Kinder, die heranwuchsen und alle ihre Gedanken ausfüllten. Der Großvater aber, der nur so viel verstand, daß Ludger seine Tochter aufzog, tätschelte zärtlich ihre Hände und meinte: »Es kommt viel darauf an, wie eine Zwiebel beschaffen ist; bei aller Sorgfalt zieht man nicht aus einer jeden das gleiche.«

Er stand auf, entschuldigte sich und trippelte in sein Stockwerk hinauf. Denn er wütete diesen Winter in Hyazinthen, die ihm so viel zu schaffen machten, daß er sich wenig freie Zeit gönnen konnte.

* * *
*

Wieder einmal im Herbst war Frau Therese nach einem arbeitsreichen Nedweditzer Sommer in die alte Wienerstadt zurückgekehrt.

Das Mairoldsche Geschäfts- und Wohnhaus lag in der Luftschützgasse, knapp an der Höhe des Spittelberges, wo das Straßengewirr der alten gewerbfleißigen Vorstädte St. Ulrich in Zaismannsbrunn und Schottenfeld anfing, die vor der Aufhebung der Grundobrigkeit beide unter dem Dominium der Benediktinerabtei zu den Schotten gestanden hatten. Die ganze Fabrik war früher in dem Hause selbst und in dem dazugehörigen Hinterhause untergebracht gewesen, das den Hof vom Garten trennte. Schwierige Verhältnisse, das fortwährende Steigen der Arbeitslöhne in der Residenz und die Notwendigkeit, wohlfeile Artikel einzuführen, die nur in Masse trugen, hatten Herrn Mairold ebenso wie manchen andern Schottenfelder Fabriksherrn veranlaßt, den alteingewurzelten Baum der Seidenweberei aus dem Boden, auf dem er gewachsen war, zu verpflanzen und den Hauptbetrieb in die Provinz hinaus zu verlegen.

Der Sitz der Oberleitung war nach wie vor im Wiener Stammhaus in der Luftschützgasse geblieben. Außer in Frau Mairold, die indessen, wie ihr Mann es getan hatte, die Sommermonate in Nedweditz zubrachte, bestand diese Oberleitung hauptsächlich aus dem Prokuristen Herrn Fanedl, dessen mit Milde gepaarte Strenge zwei Schreibstuben voll emsig knisternder Federn im Zaume hielt. An diese zu ebener Erde gelegenen Schreibstuben schlossen sich, gleichfalls im Vorderhaus, einige kleinere Kontors, der Versandtraum und die Warenlager. Das leer gewordene Hinterhaus war an verschiedene Mieter abgegeben worden, den Oberstock des Hauptgebäudes aber hatte Herr Bornschbögel, nachdem er sein eigenes Geschäft seinem Sohne Thom überlassen, für sich eingerichtet. Denn selbst den Hausherrn zu spielen, dazu fand er keine Zeit; solang es ihm vergönnt war, das Licht des Tages zu schauen, wollte er der Natur noch ein reiches Farbenspiel von Blumen ablisten und, wenn er einmal gezwungen sein würde, das Zeitliche zu segnen, seinen Kindern, Enkeln und vielleicht auch Urenkeln eine möglichst stattliche Sammlung von Federzeichnungen hinterlassen.

Frau Therese teilte während der Wintermonate in Wien ihre Zeit zwischen der Sorge um die Kinder und der Sorge ums Geschäft wie im Sommer in Nedweditz. So gingen die Jahre hin, sie entglitten ihr förmlich unter den Händen, immer bewegte ihr Leben sich im nämlichen Geleise, ein Leben der Tätigkeit, das seine Freuden und seine Kümmernisse hatte. Im regelmäßigen Wechsel von Stadt und Land vergaß sie schier, ihre sonnigen und ihre trüben Tage zu zählen, aber das Heranwachsen der Kinder war der Zeiger an der Uhr ihres Lebens, der sichtbarlich vorrückte.

Es ging gegen Ende der sechziger Jahre, sie saß in ihrem kleinen Kontor in der Luftschützgasse, das gegen den Hof sah, und lauschte dem Klappern der Webstühle. In dem niedrigen Trakte, der Vorder- und Hinterhaus miteinander verband, hatte ein kleiner Überrest von Fabrik sich erhalten, der für allerhand nahe Versuche verwendet wurde, oder der Ausführung von Bestellungen diente, welche heikleren Sonderwünschen entsprechen sollten. Es mochten darin für gewöhnlich kaum viel mehr als anderthalb Dutzend Stühle sich in Gang befinden, aber sie klapperten doch ganz ansehnlich, und Frau Therese freute sich der trauten Musik, die von Jugend auf ihre Begleiterin gewesen war.

Schon im Hause ihres Vaters hatte sie in ihre Kinderträume geklungen, über ihrer Liebe, ihrem jungen Eheglück, über ihrer Mutterschaft schwebte das uralte, ewig gleiche Lied der klappernden Webstühle. Seit dem Tode ihres Mannes war es fast zu einer schwermütigen Melodie geworden; und doch hätte sie diesen ehrlichen, anheimelnden Singsang der Arbeit nicht missen mögen. In Nedweditz rauschte er hundertstimmig, auch über dieser ganzen weiten Vorstadtgegend hatte er einst vielhundertstimmig gerauscht. Jetzt erstarb der Ton mehr und mehr, in den Jahren, die dem Kriege folgten, hatte eine Fabrik nach der andern zu klappern aufgehört, und in vielen Häusern war es still geworden. Es trug nicht nur die Verlegung der größeren Betriebe in ländliche Gegenden die Schuld daran, es waren auch andere und betrübende Ursachen, die in manchem Hause die Webstühle verstummen machten, wo sie hundert Jahre und länger geklungen hatten ...

In der Luftschützgasse sollten sie klingen, so lange Frau Therese lebte, so hatte sie es bei sich beschlossen. Es heimelte sie an, daß sie den eintönigen und doch so lieben Gesang, der ihr in allen Sorgen und Schwierigkeiten Trost und Mut zuzusprechen schien, auch in der Stadt nicht ganz entbehrte. Es war ja freilich bloß ein ganz kleiner Chor, der sich noch hielt, aber der eingeengte Raum zwischen Hinterhäusern und Feuermauern verstärkte das Lied, das von einer der ältesten und ehrwürdigsten Hantierungen sang, die je von kunstfertigen Menschenhänden geübt worden waren.

Herr Fanedl trat ein, um Geschäftliches mit ihr zu besprechen. Er war ein gewissenhafter und fleißiger Mann, sah ein wenig wie ein Kalb aus und besaß eine große Briefmarkensammlung. Sie gingen miteinander die eingelaufenen Aufträge durch, bestimmten die Weisungen, die nach Nedweditz weitergegeben werden sollten, lasen die neuesten Berichte, die Baudrillard gesendet hatte, und berieten die dadurch notwendig gewordenen Verhandlungen mit Seidenmaklern, Garnhändlern, Färbern, Appreteuren oder sonstigen Geschäftsfreunden.

»Wissen Sie schon das Neueste?« sagte Herr Fanedl schließlich. »Die Firma Hirnschal will sich auflösen, heißt es.«

Frau Therese blickte auf.

»Nicht möglich! Und warum denn?«

»Die Geschäftslage kann nicht schuld sein, die war seit langem nicht so glänzend und Wendelin Hirnschal und Sohn stehen ausgezeichnet.«

»Was fällt denen ein?« sagte Frau Therese. »So viel ich weiß, ist es ein uraltes Geschäft?«

»Es ist eine der ältesten Seidenfirmen am Platz. Schon der Urgroßvater des jetzigen Herrn hat in dem nämlichen Hause, im ›Erzengel Michael‹ in der Neustiftgasse zu fabrizieren angefangen ... Übrigens kann es uns nur recht sein. In Dünntuchen waren sie noch immer obenauf.«

»Mir ist so was gar nicht recht«, sagte Frau Therese. »Jeder Mensch muß Mitwerber haben, wenn er nicht einschlafen soll. Ich will nicht, daß meine Buben, wenn sie einmal das Geschäft übernehmen, es gar zu bequem haben. Und was soll aus dem Bürgerstand werden, wenn jeder, der es zu Vermögen gebracht hat, sein Handwerkszeug von sich wirft wie ein unlustiger Maurer, dem die Kelle aus der Hand fällt, sobald es Mittag schlägt? Das wär' ein Zeichen, daß die Leute bloß das Geld gern haben, nicht die Arbeit. Das wär' ein trauriges Zeichen, ein Zeichen, daß es bergab geht mit dem deutschen Bürgertum, das wir jetzt notwendiger brauchen als je.«

»Es sollte, mit Respekt«, sagte Herr Fanedl, »mancher Mensch sich ein Beispiel an manchem vernünftigen Tiere nehmen. Eine Ameise tät' sich sicher genieren, wenn sie sich, so lang sie noch jung ist, vom Geschäft zurückziehen wollt'.«

Frau Therese lachte.

»No ja«, sagte er eifrig, »der Herr Wendelin Hirnschal ist doch noch in den besten Jahren. Aber es fehlt ihm der Blick ins Weite. Ich denk' mir's öfters, wenn ich so meine Briefmarken anschaue, wie gut es für manchen wär', wenn er auch Briefmarken sammeln tät'. Da wundert man sich, wenn man auf einmal von Ländern hört, die es gar nicht gibt, oder von denen wenigstens kein Mensch etwas weiß, und bekommt erst einen Begriff davon, wie groß daß die Welt ist, und was für ein Gewurl darin herrscht, was für ein Verkehr, was für eine Betriebsamkeit. Ein Ameishaufen ist noch ein Pfründnerhaus dagegen! ... Aber der Herr Wendelin Hirnschal ist sich natürlich zu gut fürs Briefmarkensammeln, er hat mich immer bloß ausgelacht, wenn ich ihn ersuchte, an mich zu denken, falls ihm etwas Besonderes unterkäme.«

Frau Theresen war der Zusammenhang zwischen der Auflösung der Firma Hirnschal und Herrn Fanedls Briefmarkensammlung zwar nicht ganz so deutlich wie Herrn Fanedl selbst, aber sie meinte: »Privatisieren wird doch wohl der junge Hirnschal nicht jetzt schon wollen?«

Herr Fanedl zuckte die Achsel.

»Das Geschäft g'freut ihn halt nicht mehr, heißt es.«

Und Herr Wendelin Hirnschal war nicht der einzige, der seines Handwerks überdrüssig geworden war. In jenen Zeiten der großen inneren Umwälzungen und des flotten Aufschwungs von Leben und Treiben, die dem blutigen Bruderkriege folgten, gab es manchen unter den Schottenfelder Fabriksherrn, der dem langsamen und mühsamen Verdienen und der bürgerlichen Gebundenheit, die die Arbeit mit sich bringt, keinen Geschmack mehr abzugewinnen wußte.

O, was für ein Kraftgefühl gibt ein freies Leben, das sich nicht täglich aufs neue durchzusetzen braucht! Die Fanfaren des Sieges blasen, und die Mauern von sorgenden Gedanken, die sich rings um die Seele türmten, stürzen bereitwillig ein. Jetzt liegt die Welt offen, überall lacht die Freude, winkt der Genuß. Die Väter haben Macht aufgehäuft, in langjährigem Ringen, der Sohn und Enkel bedient sich der bequem ererbten Gewalt, erprobt die unerschöpflich scheinende nach allen Richtungen und verzichtet darauf, ein Mehrer des Reiches zu sein. Nichts widersteht seinem Willen. Die Zeit füllt sich mit buntem Spiel und eilt mit Siebenmeilenstiefeln, die Entfernungen legen sich bezwungen zu seinen Füßen, seine Gastmähler prunken mit seltenen Blumen und Gerichten und seine Wohnräume mit Schätzen für Aug' und Ohr. Alles ist käuflich, die Kunst, die Freundschaft, und die Liebe. Ihr blitzenden schwarzen Augen wollt widerstehen? Edle Steine, die noch feuriger blitzen und funkeln, werden Euch bezwingen! ... Jugendlust, Übermut und Leichtsinn – euch lohnt die Gegenwart so reichlich, daß ihr lachend die wucherischen Schuldscheine der Zukunft unterfertigt. Musik rauscht durch die Säle, tausendfältig glänzen die Lichter, von den Brettern der Bühnen klingen leichtfertige Melodien und süße Anzüglichkeiten. Ein Freudenrausch braust durch die ganze Stadt, ein Taumel der Lustbarkeit, es ist als ob man beständig Pfropfen knallen hört, jubelnde Böller, die die Erlösung aus der Enge festlich ankündigen. Die Bastionen und Wälle sind gefallen, auch die winkeligen Gassen sehnen sich nach Luft und Licht. Eine großartige, glänzende Stadt wird dieses verzopfte alte Wien sein, eine würdige Rivalin der verführerischen Metze Paris, jeder Kleinbürger wird in einem Palaste wohnen. Die Baukünstler schütteln die Stile nur so aus dem Ärmel, alle Länder, alle Jahrhunderte – und zwischen dem angelernten Kunterbunt der prunkenden Fassaden stolzieren die reizenden Wienerinnen wie trächtige Osterglocken in der ungeheuerlichen Krinoline, jede ein sehnsüchtiges Abbild des unerreichbaren Idols, der in Schönheit strahlenden Kaiserin Eugenie.

Die Verbissenen in Österreich, die Maulwürfe, die nicht weiter sehen als ihre an allen gesunden Wurzeln nagende Schnauze reicht, haben nichts gelernt und nichts vergessen. Daß die schwere Niederlage längst verwunden ist, die Geschäfte in ungeahnter Weise gedeihen und der Wohlstand von Jahr zu Jahr zunimmt, läßt sie auf Vergeltung hoffen, statt daß sie an Einkehr denken. Denn zu vollem Glänze hat erst unter dem Eindruck der preußischen Siege der wirbelnde Cancan des napoleonischen Kaisertums sich entfaltet, an dessen Spitze, die Geige in der einen, den Fiedelbogen in der andern Hand, bald den Takt schlagend, bald die Saiten streichend. Arm in Arm mit einem Jesuiten die hochgeschürzte Muse Jacques Offenbachs tänzelt ...

Bei Thom Bornschbögel ist Silvesterempfang. In den neuen prachtvoll ausgestatteten und mit kostbaren Bildern geschmückten Salons drängen sich die Gäste. Xaver Wegrad, den die Wogen des Glücks gewaltig emporgetragen haben, verkündet die neue Zeit.

»Hinweg mit den überlebten Vorurteilen! Wir haben an Ammenmärchen geglaubt, an einen Himmel voll zitherspielender Engel. Die moderne Wissenschaft sticht uns den Star, und es fällt wie Schuppen von unseren Augen. Genuß ist alles, denn wenn wir sterben, sind wir tot!«

Der gewaltige Xaver Wegrad hat sich über den von Frau Therese erhaltenen Korb längst getröstet und eine Dame von nicht ganz aufgeklärter Vergangenheit heimgeführt, deren eidottergelber Chignon mit der Geistinger und deren »Feschheit« mit der Gallmeyer wetteifert. Er ist vornehm geworden und fährt nur mehr im Unnummerierten, die klappernden Webstühle, denen seine Väter ihren Wohlstand dankten, hat er als Brennholz verkauft. Das Kapital arbeitet – überflüssig, auch noch mit der Weberschütze zu arbeiten! Die Kurse steigen und fallen, ein prickelndes Gefühl der Angst, das mancher Stunde romanhafte Spannung verleiht, erhöht nur das Lebensgefühl, wenn es sich schließlich in Triumph auflöst. Das Geld strömt zu, jeder hat seine schwachen Seiten, Xaver Wegrad will groß, stark und gewaltig sein – das ist seine schwache Seite. Er ist eigentlich zum Grand Seigneur geboren, nur durch Zufall in eine kleinliche Zeit hineingeraten, der noch die Biederkeit wie eine hemmende Eischale am Pürzel klebt. Er baut sich einen Palazzo auf der Ringstraße, die Empfangsräume täuschen die Einrichtungen jener venezianischen Nobili vor, denen der Große Rat und die Dogenwürde zugänglich war. Er baut eine Villa in Baden, am Eingang zum Helenental, Griechentum und Orient reichen einander die Hände am lieblichen Hang des Wiener Waldes, schwervergoldete Greifen, die auf dem Dache treue Wacht halten, flößen den Hypothekargläubigern ein Gefühl von Sicherheit ein.

»Wieviel zahlt Maklerbank Dividende? Fünfundzwanzig Prozent? Bagatelle! Im Bankverein müssen wir es bis auf siebzig oder achtzig bringen!«

»Red' mir nicht von Geschäften, Wegrad! Herrgott, die schöne Helena, hat die ein Bein! Prall und schlank, rund und fest – zum Küssen!«

Ein Aufkirren aus der Schar der jungen Leute.

Im Übermut beginnt eine Stimme zu deklamieren: »Sonst wird man nur vom Wein berauscht, er ist von einem Bein berauscht! Ein Mucker, wen der Schein berauscht! Greifbar muß sein, was uns berauscht! Von einem Bein, so prall und fein, wird selbst der Bruder Hein berauscht! Ach, wen ein solches Bein berauscht, ist trunkner als vom Wein berauscht!«

»Seit wann bist du unter die Dichter gegangen, Beywald?«

»Seine Alten haben dafür gesorgt, daß er sich ein brotloses Gewerbe leisten kann.«

Der elegante Felix Schönhof setzt sich ans Klavier und beginnt zu trällern: »Laus, Laus, Laus, der Gute, Laus, der Gute, Laus der Gute« ...

Der herzige Fredl Beywald mit dem rosigen Jungmädchengesicht neigt sich über ihn: »Du, schau, was die blonde Hirnschal für Augen macht. Die heißt auch Helene, wenn du vielleicht den Menelaus spielen willst.«

»Die anständigen Weiber gehören schon dir!«

»Anständig? Noch sehr die Frage!«

»Ich meine natürlich nicht anständig sein, sondern dafür gelten wollen.«

»Er hat recht, mit denen hat man nichts als Scherereien!«

»Einen Posten Anglo hätt' ich in Aussicht«, sagt Xaver Wegrad. »Magst du dich beteiligen, Bornschbögel?«

»Was brauch' ich zu spekulieren? Lächerlich!«

Der Geist der handwerklichen Überlieferung, der noch in ihm lebt, bäumt sich gegen ein solches Ansinnen. Er mißtraut allem bedruckten Papier, und wenn es mit den schönsten Wasserzeichen versehen wäre. Was er erwirbt, das will er greifen können, und nur was er erarbeitet, hat er erworben. Samt und Seide will er schauen, aber nicht an üppigen Frauenleibern – das ist Sache der Schneiderinnen oder der Courschneider. Samt und Seide will er schauen, wie es seinem Metier entspricht, hervorquillend unter den Weberrieten, oder fertig im Stück, aufgestapelt in den großen ahornen Schränken seines Magazins. Und in diesem Punkte befindet er sich in voller Übereinstimmung mit Therese Mairold, seiner Schwester, mit der er sich sonst nicht immer am besten steht.

»Zum Kuckuck, was brauch' ich spekulieren?« wiederholt er stolz. »Einen glänzenderen Geschäftsgang hat es nie gegeben als in diesen Jahren nach dem Preußenkrieg. Bis jetzt fühl' ich mich ganz wohl in meiner Haut!«

»Der Dualismus wird uns mit der Zeit das ganze ungarische Geschäft abknöpfen«, meint Herr Franz Beywald, einer von den älteren Herren, der Chef der altangesehenen Samt- und Plüschfirma Beywald in der Rittergasse.

»Keine Sorge! Zwei Köpfe hat der österreichische Adler immer gehabt!«

»Jetzt werden sie anfangen, ihre Schnäbel und Fänge gegeneinander zu gebrauchen. Und der ungarische Kopf ist im Vorteil, der weiß wenigstens, was für eine Sprache er redet. Der andere –«

»Der redet vorderhand zentralistisch«, warf Ludger Herrnfeld dazwischen.

»Wenn es nur aufgeklärte und liberale Köpfe sind«, sagte Thom. »Das bleibt für uns Geschäftsleute die Hauptsache!«

»Sind aufgeklärt! Sind liberal!« ließ Herr von Pinkenfeld, der behaglich ausruhend in einem Lehnstuhl lag, seine Orakelstimme vernehmen.

»Denken Sie an das Konkordat, dieses gedruckte Kanossa!« sagte Xaver Wegrad.

»Ein Loch haben sie schon hineingebeckt mit ihren Schnäbeln.«

»Wenigstens gewisse Fortschritte und Neuerungen sind Tatsache geworden, das läßt sich nicht leugnen«, bestätigte Thom Bornschbögel und schnappte mit dem Unterkiefer in die Luft wie ein Bullenbeißer, der eine Fliege hascht.

»Zum Beispiel die Abschaffung der Wuchergesetze«, sagte Herrnfeld.

»Wie meinen Sie?«

»Ich meine, daß eine liberale Regierung, wie das Bürgerministerium, auch wahrhaft freiheitliche Institutionen schaffen muß. Und wenn es einem nicht einmal freisteht, sich die Haut über die Ohren ziehn zu lassen – das wäre die reinste Reaktion!«

»Der große wirtschaftliche Aufschwung ist nicht aus der Welt zu schaffen«, orakelte die Pythia aus dem Lehnstuhl.

Ein ernster Mann in mittleren Jahren, der daneben stand und sich bisher schweigsam verhalten hatte, sagte langsam, jedes Wort gleichsam auf die Wagschale legend: »Das Gemeinwesen will sich verjüngen. Sache der Bürgerschaft ist es, dafür zu sorgen, daß sich die Fehler von achtundvierzig nicht wiederholen.«

»So ist es, auf uns Bürger kommt es jetzt an!« eiferte sich Thom Bornschbögel. »Aber da sind viele, und auch du, Wegrad, gehörst dazu, die kommen mir vor wie die Langenkellei-Männer, die die Hände in den Schoß legen und nichts mehr tun als in die Lotterie setzen, wenn ihnen gerade von einem Terno geträumt hat« ...

Frau Minka Bornschbögel, seine Gattin, die im Kreise der Damen auf dem Kanapee saß, hörte, daß er sich erhitzte, und rief herüber: »Du solltest nicht so viel sprechen, Thom, es strengt dich an! Den ganzen Tag hast du dich mit der Inventur geplagt, jetzt gönne dir Erholung und amüsiere dich!«

Gehorsam brach er das Gespräch ab, lachte und sagte nur noch: »Genieren tät' ich mich, unter die Spekulanten zu gehn!«

»No, no, no!« machte Herr Franz Beywald vom Kartentisch herüber, an den er sich mit einigen Freunden niedergelassen hatte.

Er war auch einer von jenen, die angefangen hatten, ihr Geschäft zu vernachlässigen, um Börsengewinne einzuheimsen. Man wußte es, obgleich er es zu verheimlichen trachtete. Er schämte sich ein wenig, daß er mit grauen Haaren den Grundsätzen seiner Väter untreu geworden war. Die Not hatte ihn verführt, jene hinter Glanz verborgene Not der Wohlhabenden, die über ihre Verhältnisse leben. Die Familie hatte ihn verführt. Seine Gattin Cajetana, eine geborene Leodolter, hatte ihm eine schier unübersehbare Schar von Kindern geschenkt, die alle im Wohlleben aufgewachsen waren. Sie sogen an ihm wie Blutegel. Er war ein schwacher Vater. Er liebte seine Kinder mit einer Art Affenliebe. Es waren eigentlich lauter nette, durchaus nicht mißratene Menschen, aber keine Verdiener, keine Arbeiter, bloß Zehrende, geschmackvolle Geldausgeber, und der Älteste, eben jener Fredl Beywald, der vom eleganten Felix Schönhof zum Leichtsinn verführt wird, sogar ein unverbesserlicher Schuldenmacher.

»Da meldet sich einer!« spottete Thom Bornschbögel zum Kartentisch hinüber.

»Mich geht's nichts an, ich habe mein Geschäft«, sagte Herr Franz Beywald, die geheimen Quellen verleugnend, aus denen er den übermäßigen Aufwand seiner Söhne bestritt. »Aber eine Schande ist es gerade auch nicht, wenn einer einmal das Glück beim Schopf erwischt.«

Er mischte die Karten und sah sich nicht mehr um. Thom Bornschbögel aber sagte schroff: »In meinen Augen ist Börsenspielen eine Schande.«

O gewaltiger Xaver Wegrad, wie wirst du die glänzenden Hiebe, Finten und Paraden verteidigen, mit denen du auf dem heißen Fechtboden der Börse deinen klingenden Ruhm erwirbst?

»Du scheinst zu glauben, lieber Freund«, sagte er, während er den Kopf hob und mit zugedrückten Augen die Flügel seines langen Bartes durch die Hände gleiten ließ; »du scheinst zu glauben, daß es sich bei den großen Geschäften um eine Tarockpartie handelt.«

Pinkenfeld, dessen Fabrik sich wie die Mairoldsche in Nedweditz befand, verzog den Mund zu einem mitleidigen Lächeln und sagte trocken und ohne sich zu rühren: »Es ist ein Unterschied zwischen Spekulieren und Spekulieren.«

Er gehörte zu den großen Aktienbesitzern und geschickten Machern des Zeitalters, aber sein Geschäft in der Dreilaufergasse löste er deswegen nicht auf. Es war ihm Herzenssache, er besaß etwas wie Pietät dafür, es hatte ihn groß gemacht. Und die Zeit lag nicht gar so ferne, da er die Verwirklichung seiner kühnsten Träume noch darin erblickt hatte, es zum Fabriksherrn auf dem Schottenfeld gebracht zu haben; auf demselben Schottenfeld, wo sein Urgroßvater als mühseliger und gedrückter Handelsmann mit dem Bünkel auf dem Rücken von Tür zu Tür gewandert war. Übrigens stellte das von ihm begründete Textilunternehmen, das ihn emporgetragen hatte, und dem er seinen Namen gab, keine nennenswerten Anforderungen mehr an seine Zeit und Arbeitskraft; ein Stab tüchtiger Mitarbeiter ermöglichte es, daß sein Rat und seine Erfahrung bei zahlreichen Bankgründungen und den verschiedensten Industrieunternehmungen nicht vergeblich gesucht und in Anspruch genommen wurde.

»Wenn wir Spieler wären und nicht Geschäftsleute«, sagte der gewaltige Xaver Wegrad, »so hättest du freilich recht, Thom, die Börse eine Institution für Lotterieschwestern zu nennen. Aber du redest wie der Blinde von der Farb' und hast keine Ahnung davon, um wieviel einfacher es ist, seine alten Webstühle ruhig weiterorgeln zu lassen, als die großen Entwicklungen des Wirtschaftslebens vorauszusehen und richtig zu kombinieren. *Richtig* zu kombinieren, sage ich; denn daß man es gut macht, darauf kommt natürlich alles an, schlecht machen kann's freilich ein jeder.«

»Verlieren ist keine Kunst«, bestätigte Pinkenfeld; »aber zum Gewinnen braucht man ein Talent. Was sag' ich ein Talent? Ein Genie braucht man!«

Der alte Herr Bornschbögel, der auch anwesend war und sich ehrbar steif hielt, weil er den großen Brillanten in der etwas altvaterischen schwarzen Atlasbinde trug, wollte es nicht gelten lassen, daß mehr dazu gehöre, Börsengewinn zu machen, als eine Fabrik zu leiten.

»Zum Arbeiten gehört auch Talent«, sagte er; »und außerdem muß man es noch verstehen. Gulden und Kreuzer zusammenrechnen kann ein jeder; mit dem Fadenzähler muß man erst umgehn lernen.«

Pinkenfeld nickte und war bereit, ihn recht behalten zu lassen. Er schätzte den alten Herrn als einen Meister in seinem Fache, er hatte Achtung vor jeder Art Meisterschaft; und dann, ob angeboren oder anerzogen, saß ihm tief im Blute jene schöne Ehrfurcht vor dem Alter, die seine Rasse auszeichnet.

Xaver Wegrad indessen, wie ein Abtrünniger seine Gründe gern verallgemeinert und das, wozu Neigung oder Zufall ihn geführt hat, als große Erkenntnisse darstellt, behauptete, die kleinbürgerliche Bastelei habe sich überlebt, gerade weil alles sich verjünge, müsse auch der Geschäftsmann modern denken und einsehen lernen, daß die Zukunft der Zusammenfassung des Kapitals gehöre.

»Der Liberalismus dringt durch«, sagte er, »der Ausgleich mit Ungarn hat uns ein Verfassungsleben und der Monarchie das langersehnte politische Gleichgewicht gebracht« ...

»Es ist mehr ein Ungleichgewicht«, spottete Herrnfeld.

»Das große Wirtschaftsleben«, fuhr Wegrad unbeirrt fort, »kennt keine Reichshälften, keine Reichsgrenzen, das Kapital keine Volkszugehörigkeit, es ist der Geist der Befruchtung, der über der Erde schwebt und freizügig wie die Wolke seinen Segen niedergehen läßt, wo die Vorbedingungen zu einer reichen Ernte gegeben sind. Wer Bauer bleiben will, mag es bleiben, ich fühle mich in meinem Element als Herr der Lüfte, ich lasse die Sonne scheinen, ich lasse es regnen, ich bin die Vorsehung für Hunderte und Tausende, für ganze Gegenden und Länder, weil ich den Geldmarkt beherrsche und nach meinem Ermessen beeinflusse. Das ist die geheimnisvolle Macht, die dem Kapital innewohnt. Wer die Größe eines solchen Wirkungskreises kennt, der findet sich nicht mehr darein, ein Rädchen im Uhrwerk zu sein, das mechanisch seinen Alltagsdienst abschnurrt.«

Derselbe ernste Mann, der vorhin vor den Fehlern von achtundvierzig gewarnt hatte, sagte jetzt: »Nur hübsch bei der Wirklichkeit geblieben, werter Freund! Ideologen sollen wir in unserm Herzen sein, im Wirtschaftsleben tut kaltes Blut not. Das Kapital arbeite, hört und liest man jetzt allenthalben. Aber aus Aktien und Verwaltungsräten allein entstehen noch keine Industrieerzeugnisse. Schließlich muß doch auch wer da sein, der es macht!«

»Den nenne ich eben den Bauer. Gefällt es Ihnen besser, so können wir ihn auch den Pflüger nennen, oder den Säemann, oder den Schnitter.«

»Nehmen Sie sich bloß in acht, daß Sie Ihren fruchtspendenden Segen nicht auf Sandsteppen niederträufen!«

»Halten Sie mich für schwachsichtig?« fragte Wegrad überlegen.

»Wenn Sie doch wolkenhoch wie eine Vorsehung über der eigentlichen Arbeit schweben!« sagte der andere lachend, wendete sich ab und trat zu einer anderen Gruppe.

Es war Leopold Leodolter, einer der angesehensten Fabriksherrn, der Chef der alten Seidenfirma am Platzel hinter St. Ulrich. Durch und durch tüchtig und ein Führender in seinem Beruf, suchte er den Fortschritt mehr in Verbesserungen des Maschinenwesens und in besonner Ausgestaltung der Betriebsführung als in Kunststücken der Geldgebahrung.

»Ich hindere Sie nicht, nach Ihrer Fasson selig zu werden!« rief Wegrad ihm nach. Und wieder die Augen zudrückend wie der Hahn, der kräht, ließ er die Flügel seines Bartes durch die Finger gleiten und sagte zu denen, die zurückgeblieben waren: »Wer weben mag, soll weben – für meine Zeit und mein Kapital weiß ich mir bessere Verzinsung.«

Thom Bornschbögel war aufgebracht. Es kam rein so heraus, als ob ein Fabriksherr die Weberschemel noch selber träte, und als ob sein Gewerbe ein halb und halb brotloses wäre. Das wurmte ihn. Aber auch, daß über die ehrwürdige Hantierung, der er und fast alle, die anwesend waren, ihren Wohlstand oder Reichtum verdankten, so von oben herab gesprochen wurde, ging ihm wider den Strich.

»Also, dir kommt es schließlich bloß darauf an«, sagte er in die Luft schnappend, »wieviel die Kuh Milch gibt?«

»Aber ich bitt' Sie, Herr von Bornschbögel«, lachte Wendelin Hirnschal, der Jüngere, der wie Wegrad die veralteten Vorurteile über Bord geworfen und modern denken gelernt hatte; »wozu tut man denn überhaupt eine Kuh melken, als damit sie Milch gibt?«

Da fuhr aber der alte Großvater Bornschbögel gegen ihn los: »Ein solides Geschäft ist keine Melkkuh, Kreuz Laudon noch einmal. Man betreibt es, weil es einen g'freut, und weil ein tadelloses Stück Samt oder Faille oder Brokatell etwas Schönes ist, das die Menschen brauchen können. Wenn's Ihnen nur auf den Ertrag ankommt, da stellen Sie sich vielleicht auch auf den Kopf, wenn Ihnen jemand fünf Gulden für die Minute zahlt.«

»Um fünf Gulden die Minute stell' ich mich noch lang nicht auf den Kopf, aber das gesteh' ich ganz offen: aus Freud' am fabrizieren schind' ich mir nicht mühsam sechs oder acht Prozent heraus, wenn ich auf andere Art spielend zwanzig und dreißig machen kann. Mir ist das Geschäft das liebste, das am meisten abwirft.«

»Schauen Sie nur, daß es nicht Sie abwirft!« sagte der alte Bornschbögel.

Herr von Pinkenfeld schnellte mit einer Bewegung des kleinen Fingers den Zwicker von der Nase und sagte ein wenig verächtlich: »Es gibt auch auf der Börse Sonntagsreiter.«

Da lachten einige über den jungen Wendelin, der ohnedies ein bißchen komisch war mit seinen fast weißen Wimpern und Augenbrauen. Und er dauerte Frau Therese Mairold, die, während sie sich mit den Damen unterhielt, ein wenig hinübergehorcht hatte; in ihrer liebenswürdigen Art fühlte sie das Bedürfnis, dem Gespräch eine mildere Wendung zu geben. Darum drehte sie sich halb zurück und sagte lächelnd: »Stellen Sie sich nicht schlimmer als Sie sind, Herr Wendelin! Auf den Gewinn allein wird es Ihnen auch nicht ankommen, Sie wollen halt mehr ins Große arbeiten.«

»O, Sie ahnungsloser Engel!« seufzte Herrnfeld.

Sie wurde rot, verteidigte aber ihre Meinung.

»Gewinn ist doch schließlich nur Mittel zum Zweck. Es hat eben ein jeder in der Stille seine Ziele.«

»Ach bitte, liebe Therese«, rief Frau Minka Bornschbögel herüber, »sag' doch den Herrn, sie sollen sich nicht so ereifern und sich lieber ein wenig um uns Damen kümmern!«

Frau Mairold nickte ihr freundlich zu und wendete sich wieder nach den Herren um.

»Übrigens seien wir froh«, sagte sie, »daß wir überhaupt gedeihen – so oder so. Ich erinnere mich noch gut, wie damals, Anno sechsundsechzig, gar mancher davon überzeugt war, daß es jetzt aus sei mit Wien und mit Österreich überhaupt, und daß alles gesunde Leben und Treiben nach und nach versickern und ersticken würde.«

Bereitwillig und dankbar ergriff Wendelin die hingeworfene Rettungsleine.

»In allen Zeitungen stand es damals zu lesen, Österreich müsse aufhören, eine Großmacht zu sein, Wien würde zu einer Provinzstadt herabsinken und das österreichische Deutschtum von den Slawen aufgefressen werden.«

Alle lachten, und Pinkenfeld meinte, während er behaglich seine rabenschwarzen Bartkoteletten streichelte: »Was kauf' ich mir für den Deutschen Bund? Wozu brauch' ich einen Deutschen Bund? Gestohlen kann er mir werden! Bin ich nicht ein Deutscher a so und a so? No also!«

»Ansehn tut man's Ihnen nicht«, sagte Herrnfeld; »aber der Herr, der in die Herzen schaut, wird es wissen.«

»Die Hauptsache bleibt, daß einer ein überzeugter Liberaler ist!« entschied Thom Bornschbögel. Und sich an Leopold Leodolter wendend, der wieder herzugetreten war, fragte er: »Meinen Sie nicht auch?«

Der zuckte die Achsel und näherte sich Frau Theresen. Offenbar hatte er keine Lust, sich mit Thom in ein politisches Gespräch einzulassen.

»Wie leben Sie, gnädige Frau?« fragte er. »Ich sehe Sie leider so selten.«

»O – ziemlich zurückgezogen; wie es eben geht, wenn man zu tun hat. Im Sommer in Nedweditz, im Winter in Wien. Die Kinder geben auch manches zu denken und zu sorgen.«

»Es hat eben ein jeder in der Stille seine Ziele, sagten Sie vorhin.«

»Ja, so ist es.«

»Und das Ziel, das Ihnen vorschwebt, ist die Erziehung Ihrer Kinder?«

»Je mehr sie heranwachsen, um so mehr geben sie einem zu raten. Ich fange schon an, es zu begreifen: kleine Kinder – kleine Sorgen, große Kinder – große Sorgen.«

Sie hatte sich erhoben und war mit dem ernsten, Vertrauen einflößenden Manne in eine Nische des Fensters getreten. Eine Straßenlaterne blinkte durch die gefrorenen Scheiben und ließ die Nadeln und Kristalle der Eisblumen wie Demanten glitzern.

»Ich höre immer nur Gutes von Ihrer muntern Schar«, sagte Leopold Leodolter lächelnd.

»Mißraten sind sie nicht, gottlob. Ich meine bloß die verschiedenen schwierigen Fragen, die an einen herantreten ... Wer kann wissen«, sagte sie, ihre Stirn gegen die kalte Fensterscheibe lehnend, »ob es ein verklärtes Wiedersehen gibt? Aber ich denke immer daran, als ob ich dem Verstorbenen einmal würde Rechenschaft geben dürfen.«

Sie seufzte, und dann, von einem großen Zutrauen zu dem trefflichen Manne bestimmt, den sie eigentlich nur wenig kannte, sagte sie noch: »Ich bange mich oft um meine Kinder; sie wachsen in eine Zukunft hinein, in der die Menschen es nicht leicht haben werden.«

»Sie meinen in bezug auf ihr Fortkommen?«

»Nein! In bezug auf ihr inneres Leben, meine ich. Es ist eine so wilde Zeit, rein als ob alles feinere Empfinden aus der Welt verschwunden wäre. Ein Götzendienst des Geldes. Ein wahres Dürsten nach Genuß« ...

»O, wie recht haben Sie!« sagte er lebhaft. »Der Scheinliberalismus von heute, der in Wahrheit nichts anderes ist als die Parteiherrschaft weniger über viele, schießt hundertfältig übers Ziel. In seiner dogmatischen Vernunftanbetung hält er schließlich alles für Humbug, was der kahle Verstand nicht ausrechnen kann.«

»Ich verstehe die Zusammenhänge nicht«, sagte Frau Therese, »aber es kommt mir oft vor, als ob die Menschen auf einmal ganz entsetzlich gescheit geworden wären. Es gibt keine Rätsel mehr, das Gehirn denkt und das Herz fühlt, so wie der Magen verdaut. Eine Seele hat noch kein Anatom gefunden, folglich ist keine da. Jeder Volksschullehrer lächelt heute über die größten Denker aller Zeiten. Durch die niederen wie durch die höheren Schulen klingt ein Ton der Überlegenheit und des Spottes, den man den Kindern als moderne Errungenschaft einimpfen will. Muß das nicht alles zu einer gewissen Verarmung führen?«

»Ich habe mir, aufrichtig gesagt, ähnliche Gedanken gemacht. Ich denke oft nach über meine Kinder und frage mich, was Eltern tun können, sie gegen den verflachenden Zeitgeist zu feien, der heute für höchste Weisheit gilt. Die kirchliche Autorität stärken? Ich gebe nicht viel auf Erlösung durch Autoritäten. Die wahre Kraft muß von innen kommen.«

»Ich bin nicht gelehrt genug, es zu entscheiden«, sagte Frau Therese, »ich muß mich ganz auf mein Gefühl verlassen. Und so bemühe ich mich halt, auf meine Kinder einzuwirken, daß sie die Welt nicht bloß mit dem Verstande sehen, sondern auch mit dem Herzen. Einen anderen Rat weiß ich mir nicht.«

Herr Leodolter dachte nach.

»Was Sie da sagen, enthält vielleicht den Urgrund alles religiösen Empfindens. Jedenfalls halte ich es für wichtig, wenn der Mensch früh begreifen lernt, daß das Leben nicht bloß Genuß verheißt, sondern auch Liebe von uns fordert. Denn das ist die erste Vorbedingung des Glücks: daß wir mehr ans Geben denken als ans Nehmen. Meinen Sie nicht auch?«

»Gewiß! Das ist die erste Vorbedingung des Glücks! Und wem es gelingt, wahrhaft glückliche Menschen zu erziehen, der hat wohl auch gute und tüchtige Menschen erzogen.«

Er reichte ihr die Hand.

»Wir verstehen einander, gnädige Frau. Denn was ist Gott anderes, wenn er in uns wirksam wird, als Glück im höchsten Sinne: Freudigkeit des Herzens, Zuversicht, innere Kraft und das Gefühl der Gnade!«

»Ähnliches habe ich schon oft empfunden«, sagte Frau Therese; »aber es nicht mit Worten aussprechen können.«

Die Hausfrau lud zum Mahle. Das neue Jahr wurde mit knallenden Pfropfen und ausgelassenen Tischreden begrüßt. Es war das Jahr, in dem der Kanonendonner der französischen Schlachtfelder die ganze Welt erzittern machen sollte. Aber die fröhliche Tafelrunde ahnte nichts von den umwälzenden Ereignissen, die noch im Schoß der Zeit schlummerten. Die fesche Frau Wegrad trank sich ein Schwipschen und sang Couplets, die jugendliche Frau Hirnschal, die auch ein kleines, niedliches Spitzchen hatte, tanzte dazu, daß ihre Krinoline wippte wie ein Schiff auf hoher See, und die stattliche Frau von Pinkenfeld, die stets dafür zu sorgen wußte, daß der Geist nicht zu kurz kam, ergriff voll des süßen Weines das Wort und brachte ein dreifaches Hoch aus auf das verjüngte, befreite, aufgeklärte Österreich, das bald keine konfessionellen und sozialen Schranken mehr kennen und wie ein Erzengel Michael mit dem Flammenschwert des wirtschaftlichen Aufschwungs die Mächte der Finsternis in den Abgrund stürzen werde.

»Hoch! Hoch! Hoch!«

»Das Flammenschwert des wirtschaftlichen Aufschwunges ist gut!« sagte Ludger Herrnfeld. »Schenken Sie mir die brillante Metapher, gnädige Frau, einer meiner Freunde, ein Leitartikler, der seine Lenden erschöpft hat, wird Ihnen ewig dankbar dafür sein!«

»Ich schenke Ihnen den Geistesblitz!« sagte Frau von Pinkenfeld geschmeichelt. »Es wird mich freuen, wenn sie mir Ihren Freund einmal zuführen.«

Sie hatte den Ehrgeiz, der Mittelpunkt eines Kreises von Männern der Wissenschaft, Literatur und Kunst zu werden und einen »Salon«

zu begründen, von dem man sprechen sollte wie von den berühmten Pariser Salons im achtzehnten Jahrhundert.

»Warum soll in Wien ein Salon nicht möglich sein?« pflegte sie zu sagen. »Fehlt es an Geist? Fehlt es an schönen Frauen? Man muß es nur in die Hand nehmen!«

Aber die Sache ging flau und spießig, die Zeit, die geselligen Gewohnheiten oder andere Umstände waren dem Unternehmen nicht günstig, und der »Salon« der Frau von Pinkenfeld blieb eine der wenigen Gründungen, die nicht recht gedeihen wollten.

Im Wagen, beim Nachhausefahren, ergriff Frau Else Leodolter, die Goldhaargekrönte, die Hand ihres Gatten: »Auf ein gesegnetes neues Jahr!«

»Wir wollen es hoffen. Übrigens ist Mitternacht längst vorüber!«

»Mir wird es erst jetzt bewußt, wo ich mit dir allein bin, daß wir an einer Zeitwende stehen.«

»In Zukunft«, sagte er, »wollen wir das neue Jahr, wenn es dir recht ist, lieber zu Hause, im Kreise der Unseren erwarten.«

Sie schwieg und drückte ihm nur dankbar die Hand.

Als der Wagen um die alte Kirche St. Ulrich gegen das Leodoltersche Familienhaus einbog, sagte sie noch: »Die neue Zeit legt Bresche ins vornehme Patriziertum von einst – findest du nicht?«

»Es ist eine gefährliche Zeit«, sagte er. »Aber was sich bewährt und die Feuerprobe besteht, ist vielleicht um so sicherer – Gold.«

* *
*

In allen Klassen gab es »Franzosen« und »Preußen«, die einander befehdeten.

»Merkwürdig«, sagte Ludger Herrnfeld; »da zerbrechen die Leute sich den Kopf, was hinter den Kulissen vorgehe? Die Buben in der Schule könnten es ihnen sagen. Jedes Gezwitscher, das da vernehmbar wird, ist ein entfernter, aber getreuer Reflex der großen Opernarien, die auf der Weltbühne hinter herabgelassenem Vorhang gesungen werden.«

»Wie wäre das möglich?« sagte Frau Mairold, »die Buben wissen doch eigentlich gar nichts.«

»Die Aufklärung über Dunkles muß man immer bei den Nichtwissenden suchen. Die Wahrheit, die kein Urteilender ergraben kann, sickert auf rätselhaften Wegen in die Gemüter der Einfältigen. Seit Doll mir erzählt hat, daß es in seiner Klasse auch Franzosenfreunde gibt, weiß ich auf einmal, was unser Reichskanzler, der Graf Neust, hinter den Kulissen treibt.«

»Und was treibt er?« fragte sie.

»Mit dem Napoleon konspiriert er und möchte den deutschen Brüdern gern in die Flanke fallen, um die österreichische Vorherrschaft in Deutschland neu zu begründen. Gottlob, daß die ersten französischen Siegesnachrichten erlogen waren! Nun wird das gebrannte Kind die bereits ausgestreckte Hand rasch wieder zurückziehen, um sich nicht abermals die Finger zu verbrennen. Wir können von Glück sagen, daß die deutschen Waffen von Sieg zu Sieg eilen!«

»Von Glück –?« rief Christl Mairold, der schon ein flammender Jüngling war. »Waren es denn nicht die Preußen, die uns aus Deutschland hinausgedrängt haben?«

»Hältst du es für wünschenswert, daß wir uns wieder hineindrängen?« fragte Ludger dagegen.

»Ich halte es für ein Unglück, daß Österreich den tausendjährigen Zusammenhang mit dem Reiche verloren hat.«

»O, Segen des Unglücks«, sagte Herrnfeld; »wer könnte dich missen? Es ist eine weit verbreitete Meinung unter den Menschen, daß das Glück Glück und das Unglück Unglück sei, und doch ist nichts irriger, und – ach, wie oft! – gerade das Gegenteil der Fall. Wer ist stark genug, Glück zu ertragen? Wen narrt es nicht auf Irrwege, wen macht es nicht hoffärtig und überkühn, wem verkümmert es nicht oft seine besten Kräfte? Geh hin und frage herum, was Glückliche dir zu sagen haben? Leer und hohl wirst du sie finden wie tönendes Erz und klingende Schellen, blöde im Ausdruck, steinern in ihrem Lächeln, plump wie eine Kröte, beschränkt wie ein Huhn, kahl wie Totenschädel, selbstsüchtig wie Pastoren, unfähig, dir ein Wort des Trostes zu spenden, das über Redensarten hinausgeht. Ich preise mir das Unglück, den Urquell alles Guten, das Stahlbad der Gesinnung, den Eisenhammer, der starke Herzen schmiedet, den Anfang aller Vernunft, den Mutterschoß jedes festen Willens! Alle Erkenntnis, alle Besinnung, alle Feinheit des Empfindens, alles Begreifen und Verstehen, alle Güte und alle Kraft fließen aus dem Leid. Mach mich zum Gott über eine Welt, in der es kein Unglück gibt, und ich werde lieber zu den Teufeln flüchten, als über blutlose Zerrbilder von Engeln herrschen wollen!«

Er hatte sich erhoben und ging erregt im Zimmer auf und nieder.

»Sieh mich an!« sagte er. »Mein Leben ist viel zu glücklich gewesen. Hätte ich nicht wenigstens den Zorn in mir, so wär' es überhaupt nicht auszuhalten!«

»Bester Ludger – setzen Sie sich wieder!« mahnte Frau Mairold lächelnd.

Er gehorchte und sagte: »Nutzanwendung! Österreich ist kein nationaler Staat – verstehst du? Österreich hat eine ganz einzige, eigenartige und hohe Mission zu erfüllen, und die hätte es noch lange nicht begriffen, ohne das Unglück von sechsundsechzig.«

»Und was für eine Mission wäre dies?« fragte Frau Therese.

»Der Welt zu zeigen, wie man aus der Not eine Tugend macht.«

»Ist das alles?«

»Der Welt zu zeigen, wie unverdorbene, gesunde, arbeitsame Völker, auch wenn sie nicht dieselbe Sprache sprechen, sich zu einer gemeinsamen Kultur emporringen können, die der Kultur national geeinter Reiche in nichts nachsteht.«

»Das wäre schon etwas.«

»Der Welt zu zeigen, wie harte geschichtliche Notwendigkeiten, durch welche Schwächlinge über den Haufen geworfen wurden, alle schlummernden Kräfte wecken und alle Hoffnungen stärken können, wo ehrlich Ringende mit gutem Willen nach dem Lichte streben. Der Welt zu zeigen, daß auch im Völkerleben unglückliche Verhältnisse zum Segen ausschlagen und dazu beitragen können, den Blick zu erweitern, das Menschliche zu vertiefen, die Geister vornehmer, die Herzen nachsichtiger zu machen.«

»Das wäre freilich viel«, sagte Frau Therese ernst. »Aber Sie träumen Zukunftsträume! Wir wären schon mit einer leidlichen Gegenwart zufrieden.«

»Das neunzehnte Jahrhundert«, sagte er, »steht unter dem Banne des nationalen Gedankens. Ich verstehe ihn nicht nur, ich liebe ihn auch, ich selbst hänge mit allen Fasern meines Herzens an meinem Volke. Aber auch der nationale Gedanke bedarf noch der Läuterung. Wie die Religion soll er aufhören ein Schwert zu sein. Gleich einer durch edles Räucherwerk genährten Flamme brenne er im stillen Dämmer des Allerheiligsten! Vielleicht wird die Zukunft es verlernt haben, sich in nationalen Kriegen zu zerfleischen, so wie Religionskriege heute undenkbar geworden sind. Vielleicht wird die Zukunft es verlernt haben, sich in nationalen Rüstungen zu verzehren, und es für einen Frevel halten, die besten Kräfte des Wohlstands den höherstehenden Aufgaben der Gesittung zu entziehen.«

»O, was könnte dann alles geleistet werden!« rief Frau Therese.

»Gerade darin«, sagte Herrnfeld, »daß Österreich kein nationaler Staat ist und sein kann, liegt seine geschichtliche Mission. Seine Existenz deutet eine bessere Zukunft vor: den Völkerbund der Nationen, die sich in gemeinsamer friedlicher Arbeit zusammenschließen.«

»Man sagt, der Weltfriede sei eine Utopie. Aber was hindert uns daran, an holde Utopien zu glauben?«

»Nichts!« sagte Herrnfeld, sich vergnügt die Hände reibend.

Die Tür sprang auf, der Lois Birenz flog herein, ihm auf den Fersen Doll. Im nächsten Augenblick waren sie zu einem Knäul ineinander verstrickt, stampften den Boden, wogten hin und her, fielen schließlich auf den Teppich nieder und balgten sich. Der Lois war stämmig, starkknochig und bei weitem der Kräftigere, Doll dagegen, geschmeidig wie ein junger Panther, behende und leidenschaftlich im Angriff. So hielten sie einander die Wage. Erschrocken hatte Frau Therese sich erhoben. Sie eilte zu den Kämpfenden, rief sie bei ihren Namen, mahnte sie und schalt. Nicht ohne Anstrengung gelang es ihr endlich, sie zu trennen.

»Was habt ihr miteinander?« fragte sie streng.

»Gar nichts«, sagte Lois keuchend. »Der Doll ...«

»Was gibt es?« fragte Herrnfeld. »Doll, sprich du!«

»Ach nichts weiter«, sagte Doll. »Der Lois ...«

»Also redet und laßt euch die Worte nicht so aus dem Munde ziehn!« mahnte Christl.

Da legten sie plötzlich los, beide zugleich, und sprudelten etwas hervor, das niemand verstehen konnte.

»Haltet ein! Schön sachte, bitte, und einer nach dem andern!« rief Ludger belustigt.

Allmählich kam es heraus, worum es sich handelte. Über die kriegführenden Mächte waren sie in Streit geraten, und da sich durch bloße Worte eine Einigung nicht erzielen ließ, so hatten sie die Entscheidung den Fäusten anheimgestellt.

Herrnfeld lachte und schlug sich mit der flachen Hand auf den Schenkel, Christl aber sagte: »Es ist dafür gesorgt, daß die Utopien nicht in den Himmel wachsen!«

»Wir werden schon sehen, wer den andern zwingt!« rief Doll, noch immer kampflustig.

»Ja, das werden wir sehen!« sagte Lois.

Es klopfte an die Tür, Thom Bornschbögel mit seiner Frau trat ein. Es war ein Sonntag, sie kamen den üblichen Abschiedsbesuch zu machen, weil sie in den nächsten Tagen nach Weidlingau übersiedelten, wo sie ein Landhaus besaßen.

Frau Therese war rot geworden, weil sie fürchtete, daß die Szene zwischen Doll und Lois ihrem Bruder Thom Anlaß geben würde, ihr ein paar Bissigkeiten über ihre Kinder zu sagen. Denn er ließ nicht leicht eine Gelegenheit vorübergehen, ohne dies zu tun. Er hielt es für Verwandten- und Freundespflicht, unliebenswürdig zu sein. Vielleicht fand er, daß man durch das glatte Zustimmen und Süßtun der Übelwollenden ohnedies genügend in seinen Fehlern bestärkt werde. Beständig schliff, hobelte und feilte er an allen Nebenmenschen, die ihm irgend näher oder nahestanden, mit demselben Fleiße wie an sich selbst; denn daß er das Schleifen, Hobeln und Feilen an sich selbst unterlassen hätte, konnte kein Feind ihm nachsagen. Sein sterblicher Adam bestand aus zwei symmetrischen, gleichmäßig ausgebildeten und gleichaltrigen Menschen, einem ältlichen Lehrbuben und einem schroffen Meister, und der letztere schurigelte den ersteren nach Noten, manchmal auch umgekehrt, nicht der eine den andern, sondern der andere den einen. Vereint aber schurigelten sie jeden, den beim Ohr zu nehmen sich auch nur ein blasser Rechtstitel fand.

Zum Glück hatte Thom die kriegerische Situation nicht erfaßt, er blieb an Lois Birenz hängen, der ihm von Anfang an ein Dorn im Auge gewesen war, und sagte: »Hm – das ist dieser Bursch, dieser gewisse Beppi, oder wie er heißt, ich erinnere mich ... Unser lieber Vater hat ihm gestattet, ihn Großvater zu nennen – eine besondere Ehre für die übrigen Enkelkinder.«

Frau Therese schwieg und forderte auf, Platz zu nehmen, Ludger aber sagte artig: »Sie sind Menschenkenner, Herr Bornschbögel, ich bewundere ihr Urteil. Der Lois Birenz ist in der Tat ein tüchtiger Junge und ein wackerer Kerl. Wie stellen Sie es bloß an, daß Sie auf den ersten Blick dahinter kommen?«

Etwas unsicher sah Thom zu ihm hinüber und wußte wieder einmal nicht recht, wie er mit diesem Menschen daran sei, den er »ein Schnittl auf alle Suppen« nannte. Herrnfeld aber benützte die Pause, wendete sich herum und sagte: »Geh jetzt mit Doll aufs Zimmer, Lois! Ich will später nachsehen kommen, ob ihr eure Lektion über die Beendigung des Peloponnesischen Krieges ordentlich gelernt habt. Ihr versteht mich?«

Und sich wieder an Herrn Bornschbögel wendend, setzte er ihm auseinander, wieviel man den Jungens in den Schulen jetzt zumute, und wie schwierig es sei, alle Kämpfe und Friedensschlüsse zwischen Athenern und Spartanern im Gedächtnis zu behalten.

»Was gehn uns die Raufereien der alten Griechen an?« brummte Thom. »Die Schöne Helena versteht man auch ohne das. Überhaupt diese ganze Lernerei! was kommt dabei heraus? Höchstens daß die jungen Leute die Freud' zu einem nützlichen Metier verlieren!«

Die Knaben hatten eine Verbeugung gemacht und waren abgeschoben. Draußen stießen sie einander an und lachten. An Feindseligkeiten dachten sie nicht mehr. Sie hatten Ludger verstanden, waren ihm dankbar und froh, dem gefürchteten Oheim aus den Augen gekommen zu sein.

»Was hast du eigentlich mit diesem Burschen vor, diesem Louis, oder wie er heißt?« wendete Thom Bornschbögel sich an seine Schwester.

»Mit dem Lois Birenz? Er geht mit Doll in die Schule. Ursprünglich sollte er Weber werden ...«

»Also laß ihn auch! Wir brauchen doch Weber, du so gut wie ich. Studierte gibt's genug, ist es vielleicht gescheiter, wenn er Professor wird? Daß er dann unsern Enkeln abermals den Peloponnesischen Krieg eintrichtert!«

»Professor braucht er ja nicht gerade zu werden«, meinte Frau Therese lachend.

»Es wäre schade um ihn gewesen«, sagte Christl. »Was der für einen Kopf hat!«

»Eben darum hab' ich ihm erlaubt zu studieren.«

»Weil du noch nicht genug Kinder zu versorgen hast ...« sagte Thom und schnappte nach einer Fliege. Frau Minka Bornschbögel legte besänftigend ihre Hand auf den Rockärmel ihres Gatten.

»Reg' dich nur um Gottes willen nicht auf, Thom, du weißt, es könnte dir schaden!«

»Der Lois ist eine Waise, vollständig mittellos und dabei ein so aufgeweckter Junge«, gab Frau Therese zu bedenken.

»Das gibt dir noch lange nicht das Recht, wegen eines hergelaufenen Buben deine eigenen Kinder zu benachteiligen!«

»Ob eins mehr ist oder weniger – das spürt man schon nicht mehr.«

»Wenn deine Verhältnisse danach sind – mich geht's natürlich nichts an.«

»Sehr richtig!« bemerkte Ludger.

»Wie meinen Sie?« wendete Thom sich scharf gegen Herrnfeld herum.

»Ich bin vollkommen Ihrer Ansicht, Herr Bornschbögel!« sagte Ludger ebenso zweideutig als verbindlich.

»Wir hoffen bestimmt, euch in Weidlingau zu sehen«, rief Frau Minka, schon im voraus hinschmelzend vor Entzücken über den lieben Besuch.

Aber Thom ließ noch nicht locker.

»Ich bin von früh bis abends im Geschäft und rackere mich. Aber ich weiß auch, für wen ich's tu'. So ein – Hausmeisterskind auf meine Kosten studieren lassen, das ginge mir gerade noch ab!«

»Dafür besitzen Sie eine Villa in Weidlingau«, sagte Herrnfeld.

»Haben Sie vielleicht etwas dagegen?«

»Im Gegenteil, ich würde Sie darum beneiden, wenn ich Talent zum Villenbesitzer hätte.«

»Eine Erholung braucht jeder Mensch. Das ist aber auch der einzige Luxus, den ich mir gestatte.«

»Er überarbeitet sich noch!« rief Frau Minka Bornschbögel. »Sag' ihm doch, Therese, er soll nicht so viel arbeiten!«

»Mein Luxus ist der Lois Birenz«, sagte Frau Therese lachend.

Vor dem Hause hatte man einen Wagen vorfahren hören. Die Luftschützgasse war noch eine von den stillen Gassen, in der es auffiel, wenn ein Wagen rasselte. Der gewaltige Xaver Wegrad trat ein. Alle freuten sich, ihn zu sehen. Der Wille zur Macht gab ihm etwas Sieghaftes, das wohltuend berührte, wenn man ihn bloß als Schauspiel betrachtete und vor dem bißchen Großsprecherei ein Auge zudrückte. Er gehörte zu denen, die zu blenden wissen, und selbst wenn man sich dessen bewußt blieb, so gewann man doch unwillkürlich ein Gefühl der Sicherheit in seiner Nähe.

Heiter und aufgeräumt, weil er gut gefrühstückt hatte, kam er geradenwegs aus dem ausgelassenen Kreise von jüngeren Freunden, mit denen er sich's gut sein ließ, und deren geistiges Oberhaupt er war.

Sie bildeten eine Art Geheimbund, einen Verein ohne Statuten, und nannten sich die Vorurteilslosen. Es waren lauter Helden, und jeder hatte sich durch eine Heldentat in die Gemeinschaft eingekauft. Der Franzi Kleebinder, der Bandmachers-Sohn und -Enkel, hatte einmal ein Paar Fiakerpferde zuschanden gejagt, um ein Stelldichein im Prater nicht zu verpassen. Jeder Kuß im Grünen hundert Gulden. War das nicht Poesie? Der herzige Fredl Beywald, aus der weitverzweigten Sippe der Samt- und Plüsch-Beywalde in der Rittergasse, hatte es zuwege gebracht, seinem Leporelloalbum kürzlich auch das Bild der schönsten und sprödesten Frau vom Schottenfeld einzuverleiben, um die mit allen Künsten der Belagerungstechnik lange vergeblich gekämpft worden war, und tat sich nicht wenig darauf zugute, daß es ihm einmal gelungen sei, sich ohne Alimente aus einer solchen Affäre zu ziehen.

»Ihr Gatte gehört nicht zu unserm Bund«, sagte er lachend; »er leidet an dem Vorurteil, die Kinder seiner Frau für die seinigen zu halten.«

Der elegante Felix Schönhof, der sich in Gemeinschaft mit seinem Bruder der Aufgabe widmete, die altrenommierte Tüll-Anglais-Fabrik in der Lindengasse allmählich auf den Hund kommen zu lassen, hatte einmal der Primadonna vom Carltheater die Trikots versteckt, so daß sie unter dem Sturmläuten des Regisseurs sich schließlich gezwungen sah, die schöne Galate mit nackten Beinen zu singen. War das nicht Schönheit, vorurteilslose Schönheit? Und wenn Felix Schönhof davon erzählte, so faßte er die Schöße seines Gehrocks zierlich mit zwei Fingern und lüpfte sie kokett, wie die marmorne Operettengriechin ihren Chiton, während er dazu trällerte: »Jaha, das war klassisch – klassisch – klassisch ...«

Andere Helden hatten wieder andere Heldentaten verrichtet. Gesinnung übt werbende Kraft, es fehlte nicht an Neophyten, die ihren Ehrgeiz darein setzten, in die Heldenbrüderschaft der Vorurteilslosen aufgenommen zu weiden. Oder waren es mehr Priester als Helden? Dann konnte der gewaltige Xaver Wegrad für den Oberpriester der übermütigen Klerisei gelten, die ihre Weihrauchfässer zum Preise der neuen Religion schwang. Der Kult war kurzweilig, wenn auch manchmal etwas anstrengend, und je gründlicher es den Teilnehmern gelang, sich von überlebten Vorurteilen zu befreien, um so mehr wuchsen sie in ihre Aufgaben hinein. Es war kein platter, es war sozusagen ein mystischer Kult. Denn die Gottheit, die auf dem Altar thronte, hielt sich verborgen, und jedem stand es frei, sich über sie die Gedanken zu machen, die ihm am besten zusagten. Also nannten einige sie die Freude, andere die Göttin der Vernunft, noch andere die moderne Zeit. Ludger Herrnfeld aber behauptete, es sei eine uralte Gottheit, die ebenso wie Jehova aus der Bibel stamme: Das goldene Kalb.

»Ich komme, Ihnen eine Proposition zu machen, schöne Cousine«, sagte der gewaltige Xaver Wegrad. »Sie sollen sich davon überzeugen, daß verwandtschaftliche Freundschaft nicht bloß Himmelslohn einträgt.«

»Lassen Sie hören!«

»Er soll nur drauf los propositionieren«, brummte Thom; »ich werde schon aufpassen, daß nichts passiert.«

»Proponieren sagt man, nicht propositionieren. Übrigens – mit dir, lieber Thom, rede ich gar nicht. Du gehörst zu den Ganzverstockten und Verbohrten. Das Glück begegnet den Narren, aber sie haschen es nicht, und wer einem Narren einen Rat geben wollte, der gösse Wasser in ein Sieb. Zu Ihnen rede ich, schöne Cousine. Wollen Sie Geld verdienen?«

»Gern!« sagte Frau Therese lachend.

»Kommt er schon wieder mit seinen Börsenspekulationen!« rief Thom.

»Es handelt sich um ein reelles Geschäft, das mit der Börse so viel wie nichts zu tun hat. Um große Steinbrüche, die ausgebeutet werden sollen. Sie liefern den herrlichsten Marmor von der Welt, wir haben sie um eine Bagatelle in der Hand. Es ist ein Wert von vielen Millionen. Die Aktie soll auf fünftausend Gulden lauten. Nominale! In ein paar Jahren wird sie das Fünffache wert sein.«

»Wer sind die Gründer?« fragte Herrnfeld.

»Die Hauptaktionäre sind Pinkenfeld und ich. Die Aktien notieren natürlich gar nicht auf der Börse; es wäre ein Schwabenstreich, ein solches Papier aus der Hand zu lassen!«

»Fünftausend Gulden?« sagte Frau Therese nachdenklich.

»Was haben Sie und Herr von Pinkenfeld mit Marmor zu tun?« fragte Ludger. »Verstehen Sie denn was davon?«

»Gott, sind Sie naiv! Wissen Sie nicht, daß Geld alles kann und alles versteht? Was brauch' ich etwas zu verstehen, wenn ich Geld habe? Kann ich vielleicht ein Bild malen? Nicht einen Pinselstrich! Und doch hängen in meiner Wohnung die wunderbarsten Gemälde. Kann ich

Klavier spielen, kann ich geigen? Nicht einen Ton! Und doch widerhallen meine Salons von süßen Melodien. Oder verfüge ich über die Muskelkraft und über den Atem eines Pferdes? Und dennoch jage ich mit acht Hufen über das steinerne Pflaster der Straßen. Wer hat mir meine Bilder gemalt? Das Geld! Wer macht mir Musik, wenn mich danach verlangt, bald fröhliche und bald ernste, je nachdem es mir behagt? Das Geld! Wer trägt mich wie der Wind von einem Ende der Stadt zum andern, während ich ruhig meine Zeitung lese? Abermals das Geld!«

»Wo liegen die Steinbrüche?« fragte Frau Therese.

»Die stehn wahrscheinlich bloß auf dem Papier«, spottete Thom, indem er mit dem Unterkiefer in die Luft schnappte.

»In den Alpen liegen sie«, sagte Wegrad. »Da irgendwo im Süden, wo das Slowenische oder Italienische schon bald anhebt. Tief im Gebirg drin und ziemlich hoch oben. Auf der Wegwacht heißt die Paßhöhe. Ganze Felsenkoppen aus Marmor gibt es da. Man braucht das Gestein nur herunterzuholen und zu verkaufen. Wenn wir nicht vierzig oder fünfzig Prozent Dividende zahlen, so könnt ihr mich Veitel heißen.«

»Was haben wir davon, wenn wir Sie Veitel heißen dürfen?« sagte Ludger.

Alle lachten. Frau Therese aber fühlte, daß sie schwach wurde.

»Fünftausend Gulden« – sagte sie unsicher; »so viel würden gerade meine kleinen Ersparnisse betragen.«

»Sie übernehmen selbstverständlich einen ganzen Posten, sonst zahlt es sich gar nicht aus.«

»Du wirst dein bißchen Erspartes doch nicht in die Lotterie setzen!« rief Thom Bornschbögel entrüstet.

»Reden wir von etwas anderem«, bat Frau Minka; »es regt ihn zu sehr auf!«

»Der Thom braucht sich gar nicht aufzuregen, er bekommt ohnedies keine Aktie«, sagte Wegrad behaglich. »Eigentlich ist der Betrag längst überzeichnet. Bloß für Sie, schöne Cousine, nehme ich noch eine Vormerkung an, wenn Sie mögen. Weil es mir Vergnügen macht, daß Sie auch einmal eine Chance haben sollen.«

»Es ist nett, daß Sie an mich denken«, sagte Frau Therese, schon ganz bestrickt. »Die Sparkasse zahlt nicht mehr als fünf vom Hundert.«

»Ein schönes Beispiel gibst du deinen Kindern!« rief Thom außer sich, sprang auf und trat ans Fenster.

»Ich denke an den Lois Birenz. Du meinst, ich benachteiligte meine Kinder, indem ich für ihn sorge. Also muß ich doch trachten, es irgendwie wieder hereinzubekommen?«

»Durch leichtsinnige Manipulationen? Weiberlogik!«

»Einmal in meinem Leben will ich auch leichtsinnig sein«, sagte sie lachend.

Xaver Wegrad hatte sein Notizbuch hervorgezogen.

»Leichtsinnig – wenn man sein Geld günstig placiert? Wie soll es denn tragen, wenn Sie sich draufsetzen.? Dann gab' es überhaupt kein Wagen und Gewinnen. Dann wäre ein jedes Geschäft, das über eine Greislerei hinausgeht, purer Leichtsinn. Dann würden wir uns halt in der gewohnten Langeweile fortfretten und schön brav mit Wasser kochen. Dann sparen wir uns halt keuzerweis ein Sparkassenbüchel zusammen, verzichten auf jeden großen Zug, lassen die Schätze, die in unseren gesegneten Ländern im Boden schlummern, ungehoben und bekreuzen uns, wie vor dem Beelzebub, vor jedem Menschen, der im Geruche steht, keine Schlafmütze zu sein. Nein – eine so kleinliche Seele sind Sie nicht, Therese, ich weiß, Sie haben eine heimliche Freude an allem, was mutig ist. Da liegt das Gold auf meiner flachen Hand, greifen Sie zu! Also wieviel soll ich notieren? Sagen wir zehn Stück?«

»Wo denken Sie hin! Das sechsundsechziger Jahr geht mir noch lange nach. Ich habe damals mein ganzes Privatvermögen eingebrockt.«

»Eine schöne Wirtschaft, das!« sagte Thom vom Fenster her.

»Inzwischen geht's ja wieder aufwärts. Aber mehr als fünftausend Gulden kann ich vorderhand nicht dran wagen.«

»Das gäbe also gerade eine Aktie« sagte Wegrad schreibend. »Abgemacht! Viel ist es nicht, ich hätte Ihnen mehr vergönnt, aber wenigstens haben Sie meinen guten Willen gesehen.«

»Wir empfehlen uns, Minka«, sagte Thom, seinen Platz am Fenster verlassend.

»Gott, du wirst mir doch nicht bös sein, Thom?« rief Frau Therese bestürzt.

»Könnte mir einfallen. Ein jeder erntet, was er sät; es ist ein Unsinn, sich in anderer Leute Angelegenheiten zu mischen.«

»Sehr richtig, Herr Bornschbögel«, sagte Herrnfeld. »Mäusedreck, der sich in Koriander mischt, kommt mit ihm in die Gewürzmühle.«

»Wie meinen Sie?«

»Was kümmert's mich, wenn Quakus' Haus brennt, sagte der Neger von Surinam; brennt doch mein Schurzband noch nicht!«
»Sie belieben in Rätseln zu sprechen.«
»Wer in Rätseln beichtet, den läßt auch der strengste Pfaffe laufen.«

* *
*

Die kommende Zeit fand den von Begeisterung glühenden Doll noch öfters auf dem Platze, wenn es galt, für die Ehre des kämpfenden deutschen Volkes einzustehen. Mit geröteten Wangen las er von den glänzenden Siegen des blonden Helden, der ihm wie eine Lichtgestalt vor Augen stand. Er konnte ihn nicht vergessen, er sah ihn immer in jenem Zimmer in Nedweditz, wie er sich hoheitsvoll und leutselig zugleich mit ihm und seinen Brüdern unterhalten hatte, wie sein edles, klares Adlerauge von Kraft, Güte und Heiterkeit strahlte.

In den Zwischenpausen setzte es nicht selten Ringkämpfe in der Schulstube. Wehe, wenn einer von den »Franzosen« es wagte, Deutschland zu verkleinern oder gar dem verklärten Heldenbilde nahezutreten, das Doll von dem Sieger von Wörth im Heizen trug!

Für Ludgers Träume war offenbar die Zeit noch nicht gekommen. Noch bedurfte der nationale Gedanke nicht bloß des Schwertes, sondern sogar – der Faust.

Die Kriegsspannung überdauerte den Nedweditzer Sommer. Die »Franzosen« und »Preußen« unter den Schulbuben standen ebenso wie die wirklichen nach den großen Ferien einander nur noch erbitterter gegenüber als vorher. Das große Drama im Westen näherte sich der Katastrophe. Der Anfang des neuen Jahres brachte die Erfüllung einer jahrhundertealten Sehnsucht: ein stolzes, einiges Deutsches Reich.

Der alte Herr Bornschbögel erzählte im Familienkreis, wie er vor vielen Jahren in Berlin gewesen sei, und wie es dort aussehe. Was für ein kahles und dürftiges Dorf war diese Hauptstadt des neuen Reiches, wenn man ihm glauben durfte! Wie öd und geradlinig die Straßen, wie kleinlich und träge die Spree, wie endlos der Sand, wie miserabel das Essen, wie reizlos die Frauen! Es waren die letzten Zuckungen einer uralten Eifersucht, die in seinen Worten nach Ausdruck rang. Die entthronte Metropole Alldeutschlands, im Bewußtsein der unvergleichlichen Schönheit, mit der die Natur und die Jahrhunderte sie geschmückt, lachte fröhlich in den Tag hinein und fürchtete keine Rivalin.

Aber mancher ihrer Söhne fühlte wie der alte Herr Bornschbögel, der schließlich behauptete, nicht einmal ordentlich deutsch reden könnten die Leute in Berlin!

»Aber ich hab' mir kein Blatt vor den Mund genommen«, brüstete er sich, »und den Berlinern ganz offen meine Meinung gesagt: Sie können Ihnen heimgeigen lassen mit Ihnerer Sprach', hab' ich gesagt; wenn Sie allweil mir und mich miteinander verwechseln, wer soll Ihnen denn nachher verstehn.? – No ja? Genieren werd' ich mich!«

Und er ging befriedigt in sein Stockwerk hinauf und setzte sich an seinen Zeichentisch. Er hatte jetzt ein Blatt in der Arbeit, auf dem man von einer Höhe des Wiener Waldes zwischen Baumriesen hindurch die Stadt hingebreitet und dahinter mit Strahlen, die über den ganzen Himmel hinschossen, die Sonne aufgehen sah. Das war einmal ein Kunstwerk, das Frau Bohatschek verstand, und an dem sie Freude hatte. Wenn an ihrem Kochherde gerade keine Gefahr im Verzüge war, so kam sie manchmal herein und sah ihm bei der Arbeit zu.

»Mühsam ist das Getüftel«, sagte sie bewundernd; »aber es wird schön.«

Er hatte ein aus Papier geschnittenes Eichenblatt zur Hand und wiederholte dessen hundertfältig verkleinerte Form unzählige Male auf einer der Laubkronen im Vordergrund.

»Das rechts, das ist ein Eichenbaum«, sagte er; »und das links eine Buche. Auf der Vorlage sieht man bloß, daß es Bäume sind. Bei mir aber soll man kennen, was für Bäume es sind. Es ist nicht einmal gar so schwer. Eine Eiche hat Eichenblätter, folglich braucht man nur ein paar tausend solche Blatterln hinzuzeichnen, so muß jeder sehen, daß es eine Eiche ist.«

»Die Sonnenstrahlen sind ein bissel gar zu lang«, meinte Frau Bohatschek. »Aber die vielen kleinen Häuserln und den alten Steffel in der Mitte haben Sie sehr natürlich gemacht.«

»Die Sonnenstrahlen müssen so lang sein«, sagte Herr Bornschbögel, »weil die Sonne auf dem Bild nicht bloß die Sonne bedeutet, sondern den Glanz und die Herrlichkeit überhaupt; das ist der eigentliche Sinn – verstehen Sie? Folglich muß es auch ordentlich glänzen, damit man gleich sieht, es ist nicht so ein gewöhnlicher Sonnenaufgang, wie er jeden Tag vorkommen kann.«

»Wenn es so ist«, sagte Frau Bohatschek, »dann kenn' ich mich schon aus.«

»Die vielen kleinen Häuserln waren nicht leicht, aber sie sind mir gelungen«, sagte Herr Bornschbögel, während er, verschwenderisch wie der Frühling, ein Eichenblatt ums andere unter seiner Feder hervorsprießen ließ. »Stellen S' Ihnen vor, was das heißt, nur ein einziges Haus bauen! Ich hab' aber Tausende bauen müssen, sogar eine Menge vierstöckige darunter, und alles mit einer gewöhnlichen Feder! Manchmal war' mir die Geduld beinahe ausgegangen. Da hab' ich mir nachher so meine Gedanken darüber gemacht, wer in einem jeden Hause wohnen könnte, und was die Leute darin treiben.«

»No, und was treiben sie?« fragte Frau Bohatschek neugierig.

»Es hat halt ein jeder sein Geschäft und seine Arbeit. Unglaublich viel fleißige Menschen gibt es.«

»So –?« machte sie erstaunt. »Das stellen Sie Ihnen auch nur so vor. Es kommt halt ganz darauf an, was für Glasaugen einer auf hat. Wer ein Hallodri ist, der bildet sich ein, daß man in ein Sodom und Gomorrha hineinschauen tät, wenn man die Dächer von den Häusern abheben könnt'! Auf die gleiche Weis' sehen Sie überall Arbeitsamkeit und Fleiß und können sich gar nicht denken, daß es auch lotterich zugehen könnt'. Herentgegen die Wahrheit, die schaut ein bissel anders aus! Denn in der guten Wienerstadt gibt es nicht soviel Pflasterstein' als Faulenzer, die unserm Herrgott den Tag stehlen.«

»Wär nicht aus!« sagte er fast erschrocken und legte die Feder hin. »Das glaub' ich gar nicht, die Faulenzerei ist den meisten Menschen viel zu wenig unterhaltlich. Wir könnten sie auch nicht brauchen in Wien, jetzt schon gar nicht, sonst wachsen uns schließlich die Preußen noch ganz über den Kopf!«

Ein höllisches Zischen, wie wenn Wasser mit Feuer sich mengt, drang durch die bloß angelehnte Tür.

»Jesses, die Suppen geht über!« schrie Frau Bohatschek; »das kommt von der Faulenzerei!« Und reumütig die Hände ringend, enteilte sie. –

Der alte Herr Bornschbögel verbrachte auch den Sommer meistens in der Luftschützgasse, er kam nicht gern aus seiner gewohnten Ordnung. Seine Wohnung, aus deren Fenstern man fast über die ganze Stadt hinblickte und auch ein gut Stück Himmel übersehen konnte, sowie der Garten, der sich ans Hinterhaus schloß, ersetzten ihm den Landaufenthalt. Erholung brauchen – das war ihm ein moderner Begriff, den er nicht verstand. Wovon mußten eigentlich die Leute sich beständig erholen? Am Ende – von der Arbeit? Die war doch eine

Freude, wenn der Segen des Gelingens auf ihr ruhte und man sie nicht unvernünftig übertrieb! Ein paar kleinere Reisen hatte er früher gelegentlich wohl unternommen, in Geschäften, oder um sich zu unterrichten, einmal auch eine größere nach Deutschland, um etwas von der Welt zu sehen. Und in jüngeren Jahren war er gern in den Bergen gewandert, mit dem Ränzel auf dem Rücken und mit dem Stock in der Hand – weil er die Natur liebte und das Wandern ihm Freude machte. Aber Erholung hatte er sein Lebtag nicht gebraucht.

»Ich bin schon dahinter gekommen«, pflegte er zu sagen, »von was die Menschen heutzutage sich erholen müssen: Von sich selber! Z'wider sind sie sich! Aus ihrer Haut möchten sie gern heraus. Aber weil das halt nicht möglich ist, so schleppen sie wenigstens ihre Z'widrigkeit aufs Land hinaus, in irgendeinen Kurort, auf die Berge hinauf, oder ans Meer und bilden sich eine Zeitlang ein, jetzt ist es besser, weil sie in einer anderen Umgebung grantig sind. Und wenn sie dann im Herbst zurückkommen, so ist zwar viel Geld beim Teuxel, aber der Grant ist noch allerweil da, der bleibt ihnen treu wie ein Schatten. Das nennen die Leut': Erholung in der Sommerfrische!«

Frau Therese hatte es aufgegeben, ihren Vater nach Nedweditz einzuladen. Ein paarmal war er dagewesen, dann erwachte die alte Freude an seinem Handwerk, und er machte sich den ganzen Tag in der Fabrik zu schaffen, als würde er dafür bezahlt, oder saß tüftelnd über gewürfeltem Papier und setzte Webemuster in die *Carta rigata*.

»Du bist doch da, Vater, um dich zu erholen?« meinte sie dann mit leisem Vorwurf lächelnd.

Aber er sagte eifrig: »Ich erhol' mich eh' ... Ich erhol' mich von der ewigen Nichtstuerei. Es g'freut mich unsinnig, daß ich altes Eisen halt doch noch zu was zu brauchen bin.«

So war aber die Meinung nicht gewesen. Sie kam schließlich zu der Einsicht, daß es besser sei, den alten Herrn bei seinen Blumen und Federzeichnungen zu lassen. Wie der quiesziert Regimentsschimmel, von dem man sagt, daß die Trompete ihn elektrisiere, so war er nicht mehr zurückzuhalten, wenn das vielstimmige Geklapper der Nedweditzer Webstühle ihn umrauschte. Durch ein langes, arbeitsames Leben hatte er sich volles Anrecht wenigstens auf jenes Maß von Gemächlichkeit erworben, das seine freiwillig gewählten Beschäftigungen zuließen. Man durfte ihn nicht in eine Umgebung versetzen, wo rastlose Tätigkeit pulste, sonst wollte er gleich wieder mittun und legte sich hitziger in die Stränge, als es seinem vorgeschrittenen Alter zuträglich war.

Für die Mairoldschen Kinder aber blieben die Nedweditzer Sommer ein Segen. Das neuzeitlich verbesserte Schulwesen stellte harte Anforderungen an die jungen Köpfe. Die grün-goldnen Felder und Wiesen des mährischen Landes, die rauschenden Baumgruppen auf den Hügeln, der große, weite Himmel, auf dem die Wolken zogen, die träumenden Weiher und raschen Bäche halfen Frau Theresen, die Herzen der heranwachsenden Knaben- und Mädchenschar empfänglich erhalten.

Christl und Moini benützten nun schon die Schulferien, sich unter Baudrillards Führung in ihren künftigen Beruf als Fabriksherrn einzuleben. Aber wie alles richtige Herrentum mit dem Dienen anfängt, so sollte ihr Weg am Webstuhl, mit dem Werfen der Schütze beginnen.

Der muntere Mündel war dazu ausersehen, ihr Lehrmeister zu werden.

»Schauen wir halt, ob die Herrn Prinzen den richtigen Spurius für die Weberei haben«, sagte er, als Baudrillard ihm die Schüler zuführte. »Denn einen Spurius braucht man dazu, und aus einem blinden Prinzen ist noch sein Lebtag kein sehender König geworden.«

»So ganz blind werden wir hoffentlich nicht sein«, meinte Moini.

»Das hätt' ich mir von Ew. königlichen Hoheit auch gar nicht vorauszusetzen getraut«, sagte der Mundel. »Aber sicher ist sicher, und für die Gefahr bindet man einen Hund an. Deswegen muß ich mich saldieren und Ew. königliche Hoheit gleich zum voraus darauf aufmerksam machen, daß ich keinen Nürnberger Trichter nicht hab'. Prinzen erziehen ist eine hohe Ehr', aber auch ein undankbares Geschäft, ziemt mich. Denn wenn aus dem Prinzen ein guter König wird, so ist der Prinz dran schuld; wenn aber ein schlechter König draus wird, so ist die Erziehung dran schuld.«

»Wenn ich Sie nicht für einen guten Weber halten würde«, sagte Baudrillard ungeduldig, »so hätt' ich Sie nicht mit der Ausbildung der jungen Herrn betraut. Seien Sie stolz darauf und lassen Sie Ihre Späße. Erledigt!«

»No, no, no!« machte der muntere Mundel; »man wird doch noch was reden dürfen! Als der Herr auf dem Esel geritten, ist er davon nicht besudelt worden, daß der Esel sein natürlich Werk getan!«

Doll fragte Herrn Baudrillard, warum nicht auch er in die Weberei eingeführt werde?

»Mehr als zwei Herrn könnten leicht zu viel werden«, meinte Baudrillard.

Doll ging nachdenklich umher. Eines Tages fragte er die Mutter: »Was soll eigentlich aus mir werden?«

»Du wirst dir deinen eigenen Weg suchen müssen«, sagte Frau Therese.

»Ich möchte Offizier werden«, sagte Doll.

»Weshalb?«

»Damit ich gegen die Feinde des deutschen Volkes kämpfen kann.«

»Gegen welche Feinde?«

»Gegen die Polen und die Tschechen, gegen die Magyaren, gegen die Kroaten ...«

»Als österreichischer Offizier wirst du keine Gelegenheit haben, gegen Völker zu kämpfen, die unserer Monarchie angehören.«

»Ich möchte aber preußischer Offizier sein«, sagte Doll.

Das Volksgefühl, die Begeisterung für die deutschen Siege und das wiedererweckte Reich, die Schwärmerei für jene Heldengestalt, die vor seinen eigenen Augen lebendig geworden – das alles hatte die jugendlichheiße Seele verwirrt, bezaubert, in Versuchung geführt.

Frau Therese stutzte. Sie fühlte ihr Herz bis zum Halse herauf pochen. Aber sie wußte, daß sie sich beherrschen mußte, daß sie durch kein rasches Wort das edelblütige Füllen, das ungebärdig an seinem Stricke riß, abschrecken und zu trotziger Wildheit treiben durfte.

»Du hast also die Absicht«, sagte sie ruhig, »dein Voll, das deutsche Volk in Österreich, im Stich zulassen?«

»Mein Volk? ... gerade im Gegenteil!« ... stammelte Doll verwirrt.

»Du bist reif genug, um zu begreifen«, sagte sie, »daß jeder Deutsch-Österreicher, der seinen Posten verläßt, einem Slawen Platz macht.«

Doll war erblaßt wie damals, als er zum ersten Male gehört hatte, daß die Preußen Deutsche seien, und daß der Krieg ein Bruderkrieg war.

»Ich will meinen Posten nicht verlassen, Mutter!« sagte er bebend. »Aber ich will ein Deutscher sein und ein Deutscher bleiben!«

»Das sollst du!« sagte sie fest. »Und wenn du deinem Vaterlande recht dienen willst, so mußt du vor allem trachten, ein wahrer Mann zu werden, ein tüchtiger, freudiger, mutiger Mann, der das Herz auf dem rechten Fleck hat – ein solcher verläßt und verleugnet sein angestammtes Volkstum nie und nimmer! Aber damit ist es noch lange nicht genug. Willst du als Deutscher in Österreich deinem Volke dienen, so mußt du außerdem noch stark werden, Einfluß und Macht gewinnen über viele, nicht durch Schliche, sondern durch ehrliches Recht. Es gibt genug junge Leute, die, solange sie an den Hochschulen studieren, das Wort ›deutsch‹ beständig im Munde führen, und wenn sie dann ins Leben treten, versagen sie und bleiben für ihr Volk so gut wie nutzlos. Nicht als ob sie ihrer Gesinnung untreu würden – nein! Gewöhnlich fahren sie ihr Leben lang fort, das Wort ›deutsch‹ im Munde zu führen. Aber dieses ganze Leben ist nur allzu oft schwächlich und bequem, irgendeine unfruchtbare Beamtenlaufbahn oder ähnliches. Wer seinem Volke durch die Tat dienen will, der muß neue Werte schaffen, den Wohlstand mehren, durch seine Arbeit wirtschaftlichen Segen und damit auch Bildung, Schönheit und Güte verbreiten helfen. Wer solches wirkt, der braucht sein Volk nicht laut zu lieben und keine Schlagwort im Munde zu führen – er ist dennoch ein Kämpfer und, was noch wichtiger ist, ein Sieger.«

Doll begriff den Sinn ihrer Worte, er war ein hochaufgeschossener Jüngling geworden, dessen Stimme gern nach der männlichen Tiefe umkippte. Es fehlte ihm das rechte Vertrauen in die Zukunft seines Vaterlandes, das Gemunkel politischer Schwarzseher und Wühlgeister, daß Rußland und Deutschland das alte Österreich unter sich aufteilen würden, war bis in die Schulstuben gedrungen, und vor der Landkarte stehend, hatten die mißleiteten jungen Leute die Länder der habsburgischen Monarchie reinlich sortiert und je nach der Stammeszugehörigkeit teils in den slawischen, teils in den germanischen Schnappsack geworfen. Aber das eine wenigstens wirkten die Vorstellungen der Mutter, daß Doll die Flucht aus dem nationalen Verband der engeren Heimat von nun ab als einen Bruch der Fahnentreue empfunden hätte. Nicht Begeisterung, aber liebendes Mitleid wies ihm den Platz, auf den er einmal gehören würde. Und ein Erlebnis, das in jene Tage fiel, blieb nicht ohne Einfluß auf seine spätere Berufswahl, wie es entscheidende Bedeutung für seine innere Entwicklung gewann.

Auf der bewaldeten Höhe hinter Nedweditz, die der »Hals« genannt wurde, fand zu wohltätigem Zweck ein Sommerfest statt. In der Wirtschaft, wo die geringeren Leute sich drängten und ihr Bier tranken, spielte die Feuerwehrkapelle, auf dem freien Wiesenplan dahinter gab es Volksbelustigungen aller Art, Sacklaufen, Topfschlagen und Kreisklettern, auch Schaubuden und Erfrischungszelte.

Hier sah Doll die reizende Mara Nehuda wieder, deren Vater unweit von Nedweditz eine große Zuckerraffinerie besaß. Als Kinder hatten sie manchmal miteinander gespielt, draußen, wo der Mühlgang, der die Wasserkraft für die Zuckerfabrik lieferte, über ein Wehr stürzte, in dessen Nähe auch das stattliche Wohnhaus der Familie Nehuda lag. Er erkannte sie auf der Stelle, und das Herz pochte ihm, als er sie erblickte, denn sie war ein Wunder an Schönheit und eine feine junge Dame geworden. Mit ihren jüngeren Schwestern, deren Kleinste sie auf dem Schoße hielt, hatte sie in einer der vergoldeten Kaleschen des Ringelspiels Platz genommen, während ihre beiden Brüder, Knaben von zehn oder zwölf Jahren, auf den hölzernen Schimmeln ritten, die der Prachtkalesche vorgespannt waren. So fuhr sie wie eine Königin, mit Vorreitern an ihm vorbei, im Kreise herum, es gefiel ihm, daß sie den Kindern zulieb ganz ernsthaft mittat, während andere Mädchen in dem Alter sich zierten und das harmlose Vergnügen unter ihrer Würde gehalten hätten. Als sie das drittemal vorüber kam, grüßte er und war beglückt, daß sie ihm freundlich zunickte, denn seit frühen Kindertagen hatten sie einander nur flüchtig wiedergesehen.

Die Drehorgel des Ringelspiels und die etwas entfernte Blechmusik, die in der Wirtschaft spielte, vermischten ihre Klänge, und gerade wo Doll stand, gab es einen entsetzlichen Mißton. Christl und Moini, die sich in seiner Gesellschaft befanden, gingen weiter, weil es nicht auszuhalten sei, er aber konnte sich nicht entschließen, den Platz zu wechseln, und wartete immer wieder auf das Vorüberfliegen der schönen Mara Nehuda.

Schließlich blieben die Rösser und vergoldeten Wagen stehen, und sie stieg auf der entgegengesetzten Seite aus; da sah er sie nicht mehr. Indessen traf er etwas später zufällig an einer anderen Stelle der Festwiese im Gewühl der Menschen mit ihr zusammen. In ihrer raschen, lebendigen Art redete sie ihn an und reichte ihm lächelnd die Hand, aber er verstand nicht, was sie sagte, denn sie sprach tschechisch.

»Wollen Sie nicht lieber deutsch sprechen, Fräulein?« sagte er trotzig.

»Wenn es sein muß – meinetwegen«, sagte sie, »so will ich dir zulieb deutsch sprechen, weil wir einander so lange nicht gesehen haben. Aber ›Sie‹ wirst du doch nicht zu mir sagen wollen?«

Er war ihr dankbar und bemühte sich, sie zu unterhalten. Sie plauderten über das Fest und über allerhand Dinge, die es in Nedweditz gab. Dann sahen sie gemeinsam eine Vorstellung im Wursteltheater mit an, und sie lachte sich halb krank, als der Kasperl, obgleich das Maß seiner Übeltaten gerüttelt voll war, erst die Gendarmen, dann die Teufel überlistete und gleichermaßen über die irdische wie über die himmlische Gerechtigkeit triumphierte. Die Mara Nehuda hatte sich im Gedränge von ihren Leuten verloren, sie war froh, einen Kavalier gefunden zu haben, und als eine alte Frau mit einem Teller erschien, um abzusammeln, sagte sie: »Jetzt mußt du schon so freundlich sein und für mich bezahlen, ich habe keinen Kreuzer Geld bei mir.«

Er tat es mit tausend Freuden und sagte: »Komm, wir wollen alles sehen, was es zu sehen gibt.«

Sie legte ihren Arm in den seinen, und sie gingen zur nächsten Bude. So kosteten sie bis zum sinkenden Abend alle Freuden der Festwiese durch. Wo es ein Eintrittsgeld zu erlegen gab, bezahlte er für sich und für sie, und es hatte einen eigenen Reiz für ihn, daß er es durfte. In der Dämmerung begaben sie sich schließlich zu dem Zelte, das der Nedweditzer Zuckerbäcker am Waldrand aufgeschlagen hatte. Sie nahmen an einem kleinen Tische unter Bäumen Platz, saßen einander gegenüber, tranken Schokolade und aßen Kuchen dazu.

»Schlecht geht es mir gerade nicht«, sagte sie vergnügt. »Eigentlich ist es so viel netter, als wenn ich mit den Kindern zusammensein müßte. Die lassen mich ohnedies sonst den ganzen Tag nicht los.«

»Erinnerst du dich noch«, sagte Doll, »wie wir am Wehr bei eurem Wohnhaus miteinander kleine Fische angelten?«

»Du warst besonders geschickt, sie zu fangen«, sagte sie. »Und dann praktiziertest du immer, um mir Freude zu machen, insgeheim die Hälfte deiner Beute in mein Blechgefäß herüber. Ich wußte genau, daß ich nicht so viele geangelt hatte, aber ich ließ es mich nicht merken und tat groß mit meinem Fang.«

»Wie nannten wir doch die kleinen Fische?« fragte Doll. »Der Name ist mir entfallen, ich habe mir schon öfters den Kopf darüber zerbrochen, wie sie hießen?«

»Uckelei«, sagte sie.

»Uckelei!« rief er, sich mit der flachen Hand auf die Stirn schlagend. Und sie sahen einander an und lachten herzlich.

So oft neue Gäste in den eingefriedeten Raum traten, erschrak Doll, weil er immer fürchtete, jemand von ihren oder seinen Angehörigen könnte kommen, und das holde Alleinsein mit ihr hätte dann ein Ende. Aber außer Herrn Kilian, dem Bürgermeister von Nedweditz, der Obmann des Festausschusses war und es für seine Pflicht hielt, alle Gäste persönlich zu begrüßen, sahen sie kein bekanntes Gesicht. Er trat auch an ihren Tisch heran und fragte, wie es ihnen gefalle. Er trug einen großen geschweiften Zylinder und im Knopfloch den Orden, den er für die im sechsundsechziger Jahr bewährte Umsicht erhalten hatte. Als die jungen Leute versicherten, das Fest sei reizend und sie unterhielten sich ausgezeichnet, sagte er geschmeichelt: »Man tut, was man kann« ... Und galant lächelnd setzte er hinzu: »Die Herrschaften geben miteinander ein pickfeines Paar!«

»Nicht wahr, wir passen gut zusammen?« sagte Mara Nehuda lachend.

Doll wurde rot, er betrachtete sie nur immer, er fand sie ganz entzückend. Sie war gleichaltrig mit ihm, also schon weit mehr Dame, als er Mann, aber doch noch jungmädchenhaft in ihrer Erscheinung, obgleich sie stattlich gekleidet war, nach der französischen Mode der Zeit. Das helle Sommerkleid trug sie reichlich gerafft und mit Tuniquen drapiert, ihre dunklen Augen sprühten Lebenslust, das fast schwarze, reiche Haar baute sich hoch auf, und etwas wie ein umgestülptes Körbchen, aus dem Blumen rieselten, saß als Bekrönung oben drauf. Sie ließ sich nicht nötigen und knabberte reichlich Backwerk und Süßigkeiten.

»Weißt du«, sagte sie, »so ungefähr stell' ich mir's auf einer Hochzeitsreise vor – gerade so gemütlich.«

O ihr törichten jungen Leiden, müßt ihr immer wieder dasselbe Spiel mit flüggewerdenden Herzen treiben? So hätte sie nie gesprochen, fühlte Doll, wenn sie auch nur entfernt Ähnliches empfunden hätte wie er. Er erkannte daraus, um wieviel reifer sie sich schätzte, und daß er ein Knabe in ihren Augen war. Was ihm ein Erlebnis schien, machte ihr einfach Spaß – nichts weiter.

Lichter wurden entzündet, aus der Ferne klang die Katzenmusik der durcheinanderspielenden Drehorgeln und Instrumente zu ihnen herüber.

»Warum nannten wir die kleinen Fische Uckelei?« fragte er. »Was ist das eigentlich für ein Wort?«

»Man nennt sie halt so«, sagte sie. »Es ist slawisch und bedeutet ungefähr soviel wie Weißfisch.«

»Wenn ich das gewußt hätte, so hätt' ich Weißfisch gesagt.«

»Ich finde Uckelei viel hübscher«, sagte sie.

»Warum redest du für gewöhnlich nicht deutsch?« fragte Doll bekümmert. »Ist denn tschechisch deine Muttersprache?«

»Man sagt nicht tschechisch, man sagt böhmisch«, verbesserte sie ihn.

»Warum?«

»Weil Böhmen ein Königreich für sich ist, mit eigener Sprache und eigener Krone – das lernt man doch schon in der Schule!«

»Ich habe gelernt, daß Böhmen eine Provinz ist wie jede andere«, sagte Doll zornig.

Sie erwiderte etwas, aber er konnte es nicht verstehen, denn es war abermals tschechisch.

»Sprich deutsch!« herrschte er sie an.

Sie fuhr fort tschechisch zu sprechen und lachte dabei und sprudelte unverständliche Worte hervor.

Da sprang er auf und ging davon. Er hörte, daß sie ihm folgte, sie erwischte ihn am Rockärmel und wollte ihn festhalten, aber er riß sich los und eilte weiter, durch die vielen Menschen, daß sie ihm nicht mehr nachkommen konnte. Er wollte nicht durch das ärgste Gewühl hindurch, darum vermied er die Festwiese, auf der ganze Reihen von Flämmchen aufzuleuchten begannen, und stürmte die Waldblöße hinan. Von der Höhe konnte man einen Weg erreichen, der auf der anderen Seite nach Nedweditz hinabführte.

Am Waldsaum angelangt, hielt Doll stille und warf sich ins Gras, um Atem zu schöpfen. Die Festwiese zu seinen Füßen erstrahlte jetzt in hundertfältigem Lichterglanz, Papierlampions in allen Farben schmückten die Wege, auf denen man die dunkle Masse der Menschen sich bewegen sah, oder schwangen sich in Girlanden von Baum zu Baum, alle Waldränder entlang.

Nicht lange, so hörte Doll Zweiglein knacken, die Mara Nehuda, die ihn suchte, hatte ihn auf Umwegen erreicht. Sie rang nach Atem und glühte und ließ sich erschöpft an seiner Seite nieder. Nach einer Weile sagte sie: »Höre, Doll, du bist garstig und unliebenswürdig!«

Er antwortete nicht und schwieg. Unweit von ihnen kletterte eine Rakete in den Abendhimmel und fiel oben in eine Garbe blauer und roter Sterne auseinander.

Mara Nehuda klatschte in die Hände und jubelte. Sie neigte sich zu ihm über, er fühlte ihre heiße Wange, und er fühlte ihre heißen Lippen auf den seinigen brennen. Sie küßte ihn leidenschaftlich, wie wahnsinnig, sie erstickte ihn fast in ihren Küssen. Er schlang seine Arme um ihren Hals und meinte in Seligkeit zu vergehn.

»Da hast du«, flüsterte sie atemlos vom Küssen, »und da – und da – nun darfst du aber nicht mehr böse sein!«

Und nach einem letzten heißen Schauer von Küssen, mit dem sie ihn überschüttete, löste sie heftig seine Arme aus ihrem Nacken, sprang auf und lief in den dunkelnden Wald hinein. Jetzt war es an ihm, sie zu verfolgen. Er suchte sie kreuz und quer im Gestrüpp, sie neckte ihn, sie rief und lockte, manchmal sah er ihr helles Kleid im Waldesdüster hingleiten, aber er konnte sie nicht erreichen. Bald da, bald dort, wie ein Irrlicht, tauchte sie auf und entschwand. Immer weiter, immer weiter – nun begann der gepflegte Pfad, der steil abfiel, da hatte er sie ganz aus den Augen verloren.

Mit wild pochendem Herzen stand er still und lauschte.

»Doll, wo bist du?« rief sie aus der Ferne.

Atemlos hastete er bergab, auf dem Wege, der gegen das weite Feld von Nedweditz hinunterleitete.

Erst bei einer Bank, die knapp über der Zuckerfabrik auf einem kleinen Hügel stand, holte er sie ein. Er sah in der Dunkelheit ihre schlanke Gestalt, sie schien auf ihn zu warten.

»Nun bin ich zu Hause«, sagte sie. »Nun brauchst du mich nicht mehr zu begleiten, und ich brauche nicht mehr deutsch zu sprechen« ...

Sie zögerte, es war, als ob das, was sie gesagt hatte, ihr noch nicht genügend schiene, ihn zu kränken.

»Bei uns daheim spricht alles böhmisch«, sagte sie, »denn auch Mähren ist ein böhmisches Land. In der Raffinerie gibt es nur böhmische Arbeiter und Angestellte. Auch unsere Dienerschaft ist böhmisch. Der Vater sagt, es wäre ein Verbrechen gegen unser Volk, wenn er Deutschen Unterhalt und Brot geben wollte.«

»Gar ein Verbrechen?« sagte Doll bitter.

»Ja, siehst du, so ist es.«

»Dein Vater hat ganz recht«, sagte Doll. »Wenn ich einmal ein Fabriksherr und Industrieller sein werde, so soll mir auch kein Tscheche über die Schwelle kommen!«

»Gute Nacht!« sagte die Mara Nehuda.

Er sah sie langsam den Weg gegen das Wohnhaus hinunterschreiten, das in der Nachbarschaft der Zuckerfabrik lag.

* *
 *

Seit jenem Abend dachte Doll nicht mehr daran, preußischer Offizier zu werden. Aber ein Kämpfer für sein Volk wollte er dennoch sein.

* *
 *

Es war ein kühler, sonniger Herbstnachmittag, und die roten und gelben Laubbäume standen im bläulichen Duft gegen den wolkenlosen Himmel, als ein offener Fiaker, vom Bahnhof kommend, durch eine der prächtigen Villenstraßen von Baden bei Wien gegen das liebliche Helenental jagte.

»Wem gehört denn das ägyptische Schloß da oben, mit den goldenen Greifen auf dem Dach?« fragte der Herr, der in dem Wagen saß.

Der Kutscher wendete sich um und sagte: »Das ist die Villa des Herrn von Wegrad. Die hat was gekostet!«

»Dann können wir nicht mehr weit zur Villa Pinkenfeld haben?«

»Gleich sind wir da.«

»Zum Achtuhrzug holen Sie mich wieder ab«, befahl der Herr.

Es war ein feinaussehender eleganter Jude mit auffallend blassem Gesicht, das glatt rasiert und von Sommersprossen bedeckt war. Die schmalen Bartstreifen, die vom Rand des Florentinerhutes nicht viel weiter als bis zu den Ohrläppchen reichten, zeigten schon einzelne Silberfäden im dichten Gekräusel der brennroten Haare.

Der Wagen war in eine breite, von hohen Silberpappeln beschattete Straße eingebogen und hielt jetzt an einem großartigen Gittertor, aus dessen schmiedeisernen Ranken türkenbundartige Blumen mit vergoldeten Staubgefäßen blühten. Auf jedem der beiden Torflügel war das Wappen derer von Pinkenfeld mit dem goldenen Bienenkorb angebracht. Ein dunkellivrierter Diener, welcher an der daneben befindlichen Eingangspforte gewartet hatte, trat an den Wagen heran, um den Überzieher des aussteigenden Herrn in Empfang zu nehmen.

»Herr von Pinkenfeld zu Hause?« fragte dieser, während er mit raschen Schritten den etwas ansteigenden Kiesweg des Gartens hinaufging.

»Der gnädige Herr erwarten Euer Gnaden auf der Veranda.«

Da kam schon Pinkenfeld selbst dem Gaste entgegengeeilt.

»Es ist mir eine große Freude, Herr von Zweig, Sie bei mir zu begrüßen!«

»Ist Herr Wegrad schon da?«

»Er wird nicht lange auf sich warten lassen. Ich habe ihn natürlich sofort nach Eintreffen Ihres Telegramms davon verständigt, daß Sie ihn hier zu sprechen wünschen. Vielleicht wollen Sie inzwischen mein bescheidenes Heim besichtigen?«

Herr von Pinkenfeld scheute die orientalische Pracht, die Wegrad bevorzugte; sein Landhaus atmete den Geist Albrecht Dürers – wie der Architekt ihn eben verstanden hatte: butzenscheibenschwelgende Reißbrettrenaissance, kunstgewerbschulmäßige Fieberträume.

»Alles nürnbergerisch, echt mittelhochdeutsch!« beteuerte der Hausherr, während er seinen Gast herumführte. »Bloß die grünen Weingläser sind antik. Aber der Architekt sagt, man kann einen Johannisberger zu fünfundzwanzig Gulden die Flasche nicht anders trinken als aus Römern. Gut, sag' ich, so entwerfen Sie mir echt römische Römer, aber ins Nürnbergerische müssen sie passen; denn in meiner Villa, wo ich wohne, halte ich etwas auf Stil.«

Noch hatten sie nicht die Hälfte aller Sehenswürdigkeiten in Augenschein genommen, als der Diener meldete, Herr Wegrad sei da.

»Dann wollen wir gleich mit den Geschäften anfangen«, sagte Zweig.

In der großen Halle trat Wegrad ihnen entgegen.

Er sah gelangweilt und verstimmt aus. Auf dem Lande wollte er seine Ruhe haben.

»Ich habe meine Tarockpartie unterbrochen. Wenn der Herr von Zweig eigens herauskommt, so muß es sich um etwas Wichtiges handeln.«

»Es handelt sich auch um etwas Wichtiges«, sagte Zweig.

Die Herren nahmen auf der Veranda Platz. Der Diener stellte einen silbernen Eiskübel mit Wein und drei grüne Römer auf den Tisch. Herr von Pinkenfeld schenkte ein.

»Ich bin gewohnt, nicht viel Worte zu machen«, sagte Zweig. »In Geschäften geh' ich gern auf das Wesentliche los. Die Aktien der Marmorwerke Pentelikon stehen das doppelte über Nominale. Die Gesellschaft hat während der ersten zwei Jahre rund dreißig Prozent Dividende gezahlt. Haben die Herrn den Eindruck, daß sie prosperiert?«

»Sie steht ausgezeichnet«, sagte Wegrad.

»Da meine Bank mit einer nicht unbedeutenden Summe an dem Unternehmen beteiligt ist«, fuhr Zweig fort, »so hatte ich ein begreifliches Interesse daran, mich von dem Stande der Marmorwerke persönlich zu überzeugen. Ich nahm deshalb während einer kleinen Reise, die mich nach dem Süden führte, Gelegenheit, den etwas beschwerlichen Ausflug auf die Wegwacht zu unternehmen. Es ist fast eine Tagreise von der nächsten Eisenbahnstation. Die Herren kennen die Situation?«

»Ich bin leider nie dort gewesen«, sagte Pinkenfeld verlegen. »Man kommt so schwer dazu ...«

»Ich auch nicht«, sagte Wegrad. »Man hätte viel zu tun, wollte man alle Unternehmungen selbst besichtigen, an denen man mit ein paar Aktien beteiligt ist.«

Pinkenfeld lachte.

»Erlauben Sie, Wegrad, Sie sind doch Verwaltungsrat so gut wie ich.«

»Allerdings.«

»Und Hauptaktionär.«

»Gewesen.«

Pinkenfeld beugte sich über den Tisch und sah ihm von unten ins Gesicht, als hätte er nicht recht verstanden.

»Gewesen?«

»Bei der Hausse im letzten Frühjahr hab' ich einen größeren Posten abgestoßen.«

Zweig lachte, hob sein Glas und trank einen Schluck.

»Und da sagen die Leute, wir Juden seien die Schlauberger.«

»Ich hänge!« rief Pinkenfeld außer sich. »Ich hänge mit viermalhunderttausend Gulden!«

»Aber beruhigen Sie sich doch!« sagte Wegrad. »Was heißt das: Sie hängen? Wir reden doch gerade davon, daß Pentelikonaktien das doppelte über Nominale notieren!«

»Papier wird aus Lumpen gemacht«, sagte Zweig.

»Ich habe nie anders gehört, als daß die Marmorwerke auf der Wegwacht prosperieren.«

»Es gibt überhaupt keine Marmorwerke auf der Wegwacht«, sagte Zweig.

Wenn das altdeutsche Lüsterweibchen, das über dem Tisch schwebte, sich auf einmal heruntergeschwungen und einen Cancan getanzt hätte, die Verblüffung hätte nicht größer sein können.

»Es gibt überhaupt keine Marmorwerke auf der Wegwacht?«

»Ein Steinbruch ist da, in welchem ein paar Dutzend Arbeiter herumklopfen. Das sind die mit drei Millionen fundierten Marmorwerke Pentelikon.«

Mit zitternder Hand führte Pinkenfeld sein Glas an die Lippen, um die plötzlich ausgetrocknete Kehle zu befeuchten.

»Man hat offenbar noch nicht genügend Gestein erschlossen«, sagte er mit heiserer Stimme.

»Vorderhand hat man bloß erst die Börsen der Geldgeber erschlossen.«

Und Herr Zweig schilderte die Verhältnisse, die er vorgefunden hatte. Das große Werkshaus, für das in der Generalversammlung ein außerordentlicher Kredit in Anspruch genommen worden war, bestand aus einem elenden Holzschuppen, mit ein paar Strohschütten für die Arbeiter; der Betrieb war bloß an einigen wenigen, leicht zugänglichen Stellen und zwar nur ganz oberflächlich in Angriff genommen, von den Werkstätten für Steinbearbeitung, die es der Sage nach geben sollte, sah man vorderhand nichts als die Grundmauern, und die großartigen Anlagen für Steinsägen und -schleifereien im Tale unterhalb der Wegwacht, von denen man den Aktionären erzählt hatte, existierten ebensowenig wie die Förderbahnen, deren Anlage für eine ausgiebige Steinverwertung unbedingt notwendig gewesen wäre.

»Mit einem Wort: trostlos!« sagte er die Hände zusammenschlagend. »Ich weiß keinen besseren Vergleich als: Potemkinsche Dörfer!«

»Wie rechtfertigt sich Herr Polschitzky, unser Direktor?« fragte Wegrad aufgebracht.

»Den hat seit längerer Zeit überhaupt niemand mehr gesehen.«

»Wo soll er um Himmels willen stecken?«

»Wahrscheinlich in Amerika.«

»Der hätte uns also 'reingelegt?« rief Pinkenfeld, seine Bartkoteletten zerrend.

»Die Herren waren offenbar zu vertrauensselig.«

»Ich habe mich auf Wegrad verlassen«, sagte Pinkenfeld.

»Ich habe mich auf den Polschitzky verlassen«, sagte Wegrad.

»Und der Polschitzky hat sich auf Ihre ...«

Er brach ab, machte »Na!« und sah von einem zum andern.

Da fuhr aber der gewaltige Xaver Wegrad in die Höhe.

»Was wollen Sie sagen, Herr? Sprechen Sie zu Ende!«

Zweig machte eine müde abwehrende Bewegung mit der Hand und schien zu überlegen.

»Ich hätte mir's gleich denken können; schon der Name riecht nach ... nach – na!«

»Sprechen Sie nur zu Ende, bitte, sprechen Sie zu Ende!«

»Wir wollen uns doch lieber nicht ereifern, nicht wahr? Aber – Pentelikon, ich bitte Sie! Der Pentelikon liegt in Griechenland, so viel ich weiß, nicht bei St. Jodok in der Lüsen.«

»Mein Gott, man braucht eben einen gangbaren Namen!« sagte Wegrad, während er die Augen zudrückte und die Flügel seines Bartes durch die Hände gleiten ließ. »Der Marmor ist prachtvoll und gibt dem griechischen nichts nach. Ich habe die Proben durch hervorragende Fachleute prüfen lassen. Ein solches Material findet sich in ganz Österreich nicht wieder.«

»Wir sind 'reingelegt worden!« jammerte Pinkenfeld. »Ich bin ein ehrlicher Mann, ich verliere mein gutes Geld, wenn die Pentelikon abkracht.«

Herr Zweig neigte sich über den Tisch und dämpfte seine Stimme zum Flüsterton herab.

»Wir haben das Publikum an der Nase herumgeführt, meine Herren, und unsere einzige Entschuldigung ist, daß auch wir selbst an der Nase herumgeführt wurden.«

»Wer hat Sie an der Nase geführt?« brauste Wegrad abermals auf.

»Nur ruhiges Blut, bitte, wir bessern nichts, wenn wir hitzig werden!«

Alle drei schwiegen. Pinkenfeld schluckte und bemeisterte kaum seine Unruhe, während er mit groß aufgerissenen Augen wie in einen Abgrund starrte. Wegrad sah trotzig vor sich nieder. Zweig aber machte den Eindruck eines Schiffskapitäns, der angestrengt darüber nachdenkt, wie er sein Fahrzeug gegen die heranwälzenden Wellenberge steuern soll.

»Ich will Ihnen sagen«, begann er endlich, »wer mich, wer uns alle an der Nase herumgeführt hat. Das war die blinde Vertrauensseligkeit, die die ganze Geschäftswelt jetzt ergriffen hat, und die an kein Mißlingen mehr glauben will. Das war der Genius der Zeit, wenn Sie wollen, der großsprecherische Windbeutel, der den Menschen, die sich wie hungrige Mücken um ihn drängen, das Klingeln seiner Schellenkappe für klingendes Gold einzureden weiß. Ihm sind wir aufgesessen, meine Herrn, gestehn wir es nur offen ein, sprechen wir ein aufrichtiges *Pater peccavi* und suchen wir zu retten, was zu retten ist.«

»Und ist da überhaupt noch etwas zu retten?« rief Pinkenfeld mit verzerrtem Gesicht, während er sich den Schweiß von der Stirn trocknete. Es hatte ihn jene nervöse Zaghaftigkeit ergriffen, die auf den Börsen die oft unbegreiflichen Kursstürze verursacht und Glauben und Vertrauen plötzlich einschrumpfen und in sich selbst zusammenfallen läßt wie einen gefüllten Luftballon, in den man ein großes Loch geschlagen hat.

Herr Zweig, ein positiver und klarer Geschäftsmann, war nicht mit der Absicht gekommen, die Pentelikongesellschaft zugrunde zu richten. Im Gegenteile, es lag ihm daran, sie zu halten, er wollte sie nur auf eine neue Grundlage stellen, sie an Haupt und Gliedern reformieren, um über die hineingesteckten Kapitalien nicht das Kreuz machen zu müssen. Darum ließ er es sich angelegen sein, Pinkenfelds gesunkenen Mut wieder aufzurichten. Er führte aus, die Sache an sich sei nicht schlecht, nur der bisherige Betrieb unzulänglich und betrügerisch gewesen. Gegen die Qualität des Marmors wüßte er in der Tat nichts einzuwenden, und die Reichhaltigkeit der Lagerungen spotte aller Beschreibung; ganze Bergkoppen rings um die Wegwacht bestünden aus weißem Marmor. Um ein Nichts hätte man seine Aktien also doch nicht in der Hand, Werte, unermeßliche Werte lägen sicher da oben bereit und warteten nur darauf, heruntergeholt zu werden. Mit der Ausbeutung des unerschöpflich scheinenden Gesteins hätte man nun freilich kaum erst angefangen, und doch schon Unsummen Geldes dabei vertan. Aber er wolle nicht kleinmütig darüber klagen und sich lieber des Schützen erinnern, der dem verschossenen Bolzen noch einen zweiten Bolzen nachgesendet und dadurch den verlorenen zurückgewonnen hätte.

»Es bleibt nichts übrig«, schloß er, »als daß wir noch einmal von vorne anfangen. Die aufgewendeten Millionen sind hin; aber wenn es uns gelingt, noch ein paar weitere Millionen aufzubringen, so kann aus den Steinbrüchen auf der Wegwacht noch immer eine Goldgrube werden.«

Es gibt eine Bundesgenossenschaft der Hoffnung und eine solche der Verzweiflung. Die erstere, hungrig nach Erfolg, geht leicht an

Ungenügsamkeit zugrunde; die letztere, die im Mißerfolg wurzelt, ist zäh wie Kakteen, die aus dürrem Sande wachsen. Als Herr Zweig diesen Abend von den beiden Geschäftsfreunden an seinen Wagen geleitet wurde, war das Händedrücken so warm und das Abschiednehmen so herzlich wie nie zuvor. Der Geist der Zeit mit der wie Gold klingelnden Schellenkappe hatte für die Schuld der drei betrogenen Betrüger die erlösende Absolutionsformel gefunden: Sanierung der Pentelikon in *camera caritatis*.

Der gewaltige Xaver Wegrad aber, der bei dieser Sanierung nur ehrenhalber mitwirkte und sich hütete, Pentelikon-Aktien der neuen Emission zu zeichnen, tat sich im Stillen nicht wenig auf seine feine Nase zugute. Für einen ganzen Kerl hatte er sich schon lange gehalten, nun verschränkte er, wenn er über eine Transaktion grübelte, die Arme wie Napoleon – wie der Oheim natürlich, der Neffe war abgetan – und richtete den gedankenschweren Blick mehr nach innen als nach außen. Er erstand einen Großgrundbesitz im Waldviertel von Niederösterreich, ein Wald- und Wiesengut von fürstlicher Ausdehnung, schickte einen Agenten in die russischen Steppen, um dreihundert Mutterstuten aufzukaufen, und beschloß eine Kumysaktiengesellschaft mit zehn Millionen Grundkapital zu gründen. In dem Kurhaus, dessen Risse er selbst entwarf, sollten die zahlungsfähigen Lungenkranken von ganz Europa Unterkunft und Heilung finden. Im nächsten Frühjahr bereits, zugleich mit der großen Weltausstellung, zu der sich Wien und Österreich, ja die ganze zivilisierte Welt rüstete, würde die neue Anstalt eröffnet werden.

»Besen müssen sich sputen«, sagte er, »wenn ich kommandiere. Denn die geniale Konzeption allein tut es nicht, es gehört auch die Lancierung im richtigen Augenblick dazu.«

Und er entließ drei Architekten hintereinander, weil sie ihm nicht fix genug in der Herstellung der Pläne waren, und übergab die ganze Ausführung schließlich einer großen Baugesellschaft, an deren Spitze Haarhammer stand. Die Zeit des wirtschaftlichen Aufschwunges, die eifrig auf der Suche nach Fähigkeiten war, hatte diesen kenntnisreichen Mann aus seiner Verborgenheit gezogen und auf einen der verantwortungsvollsten Posten des Bauwesens berufen, wo er seine reiche Erfahrung, seinen eisernen Fleiß, seine mit Behutsamkeit verschwisterte Zuversicht mit Glück in den Dienst der Öffentlichkeit stellen konnte. Er war ganz plötzlich zu einer viel genannten und viel umworbenen

Persönlichkeit geworden, und Thom Bornschbögel, der ihn immer unterschätzt hatte, meinte eines Tages halb beschämt und halb spöttisch: »Jetzt wird man schon bald Sie zu dir sagen müssen.«

Aber Haarhammer schmetterte bloß sein ehernes Lachen und verstand nicht recht, wie der Schwager es meinte; wie er früher dessen Geringschätzung nicht bemerkt hatte, so bemerkte er jetzt nichts davon, daß sein Wert in Thoms Augen gestiegen war. Mit dem unbewußten Eifer eines aufgeweckten Knaben, der nicht hört und nicht sieht, wenn er mit seinem Steinbaukasten beschäftigt ist, war er an seiner Arbeit, niemandem zulieb und niemandem zuleid, und blieb, während er unter seinen Berufsgenossen für einen hervorragenden Fachmann galt, in allen menschlichen Dingen nach wie vor ein fröhliches großes Kind.

Im Laufe des Winters besuchte er einmal Frau Therese, um Erkundigungen über einen Instruktor einzuziehen, der ihm für seine Buben empfohlen war.

Haarhammer war ein seelenguter Mensch, er wäre sicher nicht gekommen, hätte er geahnt, was er tat. Er konnte nicht wissen, daß er eine schmerzende Stelle in Frau Mairolds Gemüt berührte, indem er den Namen Lois Birenz aussprach. Wußte er denn, welche Wohltaten sie dem Fabriksarbeiterskind erwiesen hatte? Wußte er, daß der kräftig herangewachsene junge Mensch eines Tages ohne Dank und Abschied dem Hause entflohen war, in welchem man ihm fast die Stellung eines gleichberechtigten Sohnes, Bruders und Enkels eingeräumt hatte? Und wußte er, wie weh, wie bitter weh Undank tut? O er wußte es nicht, sonst hätte er den Namen Lois Birenz nicht ausgesprochen! Nein er wußte von dem allen nichts, konnte nichts davon wissen, denn es war nie darüber geredet worden. Vermutlich tat es auch den jungen Leuten, besonders Doll bitter weh, daß die Sache mit Lois Birenz ein solches Ende genommen; wie auf Verabredung hatte man den Mantel des Schweigens darüber gebreitet.

Frau Therese wollte dem jungen Menschen nicht schaden. Sie beschränkte sich auf die Erklärung, daß Lois Birenz stets ein vorzüglicher Schüler gewesen sei.

»Das wurde mir am Gymnasium erzählt«, sagte Haarhammer. »Er soll ganze Klassen übersprungen und trotzdem seine Prüfungen mit ausgezeichnetem Erfolg bestanden haben. Das Lernen wird ihm leicht, es muß ein aufgeweckter Bursche sein. Aber damit allein ist mir nicht gedient. Ich möchte auch wissen, was für eine Gattung Mensch es ist, dem ich meine Kinder anvertraue. Und da ich höre, daß er eine Zeitlang in Ihrem Hause gelebt hat, so komme ich zu Ihnen.«

»Sonach bin ich zu voller Aufrichtigkeit verpflichtet«, sagte Frau Therese. »Der Lois Birenz war Jahre hindurch bei uns aufgenommen wie ein Kind des Hauses. Eines Tages aber, ohne jeden ersichtlichen Grund, hat er uns verlassen, ohne Dank, ohne B'hüt Gott. Sie werden begreiflich finden, daß mir das nicht gefallen hat. Wenn ich dadurch nicht irre an ihm geworden wäre, so würde ich ihn nicht nur für einen außerordentlich begabten, sondern auch für einen gutgearteten Menschen halten.«

»Und wodurch erklären Sie sich sein Verschwinden?« fragte Haarhammer.

»Ich habe keine Erklärung dafür. Sein Benehmen schmerzte mich, nicht als ob ich die kleinen Wohltaten, die ich ihm erweisen konnte, hoch anschlagen würde – nein! Seinetwegen hat es mich geschmerzt. Aber weil auch eine Ziehmutter die Liebe, die sie einmal an ein Kind gewendet hat, nie ganz verleugnen kann, so möchte ich Sie bitten, es trotzdem mit dem jungen Mann zu versuchen. Wahrscheinlich bereut er heute seine Unüberlegtheit von damals, und sicher hat er sie schwer gebüßt. Denn mittellos, wie er war, mag es ihm hart genug angekommen sein, auf eigenen Füßen zu stehen, nachdem er sich einmal an das Leben in unserem Hause gewöhnt hatte.«

»Vielleicht ist eine Art Proletarierstolz in ihm?« meinte Haarhammer.

»Jedenfalls hat er es mir unmöglich gemacht, ihm die Geldunterstützungen zuzuwenden, mit denen ich ihm auch nachher noch gerne geholfen hätte. Denn er war und blieb für uns verschollen.«

»Nicht hübsch in der Form, aber achtenswert«, sagte Haarhammer. »Sehr achtenswert sogar! Es ist nicht leicht für einen jungen Studenten, sich mit Lektionieren durchzuhungern, das weiß ich noch aus meiner eigenen Hauslehrerzeit!«

Er schmetterte sein ehernes Lachen.

»Dieser Lois Birenz interessiert mich«, sagte er sich erhebend. »Er muß ein ganzer Kerl sein! Wenn Sie mir's nicht übel nehmen, so versuch' ich es mit ihm.«

»Sie kränken mich!« sagte Frau Therese.

Haarhammer stutzte.

»Ich bin ein Esel!« rief er, sich vor die Stirn schlagend. »Übelnehmen! Sie! Als ob Sie etwas nachtragen könnten! Es war nur so eine ungeschickte Redensart. Weil das wirklich nicht schön von dem jungen Menschen ist, wissen Sie, daß er Ihre Wohltaten mit Durchbrennen lohnte. Nicht jede Frau hätte es über sich gebracht, ihm das heute nicht entgelten zu lassen! Aber so ein Gedanke reicht nicht an Sie heran, ich weiß es! Verzeihen Sie mir! Ich bin und bleibe halt ein ungehobelter Maurerpolier!«

Und abermals ließ er sein Lachen dröhnen und beugte sich nieder, um zutäppisch wie ein Bär Frau Mairolds Hand zu küssen. Er machte nie eine lächerlichere Figur, als wenn er galant sein wollte. Dann hätte auch ein Blinder es dem schwerfälligen und ungelenken Manne angemerkt, daß er aus den niedrigen Ständen hervorgegangen war. Aber Frau Therese sah wie der liebe Gott mehr aufs Herz als auf glatte und gewandte Umgangsformen. Sie hatte Zutrauen zu ihm und schätzte ihn aufrichtig. Und mit einem liebreizenden Lächeln, das von der Sonne ihrer Gunst vergoldet war, neigte sie ihr Haupt und entließ den wackeren Baudirektor mit dem Wunsche, er möchte den richtigen Lehrer für seine Buben gefunden haben.

* * *

Eine freudige Spannung, eine erhöhte Geschäftigkeit hatte sich seit Wochen im Mairoldschen Hause in der Luftschützgasse fühlbar gemacht. Herr Baudrillard war aus Nedweditz eingetroffen, die ungeheuren Kisten, die er vorausgesandt hatte, wurden in Gegenwart Frau Theresens, ihrer Kinder und des alten Herrn Bornschbögel geöffnet und ausgepackt. Es kamen wahre Wunderwerke der Webekunst zum Vorschein, Prachtstücke an Glanz, Farbe und Griffigkeit. Herr Baudrillard nahm ein jedes Stück behutsam, wie man ein neugeborenes Kind anfaßt, aus dem Behältnis, schlug das Steckkissen aus braunem Kartenpapier, in das es eingehüllt war, auseinander und ließ einen ganzen Wasserfall brausender Seide aus dem rasch um und um gedrehten Zeugwickel stürzen.

»Sehen Sie diesen Grosgrains an, Herr Bornschbögel, greifen Sie nur einmal, bitte, das fühlt sich – was? Da liegt etwas drin! Und erst der weiche Surah hier, wie das schmeichelt! Ein Hermelin ist eine Kratzbürste dagegen!«

»Der Faille, der Faille«, sagte der Großvater, – »das ist mein Liebling und immer mein Stolz gewesen. So einen Faille wie ich hat keiner gemacht. No, jetzt können's schon viele – aber in dem da, Herr Baudrillard, steckt noch was von der Familie, der Faille ist ein – sagen wir ein Großneffe von meinem Faille, er kann sich sehen lassen, ich mache Ihnen mein Kompliment!«

»Lyoner Technik«, bockte Baudrillard.

»Ah, was nicht gar! Lyoner Technik! Seit hundert Jahren machen wir in Wien einen solchen Faille!«

»Die Farben sind entzückend«, lenkte Frau Therese ab; »sie wetteifern mit deinen Hyazinthen, Vater. Es ist staunenswert, was für Fortschritte die Färberei macht. Wenn einer von den Buben Lust hätte, Färber zu werden – das fänd' ich gar nicht ohne.«

»Geh', hör mir auf! Sein Lebtag mit blauen Händen herumlaufen!«

»Ich nicht!« sagte Doll.

»Ich auch nicht!« riefen Wolfi und Franzi wie aus einem Munde.

Christl und Moini, als Kronprinzen der Firma, die unter Herrn Fanedls Leitung bereits in die Geheimnisse der Buchhaltung eingeführt wurden, hielten es für überflüssig, ein so unwürdiges Ansinnen auf sich zu beziehen.

Ludger Herrnfeld hatte sich eingefunden und half bewundern. Bei dieser Vorschau für die Weltausstellung ließen die Glanzleistungen der Firma Mairold sich bequemer betrachten, als wenn sie sich bereits im Südtransept der Rotunde hinter den Schaufenstern befunden hätten.

»Schwarzer Faille!« kündigte Baudrillard an und ließ ein ganzes Meer von Nacht über den ausgebreiteten Farbenfrühling fluten.

Der Großvater war hingerissen.

»Kruzichineser, noch einmal, vor dem Färber muß man freilich den Hut abnehmen! Wer ist es denn?«

Baudrillard nannte eine französische Firma.

»Wird denn Schwarz noch allweil in Lyon gefärbt?«

»Was soll man machen, wenn sie's bei uns nicht herausbringen?«

»Ich sag's ja, Patzer sind sie, unsere Färber!«

»Gerade deswegen«, meinte Frau Therese: »wenn einer von den Buben ...«

»Damit er auch so ein Patzer wird!« brauste der Großvater auf. »Überhaupt – ist das eine Tätigkeit: den ganzen Tag in der Sauce herumpritscheln?«

»Es muß halt doch einer sein, der's macht«, sagte Frau Therese lachend.

»Ich nicht! Ich nicht!« riefen Doll, Wolfi und Franzi.

»Recht haben sie!« entschied der Großvater, der nun einmal den Färbern nicht hold war. »Rauchfangkehrer muß es auch geben, deswegen werde ich doch keinen von den Buben Rauchfangkehrer werden lassen!«

»Es gibt eine Menge solcher notwendiger Übel«, sagte Herrnfeld belustigt: »den Webstuhlmechaniker, den Seidenhändler, den Garnhändler, den Färber, den Appreteur ...«

»Und der Färber«, sagte der Großvater eifrig, ohne den Spott zu merken, »der ist das schlimmste von allen notwendigen Übeln. Einem Färber trau' ich nicht über den Weg, da kann man nachwägen so genau, als man mag, dem Färber seine Gewichte haben doch alleweil ein anderes G'wicht.«

Baudrillard lachte. Er kannte die Geringschätzung der Fabriksherrn für die Hilfsgewerbe, ohne die sie doch nicht hätten bestehen können, und sagte: »Wer ein solches Schwarz färben kann, der ist kein Patzer, Herr Bornschbögel. Aber in dem Punkt sind sie in Frankreich halt wirklich voraus.«

»Ist ihnen vergunnt. In vielen andern Punkten humpeln sie eh' hinten nach.«

»Ich bitte, eine Nation, die spielend fünf Milliarden zahlt.«

»No ja, die Milliarden, die Milliarden! So viel haaren die Nichtstuer, die sich unterhalten wollen, in einem Jahr allein in Paris. Aber wie schaut es zum Beispiel mit den Schulen aus? Da hab' ich erst neulich im ›Allerlei‹ vom Fremdenblattl« – er sprach das ›Allerlei‹ mit einem sehr hellen und reinen A, weil er Respekt vor allem Gedruckten hatte – »da hab' ich erst neulich wahre Schaudergeschichten über das Schulwesen in Frankreich gelesen, daß mir die Grausbirnen aufgestiegen sind.«

»Das ist noch ein Andenken, Herr Bornschbögel. Ein Andenken an den Napoleon, diesen ... diesen ... geschminkten Charlatan!« ...

Er war puterrot geworden. Der nationale Gram stieg ihm in die Kehle.

»Das ist ein Andenken an die elende Pfaffenwirtschaft, an das Unterrockregime der Spanierin. Aber haben Sie nur Geduld, der Jules Simon ist an der Arbeit, und wir Franzosen, wissen Sie, wir Franzosen ...«

»No, no, no!« machte der Großvater gutmütig. »Ich sag' nichts gegen die Franzosen.«

»Sind Sie überhaupt noch einer?« fragte Herrnfeld. »Ich wette, wenn's drauf ankäme, so könnten Sie nicht einmal mehr ohne Germanismen französisch parlieren.«

»Was man einmal gewesen ist, das bleibt man auch. Und wenn die Nation ins Unglück kommt, das geht einem jeden nahe.«

»Nehmt euch ein Beispiel!« sagte Herrnfeld zu den jungen Leuten. »Stellt euch einen Deutschen vor, der von Kindheit auf in Frankreich gelebt hätte – was wäre dem Hekuba, daß er um sie sollt' weinen?«

»Oder gar ein Österreicher!« rief Christi.

»Weil der Österreicher keine Nation hat«, sagte Moini.

»Sind wir vielleicht nicht Deutsche?« flammte Doll auf.

»Wenigstens keine Prussiens, hoffentlich«, sagte Baudrillard. »Eine Ehre wäre das gerade nicht – wie die in Frankreich gehaust haben. Übrigens war es gut so. Die Nation hat ihre Freiheit zurückgewonnen, und die Revanche bleibt nicht aus. Erledigt!«

Er fuhr fort, seine Stoffe zu zeigen.

»Das ist unser neuer Satin merveilleux. Der kommt zum erstenmal in den Handel und soll durch die Ausstellung lanciert werden.«

»Lanciert werden!« sagte der alte Bornschbögel ungehalten. »Sie reden bald wie der Wegrad. Was braucht denn ein Stoff lanciert werden, wenn er gut ist?«

»So gemütlich, Vater, wie zu deiner Zeit«, lachte Frau Therese, »geht es nicht mehr zu. Heutzutage muß man fast mehr Kaufmann sein als Fabrikant.«

»Werrmiliöh, werrmiliöh – was soll denn das heißen? Ein Satin ist es halt. Deswegen kauft doch keiner eine Elle mehr, weil er Werrmiliöh heißt?«

Alle lachten herzlich über den guten Großvater, Doll aber sagte: »Es ist auch wirklich wahr, warum müssen wir immer die Affen der *Grande nation* sein? Gerade als ob wir uns unserer Sprache zu schämen hätten!«

»Im Handel«, verteidigte sich Baudrillard, »sind Bezeichnungen, die einen internationalen Klang haben, unentbehrlich. Und nun gar für eine Weltausstellung!«

Und er fuhr fort, seine Schätze auszukramen, und zeigte die Damaste und die Brokate und dann die Samte und die Atlasse. Da schlich der

Großvater sich sachte von dannen und kam nicht mehr zum Vorschein. Als es Frau Theresen zur Gewißheit wurde, daß er wirklich nicht zurückkehren würde, erschrak sie heftig und dachte nicht anders, als daß das Lachen über den Satin merveilleux ihn verstimmt und gekränkt hätte.

Sie nahm Vefi beiseite, die des alten Herrn Liebling war, und trug ihr auf, ins Stockwerk hinaufzugehen, um Nachschau zu halten, was mit dem Großvater wäre, und ihn womöglich wieder zu versöhnen. Das Sonnenkind lief, was es laufen konnte, stand mit pochendem Herzen vor der Tür von Großvaters Arbeitszimmer und lauschte. Als sich aber nichts rührte, öffnete sie behutsam und lugte hinein, da saß der alte Herr vor seinem Pulte und strichelte gemächlich an einer Federzeichnung.

»Großvater?«

»Je, die Veferl? Komm einer, Kind, komm einer!«

»Was machst du denn Schönes, Großvater?«

Er legte die Feder hin, schob die Hornbrille in die Stirn und lehnte sich recht weit zurück, um das Bild ordentlich zu betrachten.

»Das ist die Stadt Salzburg«, sagte er aufgeräumt. »Wie ich noch jung war, bin ich einmal durchgewandert. Mit einem Ranzen auf dem Rücken und einem Stock in der Hand. Und dann über den Paß Luegg die Salzach aufwärts und in die Hohen Tauern hinein. Denn das Herumkraxeln in den Bergen hat mir immer eine Mordsfreude gemacht.«

»Jetzt steigst du aber nie mehr in die Berge, Großvater?«

»Weil ich ein altes Kramperl bin – no, brauchst dich nicht zu wehren, ein altes Kramperl ist dein Großvater. Aber wer weiß, probier' ich's noch einmal? Ja, wenn mich einmal recht der Hafer sticht, dann probier' ich's und geh noch einmal auf die Wander ... Siehst, da oben«, sagte er, seine Federzeichnung erläuternd, »wo die große Burg steht, da haben früher die Erzbischöfe gehaust. Das waren aber mehr Ritter als geistliche Herrn, und viele von ihnen haben einen Knebelbart getragen.«

»Geh, einen Knebelbart?« wunderte sich Vefi.

»Jawohl, einen wirklichen Knebelbart«, sagte der Großvater. »Aber wie schaust du denn eigentlich aus, Veferl? Sonst hast du da« – er tippte ihr mit dem Zeigefinger zuerst auf die eine Wange, dann auf die andere – »sonst hast du da ein Paar Lachgrüberln, so groß wie ein

Regenbogenschüsserl – wo sind denn die hingekommen? Und die Äugerln sind auch nicht so blankgeputzt wie gewöhnlich. Sag' – ist dir was über das Leberl geloffen, Kind?«

Verlegen schlug das Mädchen den Blick zu Boden, nahm einen von den dicken dunklen Zöpfen nach vorne, in die der frühere Schüttelkopf sich verwandelt hatte, und nestelte an dem Flechtenband.

»Ich hab' nur – eine solche Angst, Großvater« ...

»Und warum denn, Veferl?«

»Daß du am Ende böse bist.«

»Geh, hör mir auf, warum soll ich denn böse sein?«

»Weil wir doch alle so gelacht haben.«

»Ach, wegen dem Satin Werrmilliöh, oder wie er heißt? Und da habt ihr euren alten Großvater ordentlich ausgelacht, weil ihm das französische Kauderwelsch ein spanisches Dorf ist?«

»Es war nicht ausgelacht«, beteuerte Vefi, »das mußt du nicht glauben, Großvater! Es war nur gelacht überhaupt.«

»No ja, da könnt ihr lachen, so viel ihr wollt, deswegen genier' ich mich noch lange nicht. Ich hab's halt nicht gelernt, weißt du, in meiner Jugend war das noch nicht so mit dem Lernen, da hat es brav geheißen im Stuhl sitzen und die Weberschütze schmeißen.«

Vefi legte den Arm um seinen Hals und sah ihm beglückt in die Augen.

»So bist du nur deswegen fortgegangen, Großvater, damit die Stadt Salzburg bald fertig wird?«

»Ja freilich! Und dann noch aus einem andern Grunde. Weil der Baudrillard mit seinem Atlas gekommen ist. Und siehst du, das ist so. Zu meiner Zeit, da hat man den Atlas aus schwerer Seide gewebt, und es war eine gediegene und ehrbare Webe. Heute nehmen sie statt Trama englischen Baumwollenzwirn in die Kette, und wenn ich einen Halbseidenatlas seh', das dreht mir halt den Magen um. Deswegen bin ich fortgegangen.«

»Aber Großvater«, sagte Vefi eifrig, »da mußt du mit der Mutter reden, und die wird es Herrn Baudrillard sagen, daß er keinen Zwirn mehr in den Atlas verweben lassen darf. Denn wenn es dir nicht recht ist, so muß es auch abgestellt werden.«

»Taschen, du! Taschen!« sagte er zärtlich und faßte sie lachend mit beiden Händen am Kopf. »Oh du Taschen, du Taschen!«

Sein Lachen ging in einen heftigen Husten über, er wurde ganz rot vor Lachen und Husten. Da zog er sein großes blaues Leinentuch aus dem Rocksack, wischte sich die Augen und schneuzte sich.

»Jetzt, das ist wieder so«, sagte er ernst: »Der gasierte Baumwollenzwirn kostet nur ein Zehntel von dem, was Kettseide kostet, verstehst du? Und wer kein Fachmann ist, der kennt einen gutgedeckten Halbseidenatlas von einem ganzseidenen gar nicht auseinander – äh konträr, der halbseidene hat sogar noch einen stattlicheren Griff. Was willst du also machen? Die Konkurrenz zwingt einen dazu, mit dem Fortschritt zu gehn, auch wenn der Fortschritt bei Licht besehn eigentlich ein Rückschritt ist. Darum red' ich auch nichts drein. Vernünftig ist es ja, was sie machen, und sein muß es auch. Die Jungen, die sollen sich an den Zwirn gewöhnen, unsere ganze Zeit ist Zwirn. Ich aber, ich brauch' vor dem Zwirn kein Buckerl zu machen, ich spiel' nicht mehr mit. Das ist das einzige Schöne am Alter, daß man nicht mehr mitspielen braucht, wenn man nicht mag. Und wenn einen der sogenannte Fortschritt anfangt weh zu tun, weil man von der Vernunft allein nicht satt wird, und weil man da auf der linken Brustseiten so ein komisches Ding drin hat, das an allerhand schönen Erinnerungen hängt – so ist es am gescheitesten, man schleicht sich schön stat davon. Siehst, Veferl, deswegen bin ich fort'gangen, wie der Baudrillard mit seinem Atlas gekommen ist; aber bös wegen dem Lachen war ich nicht, was dir nicht einfallt, werd' doch auf mein Veferl nicht bös sein, wegen dem dummen Satin da, dem Werrmiliöh!«

Vefi fiel ihm um den Hals und küßte ihn und drückte ihn, war unsäglich dankbar, und die Augen glänzten wieder, und die beiden Grübchen in den Wangen waren auf einmal wieder da.

Die Tür ging auf, Frau Therese trat ein, mit etwas befangener Miene, weil sie auch noch immer fürchtete, die Heiterkeit, der sich alle hingegeben hatten, könnte ihn verstimmt haben. Aber auf den ersten Blick gewahrte sie, daß das Wetterglas auf Sonnenschein stand und ihre Sorge überflüssig gewesen war.

»Gut, daß du kommst«, rief der Großvater ihr entgegen; »ich möchte dir schon lange etwas zeigen – jetzt wollen wir einmal sehen, ob du gut raten kannst.«

Er hatte sich erhoben und trippelte eifrig gegen das Fenster, machte aber plötzlich Halt und meinte: »Eigentlich wüßt' ich gern, wer es zuerst errät. Sie sollen alle heraufkommen! Geh, Veferl, sag's ihnen: es gäbe was Merkwürdiges zu sehen, beim Großvater.«

Flink wie eine Schwalbe flog Vefi davon, und es dauerte nicht lang, so wurde die Treppe gestürmt und hallte von vielen Schritten wider. Die ganze Enkelschar brauste herauf, von Christl angefangen, dem schon ein stattliches Gekrause von Bartflaum um Kinn und Wangen dunkelte, bis herunter zum Franzl, der damals, Anno sechsundsechzig, keinen Geringeren als den Kronprinzen von Preußen auf die Mahlzeit hatte warten lassen, weil es ihm gerade beliebte, die seinige einzunehmen, und aus dem inzwischen ein siebenjähriger, schlanker, braunschwarzer Käfer von echt Mairoldschem Gepräge geworden war. Um die Wette mit den Kindern eilte auch Ludger die Stiege hinan, mit seinen langen Beinen immer gleich drei oder vier Stufen auf einmal nehmend, bis Käthi, die Goldgelockte, Einspruch erhob und behauptete, mehr als zwei Stufen zu nehmen, gelte nicht. Da faßte er sie an der Hand und schwang sie mit sich aufwärts, daß sie jauchzte und die Stufen nicht mehr zählte. Und wirklich langten sie unter den ersten oben an, wo sie auf die Vordermänner stießen, während sie von den Nachfolgenden gestoßen wurden, denn die Abstände waren gering; und so gingen sie, soweit die Breite von Großvaters Tür es zuließ, alle miteinander fast gleichzeitig durchs Ziel, was den alten Herrn nicht wenig belustigte. Es freute ihn, daß der Einladung, den Schauplatz seines Fleißes zu betreten, mit so offensichtiger Begeisterung Folge geleistet wurde. Und als schließlich, sehr verspätet aber doch, noch Baudrillard erschien, der sein wackeres Bäuchlein bedächtig den anderen nachgetragen hatte, empfing ihn ein allgemeines Hallo, und die Heiterkeit wollte kein Ende nehmen.

Was gab es nun Merkwürdiges beim Großvater zu schauen? Er führte seine Gäste ans Fenster und zeigte hinaus, über das Gewoge der braunen Dächer und grünen Kuppeln: »Was ist es, das man dort sieht?«

In weiter Ferne ragte etwas aus dem bläulichen Dunst, das früher nicht dagewesen war, und glitzerte in der Sonne wie lauteres Gold.

»Das ist ein Leuchtturm!« rief Franzl.

»Es brennt doch kein Licht darin«, sagte Vefi; »was so blitzt, ist bloß Widerschein der Sonne.«

»Und es wäre auch überflüssig, bei hellem Tage ein Licht anzuzünden«, meinte die kluge Niki.

»Es ist ein Kirchturm«, entschied Käthi.

»Für einen Kirchturm ist es nicht spitz genug«, gab Wolfi sein Gutachten ab.

Und Käthi wieder: »Es ist halt ein breiter Kirchturm!«

Christl hatte nur einen raschen Blick auf den sonderbaren Gegenstand in der Ferne geworfen und sich dann nachdenkend in sich selbst zurückgezogen: »Ich habe gelesen«, sagte er jetzt, »daß unten in der Weltausstellung ein ganzer ägyptischer Palast aufgeführt wird; vielleicht ist es die Spitze eines Minaretts?«

Doll, der im Herbst ans Polytechnikum übergetreten war und im Vermessungswesen sich einen Blick für Abschätzung und Bestimmung von Lagen angeeignet hatte, meinte: »Der Richtung und Entfernung nach ist es ganz bestimmt im Prater. Aber die Spitze eines Minaretts sieht anders aus. Das Goldene, das so funkelt, hat fast die Form einer Krone.«

»Es ist die Rotunde im Prater!« rief Moini.

»Es ist die Rotunde!« bestätigte der Großvater. »Der Moini hat's erraten.«

Schon seit längerer Zeit hatte er wahrgenommen, wie da drüben, wo die Praterauen liegen mußten, ein seltsames Gerüstwerk über dem Häusermeer emporzutauchen begann. Erst wußte er selbst nicht recht, was daraus werden sollte, und beobachtete es Tag für Tag durch den Feldstecher. Er sah es wachsen, und je mehr es wuchs, um so größer wurden seine Ahnungen. Aber er hatte niemand davon erzählt und wartete nur voll Spannung auf den Augenblick, wo das Baugerüste fallen würde. Und wirklich leuchtete eines Tages eine riesige goldene Kaiserkrone in der Frühlingssonne. Nun wußte er, daß er sich nicht getäuscht hatte, und daß es wirklich die Laterne und oberste Bekrönung der Rotunde war, des himmelragenden Industriepalastes, der den Mittelpunkt der Weltausstellung bilden sollte. Und es beglückte ihn, daß er dieses bedeutsame Wahrzeichen von seinen Fenstern aus sehen konnte. Es war ihm ein Symbol der Größe Österreichs. Ein Symbol des verjüngten und gleichsam neugeborenen Vaterlandes. Sieben Jahre nach den fürchterlichen Niederlagen auf den böhmischen Kriegsschauplätzen lud dieses aus dem tausendjährigen Verband mit Deutschland losgelöste Reich, das zum ersten Male in der Weltgeschichte den Versuch unternahm, acht oder neun verschiedensprachige Nationen zu einem modernen und fortschrittlichen Gemeinwesen gleichberechtigter Bürger zusammenzuschließen, die Völker des Erdballs zu friedlichem Wettstreit ...

Schweigend und überrascht von dem unerwarteten Anblick sahen die Enkelkinder auf das großartige Wahrzeichen hinüber. Und den guten alten Großvater, der mitten unter ihnen stand, überkam es fast wie Ergriffenheit. Aber er sagte nichts davon, bloß seine Stimme wackelte ein wenig, als er jetzt wiederholte: »Ja, seht ihr, das ist die Rotunde ...«

»Wenn ich denke«, sagte Frau Therese ernst und unwillkürlich hineingezogen in den Bannkreis der unausgesprochenen Gefühle des Großvaters – »wenn ich denke, was sich in der kurzen Zeit seit dem Kriege alles verändert hat ... Der Napoleon in der Verbannung gestorben, die Soldaten des Königs in Rom einmarschiert, ein stolzes Deutsches Reich wiedererstanden, und Österreich –«

»Ein Dorado der Börsenjuden geworden!« ergänzte Herrnfeld.

»Und Österreich«, sagte sie streng, »ein aufblühender Verfassungsstaat, ein Hort segensreicher Kulturarbeit!«

»Die Börsenjuden«, stand der alte Bornschbögel ihr bei, »die machen noch lange kein österreichisches Volk, wiewohl daß mehr als die Halbscheid davon Christen sind.«

»Aber auch die Kaiserkrone da oben«, meinte Baudrillard, »macht aus den einander feindselig gesinnten österreichischen Nationen noch lange kein österreichisches Volk.«

Die Kinder hatten sich an die Fenster verteilt, und die den Feldstecher nicht hatten, warteten ungeduldig, bis der, der so glücklich war, ihn gerade in den Händen zu halten, den sonderbaren Fund am Horizont genugsam betrachtet hatte.

»Ich seh' es ganz deutlich, es ist eine richtige Krone!« jubelte Käthi.

»Und wenn man es recht versteht, so hat sie auch ihren guten Sinn«, wendete der Großvater sich an Baudrillard. »Unsere Königreiche und Länder streiten ja gern ein bissel miteinander, wenn es um die hohe Politik geht; aber mit ihrem Gewerbe und ihrer Industrie, mit ihrem Fleiß und ihrer Arbeit, mit dem Besten, was sie sind und leisten, bringt man sie doch leicht unter einen Hut, unter den Hut des Kaisers nämlich. Das ist ein Segen für jeden einzelnen wie für das Ganze.«

»Ist es wirklich ein Segen für uns Deutsche?« fragte Doll.

»Denke nur«, rief Frau Therese – »wenn man all die Kräfte, die die österreichischen Nationen in müßigem Zank verbrauchen, zusammenfassen und in die Bahnen fruchtbarer Arbeit leiten könnte!«

»Die junge Kaiserkrone zu oberst auf der Rotunde«, fuhr der Großvater fort, »kommt mir vor wie eine Mahnung an das neue Österreich, das ganz etwas anderes ist als das alte Österreich; denn früher war es eine Handvoll Provinzen, denen man von Wien aus diktiert hat, jetzt soll es ein einiges Reich werden, das sich selbst regiert. Jetzt heißt es zeigen, daß die Menschen, die da um die Donau und die Moldau, die Drau und die Etsch herumwohnen, in den fast zweitausend Jahren seit Christi noch etwas anderes gelernt haben als miteinander raufen. Sie gehören halt einmal zueinander, und daran muß man sie erinnern, so oft als möglich. Darum steht auch über dem Eingangstor der Rotunde in goldenen Buchstaben der Wahlspruch unseres Kaisers geschrieben: *Viribus unitis*. Und das bedeutet, hab' ich mir sagen lassen, zu deutsch so viel wie: Halt's z'samm!«

»Wie lang ist es her«, sagte Ludger, der seinen skeptischen Tag hatte, »daß der Rattenkönig nach allen Richtungen der Windrose auseinanderstrebte? Sahen wir nicht erst kürzlich die Böcke zu Gärtnern, die Länder zu Hütern des Staates machen? Haben Sie die Fundamentalartikel des Grafen Hohenwart vergessen, die die Böhmische Autonomie begründen sollten? Es fehlte nicht viel, daß man ein Schußgeld aussetzte, für jeden Deutschen, der sich im Bannkreis der Wenzelskrone blicken ließe! Und jetzt sollen wir an die Kaiserkrone da oben glauben? Noch weigern sich die Tschechen, Österreicher zu sein, die große Wahlreform, die das Zentralparlament von den Landtagen emanzipiert, ist ihnen ein Dorn im Auge, und weder der Staatsanwalt noch die Bajonette unserer sogenannten liberalen Regierung haben sie kirre gemacht. Sie pochen darauf, daß die Gräber aller österreichischen Ministerien in Böhmen liegen, und appellieren genau wie die Parteien von achtundvierzig vom schlecht unterrichteten an den besser zu unterrichtenden Kaiser. Mit einem Worte, sie befinden sich auf dem Wege, ihren Kopf durchzusetzen; denn den ungebärdigen Kindern reicht man bei uns von je Zuckerbrot, während die gutwilligen leer ausgehn.«

»Das ist aber auch eine Spottgeburt von Liberalismus«, sagte Baudrillaid, »der mit Zeitungskonfiskationen und Bajonetten arbeitet!«

»Um eine Omelette zu kochen, muß man Eier zerbrechen!« rief Doll.

Herrnfeld legte ihm die Hand auf die Schulter und sah ihm in die Augen.

»Bist du so einer, Doll?«

Er sagte es mit einem tiefen, ernsthaften Staunen, daß Doll unwillkürlich seinem Blicke auswich. Auf der Hochschule, in der Lesehalle, hatte er ein Kunterbunt von politischen Ideen in sich gesogen, die gährend in ihm durcheinanderschäumten. Die studentische Überlieferung von achtundvierzig war noch wach, der neue bürgerliche Liberalismus sah halb und halb wie eine Erfüllung aus, die starke Faust, die Deutschland zusammenhielt, erregte Begeisterung in den jugendlichen Gemütern.

»Im Kampf der Völker«, verteidigte er sich, »gelten andere Gesetze als im Leben des einzelnen.«

Indem er ihm einen leichten Backenstreich verabreichte, wendete Herrnfeld sich ab, steckte die Hände in die Hosentaschen und sagte: »Blut und Eisen, nicht wahr? Hm, hm! Ja, ja!« ...

»Blut und Eisen, das ist eine preußische Melange!« eiferte der alte Bornschbögel. »Damit zwingt man die Menschen nicht zur Liebe! In Österreich brauchen wir etwas anderes: Geduld und gegenseitiges Verstehen!«

»Ein bissel schwierig ist es halt im Anfang«, meinte Herrnfeld lachend.

»Aller Anfang ist schwer, und wenn mehrere Parteien auf ein und demselben Herd kochen sollen, so kommen sie einander gern in die Haare, das ist schon einmal nicht anders. Mit der Zeit aber lernen sie sich vertragen, weil es sein muß, und weil es allen von Nutzen ist. So weiden auch die Herrn Böhmaken, die sich jetzt in Prag ein Extrawürstel braten möchten, nach und nach Räson annehmen und an der gemeinsamen Suppe mitkochen. Und wenn es erst zum Essen kommt, dann wird schon gar niemand fehlen wollen. Dann werden sie sich's wacker schmecken lassen, alle miteinander, und einsehen lernen, daß an der Kaiserkrone doch etwas dran ist. Das Grünzeug zu der Suppen kommt aus dem Marchfeld, der gebackene Karpfen stammt aus Böhmen und das saftige Rindfleisch aus Ungarn. Über einen steirischen Kapaun geht schon einmal nichts, als Mehlspeise ist das polnische Topfen-Haluschka nicht zu verachten; die Tiroler liefern Käs und

Butter, die Furlaner Früchte und Trauben. Dazu ein Glas feurigen Weins von den Hängen des Wienerwaldes – wer möchte da nicht mit anstoßen?«

Alle mußten lachen, wie der Großvater die schwierigen politischen Fragen auf gut Wienerisch löste. Und er lachte selbst mit und meinte zum Schluß: »Jetzt werdet ihr glauben, ich denk' nur alleweil ans Essen, wie es schon einmal geht, wenn man alt wird. No, ich kann's nicht leugnen, ich halt' etwas auf ein gutes Papperl. Aber das mit dem österreichisch Kochen und österreichisch Essen, das hab' ich doch mehr vergleichsweise gemeint. Es ist auch nicht bloß das leibliche Sattwerden, an das ich denke. Wenn sich die verschiedenen Völker unseres Vaterlandes einmal vertragen und friedlich nebeneinander an der reich gedeckten österreichischen Tafel Platz nehmen wollten, so wär' es auch sonst nicht zu ihrem Schaden. Denn ein jedes von ihnen hat seine Fehler und seine guten Eigenschaften, und so ein Ausbund an Gescheitheit und Vollkommenheit ist keines, als daß es nicht von den andern noch eine Menge zu lernen hätte.«

So ungefähr gingen die Gespräche, zu denen das goldene Wahrzeichen jenseits des Häusermeeres den Anlaß gegeben hatte. Die Frühlingssonne war untergegangen, die riesige Kaiserkrone in der Ferne funkelte nicht mehr und verschwamm allmählich in dem bräunlichen Dunst und Nebel, der über der Stadt lag; wenn man sie nicht früher gesehen hatte, in ihrem Glänze, so konnte das Auge sie jetzt kaum mehr unterscheiden.

Schließlich empfahlen sich die Gäste und ließen den alten Herrn allein, der es sich nicht nehmen ließ, sie bis an seine Wohnungstür zu geleiten. Denn er vernachlässigte auch den nächsten Verwandten gegenüber nicht die Formen, die er aus der guten alten Zeit mit herübergenommen hatte.

Die Worte des Großvaters, die sich auf die Versöhnung der Völker bezogen, gingen Doll nach, während er an der Seite Frau Theresens die Treppe hinunterstieg. Er begriff nicht recht, wie sie zu verstehen wären. Die Völker Österreichs hätten manches von einander zu lernen? Und das sollte auch von den Deutschen gelten? Was konnten Deutsche von Polen und Ruthenen, von Tschechen und Perwaken lernen? Waren die Deutschen in Österreich nicht das Kulturvolk unter minderwertigen Nationen? Er glühte für sein Volk und hatte die Worte des Großvaters nur deshalb unwidersprochen gelassen, weil er den alten Herrn über alles liebte und nicht störrisch und unehrerbietig erscheinen wollte.

»Weißt du, Mutter«, sagte er jetzt, »was wir Deutsch-Österreicher von den andern Völkern lernen können? Rücksichtslosigkeit in nationalen Dingen!«

»Sagen wir: Anhänglichkeit ans eigene Volk«, versetzte sie. »Liebe zur nationalen Art! So sind wir einig.«

Ludger Herrnfeld, der mit Käthi vor ihnen ging, wendete sich um: »Und noch etwas könnten sie lernen. Mehr Kinder kriegen als die Slawen, sonst werden wir doch aufgefressen!«

»Ich denke, ich hätte gerade genug«, lachte Frau Therese.

»Sie sind aber auch eine rühmliche Ausnahme!«

* * *

Die Festreden und Jubelgesänge waren verhallt, die Weltausstellung hatte ihre Pforten geöffnet.

Schon lange vorher waren Christi und Moini ständige Gäste im Prater gewesen, es fiel ihnen die Aufgabe zu, mit Baudrillard die großen Warenschränke im Südtransept der Rotunde einzurichten, hinter deren Schaufenstern die Seidenstoffe und Samte des Hauses Mairold schimmerten. Am Tage der feierlichen Eröffnung durfte auch Doll die Mutter begleiten. In schier endloser Reihe bewegte der Zug der Mietwagen und Equipagen sich über die Ringstraße bis zum Praterstern und die Hauptallee des Praters entlang bis zum Eingangstor des umfriedeten Ausstellungsplatzes. Ganz Wien schien in Bewegung. Aber es war, als ob der Himmel nur zögernd die Festesfreude der Menschen segnen wollte. Ein scharfer Wind fegte durch die Straßen, und hie und da ging ein feiner Strichregen nieder. Erst gegen Mittag klärte die Witterung sich auf, ein Strahl Sonne brach aus dem Gewölk, gerade noch rechtzeitig, daß Doll, ehe er mit der Mutter und den Brüdern die Stufen zum Hauptportal hinanstieg, die goldene Kaiserkrone konnte aufleuchten sehen, deren stattliche Größe er erst jetzt recht zu schätzen vermochte, wo sie so nahe, wenn auch immer noch in unermeßlicher Höhe über ihm, auf dem umgestülpten Riesentrichter der Rotunde schwebte.

Es war eine verwirrende Fülle von Eindrücken, die sein empfängliches Gemüt berauschten. Die Flaggen aller Völker des Erdballs flatterten im Winde, und in das Hochrufen einer unübersehbaren frohbewegten Menschenmenge mischte sich das feierliche Donnern der Geschütze. Die Uniformen der Hofwürdenträger und der Erzherzöge, die sich einer nach dem andern einfanden, bildeten mit den erlesenen Frühlingskostümen der Damen einen Halbkreis von nie gesehener Pracht vor der riesigen Eingangspforte der Rotunde, und als, auf die Minute genau, zur festgesetzten Stunde der Kaiser im sechsspännigen Galawagen vorfuhr, brausten, von einem Dutzend Militärkapellen gleichzeitig gespielt, die Klänge der Volkshymne gegen den Himmel. Doll sah, wie der Monarch mit einer Ansprache begrüßt wurde, und wunderte sich, daß er, nachdem er dem Erzherzog Protektor und den Präsidenten der Ausstellung die Hand gereicht hatte, nicht eintrat, sondern sich umwendete und mit seinem elastischen Schritt in militärischer Haltung die wenigen Stufen wieder hinabstieg. Doll stellte sich auf die Fußspitzen und reckte seinen Hals, das Herz begann ihm mächtig zu pochen. Denn während die Musik plötzlich absetzte und gleich einer gewaltigen Fanfare das »Heil dir im Siegerkranz« intonierte, sah er die Hünengestalt des deutschen Kronprinzen, seines herrlichen blonden Helden, aus dem Galawagen steigen, der eben vorgefahren war, sah den Kaiser von Österreich ihm entgegeneilen und ihm mit jener warmen Herzlichkeit die Hand entgegenstrecken, mit der man einen lieben Freund begrüßt.

Es war wie ein großes Symbol, dieses Ereignis, das er mit eigenen Augen mitangesehen hatte, und es blieb ihm unvergeßlich.

Nachmittags, während der Jause, als die erwachsenen Brüder den jüngeren Geschwistern von den geschauten Herrlichkeiten erzählten, fiel Frau Theresen Dolls stumme Weihestimmung auf. Und mit dem Scharfsinn der Mutter erriet sie halb und halb, daß er einen unsichtbaren deutschen Eichlaubkranz im Haare trug, der wie mit einem leisen Trauerflor umwunden war.

Da legte sie ihre Hand auf die seinige und fragte lächelnd: »Denkst du an deinen blonden Helden?«

Er mußte an sich halten, daß ihm die Augen nicht feucht würden. Ohne daß er sich recht klar darüber gewesen wäre, fühlte er das Leid des Ausgeschlossenseins aus der natürlichen Gemeinschaft der Nation, die jedem Volke heilig ist, und deren begeisterter Kult auf dem ganzen Erdenrunde die Herzen der Jugend höher schlagen macht. Und dennoch war er dankbar zugleich. Dankbar dafür, daß er in dem hohen

Gast des Kaisers den einstigen Feind Österreichs jetzt offen lieben durfte.

»Laß gut sein!« sagte Frau Therese milde und unendlich verstehend. »Gehören wir auch nicht zum Reich, so sind wir darum keine geringeren Deutschen. Und haben wir es schwerer als die andern – vielleicht ist es gut so, denn Not stählt die Herzen ...« Und indem sie sich an Herrnfeld wendete, der in ihrem Wagen aus dem Prater in die Luftschützgasse mitgekommen war, meinte sie lächelnd: »Unglück ist doch ein Segen, wenn ich nicht irre –?«

»Daß ich nicht wüßte«, sagte er Kuchen essend.

»Sie waren es, der einmal diese Ansicht vertrat.«

»Tat ich dies? Es läßt sich alles vertreten. Aber die Dinge sind in beständigem Flusse, und nur eine einzige Wahrheit steht fest wie ein eherner Fels: daß es nichts Unzweckmäßigeres gibt, als ein gutes Gedächtnis. Es hindert uns an jeder Entwicklung, es nagelt uns an unsere Irrtümer und versperrt uns den Weg zu neuen Erkenntnissen. Ein gutes Gedächtnis ist der Vater des Vorurteils, der Großvater der Parteisucht und der Urgroßvater der Verbohrtheit. Warum sollte Unglück ein Segen sein? Haben Sie die Güte, sich näher zu erklären! Da Sie die Bälge meiner Gedanken so sorgfältig konservieren, so dürfen Sie sich auch die Mühe nicht verdrießen lassen, sie auszustopfen, damit sie wenigstens etwas wie einen Schein von Leben gewinnen.«

»Nichts einfacher als das«, sagte sie. »Ihr Gedankengang war, soweit ich mich erinnere, ungefähr folgender: Das Unglück von sechsundsechzig übertrug uns eine ganz eigenartige weltgeschichtliche Mission. Es schuf in Österreich das Vorbild des friedlichen Völkerbundes der Zukunft. Hier soll der Kampf um die nationale Existenz durch fruchtbare Arbeit, nicht durch die Gewalt der Waffen entschieden werden. Und wenn wir unsere Aufgabe recht verstehen, so wird auch uns Deutschen in Österreich das Unglück zum Glück ausschlagen. Meinten Sie es nicht so?«

»Gut, daß Sie getreulich bewahren, was ich angeblich einmal gesagt haben soll. Ich bin freudig überrascht, mich einer so idealen Auffassung fähig zu wissen.«

»Ich habe dich diese Auffassung oft vertreten hören«, sagte Christl.

»Es muß schon eine Weile her sein«, meinte Ludger; »denn ich bin längst zu der Überzeugung gelangt, daß das neue Österreich nicht den Völkern dieses Staates, sondern der Börse zulieb begründet wurde.

Wenn Anglo fallen, so ist es ein Pech. Wenn ich aber zufällig auf Baisse spekuliert habe, so schlägt mir der Kurssturz zum guten aus. Insofern ist es richtig, daß ein Unglück zum Segen werden kann. Anders hab' ich es sicher nicht gemeint.«

»Pfui, schämen Sie sich!« rief Frau Therese erzürnt.

»Warum soll ich mich schämen?« fragte er.

»Weil Sie Fangball spielen, mit Ihrem Patriotismus wie mit Ihren schönsten Gesinnungen! Noch dazu heute, wo wir eben von einem für ganz Österreich so bedeutungsvollen Feste kommen!«

»Die wahre Bedeutung dieses Festes«, sagte Herrnfeld, in seiner wilden Laune beharrend, »wird am zutreffendsten durch den Weihegesang illustriert, mit dem die Weltausstellung heute eröffnet worden ist.«

Und er fing feierlich zu singen an:

»Auf, ihr Völker, strömet her
Zu der großen Geisterschlacht,
Euer Fortschritt eure Wehr'
Und die Bildung eure Macht! ...«

Er hielt inne, stand vom Jausentische auf und warf sich auf den Divan, während er sich vor Lachen wand.

»Was haben Sie an den Worten eigentlich auszusetzen?« fragte Frau Therese streng.

»Gar nichts!« sagte er. »Nur die Melodie find' ich so unbändig heiter, die man dem Text des Festliedes untergelegt hat.«

»Heiter?« wunderte sich Frau Therese. »Es ist eine feierlich getragene Weise. Man wird sie wohl für diesen Zweck eigens komponiert haben?«

»Es wäre überflüssige Mühe gewesen«, sagte er, sich die Lachtränen abwischend; »denn keine andere Melodie hätte sich für diese Festfeier besser eignen können, als gerade diese. Es ist nämlich, wenn Sie es wirklich nicht wissen sollten, der Siegesgesang aus ›Judas Makkabäus‹!«

Und indem er den Daumen in den Ärmelausschnitt seiner Weste steckte, begann er neuerdings, diesmal in mauschelndem Jargon, zu singen:

»Auf, ihr Völker, strömet her
Zu der großen Geisterschlacht ...«

»Geisterschlacht!« rief er. »Wörtlich, Geisterschlacht! Heißt das nicht, den Teufel an die Wand malen? Wir können es leicht erleben, daß die Gespenster von hunderttausend zugrunde gerichteten Existenzen um die Kaiserkrone auf der Rotunde einen Geistertanz aufführen!«

»Sie müssen auch an allem nörgeln!« rief sie empört. »Das kommt davon, daß Sie keinen bestimmten Beruf ausfüllen!«

Sie empfand sofort, daß sie zu weit gegangen war. In Gegenwart der Kinder hätte sie ihm das nicht sagen dürfen. Er war ernst geworden und empfahl sich bald. Sie bedauerte im Stillen, ihn gekränkt zu haben. Der Wahrheit entsprach es ja, was sie gesagt hatte, aber gerade darum hätte sie es nicht sagen dürfen. Die Aufrichtigkeit unter Freunden muß mit Schonung Hand in Hand gehen. Wer würde ohne Fehl befunden? Gerade darin besteht ja die Freundschaft, daß wir das Gute, das in einem Menschen ist, so hoch schätzen, daß wir auch seine Schwächen willig zu dulden bereit sind. Das wiederholte sie sich jetzt Tag für Tag, solange Herrnfeld ausblieb. Und er betrat viele Wochen lang nicht mehr ihr Haus. Sie entbehrte ihn unsagbar und gewann erst jetzt ein Maß dafür, wieviel in ihrem Dasein dieser seltsame Mensch bedeutete, dieser feine, vornehme, bittersüße Ausbund von Widersprüchen, der sonst mit fast rührender Treue an ihr hing und ihren Kindern halb Vater und Erzieher, halb Kamerad und Spießgeselle war.

Der Gedanke, daß er vielleicht für immer wegbleiben würde, wurde ihr schließlich unerträglich. Da schrieb sie ihm eine ganz kurze Zeile: »Haben Sie wirklich ein so gutes Gedächtnis, lieber Freund?«

Weiter nichts.

Es lag aber alles in den wenigen Worten, was not tat.

Und Herrnfeld kam wieder. Es wurde nichts über sein langes Fortbleiben gesprochen. Er war unverändert, und der kleine Zwischenfall fiel bald der verdienten Vergessenheit anheim.

Wenige Tage nach Eröffnung der Weltausstellung gab Frau von Pinkenfeld einen Adoleszentenball. Von ihren beiden noch sehr jugendlichen Töchtern Sidonie und Natalie, die Zwillinge waren, hatte sich eine verlobt, niemand konnte behalten, welche, denn sie glichen einander zum verwechseln. Für die meisten Bekannten, ja sogar für den Vater selbst, der mit inniger Liebe an den beiden Mädchen hing, aber als vielgeplagter Geschäftsmann wenig Zeit für sie übrig hatte, waren sie mehr ein Gattungsbegriff als zwei getrennte Individualitäten. Man sagte Siddi und Natti, als ob man von einer Krachmandel mit zwei lieblich süßen Kernen gesprochen hätte, oder von einem Paar Würstchen, oder von einem Joch Öchslein.

Eigentlich kannte nur die Mutter sie auseinander.

»Die Siddi hat ein Sprachentalent«, pflegte sie zu sagen. »Französisch oder englisch, das ist ihr alles ganz gleich. Die Natti dagegen ist mehr für das Klavierspielen.«

Das war das Kennzeichen und Merkmal, das in den Augen Frau von Pinkenfelds die Zwillingsschwestern zu zwei voneinander immerhin noch unterscheidbaren Menschenkindern differenzierte.

Die Torfahrt und die Stiegenhalle des Pinkenfeldschen Hauses in der Dreilaufergasse waren in einen Hain von immergrünen Gewächsen verwandelt, zwischen denen man auf purpurnen Laufteppichen die Treppenstufen emporstieg, und prächtige Kamelienbäume, deren dunkles Laub mit kalten, wachsartigen Blüten übersät war, füllten die Ecken mit erlesenen Bosketts.

Ein frischer, weißhaariger alter Herr, der in die zu ebener Erde eingerichtete Garderobe getreten war, ließ mit einem nachlässigen Ruck der Schultern seinen Überzieher in die Hand eines dienstfertigen Lakaien gleiten, und Doll, der zufällig im Begriffe stand, die Garderobe zu verlassen, machte ehrfurchtsvoll Platz, um dem andern, der ihm kein Unbekannter war, den Vortritt zu lassen. Da redete der alte Herr, auf dessen linker Frackseite ein Kettchen mit einer Menge winziger Orden in Gold und Email schimmerte, ihn leutselig an: »Na, junger Mann, tanzen Sie gern?«

»Für mein Leben gern!« sagte Doll fröhlich.

Sie stiegen nebeneinander die Treppe hinan, und Doll konnte bemerken, daß unter der weißen Krawatte des alten Herrn erst die allerhöchsten Trümpfe hervorlugten, die Großkreuze und Komture, die an buntseidenen Halsbändern hingen.

»Bravo, das läßt sich hören!« sagte die besternte Exzellenz, mit einer mechanischen Bewegung der Hand den in Brillanten glitzernden Medjidie über der gesteiften Hemdbrust zurechtrückend. »Da sind Sie also noch keiner von den – Gebrochenen?«

»Es wäre etwas verfrüht«, lachte Doll.

»Lassen Sie sich mal ansehen!«

Er wendete sich halb nach dem jungen Manne herum, der ehrerbietig etwas zurückgeblieben war, und nötigte ihn dadurch an seiner Seite zu gehen.

»Freilich, freilich, Sie sind jünger, als ich dachte, wenngleich schon hoch aufgewachsen. Übrigens gibt es auch in Ihrem Alter bereits genug Gelangweilte, heutzutage. Als wir Jubelgreise jung waren, da ging es anders her, was haben wir damals getanzt! Der Lanner und der Strauß standen in Flor, es war eine fröhliche Zeit, trotz aller Drangsalierung durch die hohen Behörden. Handel und Gewerbe blühten, die Musik war heiter und sinnlich, der Bauernfeld schrieb für die Burg, und die Maler malten Bilder, die den Leuten und nicht bloß den Malern gefielen. Viel kluge und schöne Menschenkinder strömten in den Salons zusammen und vereinigten sich in harmloser Gesellschaft, bei der man noch kein protzenhaftes Großtun kannte. Ich wollt', ich könnt' diese Zeit noch einmal erleben und wie einst beim Dommayer oder in den alten Redoutensälen das Tanzbein schwingen. Aber diese jungen Herrn von heute stehen am liebsten in den Ecken herum und machen Gesichter, daß einem gähnerlich zumut wird, wenn man sie bloß ansieht. Ist das nicht ein Gesindel, wie? Ich trau' keinem was Rechtes zu, der nicht in seiner Jugend ein flotter Tänzer ist, und mag er dabei hopsen wie ein Böcklein.«

Er blieb stehen und faßte Doll vertraulich an der Klappe seines Fracks.

»Wenn wir die Treppe wieder heruntersteigen, soll es hier recht glänzen und flimmern, wünsch' ich Ihnen, und von der Herzerwählten soll auch einer darunter sein. Es ist kein übles Alter, wo einem der Sinn nur erst nach Kotillonorden steht. Bei mir ist es vorbei, ich muß mich mit solchem Zeug begnügen.«

Mit einer lässigen Handbewegung strich er über seine Auszeichnungen hin, daß sie mit leisem metallischen Klang aneinanderklirrten. Dann nickte er seinem Begleiter noch einmal leutselig zu und schickte sich an, den letzten Treppenabsatz hinaufzusteigen.

Die Flügeltür zu den Festgemächern flog auf, lauter ertönte der weiche, schwermütige Jubel der Geigen. Atemlos kam der beflissene Hausherr dem hohen Gaste entgegengeeilt. Die schwarzen Bartkoteletten, die auf dem gesteiften Glanzhemd lagen, zitterten unter den kurzen Stößen seiner etwas asthmatischen Brust.

»Welche Ehre, Exzellenz, welche Ehre!« ...

»Nur auf eine kurze Stunde, Herr von Pinkenfeld. Ein alter Knabe, dessen Uhr bald abgelaufen ist, sollte sich kein anderes Vergnügen mehr gönnen wie die Arbeit. Aber ich gestehe, ich sehe noch immer gern blühende Mädchengesichter und Augen, die von Frohsinn leuchten. Übrigens vergesse ich das Wichtigste – meinen herzlichen Glückwunsch! Haben sich denn die jungen Leute auch rechtschaffen gern?«

»Das wollen wir hoffen, Exzellenz, das wollen wir hoffen!«

Mit aufdringlicher Unterwürfigkeit schassierte der Hausherr um den Gast hinten herum, die linke Seite zu gewinnen, und streifte dabei knapp an Doll vorüber, der bescheiden zuwartend stehen geblieben war und auf einen günstigen Augenblick paßte, seine Verbeugung anzubringen; aber Herr von Pinkenfeld war von seiner Aufgabe, die Exzellenz würdig zu empfangen, so erfüllt, daß er ihm keine Beachtung schenkte. Der alte Herr bemerkte es und vertrat mit einer lebhaften Wendung dem eifrigen Gastgeber den Weg.

»Hier bringe ich Ihnen noch eine wichtigere Persönlichkeit, Herr von Pinkenfeld, als ich es bin. Einen Tänzer, was sagen Sie? Einen flotten Tänzer!«

Nicht ohne Schüchternheit näherte sich Doll.

»Ihr Sohn Leo, mit dem ich auf der Hochschule bekannt geworden bin, war so gütig« ...

»Der junge Herr Mairold, wenn ich nicht irre?« unterbrach ihn Pinkenfeld, während er ihm vor Liebenswürdigkeit fast zerfließend die Hand schüttelte.

Der besternte alte Herr hatte aufmerksam hingehört.

»Sind Sie ein Sohn des verstorbenen Fabriksbesitzers Mairold? Nun, dann freut es mich doppelt, Ihre Bekanntschaft gemacht zu haben. Mit Ihrem trefflichen Vater hatte ich vor Jahren auf dem Handelsamt zu tun. Wir verstanden einander gut. Ich bin der alte Marr.«

Doll verneigte sich erfreut und befangen.

»Ich habe das Glück, zu Ihren begeisterten Hörern zu zählen, Exzellenz!«

Auf Ludgers Rat hatte er seine Studien nicht auf das Ingenieurwesen beschränkt, sondern auch die volkswirtschaftlichen Kollegien des alten Marr an der Universität belegt, die großen Ruf genossen. Denn der gelehrte alte Herr, obgleich er seit langer Zeit zu den leitenden Staatswürdenträgern zählte, hatte als Freund der Wissenschaft und der Jugend es nicht über sich gebracht, der akademischen Tätigkeit, aus der er hervorgegangen war, gänzlich zu entsagen.

»Somit wären wir also alte Bekannte?« sagte er jetzt sichtlich erfreut. »Sie sind Jurist?«

»Nein, Techniker.«

»Um so besser! Und glauben Sie in meinen Vorlesungen etwas gewonnen zu haben?«

»Wenn ich einmal ins tätige Leben trete, hoff' ich es zu beweisen.«

Der alte Marr reichte ihm die Hand, während er seinen Blick mit offenkundigem Wohlgefallen auf dem Jüngling ruhen ließ.

»Ich sage Ihnen nicht adieu, ich sage: Auf Wiedersehen!«

Die Dame des Hauses war herangerauscht und begrüßte die Exzellenz mit süßer Überschwenglichkeit.

»Liebe Sidonie«, sagte Pinkenfeld, »erlaube, daß ich dir einen jungen Herrn Mairold, den Freund unseres Leo vorstelle.«

Sie neigte für einen Augenblick den mit Silberflitter besetzten Reiher ihres Kopfputzes, und Doll fühlte, daß er nicht nur begrüßt, sondern auch gleichzeitig wieder entlassen war.

»Darf ich Ew. Exzellenz vielleicht eine Tasse Tee anbieten?«

Und holdselig lächelnd flutete sie am Arm des alten Herrn in den Saal, eine endlose Schleppe hinter sich nachziehend.

Die Musik machte eben eine Pause, zahlreiche Paare strömten aus den anstoßenden Räumen, und Doll schob sich durch das Gewühl der schwarzen Fräcke und entblößten Schultern, um Leo Pinkenfeld aufzusuchen und sich von diesem den jugendlichen Haustöchtern vorstellen zu lassen. Auf seiner Wanderung durch die Gemächer geriet er unversehens in ein mit exotischen Blattpflanzen geschmücktes Zimmer, wo es ganz still und kühl war, hörte sich beim Namen rufen und fand Herrnfeld unter den Wedeln einer riesigen Phönix einsam bei einer Flasche Wein sitzen.

»Ludger!« rief er erstaunt. »Was treibst du hier?«

»Ich feiere Orgien«, sagte der Freund aufgeräumt. »Weißt du, wie es an den Ufern des Zambesi aussieht? Wenn nicht, so brauchst du nur diese Palmenwälder mit Papageien und die Blumen dieses geschmacklosen Teppichs mit Klapperschlangen zu bevölkern, die darauf lauern, nach deiner Ferse zu schnappen. Komm, sei kein Frosch, setz' dich zu mir und laß uns eine Flasche Kokosnußmilch miteinander ausstechen!«

»Ich bin soeben eingetreten«, sagte Doll, »und habe die primitivsten Pflichten des Gastes noch nicht erfüllt.«

»Ich befinde mich in der gleichen Lage«, sagte Herrnfeld; »aber ich komme immer mehr dahinter, daß es für den Menschen wichtiger ist, an seine Rechte als an seine Pflichten zu denken. An die Pflichten denken ohnedies die andern, an seine Rechte muß man selbst denken, sonst geraten sie überhaupt in Vergessenheit.«

»Eine nette Moral, die du predigst. An den Ufern des Zambesi mag sie Geltung besitzen.«

»Ich sehe, du bist gekommen, der Sittsamkeit zu frönen. Also geh' und laß dich in deinem edlen Beginnen nicht stören. Ich mag nicht in die Gefahr geraten, ein Verführer der Jugend zu heißen.«

»Komm mit und begleite mich!« drängte Doll. »Es geht nicht an, daß du dich von der Gesellschaft absonderst und dir auf eigene Faust eine gemütliche Stunde bereitest!«

»Ich sehe nicht ein, warum ich es ebenso ungemütlich haben soll wie die andern?« erwiderte Herrnfeld.

Er leerte sein Glas und schenkte es bedächtig wieder voll.

»Auch kann ich wahrhaft nichts dafür«, sagte er, »daß man mich hier allein läßt. Dieser Mosel ist ein hochanständiger Tropfen, und ich würde ihn ebensogern in froher Gesellschaft trinken, wenn es auf mich ankäme. Aber die übrige Menschheit setzt einen Ehrgeiz darein, sich drüben mit den Ellenbogen in die Lenden puffen zu lassen, ein Vergnügen, das nicht jedermanns Sache ist. Übrigens kann ich unserer schönen Hausfrau das ehrenvolle Zeugnis nicht versagen, daß sie sich redlich Mühe gegeben hat, uns das Leben halbwegs erträglich zu machen. Ich möchte darauf schwören, daß sie für diese Nacht sogar ihr eigenes Bett auf den Dachboden hat schaffen lassen, um ihre zahlreichen Gäste vor dem Tod des Erdrücktwerdens zu bewahren, und wenn ich aus den Wasserspritzern schließen darf, die hier auf der Tapete ihre bleichen Spuren zurückgelassen haben, so steht an derselben Stelle, wo ich jetzt sitze, für gewöhnlich ihr Waschtisch. Sie wird sich uns zuliebe morgen früh nicht waschen. Das ist edel von ihr, aber warum hat sie sich so viele Menschen auf einmal eingeladen? Vielleicht, damit die Leute sich zwei Tage, lang erzählen sollen, wie großartig es bei Pinkenfelds hergegangen sei? Mir kann es recht sein, ich habe nichts dagegen, aber ich sehe auch nicht ein, warum ich dafür büßen und mich all den ungezählten nackten und befrackten Ellenbogen aussetzen soll, die nur auf eine Gelegenheit lauern, mich in die Lenden zu puffen. Wie komme ich dazu, mich für den Ruhm des Hauses Pinkenfeld aufzuopfern?«

»Es ist Zeit, daß wir uns um die jungen Damen kümmern«, sagte Doll ungeduldig. »Bist du wenigstens auf eine Quadrille engagiert?«

»Quadrille? Was ist das?« fragte Herrnfeld. »Ach – so nennt sich wohl dieses wunderliche Gesellschaftsspiel, wobei man immer bloß ratlos hin und her geht und sich vergebens bemüht, seinen Platz wiederzufinden, den man unvorsichtigerweise verlassen hat. Warum gebrauchst du Fremdwörter? Wenn mir recht ist, kann man für Quadrille auf gut deutsch auch ›Vater leih' mir die Scher'‹ sagen.«

»Mit dir ist heute wirklich nicht zu reden«, sagte Doll lachend. »Auf Wiedersehen!«

»Auf Wiedersehen, Tugendbold! Amüsiere dich, wenn du kannst! Die Jugend hat ein Recht dazu, auf dem Vulkane zu tanzen. Mein Herz ist zu bange dafür. Ich will inzwischen die meteorologischen Berichte studieren und mir ausrechnen, wann die Eruption erfolgen muß.«

Er zog ein Abendblatt aus der Brusttasche und begann zu lesen. Der Grundton von Ernst, der plötzlich hinter seinen Worten vernehmbar geworden war, befremdete Doll. Neugierig trat er näher und sah ihm über die Schulter.

»Hat irgendwo ein Erdbeben stattgefunden?«

»Ganz in unserer Nähe sogar!«

Er bezeichnete ihm mit dem Finger eine Stelle in der Zeitung. Doll las die Spitzmarke: »Fallimente«.

»Eine wirtschaftliche Erschütterung?« fragte er erschrocken.

»Eine ganze Spalte Fallimente!«

»Was hat das zu bedeuten?«

»Den Anfang vom Ende.«

»Schwarzseher!«

Der Sohn des Hauses trat ins Zimmer, die jungen Leute begrüßten einander. Leo Pinkenfeld war ein auffallend blasser Jüngling mit schief gescheiteltem dunklen Haar, der den Kopf wie leidend, wie eine müde Blume, etwas zur Seite geneigt hielt, was ihm den Ausdruck einer fast mädchenhaften Sanftmut gab. Die Musik hatte wieder eingesetzt, Sehnsucht weckend lockten die Töne aus der Ferne, ein Jubeln und

Leiden, halb Ländler, halb Csardas, die reinen Lüfte der Berge, die sinnlichen Gluten des magyarischen Flachlands zitterten darin.

Arm in Arm schritt Leo mit Doll durch die Räume, das Zutrauen der Jugend, das keine Begründung braucht, schloß sie aneinander. Ihre Herzen wurden weit unter diesen Klängen, die nur an der Donau gedeihen konnten, wo die letzten Höhenzüge der Alpen in die weite, schwärmerisch-schwermütige Ebene hinausschauen.

Im Tanzsaal wirbelten die Paare durcheinander. Doll tanzte mit Siddi.

»Sind Sie die Braut?« fragte er.

»Nein, das ist Natti.«

Es war ein sehr liebes, einfaches Mädchen, sehr schwarz, nicht eben hübsch, aber anmutig, wenn auch ein bißchen zu voll.

»Ich beneide Natti nicht«, sagte sie. »Ich bitte Sie! In so einem alten Schloß auf dem Lande leben! Wenn dann der Mörtel in den dicken Mauern rieselt und die Dielen knacksen! Ich hielt' es vor Angst nicht aus.«

Bald darauf bat er Natti um eine Tour, glaubte es wenigstens zu tun. Als er sie aber zu ihrer Verlobung beglückwünschen wollte, sagte sie: »Ich bin nämlich abermals die Siddi!«

»Da werden Sie mich jetzt für zudringlich halten?« meinte er bestürzt.

»Nein, deswegen dürfen Sie mich nicht gleich wieder absetzen!«

»Ein Tänzer, der so rasch zweimal hintereinander kommt, hätte eigentlich einen Korb verdient.«

»Aber ich tanze ja recht gern mit Ihnen! Ich tanze überhaupt so gern« ...

Doll konnte sich nicht genug darüber wundern, wie natürlich dieses Mädchen war, ganz wie ein rechtes Wiener Kind. Zu einer solchen Tochter schienen ihm diese Eltern gar nicht zu passen.

Später gelang es ihm, der wirklichen Natti habhaft zu werden. Sie war ebenso lieb und natürlich wie Siddi, ebensowenig eine Schönheit und ebenso anmutig. Nur war ihr Haar vielleicht noch schwärzer, geradezu blauschwarz, eine wahrhaft prangende Mähne!

»Sie werden auf dem Lande leben?« fragte er.

»Wenigstens einen Teil des Jahres. Ich kann mir noch gar nicht vorstellen, wie ich es ohne Siddi aushalten soll!«

»Ist es eine entlegene Gegend?«

»Die Besitzung meines Bräutigams liegt bei St. Jodok in der Lüsen. Da, wo Papa die großen Marmorwerke besitzt.«

Doll hatte schon davon gehört. Er wußte, daß seine Mutter von Xaver Wegrad vor Jahren ein paar unbedeutende Anteile an den Marmorwerken Pentelikon erworben hatte.

»Heißt es dort nicht auf der Wegwacht?« fragte er.

»Ganz recht, die Steinbrüche befinden sich auf der Wegwacht. Mein Bräutigam besaß da oben die Bergrechte, oder wie man es nennt. Aber das Schloß, in dem wir wohnen werden, liegt unten im Tal. Schön soll die Gegend ja sein, bloß vor der Einsamkeit bangt mir.«

»Ihr Mann wird Ihnen Gesellschaft leisten.«

»Die Herren gehen ihren Geschäften nach, oder auf die Jagd. Ich fürchte, ich werde viel allein sein müssen. Und den ganzen Tag kann man doch nicht Klavier spielen?«

»Sollte sich wirklich keine andere Beschäftigung finden lassen?«

»Vielleicht französische Aufgaben machen?« sagte sie. »Wozu würde man dann heiraten?«

Er lachte, aber es mißfiel ihm, daß eine Braut so sprechen konnte. Scherzte sie, oder bewegte sie sich wirklich noch in einem so völlig kindischen Gesichtskreise?

Als sie dann Arm in Arm durch den Saal gingen, bemerkte er, daß sie doch reifer war, als sie schien.

»Ich heirate nicht, ich werde verheiratet«, sagte sie traurig. »Vielleicht hätt' ich es mir nicht gefallen lassen sollen.«

»Nein! Das hätten Sie sich nicht gefallen lassen sollen!« sagte er unumwunden.

»Wirklich? Meinen Sie?« rief sie sichtlich aufgewühlt und sah ihn strahlend dabei an.

»Ja, das meine ich wirklich!« sagte er.

Er spürte, daß ihr Arm in dem seinen bebte. Wie war es möglich, Sidonie und Natalie miteinander zu verwechseln, wenn man sie einmal kannte? Das waren geradezu weltverschiedene Naturen! In dieser kleinen Natti kochte es ja förmlich von heißem Geblüt!

»Vielleicht läßt es sich noch rückgängig machen?« sagte sie, während gleichsam alle Fibern an ihr in Aufruhr gerieten.

»Das kann ich natürlich nicht beurteilen«, sagte er kühl.

Da wurde sie wieder traurig und sah zur Seite.

Die Wände entlang saßen die Mütter. Sie ließen ihre Töchter nicht aus dem Auge und lebten noch einmal die Freuden und Sorgen der Jugend. Mit verstehendem Herzen verfolgten sie die kleinen Triumphe und leisen Enttäuschungen. Es spannen sich Bekanntschaften zwischen ihnen an, unter dem deckenden Mantel der Musik erschloß sich oft unerwartet ein weitgehendes Vertrauen. Eine Ballnacht dehnt sich lange für die Mütter.

»Wer ist der hübsche junge Mensch, liebe Sidonie, der mit der jüngsten Leodolter tanzt?«

»Ein junger Mairold, für den Leo ein Faible hat.«

Frau von Pinkenfeld schmückte ihre Salons gerne mit jungen Leuten aus der Aristokratie, der Künstlerwelt oder der Hochfinanz. Mit Fabrikantenskreisen Verbindungen zu unterhalten, ließ sie sich nur herbei, soweit sie dazu gezwungen war.

»Man braucht auch Tanzmaschinen«, sagte sie gleichsam zu ihrer Entschuldigung.

»Leo soll mit Nattis Verlobung nicht ganz einverstanden sein, hör' ich?«

»Leo ist prinzipiell stets anderer Ansicht ... Findest du nicht, daß die fesche Wegrad es ein wenig à *outrance* treibt?«

Die Bemerkung galt einer nicht mehr ganz jungen stattlichen Erscheinung, die soeben am Arme ihres Gatten eingetreten war. Sie trug ihr eidottergelbes Haar offen mit einem Zweig *a l'Ophelia* und ein hochrotes Kleid mit Goldtaille, die bis zur äußersten Grenze des Möglichen ausgeschnitten und nur durch goldene Achselkettchen zusammengehalten war, die an der Stelle, wo sonst die Ärmel sich befinden, über die sehnigen Schultern liefen.

»Ein wahrer Horreur!«

»Sie ist eine Gefahr für jeden Ball«, sagte Frau von Pinkenfeld; »weil sie immer einen ganzen Kometenschweif von Herrn hinter sich herzieht und geradezu einen Ehrgeiz darein setzt, den jungen Mädchen die Tänzer zu kapern.«

Sie winkte ihrem Schwager Jacques, der sich allfälliger Befehle gewärtig in ihrer Nahe hielt, und flüsterte mit ihm.

Jacques Pinkas war eine Art Faktotum des Hauses. Der Geschäfts- und Unternehmungsgeist des jüngeren Bruders, den die Eiserne Krone in einen Herrn »von Pinkenfeld« umgewandelt hatte, und vielleicht mehr noch dessen sicherer Instinkt, fehlten ihm. Man erzählte sich, er hätte nicht ganz glücklich operiert und sei dem Bruder zu Dank verpflichtet. Jedenfalls war er aus dem Dunkel, das sein Vorleben deckte, erst emporgetaucht, nachdem Herr von Pinkenfeld es zu Glanz und Ansehen gebracht hatte. Seither hatte man sich daran gewöhnt, den ältlichen Junggesellen, der sich nach Möglichkeit nützlich zu machen suchte, als Familienanhängsel zu betrachten. Obgleich Stotterer und karg von Worten, erfreute er sich wegen seines gutmütigen und zartfühlenden Wesens bei Angestellten und Gästen doch einer weit größeren Beliebtheit als der Chef des Hauses selbst.

Offenbar mit einer diplomatischen Mission betraut, lavierte er jetzt vorsichtig an die neue Erscheinung heran. Man sah ihn dem Ehepaar Wegrad in die Flanke fallen, sah, wie er unterhandelte und schließlich der Goldgepanzerten den Arm reichte. Er führte sie der Hausfrau zu, wo die üblichen Redensarten getauscht wurden; als aber Frau Wegrad sachte ihren Arm aus seiner Umklammerung lösen wollte, gab er plötzlich Volldampf und steuerte wie ein mutiger kleiner Propeller, der eine schwerbeladene Brigg in den Hafen schleppt, mit seiner schönen Last, deren Bergung ihm aufgetragen war, gegen das Büfettzimmer davon.

Der gewaltige Xaver Wegrad sieht heute blaß und angegriffen aus. Er schreitet ein wenig gebeugt, ist es nicht, als ob er plötzlich alt geworden wäre, als ob er sich nur mühsam aufrecht hielte? Wenn er spricht, so schlagen ihm die Zähne aufeinander, wie wenn ihn ein Fieberfrost schüttelte. Er zieht sich bald in ein Nebengemach zurück und nimmt mit einigen Genossen vom Klub der Vorurteilslosen am Kartentische Platz. Aber es wird unaufmerksam gespielt, keiner ist recht bei der Sache. Der elegante Felix Schönhof läßt sich zweimal hintereinander den Pagat abstechen, der herzige Fredl Beywald spielt immer wieder die falsche Farbe aus, und Wendelin Hirnschal, der Jüngere, verlegt in der Zerstreutheit gar den Sküß. Sie geraten in Streit miteinander und machen sich gegenseitig Vorwürfe. Ein jeder ist froh, daß er einen Grund gefunden hat, sich zu erhitzen, und zankt um so hartnäckiger, ereifert sich um so wütender, je mehr er hofft, die andern dadurch zu täuschen und ihnen den Glauben einzuflößen, als hätt' er wirklich keine Sorgen wie das Spiel, als dächt' er an keine empfindlicheren Verluste als an eine verlorene Tarockpartie. Und ein jeder, während er sein angstgemartertes Herz hinter erheucheltem Interesse für die Karten zu verstecken sucht, ringt dabei insgeheim mit Gedanken, die sich um Leben oder Sterben drehn.

Für wen führt ihr eigentlich diese Posse auf? Wo ist euer Publikum? Seid ihr denn nicht alle vom Handwerk, Hauptdarsteller oder wenigstens Komparserie? Durchschaut ihr nicht jeder die Komödiantenkünste des andern? O legt die falschen Kostüme ab, die Panzer aus Pappe, die unechten Steine, die niemanden mehr täuschen! Beratet euch lieber über die Rollen, die ihr morgen spielen sollt! Oder wird es sich dann um Rollen handeln, die jeder für sich allein studieren und in der Einsamkeit zu Ende spielen muß?

Wovor bangt euch insgeheim, ihr Vorurteilslosen? Fürchtet ihr, daß die Gottheit auf dem Altar, vor dem ihr kniet, sich plötzlich enthüllen könnte? Und daß dann hinter den fallenden Schleiern statt der Göttin der Vernunft ein höhnischer Schalksnarr sichtbar würde, der Genius der Zeit mit dem grinsenden Totenschädel unter der klingelnden Schellenkappe?

* * *

Im Saale spielt inzwischen die Musik zu einem Rundgang auf, die erhitzten Wangen der jungen Paare verströmen ihre Glut in die kühlende Frühlingsnachtluft, die durch die nach der Gartenseite geöffneten Fenster des Saales hereinweht. Ein noch sehr junges, schlankes blondes Mädchen schreitet am Arme Dolls dahin. Es ist Bethy, die jüngste Leodolter, deren reiches Haar wie goldige Rohseide schimmert. All ihre Väter, bis weit zurück, hatten es mit Seide zu tun, von der Mutterseite her fließt adliges Blut in ihren Adern. Aber auch altes Weberblut ist adlig, ehrwürdig und adlig das Weben am Webstuhl, das einst Königinnen nicht zu gering dünkte. Und all ihre Väter, bis weit zurück, hatten kunstreiche Gewebe aus schimmernder Seide gewebt.

»Es duftet nach Flieder«, spricht sie, »es duftet nach Land und nach Freiheit. Wonnig, wie die Luft aus dem Garten streicht!«

»Wenn man diese Frühlingsstille atmet«, sagte Doll, »so kommt einem das fröhliche Treiben unter den vielen Menschen fast zu lärmend vor.«

Sie sind ans offene Fenster getreten und haben sich weit hinausgebeugt.

»Sollten Sie es glauben, daß ich mich immer und immer aus der Stadt heraussehne? Ich weiß nicht, woher das in nur kommt. Wenn ich Natalien ihr Glück nicht gönnte, so könnt' ich sie darum beneiden, daß sie auf dem Lande leben wird.«

»Wär' es Ihnen nicht zu einsam?« fragte Doll. »Womit wollten Sie sich den ganzen Tag beschäftigen?«

»Womit, fragen Sie? Meinen Sie, die Zeit würde mir lang? Ich hätte Blumen in den Stuben und im Garten, ich hätte eine Wirtschaft, die aufmerksam besorgt und überwacht sein will, soll sie mir Freude machen. Ein Dorf wäre wohl in der Nähe. Da sind Frauen, die mir raten können, und denen ich vielleicht auch manchmal zu helfen wüßte. Da sind Kinder, die Fürsorge, und Arme und Kranke, die Hilfe brauchen. Freunden in der Ferne schrieb' ich hie und da einen Brief, und an langen Winterabenden nach des Tages Arbeit – aber das wissen Sie ohnedies, wie man lange Winterabende am schönsten verbringt.«

Entzückt lauscht er ihrem Geplauder.

»Der Tag würde Ihnen also eher zu kurz?«

»Und das muß auch sein«, spricht sie ernst. »Wem der Tag nicht zu kurz wird, der ist nicht glücklich!«

Eine Bewegung ging durch den Saal, daß sie sich unwillkürlich umwendeten. Wie eine Losung flog es von Mund zu Mund, die Paare ordneten sich, eine Gratulationscour für die Haustochter und Braut war im Gange, von irgendeinem jener Betriebsamen ins Werk gesetzt, die immer etwas zu arrangieren wissen. Im roten Salon hatte man Natalie zu einer Art von Thronsessel geleitet, der, mit Teppichen umhängen, etwas erhöht aufgestellt war, und eine feierlich getragene Musik zitterte über dem Gedränge der schwarzen Fräcke und zartfarbigen Seidengazewolken. Tuberosen, Narzissen und Veilchen begannen in den Schoß der verlegen lächelnden Braut niederzuregnen. Dankbar und befangen gleich einer jungen Königin, die sich der ihr erwiesenen Ehren nicht ganz für würdig hält, neigte sie sich lächelnd den vorüberziehenden Herren und Damen. So häufte man Blüten über sie und hüllte sie in Düfte. Niemand, der diesem ratlosen Kinde nicht alles Glück des Himmels gegönnt hätte.

Als Doll mit Bethy vorüberkam, schweifte sein Blick in die Runde, nach dem glücklichen Bräutigam zu suchen. Aber er gewahrte bloß Frau Sidonie, die von Stolz und Mutterfreude leuchtend an der Seite ihres Kindes stand und die Huldigung der Gäste auch ein wenig auf sich selbst zu beziehen schien. Sie führte ein paarmal ihr Battisttuch an die Augen, die Mutter in ihr hatte für eine kurze Spanne Zeit den Sieg über die Weltdame davongetragen. Herr von Pinkenfeld dagegen, den man der Symmetrie wegen auf die andere Seite von Nattis Thron genötigt hatte, fühlte sich offenbar nicht ganz wohl auf seinem Posten. Unablässig wetzte er, während seine kleinen Augen unstet flackerten, von einem Fuß auf den andern, unschlüssig, welches von seinen beiden Beinen er als Standbein, und welches er als Spielbein gebrauchen solle. Es war, als beunruhige es ihn, sich gleichsam auf dem Präsentierbrett den Blicken seiner Gäste ausgesetzt zu wissen. Die starre, beinahe unterwürfige Liebenswürdigkeit, die er gleich einer Maske aufgesetzt hatte, schien ihm Anstrengung und Mühe zu verursachen. Vielleicht hätte ein besonders scharfes Auge sein wahres Antlitz dahinter erblicken können, das sorgenvoll und wie von wahnsinniger Angst verzerrt unter der lächelnden Grimasse hervorlugte.

Den Zug beschlossen und krönten sechs junge Mädchen, Nataliens beste Freundinnen, in weißen wallenden Gewändern, mit Schwanenflügeln an den schlanken Schultern und blühenden Myrthenstöcken in den Händen. Sie brachten ihre Wünsche in wohlgesetzten Versen vor und wußten mit mancher artigen Anspielung Rührung oder Heiterkeit zu wecken. In einen Reigen übergehend, vereinigten sie sich hierauf zu einem hellen, mehrstimmigen Gesang, der wie ein jubelndes Lied von Engeln durch die Räume schwebte. Und schließlich umgaben sie die Freundin wie schützende Genien mit ihren schneeweißen, wehenden Schwingen und mit dem bleichen Sternenhimmel der bräutlichen Blume, die hundertfältig aus dem satten Grün der Myrthensträucher duftete.

Damit endete das gutgemeinte Zwischenspiel, und die Gesellschaft löste sich auf. Während die jungen Mädchen Natti und ihre Engelschar umdrängten und von den älteren Damen eine jede der Hausfrau ein freundliches Wort sagen wollte, zerstreuten die Herren sich plaudernd durch die Gemächer, oder hielten den Zeitpunkt für gekommen, wo es erlaubt ist, das Büfett aufzusuchen, oder sich ins Rauchzimmer zurückzuziehen.

In dem Augenblick, da Doll den jetzt ganz leer gewordenen Tanzsaal betreten wollte, hörte er Schritte hinter sich und wendete sich um. Natalie war ihm nachgeeilt. Sie stellte sich auf die Fußspitzen und befestigte ein Sträußchen Tuberosen an der Klappe seines Fracks. Er ließ es sich gefallen und hielt still, er sah ihr herrlich schwarzes Haar knapp unter seinen Augen.

»Niemand soll etwas haben von den Blumen«, sagte sie zurücktretend, »nur Sie allein!«

Er bedankte sich.

»Wie komme ich zu solcher Gnade?« fragte er lächelnd.

Natalie sah ihm in die Augen, es war, als ob ihr das Weinen näher wäre als das Lachen. Ihre Mundwinkel zuckten, sie wendete sich ab und lief durch die Flucht der Zimmer vor ihm davon.

Verwundert blickte Doll ihr nach. Er glaubte sie zu verstehen. Er war wohl der erste gewesen, der es unumwunden ausgesprochen hatte, daß sie Unrecht tat, sich gegen ihren Willen verheiraten zu lassen. Er hatte ihr die Freiheit geschenkt.

Er freute sich darüber.

»Sie wird den rechten Weg noch finden«, dachte er und wendete sich in den Saal zurück ...

Natalie aber hatte sich ins äußerste Gelaß geflüchtet, wo es ganz dunkel war. Sie warf sich auf einen Diwan, der da stand, und weinte herzbrechend. Nach einiger Zeit fand sie hier ihr Bruder, der sie in der Gesellschaft vermißt hatte. Sie schlug ihre Arme um seinen Hals und zog ihn zu sich nieder. Er war ganz erschrocken und konnte sich nicht erklären, was dies zu bedeuten hätte.

»Aber was hast du bloß, Natti, was hast du bloß?«

»Ich mag den Freiherrn nicht!« rief sie schluchzend. »Dein Freund gefällt mir viel besser. Ich liebe ihn! Ich liebe deinen Freund!«

»Welchen Freund?« fragte er ganz bestürzt.

»Doll Mairold! Kannst du es ihm, kannst du es den Eltern nicht sagen?«

»Um Gottes willen, was fällt dir ein, Kind! Erstens kennst du ihn noch kaum, und zweitens – hast du denn irgendein Anzeichen dafür, daß er dich wiederliebt?«

»Nein, nein, nein!« rief sie verzweifelt. »Er liebt mich sicher nicht, ich bin ihm ganz gleichgültig, er denkt gar nicht an mich! O was soll ich tun? Muß ich unglücklich werden? Wie soll ich es anstellen, daß er mich wiederliebt? Kannst du ihm nicht sagen, daß er mich lieben soll?«

»Das kann ich nicht«, antwortete Leo traurig. »Du bist noch ein ganz unerfahrenes Kind! Aber ich will, so oft ich mit ihm von dir spreche, Gutes über dich sagen. Das ist das einzige, was ich tun kann, so gern ich dir beistehen würde.«

»O es wird nichts nützen, es wird alles vergeblich sein!« rief sie in neuen Jammer ausbrechend.

Und sie fuhr fort, sich in leidenschaftlichen Worten zu ergehen, wie ein Sturm war es über sie gekommen. Ganz gelassen und unberührt war ihr Herz bis dahin gewesen, nun öffnete es alle seine Pforten zugleich diesem Jüngling, den sie vor einer Stunde zum erstenmal erblickt hatte. Am Fest ihrer Verlobung mit einem andern schüttelten sie die wonnigen Fieberschauer der ersten Liebe.

Leo redete ihr zu, so gut er es vermochte, und bemühte sich, sie zu trösten. Es gelang ihm, sie nach und nach wenigstens so weit zu beruhigen, daß sie, nachdem sie ihr Antlitz mit Wasser benetzt hatte, zur Gesellschaft zurückzukehren imstande war.

Inzwischen hatte Doll im menschenleeren Saale Herrnfeld getroffen, der sich damit beschäftigte, eine Narzisse, die er aus dem Blumenregen gerettet hatte, in sein Knopfloch zu stecken. Es wurde jetzt hier gelüftet, alle Fenster standen weit offen, und Arm in Arm auf und nieder schreitend, atmeten sie den Duft des Flieders, der aus dem Garten emporstieg.

»Ein sonderbares Verlobungsfest«, sagte Doll. »Wo bleibt der Bräutigam?«

»Eine plötzliche Erkrankung soll ihn daran verhindert haben, das Haus Pinkenfeld mit seiner Anwesenheit zu schmücken.«

»Oh –!«

»Du brauchst dich deswegen nicht zu beunruhigen, es wird keine schwere Krankheit sein. Vielleicht ist er bloß schulkrank.«

»Wieso?«

»Man erzählt sich, er sei unbändig stolz darauf, daß er alles, was er im Leben erreicht hat, nicht sich selbst verdankt, sondern einer langen Reihe von Ahnen. Darum soll er es gewissermaßen unter seiner Würde halten, mit der Familie seiner Braut Umgang zu pflegen.«

»Und hältst du so etwas für möglich?«

»Es wird erlogen sein wie alles, was man sich so erzählt. Ich schätze, daß nicht sein Adelsstolz, sondern sein Geschmack ihn davon abhält, diesem Feste durch sein Erscheinen die volle Weihe zu geben. Er denkt sich offenbar: Ich will doch nicht den alten Pinkenfeld oder die dicke

Frau Sidonie heiraten, sondern bloß die kleine Natti. Was gehn mich also diese Leute an?«

»Es käme auf dasselbe hinaus«, meinte Doll, »und bliebe immer das gleiche Rätsel. Warum hätte der Baron sich seine Braut gerade aus einem Hause gewählt, dessen Schwelle zu überschreiten er aus irgendeinem Grunde Bedenken trüge?«

»O heilige Unschuld! Was wird denn einen Freiherrn von Gall-Rastenburg-Grahovo dazu bestimmen, sich mit der Familie Pinkenfeld zu verschwägern?«

»Gut, nehmen wir an, das Geld. Aber was soll die Pinkenfelds bestimmt haben, die Hand ihrer Tochter einem Bewerber zuzusagen, der die Familie seiner Braut als Luft behandelt?«

»Vielleicht auch das Geld.«

»Wenn beide Teile reich sind, so würde die Erklärung nur noch schwieriger.«

»Ich meine nicht das Geld, das sie haben, sondern das Geld, das sie haben möchten.«

»So wären sie beide betrogene Betrüger?«

»Im Gegenteil! Vielleicht können sie einander gegenseitig gut brauchen. Die Verbindung mit dem Freiherrn erhöht das Ansehen des Hauses Pinkenfeld, und die Verbindung mit dem Hause Pinkenfeld erhöht den Kredit des Freiherrn. Es ist ein geradezu ideales Verhältnis. Der Blinde stützt den Lahmen und der Lahme weist dem Blinden den Weg. Das Betriebskapital braucht nicht groß zu sein, wo zwei einander so trefflich ergänzen. Es gibt Wasserkünste, die sich durch ein einziges Schaff Wasser in Gang halten lassen. Dadurch, daß das Wasser oben herausspritzt, füllt sich unten immer wieder das Becken. Und dadurch, daß sich unten das Becken füllt, kann das Wasser immer wieder oben herausspritzen. Es kommt nur darauf an, daß die Leute den Zauber nicht merken, so meinen sie wunder, was für eine Menge Wasser da vorhanden sein müsse.«

Sie waren an dasselbe offenstehende Fenster getreten, an dem Doll vorhin mit der schlanken Bethy Leodolter gestanden hatte. Herrnfeld fuhr fort, die Raketen seines Witzes steigen zu lassen. Er war wieder einmal so recht im Zuge, es machte ihm Vergnügen, den Menschen gleichsam ihre Eingeweide aus dem Leibe zu nehmen, sie von allen Seiten zu begucken und mit der Lauge seines Spottes zu übergießen. Eigentlich war es amüsant, ihm zuzuhören, Doll aber konnte nicht lachen, die bittere Weisheit, die der Freund auskramte, tat ihm weh. Sein übervolles Herz sehnte sich hinweg von dieser Stätte des leeren Scheins, wo die Menschen mit Masken vor den Gesichtern umhergingen, wenn man Ludgern glauben durfte. Er befand sich noch in jenem glücklichen Zustand jugendlicher Unerfahrenheit, wo man alle Menschen lieben, ihnen nur Gutes und Edles zutrauen möchte. Und während er in tiefen Atemzügen die wonnige Nachtluft einsog, dachte er an die blonde Bethy, wie sie sich zum Fenster hinausgebeugt hatte, gleichsam wie erlöst von dem hohlen Treiben dieses Abends: »Es duftet nach Land und nach Freiheit!« ...

Es berührte ihn jemand an der Schulter, er hatte die Schritte nicht beachtet, die sich näherten. Als er sich umwendete, stand Mara Nehuda vor ihm, am Arm seines Bruders Moini. Er hatte das jetzt voll erblühte Mädchen seit jener Nacht auf der Festwiese in Nedweditz nicht wiedergesehen und meinte sich getäuscht zu haben, als er vorhin für einen Augenblick unter den im Tanze hinwirbelnden Paaren einer Gestalt ansichtig geworden war, die ihn flüchtig an sie erinnerte.

»Meine Dame beklagt sich über dich«, sagte Moini, »daß du sie absichtlich übersiehst!«

Es war nicht möglich, seine Worte für scherzhaft zu nehmen, ihr Ton klang streng und beinahe herausfordernd.

»Entschuldigen Sie«, sagte Doll, sich an Mara Nehuda wendend; »ich wußte nicht, daß Sie hier wären. Aber auch wenn ich es gewußt hätte – ich glaube, ich hätte dennoch Bedenken getragen, mich Ihnen zu nähern.«

»Wie er unhöflich sein kann!« rief sie mit ehrlichem Staunen. »Weißt du, daß das sehr häßlich von dir ist, Doll? Du hast ein kurzes Gedächtnis, scheint's! Du erinnerst dich wohl gar nicht mehr daran, daß wir einst gute Freunde waren? Hast du vergessen, wie wir Uckeley miteinander angelten, als Kinder? Und wie wir damals auf der Festwiese in Nedweditz einen ganzen Nachmittag und Abend wie Liebesleute Arm in Arm herumspazierten?«

»Ich habe es nicht vergessen. Und ich habe auch nicht vergessen, was du zu mir sagtest, als wir vor eurem Hause voneinander Abschied nahmen.«

»Und was sagte ich?«

»Jetzt brauchst du mich nicht mehr zu begleiten, sagtest du, und ich brauche nicht mehr deutsch zu sprechen.«

»Das kränkt ihn noch heute, den Teutonen!« spottete sie. »Kommen Sie, Moini, es ist überhaupt nichts mit ihm zu reden!«

Bereits im Begriffe, Moini mit sich fortzuziehen, wendete sie sich heftig noch einmal gegen Doll herum. Ihre schwarzen Augen sprühten Zorn.

»So seid ihr alle, ihr Deutschen! Geht zu euren preußischen Brüdern, wenn euch unsere Sprache ein Dorn im Auge ist!«

»Wir bleiben, wo wir zu Hause sind«, sagte Doll. »Es fällt uns nicht ein, den Tschechen Platz zu machen!«

»Du wirst meiner Dame Abbitte leisten!« herrschte Moini den jüngeren Bruder an.

»Das werde ich nicht! Da es ihr ein Opfer kostet, in einer Sprache mit mir zu sprechen, die ich verstehe, so muß ich darauf verzichten, mich mit ihr zu unterhalten.«

»Beruhigen Sie sich, meine Herrschaften«, legte Herrnfeld sich lachend ins Mittel. »Wir sind hier, um uns zu amüsieren, und befinden uns nicht im Schmerlingtheater!«

Aber die jungen Leute waren zu sehr erregt, als daß eine Verständigung möglich gewesen wäre. Sie gingen schroff auseinander, während Moini zwischen den Zähnen hervorstieß: »Wir sprechen uns noch!«

Verstimmt durch die unliebsame Begegnung zog Doll sich in einen der entlegenen Räume zurück, wo ältere und jüngere Herren rauchend und plaudernd beisammensaßen. Er traf einen ehemaligen Schulfreund, den er früher in der Menge übersehen hatte. Die beiden jungen Leute unterhielten sich über ihre Zukunft, über ihre Lebenspläne, und Doll erfuhr, daß Karl Schuda, der ein Deutschböhme war, sich mit der Absicht trug, nach Vollendung seiner Studien den Staub der Heimat von den Füßen zu schütteln.

»Ich will es versuchen, mir in Peru eine Existenz zu gründen. Man legt es in Österreich immer mehr darauf an, uns Deutsche hinauszuekeln. Wir sind zu schwach, wir werden erdrückt, wir werden aufgefressen. Ich kann es nicht aufhalten. Soll ich ein Vierteldutzend unmögliche Sprachen lernen, nur um mir notdürftig fortzuhelfen? Ich sage: *Ubi bene, ibi patria!* Ich will, daß meine Nachkommen, wenn ich einmal welche haben sollte, Deutsche bleiben!«

»Und wird das in Peru der Fall sein?« fragte Doll.

»Ganze Länderstrecken an der amerikanischen Westküste sind deutsch!« sagte Schuda. »Niemand macht ihnen ihre Schulen, ihre

Sitten streitig. An der Universität von Santiago de Chile gibt es eine Verbindung deutscher Studenten, niemand bedroht sie, wenn sie ihre Farben tragen. Da drüben ist noch viel Platz für Deutsche. Man braucht fleißige Hände und kluge Köpfe. Die träge spanisch-kreolische Bevölkerung bezwingt diese Gebiete nicht, die eine Ausdehnung haben wie von Lissabon bis zum Nordkap. Sollen wir ohnmächtig hier zusehen, wie die Feinde unseres Volkes uns ein Stück Land nach dem andern entreißen? Sollen wir uns unser Leben lang um ein paar verlauste Weingärten und steinige Kartoffeläcker balgen, wenn wir drüben nur einen Brunnen zu graben brauchen, um jungfräuliche Plantagen zu besitzen?«

Leo Pinkenfeld war herangetreten und hatte sich zu ihnen gesellt. Er hörte zu. Wie er so still dasaß und lauschte, mit seinem blassen, feingeschnittenen Gesicht, glich er einem jener anmutigen Jünglinge, die auf den griechischen Grabstelen traurig ihr Haupt neigen.

»Ich fürchte«, sagte er in seiner etwas müden Art, »daß Ihre Plantagen in der Nähe besehen sich als Phantome erweisen könnten.«

»Und dennoch will er die Heimatscholle darum hingeben!« rief Doll erregt.

Karl Schuda lachte.

»Ich habe eigentlich mehr bildlich gesprochen. Vorderhand besitze ich weder hier noch drüben einen Quadratschuh Erde.«

»Ich habe auch bloß bildlich gesprochen«, sagte Doll. »Mit jeder Art von Arbeit, die du hier leistest, hilfst du die Heimat halten.«

»Besitzen wir überhaupt eine Heimat, wir in den großen Städten?« sagte Leo Pinkenfeld. »Ich muß gestehen, mir ist oft zumute, als fehlte meinem Dasein der Boden, in dem es wurzelt. Als könnte jeder Windhauch mich fortwehen. Warum bin ich da? Warum bin ich dort? Überall bleibt es schließlich das nämliche. Mit jedem Bauer möchte ich tauschen, der nichts kennt als seine Scholle, denn er – hat eine Heimat.«

»Seien wir doch froh, daß wir freizügig sind!« sagte Schuda. »Das ist ja gerade mein Vorzug als intelligenter Mensch, daß ich meine Heimat überall aufschlagen kann. Immer der Bauer und der Bauer auf seiner Scholle! Gibt es nicht unzählige andere Berufe, die ebenso achtenswert und unentbehrlich sind? Sie sind nun einmal der Sohn der Firma Pinkenfeld. Seien Sie es treu, gewissenhaft, mit Hingebung und gutem Erfolg – was neiden Sie dem Bauer seine Scholle? Ihre Heimat ist weiter als die seine, warum sehnen Sie sich nach seiner Enge?«

»Wem es überall gleich gut gefällt, der ist nirgends recht zu Hause«, sagte Leo. »Warum hat das Wort Heimat einen so holden Klang? Weil es über dem Verstande steht. Weil es eine Liebe ausspricht, die nicht aus Gründen liebt, und die man töricht nennen müßte, wäre sie nicht höchste Weisheit. Wir Hinausgestoßenen, wir Freizügigen sind dieser Liebe nicht mehr fähig, die in der Beschränkung wurzelt wie jede Liebe. Ich für meine Person bedaure es. Ich sehe darin den Grund des Unfriedens und der Ruhelosigkeit, die mich nicht froh werden lassen.«

»Sie sind satt, ganz einfach«, sagte Schuda schroff. »Ihr Fall ist nicht der meine. Ich will eine Heimat, aber ich will sie da, wo ich Aussicht habe, meine Arbeit vorteilhaft zu verkaufen. Ich denke dabei nicht nur an einen vollen Säckel, ich denke auch an ein Vaterland für mich und meine Nachkommen. Ein Vaterland, das ich lieben kann, weil es ein Hort alles dessen ist, woran mein Herz hängt. Wo man mir meine Muttersprache nehmen will, da kann mein Vaterland nicht sein!«

»Wo nimmt man Ihnen ihre Muttersprache?« fragte Leo.

»In Böhmen!«

»Er meint es abermals bloß bildlich«, sagte Doll lachend.

»Gewiß, Taubenblut! Soll ich warten, bis ich in meiner Sprache kein Recht mehr finden kann? Ist es nicht genug, wenn ich sehe, wie in Gegenden, die noch vor einem halben Menschenalter deutsches Bundesgebiet waren, deutschen Kindern die deutsche Schule fehlt? Ist es nicht genug, wenn man mit dem Steuerertrag unseres uralten deutschen Fleißes die Feinde des deutschen Volkes großzüchtet? Hat man mir und unzähligen noch Ungeborenen nicht bereits eine ganze Menge Möglichkeiten genommen, als Deutsche in diesem Lande zu bestehen? Und fährt nicht eine Regierung nach der andern, sie mag sich nennen wie sie will, zielbewußt auf dem eingeschlagenen Wege fort? Soll das alles noch nicht genug sein?«

»Es ist mehr als genug, um uns hier festzuhalten!« rief Doll. »Gerade weil unser Volk in Bedrängnis ist, können wir es nicht im Stiche lassen!«

Seine Wangen glühten, er hatte mit Erregung gesprochen, jetzt hielt er inne; ein stiernackiger Mann, ein bekannter Parlamentarier, der in der Nähe saß, hatte sich nach ihm herumgewendet und hob seinen Bierkrug: »Blume!«

»Danke!« sagte Doll.

»Alldeutschland lebe hoch!« sagte der Stiernackige. »Prosit!«

Doll schwieg und sah vor sich hin. Der andere leerte seinen Krug bis auf die Nagelprobe und fuhr fort: »Ihr seid unser Nachwuchs, ihr Jungen, unsere Partei zählt auf die neue Generation! Deutschnational sei die Losung und sonst nichts! Wie ein großer Brand muß der alldeutsche Geist aufflammen in unseren Gauen! Dann wird auch der erzgepanzerte deutsche Michel draußen im Reich Lauheit und Opportunität abschütteln und sich an die Bedrängnis seiner Brüder hinter den schwarzgelben Grenzpfählen erinnern. Wir stehen nicht allein, das ganze deutsche Edelvolk steht hinter uns, und vielleicht ist der Augenblick nicht fern, wo es sein Schwert aus der Scheide reißt, um unsre Feinde zu zerschmettern!«

»Mit unsern Feinden werden wir schon allein fertig werden!« antwortete eine Stimme. Der alte Marr, die kleine Exzellenz, war plötzlich an Dolls Seite aufgetaucht und stand zürnend wie ein ordengeschmückter Erzengel in Frack und weißer Halsbinde neben ihm. Über Dolls Kopf hinweg kreuzten die beiden Männer ihre Klingen. Der eine wuchtig und geradezu, als ob er einen Flamberg führte, der andre gewandt und scharf wie ein lebhafter Rapierfechter. Es war, als kämpften sie um die Seele dieses Jünglings, die ein jeder dem Feinde streitig zu machen suchte, um sie seinen eigenen Idealen zu erobern.

»Wollen Sie um fremde Hilfe betteln?« rief aufgebracht die kleine Exzellenz. »Sollen wir von auswärts Rettung erwarten und uns von den Preußen unser Haus bestellen lassen? Begreifen Sie nicht, daß unsre Geschichte, unsre Fürstentreue, unser Mannesstolz uns daran hindern muß? Blättern Sie in den Annalen der Nationen! Ein Volksstamm, der sich nicht selbst hilft durch die Kraft seiner Arbeit, der ist dem Untergang geweiht und verdient auch nichts besseres!«

»Das ist es ja, was ich sage!« schrie der andere. »Völkische Arbeit müssen wir leisten! Aufrütteln müssen wir unser Volk, es zum politischen Denken, zu rücksichtslosem Nationalbewußtsein erziehen!«

»Zur Tüchtigkeit müssen wir es erziehen, nicht zum politischen Kannegießern!« beharrte der alte Marr. »Sehen Sie sich die Völker der südlichen Halbinseln an, die es weder zu Wohlstand noch zu Macht bringen, weil sie sich in großsprecherischer Untätigkeit aufzehren! Wir sind nun einmal eine Minderheit in unserem Staate, die kein Wunder in eine Mehrheit verwandeln wird. Was wollen Sie mit Gewalt, was wollen Sie mit Lärmschlagen? Was helfen uns Wotan und Tor? Unser Fleiß, unsere Regsamkeit, unsre Tatkraft sind die Waffen, die uns niemand entwinden kann. Die Fruchtbarkeit unserer Gedanken, die Blüte unsres Gemüts, die Geschicklichkeit unserer Hände macht uns stark. Nur wirkliche Leistungen haben Dauer vor der Geschichte, und auch die unsrigen werden unverwelklich sein, wenn sie echt sind. Der Wille zur Macht ist es nicht, der zu ihr verhilft; aber wer das Gute mit Kraft und Beharrlichkeit anstrebt, dem fällt sie wie von selbst in den Schoß!«

Sie gerieten in Hitze und rückten sich hart an den Leib. Gesinnung stand gegen Gesinnung, Temperament gegen Temperament. Niemand hätte dem kleinen alten Herrn ein solches Feuer zugetraut. Der Stiernackige vertauschte den Flamberg mit der Keule, aber die Hiebe gingen daneben, er verschanzte sich hinter parteipolitischen Zeitungsphrasen, aber der alte Marr warf die Brandraketen seines Witzes in den papierenen Wall.

Schließlich ließ die kleine Exzellenz dem wuchtigen Tribünenmanne das letzte Wort, trocknete sich den Schweiß von der Stirn und sagte lächelnd zu den jungen Leuten: »Mir scheint gar, ich habe mich ereifert. Verzeihen Sie, meine jungen Herrn, und nehmen Sie sich aus meinen Worten, was Sie brauchen können. Ich bin alt, Sie aber werden der Gegenwart noch über die Achsel lugen und einen Blick in die Zukunft tun. Wie wird sie sich gestalten? Niemand kann es wissen. Vorderhand können wir nur hoffen, daß unser aller Sorgen und Mühen nicht vergeblich sein möge. Denn soweit unsere Ansichten auseinandergehen, es trägt doch ein jeder von uns denselben heißen Wunsch im Herzen: das Gedeihen des Volkes, dessen Sohn er ist. So hoffen wir wenigstens. Und auch denen, die nicht unsere Sprache sprechen, wollen wir den gleichen Wunsch nicht verübeln. Nur sollten sie freilich nicht mit vergifteten Waffen fechten!«

Er sah nach der Uhr und machte eine scherzhaft übertriebene Gebärde des Schreckens.

»Nun wollte ich doch nicht länger als ein Stündchen ausharren«, sagte er zu Doll. »Sie waren Zeuge meiner guten Vorsätze, und doch ist es reichlich spät geworden. Was läßt sich tun? Schließlich hat es auch einen gewissen Reiz, sich manchmal zu vergessen. Es ist verführerisch zu verweilen, wo so viel Jugend versammelt ist ...«

Er grüßte freundlich nach allen Seiten und entfernte sich. Doll wäre ihm am liebsten nachgeeilt, um ihn zu begleiten, er fühlte eine unbegrenzte Zuneigung und Verehrung für den geistesfrischen, warmherzigen Greis. Aber die Furcht, aufdringlich zu erscheinen, bannte ihn fest. So verweilte er noch eine kleine Weile und kehrte dann in den Tanzsaal zurück.

Der große, prächtige Raum begann eben sich wieder zu füllen, von allen Seiten strömten die Paare herein. Das Stimmen der Musikinstrumente mischte sich mit dem wirren Durcheinander eines hundertfältigen Geplauders, als plötzlich in der Nähe des Eingangs ein roher Lärm entstand, wie wenn Kutscher miteinander in Streit geraten wären. Entsetzt wichen die Gäste auseinander, ein unscheinbar gekleideter fremder Mann war eingedrungen und balgte sich mit ein paar Lakaien, die ihn zurückzuhalten suchten. Er wehrte sich wie ein Löwe und erfüllte die Luft mit seinem Geschrei: »Ich will ihn sprechen, ich muß ihn sprechen, ich lasse mich nicht abweisen!«

Ein Tobsüchtiger, hieß es, ein Wahnsinniger, der zu Pinkenfeld vordringen wolle. Man rief nach dem Hausherrn, man suchte ihn. Bleich und verstört kam endlich Herr von Pinkenfeld herbeigestürzt, durch die Gasse, die sich vor ihm öffnete, sah man die von panischem Schrecken ergriffenen Schöße seines Frackes wehen.

Den Dienern war es inzwischen gelungen, den unliebsamen Eindringling zu überwältigen. In dem Augenblicke, wo sie ihn zur Tür hinausdrehten, erblickte Doll flüchtig die Umrisse seiner Gestalt und erschrak heftig. Täuschte er sich, oder war es wirklich Herr Fanedl, der Buchhalter des Hauses Mairold, der diese peinliche Szene verursacht hatte? Herr Fanedl, der sonst gutmütig und schüchtern war wie ein Kalb, Herr Fanedl sollte solcher Ausschreitungen fähig sein? Dann mußte er in der Tat einen Tobsuchtsanfall erlitten haben!

»Musik!« rief Frau Sidonie, nervös in die Hände klatschend.

Da brauste die entfesselte Sturmflut der Töne durch den Saal und jagte die Geister des Schreckens zum Tempel hinaus. Doll aber schob sich durch das Gedränge gegen den Eingang, trat hinaus und beugte sich über das Geländer der Vorhalle. Unter sich, auf dem Treppenabsatz des Halbstocks, konnte er gerade noch Herrn von Pinkenfeld erblicken, wie er den fremden Mann mit ausgesuchter Höflichkeit in sein Piivatkontor hineinkomplimentierte und die Tür hinter sich ins

Schloß zog. Der fremde Mann aber, obgleich er wild und verlottert aussah wie ein Stromer, war wirklich niemand anderer als Herr Fanedl.

Was ging hier vor? Welche Geheimnisse verbargen sich hinter jener geschlossenen Tür?

Beunruhigt und verstimmt kehrte Doll in den Saal zurück, aber nur, um sich von den Damen des Hauses zu beurlauben und ihnen für den Abend zu danken. Es duldete ihn nicht länger in diesen Räumen, er konnte das Gefühl, als ob etwas Unheimliches hier vorginge, nicht los werden.

Es wurde eben der Kotillon getanzt. Bethy Leodolter, die nicht ahnte, daß er im Begriffe stand, sich zu verabschieden, eilte auf ihn zu und heftete ihm einen Orden an die Brust. Als er darauf niederblickte, bemerkte er, daß er das Sträußchen Tuberosen verloren hatte, das früher an dieser Stelle befestigt war. Aber es war ihm gleichgültig. Er legte den Arm um Bethys Mitte und wirbelte mit ihr durch den Saal. Da überkam ihn alle Seligkeit der Jugend und berauschte ihn. Dieses vornehme, schlanke Geschöpf in den Armen zu halten! Ihren Atem an seiner Wange zu fühlen! Den Duft ihres Haares zu atmen, das goldig strahlte wie zarte Rohseide, und dessen widerspenstiges Gekräusel einen ganzen Heiligenschein um das liebliche Rund des Hauptes zauberte! Mit diesem Eindruck wollte er den Abend beschließen ...

Als er die teppichbelegte Treppe hinunterstieg, trug er nur einen einzigen Orden auf der Brust, aber der war ihm teurer, als wenn es der Medidje in Brillanten gewesen wäre.

* * *

Ihr, die ihr am Gelde hängt, ihr wißt es, daß es keine Kleinigkeit ist, das Seinige zu verlieren. Die Häuser stehen fest und die Grundstücke sind mit der Erde verwachsen, aber der reichere Gewinn, den die Arbeit der keuchenden Maschinen und der tausend schwieligen Hände verheißt, schwankt wie eine Schiffsladung auf den trügerischen Wellen des Marktes. Wenn es Dinge gibt, denen das Bedürfnis ihren Wert verleiht, so gibt es auch Werte, die nur durch den Glauben der Menschen bestehen. So kann bedrucktes Papier unendlich viel schwerer wiegen als Gold; sobald aber der Zauber schwindet, der es mit Kraft, Willen und Macht umkleidete, wird es plötzlich leicht wie – Papier, und jeder Windzug weht es unter den Tisch. Dort mag es ruhig liegen bleiben, niemand bückt sich mehr, es aufzuheben.

Herr Fanedl ist, seit er Herrn von Pinkenfeld Aug in Auge gegenüber sitzt, auf einmal ganz klein, zaghaft und demütig geworden.

»Entschuldigen Sie bloß! Ich wollte wirklich nicht stören! Es war nur die Angst, die mich verrückt gemacht hat. Es war nur die Sorge um mein Geld, um mein gutes Geld, um meine kleinen Ersparnisse! Sie werden Mitleid mit mir haben. Sie sind ein umsichtiger Mann, Sie sind ein weitblickender Mann, Sie sind ein ehrlicher und ein reicher Mann! Sie werden einen armen Familienvater nicht im Stiche lassen!«

Das Spiel der Kräfte beginnt. Von zwei Menschen, die miteinander zu tun haben, ist immer der eine oben und der andere unten. Als Pinkenfeld den halb wahnsinnigen Herrn Fanedl in sein Privatkontor hineinkomplimentierte, war er ganz tief unten. Nun hat der unvorsichtige kleine Buchhalter die gefährliche Waffe, mit der er angerückt kam, aus der Hand gegeben: seinen Zorn. So kommt es, daß jetzt auf einmal Herr von Pinkenfeld Oberwasser gewinnt.

»Was ist das für ein unqualifizierbares Benehmen?« sagt er empört. »Mitten in einem Fest kommen Sie mir mit Gezeter daher! Was wollen Sie eigentlich? Ich verbitte mir solche Impertinenzen!«

Immer kleiner wird Herr Fanedl, immer zerknirschter und weinerlicher. Er ist stundenlang durch die Gassen der Stadt gelaufen, in seiner Not. Er war bis an der Donau unten und hat lange ins dunkel ziehende Wasser gestarrt, aus dem der Tod ihm entgegengrinste. Aber so viel Mut, als dazu gehört, ihn freiwillig zu umarmen, so viel Mut kann ein Fanedl nicht aufbringen. Da rannte er vor ihm davon, zitternd vor Angst, von Grauen gepackt. Und der schon halb durchlebte Tod pulverte ihn auf, daß er plötzlich nicht mehr der Herr Fanedl, sondern ein brüllender Löwe war. Die Übernatur, die sich seiner bemächtigt hatte, jagte ihn durch die Straßen in seine Gegend zurück. Ein paarmal war er hingefallen, den Hut vom Kopfe hatte er verloren, und der Kopf selbst wußte nicht mehr, daß er Herrn Fanedl gehörte. So stand er unversehens im Ballsaal und balgte sich mit ungeschlachten Menschen, die die Livree von Lakaien trugen. Das war alles wie ein Fieberschauer. Und jetzt, da der Taumel von ihm gewichen ist, jetzt fühlt er sich ermattet wie ein Kranker und zur Empfindsamkeit geneigt wie ein Genesender.

»Oh, Herr von Pinkenfeld, wenn Sie sich in mich hineindenken könnten! Sie würden mich nicht verurteilen, Sie würden begreifen und verzeihen.«

Fünfunddreißig Jahre hat er gearbeitet und gespart, fünfunddreißig lange Jahre Kreuzer auf Kreuzer gelegt. Keine Zerstreuung, keine Aufheiterung, kein Wohlleben, keine Reise, kein Theater hat er sich gegönnt, fünfunddreißig Jahre lang. Kein Vergnügen außer seine Briefmarkensammlung, die ihn ja nichts kostete; er hatte sie zusammengebettelt, oder im Tauschwege erworben. Zur Aussteuer für seine Tochter war das Geld bestimmt gewesen, sie war sein einziges Kind, sein alterndes Herz hing an ihr. Was übrig blieb, das sollte einen Notpfennig abgeben für die Zeit der Arbeitsunfähigkeit. Und nun war auf einmal alles dahin.

»Da sind sie, die Papiere«, sagte er, ein Paket aufwickelnd, das er krampfhaft unter dem Arme gegen die Brust gepreßt hielt. »Ich habe mich auf Sie verlassen, Herr von Pintenfeld! Pentelikon muß gut sein, hab' ich mir gedacht, wenn der Herr von Pinkenfeld Präsident des Verwaltungsrates ist. Meine Hand hätte ich ins Feuer gelegt für Pentelikon. Wem soll man noch Vertrauen schenken, wenn man einem Herrn wie Ihnen nicht mehr vertrauen darf? Ich weiß, es ist nicht wahr, was die Leute sagen! Bestätigen Sie, daß es nicht wahr ist! Pentelikon ist gut! Es müßten ja lauter fiktive Bilanzen gewesen sein, die man den Aktionären vorgelegt hat. Es wäre geradezu eine Irreführung gewesen! Das wird nicht sein, das kann nicht sein, sagen Sie, daß es nicht sein kann, daß nur ein blinder Schreck in die Leute gefahren ist, wenn sie auf Pentelikon nichts mehr halten! Denn Sie halten nichts mehr darauf, Herr von Pinkenfeld, nicht so viel« – er schnalzt mit zwei Fingern in der Luft – »nicht so viel, Herr von Pinkenfeld, halten sie mehr auf Pentelikon!«

In einem hilflosen Wimmern erstirbt seine Stimme. Er wischt sich den Schweiß von der Stirn und die Tränen aus den Augen. Und mit dem letzten Atem, der ihm noch geblieben, stößt er stöhnend hervor: »Von einem Wechsler zum andern bin ich gelaufen ... Ausgelacht haben sie mich ... Nicht den Papierwert geben sie für Pentelikon-Aktien!«

Immer kühler, immer größer ist Pinkenfeld inzwischen geworden. Er fühlt, daß ihm Unrecht geschieht, daß er für Dinge zur Rechenschaft gezogen wird, die er nicht verschuldet hat, oder für die wenigstens hundert andere mit demselben Rechte verantwortlich gemacht werden könnten wie gerade er. Ungehalten wirft er sich in die Brust, jetzt ist er ganz mächtig hoch oben.

»Gott, was sind Sie verdreht, Fanedl! Reden daher wie ein Dilettant und nicht wie ein Mann, der sich auskennt in den Geschäften. Wissen Sie nicht, was ein Aktienunternehmen ist? Oder glauben Sie, man kann spekulieren, ohne daß man ein Risiko dabei auf seinen Buckel nimmt? Was gehen mich Ihre Ersparnisse an? Bin ich Pentelikon? Und verliere ich nicht mein Geld so gut wie Sie, wenn Pentelikon notleidend wird? Wie soll ich die Wechselstuben zwingen, Ihre Aktien einzulösen, wenn sie nicht wollen? Hab' ich es in der Hand, die Panik, die plötzlich ausgebrochen ist, zu unterdrücken? Bin ich der Gott Neptun, der den Wellen gebietet? No, sehen Sie! Was überlaufen Sie mich also mitten in der Nacht mit Vorwürfen und Geschrei?«

»Haben Sie Gnade! Haben Sie Erbarmen! Lösen Sie mir meine Aktien ein! Kaufen Sie den kleinen Posten, Sie spüren es kaum! Ich lasse sie Ihnen zum Nominalpreis. Gestern noch waren sie das Dreifache wert. Ich mache das Kreuz darüber, ich will nichts dabei gewinnen. Ich will nur mein bißchen Erspartes nicht verlieren. Haben Sie Mitleid mit meiner armen Tochter! Haben Sie Mitleid mit meinem Alter! Ein Wort von Ihnen, und ich bin gerettet und danke es Ihnen mein Leben lang!«

»Ihre Aktien soll ich einlösen?« braust Pinkenfeld auf. »Sie sind nicht bei Trost, Herr Fanedl, gehen Sie heim und schlafen Sie sich aus!«

So schroff und rauh sollte Pinkenfeld den Ton nicht wählen! Vergißt er, daß er es mit einem Manne zu tun hat, der sich den Ertrag eines ganzen Lebens entgleiten, ihn im Nichts verschwinden sieht? So schroff und rauh sollte Pinkenfeld den Ton nicht wählen. Auch ein Fanedl hat Galle; wehe, wenn sie ihm abermals zu Kopf steigt!

»Ich bin ganz klar und weiß, was ich sage, Herr von Pinkenfeld! Sie sind der Macher von Pentelikon! Sie sind dafür verantwortlich, wenn ich mein gutes Geld daran verliere! Lösen Sie mir die Papiere ein, oder Sie werden mich kennen lernen!«

»Drohen wollen Sie mir? Ich lasse Sie durch meine Diener hinausweisen, wenn Sie sich nicht sofort entfernen!«

Er drückt auf den Klingelknopf. Da schießt in Herrn Fanedls Brust der Löwenzorn wieder ein.

»Geben Sie acht, Herr von Pinkenfeld! Ich schlage Lärm, ich mache Skandal, mir ist jetzt alles gleich! Ich schrei' es durch die Gasse, daß es bis in Ihren Ballsaal hinaufklingt: Der Pinkenfeld ist ein Betrüger! Nehmt euch in acht vor ihm! Er zieht den kleinen Leuten ihre Ersparnisse aus den Taschen, um glänzende Feste zu geben und seiner Tochter einen Freiherrn zu kaufen! Nehmt euch in acht, ihr Leute! Ihr habt es mit einem Wolf im Schafspelz zu tun!«

Mit einem mächtigen Schwung ist der kleine Buchhalter auf einmal wieder ganz oben und Pinkenfeld sinkt wie erschlafft in seinen Armstuhl zusammen. Es pocht an die Tür, ein livrierter Diener fragt, was der Herr befehle?

»Es ist nichts ... Sagen Sie der gnädigen Frau, daß ich mich sofort wieder einfinden werde.«

Aus dem oberen Stockwerk dringen gedämpfte Geigenklänge in das kleine Kontor, in dem die beiden Männer einander gegenübersitzen. Die mit Stuckornamenten verzierte Decke zittert unter dem Taktschritt der fröhlichen Paare, die oben über das Parkett schleifen, und der reich vergoldete Kronleuchter über dem Tische begleitet den Rhythmus des Tanzes mit leise klirrenden Stößen.

Pinkenfeld hatte sein Taschentuch gezogen und tupfte sich den Schweiß von der Stirn.

»Ich will nicht gehört haben, was Sie sagen, meine Ohren sind taub. Ich weiß, es ist nicht Herr Fanedl, der so zu einem alten Freunde spricht, um ihn zu kränken und zu beleidigen. Es ist bloß die Panik, die mit der Zunge des Herrn Fanedl spricht. Und ich bin bereit, Rede und Antwort zu stehen. Aber nicht heute, nicht jetzt. Hier bin ich Privatmann. Meine Tochter feiert ihr Verlobungsfest. Kommen Sie morgen ins Geschäft. Wir sind immer gut miteinander ausgekommen. Wir werden uns verstehen, wir werden uns arrangieren!«

Aber der reißende Löwe kennt kein Einhalten mehr. Wer kann wissen, was bis morgen früh geschieht? Vielleicht ist Herr von Pinkenfeld morgen früh gar nicht mehr da und sucht mit dem Schnellzug das Weite? Die Welt stürzt ein, wer noch etwas retten will, der kann nicht bis morgen früh warten!

»Geben Sie mir mein Geld heraus!«

Das ist alles, was Herr Fanedl noch zu sagen weiß. Er ist aufgesprungen, er schlägt mit der geballten Faust gegen die große eiserne Kasse. Er schreit aus vollem Halse, immer dasselbe: »Mein Geld will ich haben, geben Sie mir mein Geld!« Er überschreit sogar die Klänge der Musik. Abermals wird die Tür geöffnet, scheu und vorsichtig lugt der Diener herein, ob er seinem Herrn vielleicht beispringen soll, gegen diesen Rasenden? Aber Pinkenfeld winkt ihm bloß mit der Hand, sich zu entfernen. Seine Kräfte sind erschöpft. Niedergerungen liegt er am Boden, hilflos, wie geknebelt.

»Ich will Ihnen etwas sagen, Fanedl. Sie haben Ihren Zweck erreicht. Ich fürchte mich vor Ihnen. Nicht als ob Sie im Recht wären! Aber weil Sie in diesem Augenblick der Stärkere sind. Sie brauchen nur hinauszugehen und auszuschreien, ich sei ein Gauner, der Sohn oder Enkel eines polnischen Juden, der auch ein Gauner gewesen – so finden Sie Leute, die es Ihnen glauben. Es ist erlogen, kein wahres Wort ist daran, ich bin immer ehrlich und gewissenhaft gewesen, und schon mein Urgroßvater war ein ehrlicher Handelsmann hier auf dem Schottenfeld. Was nützt es mich? Vielleicht beliebt es Ihnen, das Gegenteil zu behaupten, und weil eine wirtschaftliche Krise in der Luft liegt, werden sich sofort Hunderte und Taufende finden, die Ihnen blindlings Glauben schenken. Es ist eine alte Geschichte: Wenn es schief geht mit den Geschäften, wer ist schuld daran? Die Juden! Darin liegt die Stärke Ihrer Position, Herr Fanedl. Sie haben mich untergekriegt, seien Sie stolz darauf, wenn Sie können. Ich übernehme Ihre Pentelikonaktien zum Nominalwert.«

Er stand auf, rasselte an der eisernen Kasse mit den Schlüsseln und legte ein Bündel brauner Prioritäten auf den Tisch.

»Die sind Ihnen doch gut? Oder verlangen Sie noch mehr als Dupillarsicherheit?«

Er ergriff einen Bleistift, zählte und rechnete, blickte ins Kursblatt, addierte halbfällige Kupons, und als es nicht langte, holte er noch ein Päckchen funkelneuer Banknoten aus dem Bauch der Kasse hervor und legte es dazu. Hastig summierte er die Zahlen, es langte noch immer nicht; er schnappte nach Atem, holte ein hölzernes Schüsselchen aus der Kasse heraus, in dem sich blanke Silbergulden und auch ein paar Dukaten befanden, und begann abermals zu zählen und zusammenzurechnen. Es fehlte noch immer etwas, es war noch immer nicht genug. Er suchte in der Kasse und fand nichts mehr. Da zog er schließlich seine Geldbörse aus der Tasche und zählte die letzten Gulden und Kreuzer, die er bei sich trug, auf den Tisch. Nun stimmte es endlich auf den Heller.

Mit zitternden Händen packte Fanedl ein. Er war versöhnt und sogar ein wenig beschämt. Sein Lebtag hatte er so etwas nicht getan. Es lag ganz und gar nicht in seiner Art, einem Mitmenschen das Messer in der Weise an die Kehle zu setzen. Er mußte in der Tat halb verrückt gewesen sein. Mit wackliger Stimme bat er Herrn von Pinkenfeld, ihm nichts nachzutragen. In der Hitze springe einem manchmal ein Wort über die Lippen, das man nicht verantworten könne. Aber schlimm gemeint wär' es sicher nicht gewesen, und wer ein Ehrenmann sei und wer nicht, das hätt' er immer zu unterscheiden gewußt ...

»Gehen Sie nur! Gehen Sie nur!« winkte Pinkenfeld.

Erschüttert durch die eben erlebte Szene, gedemütigt vor diesem kleinen Buchhalter, entnervt, mit Sorgen beladen und angewidert vom Leben, hat der sonst so selbstsichere Mann alle Spannkraft verloren. Wie er kreidebleich und gleichsam verfallen in seinem Armstuhl sitzt, hängt bloß alles an ihm herunter, so willenlos und schlapp, als sei der ganze Mensch nichts anderes als der Schwanz eines verprügelten Hundes.

Die Tür wird aufgerissen.

»Papa, wo bleibst du? Es geht zum Souper! Du sollst Frau von Wegrad führen!«

»Ich komme, mein Kind, ich komme!«

Während sie Seite an Seite die Treppe hinaufsteigen, schiebt Natalie zärtlich ihren Arm in den des Vaters, der wie ein Gebrochener wankt und von ihr gestützt werden muß.

»Sogar heute, sogar mitten in der Nacht geben sie dir keinen Frieden, armer Papa! Warum hast du den lästigen Menschen nicht hinausweisen lassen?«

»Geschäft geht vor Vergnügen, mein Kind, ich hab' es immer so gehalten. Und trotzdem bleiben die Sorgen nicht aus ... Es ist nicht leicht heutzutage, das kannst du mir glauben!«

»Tag und Nacht plagst du dich und sorgst du dich, guter Papa! Und alles bloß, damit wir es recht schön und glänzend haben sollen!«

Er bleibt stehen und lächelt beglückt.

»Dafür habt ihr aber euren alten Vater auch ein bißchen lieb?«

Da fällt Natti ihm um den Hals und drückt ihn und küßt ihn, daß er im siebenten Himmel zu sein glaubt.

* *
 *

In solcher Maiennacht, wenn aller Verkehr in den Straßen erstorben ist, schleicht sich der Frühling von den Hängen des Wienerwaldes in die große Stadt, die er bei Tage ängstlich flieht, und haucht seinen erfrischenden Atem über das Meer von Stein und Staub. Vom gestirnten Himmel sickert er leise nieder, aus den Gärten, die zwischen den Häusern vergraben liegen, steigt er fliederduftend empor, und aus jeder Seitengasse, die sich öffnet, bläst er dem einsamen Wanderer einen herben Gruß ins Gesicht, von der grünenden, blühenden Welt da draußen.

Doll hatte sich nicht entschließen können, nach Hause zu gehen, sein Herz war zu voll, der Mai brauste in seinem jungen Blute. Laut hallten seine Schritte auf dem granitenen Pflaster, manchmal war es, als verdoppelten sie sich, als folgte ihm jemand auf dem Fuße und ginge hinter ihm drein; dann blieb er stehen und lauschte. Aber es war bloß der Widerhall seiner eigenen Schritte, den die langen Zeilen der Häuser zurückwarfen. Aufgewühlt in tiefster Seele setzte er seinen Weg fort, voll von unbestimmtem Sehnen, Glühen und Verlangen. Und die glitzernden Sterne, die in die schwarzen Schluchten der Gassen hereinlugten, waren wie stumme Fragen an das Schicksal.

Auf dem Ring drängte plötzlich der Frühling sich stürmisch an seine Brust und umarmte ihn. Die jungen Platanen in den Alleen rauschten wie Bäume des Waldes und neigten sich im Winde; wie Felsenhöhlen im Gebirge gähnten die schwarzen Torbogen des äußeren Burgtors. Da oben, auf der Plattform des langgestreckten Torbaues – so war ihm erzählt worden – hatte im Sturmjahr achtundvierzig ein junger Revolutionsheld gegen die Seressaner des Ban Fellachich den letzten Verzweiflungskampf gekämpft, und es war ein Oheim der blonden Bethy Leodolter gewesen, der unrühmlich ins frühe Grab sank. Und dort stiegen jetzt aus dem Dunkel der Nacht die schwarzen Umrisse des Siegers von Aspern auf, der mit erhobener Fahne auf seinem Schlachtroß dahinsprengt. Wo sind die Zeiten des Heldentums, da Wiener Bürgersöhne freiwillig gegen den Korsen stritten und ihn bezwingen halfen? Wo die Kämpfe, in denen ein junges Herz sich stählen, eine junge Begeisterung ihr Feuer versprühen kann? Gibt es keine Ziele mehr, als Gewinn, keine Ideale, als das Geld?

Ach, vielleicht ist es schwieriger, sich im Alltag zu bewähren als in außerordentlichen Zeiten. Vielleicht schwieriger, durch stilles Beharren zu siegen, als im trunknen Aufschwung, das friedliche Ringen der

Völker unter den Fittichen des österreichischen Aars schwieriger und aufreibender, als mit Barbarenzorn im blutigen Krieg um Lorbeer oder Tod zu würfeln.

Es fiel ihm ein, wie er als kleiner Junge, damals als die Preußen durch Nedweditz marschierten, die Mutter gefragt hatte: »Werden wir auch einmal mit den Böhmen Krieg führen?« Und er erinnerte sich, wie erstaunt er gewesen war, als sie antwortete: »Nicht mit Gewehren und Kanonen, wohl aber mit friedlichen Waffen, mit der Weberschütze zum Beispiel.«

Da lagen doch Ziele, des Schweißes der Edlen wert! Aufgaben, groß und wichtig genug, einen kleinmütig Gewordenen zu befeuern. O Mutter, wer schöpft die Weisheit deines mutigen Herzens aus?

»Ein Volksstamm, der sich nicht selbst hilft durch die Kraft seiner Arbeit«, hörte er den alten Marr sagen, »der ist dem Untergang geweiht und verdient auch nichts besseres.« Brauchte es mehr, jugendliche Begeisterung wachzurufen? Gab es wirklich keine Kämpfe, in denen ein junges Herz sich stählen konnte? Was sollte diesen preisgegebenen deutschen Stamm in Österreich davor bewahren, in der slawischen Hochflut zu ertrinken, wenn nicht die bürgerliche Tüchtigkeit eines jeden seiner Söhne?

Durch die finsteren Höfe der kaiserlichen Burg war er geirrt und immer weiter gegangen, durch bekannte und unbekannte nächtliche Straßen, und schließlich hatte er in einem Gewirr von engen, hallenden Gäßchen jede Richtung verloren. Jetzt bog er seitlich ab und ging einem Geräusche nach, das wie Gerassel langsam rollender Fuhrwerke scholl. Es war, als dröhnten schwere Batterien über das Pflaster, wuchtige Geschütze, unter denen die Erde bebt. Und gegen einen großen, freien Platz heraustretend, sah er ein Feldlager vor sich, ein Gewühl vermummter Gestalten, wie von Wachtfeuern bestrahlt und wieder in tiefe Schatten getaucht.

Wagen wurden abgeladen, und immer wieder rollten neue Bauernfuhrwerke heran. Ein ganzes Heer von Menschen befand sich in Tätigkeit, im grauenden Morgen die Vorräte aufzuhäufen, die der hungrige Magen der Riesenstadt an diesem Tag verschlingen sollte. Denn nun erkannte Doll, daß er sich am Hof befand, wo das Leben des Marktes längst zur Arbeit erwacht war, während die Menschen schliefen oder sich müßigen Vergnügungen hingaben.

Wie gebannt war er stehen geblieben. Er sah Berge von Gemüsen sich türmen, vollgepfropfte Säcke zu Schanzen und Barrikaden emporgebaut, unerschöpfliche Massen von Bodenfrüchten, von allen Erträgnissen der Landwirtschaft der Wagenburg entquillen, wie Ladungen aus unerschöpflichen Schiffsbäuchen gelöscht werden. Unter Feilschen und Handeln verteilte der Erntesegen des flachen Landes sich in die Butten, Körbe und Handkarren der Zwischenhändler, ein breiter Strom, dessen Fülle sich durch ungezählte kleinere Rinnsale nach allen Seiten ergießt. So ging es jeden Morgen hier zu, Winter und Sommer, in jeder Jahreszeit, bei jeder Witterung. Tag für Tag, noch eh' der Morgen graute, rasselten diese Batterien von schwer beladenem Fuhrwerk aus dem weiten Marchfeld durch die engen gepflasterten Straßen, um die im Schlafe ruhende Stadt mit Vorräten zu versorgen, daß sie nur zuzulangen brauchte, sobald es ihr beliebte zu erwachen. Tag für Tag, noch ehe der Morgen graute, trieb diese Armee von vermummten Gestalten sich hier um, den zuströmenden Segen bis in die entferntesten Ecken und Enden der Stadt weiterzuleiten, damit er den Verbrauchern zuflösse. Und all die Leute, die da an der Arbeit waren, schafften für sich selbst, indem sie für andere sorgten.

O wunderbar gefügte Ordnung des Wirtschaftslebens, die wie eine erhaltende Naturkraft in nächtlicher Stille wirkt und pulst! Deine Schönheit, die kein Träumer begreift, erfüllt den einsamen Nachtvogel, der als müßiger und überflüssiger Zuschauer Zeuge deiner sinnvollen Geschäftigkeit wird, mit Scham. Der falsche Glanz der Festlichkeit, von der er kommt, verblaßt vor dem anziehenden Bilde nächtlichen Fleißes. Der Geschmack des Schaumweins, der noch an seinen Lippen haftet, widert ihn an, da er den Duft nahrhaften Kornbrotes wittert. So sollte man ringen ums Leben, täglich, stündlich wie diese Leute! Während im Hause Pinkenfeld die ersten Geigenklänge erklangen, waren sie aufgestanden aus ihren Betten, die schweren Stiefeln stapften über den Hof, das Talglicht flackerte in der blinden Stallaterne, die Mähne der Pferde wehte im Sturm, während sie angeschirrt wurden. Ächzend unter der hochaufgeladenen Last setzte der Planwagen sich in Bewegung, über die grundlose Straße, durch die Nacht, und rollte schwerfällig gegen das ungeheure Häusermeer der Stadt, sie zu bezwingen, zu erobern, ihr eine Schätzung aufzulegen, indem er ihr Knechtesdienste leistete.

»Zur Tüchtigkeit müssen wir das Volk erziehen!« hörte er den alten Marr sagen. »Unser Fleiß, unsre Regsamkeit, unsre Tatkraft sind die Waffen, die uns niemand entwinden kann!«

Hannakische und slowakische Laute schlugen an sein Ohr, das schärfere tschechische Idiom klang dazwischen. Wie nahe war hier der Osten! Fast vor den letzten Häusern der Stadt gegen das Marchfeld hin fing er an, und der slawische Norden fast am Tabor. Auf der einen Seite der Wall der Berge, gegen Mittag Ungarland und jenseits der Donau Slawen, Slawen bis hinein nach Asien! Wie eingeschnürt lag dieses alte Wien. Belagert wie einst durch die Horden der Türken, ein preisgegebenes Bollwerk des Deutschtums, das so wenig auf fremde Hilfe zu zählen hatte wie damals. Und wenn es sich nicht wie damals aus eigener Kraft hielt – was sollte aus ihm werden? Wollen die Gelehrten es nicht herausgerechnet haben, daß die großen Städte die Säfte ihres Wachstums aus dem platten Lande saugen und mit der Zeit Fleisch vom Fleische und Blut vom Blute ihrer Umgebung werden?

Abermals hörte er die Stimme des alten Marr: »Wir sind nun einmal eine Minderheit, die kein Wunder in eine Mehrheit verwandeln kann« ...

Abermals erinnerte er sich, wie die Mutter ihn und seine Brüder als Knaben durch die Fabrikssäle in Nedweditz geführt und sie darauf aufmerksam gemacht hatte, daß der deutsche Weber, den sie den munteren Mündel nannten, in der gleichen Zeit mehr Seidenstoff von derselben Schönheit und Güte fertig gebracht hatte als der böhmische Weber Nemec. Wie aus der Ferne klangen ihre Worte von damals zu ihm herüber: »Wenn wir Deutschen in allem und jedem um soviel tüchtiger sein werden, als dieser deutsche Weber jenen böhmischen an Fleiß und Geschicklichkeit übertrifft, so wird der Sieg auf unserer Seite sein.« Und später, da er in seiner Knabenbegeisterung es ausgesprochen hatte, daß er ein Kämpfer für sein Volk werden möchte, da hatte sie ihm zur Beherzigung fürs ganze Leben eine goldene Lehre mitgegeben, die er immer besser begriff, je älter er wurde: »Nicht darauf kommt es an, daß wir das Wort ›deutsch‹ im Munde führen. Einfluß und Macht über viele müssen wir gewinnen, durch fruchtbare, segenspendende Tüchtigkeit. Dann werden wir Kämpfer und, was noch wichtiger ist, auch Sieger sein!«

An all das erinnerte er sich in jener Stunde, da er die große, emsige Armee vermummter Gestalten, die in vielen Sprachen durcheinander redeten, an ihrer nächtlichen Arbeit sah.

In Gedanken an seine Zukunft, wie die sich wohl gestalten würde, setzte er schließlich seinen Weg fort, an Schlaf und Ruhe dachte er jetzt erst recht nicht. Er schmiedete Pläne, er wurde warm von Absichten und Vorsätzen, die seine Schritte beschwingten. Der Himmel begann sich mit Licht zu durchtränken, und die schlafenden Häuser erwachten und öffneten ihre Tore, eins nach dem andern. Da zog es ihn zum Frühling, hinunter an den Strom, der ein Stück freier Natur bleibt, auch wenn er zwischen steinernen Ufern und langen Häuserzeilen hinfließt. Von der Donaubrücke wollte er den Osten sich röten und das Gestirn des Tages aufsteigen sehen, eh' er heim ging. Die Maiensonne sollte segnen, was in ihm reif geworden war, in dieser Nacht.

Aber das weite Stadtbild, das den Fluß umarmte, kränkelte noch farblos unter dem bleichen Frühlicht. Wie verstohlene Tränen durch die Furche einer abgehärmten Wange, wie ein ganzer Strom von Tränen schlich in seinem tief eingeschnittenen Bette das fahle Wasser unter der schwebenden Brücke hin, und das leise Rauschen seiner Wellen klang wie ein halbunterdrücktes Seufzen, während es spinnwebendünne Schleier über sich zusammenzog, wie in vergeblichem Bemühen, sein schweres Leid vor der Welt zu verhüllen ...

Da unten auf der Uferböschung schimmerte etwas Weißes, das sich bewegte. Ein Mann, der seinen Rock abgeworfen hatte, eilte in Hemdärmeln gegen das ziehende Wasser, und noch ehe Doll ihn recht ins Auge fassen konnte, hatte er sich in den Strom gestürzt.

Wenn wir einen Menschen gut kennen, so brauchen wir ihn nicht genau ins Auge zu fassen, um zu wissen: er ist es, oder: er war es. Eine Bewegung genügt, ihn wiederzuerkennen, ein Schlenkern der Hand, der vorüberhuschende Eindruck einer bezeichnenden Haltung, eines eigentümlichen Ganges.

Warum bist du so erschrocken, Doll? Was fliegst du mit pochendem Herzen und schlotternden Gliedern die Uferlände hinab, um zu helfen, zu retten? Kennst du das Gesetz der Auslese nicht, das die Überflüssigen beseitigt und die Schwachen vertilgt, damit die Starken Raum gewinnen? Oder gehörst du zu den Ketzern, die der Mechanik des Naturlebens keine unbedingte Herrschaft über den Menschen einräumen wollen und der gottähnlichen Wissenschaftlichkeit der Zeit zum Trotz noch immer von einer Seele sprechen, der sie Kraft zutrauen, auch ein halb verlorenes Leben noch zu retten und neu zu gestalten? Glaubst du überhaupt noch an etwas, das nicht Stoff, Zusammensetzung oder Auflösung ist? Nur so wäre es zu erklären, daß du, von Mitleid übermannt, dem Schicksal in die Arme fallen und dem Tode ein Opfer entreißen willst, das sich sein Urteil selbst gesprochen hat.

* *
*

»Heute Nachmittag werden wir schließen müssen?« sagte der Disponent der Firma Bornschbögel zum Chef des Hauses, Herrn Thom Bornschbögel.

»Schließen? Lächerlich!«

»Es ist das Begräbnis des armen Herrn Wendelin Hirnschal.«

»Wenn wir wegen eines jeden Bankrotteurs, der zum Revolver greift, schließen wollten, so brauchten wir in diesen Zeiten überhaupt nicht mehr aufzusperren.«

»Wir kannten ihn doch alle so gut. Er war ein scharmanter Mann.«

»Ich habe ihn nur ganz oberflächlich gekannt.«

Der Disponent zuckte die Achsel. Er wußte, daß Herr Wendelin Hirnschal im Hause Thom Bornschbögels verkehrt hatte. Er wußte auch, daß die Freundschaft Thom Bornschbögels wetterwendisch war wie das Glück.

»Wir empfinden es als eine Pflicht der Kollegialität«, sagte er, »uns am Leichenbegängnis zu beteiligen. Die Firma war von derselben Branche.«

»Die Firma? Welche Firma? Meinen Sie die frühere Firma Hirnschal? Die gibt es doch gar nicht mehr! So viel ich weiß, war Herr Wendelin Hirnschal, oder wie der Mann hieß, Börsenspekulant. So sollen also die Börsenjuden und die Bankrotteure zu seinem Begräbnis gehen, die waren seine Kollegen!«

Der Disponent teilte die Entscheidung des Chefs den übrigen Angestellten mit. Nachmittag blieben sie alle aus und gingen zum Begräbnis. Thom Bornschbögel saß allein im Kontor. Er schrieb gesalzene Entlassungsbriefe an seine sämtlichen Herren. Am Abend stellte Frau Minka ihm vor, daß er mit einer solchen Maßregelung sich selbst am meisten strafen würde, und redete ihm zu, sich nicht aufzuregen. Das hatte den Erfolg, daß er am andern Morgen zu seiner Frau sagte: »Ich habe mir's überlegt. Ich entlasse sie doch nicht. Ich würde mich selbst am meisten damit strafen.«

»Glaube mir, es ist besser so«, sagte sie erlöst. »Ich bin froh, daß du meinen Rat annimmst.«

»Welchen Rat?« fragte er scharf.

»Ich riet dir doch gestern abend, die Briefe zu unterdrücken und die Sache auf sich beruhen zu lassen.«

»Daran erinnere ich mich nicht«, behauptete er. »Es ist mir in der Nacht ganz von selbst gekommen. Denn so ein heuriger Hase bin ich nicht, daß ich Ratschläge brauche, das mußt du nicht glauben; ich weiß schon allein, was ich zu tun habe.«

Sie war es zufrieden. Wenn er nur Vernunft annahm – ob diese auf ihrem oder auf seinem Acker gewachsen war, das konnte ihr gleichgültig sein. Die wirtschaftliche Krise war hereingebrochen, den Geschäften stand eine harte Zeit bevor. Vermessenheit wäre es gewesen, sich wegen einer Lappalie auch noch innere Schwierigkeiten aufzuhalsen. Jeder konnte von Glück sagen, den nicht ein Blitz wenigstens gestreift hatte.

»Weißt du eigentlich etwas von Xaver?« fragte Frau Minka.

Thom Bornschbögel, der beim Frühstück saß, blickte von seiner Zeitung auf.

»Xaver? Xaver? Wer soll das sein?«

»Also, Xaver, dein Freund! Wir haben ihn doch nie anders genannt!«

»Mein Freund? Xaver? Ach, du meinst den Xaver Wegrad? Der ist doch nie mein Freund gewesen! Bekannt war ich mit ihm, das ist alles. Mit wie vielen Menschen ist man bekannt! Was geht mich Herr Xaver Wegrad an?«

Da wußte Frau Minka, daß mit Xaver Wegrad etwas nicht in Ordnung war, denn ihr Gatte hatte ihn »Herr« Xaver Wegrad genannt. Sie seufzte und erwog in ihrem Sinn, wie vergänglich das Glück der Menschen sei, wenn selbst ein so Gewaltiger wie Xaver Wegrad vom Schicksal geknickt werden konnte. Und es überkam sie Mitleid mit ihren Kindern, die auch einmal ins rauhe Leben würden hinausgestoßen werden, und denen sie dann nichts Gutes und Tröstliches und Mütterliches mehr würde erweisen können. Die Liebe schoß ihr ein, die in diesem Haufe des Unfriedens nur stoßweise kam, und verleitete sie zu ehefraulichem Ungehorsam, so daß sie in der Küche draußen dem teuren Nachwuchs Butter aufs Frühstücksbrot strich, was streng verpönt war. Denn Thom Bornschbögel, der seinen Stamm in größter Einfachheit und Bedürfnislosigkeit erzogen wissen wollte, hatte für Gabelfrühstück und Jause ein für allemal bloß trockenes Brot genehmigt.

So kam es also, wenn Xaver Wegrad wirklich in den Strudel des Verderbens mit hineingerissen war, wenigstens den trotz karger Kost kräftig heranwachsenden Bornschbögel-Söhnen und -Töchtern zugute, die an diesem Vormittag Butterbrot zu essen hatten. Insofern mochte sein Fall eine Ausnahme bilden; denn in unzähligen anderen Fällen gab es nur düstere Schatten und nicht die kleinste Lichtseite. Die Vermögen, die zum Fenster hinausflogen, trugen niemand auch nur ein Butterbrot ein. Millionen waren verloren, aber von niemand gewonnen worden. Kein Krieg hätte schwereres Unglück über Stadt und Land bringen können als dieser fürchterliche geschäftliche Zusammenbruch.

Christl und Moini Mairold, die bis dahin die Tempi gleichsam nur erst an der Stange geübt hatten, sahen sich plötzlich ins Wasser geworfen; nun sollten sie zeigen, ob sie schwimmen konnten. In allen Richtungen der Windrose gab es Fallimente. An vielen Stellen zugleich wurde die Firma mehr oder weniger empfindlich in Mitleidenschaft gezogen. Es forderte Umsicht und Arbeitskraft, zu retten, was zu retten war. Frau Therese allein hätte es nicht richten können. Die Söhne standen ihr auf einmal wie Männer zur Seite. Christl, der immer wie in einer andern Welt lebte und sich über das, was hier unten auf der Erde vorging, nur zu wundern schien, überraschte die Geschäftsfreunde durch eine merkwürdig gelassene und milde Auffassung der Lage. Sein zuversichtliches Wesen flößte manchem Halbgebrochenen neuen Mut ein, bewog ihn dazu, die Flinte nicht ins Korn zu werfen, und dämmte dadurch den Schaden, der verheerend hätte wirken können, in die Grenzen des Notwendigen zurück. Man sagte ihm nach, er sei wahrhaft vornehm, und es gab Gläubiger, die sich anstrengten mehr zu leisten, als wozu das Gesetz sie hätte zwingen können, aus einer Art von Dankbarkeit, oder um sich von ihm nicht beschämen zu lassen. Mit ganz anderen Mitteln heimste Moini seine Erfolge ein. Er war überaus scharfblickend und erfindungsreich und wußte Notleidenden oft so treffend zu raten, daß es wirkte, wie wenn man einem Ertrinkenden eine Rettungsleine zuwirft. Wer sich erholte, von dem forderte er dann ohne Nachsicht die Ausstände seiner Firma ein, nicht als eine Schuld wie andere Schulden, sondern als eine doppelt verbriefte, vor allen anderen fällige, auf die ihm wie auf eine Honorarforderung der erste Anspruch gebühre. Dann konnte er, wenn es not tat, auch scharf und ungemütlich werden. Alle jene Agenden, bei denen dies von vornherein angebracht schien, hatte Frau Therese, die ihre Mitarbeiter mit derselben Umsicht zu wählen wußte wie weiland die Kaiserin Maria Theresia, ohnedies seinen Händen allein und ausschließlich anvertraut.

Übrigens bestand für die Firma Mairold sowenig wie für die Firma Bornschbögel eine ernste Gefahr. Ans Leben ging es ihnen nicht. Die meisten, die der ehrlichen Arbeit treu geblieben waren, kamen mit einem blauen Auge oder einem scharfen Aderlaß davon. Bloß die ihr Heil im Differenzspiel oder in schwindelhaften Gründungen gesucht hatten, riß es um.

»Ich hoffe«, sagte Herrnfeld zu Frau Mairold, »Sie besitzen noch Ihre Steinbruchaktien, die Wegrad Ihnen damals aufschwatzte?«

»Freilich besitze ich sie«, antwortete Frau Therese. »Halten Sie denn diesen Besitz für vorteilhaft?«

»Gewiß! Für außerordentlich vorteilhaft sogar. Pentelikonaktien, mit denen man früher rein nichts Besseres anfangen konnte, als sie ruhig in der Kasse liegen lassen, haben plötzlich eine fabelhafte Steigerung ihrer Verwendbarkeit erfahren. Sie können sie zum Unterzünden benützen, einem wackligen Tisch damit auf die Beine helfen oder der Käthi Papilloten daraus drehen, wenn sie als gekräuseltes Lämmchen mit der Fronleichnamsprozession geht. Wollen Sie sie aber lieber veräußern, so zahlt Ihnen jeder Käsestecher den vollen Papierwert dafür.«

Frau Therese erblaßte.

»Ich hätte nicht gedacht, Herrnfeld, daß Sie schadenfroh sein können.«

»Ich weiß, daß der Verlust, der Sie trifft, verhältnismäßig geringfügig ist«, sagte er ernst. »Übrigens freue ich mich nicht über den Schaden, den Sie und andere erleiden, sondern über den Nutzen, der dadurch gestiftet wird. Denn wenn es wahr ist, daß man durch Schaden klug wird, so muß die menschliche Klugheit während der letzten Tage zu einem wahren Chimborasso angewachsen sein. Von Ihnen spreche ich selbstverständlich nicht, das würde ich mir nie herausnehmen; aber für die Kinder sind die paar tausend Gulden, die der Spaß Sie kostet, ein gut angelegtes Lehrgeld.«

»Vielleicht haben Sie recht«, sagte sie lachend. »Eigentlich freut es mich selbst, daß die einzige Spekulation, in die ich mich so auf gut

Glück eingelassen habe, mit einem Mißerfolg endet. Wäre das Gegenteil der Fall, so würde die stetige Arbeit, die unendlich mühseliger ist, dadurch beinahe entwertet. Sprechen Sie es ungeniert aus: auch mir ist es ganz gesund, daß ich einmal Lehrgeld bezahlen mußte. Und allen wäre es gesund, wär' es überall nichts weiter als ein Lehrgeld, das sich verschmerzen läßt. Aber leider gibt es viele, die an ihren Verlusten verbluten. Ich kann nicht sagen, wie sehr ich diese Unglücklichen bedaure. Woher kommt plötzlich eine so allgemeine und entsetzliche Verheerung mitten im wirtschaftlichen Gedeihen? Mir bleibt diese Katastrophe ein Rätsel!«

»Ein Rätsel?« sagte Ludger. »Ich wundere mich dabei nur über eines; daß wir ein so gutes deutsches Wort dafür haben: der Krach!«

Der alte Herr Bornschbögel war herunter gekommen und trat ein.

»Man getraut sich fast seine Freunde nicht mehr aufzusuchen«, sagte er bekümmert. »Denk' einmal, Therese, der Beywald ist abgängig!«

»Der Fredl Beywald?« fragte sie bestürzt.

»Um den wär' weniger schade, der ist eh' ein Hallodri!«

»Doch nicht der Franz Beywald, der Vater?«

»Ja leider! Gerade der! Er ist einfach nicht mehr nach Hause gekommen. Niemand weiß, was mit ihm geschehen ist.«

»Hat auch er Geld verloren?« fragte Herrnfeld.

»Die Verluste sollen in die Hunderttausende gehen. Die ganze Familie ist ruiniert.«

Frau Therese weinte.

»Die arme Frau Cajetana! Die bedauernswerten jungen Leute! Und den Vater so zu verlieren! Was müssen sie in diesen Tagen durchgemacht haben!«

»So viel Tränen hat es nie gegeben, in einer einzigen Stadt!« sagte Ludger.

Der Großvater trippelte im Zimmer herum, die Hände auf dem Rücken, blieb am Fenster stehen, sah ein wenig hinaus und kam dann wieder zurück.

»Jeden Tag hört man von einem neuen Unglück, es ist fast kein Haus, in das der Blitz nicht eingeschlagen hat. Strafgericht Gottes, sagt Thom. Gerade Thom, der für gewöhnlich unsern Herrgott einen guten Mann sein läßt. Jetzt soll es auf einmal ein Strafgericht Gottes sein! Als ob unser Herrgott nichts Gescheiteres zu tun hätte, als sich um das verfluchte Geld zu kümmern! Was sind dem Aktien und Pfandbriefe? Weniger als ein dürres Blatt, das der Wind vom Baum weht! Soll man sich unsern Herrgott vielleicht vorstellen mit dem Kurszettel in der Hand? Auf der Börse verkehrt er sicher nicht, so allgegenwärtig, daß er ist. Wird also wohl mehr ein Strafgericht der Menschen sein als ein Strafgericht Gottes. Und wenn die Leut' jetzt hingehen und sich umbringen, so tun sie ganz etwas anderes, als was unser Herrgott meint!«

»Und was meint unser Herrgott eigentlich?« fragte Herrnfeld schon wieder halb belustigt.

»Er meint, daß wir das Geld nicht lieber haben sollen als die Arbeit. Denn die Arbeit hat er uns geschenkt, damit wir anständig durchs Leben kommen; das Geld aber haben Menschen erfunden, damit sie mit der Arbeit anderer wuchern können.«

»Eine nette Volkswirtschaft, die Sie da verkünden!« lachte Ludger. »Was würde der gewaltige Xaver Wegrad dazu sagen, der wie eine Regenwolke die öden Steppen befruchtet, indem er aus seinem Geldsack Segen darauf niederträufeln läßt?«

»Der Xaver Wegrad? Reden Sie lieber nichts von ihm!«

»Heißt es am Ende auch bei dem: der Herr hat's gegeben, der Herr hat's genommen?«

Der Großvater machte eine abwehrende Bewegung mit der Hand und trat wieder ans Fenster.

»Du weißt etwas über Xaver Wegrad, Vater!« rief Frau Therese. »Ich wagte nicht zu fragen, mir ist bange um ihn!«

»Frag' nicht! Frag' nicht!« sagte der alte Bornschbögel vom Fenster her.

* * *

Denselben Tag sollte Frau Therese noch eine Freude erleben und Nüsse zu knacken bekommen. Es erschien nämlich ganz unerwartet der Lois Birenz, der beides in seiner Tasche hatte, die Freude und die Nüsse.

Er war ein stämmiger junger Mann geworden, fast mehr breit als hoch.

»Sieht man dich wieder?« sagte Frau Therese ernst.

»Ich will mich bloß erkundigen, ob Sie auch Verluste erlitten haben?«

Sie brauste auf.

»Was geht dich das an?«

Da griff er in seinen Busen und reichte ihr die Freude.

»Ich hab' so eine Angst um Sie! Seien Sie nicht hart zu mir! Es ist nicht wahr, daß ich undankbar bin. Der Haarhammer hat mir verraten, daß Sie es glauben, und es muß ja vielleicht so aussehen. Aber wahr ist es doch nicht, das schwör' ich Ihnen! O, Sie wissen gar nicht, wie dankbar ich Ihnen bin! Ich hätte mich auch gern erkenntlich gezeigt. Ich habe Ersparnisse. Zweihundertfünfundzwanzig Gulden. Nicht viel, aber doch etwas. Wenn Sie es brauchen könnten? Es heißt, daß fast niemand ist, der nicht sein ganzes Gerstel verloren hat. Am Ende stecken auch Sie in der Schlamastik?«

»Woher hast du denn ein so großes Vermögen?« fragte sie schon wieder begütigt und mußte lächeln.

Lektioniert hatte er halt fleißig. Neuestens war er im Reichsrat als Stenograph angestellt. Das trug schön. Und seine Rechtsstudien konnte er ganz leicht nebenher erledigen, wenn es auch ein bißchen länger damit hergehen sollte als bei anderen, die nichts weiter zu tun hatten als zu studieren.

»Ich bin jetzt gut daran«, sagte er überzeugt. »Es geht mir nichts ab. Das Geld ist für die Rigorosen zurückgelegt. Aber eigentlich gehört es gar nicht mir, ich bin es Ihnen schuldig. Nehmen Sie es! Da ist es.«

Er legte es auf den Tisch, in Zeitungspapier gewickelt.

»Steck' es nur wieder ein«, sagte Frau Therese freundlich. »Merk' dir, daß man das nicht tut, so wie aus der Kanone geschossen jemandem Geld anbieten. Aber deine Absicht ist gut, ich weiß es, und ich danke dir. Du hast mir jetzt mehr geschenkt als zweihundertfünfundzwanzig Gulden. Du hast mir gezeigt, daß du kein Undankbarer bist, denn sein sauer Erspartes legt ein Undankbarer nicht mir nichts, dir nichts auf den Tisch. Schön war es aber deswegen doch nicht, daß du damals davongeloffen bist. Und warum du es eigentlich getan hast, könntest du mir wenigstens jetzt nachträglich erklären.«

Da griff der Lois Birenz abermals in den Busen und zog eine Nuß hervor.

»Es hat nicht anders sein können, glauben Sie mir's! Wenn ich länger geblieben wäre, hätt' ich mir Vorwürfe machen müssen.«

Frau Therese dachte nach.

»Du willst wohl sagen, daß es unpassend gewesen wäre, von unserer Gastfreundschaft länger Gebrauch zu machen? Daß du schon zu tief in unserer Schuld standst, weil wir dir Kleidung, Kost und Wohnung gegeben hatten? Und daß dein Stolz dich deshalb zwang, uns das Almosen gewissermaßen vor die Füße zu werfen?«

Der Lois machte eine erschrocken abwehrende Bewegung.

»Es zeigt eine kleine Auffassung«, fuhr Frau Therese fort, »wenn du hauptsächlich an die materielle Unterstützung denkst, die ich dir gewähren konnte. Ist es nicht unendlich viel mehr als Geld und Geldeswert gewesen, was wir dir anboten? Hattest du nicht ein Heim und eine Familie? Versuchte ich es nicht, dir eine Mutter zu sein? Und bildest du dir ein, die Liebe, die wir dir entgegenbrachten, jemals abzahlen zu können, wenn nicht wieder durch Liebe und Anhänglichkeit an unser Haus?«

»Sie peitschen mich ja!« rief Lois Birenz außer sich. »Sie foltern mich! Wo soll ich anfangen, Ihnen zu erklären? Ich gehe! Ich ertrag' es nicht länger! Leben Sie wohl!«

Er war aufgesprungen und rannte nach der Tür.

»Also wieder davonlaufen?« sagte Frau Therese streng.

Da blieb er noch einmal stehen, griff ein drittesmal in seinen Busen und zog abermals eine Nuß hervor.

»Gerade das war mein Dank, das Davonlaufen! Wenn ich wiederkomme, so werden Sie es einsehen und mir abbitten!«

Damit war er hinaus.

Frau Therese, die zurückblieb, versuchte die Nüsse, die ihr in den Schoß gefallen waren, aufzuknacken, fand aber keinen Nußknacker. Da legte sie sie schließlich uneröffnet beiseite und begnügte sich damit, den Kopf zu schütteln.

* * *

In diesen Tagen unternahm Ludger mit den Mairold-Kindern einen Ausflug in die Buchenwälder, deren Laub noch lind wie grüngoldene Seide war, daß sie gar nicht rauschen konnten, bloß erst lispeln.

Vielleicht wollten sie auch nicht rauschen, vielleicht waren sie zu traurig dazu und viel zu bange. Vielleicht fühlten sie sich entweiht wie die Hallen einer Kirche, in die das Grauen sich eingeschlichen hat.

Und das hundertfältige Schlagen der Finken und Tirilieren der Meisen und all die goldne Sonnenflut, die das junge Laub der Buchenwälder durchtränkte, konnte sie nicht fröhlicher machen. Vielleicht war es darum, daß sie nur ängstlich flüsterten und sich schaudervolle Mären zuraunten von Baum zu Baum. Denn die Wälder in der Nähe einer großen Stadt haben ein hartes Los. Wohl sehen sie an Sonn- und Feiertagen die sehnsüchtigen Menschenkinder aus dem Glutkessel von Staub und Ruß da unten in ihre erquickenden Schatten fliehen und heimsen entzückten Dank ein für jeden Duft, für jedes Grün, für jeden reinen Lufthauch, den sie spenden. Aber sind sie dafür nicht auch wie ein Strand, dessen keusche Reinheit das brausende Meer da unten mißachtet, befleckt und entweiht, so oft es ihm beliebt? Spült nicht eine jede Woge, die daran emporleckt, welken Tang und faulenden Auswurf darüber hin? Und wenn Sturm die Fluten aufwühlt und das Werk der Menschen zertrümmert, dann wirft die donnernde See die Planken geborstener Schiffe aus und die Leichen der Schiffbrüchigen, mit denen sie selbst sich nicht besudeln will. Solch ein Strand, auf dem Gebeine modern, eine Schadelstätte der Verunglückten und Ausgeworfenen sind die Wälder in der Nähe einer großen Stadt ...

Christl und Moini waren nicht mitgekommen, für sie gab es keinen Frühling, die Abwicklungen, die ihnen anvertraut waren, nahmen ihre ganze Zeit in Anspruch. Auch Riki ist daheim geblieben, sie entlastet ihre Mutter im Häuslichen, damit diese mit Herrn Fanedl ungestört an einer genauen Zusammenstellung aller Forderungen und Verpflichtungen arbeiten kann. Denn in dieser Zeit, wo es wie ein Belagerungszustand über dem Geschäftsleben liegt, ist vollkommene Klarheit und Durchsichtigkeit der eigenen Verhältnisse jedem gewissenhaften Wirtschafter Bedürfnis.

Während die jüngeren Geschwister singend, lachend und scherzend durch den grünen Wald ziehen, folgt ihnen Doll an der Seite Herrnfelds, in ernste Gespräche mit dem Freunde vertieft.

»O wieviel hab' ich gesehen und erlebt in diesen letzten Tagen, Ludger! Mir ist, als wär' ich um Jahre älter und einsichtsvoller geworden. Ich glaube, es schwebte eine Gefahr über mir. Kann es nicht leicht geschehen, daß das Gefühl für Wahrhaftigkeit durch eine Umgebung voll falschen Scheines getrübt und abgestumpft wird? Der Erfolg hat verführerische Kraft, vielleicht war ich auf dem besten Wege, mich zu seinen Anbetern zu gesellen. Nun seh' ich plötzlich tiefer, wie Schuppen fällt es mir von den Augen. Und so groß das Unglück ist, das über diese Stadt kam, ich möchte jubeln, wenn ich jetzt erkenne, wie nicht etwa in einer idealen Welt, nein, hier, in dieser unerbittlichen Welt der Wirklichkeiten, das Vornehme sich stärker erweist als das Windige, das Stille stärker als das Laute, der Innenwert stärker als alles Gleißen! Ich kann nicht sagen, wie diese traurige Krise, so sehr ich sie für andere bedaure, meine eigene Zuversicht gehoben, meinen Lebensmut gestählt hat.«

Vor solch heißen Worten verschmäht Herrnfeld die Maskerade, hinter der er sonst gerne sein Herz versteckt.

»Laß dich umarmen, Doll! Du bist auf dem rechten Wege! Die falschen Götzen stürzen, und aus ihren Trümmern steigt die Kraft einer jungen Generation! Laß uns an die Zukunft glauben! Es gibt Leute, die nur immer von der guten alten Zeit reden, als ob die unsrige unheilbar versumpft und verrottet wäre. Und wenn sie krank ist, woran krankt sie am meisten? Gerade am Pessimismus derer, die mit rückwärts gewendetem Antlitz durchs Leben gehen. Es sind die Idealisten, denen es an Zuversicht und Glauben mangelt. Wir brauchen aber ein Gegengewicht gegen den Unglauben, und der Gescheiteste, der Beste, der Edelste hilft uns nichts, wenn er nicht den freudigen Willen und die Hoffnung auf Erfüllung in sich hat. Glaub' an den Sieg des Guten, Doll, glaub' an dich selbst! Glaub' an deine und deines Volkes Zukunft! Finde den Mut zu dir und deinem Willen! Sei wahr, sei ganz und fürchte dich nicht!«

Die goldlockige Käthi, die Blumen suchend vorausgeeilt ist, bleibt plötzlich stehen, der Strauß Maiglöckchen, den sie gepflückt hat, entfällt ihren Händen, sie wendet um und läuft wie von Entsetzen gejagt zurück. Weinend wirft sie sich an die Brust Vefis, die ihr folgt, es ist ihr, als ob sie das Schreckliche, das sie geschaut, nie wieder vergessen könnte. Sie flüstert, sie klagt, da fängt auch Vefi zu zittern und zu weinen an. Was sind das für fürchterliche Geheimnisse, die dieser Wald birgt? Neugierig stürmt Wolfi vor und Franzi, der Jüngste, abenteuerlustig hinter ihm drein. Aber auch die Knaben prallen zurück, bleich und verstört wenden sie sich ab und halten die Hände vor die Augen.

Da nähern sich endlich Ludger und Doll. Ein Blick in die grüne Wildnis, und auch sie erstarren vor Entsetzen ...

Mit ausgebreiteten Armen drängt Herrnfeld die Kinder zurück, in kurzen, dumpfen Worten weist er sie an, sich abzuwenden und in einiger Entfernung zu warten.

An allen Gliedern bebend, mit zusammengekrampftem Herzen hat Doll sich inzwischen dem leblosen Körper genähert, der mitten in diesem stillen Walde am starken Aste einer Buche hängt.

»Es ist zu spät«, sagt er, da Ludger zu ihm tritt.

»Es ist zu spät«, sagt auch Ludger, nachdem er sich eine Zeitlang um den Toten bemüht ...

Die Finken schlagen und die Meisen tirilieren, sonst ist es ganz still geworden, die Kinder singen und jubeln nicht mehr. Wartend aneinandergedrängt lauschen sie bange dem weiten Schweigen. Das grüngoldne seidenweiche Frühlingslaub des Waldes flüstert leise im Winde und raunt sich schaudervolle Märe zu, von Baum zu Baum. Die Wälder in der Nähe einer großen Stadt haben ein hartes Los. Die Freude und Erquickung, die sie Tausenden spenden, wird ihnen schlecht gelohnt. Sie sind wie ein Strand, dessen Reinheit die aufgewühlten Wogen mißachten, beflecken und entweihen, so oft es ihnen beliebt, ein Strand, auf den das brausende Meer da unten, wenn der Sturm darüber hinrast, die Leichen der Schiffbrüchigen ausspeit, die es seinem Zorne opfert ...

Seit jenem Tage war Herr Franz Beywald nicht länger verschollen. Der Chef des alten Samt- und Plüschhauses in der Rittergasse, der der Überlieferung seiner Väter untreu geworden und unter die Spekulanten gegangen war, hatte wieder heimgefunden. Der Vater einer zahlreichen Familie herangewachsener Söhne und Töchter, die er zu geschmackvollen Genießern erzogen hatte, war in die Mitte der Seinen zurückgekehrt. Dort lag er jetzt im schwarzausgeschlagenen Salon seiner Wohnung zwischen hohen silbernen Leuchtern im verschlossenen Sarge, der unter Blumenkränzen fast verschwand. Es gab viele, die den Hingeschiedenen gerne noch einmal gesehen hätten, um von ihm Abschied zu nehmen; denn Herr Franz Beywald war ein milder, gutmütiger und redlicher Mann gewesen. Es gab viele, die ihm gerne noch einmal die Hand gedrückt hätten, um ihm für das Gute zu danken, das er ihnen erwiesen. Viele, die ihm gerne noch ein letztes Mal ins Auge geschaut hätten, das freundlich und wohlwollend auf den Mitmenschen zu ruhen pflegte. Und wie gerne hätten seine Kinder noch ein letztes Mal die Lippen geküßt, über die nie ein strenges oder hartes Wort gekommen war! Aber niemand durfte das Antlitz des

Toten schauen. Der Sargdeckel blieb verschlossen. Weshalb? Barg er ein Geheimnis? Und was war es, das der Welt verborgen bleiben sollte?

O wie mancher brave Mann, dem niemand feind sein konnte, und auf dessen Lippen stets ein behagliches Lächeln schwebte, ist in jenen Tagen mit einer Grimasse aus dem Leben geschieden, die man der Welt zu verbergen allen Grund hatte!

Das Leben selbst aber braust weiter wie ein Gießbach, der polterndes Gerölle führt, schäumt, überschlägt sich, donnert ungestüm zu Tal, um in ein ruhigeres Bett zu münden. Gesegnet, wen seine Schicksale vertieft und gereinigt haben, daß er das Glück des Alltags wie lieblich lächelnde grüne Ufer an sich vorübergleiten fühlt, den leuchtenden Blick nach der fernen Unendlichkeit des Meeres gerichtet, aus der Wolke und Regen, alle Befruchtung und Erntehoffnung aufsteigt.

In jenen Tagen war es, daß sich in Christl Mairold die große Wandlung vollzog. Und er trat vor seine Mutter und bat sie, ihn von den Geschäften zu entlasten, sobald die ärgsten Schwierigkeiten beseitigt wären.

»Meine Ziele liegen nicht im praktischen Leben«, sagte er. »Alle meine Brüder sind hierin tüchtiger und werden mehr leisten als ich. Bald wirst du Moini die selbständige Führung der Geschäfte beruhigt überlassen können, und auch Wolfi, der heranwächst, ist ein echter Bornschbögel und wird ihm mit angeborenem Geschick dabei zur Seite stehen. Ich aber fühle, daß ich hier nicht recht auf meinem Platze bin.«

Frau Therese strich ihm zärtlich übers Haar und küßte ihn auf die Stirn.

»Du sagst mir nichts Neues, Christi. Zwar hast du alles, was dir aufgetragen war, redlich und sogar mit gutem Gelingen geführt; doch hatte ich stets den Eindruck, daß du nur mit deinem Pflichtgefühl, nicht mit dem Herzen bei der Sache warst. Das ist nicht das Wahre, und es soll dir gewiß kein Zwang angetan werden. Aber ein Arbeitsfeld muß der Mann haben, soll er nicht überzählig sein auf der Welt und sich selbst zur Last werden. Wie denkst du dir deine Zukunft? Und was willst du eigentlich leisten?«

Er wußte nicht gleich zu antworten. Seine Gedanken waren mehr auf das innere Leben gerichtet als auf das äußere. Es war ein religiöses Bedürfnis in ihm, das er nicht aussprechen konnte. In seinen Knabenjahren war er kirchlich gewesen, dann zog die Philosophie der Zeit ihn in ihren Bann. Aber sie enttäuschte ihn und ließ ihn unbefriedigt. Er war ein Suchender nach Erkenntnissen des Herzens, nach einer neuen Offenbarung.

»Du hast uns immer anzuleiten versucht, Mutter, die Welt nicht nur mit dem Verstande zu sehen, sondern auch mit dem Gemüt. Das gab mir viel Glück – der Natur gegenüber und viel Leid – den Menschen gegenüber. Denn diese gefallen sich darin, die Seele unter das Joch mechanischer Gesetze zu beugen und den Geist aus dieser Welt der Körper auszutreiben. Die beharrenden Elemente, wie der Adel oder der Bauernstand, werden hiedurch kaum berührt. Den Fortschreitenden aber, die hungrig nach Aufklärung sind und mehr in die Zukunft als in die Vergangenheit schauen, wird die plötzliche Umwälzung gefährlich. So befindet der arbeitende Bürgerstand, dem wir angehören, sich in einer trostlosen Zerfahrenheit – das tut mir weh. Seine Ideale sind kalt und leblos, wenn man sie überhaupt noch Ideale nennen kann. Sein Weltbild, das vor achtundvierzig wenigstens noch Hoffnungen barg, ist in dieser Zeit der Erfüllung zu einem leeren Nichts zusammengesunken. Es fehlt ihm aller innerer Halt, und wenn nicht eine Verjüngung und Erfrischung eintritt, so muß er zugrunde gehn. Ich erinnere mich, wie du einmal sagtest, man müsse erkennen lernen, daß das Leben nicht bloß Genuß verheiße, sondern auch Liebe von uns fordere. Diese Liebe will ich den Menschen, will ich meinen Mitbürgern schenken, die mit verbundenen Augen im finstern tasten. Und ich erinnere mich auch, wie du einmal sagtest, die erste Vorbedingung des Glücks sei die, daß wir mehr ans Geben denken als ans Nehmen. Was kann ich meinen Mitmenschen Besseres geben als mein heißes Sehnen und Suchen nach Werten, die ihnen Stab und Stütze sein könnten?«

Frau Theresen waren solche Worte nicht klar und schlicht genug. Aber sie fühlte, daß der warmherzige junge Mensch Großes und Reines erstrebte, und das genügte ihr. Sie fühlte auch, daß er in sich selbst und für sich allein zu Klarheit und Sicherheit gelangen müsse, und daß sie ihm dabei wenig zu helfen vermöchte. Wie sie vor vielen Jahren in Nedweditz, als der kleine Wolfi beim Kriegsspielen sich verwundet glaubte, ihm sorglich ein Schnupftuch um die Stirn geschlungen und seinen Kummer dadurch gestillt hatte, so schlang sie jetzt ihre Arme um ihren erwachsenen Sohn und stärkte ihn, indem sie ihn mit ihrer Liebe umgab. Und wie das Geheimnis ihrer Erziehung, solange die

Kinder klein waren, darin bestand, sie nicht fortwährend meistern zu wollen und auch der Zeit etwas zu überlassen, daß sie nach und nach von selbst gescheiter würden und ihre kleinen Irrtümer und Torheiten überwänden, so hielt sie es auch jetzt für angezeigt, schonend abzuwarten und behutsam reifen zu lassen, was reifen sollte. Denn das Mutterherz ist groß und frei von Ungeduld. Glaubend, liebend, hoffend weiß es die Zuversicht zu hegen und zu pflegen, die schon die Hälfte des künftigen Gelingens ist, und die der Mann mit seiner kritischen Schärfe so leicht verätzt, ohne doch Gleichwertiges an ihre Stelle setzen zu können.

»Wenn ich dich recht verstehe«, sagte sie ernst, »so willst du ein Tröster der Menschen werden und ein Führer auf die Höhen des Daseins. Ich will dich nicht daran hindern, mein Kind, und wenn du dich wahrhaft berufen fühlst, so tue, wozu der Geist dich treibt.«

Daß die Zuversicht der Mutter sie nicht getäuscht hatte, sollten die kommenden Jahre dartun. Es zeigte sich, daß Christl schon weit in die Studien eingedrungen war, er fand an mehreren Hochschulen fördernde Lehrer, und wenn auch sein faustischer Drang sich mäßigte und sich mehr und mehr zu beschränken gezwungen war, so blieb er doch im ganzen seiner Aufgabe treu, die Wege zu erforschen, die durch das Waldgestrüpp des Lebens zur lichten Höhe führen.

So hatte der Tanz um das goldene Kalb einen Propheten geboren, der seinen Blick zu den Sternen hob. Und daß seine Füße dennoch auf der Erde standen, bewies die erfreuliche Tatsache, daß er schließlich als junger Gelehrter an eine Hochschule berufen wurde, um der Jugend neue Ziele zu weisen. Aber das geschah freilich erst spät, als schon die ersten Silberfäden sich an Frau Therese Mairolds Schläfen zeigten und von Christls jüngeren Brüdern mehrere bereits im tätigen Leben standen. Denn die Früchte der Erkenntnis reifen langsamer als die nährenden Gemüse für den Magen, und wer es auf sich nimmt, in der Welt der Gedanken zu leben, der findet so reichen Lohn in sich selbst, daß die lieben Menschen meinen, es käme kaum darauf an, ob sie mit dem dürftigen, den sie ihm bieten können, ein bißchen länger zögern oder nicht.

* *
*

Doll stand im letzten Semester seiner Hochschulstudien, als er sich einmal von Kollegen dazu bereden ließ, einen großen Studentenkommers zu besuchen, der im Sophiensaal stattfand. Auf dem Wege dahin griff er sich zufällig mit der Hand an den Hemdkragen und bemerkte, daß er ohne Halsbinde war. Er hatte Kragen und Binde, da er den ganzen Nachmittag über das Reißbrett gebeugt gezeichnet hatte, abgelegt und beim Fortgehen vergessen, die Krawatte wieder umzunehmen. Es ging gegen sieben Uhr, wo die Geschäfte zu sperren pflegen, zum Glück fand er gerade noch eines offen, trat ein und verlangte eine Halsbinde.

Der Geschäftsinhaber legte ihm eine Auswahl vor, es waren aber lauter bunte und geschmacklos grelle Muster, weshalb er um eine dunkle ersuchte.

»Geben Sie die dunklen herunter!« sagte der Geschäftsinhaber zu einem ältlichen Manne, der wie ein Gehilfe oder Handlanger daneben stand.

Der Mann stieg auf die Leiter und langte einen ganzen Arm voll Schachteln herunter. Der Geschäftsinhaber öffnete eine nach der andern, sie enthielten aber nur schwarze Binden. Das war nun Doll wieder zu feierlich.

Der Geschäftsinhaber, ungeduldig, vielleicht weil er seinen Laden schon schließen wollte, herrschte seinen Gehilfen an und befahl ihm dunkelblaue oder braune herunterzugeben. Und als der jetzt gar weiße oder doch ganz hellfarbige zum Vorschein brachte, geriet jener in Wut, jagte ihn von einer Leiter auf die andere und sparte nicht mit harten und unfreundlichen Worten.

Doll tat der Mann, der ermüdet und abgehetzt schien, schließlich so leid, daß er rasch die nächstbeste Binde wählte, sie bezahlte und sich entfernte. Erst als er die Glastür hinter sich zuzog, faßte er den angeältelten Gehilfen, der jetzt wie gebrochen am Ladentisch stand und ihm nachblickte, schärfer ins Auge. Und er erkannte, daß es Xaver Wegrad war. Durch Abschneiden seines langen Bartes hatte er sich fast unkenntlich gemacht.

Von Mitleid übermannt, wartete Doll auf der Straße, bis der Laden geschlossen wurde und der Gehilfe, der in seiner Gegenwart und sogar seinethalben eine so harte Behandlung erfahren hatte, heraustrat. Er ging auf ihn zu und bot ihm die Hand.

»Ihr Chef scheint ein etwas ungeduldiger Herr«, sagte er freundlich. »Entschuldigen Sie, daß ich ganz unabsichtlich den Anlaß dazu gab, ihn gegen Sie aufzubringen.«

»Sie können ja nichts dafür«, sagte Xaver Wegrad. »Aber etwas anderes werde ich Ihnen nie verzeihen: daß Sie mich damals aus dem Wasser zogen! Wer hat Sie geheißen, sich in meine Privatangelegenheiten zu mischen?«

»Die Menschlichkeit«, sagte Doll.

»Es wäre menschlicher gewesen, wenn Sie mich den Donaufischen vergönnt hätten!«

Hierauf war schwer etwas zu erwidern. Doll bemühte sich, darauf hinzuweisen, daß es schon manchem gelungen sei, sich wieder emporzuarbeiten.

»Die Juden sind an allem schuld!« sagte Xaver Wegrad; »und die lassen auch keinen hinauf, der nicht wieder ein Jude ist.«

Er erzählte Beispiele, wie die Juden einander helfen, und wie sie die Christen ruinieren, wo sie können. Ihr Einfluß beherrsche nicht nur das Geschäftsleben, auch die Politik, die Wissenschaft, sogar die Kunst. Jeder, der es auf irgendeinem Gebiet zu etwas gebracht hatte, war ein Jude. Selbstverständlich! Das wußte Doll nicht?

»Na, Sie sind auch ein Waisenknabe!«

»Richard Wagner zum Beispiel?«

»Ein Judenstämmling!«

»Exzellenz Marr?«

»Hieß ursprünglich Marcus.«

»Und Makart?«

»Schauen Sie seinen kohlschwarzen Bart an! Sieht so ein Germane aus?«

Sie kamen an einem Kaffeehaus vorüber.

»Wollen Sie nicht ein Schnapserl trinken?« fragte Xaver Wegrad.

Aus Mitleid trat Doll mit ihm ein. Sie setzten sich in eine Ecke, und Xaver Wegrad fuhr fort, ihm zu erklären, wie die Welt in Wahrheit aussehe, und wie alles darin falscher Schein sei, Schwindel, Humbug, Betrug, Gaunerei und Abgefeimtheit. Dabei stürzte er ein Gläschen Kognak nach dem andern hinunter.

Als es zum Zahlen kam, suchte er alle Taschen ab und bemerkte, daß er seine Börse zu Hause hatte liegen lassen.

»Darf ich Ihnen aushelfen?« fragte Doll und legte eine Fünfguldennote auf das Marmortischchen.

Er steckte sie ohne viel Federlesens in die Westentasche und meinte: »Lassen Sie sich nicht aufhalten, ich will lieber noch ein bißchen dableiben, um ein paar Zeitungen zu lesen.«

Bekümmert ging Doll durch die dunklen, nassen Straßen, in die ein fast undurchdringlicher Spätherbstnebel sich niedersenkte, daß jede Laterne ihren Hof hatte wie der Mond, wenn er trüb und traurig ist.

O du bedauernswerter Xaver Wegrad! Ist dir mit deinem langen Bart wie Simson, da er den Schmuck seines Haars verlor, die geheimnisvolle Kraft abhanden gekommen, die dich einst zum gewaltigen Xaver Wegrad machte?

Der Sophiensaal war mit jungen Leuten angefüllt, Studenten von allen Hochschulen. Ganz vorne unter der Rednertribüne saßen die Ehrengäste und gleich dahinter die Couleurs in gelben, roten und blauen Kappen. Ein stiernackiger Abgeordneter, derselbe, den Doll vor Jahren auf dem Balle bei Pinkenfelds mit dem alten Marr hatte zusammenwachsen sehen, stand auf der Estrade und predigte den Anschluß Österreichs an Deutschland, vielleicht auch noch ein bißchen mehr.

An einem der Tische erblickte Doll seinen ehemaligen Freund Leo von Pinkenfeld, und da noch ein Stuhl frei war, setzte er sich zu ihm.

»Wo sind Sie hingeraten?« fragte er. »Ich sah Sie so lange nicht, daß ich meinte, Sie wären gar nicht in Wien.«

»Ich bin an die Kunstakademie übergetreten, wissen Sie das nicht?«

Doll hatte gehört, daß auch Herr von Pinkenfeld schwere Verluste erlitten haben sollte. Er war auf seiner Hut, um ja keine unpassenden Fragen zu stellen.

»Sind Sie Maler geworden?«

»Bildhauer.«

»Die glänzenden Siege des deutschen Volkes«, schrie der Stiernackige von der Tribüne, »haben wie mit einem Schlage die Konstellation der ganzen Welt verändert« ...

»Prosit Bismarck!« riefen die Studenten.

»Und Sie studieren an der hiesigen Akademie?« fragte Doll.

»Eigentlich bin ich schon fertig. In wenigen Tagen reise ich nach Rom ab. Man hat eine dürftige Anfängerarbeit, die kaum über dem Durchschnitt steht, für würdig erachtet, mit dem Rompreis ausgezeichnet zu werden. Aber Sie dürfen nicht glauben, daß dies etwas Besonderes ist. Es hat mehr den Charakter eines Stipendiums«, sagte er, während er den Kopf und den Oberkörper schwermütig neigte, als schämte er sich, daß er den Rompreis erhalten hatte.

»Denn wir sind Deutsche und bleiben Deutsche!« ... schrie der Stiernackige von der Tribüne.

»Prosit!« riefen die Studenten.

»Wie sind Sie eigentlich zur Kunst gekommen?« fragte Doll.

»Ich weiß es selbst nicht«, sagte Leo. »Vielleicht ein bißchen Geschicklichkeit in den Fingerspitzen ... Aber das ist es doch nicht allein. Was soll man machen, wenn man sich sehnt? Religion? Geht nicht. Wissenschaft? Es wird einem nicht warm dabei ... Man braucht doch eine Art Boden, wissen Sie, auf dem man Fuß fassen könnte. Wo man gewissermaßen sich selbst fände« ...

»Denn unser allverehrter Kaiser Wilhelm ...« schrie der Stiernackige von der Tribüne ...

Ein ungeheures Prositrufen, Strampeln und Händeklatschen brauste durch den Saal. Der Regierungsvertreter, der neben dem Redner saß, erhob sich und erklärte den Kommers für aufgelöst. Nun ging erst recht das Toben los. Die Wacht am Rhein wurde gesungen.

»Wollen wir gehen?« fragte Doll.

»Es war ein kurzes Vergnügen«, sagte Leo von Pinkenfeld mit seinem müden Lächeln. »Aber eigentlich bin ich froh, aus dem Qualm herauszukommen.«

Auf der Straße fragte er Doll: »Kommen Sie öfter in solche Versammlungen?«

»Und Sie?«

»Gott, ich glaube, es ist das erstemal. Es waren ein paar Kollegen, die mich fast zwangen.«

»So befinden wir uns in der gleichen Lage«, sagte Doll. »Mir kommt nichts öder vor als das leere Gerede. Aber unsere Regierungen seit hundert Jahren sind selbst schuld daran. Es ist noch immer der kindische Geist, die Unreife von Achtundvierzig – auf der einen Seite und auf der andern auch.«

Sie trennten sich bald. Zum Abschied wünschte ihm Doll Glück für Rom.

»Und wie geht es Ihren Schwestern?« fragte er noch.

»Sie haben sich gut hineingefunden«, sagte Leo, womit er wohl auf die durch den Vermögensverlust geänderten Verhältnisse anspielen wollte ... »Sie wissen doch, daß die Verlobung Nattis mit dem Freiherrn von Gall-Rastenburg zurückgegangen ist?«

Doll zögerte. Sollte er sein Bedauern oder seinen Glückwunsch aussprechen?

»Empfehlen Sie mich bestens den Damen!« sagte er.

»Ich glaube, Natti würde sich freuen, Sie zu sehen – und Siddi natürlich auch. Wollen Sie sie nicht einmal aufsuchen, während ich in Rom bin?«

»Gern!« sagte Doll ohne die ernste Absicht, der Einladung zu folgen.

Er kam jetzt öfter in die Wohnung Direktor Haarhammers, bei dessen Kindern Lois Birenz Hauslehrer war. Der Lois wohnte seit einiger Zeit auch bei der Familie.

»Ich könnt' es in keiner andern Familie aushalten«, sagte er offen. »Weißt du, diese bürgerliche Atmosphäre geht mir auf die Nerven.«

»Was ist dir daran zuwider?« fragte Doll.

»Ich weiß es selbst nicht recht. Vielleicht, daß immer das Bemühen herrscht, jede Unannehmlichkeit zu vermeiden. Als ob man das könnte? Da war ich zum Beispiel in einer Fabrikantenfamilie Instruktor, und die Petroleumlampe raucht, während wir über den Büchern sitzen. Kommt nicht die Mama hereingestürzt und jammert, daß ihr das ganze Zimmer voll Ruß wird?«

»Und Haarhammer freut sich darüber, wenn die Petroleumlampe raucht?« fragte Doll lachend.

»Freilich freut er sich!« behauptete der Lois. »Neulich stank der Ofen pestilenzialisch, und als seine Gattin darüber klagte, da lachte er wie ein Bombardon und sagte: Ein Ofen muß halt manchmal stinken, man kann auf der Welt nicht immer geruchlose Öfen haben! Und als unlängst einer seiner Buben durchflog, lachte er wieder wie ein Bombardon und sagte: Es kann doch auf der Welt nicht jeder Mensch ein Gelehrter werden! Und er steckte den Burschen in die Handlung, wo er sich recht gut macht, denn fürs Praktische hat er Sinn.«

»So einfach ist alles bei dem«, schloß Lois. »Ganz einfach und natürlich. Es muß doch auch wirklich nicht ein jeder Bub studieren, wenn er kein Talent dazu hat. Aber was plagen sie in anderen Häusern sich und ihre Kinder, bis einer so weit ist, daß er endlich Rechtspraktikant ohne Adjutum werden kann! Das ist diese bürgerliche Weichlichkeit, daß ihre Buberln nur ja etwas ›Besseres‹ werden!«

Die Neigung war übrigens gegenseitig. Wie der Lois den Haarhammer verstand, so verstand der Haarhammer den Lois. Nur daß Lois am Sonntag die Buben nicht in die Messe begleiten wollte, war ihm nicht recht. Aber er beeinflußte ihn nicht weiter in dieser Hinsicht und meinte, als sie einmal über religiöse Dinge gesprochen hatten: »Wenn Sie die Thora verehren würden, so hätt' ich nichts dagegen. Aber gar nichts ist ein bissel wenig.«

»Ich kann's doch nicht erzwingen, wenn ich es nicht in mir hab'«, sagte der Lois.

»Ja, das ist wahr«, sagte darauf Haarhammer, diesmal sehr ernst. »Machen Sie sich nichts daraus, unser Herrgott wird schon wissen, was er mit Ihnen vor hat.«

»Ich mache mir ohnedies nichts daraus«, gab der Lois beleidigt zurück; denn er war sehr schnell beleidigt und ärgerte sich darüber, daß irgend jemand sich herausnehmen könnte, etwas mit ihm vorzuhaben, und wäre es auch Haarhammers Herrgott.

Einmal, als Doll mit Lois Birenz auf dessen Stube plauderte, kam Haarhammer herein, um sich bei Lois über irgendeinen lateinischen Ausdruck Rats zu erholen, weil er mit lateinischen Ausdrücken nie zurecht kam. Er redete bei der Gelegenheit mit Doll und verwickelte sich mit ihm in ein Gespräch über eine technische Frage.

»Wenn Sie herüberkommen wollen«, sagte er schließlich, »so kann ich Ihnen das auf dem Reißbrett besser erklären als mit Worten.«

Er führte ihn in seine Privatkanzlei und an den Zeichentisch, wo Bauzeichner, die er beschäftigte, an Plänen für eine Flußregulierung arbeiteten. Doll fand sich schnell zurecht, und es stellte sich heraus, daß er in der Meinungsverschiedenheit, die über jene technische Frage zwischen ihnen entstanden war, sogar recht hatte.

Darüber schien Haarhammer sich zu freuen.

»Jetzt hätt' ich bald einen Pluzer gemacht«, sagte er vergnügt. »Es ist gut, daß ich Sie getroffen hab'. Na, ein Unglück wär' es auch nicht gewesen, es muß auch Plüzer geben auf der Welt.«

Und er lachte, daß es nur so schmetterte.

»Wenn Sie Ihr Ingenieurdiplom im Sack und nichts anderes vorhaben«, sagte er noch, als Doll sich verabschiedete, »so lassen Sie sich bei mir anschauen!«

Doll freute sich darüber. Die Aussicht, sich unter Haarhammers Leitung in den praktischen Beruf einführen zu lassen, war ihm lockend.

Seine letzten Prüfungen fielen gerade in die heißeste Zeit. Um sich einige Bewegung zu machen, ging er manchmal des Abends in den Belvederegarten hinüber und saß studierend zwischen den beschnittenen Buchenhecken und steinernen Sphinxen auf einer Bank. Er liebte diesen Garten aus der Zeit, da er in der Artilleriekaserne am Rennweg sein Militärjahr abgedient hatte.

Als er einmal von seinem Buch aufblickte, sah er ein schlankes Mädchen die Stufen einer jener Terrassen niedersteigen, in denen der Schloßgarten gegen den Rennweg abfällt. Und sein jugendfrohes Herz hüpfte vor Freude, denn es war die goldhaargekrönte Bethy Leodolter.

Er ging auf sie zu und begrüßte sie. Sie kam aus der Kunstsammlung, die damals noch im Belvedere untergebracht war.

»Ich habe mir ein paar alte Bilder angesehen«, sagte sie, »aber dieses ist eigentlich noch schöner.«

Und sie zeigte über die Stadt hin, die man von hier aus wie in Gärten eingebettet im Abendscheine liegen sah, denn sie standen auf einer der hochgelegenen Terrassen.

»Mir ist auch das wirkliche Grün lieber als das gemalte«, sagte Doll.

Und weil sie so frisch und jung und schön vor ihm stand, lächelte er und sagte noch: »Und auch die wirklichen Menschen sind mir lieber als die gemalten.«

»Es kommt ganz darauf an«, sagte sie lachend ... »Mir scheint, Sie müssen fleißig sein?«

»Jetzt komm' ich bald ins wirkliche Leben hinein«, sagte er. »Darauf freu' ich mich.«

»Ja, das stell' ich mir auch schön vor«, sagte sie, »wenn man auf einmal seinen Wirkungskreis hat.«

Er reckte seine Arme.

»Ich spüre so etwas in mir wie: Anpacken! Zugreifen!«

Sie lachte und gab ihm die Hand.

»Jetzt muß ich aber laufen«, sagte sie. »Die Mutter hatte am Rennweg zu tun, ich soll sie unten wieder treffen und darf sie nicht warten lassen.«

Ein Druck der Hände und ein Versenken von Blick in Blick. Da schritt sie hin.

War es nicht genug? O was für einfache und alltägliche Worte, die sie miteinander gesprochen hatten! Aber war es nicht genug? Hätten sie geistreich reden sollen? Oder empfindsam? Vielleicht hatten sie zu wenig Geist in sich und zu wenig Empfindsamkeit. Darum überließen sie es anderen, anders zu reden und sprachen miteinander, wie es für sie paßte.

War es nicht genug?

An diesem Abend, eh' er zu Bett ging, kramte Doll in alten Schachteln und fand richtig das Kleinod, das er gesucht hatte. Es war eine talergroße Rosette aus hellblauem Tüll, die mit kleinen Sternen aus Rauschgold übersät war. In der Mitte dieses niedlichen Sternenhimmels aber klebte ein fröhlicher kleiner Liebesgott aus Papier.

Er betrachtete das gutgemeinte Kunstwerk eine kleine Weile, lächelte und legte es dann wieder in die Schachtel zurück, in der es früher gelegen hatte ...

Als Leo von Pinkenfeld ein Jahr später aus Rom zurückkehrte, fragte er seine Schwester Natti bei Gelegenheit: »Hat sich Doll Mairold einmal bei euch sehen lassen?«

»Doll Mairold?« sagte sie. »Ach nein, der hat uns längst vergessen« ...

Nach einer Weile sagte sie noch: »Ich habe ja auch die ganze Zeit nicht mehr an ihn gedacht. Es sind fünf oder sechs Jahre her, seit jenem Ballabend. Ich hab' ihn nicht wiedergesehen – ein paarmal auf der Straße, das war alles.«

»Halte still!« rief er, mit seinem Künstlerauge ihre Umrisse verschlingend. »In dieser Stellung möcht' ich dich festhalten! Wenn du mir ein paarmal sitzen wolltest?«

»Hast du eine Arbeit vor?« fragte sie, während sie gehorsam in ihrer Stellung verharrte und nur das Auge nach ihm zu wenden wagte.

»Es schwebt mir immer etwas vor, das ich nicht ausdrücken kann«, sagte er. »Etwas wie Sehnsucht ... aber die Sprache erschöpft es nicht, die Linie müßte es verkünden. Wie du vorhin den Oberkörper neigtest – das war wie eine Offenbarung. Jetzt ist es wieder erstarrt.«

»Ich will dir gerne sitzen«, sagte sie, »ich wäre so froh, wenn du ein großer Künstler würdest.«

»Ja, sitze mir, ich bitte dich darum! Und so oft die Seele aus der Linie flieht, will ich dir von Doll Mairold sprechen!«

»O wie grausam seid ihr Künstler!«

»Was willst du? Sind wir nicht gewohnt, uns selbst ans Kreuz zu schlagen?«

Die ersten Arbeiten Leos, die in die Ausstellungen kamen, erregten die Aufmerksamkeit der Kenner. Er drang nicht durch wie ein geborener Sieger, aber trotz des Großbetriebes, in den die Kunst nunmehr eingelenkt hatte, und trotz des gewaltigen Lärmes, der immer um sie herum war, gelang es ihm doch innerhalb der nächsten Jahre, eine gewisse Beachtung zu finden, wenn auch mehr im Stillen. Und Natti half ihm dabei, es gab Zeiten, wo sie ganz darin aufging, seine Beraterin zu sein, wo sie sich opferte und das Leid, das in ihr schlummerte, immer wieder aufweckte, weil er das schwermütige Gleiten der Linie daraus zog, das er wie ein Dürstender suchte.

Und es waren doch nicht die bittersten Jahre ihres Lebens, vielleicht waren es sogar die süßesten.

Damals fühlte sie sich glücklich. Da kam, was die Menschen das Glück nennen, wieder über das Haus Pinkenfeld und goß auch über ihr Leben sein Füllhorn von Unruhe, Zweifeln und ins Leere strebenden Wünschen aus. Warum ist dem blühenden Leibe, dem Fluß der Falten jetzt plötzlich die Seele entflohen? Ist es nicht mehr derselbe schön geformte Busen, derselbe schlanke Hals, dasselbe Gewand, das sie immer trug? Wie kommt es, daß sie auf einmal nicht mehr sie selbst ist, nur ein Gefäß für hundert wirre Gedanken der Eitelkeit, der Alltäglichkeit, des gesellschaftlichen Scheins?

O, warum wolltest du dein Schicksal nicht auf dich nehmen, dein Kreuz nicht länger tragen? Läßt sich denn erzwingen, was von selbst werden muß, wenn es überhaupt werden soll? Und kann der unechte Schimmer dich je darüber täuschen, daß du das Echteste, das du noch besaßest, dafür hingabst – dein freudvoll getragenes Leid?

O, was für ein verfehltes Leben, Natti!

Das Klosterschlößchen

Das alte Schlößchen hinter St. Jodok in der Lüsen, von dem ich euch jetzt erzähle, hat seine Geschichte, aber niemand kennt sie. Wir haben in Erfahrung gebracht, daß vor zweihundert Jahren oder länger die Pröpste eines wohlhabenden Stiftes im österreichischen Friaul die Tafelfreuden liebten und darum nach einer Wald- und Berggegend

Ausschau hielten, deren Wildreichtum die Fülle von Wein und Früchten, welche das sonnige Unterland ihnen lieferte, würdig ergänzen sollte. Es lag ihnen aber außer dem Wildbret für ihren Tisch auch ganz besonders das Jagdvergnügen am Herzen, und sie wollten nicht nur auf Damhirsche und Rehe, sondern gelegentlich auch auf Hochgebirgswild wie Gemsen, Steinböcke oder Auerhähne birschen. Darum verfielen die geistlichen Herren auf die Gegend hinter St. Jodok in der Lüsen, die knapp an der Grenze zwischen dem deutschen und wendisch-italienischen Sprachgebiet inmitten hoher Berge eingebettet liegt und damals noch wenig gerodet war. Dort erwarben sie ein Gut mit Waldbesitz und allerhand Jagd- und Weiderechten und bauten im Geschmack ihrer Zeit ein schmuckes Jagdschlößchen hin, mit vorspringenden Türmen an den vier Ecken und gipsenen Fruchtgewinden, die von wohlgenährten Putten gehalten werden, an den Saaldecken.

So erstand jenes reizende, unter hohen Lindenbäumen versteckte Herrenhaus, das den Alpenwanderer noch heute entzückt und anheimelt, wenn er daran vorüberkommt, um durch die innere Lüsen einen der gewaltigen Berggipfel zu ersteigen, die rings heruntergrüßen und bald einen deutschen, bald einen slawischen, bald einen welschen Namen tragen. Falls er aber stehen bliebe, um sich zu erkundigen, wer der glückliche Eigentümer sei, so wüßte ihm niemand von jagdlustigen Klosterbrüdern und Prälaten zu berichten. Er erführe bloß, daß jetzt eine stille, vornehme Frau von bürgerlicher Herkunft darin wohne, die jeden Sommer eine ganze Schar fröhlicher junger Leute um sich zu versammeln wisse, obgleich sie selbst kinderlos, unvermählt und kränklich sei. Seine Neugierde, sie kennen zu lernen, würde wach, denn man spräche von ihr wie von einer gütigen Fee. Und früge er noch weiter, so beschriebe man sie ihm als eine edle, hochherzige Dame mit schneeweißem Haar, die weit im Umkreis als Wohltäterin verehrt und nicht anders als Gioja genannt werde, weil sie ein Kleinod sei unter den Menschen, weil Freude sprieße allenthalben, wohin sie ihren Schritt setze, wie Blumen aus den Fußstapfen des heiligen Franziskus.

Niemand erinnert sich mehr, daß das Herrenhaus unter den uralten Linden einst mitten im Walde gestanden, niemand weiß etwas davon, daß es einst geistlichen Herren als Jagdschlößchen gedient hat. Denn soweit die ältesten Leute zurückdenken können, war es stets Eigentum der Freiherrn von Gall-Rastenburg-Grahovo gewesen, die sich schließlich, nachdem größere und einträglichere Güter ihnen nach und nach abhanden gekommen, grollend in die Lüsen zurückgezogen und dauernd in dem alten Schlößchen eingenistet hatten. Heute freilich befindet dieses sich so wenig mehr in ihrem Besitz wie in dem der toten Hand. Dem einst reich begüterten Geschlechte ist auch dieser letzte Schmollwinkel in Verlust geraten, denn es hat endgültig abgewirtschaftet. Den letzten Freiherrn von Gall-Rastenburg-Grahovo, einen stolzen, schönen, unnahbaren jungen Mann, kannten noch alle. Er war jähzornig und ungerecht, niemand liebte ihn, obgleich er manchmal, wenn er gerade in der Laune war, dem nächstbesten Knecht, der ihm das Pferd gehalten hatte, eine Fünfguldennote hinwarf. Niemand vermißte ihn, als er ausblieb und sich nicht mehr in der Lüsen sehen ließ, niemand bedauert es, daß er von der Bildfläche verschwunden ist, als wäre er gestorben.

Im Jahre dreiundsiebzig, heißt es, als in Wien draußen der große Börsenkrach war, sei er an den Bettelstab gekommen.

Das Gut samt dem Herrenhaus war damals an den Meistbietenden losgeschlagen worden und hatte seitdem mehrmals hintereinander den Besitzer gewechselt, bis gegen Ende der siebziger Jahre jene kränkliche alte Dame es erwarb und zu ihrem Sommersitz erwählte. Seither haben die Leute in der Lüsen das Gefühl, als sei endlich wieder eine »Herrschaft« da, zu der sie emporblicken können.

Was mag sich in dem alten Schlößchen nicht alles abgespielt haben, im Wechsel der Jahrhunderte? O daß die Steine reden könnten und die Saalwände Zauberspiegel wären, die vorüberziehenden Bilder zu bannen und dauernd festzuhalten! O wer die Sprache der uralten Linden verstünde, die das hochgeschwungene Ziegeldach beschatten und im Winde flüsternd von alten Begebenheiten erzählen, die keine Chronik aufzeichnet! Denn das anheimelnde Schlößchen in der Lüsen hat seine Geschichte wie alle alten Schlösser, aber niemand kennt sie. Nicht einmal, daß es ursprünglich ein Jagdhaus war, und daß die Jäger, die mit der Flinte über der Schulter ein und ausgingen, geistliche Stiftsherren waren, ist in Erinnerung geblieben. Und wenn die Leute in der Gegend es noch heute das Klosterschlüssel nennen, so wissen die wenigsten von ihnen, warum.

Es ist die Zeit, da die Linden blühen, und der herbe Bergwind, der durch die Lüsen streicht, weht den beiden Fußwanderern, die sich auf der Straße von St. Jodok dem Hause nähern, ganze Wolken süßen

Duftes in die Nasen. Es sind zwei recht ungleiche Gesellen, der eine jung, der andre alt, Großvater und Enkel vielleicht, der eine hochgewachsen, der andere eher klein, aber rasch beweglich. Der Junge, Hochgewachsene, braucht nur halb so viel Schritte zu machen wie der alte Herr, der kaum mittelgroß geraten ist, darum wallen sie in ziemlich ungleichartigem Gange nebeneinander hin. Zwar läßt der wettergebräunte Jüngling, der die Tracht des Bergsteigers trägt, sich absichtlich Zeit und geht so gemächlich, als es ihm nur möglich ist, an der Seite des Großvaters her, damit dieser sich ja nicht übereile; es nützt ihm aber wenig. Denn der alte Herr in grauem städtischen Anzug, ein graues weiches Filzhütlein jugendfroh auf dem linken Ohr, ein Opernglas im Lederfutteral an einem Riemchen um die Schulter geschnallt, kommt sich beinahe wie ein zwanzigjähriger Springinsfeld vor, seit er der Stadt den Rücken gewendet und sich auf die Wander begeben hat. Und während er die stählerne Zwinge seines Wandelstockes emsig gegen den Straßenschotter klirren läßt, hastet er mit seinen kurzen, raschen Schritten wie ein fröhliches Wiesel dem jüngeren Gefährten, und mag der sich so viel Zeit lassen als er will, doch immer um eine halbe Nasenlänge voraus.

»Die Linden duften, die Beschreibung stimmt«, sagt er jetzt zu seinem Wandergenossen; »hier muß es sein! Hättest du es dir träumen lassen, Doll, daß wir in der Lüsen eine gute alte Bekannte wiederfinden?«

»Und was für eine liebe, einzige Frau!« versetzt der Jüngling warm. »Ich kann nicht sagen, wie ich mich freue, sie wiederzusehen, fast muß ich sagen: sie kennen zu lernen! Denn ich erinnere mich ihrer eigentlich bloß aus früher Jugend, als wir Kinder noch manchmal im Leodolterschen Hause verkehrten. Ich sah sie immer nur auf ihrem Diwan ausgestreckt, und wir hatten etwas wie eine heilige Scheu vor ihr, weil sie krank und dabei so klar, heiter und gütig war. Ja, sie erschien mir selbst fast wie eine Heilige auf ihrem Schmerzenslager. Aber nicht wie eine Heilige der düsteren Dogmen, mehr wie eine solche aus den alten Legenden, die von Freudigkeit und innerem Sonnenglanz leuchten.«

Die beiden Wanderer haben auf einem hölzernen Stege die Lüsen überquert, das rauschende, hüpfende, sich mutwillig überschlagende Wasser, das noch viel älter ist als der alte Herr Bornschbögel und doch ebenso jugendlustig sich tummelt und weiterhastet wie er. Jetzt treten sie in den Abendschatten der Linden, um die das Summen der honigsammelnden Bienen webt. Die Pforte des Klosterschlößchen steht offen, eine kühle Halle mit doppelt geschwungener steinerner Freitreppe nimmt sie auf. Wenige Augenblicke später führt ein flinkes Dienstmädchen sie in den schneeweißen Saal, an dessen Decke die gipsenen Putten gipsene Fruchtgirlanden halten, und durch diesen hindurch auf eine breite, freie, gegen den Garten hin sich öffnende Plattform.

Eine weißhaarige Dame, schmal und zart wie ein Hauch, die in Pelzwerk gehüllt auf einem Ruhebett hingestreckt lag, richtete sich lebhaft empor und streckte dem Großvater mit einer Bewegung von merkwürdiger Anmut und Entschiedenheit die Hand entgegen.

»Wie freue ich mich, bester Herr Bornschbögel, Sie hier zu begrüßen! Und dies ist Ihr Enkel, Doll Mairold? Ich hätte ihn nicht wiedererkannt! Nein, ich glaube kaum, daß ich Sie wiedererkannt hätte, Doll. Und doch gleichen Sie Ihrem seligen Vater, ja, es sind eigentlich dieselben Züge ... Lassen Sie sehen – ja, hier im Kinn und um den Mund, da sitzt die Ähnlichkeit. Es ist ein Zug von Kraft und Energie, oder doch eine Vorahnung davon, wenngleich noch nicht so voll entfaltet wie bei meinem verewigten Freunde« ...

Ihr Blick ruhte sinnend, forschend auf dem jungen Manne, während sie auch ihm die schmale, mit keinem Ring geschmückte und doch so schöne und feine Hand entgegenstreckte.

»Sie waren ein Knabe damals, als ich Sie zum letztenmal sah. Nun sind Sie ein Jüngling, fast ein Mann, und wie ich aus Ihrer Karte ersehe, schon in Beruf und Stellung. Wie doch die Zeit hingeht! Und wenn man so wie ich nur aus der Ferne dem Leben zusieht, so vergißt man immer wieder, daß es sich in steter Bewegung befindet. Manchmal, wenn ich durch bestimmte Anlässe daran erinnert werde, kann ich mich nicht genug darüber wundern, wie in den Jahren her sich alles verändert hat, während ich selbst nach wie vor unbeweglich auf meinem Krankenlager träume. Junge Mädchen, die ich mir noch in ihrer Blüte vorstelle, sind inzwischen Mütter geworden, Altersgenossinnen Matronen, und bei fernerstehenden Bekannten muß ich mich manchmal besinnen, ob sie noch unter den Lebenden weilen, oder längst gestorben sind. Und gar die Kinder, ich meine, die ich als Kinder kannte! Immer denke ich sie noch als Kinder, und doch sind sie längst herangewachsen und groß geworden – wollte Gott, daß sie alle so gesund und heiter wären, wie ich Sie vor mir stehen sehe!«

Sie war errötet, in einer gewissen Erregung, unter dem Schmuck ihres reichen Silberhaars. Doll, dem das noch jugendliche Bild dieser Frau in ferner, halb verblaßter Erinnerung schwebte, fand sich jetzt, da der Zufall ihn wieder in ihre Nähe geführt hatte, vom ersten Augenblick zu ihr hingezogen. Etwas unendlich Vornehmes sprach aus ihrem ganzen Wesen, das sich trotz eines deutlichen Leidenshauches, der über das Antlitz ausgegossen war, schon in der sanften, doch entschlossenen Haltung des Kopfes ankündigte. Das ausdrucksvollste in ihrem Gesichte war neben den großen, klaren Augen, die einst sehr schön gewesen sein mußten, der Mund, dessen feingezogene Linien ein Sitz stillen Duldens und Verzeihens, aber auch versteckt ruhender Heiterkeit, gelegentlich wohl gar einer leisen Ironie zu sein schienen.

»Und nun erzählen Sie mir etwas aus der Welt, aus dem Leben, vor allem von Frau Theresen, Ihrer wackeren Mutter, von Ihnen selbst und allen Ihren Geschwistern. Wo kommen Sie her? Wo streben Sie hin? Und wie haben Sie all die Zeit her gelebt, seit wir einander nicht sahen?«

Es waren genug Fragen auf einmal, man gab bereitwillig Auskunft, beantwortete vorerst das Notwendige und fragte wieder dagegen. Doll fühlte, daß Förmlichkeit und leere Worte in ihrer Nähe nicht gedeihen konnten. Mit Lebhaftigkeit wußte sie das Gespräch zu leiten. Vom Allgemeinen und scheinbar Beiläufigen ausgehend, brachte sie jeden, mit dem sie sprach, bald auf den Punkt, wo er sich gezwungen sah, Rechenschaft von sich abzulegen, und in Kürze zu offenbaren, was er eigentlich trieb, und was im Grunde an ihm war.

»Wir sind, wie Sie uns da sehen, auf einer Entdeckungsreise begriffen«, sagte der alte Herr Bornschbögel. »Freilich ist es im Grunde genommen bloß mein Enkel Doll, der auf Entdeckungen ausgeschickt ist. Nun bin ich aber in meiner Jugend immer gern in den Bergen gewandert, einen Stock in der Hand und ein Ränzel auf dem Rücken. Das hätt' ich gern noch einmal probiert, nur ein einziges Mal, eh' daß ich sterbe. Also sag' ich zum Doll: nimmst du deinen alten Großvater mit? Und er tut es, freut sich sogar darüber, sagt es wenigstens – no, und da sind wir!«

»Du weißt ganz gut, Großvater«, unterbrach Doll ihn eifrig, »daß ich es nicht bloß sage, daß ich mich auch wirklich darüber freue. Und Sie sollten sehen, gnädigste Frau, wie der Großvater laufen kann! Manchmal komm' ich ihm kaum nach, und wenn ich mich noch so sehr bemühe, mit ihm Schritt zu halten, er läuft mir einfach davon, er gewinnt mir immer wieder einen Vorsprung ab.«

Dem alten Herrn sah man es an, wie wohl das Zeugnis ihm tat, das sein Enkel ihm ausstellte. Zwar wollte er sich nichts davon merken lassen, aber das geschmeichelte Lächeln, das er gewaltsam unterdrückte, streute seine Reflexe über das gute alte Gesicht, daß es bei aller beabsichtigten Sachlichkeit doch von verhaltener innerer Glorie leuchtete.

»No ja, halbwegs geht es schon noch. Man kommt wieder in Schwung. So ganz zum alten Eisen gehör' ich halt doch noch nicht« ...

Er fuhr fort zu erzählen, wie sie ihre Wanderung angetreten, und was sie dabei erlebt hätten.

»Und das schönste von allem, was wir bisher gesehen haben«, sagte er, »ist doch die Lüsen. Im Gasthof zu St. Jodok« ...

»Daß Sie im Gasthof absteigen konnten!« unterbrach ihn die alte Dame mit freundlichem Vorwurf.

»Wir hörten erst dort vom Klosterschlössel«, sagte Doll. »Wir ahnten nicht, daß Sie Ihren Sommersitz hier aufgeschlagen hätten. Wir hofften auf alles, nur nicht darauf, Sie in der Lüsen zu treffen. Man erzählte uns von Frau Gioja, der sonnige Name gefiel mir, und ich erkundigte mich, wer sich würdig erwiesen hätte, damit benannt zu werden. Stellen Sie sich unsere freudige Überraschung vor, als es die Würdigste war, die wir selbst dafür ausfindig zu machen gewußt hatten!«

»Ich liebe ihn selbst, diesen Namen«, sagte sie mit einem wehmütigen Lächeln in die Ferne. »Er hebt mich über mich selbst und meinen leidenden Zustand hinaus und hilft mir, meiner Pflichten eingedenk zu bleiben ... Aber nun, da Sie wissen, wer Gioja ist, hoff' ich, daß Sie die Gastfreundschaft des Klosterschlössels nicht verschmähen. Ich will sogleich Befehl geben, Ihr Gepäck hieherzuschaffen.«

»Wir bleiben nur die eine Nacht«, entschuldigte sich der Großvater. »Morgen mit dem frühesten wandern wir weiter.«

»In welcher Richtung?«

»Auf die Wegwacht.«

»Dann will ich nicht in Sie dringen. Sie müßten, wollen Sie von hier auf die Wegwacht gelangen, doch wieder über St. Jodok.«

»Sie kennen die Wegwacht, Frau Gioja?« fragte Doll.

Sie bejahte und gab ihm bereitwillig alle wünschenswerten Auskünfte darüber, nach denen er begierig schien. Er wollte immer noch mehr wissen, und manchmal mußte sie die Antwort schuldig bleiben. Die

Sachlichkeit seiner Fragen nahm sie wunder; sie hatte nicht gedacht, daß andere als touristische Absichten ihn in die Gegend geführt haben könnten, und sagte schließlich: »Sie scheinen sich für die Steinbrüche zu interessieren, die vor Jahren auf der Wegwacht in Betrieb gestanden haben? Es war dies noch in der Zeit, bevor ich mich hier ankaufte. Ich weiß darüber nur so viel, daß man über Ansätze nicht weit hinausgekommen ist. Heute herrscht da oben völlige Zerfahrenheit, niemand weiß, wer der Herr ist. Das meiste liegt brach, an einzelnen Stellen soll von drüben, von der andern Seite her, wüster Raubbau getrieben werden, von fachmännischer Ausbeutung ist nirgends die Spur. Die ganze Lüsen leidet darunter. Denn viele Bewohner könnten in den Marmorwerken, wenn diese in die richtige Hand kämen, Arbeit und Verdienst finden.«

»Aus unserm Doll«, sagte der Großvater nicht ohne Stolz, »ist nämlich, seit Sie ihn nicht gesehen haben, ein tüchtiger Ingenieur geworden. Den Haarhammer, den Baudirektor, den kennen Sie ja? Und Sie wissen auch, daß der seine Sache versteht, nicht wahr? Bei ihm hat Doll ein paar Jahre lang gearbeitet und viel gelernt! Wenn der Haarhammer einen lobt, so weiß er, warum. Also, und der Haarhammer, der hält große Stücke auf den Doll« ...

»Aber Großvater!« rief Doll dazwischen.

»Faktum! Er hat es mir selbst gesagt!« beharrte Herr Bornschbögel vergnügt. »Warum soll man es nicht verraten dürfen, wenn es wahr ist? Ich hab' es aus seinem eigenen Mund, daß er den Doll für einen seiner tüchtigsten jungen Leute hält. No, und deswegen schickt er ihn auch auf Entdeckungsreisen. Jetzt sollen wir halt die Wegwacht miteinander entdecken, wir zwei: sollen ein bisserl herumspekulieren, da oben, und nachschauen, ob überhaupt Steine da sind, oder ob die am Ende auch bloßer Schwindel waren wie die große Aktiengesellschaft, die damals im Jahr dreiundsiebzig abgekracht ist.«

Frau Gioja lachte.

»Die Steine sind schon noch da, die hab' ich selbst gesehen. Ganze Bergkoppen rings um die Wegwacht bestehen aus reinem Kalkstein. Und es ist guter weißer oder grauer Marmor, sehr dauerhaftes, außerordentlich wetterbeständiges Gestein, ein vorzügliches Material! Woher ich das weiß? Wie kann ich Erfahrungen darüber gesammelt haben? Was meinen Sie wohl, Herr Ingenieur?«

Sie sah gespannt nach Doll hinüber, und er bewunderte im Stillen ihre Klugheit, denn er verstand sofort, daß sie ihn auf die Probe stellen wollte, ob er Sinn und offenen Blick für seinen Beruf hätte. Aber ihre Frage setzte ihn nicht in Verlegenheit.

»Das können Sie leicht wissen, Frau Gioja! Die Freitreppe, über die wir heraufgekommen sind, steht, wie ihre Formensprache verrät, wohl an die dreihundert Jahre in Gebrauch und zeigt doch nur geringe Spuren von Abnützung. Der Türstock an der Eingangspforte Ihres Hauses widersteht ebensolange den Einflüssen der Witterung, ohne schadhaft geworden zu sein. Dasselbe gilt von den Tür- und Fensterstöcken aus Marmor, die man in St. Jodok an vielen älteren Bauernhäusern noch bemerken kann. Woher sollte dieses Material stammen, wenn nicht von der Wegwacht?«

»Sie glauben also, daß die Steinbrüche da oben schon seit Jahrhunderten ausgebeutet werden?«

»Ich glaube es nicht, ich weiß es bestimmt. Und wenn sich das Alter der Häuser von St. Jodok ermitteln läßt, so läßt sich auch ziemlich genau feststellen, um welche Zeit der Betrieb blühte, und wann er wieder in Verfall geriet. Übrigens war ich mir über die große Wetterbeständigkeit des Gesteins bereits im klaren, bevor ich die Lüsen betrat. Es wird Sie vielleicht interessieren, gnädigste Frau, daß eine ganze Reihe jener Kolossalfiguren, die das große Parterre des kaiserlichen Parkes von Schönbrunn schmücken, aus Wegwachtmarmor gemeißelt sind.«

»Woher wissen Sie das?« fragte jetzt die alte Dame erstaunt.

»Ganz einfach aus einem genauen Vergleich des Materials jener Statuen mit Gesteinsproben von der Wegwacht, die mir Haarhammer zur Verfügung stellte. Ich sagte mir, wenn der Marmor so vorzüglich und das Lager so reich ist, so ist es unwahrscheinlich, daß die Brüche in den Zeiten der fürstlichen Baulust und Gartenkunst nicht längst entdeckt gewesen sein sollten. Wir sehen ja auf vielen Gebieten eine Lücke klaffen zwischen dem feudalen Reichtum von damals und dem bürgerlichen Wohlstand von heute. In dieser Pause der Dürftigkeit können Marmorbrüche leicht in Vergessenheit geraten sein, die in der Epoche der Dianen und Faune zwischen beschnittenen Buchenhecken wohl bekannt waren und reichen Ertrag lieferten. Von diesem Gedanken ausgehend, untersuchte ich Bauten und Steinbilder in und um Wien auf die Herkunft ihres Materials. Und daß im Park von Schönbrunn meine Fährte mich ans Ziel führte, hat nicht bloß geschichtliches Interesse; es ist vor allem von größter Bedeutung für unser Unternehmen, weil dadurch ein unbestreitbarer und jedermann zugänglicher Beweis für die Qualität des Gesteins gewonnen ist.«

»Sie haben recht, Herr Bornschbögel«, sagte Frau Gioja ernst: »Wenn der Haarhammer einen lobt, so weiß er warum.«

Es schien ihr Befriedigung zu gewähren, daß der junge Mann sich aufgeweckt und wohl unterrichtet zeigte. Doll fühlte von diesem Augenblick, daß sie ihm warme Schätzung entgegenbrachte um seiner selbst willen, nicht bloß, weil sie mit seinem Vater befreundet gewesen. Und als sie erfuhr, daß er im Auftrage jener Baugesellschaft reise, an deren Spitze Haarhammer stand, daß diese Gesellschaft die Rechtsnachfolgerin der ehemaligen Pentelikonaktiengesellschaft geworden sei und sich mit der Absicht trage, die Marmorbrüche auf der Wegwacht neuerdings in Betrieb zu setzen, da richtete sie sich lebhaft empor wie eine plötzlich Genesene, und ihre Wangen überzogen sich mit jugendlicher Röte.

»Wie freue ich mich, sie auf solchem Wege zu finden Doll! Wie freue ich mich, daß Sie nicht wie die meisten jungen Leute sich der Legion derer anschließen wollen, die dem Staate regieren und verwalten helfen! Wir brauchen Schaffende, die neue Quellen erschließen, zu regieren und zu verwalten gibt es ohnedies bald nichts mehr in unseren Bergen. Mit der Bauernwirtschaft steht es schlimm, es sind viele, die ihre Höfe nicht mehr halten können. Es fehlt an Menschen, die etwas unternehmen, an Bestimmenden, an Lenkenden, an solchen, die neue Werte, die Arbeitsmöglichkeiten schaffen. Jetzt, da ich weiß, warum Sie hier sind, jetzt heiße ich Sie doppelt willkommen!«

Erfreut dankte Doll und sprach die Hoffnung aus, daß es ihm vergönnt sein möge, etwas zu wirken und zu leisten, das der ganzen Gegend zugute käme.

»Vielleicht wäre es nirgends erwünschter«, sagte er, »nirgends notwendiger als gerade an den Sprachgrenzen. Die Aufgaben, die ich da oben zu lösen haben werde, sind schwierige, ich weiß es. Aber Ihr Willkomm soll mir gute Vorbedeutung sein. Sie in der Nähe zu wissen, Trost und Stärkung in jeder Not! Und immer, solange mir Ihr freundliches Bild vor Augen schwebt, werd' ich es fühlen: ich stehe nicht allein – auf der Wegwacht!«

»Sie stehen nicht allein!« sagte sie, seine Hand ergreifend und lange festhaltend. »Meine guten Wünsche werden bei Ihnen sein. Und da verschiedene Berg- und Weiderechte auf der Wegwacht zu meinem Besitz gehören, so werden Sie sich vielleicht in manchen Fällen noch an das Klosterschlössel zu erinnern haben. Es soll mir lieb sein, Sie öfters bei mir zu sehen, und eine wahre Freude, Ihnen hilfreich beistehen zu können, wenn Schwierigkeiten bezüglich gewisser Rechtsfragen auftauchen sollten, was ich keineswegs für ausgeschlossen halte.«

* * *

Denselben Abend saßen in der »Traube« zu St. Jodok Großvater und Enkel mit einer Anzahl Einheimischer um den schweren viereckigen Tisch beisammen. Der alte Bornschbögel liebte es, mit schlichten Menschen zu verkehren und aus ihrem Munde die Sorgen und Hoffnungen ihres Lebens zu erfahren. Er rühmte es als einen besonderen Vorzug der Fußreisen, daß sie erwünschte Gelegenheit hierzu böten. Wer im Wagen vorfahre, meinte er, bleibe den Leuten ein Fremder; in dem müden Wanderer hingegen sähen sie ihresgleichen und erschlössen ihm willig ihre Herzen.

Als Grundton ging durch die Gespräche jene bekannte Klage über den Niedergang der bäuerlichen Verhältnisse, die so allgemein ist. Was hatte dieser entlegene Gebirgswinkel früher von auswärtigen Ländern gewußt, wo das Gold der Kornfelder ununterbrochen Meilen und Meilen entlang wogt? Was von Absatz und Handel? Von Geld-Steuern und -Umlagen? Was von anderen Bedürfnissen als solchen, die die Bauernwirtschaft aus sich selbst heraus zu befriedigen vermag? Jetzt verstaubte der hölzerne Bauernwebstuhl, und das Spinnrad stand vergessen in einem dunklen Winkel des Bodenraumes. Leinen, Lichter, Loden, sogar Korn, kamen dem Alpenbauer gekauft fast billiger zu stehen als selbst erzeugt und selbst gebaut. Und weil hundert Dinge, der Fleiß der Hände miteingerechnet, ganz unglaublich wohlfeil geworden waren in St. Jodok, so herrschte ein einmütiges Seufzen unter den Leuten, daß es so teure Zeiten nie gegeben hätte.

Wer trug Schuld daran? Das wußte jeder genau. O nach dem Schuldigen brauchte man nicht lange zu suchen, ein jeder kannte ihn, aber einem jeden hieß er anders. Vielleicht waren sie allzusammen Schuldtragende, der Steuerexekutor und der Advokat, die Regierung und die Gesetze, die großen Städte draußen und ganz besonders die Juden, die darin wohnten, vor allem aber die Welschen und die Wenden, die glatten, hinterlistigen Schlangen, die über die Paßhöhe der Wegwacht in die Lüsen herabgeschlichen kamen, das erbeingessene deutsche Bauerntum zu verdrängen.

Wo ein Welscher oder ein Windischer hintritt, da wächst dem Deutschen kein Gras mehr!

Ein ehrenfester und ruhiger Mann, den sie Ambros nannten, meinte, es nehme ihn bloß wunder, warum es dann gerade den neu Eingewanderten gedeihe? Die seien doch auch Menschen und müßten sich sorgen und plagen, das Ihrige zu erhalten!

Wie konnte man blind genug sein, den Unterschied zu übersehen? Der Windische, der von drüben über die Wegwacht kam, war doch bloß ein halber Mensch, der schlechter und frugaler lebte als der letzte deutsche Bauernknecht. Und der Welsche verlangte von seinem Gütel nichts weiter, als daß es sein Weib und seine unmündigen Kinder ernähre, die es bewirtschafteten. Er selbst mit den halb oder ganz Erwachsenen zog ins Weite und verdiente sich seinen Unterhalt in der Fremde, brachte wohl auch einen Sparpfennig mit heim. Ja, wer das könnte und über sich brächte! Händler und Bauer sein ist zweierlei, mit deutscher Treue an seiner Scholle hängen etwas anderes, als mit welscher List Waren anpreisen und Kunden übers Ohr hauen.

Ein schon ziemlich angetrunkener Mann, ein Besitzer aus der Gegend, den sie Gramundler nannten, der wußte am meisten von der deutschen Treue und Heimatliebe zu sagen. Und von der Pflicht des Staates, den Bauer auf seiner Scholle zu schützen! Denn der Bauer sei das Wichtigste und Notwendigste auf der Welt, der Bauernstand ein heiliger Stand und alle andern Menschen unnütze Brotesser im Vergleich mit dem Bauer! Das Elend der Rührseligkeit übermannte ihn, weil ein deutscher Bauer nach dem andern abwirtschafte in der Lüsen, und ein Hof nach dem andern in fremde Hände übergehe.

Da wurde der alte Bornschbögel, so behaglich er neben Doll in der Wirtsstube saß, ein wenig aufgebracht. Und erzählte ihnen, überall sei es schwieriger geworden, in der neuen Zeit, nicht bloß in der Bauernwirtschaft, das mögen sie sich nur ja nicht einbilden! Im Handwerk und Gewerbe zum Beispiel geradeso, da wisse er Bescheid, weil er selbst ein Seidenweber gewesen. Die Zähne zusammenbeißen heiße es heutzutage und zusehen, wie man's zwinge; mit Jammern richte keiner etwas, der Städter so wenig wie der Bauer!

»Die Welschen schicken uns ihre Seidenstoffe ins Land«, sagte er, »und nicht bloß die Welschen! Auch die Schweizer, die Franzosen, sogar die Japaneser! Glaubt ihr, dem Weber hilft einer, wenn er sich nicht selber hilft? Gescheit und geschickt und fleißig muß er sein – sonst wirtschaftet er halt auch ab!«

Dem Besitzer des Gramundlergütels, der von Wein und Eifer erhitzt war, wollte der Vergleich nicht passen. Bei den letzten Reichsratswahlen war er Wahlmann gewesen, und der Volksmann aus der Stadt, der sich um das Mandat bewarb und mit breitem Pinsel aufzutragen verstand, hatte ihn und manchen andern mit wirtschaftlichem Zuckerbrot ins politische Märchenland gelockt, wo man vor lauter *al fresco* gemalten Parteibäumen den wirklichen Wald nicht mehr sieht. Der sausende Wind der demagogischen Beredtsamkeit war in die Lodenjoppen gefahren, sie aufblähend und mit allein echter Gesinnung füllend. Sich in die Brust werfen und überall Schuld wittern außer bei sich selbst, stärkt das Herz, und man kann dabei ruhig die Hände in den Schoß legen. Bauernempfindsamkeit ist wohlfeil zu haben, und ein jeder Stand läßt sich gern einreden, daß er gestützt werden müsse, weil er selbst zu den vornehmsten Stützen gehöre. So hätte es, wären alle Wünsche zu erfüllen gewesen, bald keine Stützen mehr und bloß noch Gestützte gegeben. Die Bevormundung von oben, vor achtundvierzig das Schreckbild aller, war nach und nach zur Lockspeise der volkstümlichen Wühlerei und Gegenstand bequemer Sehnsucht geworden. Die Überhebung, die einst der bessere Rock sich gegen den schlechteren herausgenommen, schlug jetzt allmählich die umgekehrte Richtung ein und machte jeden, der sich bewußt war, ein Wahlrecht zu besitzen, zu einem verdrossen Fordernden.

Wenigstens in St. Jodok gab es Bauern, die sich weit mehr dünkten als gleichberechtigte Arbeiter in einem großen, emsigen Bienenkorbe, und still oder laut der Meinung waren, die Gemeinschaft sei dazu verpflichtet, an ihrer wirtschaftlichen Rettung zu arbeiten, nur sie selbst brauchten nichts weiter dazuzutun, als ebenso gemächlich ihre Sache weitertreiben wie ihre Väter und Vorväter es getan hatten.

Dem Mann indessen, den sie Amoros nannten, behagte es wenig, in dieses Horn zu stoßen. Er war einer von den Gelassenen, die gern auf sich selbst vertrauen und ihre Sache ruhig treiben, wachsam und immer darauf gefaßt, daß das Morgen anders sein wird als das Gestern.

Nach fremder Hilfe auslugen, stehe ihm wenig an, sagte er. Nur behindert wolle er nicht sein, fördern werde er das Seinige schon selbst. Und im Ganzen, dünke ihn, sollte man nicht so viel reden und sich dafür mehr dazu halten. Immer der Bauer und der Bauer heiße es jetzt bloß, als ob andere Stände nicht ebenso notwendig und unentbehrlich wären! Wenn der Bauer für die Städte arbeite, so arbeiten die Städte wieder für den Bauer, das gehe so ineinander und hin und her, eins könne ohne das andre nicht sein und keines sollte sich einbilden, es sei das Wichtigere und müsse eigens einen Schutzengel hinter sich haben, der bestellt sei, seinen Vorteil wahrzunehmen!

Darüber gerieten sie scharf aneinander. Wovon die in der Stadt überhaupt zu leben hätten, wollte der Gramundler wissen, ohne des Bauers Vieh und Korn, ohne des Bauers Arbeit?

»Es ist nur gut, daß sie nicht von deiner Arbeit leben müssen!« gab der Ambros zurück.

Und dann nahm er gar die Welschen in Schutz und die Wenden. Gut deutsch sei er selbst, das wisse jeder, und leiden könne er keinen Furlaner, ob der italienisch schwatze, oder windisch. Aber zugeben müsse man, daß sie arbeitsam wären und mit wenig auszukommen wüßten. Umbringen könne man sie nicht, so bliebe nichts übrig, als gescheiter werden und seine Sache besser treiben, das wäre mehr wert als Weltverbessern.

Überhaupt – die Gattung Menschen, denen die Hühner das Brot wegfraßen, die seien ihm arg verdächtig.

Es lachten einige. Dem Manne aber, den sie Gramundler nannten, wurmte es nicht weniger, im Wortstreit zu verlieren als im Kartenspiel. Er geriet aus Rand und Band, schalt den Gegner einen Herrenknecht, einen Weinpanscher (weil Ambros, wie sich später herausstellte, Wirt auf der Wegwacht war) und einen Judas, der es mit den Feinden halte. Als aber niemand mehr mit ihm sich einlassen wollte, ging er schließlich polternd und schwankend davon, ansehnlich angetrunken mit welschem Wein.

Den andern Tag, als die beiden Wanderer in der Morgenfrische die schmale weiße Fahrstraße zwischen den Matten hinanstiegen, holte der starke große Mann, welcher Ambros hieß, mit seinem langsamen, stetigen Bergsteigerschritt sie allmählich ein und bot ihnen einen guten Morgen. Er trug eine hölzerne Trage auf dem Rücken, wie Senner und wohl auch Schmuggler sie im Gebirge benützen, es war ihm schwer aufgepackt, aber anscheinend trug er's ohne Mühe.

Noch hatten sie kaum erst ein paar Worte miteinander gewechselt, als plötzlich, während ihre Straße sie an den letzten und obersten Höfen von St. Jodok vorüberführte, ein wüstes Geschrei und Gezeter an ihr Ohr schlug.

Eine hagere Frau stemmte sich mit aller Kraft gegen die Tür eines Holzschuppens, während von innen eine unsichtbare Gewalt die Tür zu öffnen und den Widerstand zu brechen versuchte. Eine Zeitlang schwankte die Wage der Entscheidung, bis die geheimnisvolle Macht, die den Blicken der Zuseher entzogen war, die Oberhand gewann, worauf die Frau zurücktaumelte und die Tür aufflog. Ein Mann kam zum Vorschein, der eine weiße Ziege an einem Strick hinter sich herzog.

Die Frau fuhr fort zu zetern und zu greinen, wendete sich an die drei Männer, die am Zaune standen und rief sie gleichsam zu Zeugen des Unrechts auf, das ihr widerfahre. Diese erkannten bald, daß es sich um eine Pfändung oder dergleichen handelte; denn der Mann, der sich anschickte, die Ziege fortzuführen, war die menschgewordene Staatsgewalt, wie aus der Amtskappe ersichtlich, die er sich jetzt aufstülpte. Er war die Hand des Gesetzes, die sich aus Ebriach, dem Marktflecken weiter draußen im Tal, wo die Behörden ihren Sitz hatten, nach diesem entlegenen Bauernhof in der Lüsen ausstreckte, um eine weiße Ziege bei den Hörnern zu fassen.

O fleischgewordenes Paragraphenzeichen, vollführe unentwegt die durch Brief und Siegel geheiligte Amtshandlung! Kümmere dich nicht um das verzweifelte Weib, höre nicht auf ihre Einwände, die Ziege sei ihr Eigentum, ihr Erspartes, die Ziege falle aus der Masse, die Ziege dürfe nicht aufgeschrieben und fortgeführt werden! Schreite mit ehernem Schritt über die Unglückliche hinweg, wenn sie sich dir in den Weg werfen will, schüttle sie ab wie eine lästige Klette, wenn sie sich an deine Rockschöße klammert! Wappne deine Brust mit Härte und mit dem Stahl der Überzeugung! Halte dir vor Augen, daß du die vollziehende Gewalt des Bezirkssprengels Ebriach bist! Und mehr noch: die Vollzugsgewalt eines ganzen Kronlandes, eines ganzen Reiches sogar, eines großen, mächtigen Staatswesens, ja, was sag' ich? – die vollziehende Gewalt einer ganzen Weltordnung, die eiserne Hand des

Schicksals, eine Art von jüngstem Gericht, das die Lämmer von den Böcken sondert, die Gerechten von den Ungerechten, oder wenigstens die Erfolgreichen von den Erfolglosen, die Hinaufkommenden von den Zugrundegehenden. Denn die weiße Ziege, die jetzt von ihrem Stalle Abschied nimmt, was ist sie anderes als ein Symptom, als ein Vorbote des Kommenden? Sollte es denn leerer Zufall sein, und steht es nicht mit Sternenschrift im Buch der Gerechtigkeit geschrieben, daß das Gramundlergütel in St. Jodok aus der Hand seines gegenwärtigen Besitzers ins Eigentum eines Mannes überzugehen bestimmt ist, der sich Slawitsch nennt und erst ganz kürzlich mit einer Schar Kinder aus dem wendisch-welschen Grenzland über die Wegwacht nach St. Jodok eingewandert ist?

Bedrückt durch das Bild des Niedergangs, das ihnen hier entgegentrat, setzen die drei Männer ihren Weg fort und bleiben einsilbig, bis das Steigen in der frischen, morgendlichen Bergluft ihre Herzen wieder freier macht und ihre Zungen löst. Jetzt erst erfahren Großvater und Enkel, daß ihr Gefährte der Wirt von der Wegwacht ist, und dieser freut sich, da er vernimmt, daß sie auch auf die Wegwacht wandern und sogar eine Zeitlang sich dort aufzuhalten gedenken.

Doll möchte gern wissen, ob Ambros bloß Pächter, oder auf der Wegwacht daheim sei? Er erfährt, daß das Anwesen da oben in den Bergen, auf der Paßhöhe zwischen deutschem und fremdsprachigem Lande, sich schon seit Menschengedenken in der Hand ein und derselben Familie erhalten hat. Es ist ein altererbter Besitz, den Ambros bewirtschaftet, schon sein Vater, sein Großvater, sein Urgroßvater, alle waren sie Wirte auf der Wegwacht gewesen.

»Wenn aber die unten eins nach dem andern ihre Sache verwirtschaften«, sagt er von Unmut übermannt, »was nützt mich dann das Wegwachten? Leicht erleb' ich es noch, daß St. Jodok halb welsch und halb wendisch wird!«

Darauf verfielen sie wieder in Schweigen und gingen bekümmert nebeneinander her. Aber Doll bemerkte, wie der eifrige Großvater sich abmühte, mit dem Gefährten Schritt zu halten, der um vieles jünger und des Bergsteigens nicht ungewohnt war wie der alte Herr. Er gab dem Wirte einen Wink, worauf dieser, rasch verstehend, innehielt und eine große silberne Uhr aus dem Hosensack hervorzog.

Nun müsse er aber vorwärts machen, die Gäste in der Herberge anzukündigen. Denn zu essen würden sie auch etwas haben wollen, in der Bergluft komme einem der Hunger! Und mit dem landesüblichen Gruß: »Zeit lassen!« legt er seine weitausgreifende Gangart wieder ein und läßt die beiden Weggesellen, ohne sich noch ein einziges Mal nach ihnen umzusehen, mehr und mehr hinter sich zurück, während er doch nur ganz gemächlich Schritt vor Schritt zu setzen scheint.

Die Straße ist nicht zu verfehlen und ein Führer überflüssig. Je höher man emporkommt, umso reiner weht die Luft, umso hochstämmiger rauscht der Wald. Mit jeder Biegung des Weges feiern die beiden Wanderer eine neue Andacht. Immer näher sehen sie den tiefblauen Himmel über sich. Jetzt stehen bloß noch zartgefiederte Lärchen auf den Wiesen verstreut. Jetzt erreichen sie die Sattelhöhe, die über der Baumgrenze liegt. Da fliegt der Blick frei über weite grüne Alpmatten, die mit Felstrümmern übersät sind, und zu beiden Seiten steigen graue Schutthalden daraus empor wie verzweigte Wurzeln, die die wuchtigen Felsgipfel in der Runde nach dem nährenden Erdreich ausstrecken.

Der Großvater zog eine Karte aus der Brusttasche hervor und hielt sie ausgebreitet zwischen den Händen. Ein kleines schwarzes Rechteck war auf der Paßhöhe eingezeichnet, ein paar kleinere daneben und außerdem noch ein winziger Kreis mit einem Kreuzlein darüber, wie die Kartenzeichner eine Kapelle andeuten. Über dem Ganzen aber stand in Perlschrift gedruckt: »Auf der Wegwacht.«

Eine geballte Wolke mit goldglänzenden Rändern tritt in diesem Augenblick vor die Sonne und wirft ihren Schatten auf die saftgrünen Grashänge zur Rechten. Wie ein dunkles Schiff gleitet der Schatten daran entlang, das weiße Fahrsträßchen aber, das sich wie ein dünner Faden über die Wellen des hochgelegenen Bodens hinzieht, leuchtet nur umso heller. Da erblickt Doll fern an der Straße die grauen Schindeldächer der Gebäude, die auf der Karte eingezeichnet waren. Nur für ein scharfes Auge zu entdecken, lagen sie in der großartigen Umgebung inmitten der unzähligen grauen Felstrümmer, neben denen die unscheinbare Siedelung der Menschen ein paar winzigen Sandkörnern glich.

Neue Ströme von Licht stürzen hernieder, die geballte Silberwolke fliegt weiter und wirft Anker nach einer der höchsten Felszinken hin, wo sie die Schneeflecken in den Schrunden an Reinheit und Weiße zu überstrahlen sucht.

»Hier möcht' ich daheim sein!« rief Doll, überwältigt von der Schönheit und Größe, die gegen seine Seele stürmten.

Hufe klangen auf dem Fahrsträßchen ganz in der Nähe und die rollenden Räder eines Wagens. Um einen Grashang, der ihnen das Nahen des Gefährts verborgen hatte, bog ein leichter Jagdphaëton. Ein vornehm aussehender Herr in der Tracht eines Jägers lenkte selbst die Pferde, eine junge Dame mit prachtvoll schwarzem Haar, gleichfalls in Jägertracht, saß neben ihm, und auf dem rückwärtigen Sitz der Kutscher mit gekreuzten Armen und ein Forstmann, der mehrere Jagdflinten in Lederfutteralen zwischen den Knien hielt.

Eine steile Stelle nötigt die Pferde, im Schritt zu gehen. Der Wagenlenker scheint ganz mit den edlen Tieren beschäftigt und scheucht ihnen mit der Bogenpeitsche die Bremsen von den Flanken. Die junge Frau aber wendet auffallend den Kopf nach Doll herum und blickt ihn an. Da besinnt dieser sich endlich und reißt den Hut vom Kopfe.

Sie neigt lieblich lächelnd das Haupt und grüßt zu ihm hinüber. Im nächsten Augenblicke ziehen die Pferde an, und der Jagdwagen rollt in scharfem Trab davon.

Die beiden Wanderer schreiten rüstig aus, in den grünen Alpboden niederzusteigen.

»Triffst du sogar in dieser Einsamkeit Bekannte?« fragte der Großvater lächelnd.

»Es ist seltsam«, sagte Doll, »daß man von einem Menschen eher ein Bild seines Wesens und Charakters in Erinnerung behalten kann als seinen Namen, ja sogar seine äußere Erscheinung. Ich hätte um ein Haar versäumt, die Dame zu grüßen, die ich einmal irgendwo in Gesellschaft getroffen haben muß. Ich zerbreche mir auch vergeblich den Kopf darüber, wer sie ist, und kann nicht dahinter kommen. Und doch habe ich ein ganz deutliches Gefühl ihrer Art, ich glaube sie so genau zu kennen, als hätt' ich sie oft gesehen und gesprochen.«

»Das kommt vor, heutzutage«, sagte der Großvater; »es wundert mich auch nicht sehr.«

»Und wie erklärst du es?«

»Ganz einfach. Es gibt halt auch bei den Menschen wie bei den Blumen Gattungen. Eine Tulpe oder Hyazinthe kenn' ich überhaupt nicht persönlich und weiß doch gleich, daß sie bestimmte Eigenschaften haben muß, wie eben eine jede Tulpe oder Hyazinthe sie hat.«

»Die Menschen pflegen sich sonst ein wenig voneinander zu unterscheiden?«

»Die Menschen, die nicht viel gelernt haben«, sagte der Großvater, »oder doch nicht mehr, als sie brauchen können. Und dann auch die andern, die soviel gelernt haben, daß sie wirklich gescheiter davon geworden sind, Die in der Mitte aber, die bloß mit der Bildung angestrichen sind, die sind einer wie der andere. Jetzt kommen ja die mechanischen Webstühle auf. Wenn das Werkel einmal eingerichtet ist, so webt so ein Kraftstuhl ganz von selbst weiter, so lang als du willst, tausend Meter meinetwegen. Und wenn du ein Meter gesehen hast, so kennst du auch die neunhundertneunundneunzig anderen. Es ist alleweil dieselbe Fadenzahl und alleweil die nämliche Struktur. No, und bei den Menschen gibt es halt auch Massenartikel.«

Doll lächelte, aber er widersprach nicht. Wem alles in der Welt so einfach scheine wie dem guten Großvater, dachte er, den müsse man auch dabei lassen. Schließlich sei es eher ein Glück als das Gegenteil, die Dinge einfach zu sehen. Und wer weiß, hatte der Großvater nicht auch ein klein wenig recht? Der Menschen, die einen persönlichen Eindruck hinterlassen, vergißt man doch nicht so leicht. Und wenn er nicht wußte, wo er jene anmutige junge Frau hintun sollte, die ihm vom Jagdwagen zugenickt hatte, so mochte die allgemeine Vorstellung, die ihm von ihrem Wesen zurückgeblieben war, in der Tat mehr auf eine ganze Spezies passen, als auf ein bestimmtes Exemplar.

* * *

Als sie sich der Herberge näherten, trat ein Mädchen aus dem grauen steinernen Hause und blieb an der Tür stehen, sie zu erwarten. Sie mochte achtzehn Jahre zählen, war mehr nach bäuerlicher als nach städtischer Art gekleidet und trug die schweren braunen Zöpfe wie eine Krone ums Haupt gewunden. Ihr Antlitz hatte etwas so Reines, Frisches und Klares wie das kristallhelle Bergwasser, das in armdickem Strahl aus dem Auslaufbrunnen an der Hauswand schoß, neben dem sie stand, während sie den Fremden mit der eigentümlich steifen Haltung des Bergvolks die Hand bot.

»Willkommen auf der Wegwacht!« sagte sie.

Der Vater hatte die Gäste bereits angekündigt. Sie führte sie in die Fremdenstuben unter Dach, der alte Herr Bornschbögel freute sich über die kleine hölzerne Altane, auf die man hinaustreten konnte, um die weite Bergwelt zu überblicken.

»Von da geh' ich nicht so bald wieder fort«, sagte er aufgeräumt. »Wenn man einen so schönen Fleck Erde gefunden, hat wie hier bei euch, so soll man ihn nicht gleich wieder mit dem Rücken anschauen.«

»Das ist recht«, sagte sie freundlich. »Hier oben sitzt es sich gut, immer in frischer Luft, und doch ist man vor dem rauhen Wind geschützt, der über die Sattelhöhe pfeift.«

»Im Winter wird es hier ordentlich blasen?«

Sie lachte.

»Ja, das tut es.«

»Und einsam mögt ihr es haben?«

»Das wäre das wenigste. Wenn der Abend lang wird, sitzen wir mit dem Vater zusammen. Er liest aus einem Buche, und wir spinnen oder nähen, so haben wir keine Zeitlang. Aber der weite Weg im Schnee!«

»Müßt ihr denn hinunter?«

»Wir andern nur am Sonntag in die Kirche. Aber die Kinder, die in die Schule gehn!«

»Die Kinder?«

»Die zwei jüngsten Geschwister halt.«

»Wie weit ist es bis zum nächsten Ort?«

»Zwei gute Stunden nach St. Jodok und eine schwache nach Gorenje.«

»So gehen die Kinder nach Gorenje in die Schule?«

»Herr, wir sind Deutsche!«

Nun kam auch Ambros herauf, der Wirt auf der Wegwacht. Er war keiner von denen, die viel reden. Er öffnete die Fensterläden, um die warme Sonne einzulassen. Und durch jedes Fenster sahen andere Felsberge herein. Dolls Brust war wie mit Dankbarkeit gefüllt, daß es so herrlich schön hier oben war, und er sprach es aus.

»Wenn Sie nur fürlieb nehmen«, sagte Ambros halb verlegen.

Während das Mittagessen gerüstet wurde, verfolgten Großvater und Enkel den Paßweg bis zu der Stelle, wo er sich nach der andern Seite zu neigen begann, Unerwartet erschloß sich da ein neues und ganz anderes Bild. Sie setzten sich auf einen mit Flechten überzogenen Stein, um es zu betrachten. Die jenseitigen Berge waren kahl, holzarm, fast abgestorben. Blendend starrten ihre hellgrauen oder rötlichen Kalkgebilde, über denen die Mittagssonne brütete, gegen den tiefblauen Himmel. So schoben sie sich ineinander, aufgetürmt wie erstarrte Wogen eines ungeheuren Meeres und wurden ferner und bläulicher.

Dazwischen überblickte man weite Strecken des in der Tiefe eingebetteten Talbodens und Hügellandes. Und das weiße Fahrsträßchen, das sich gänzlich unbeschattet steil und schlangenweis hinunterwand, führte zu Ortschaften, die wie graue Schwalbennester in den Felsen klebten. Alles Stein, bis zu den Dächern, während herüben in St. Jodok die obere Hälfte der Häuser durchwegs aus altersbraunem Holze war.

»Rein, als ob man in eine andere Welt hineinblickt!« meinte der Großvater. »Man sieht es schon an der Bauart der Häuser, wie ganz verschieden die Menschen sind, hüben und drüben« ...

»Schon das nächste Dorf hier unten«, sagte Doll, »ist kein deutsches mehr, man erkennt es sofort.«

Der Großvater hatte abermals die Landkarte hervorgezogen und studierte sie.

»Es ist Gorenje«, entschied er.

»Wie ein Vorposten des deutschen Landes steht das Haus auf der Wegwacht!« sagte Doll.

»Und eigentlich stehen wir alle auf der Wegwacht«, sagte der Großvater. »Ist es in Nedweditz anders, wo der Moini die Fabrik neu einrichtet? Ist es in Prag anders, wo der Christl sich auf seinen Lehrberuf vorbereitet? Ist es in Wien anders, wo die Böhmen schon eine böhmische Schule haben wollen? Eigentlich stehen wir alle auf der Wegwacht« ...

»Fest und treu auf der Wegwacht!« sagte Doll.

»Zu meiner Zeit«, sagte der Großvater, »da haben wir immer bloß die österreichische Volkshymne gesungen. Heute singen sie in Versammlungen und auf Studentenkommersen fast noch öfter die Wacht am Rhein. Weil die Regierung jetzt so verdreht ist, daß sie die Deutsch-Österreicher, die das ganze Reich zusammenhalten, drangsaliert, so glauben die Deutsch-Österreicher, sie müssen geschwind auch verdreht sein und schauen zu den Deutschländern hinüber, die von uns gar nichts wissen wollen, weil sie mit sich selbst genug zu tun haben. Die Wacht am Rhein ist ein wunderschönes Lied, ich hab' es gern, wenn es die Deutschen im Reiche singen. Aber es bleibt eine Äfferei, wenn es die Österreicher singen. Unsere Grenzen liegen doch nicht am Rhein! Im Süden, im Osten und im Norden, überall wo die Slawen anfangen, da soll der deutsche Österreicher fest stehen und treu – auf der Wegwacht!«

»Wie ein Sperrfort gegen das fremdsprachige Land steht das Haus auf der Wegmacht!« sagte Doll. »Man würde es mit schweren Geschützen und eisernen Drehtürmen armieren, wäre das fremde Sprachgebiet auch fremdes Staatsgebiet.«

Der Großvater schwieg, während er mit der Spitze seines Stockes eine tote Raupe, die auf dem Boden lag, gegen eine Heerstraße von Ameisen beförderte, die quer über den Weg zog. Sie beugten sich nieder und warteten, was geschehen würde. Sie sahen, wie zuerst einzelne von den Waldameisen auf den unbekannten Gegenstand stießen, ihn untersuchten und andere herbeizurufen schienen, und wie es binnen kurzem schwarz um die tote Raupe wimmelte. Sie hob sich, als hätte sie wieder Leben bekommen, und schwankte, gezogen, geschoben, getragen, langsam in der Richtung gegen den Bau, der sich aus dürren Nadeln unter einer vereinzelt stehenden Bergkiefer türmte.

Fast mit Spannung hatten sie den unscheinbaren und alltäglichen Vorgang beobachtet. Nun richtete der Großvater sich wieder empor. Er sah nachdenklich aus, während er den Gedanken von vorhin zu Ende spann.

»Wenn uns mit Kanonen und Panzertürmen geholfen wäre«, sagte er, »dann hätten wir es leicht. Aber uns kann nur die Friedensarbeit retten. Mit Fleiß und Eintracht, mit Werkzeugen und Maschinen müßten wir unsere Forts armieren. Lauter Stätten deutscher Arbeit müßten es werden, ein ganzer Festungsgürtel ...«

Und er schloß, indem er wiederholte: »Denn wir stehen alle auf der Wegwacht!«

»Fest und treu auf der Wegwacht!« sagte Doll.

Zum Mittagsbrot saßen sie mit den Wegwachtleuten um den Tisch, der mit einem Wachstuch bedeckt war. Es war keine Mutter mehr da, Martina, das älteste Mädchen, das sie bereits kannten, führte mit der Nächstjüngeren die Wirtschaft. Ambros schnitt das Roggenbrot vor, nachdem er vorher mit der Spitze des Messers drei Kreuze auf den Brotlaib gezeichnet hatte. Die noch halbwüchsigen Kinder benahmen sich manierlich und verhielten sich still, um den Erwachsenen das Wort zu lassen. Es war leicht zu merken, daß es anständig zuging in diesem Hause, und daß ein guter Geist darin herrschte.

Doll hatte zufällig unter einem Dickicht von Legföhren nahe an der Straße altes Mauerwerk entdeckt und erkundigte sich, woher es stamme. Er erfuhr, daß es die Grundmauern eines Werkshauses seien, das die frühere Steinbruchunternehmung zu bauen beabsichtigt hätte.

»Es ist ihnen das Geld ausgegangen, noch bevor sie recht angefangen haben«, sagte Ambros. »Alles war bloß auf Schwindel angelegt.«

Der Großvater behauptete scherzend, er hätte die Mauern für die Überreste einer militärischen Befestigung gehalten.

»Es müßte auch so etwas sein, wenn es in die rechten Hände gekommen wäre«, sagte Ambros lebhaft. »Ein Bollwerk gegen die Wendischen könnten wir gut brauchen auf der Wegwacht!«

Überrascht, daß der Wirt den gleichen Gedanken aussprach, der ihnen selbst vorgeschwebt hatte, gestand Doll, warum er hier sei. Er eröffnete ihm, daß die Marmorwerke auf der Wegwacht in verläßliche und leistungsfähige Hände übergegangen seien, und weihte ihn in seine Absichten ein. Er bemerkte, wie Ambros aufhorchte. Die Züge des Wirtes nahmen einen entschlossenen Ausdruck an, und seine Augen blitzten, während er sagte: »Wenn es so steht, dann ist es mir recht!«

Er schwieg und schien zu überlegen.

»Bauen wir die Festung auf«, rief er munter, »und mit Gottes Hilfe soll uns kein Welscher und kein Wendischer mehr in die Lüsen kommen!«

»Wo nehmen wir aber die Kanonen her?« scherzte Herr Bornschbögel.

»Die brauchen wir gar nicht! Aber donnern und krachen soll es doch, daß die Berge widerhallen. Es liegt ja das pure Gold da oben nur so herum. Und in St. Jodok gibt es müßige Hände genug, die sich Arbeit wünschen. Stellen Sie sich vor, was für ein Segen ins Land strömen kann, wenn die Leute wieder verdienen! Wenn sie nicht auf die Bauernwirtschaft allein angewiesen sind, wenn sie wieder zu Wohlstand kommen und ihre Heimat halten können!«

Glücklich, einen so überzeugten Bundesgenossen gefunden zu haben, forderte Doll gleich nach Tisch, während der Großvater ruhte, den Wegwachtwirt auf, mit ihm in die Steinbrüche hinaufzusteigen, die er in Augenschein zu nehmen schon ungeduldig war. Sie wanderten über Halden von grobem Geröll und durch zähes Dickicht von Zwergkiefern, dann wieder an Felsabstürzen entlang, wo der Pfad sich fast im Gewand verlor, und standen schließlich, um einen Felsenvorsprung biegend, vor einem weiten Halbkessel, den nicht die Natur geschaffen hatte, das ließ sich leicht erkennen, sondern die Arbeit der Menschen. Der Berg war sozusagen angebrochen, blendend lag sein Inneres zutag, weißer Marmor, zwischen dem Alpenrosen in unübersehbarer Fülle blühten, wo der Wind Erde angeweht hatte. Gleich Feuerbüschen flammten sie zwischen den Marmorstufen empor, in jauchzender Farbenpracht wogte und lohte ihr Purpur rings um den reinen Schnee des Gesteins, wie Kühlung suchend für zehrende Glut. Es war, als sei die kalte Pracht eines ungeheuren Cäsarenpalastes zusammengestürzt, und als wucherten noch zwischen den marmornen Trümmern die Wälder blühender Azaleen, die man zu seinem Schmucke auf Freitreppen und Veranden, in Säulengängen und lauschigen Gartengrotten angepflanzt.

»Man heißt es hier: Im Rosenbruch«, sagte Ambros. »Die Bergsteiger, die zu uns heraufkommen, glauben, weil man Alpenrosen brechen kann. Denn die wenigsten wissen, daß es ein alter, verlassener Steinbruch ist.«

Die verblichene Pentelikongesellschaft hatte hier die Arbeit überhaupt nicht aufgenommen, denn der Rosenbruch war der am schwersten zugängliche. Wenn es noch einer Bestätigung bedurft hätte, jetzt war für Doll der Beweis geschlossen, daß die Marmorbrüche auf der Wegwacht schon vor hundert Jahren und länger bekannt gewesen. Denn dieses riesige Amphitheater konnte kaum während eines einzigen Menschenalters aus dem Fels gehöhlt worden sein, und Ambros erinnerte sich nicht, von seinem Vater etwas darüber gehört zu haben, daß der Rosenbruch jemals in Betrieb gestanden hätte.

Sie gingen wieder ein Stück zurück und dann die Grashänge entlang und kamen an viele Stellen, wo Stein gebrochen worden war oder leicht gebrochen werden konnte. Überall hatte es Ortsnamen, womit die einzelnen Teile des Gebirges sich bezeichnen und auffinden ließen. Und überall konnte Doll, der seine Taschen mit Gesteinsproben füllte, die Vortrefflichkeit des Materials und seine schier unerschöpfliche Mächtigkeit feststellen.

Noch höher als der Rosenbruch, aber leichter zugänglich als dieser, lag ein zweiter, der die Steingewinnung in großem Maßstab ermöglichte. Man mußte aus dem sogenannten Gsölk, einer weiten, mit Schutthalten durchwachsenen Grasmulde, durch ein Felsentor in eine Schlucht einsteigen, die sich zu Füßen des Mahrkopfes hinzog. Hier stieg die hunderte von Metern hohe Marmorwand des Mahrkopfes fast senkrecht empor, und der Fleiß früherer Geschlechter hatte sich in sie hineingenagt, wie ein Mäuslein einen riesigen Käseleib anbeißt. Das war der Steinbruch, den Ambros den Edelweißbruch nannte, und es blieb ungewiß, ob er seinen Namen dem wie Zucker glänzenden herrlichen Gestein dankte, das an den Bruchstellen zutage lag, oder den wolligen Sternen der edlen Bergblume, die in seltener Größe hier gediehen.

Ein Klirren und Pochen schlug plötzlich an Dolls Ohr, daß er aufhorchte. Es klang, als ob mit Hämmern auf stählerne Meißel geklopft würde.

»Wird hier gearbeitet?« fragte er erstaunt.

»Es sind Leute, die von Gorenje heraufkommen«, sagte der Wirt.

Nach wenigen Schritten erblickten sie in den Felsstufen die Arbeiter verstreut, wohl an die zwei Dutzend, die damit beschäftigt waren, Bohrlöcher ins Gestein zu treiben. Doll redete einen von ihnen an, konnte sich aber nicht mit ihm verständigen, da er eine mit welschen Brocken untermischte slawische Mundart sprach.

Während des Abstiegs gab er dem Wirte gegenüber seinem Befremden Ausdruck, daß der Berg widerrechtlich ausgebeutet werde.

»Es ist Freibeuterei, die da getrieben wird«, sagte er. »Wir werden den Leuten das Handwerk legen müssen.«

»Es wird so sein, wie Sie sagen«, meinte Ambros. »Aber es steht einer dahinter, mit dem ich lieber nichts zu tun haben möchte.«

»Der Edelweißbruch ist Eigentum der ehemaligen Pentelikongesellschaft gewesen«, sagte Doll, »und alle Rechte dieser Gesellschaft sind aus der Konkursmasse an Direktor Haarhammer übergegangen. Ich habe die Pläne genau im Kopf und die Übertragungsurkunden selbst gesehen.«

»Es wird so sein, wie Sie sagen«, wiederholte der Wirt; »aber die Behörden sind weit.«

»Ein klares Recht wird sich leicht durchsetzen lassen.«

»Es wird sich durchsetzen lassen, aber leicht nicht! Der Freiherr aus Grahovo ist mit allen Salben geschmiert.«

»Grahovo?« fragte Doll aufhorchend.

»Es liegt eine Stunde hinter Gorenje.«

»Mir ist, als ob ich den Namen schon gehört hätte.«

»Sie werden ihn in der Lüsen gehört haben. Der Freiherr von Gall-Nastenburg-Grahovo war früher Besitzer des Klosterschlössels.«

Der Freiherr von Gall-Rastenburg-Grahovo! Was weckte der stolze Klang dieses Namens nicht für Erinnerungen! Die Erinnerung an das glänzende Fest bei Pinkenfelds, auf dem sich das nahende Erdbeben wie mit unterirdischem Grollen ankündigte. Die Erinnerung an Ludger Herrnfelds Spottlust und Anzüglichkeiten. Die Erinnerung an eine unberatene kleine Braut ohne Bräutigam, die sich in den Gedanken an die Ehe ungefähr mit dem gleichen kindlichen Gehorsam zu fügen schien, als handelte sich's darum, die Gouvernante zu wechseln.

Und in demselben Augenblicke wußte Doll auch, wer die junge Frau gewesen war, die ihm diesen Morgen auf der Sattelhöhe hinter der Wegwacht vom Jagdwagen aus zugenickt hatte.

»In der Lüsen«, sagte er, »erzählen sich die Leute, der Freiherr hätte schon vor Jahren abgewirtschaftet?«

»Es muß so sein«, antwortete Ambros; »sonst wäre das Klosterschlössel und alles, was dazugehört, nicht unter den Hammer gekommen. Es hat auch jahrelang vom Freiherrn niemand etwas gesehen noch gehört. Erst in der letzten Zeit ist er wieder aufgetaucht; aber freilich – auf der andern Seite von der Wegwacht.«

»Ist er kein Deutscher?«

»Diese Herren sind manchmal, was ihnen gerade paßt. Dem Freiherrn von Gall-Rastenburg ist es erst kürzlich eingefallen, daß er auch den Namen Grahovo führt. Er hat sich vom slawischen Großgrundbesitz in den Landtag und in den Reichsrat entsenden lassen.«

»So ist ihm das Gut Grahovo geblieben?«

»Es war gar kein Gut da. Bloß die paar verfallenen Mauern einer Ruine, die auf Abbruch hätte sollen versteigert werden. Aber niemand hat die fünfzig Gulden dafür geben wollen, so ist sie ihm geblieben. Jetzt hat er am Fuß des Schloßhügels von Grahovo ein neues Herrenhaus gebaut und einen Großgrundbesitz in der Gegend erworben. Es heißt, daß er reich geheiratet hat.«

»Und Sie glauben«, forschte Doll weiter, »daß der Freiherr von Grahovo die Arbeiter heraufgeschickt hat, die im Edelweißbruch Steine brechen?«

»Ich glaub' es nicht, ich weiß es. Er hat es mir selbst angekündigt, daß er den Betrieb in den Brüchen, die früher zu Grahovo gehört haben, wieder aufnehmen will. Die Bergrechte waren nämlich nicht alle in einer Hand. Ein Teil hat zum Klosterschlössel gehört, ein Teil zu Grahovo und ein Teil zur Wegwacht. Ich habe meinen Anteil an die

Pentelikongesellschaft verkauft. Es war nicht viel, aber zum Glück hab' ich bares Geld dafür bekommen. Was der Freiherr mit seinen Anteilen von hüben und drüben damals getan hat, weiß ich nicht.«

»Er muß sie ebenfalls verkauft haben«, behauptete Doll. »Sonst könnte das ausschließliche Recht des Betriebes sich jetzt nicht in der Hand Haarhammers befinden.«

»Es wird so sein, wie Sie sagen«, antwortete Ambros zum drittenmal. »Am besten, Sie erkundigen sich beim Freiherrn selbst.«

»Er ist heute Morgen auf die Jagd gefahren?«

»Er wird im Jagdhaus auf dem Mahrkopf übernachten und wahrscheinlich im Lauf des morgigen Tages zurückkommen. Sein Wagen stellt bei uns ein, und er selbst hält sich sicher eine Stunde oder zwei auf der Wegwacht auf.«

»Die Gelegenheit ist mir erwünscht«, sagte Doll.

Als sie das Haus erreichten, stand der Jagdwagen des Freiherrn bereits ausgespannt unter dem offenen Schuppen. Der Großvater hatte sich zu Martina gefeilt, die Erbsen lesend am Brunnen saß, und unterhielt sich mit ihr, während er heiter die Abendkühle genoß, die von den verglühenden Felsgipfeln niederstieg. Doll erfuhr, daß die Baronin im Wagen des Freiherrn auf die Wegwacht zurückgekehrt sei, um im Hause zu übernachten und sich morgen wieder von ihrem Mann abholen zu lassen. Der Aufstieg war ihr beschwerlich gefallen, so hatte sie vorgezogen, umzukehren.

Während Doll noch mit dem Großvater und Martina plauderte, trat sie im Oberstock auf den hölzernen Söller heraus, der zu ihrer Stube gehörte, er grüßte hinauf, sie dankte und kam bald danach herunter. Sie schien in ihrem Wesen so offen und natürlich wie damals und sah auch ungefähr so aus wie früher, nur bedeutend größer und schlanker war sie geworden, und ein abgespannter Zug um Augen und Mundwinkel ließ das einst fast kindliche Gesicht reifer und geistiger erscheinen.

Doll entschuldigte sich, daß er am Morgen beinahe versäumt hätte, sie zu grüßen. Es machte sich wie von selbst, daß sie im Gespräch auf der Hochstraße nebeneinander hingingen, zwischen den saftgrünen Matten, die bis zu den Schutthalden anstiegen. Eine erfrischende Luft, die man nach dem fast wolkenlosen Tage wohltuend empfand, strich über die Paßhöhe, die Rinder stiegen mit klingenden Glocken von den Weideplätzen nieder, um den Stall aufzusuchen, der hinter dem Hause lag, und jenes erlösende Gefühl des Friedens, das klaren Abenden in der hohen Einsamkeit der Berge eigen ist, entfernte alles Fremde zwischen den beiden jungen Menschen, die einander so wenig kannten, daß sie eigentlich nur eine einzige gemeinsame Erinnerung hatten, die Erinnerung an jenen Abend im Hause Pinkenfeld, jene seltsame Dissonanz von Festesfreude und geheimem Bangen.

Herrn von Pinkenfeld hatte die Erschütterung von dreiundsiebzig schwer mitgenommen, aber es war kein Fleck auf seiner Ehre zurückgeblieben. Er kam allen seinen Verpflichtungen nach, niemand erlitt Schaden durch ihn, und daß viele, die mit ihm an Gründungen beteiligt waren, *mit* ihm Schaden erlitten, konnte ihm nur die Unbilligkeit zum Vorwurf machen. In einer Hinsicht verdiente er sogar Bewunderung. Er hatte sich nicht gescheut, den geänderten Umständen offen Rechnung zu tragen, und mit dem Mute, der dazu gehört, sich von hundert gewohnten Beziehungen loszureißen, die schwierigste Transaktion durchgeführt, die er je unternommen, indem er die Lebenshaltung seines ganzen Hauses von heute auf morgen aus den Höhen des Reichtums in die Alltäglichkeit des Mittelstands herabdrückte.

Offen und ohne jede falsche Scham erzählte Natalie Pinkenfeld, die jetzt Baronin Gall-Rastenburg hieß, von jenen Nöten.

»Damals«, sagte sie, »hab' ich erst erkannt, daß mein guter Vater in seinem Innersten ein wahrhaft vornehmer Mensch ist, wenn auch die Leute sich darüber lustig machen, daß er manchmal beim Sprechen den Daumen ins Ärmelloch seiner Weste steckt.«

Doll konnte nicht umhin, das entschiedene Eintreten der Tochter für den Vater liebenswürdig zu finden.

»Sie haben eine schwere Zeit durchgemacht«, sagte er aufrichtig teilnehmend.

»Und das ist so merkwürdig«, sagte sie: »gerade die schweren Zeiten, wenn man dann auf sie zurückblickt, sind manchmal die glücklichsten gewesen. Wir waren ja so unsagbar oberflächlich erzogen, Siddi und ich. Papa fehlte es an Zeit, sich um uns zu kümmern, und Mama – die war durch gesellige Verpflichtungen in Anspruch genommen. Nun denken Sie, das Unglück! Der erste Gedanke war hart. Stellen Sie sich vor, wenn man gestern noch geglaubt hat, ein reiches Mädchen zu sein! Und nun soll man auf einmal sich alles einteilen lernen. Leicht ist es nicht, sich hineinzufinden. Aber dann tauchen die neuen Pflichten auf, und die sind wie gütige Feen. Der gute Vater, dem man sonst einen Kuß mühsam ablisten mußte, ist jetzt liebebedürftig. Man kann ihm etwas sein, man richtet ihn auf, indem man fröhlich tut und sich nichts merken läßt. Das Haus, in dem man nie recht zu Hause war, weil so viele Fremde ein und ausgingen, wird einem erst zur Heimat, weil es jetzt einen Wirkungskreis für Liebe, Hingebung und Dankbarkeit bietet. Man ist plötzlich zum Gebenden geworden, während man sonst immer nur empfing, und man fühlt sich reicher als zuvor.«

Sie gingen immer nebeneinander her, er half ihr einen Mantel um die Schultern legen, weil die Luft schon fast schneidend wurde. Auf dem noch ganz hellen Himmel stand der Abendstern, knapp über der Sattelhöhe, mit dem beweglichen Funkeln und Sprühen eines offenen Feuers.

»Ich wollt', es wär' immer so geblieben«, sagte sie mit einem Seufzer. »Damals sah ich Ziele vor mir, einen Lebenszweck. Ich war wie erlöst, alles Falsche fiel von mir, ich fühlte mich frei. Ich war ja wie eine Puppe gewesen, jetzt erst wurde ich ein Mensch, ich entdeckte so viele neue Fähigkeiten in mir, auch die Fähigkeit – zu lieben. Wen hatte ich bis dahin geliebt? Siddi und den Vater allenfalls – soweit ich eben Gedanken übrig hatte, und dann noch einen, den ich kaum kannte, und der nicht an mich dachte« ...

»Sie feierten an jenem Abend, als ich das Vergnügen hatte, Sie kennen zu lernen, das Fest Ihrer Verlobung mit dem Freiherrn.«

»Gut, daß Sie mich daran erinnern«, sagte sie mit Bitterkeit. »Der Freiherr hatte sich jetzt zurückgezogen, ich verachtete ihn, aber ich pries mich glücklich, denn nun erkannte ich, daß er nicht mich geliebt hatte, sondern mein Geld. Die Eltern nahmen ihn in Schutz und wollten mir klar machen, daß es seine Pflicht gewesen sei, mir mein Wort zurückzugeben, denn er stand ja selbst *vis-à-vis du rien*. Und ich hatte auch eigentlich kein Recht, ihn zu verachten, ich hatte ihn ja ebensowenig geliebt, wie er mich. Seine guten Formen, der Titel, die Vorstellungen der Eltern hatten mich gewonnen. Aber jetzt, da alles Menschliche in mir erwacht war, jetzt hätte ich ihn lieben können. Ich wäre bereit gewesen, Not und Entbehrung mit ihm zu teilen, ich wäre nach Amerika mit ihm gegangen, wenn es darauf angekommen wäre, wir hätten ein neues Leben begonnen und uns vielleicht emporgerungen. Zu allem wär' ich bereit gewesen. Und er schien mir feige und verächtlich, weil er nicht auf denselben Gedanken kam wie ich, sondern bloß einen Absagebrief auf parfümiertem Papier schrieb. Ich war fertig mit ihm, ich glaubte es wenigstens zu sein.«

»Und schließlich fand er sich doch wieder zu Ihnen zurück?« fragte Doll behutsam.

»Ich hatte jahrelang nichts mehr von ihm gehört, ich ging ganz in der Arbeit meines Bruders auf. Sie wissen, er ist Künstler. Ich konnte ihm etwas geben, was keines von den gewöhnlichen Modellen ihm hätte geben können, das Weltentrückte, das nirgends auf der Erde zu Hause ist, und das er gestalten wollte: ein durchgerungenes Leid, das seelischer Ausdruck geworden war. Eine Liebe, die sich nicht klug abgefunden hatte, die noch immer liebte, wenn auch hoffnungslos.«

Doll verstand nicht recht, wie sie es meinte. Hatte sie den Freiherrn dennoch geliebt? Oder von welcher Liebe sprach sie?

»Der Freiherr war Ihnen also doch nicht ganz gleichgültig geblieben?«

»O es war nicht Neigung zum Freiherrn, es war die Liebe zu jenem andern, von dem ich sprach. Zu jenem andern, an den ich immer denken mußte, und dem ich nichts war als eine gleichgültige Begegnung, die vorübergleitet ... An den Freiherrn dachte ich damals überhaupt nicht mehr. Er war nicht nach Amerika gegangen, er hatte sich nicht durch eigene Kraft hinaufgearbeitet, er hatte die ganze Zeit nur von seinen Schulden gelebt. Das erfuhr ich freilich erst viel später. Erst nachdem ich ihn – geheiratet hatte.«

Sie waren auf der Sattelhöhe angelangt und ließen sich ins blumige Gras nieder, um auf die Wegmacht zurückzuschauen. Leise schlich die Dämmerung über die fahl gewordenen Gipfel, und da der hellfunkelnde Abendstern jetzt in ihrem Rücken stand, so konnten sie die ersten winzigen Lichtpunkte, blaß und noch kaum sichtbar, auf dem weiten Firmamente wahrnehmen. Die Schindeldächer der kleinen Siedlung auf der Wegwacht waren von den Felsen nicht mehr zu unterscheiden, aber ein Fenster, das mit orangerotem Lichte gefüllt war, bezeichnete die Stelle, wo Menschen wohnten, in dieser hochgelegenen Einöde von grauem Stein.

»Die Stille, die hier oben herrscht«, sagte die Baronin, »wird bald dem Lärm der Arbeit weichen. Ich weiß, was Sie hierher geführt hat, Herr Mairold.«

Da sie merkte, daß Doll sich wunderte, fuhr sie fort: »Mein Mann ist Großaktionär der ehemaligen Pentelikon-Gesellschaft gewesen; so konnte es uns kein Geheimnis bleiben, daß die langwierige Abhandlung des Konkurses endlich abgeschlossen ist. Ich weiß, daß die Rechte der Pentelikon an Direktor Haarhammer übergegangen und daß Sie beauftragt sind, sozusagen den ersten Augenschein hier aufzunehmen. Sie werden es dabei mit meinem Manne zu tun bekommen, und ich bin eigens deshalb schon heute auf die Wegwacht zurückgekehrt, um ungestört mit Ihnen zu sprechen. Ich wollte Sie darauf vorbereiten, daß der Freiherr Ihnen hier arge Schwierigkeiten in den Weg legen wird. Mehr kann ich Ihnen nicht sagen, ich mag nicht den Zwischenträger spielen. Aber wissen sollen Sie, daß ich zwar die Gattin des Freiherrn von Grahovo, aber durchaus nicht mit allem einverstanden bin, was er unternimmt, und daß mein Vater, so arg man in Wien jetzt auch die Juden beschimpft, doch ein ehrlicher und rechtlicher Mann ist, der mit den Machenschaften meines Mannes keine Gemeinschaft hat.«

Außerstande, einen gewissen Unmut zu unterdrücken, den ihre Worte in ihm aufregten, fragte Doll schroff, warum sie schließlich den Freiherrn doch geheiratet hätte, wenn sie so gering von ihm dächte, wie es offenbar der Fall wäre?

»Es ist ein Widerspruch, ich weiß es«, sagte sie. »Sie müssen mich für ganz töricht halten.«

»Das wäre nicht einmal das Schlimmste.«

»Also für schlecht?«

»Wer das Richtige erkennt und das Falsche tut, dem ist allerdings nicht zu helfen.«

»Sie sind hart«, sagte sie traurig.

»Ich bin nicht Ihr Richter und erlaube mir kein Urteil. Leider gibt es viele unglückliche Ehen, und die Ursachen sind oft dunkel.«

»Sie halten mich für berechnend, als ob mich schließlich doch der Titel verführt hätte?«

»Ich würde beides gleich aufrichtig bedauern«, sagte Doll, »ob ich Sie nun für berechnend halten müßte, oder ob Sie selbst das Opfer einer Berechnung geworden wären.«

Es war ihm bekannt, daß Herr von Pinkenfeld seither längst wieder zu Vermögen gekommen war. Er hatte seine Fabrik in Nedweditz nicht ohne Gewinn an die Firma Mairold verkauft. Die Zeit begünstigte die Riesenbetriebe, wie in der organischen Welt fraßen die Großen die Kleineren auf. Die zahllosen Seidenfabriklein, die es in den Tagen der Großväter und Urgroßväter auf dem Schottenfeld gegeben hatte, gehörten längst der Sage an. Aber auch die immer noch stattliche Anzahl größerer Fabriken, die in den sechziger und siebziger Jahren vom Schottenfeld aus in den Provinzen betrieben worden waren, schmolz mehr und mehr zusammen, seit das lange schwebende Problem des mechanischen Webstuhls für Seide eine befriedigende Lösung gefunden hatte. Bald würde es in diesem Zweig nur noch wenige Weltfirmen geben, wer nicht ein großes Kapital auf eine einzige Karte zu setzen hatte, der tat besser, seinen Schmer zu verkaufen, solange er noch vorhanden war. Und Pinkas u. Co. hatten damals weder über so viel überschüssiges Kapital verfügt, um den Betrieb im großen zu mechanisieren, noch war Herr von Pinkenfeld geneigt gewesen, alles auf eine Karte zu setzen, die schließlich doch den Einsatz nur anständig verzinste, nicht verzehnfachte oder verhundertfachte. Weniger als je war er gerade damals dazu bereit gewesen. Er fing an, ein alter Mann zu werden, er hatte Eile. Er mußte es noch erleben, daß er wieder der Herr von Pinkenfeld wurde. Denn das war er jetzt nur mehr in den Augen weniger, ja, in deren Augen war er es jetzt erst recht geworden, aber die zählte er bloß, er wog sie nicht.

»Schade, ich hätte schon beinahe Achtung vor dem Mann bekommen«, hatte Ludger Herrnfeld gesagt, nachdem er einmal mit ihm zusammengetroffen war. »Aber der ist ja, seit er seine Millionen verloren hat, sogar in seinen eigenen Augen nichts anderes mehr als der Urenkel des Hausierers Schaufel und der Sohn des Leb Pinkas, der sich an der Revolution sein Süppchen kochte. Kann er verlangen, daß ich den Herrn von Pinkenfeld in ihm sehe, wenn er vor seinem eigenen Richterstuhl als nackter Pinkas dasteht?«

Inzwischen hatte das Blättchen sich gewendet. Dem nackten Pinkas stand der Schaum an den Lippen und seine Wangen waren weiß wie Kreide, wenn er an der Börse arbeitete, aber er erreichte es, daß wieder der vornehme Herr von Pinkenfeld aus ihm wurde, in den Augen der Vielen und damit auch in seinen eigenen. Die Spekulation hatte ihn innerhalb weniger Jahre ans Ziel geführt; auf dieses Metier verstand er sich doch noch ungleich besser als auf jedes andere, es lag ihm im Blute, es vibrierte ihm in den Fingerspitzen. Und den neuen Millionen wohnte dieselbe magische Macht inne wie den alten, man konnte sich alles darum kaufen, Ehre, Ansehen, Glanz, sogar Schwiegersöhne – nur Glück nicht.

»O wenn wir in der Enge geblieben wären«, sagte Natalie, »mir wäre besser! Wie auf eine Idylle blick' ich auf die Zeit zurück, da es knapp herging. Nun fing das nichtige Leben der großen Geselligkeit wieder an. Nun machten wir wieder ein Haus und hatten keine Heimat, gehörten jedermann, nur nicht uns selbst und kannten keine Ziele als die Unterhaltung, die so rasch aufhört, ein Vergnügen zu sein. Nun stellten sich auch die Freier wieder ein. Es schmeichelte mir, daß der Baron Gall-Rastenburg mir die Treue bewahrt hatte. So legte ich mir's nämlich aus. Die verzichtende Liebe fordert eine starke Seele – können Sie ahnen, wie hart es ist, sich verschmäht zu wissen? Und das Glück – was man so Glück nennt, macht die Seelen schwach. Meine wahre Liebe hatte nichts zu hoffen, der, an den ich dachte, ahnte nichts davon, daß er nur die Hand hätte auszustrecken brauchen. Er hatte mich nicht beachtet, ich war ihm zu unbedeutend, ich glaube, er verwechselte mich halb und halb mit meiner Schwester Siddi und kannte uns kaum auseinander. Sehen Sie, das ist das Los von uns Frauen, wir dürfen keinen ersten Schritt tun, wir müssen schweigen und entsagen. Wir müssen warten, ob es einem Herrn der Schöpfung vielleicht beliebt« ...

Sie lachte bitter vor sich hin.

»Dem Baron beliebte es – leider!« sagte sie, stand auf und fing an, den Weg zurückzugehen. Sie schritt sehr rasch aus, als fürchtete sie sich plötzlich, mit Doll allein zu sein. Es war ganz dunkel geworden, unzählige Sterne flimmerten am Himmel. Doll konnte nur die schwarzen Umrisse ihrer Gestalt erblicken, aber er fühlte, daß eine bebende Unruhe in ihr war, und ihre Stimme klang, als ob es bergauf ginge und der Atem ihr benommen wäre, während die Straße nach der Wegwacht sich doch im Gegenteile abwärts senkte.

»Nun kennen Sie meine ganze Geschichte«, sagte sie schroff, wie mit Zorn erfüllt. »Ich weiß nicht, warum mir daran liegt, Ihnen nicht als ein albernes oder gar verworfenes Geschöpf zu erscheinen. Schließlich könnt' es mir gleichgültig sein, was Sie von mir denken. Aber das eine sollen Sie doch noch wissen: Ich nahm den Freiherrn trotz alledem – aus Liebe, wenn auch nicht aus Liebe zu ihm, wie er tatsächlich war. Daß in meinem Herzen nichts vorgegangen wäre und ich aus Eitelkeit oder Vernunftsgründen mich hätte verkaufen wollen, das dürfen Sie nicht glauben! In den Jahren der Trennung hatte ich mir ausgemalt, wie es sein könnte, wenn mein Verlobter jener Mann gewesen wäre, der Not und Entbehrung auf sich genommen hätte, mich zu erringen. Und dieses Bild floß mit dem Bilde jenes anderen zusammen, der mich längst vergessen und überhaupt nie an mich gedacht hatte. Denn dieser, glaub' ich, wäre einer solchen Entschlossenheit fähig gewesen – hätte er mich geliebt. So täuschte ich mich selbst, oder meine Einbildungskraft täuschte mich, und meine Sehnsucht verwechselte den Wahn mit der Wirklichkeit. Ich war damals ganz verblendet, ich sah in dem, der vorgab, mich zu lieben, jenes Traumbild, das ich liebte. Können Sie dies verstehen? Bin ich die erste, die einer solchen Irrung unterlag? Oder kommt dergleichen öfter vor? Ich weiß es nicht. Lachen Sie darüber, wenn Sie können. Verurteilen Sie mich, wenn Sie wollen. So war es, ich kann's nicht ändern. So wurde ich die Gattin eines Mannes, an dessen Seite alles Gute verkümmert, das noch in mir war.«

»Aber genug davon!« rief sie in verändertem Ton. »Ich spreche immer bloß von mir und langweile Sie. Wie geht es der blonden Bethy Leodolter?«

»Ich weiß nichts von ihr«, sagte Doll gepreßt.

Sie scherzte und neckte ihn.

»Tun Sie bloß nicht so unschuldig, dann merkt man ja erst recht, daß etwas daran ist.«

Doll fühlte keine Neigung, auf einen so alltäglichen Ton einzugehen. Wie kam diese Frau, mit der er nichts gemein hatte, dazu, sich in ein Bereich zu drängen, das sein eigenstes war? Er hatte Bethy Leodolter nur selten gesehen. Und wenn er sie oft gesehen hätte, was ging es sie an?

»Wenn Sie auf der Wegwacht bleiben«, sagte die Baronin gleichsam mütterlich, »so werden Sie öfters mit ihr zusammentreffen. Sie bringt jeden Sommer eine Zeit bei ihrer Tante im Klosterschlössel zu.«

Sie fing ganz ausfallend an, Bethy Leodolters Lob zu singen. Er hatte den Eindruck, daß sie ihn ausholen wollte, und antwortete zurückhaltend. Irgendein Mißtrauen, von dem er sich keine Rechenschaft zu geben wußte, war in ihm aufgestiegen. Wenn eine Frau die andere lobt, so steckt etwas dahinter, Liebe oder das Gegenteil, aber nicht Gleichgültigkeit. Warum sollte Natti Pinkenfeld die blonde Bethy lieben? Wenn eine Frau, die ihr Liebesziel verfehlt hat, eine andere lobt, die sie in der Liebe für glücklich hält, so steckt etwas dahinter, unendliche Güte oder Eifersucht. Woher sollte Natti Pinkenfeld unendlich gütig, oder auf wen sollte sie eifersüchtig sein?

Das waren schwer zu lösende Rätsel.

»Sie gleicht in so vielem Frau Gioja, ihrer Großtante«, sagte sie. »Sie liebt wie diese die Einsamkeit, ist ebenso heiter, ebenso mild und ebenso abgeklärt. Für ein junges Mädchen fast – zu abgeklärt; unmodern möcht' ich sagen.«

»Kann man – zu abgeklärt sein?« fragte Doll.

»Ich mag die unmodernen Menschen nicht.«

»Nun waren Sie wenigstens aufrichtig.«

Sie näherten sich dem Hause.

»Die unmodernen Menschen«, sagte die Baronin, und es brach auf einmal wie lange verhaltener Haß aus ihr hervor – »die sind wie der Hans im Glück. Sie wissen mit dem Gold nichts anzufangen, das man ihnen schenkt.«

Ging das auf Bethy? Oder auf wen sonst? Hatte es irgendeinen, auch nur den leisesten Bezug auf Bethy?

»Sie werfen es verächtlich hin, sie wissen seinen Wert nicht zu schätzen. Sie verschmähen das Gute, das sie hätten besitzen können, sie geben sich nicht einmal die Mühe, es festzuhalten, obgleich es schon so gut wie ihr Eigentum war, wenn sie es nur wollten. Und was bringen sie schließlich heim? Genau so wie der Hans im Glück nicht einmal einen Wetzstein. Der ist ihnen in den Brunnen gefallen. Schade! Wer hat schließlich etwas von einer solchen Dummheit? Wäre Hans nur um ein klein bißchen klüger gewesen, das Märchen hätte so reizend ausgehen können!«

Er stand verwirrt und betreten, sie sagte ihm Gutnacht und begab sich auf ihr Zimmer.

Diesen Abend sagte Doll zum Großvater: »Der allgemeine Eindruck, den man von einem Menschen in Erinnerung behält, kann doch leicht ein ganz falscher sein, kommt mir jetzt vor. Seelen sind eben kein Massenartikel.«

»Kannst recht haben«, sagte der Großvater versonnen.

Den andern Tag kam der Freiherr von der Jagd zurück, und Doll nahm Gelegenheit, mit ihm zu sprechen. Er war ein glatter Weltmann mit jener Liebenswürdigkeit von oben herab, die keine Annäherung zuläßt. Seine Art hätte sich am zutreffendsten mit dem Worte »uneinläßlich« bezeichnen lassen. Er behandelte alles Geschäftliche als Lappalie, glitt mit einem Scherzwort darüber weg, widersprach niemals und meinte höchstens, es werde sich schon finden, und man könne noch darüber reden. Mit diplomatischer Hinterhältigkeit ging er jedem klaren Wort aus dem Wege, stellte keinerlei Behauptungen auf, machte keine Rechte geltend. Aber der Grundton, der überall herausklang, enthielt auch keine Anerkennung der Rechte des andern, es lag nur ein halbunterdrücktes Gähnen darin: »Was werde ich mich deinetwegen echauffieren?«

Der Freiherr wußte offenbar, was er wollte, und war entschlossen, sich nicht in die Karten sehen zu lassen. Schließlich gewann Doll den Eindruck, daß hier jede Mühe vergeudet sei, und brach das Gespräch mit der Bemerkung ab, daß er zu seinem Bedauern den Schutz der Behörden in Anspruch nehmen müßte, wenn die Arbeit im Edelweißbruch nicht eingestellt würde. Darauf versicherte der Baron, daß es ihm ein Vergnügen sein werde, den Herrn Ingenieur auf Schloß Grahovo zu begrüßen, und befahl seinem Jäger, den Wagen vorfahren zu lassen.

Wenige Minuten später rollte der elegante Jagdphaëton mit dem freiherrlichen Paare die steile Straße gegen Gorenje hinunter.

Auch die Baronin hatte Doll eingeladen, auf Grahovo Besuch zu machen. Sie war an der Seite ihres Gatten ganz Form, ganz Dame, ganz Baronin und gewann dabei eine gewisse fatale Ähnlichkeit mit ihrer Mutter, deren Ehrgeiz es doch einst gewesen war, einen Salon zu gründen.

Das unerwartete Zusammentreffen mit ihr, ihre Bekenntnisse, ihre Versuche einer freundschaftlichen Annäherung, ihre halbverhüllten Andeutungen, ihre plötzlich vorbrechenden Leidenschaftlichkeiten – das alles ließ geteilte Gefühle in Doll zurück. Einen gewissen Anteil konnte er ihr nicht versagen, aber auch keinen Einfluß auf ihr Schicksal nehmen, das er für das Ergebnis einer unglückseligen Zeit und Umgebung hielt. Wir gehen ja an so vielem vorüber im Leben, das uns nicht berühren kann, nicht berühren darf, weil wir keine innere Gemeinschaft damit haben. Wir sind nicht nur berechtigt, sondern auch verpflichtet, innerhalb des Kreises zu bleiben, der unsere Wirksamkeit, unser Wesen, unsere Neigungen umschreibt, und den wir nicht sprengen können, ohne uns selbst zu verlieren.

Dolls Weg führte von der Lüsen aus auf die Wegwacht, hier lagen seine Ziele. Mit dem Land und den Menschen auf der andern Seite hatte er nichts gemein, die natürlichen Grenzmarken des Herzens trennten ihn davon.

Und er beschloß, der Einladung nach Grahovo keine Folge zu geben und dem Schloße des Freiherrn fernzubleiben.

* * *

Dem jungen, tatenlustigen Eroberer, der von der Wegwacht Besitz ergriffen hatte, folgte bald ein ganzer Generalstab, der ihm bei der ersten Arbeit zur Seite stehen sollte. Die Gehilfen konnten vorderhand nur in einem Heuboden untergebracht werden, ließen sich's aber wenig anfechten. Es waren durchwegs gesunde und kräftige Menschen ausgesucht worden, fröhliche junge Leute, die in den technischen Dingen Bescheid wußten und sich darüber freuten, der sengenden Hitze der Stadt, der Stickluft der Schreib- und Zeichenstuben entflohen zu sein und in der herrlichen Höhenluft unter freiem Himmel arbeiten zu können.

Es ging an ein emsiges Vermessen und Aufnehmen der Gegend, in Dolls Stube waren vier gewöhnliche Tische zu einem einzigen großen zusammengerückt, darauf entstanden Pläne, fachmännisch getuscht und angelegt, und wer die Sprache der Reißfeder zu entziffern wußte, der konnte eine ganze Zukunft daraus ablesen. Man sah, in welcher Höhe in den bereits erschlossenen Brüchen die Staffeln übereinander angelegt werden sollten, wo die Förderbahnen zum Ausfahren des Abraums geplant waren, und wo die Sturzflächen für den Schutt zu liegen kommen würden. Man sah die Orte, wo Stollen in die Bergwand zu treiben, und wo Probegruben zum Aufsuchen neuer Anbruchsstellen zu graben wären. Man sah das neue Werkshaus bereits eingezeichnet, die Werkstätten für die erste Steinbearbeitung, man sah die Lagerplätze abgefriedet und die Stellen umrissen, wo Arbeiterwohnhäuser, ein Wohnhaus für die Angestellten, wo Magazine, Maschinenräume, Werkzeugschuppen, Vorratskammern, Ställe, kurz, alle »Ubikationen« – wie Herr Zwicknagel, Dolls Generaladjutant, sich ausdrückte – sich erheben sollten.

Als die Techniker den Edelweißbruch vermessen wollten, fanden sie im Gsölk eine Tafel aufgerichtet, darauf stand geschrieben: »Achtung vor Sprengschüssen!« Und wirklich, so oft sie den Versuch wagten, sich zu nähern, krachte es – war es Zufall oder Absicht? – irgendwo im Gewände, und Felsentrümmer flogen auf, daß die ungeheuren Geröllhalden, aus denen der Mahrkopf aufstieg, ins Kollern gerieten und sich oft stundenlang nicht mehr beruhigen wollten. Da mußten sie ihre Absicht schließlich aufgeben. Doll berichtete über die Angelegenheit nach Wien, der Rechtsanwalt der Gesellschaft wurde in Bewegung gesetzt, es gingen umfangreiche Schriftstücke an die Bezirkshauptmannschaft in Grahovo hinaus, die mit der Bemerkung zurückkamen, das Deutsche sei nicht die landesübliche Sprache, es müsse wenigstens eine Übersetzung beiliegen. Der Advokat, der ein deutsch-nationaler Heißsporn war, beging die Unvorsichtigkeit, diese Entscheidung anzufechten, und die Folge davon war, daß der Akt bis auf weiteres bei der Statthaltern lag, wo darüber entschieden werden sollte, welche Sprache in Grahovo als landesüblich zu betrachten sei, und welche nicht. Niemand konnte absehen, wie lange es dauern würde, bis auch nur die Frage erledigt wäre, in welcher Sprache man sein Recht geltend zu machen hätte, geschweige, bis zu welchem Zeitpunkt allenfalls eine Annäherung an den Mahrkopf möglich sein würde. Zum Glück war an anderen Stellen genug zu tun, ja, man wußte gar nicht, wo man zuerst anfangen sollte; also konnte der Edelweißbruch warten, ohne daß es den Ingenieuren deswegen an Arbeit gefehlt hätte.

Als der alte Herr Bornschbögel all die Betriebsamkeit rings um sich erwachen sah, während er selbst müßig ging, kam ihm auf einmal die Unruhe. Was war er doch für ein Unnötiger, daß er sich's auf der Wegwacht gut geschehen ließ, während zu Hause seine Blumen der Obhut der Frau Bohatschek überlassen blieben und seine Federzeichnungen nicht vom Fleck rückten! Hätte nicht auch er alle Hände voll zu tun gehabt? Gab es vielleicht für ihn keine Pflichten? War er denn nicht gottlob pumperlgesund – wie kam er dazu, sich eine langmächtige Erholung zu gönnen wie eine nervöse Dame, die einen Badeaufenthalt braucht?

»Schön war es da«, sagte er eines Morgens zu Doll, »aber jetzt geh' ich, es ist genug, mir graust schon vor mir, vor lauter Nichtstun. Es halten mich keine zehn Rösser mehr!«

Doll tat es leid, er wartete längst darauf, daß es so kommen würde, er hätte dem Großvater gerne noch ein paar Wochen Ruhe gegönnt. Denn es war offensichtlich, wie gut dem alten Herrn der Aufenthalt in diesen Bergen bekam, das Atmen der reinen Höhenluft, das behagliche Herumsitzen; er sah abgebrannt aus von der Sonne, war von dem lästigen Husten, der ihn in der Stadt quälte, befreit und ging überhaupt auf wie ein Krapfen. Wenigstens solange die warme Witterung anhielt, hätte Doll ihn gerne auf der Wegwacht zurückgehalten.

»Schade«, sagte er; »da werde ich mich halt doch müssen nach einem Maler umsehen. Denn, offen gestanden, lieber Großvater, ich habe im Stillen immer auf dich gerechnet, daß du mir ein bißchen helfen würdest, und dich längst darum bitten wollen.«

Der Großvater horchte auf. Helfen? Aber warum denn nicht? Gern, wenn es möglich war! Mit tausend Freuden! Wie konnte er helfen? Wobei konnte er mithelfen?

Doll wußte ihm einzureden, mit den technischen Aufnahmen allein sei es nicht getan, man hätte auch eine künstlerische nötig, um von den Steinbrüchen, den Bergen, der ganzen Gegend eine richtige Vorstellung zu gewinnen. Und da der Großvater schon so gut Federzeichnen könne, so hätte er gedacht ...

Also, mehr brauchte es natürlich nicht! Am nächsten Morgen, in aller Gottesfrüh', saß der alte Herr Bornschbögel schon draußen und strichelte aus der Ferne den Mahrkopf ab. Indessen ging es etwas mühselig her, vor der Natur, mit Tusche – nein, das war nicht das Richtige! Er griff zum Zeichenstift, blieb aber seiner Stahlstichmanier treu, schraffierte, schummerte, punktierte und bildete jede Latschenkiefer getreulich nach, bis er zur Erkenntnis gelangte, daß es auf diese Weise auch nicht viel besser fleckte. Die wirklichen Berge waren halt gar so groß, wie sollte es gelingen, sie mit lauter kleinen Stricheln einzusaugen! Da kam er auf die Geheimnisse der breiteren Manier, legte sich ein größeres Papier zu und fing an, kühnere Striche hinzusetzen. Jetzt stand auch schon gleich der ganze Berg da, aber er sah mehr wie eine Heuhocke aus, weil die Striche fröhlich kreuz und quer liefen, wie es ihnen beliebte, oder wie ein Struwwelkopf, der lange keinen Kamm gesehen hat. Und zum Überfluß waren die Hände des Großvaters schwarz wie die eines Rauchfangkehrers geworden, vor lauter Bleistiftspitzen, ja, sogar das Papier sah schließlich wie ein rußiger Kamin aus.

»Es ist noch immer nicht das Richtige«, sagte Herr Bornschbögel; »da könnte man ja lieber gleich mit Stiefelwichse dreingehn!«

»Probieren Sie es mit Wasserfarben«, riet Herr Zwicknagel; »das ist immer das Praktischere, wenn man keine Ubikationen zu zeichnen hat, sondern bloß Berge.«

Da probierte es der Großvater wirklich mit Wasserfarben, und siehe, Herr Zwicknagel hatte den Nagel auf den Kopf getroffen. Der feuchten Behandlung vermochten diese starren Formen der Felsgebilde nicht zu widerstehen, sie wurden weich und schmiegten sich zerknirscht einer jeden Bewegung an, die der Marderhaarpinsel auf dem Papier ausführte. Sie lösten sich gleichsam auf, um ein neues, kunstverklärtes Dasein zu gewinnen, und man mußte nur acht geben, daß sie nicht gar in Gestalt von Tränen über den Zeichenblock herabrieselten.

Dem alten Herrn Bornschbögel ging das Herz auf, wenn mit einem einzigen Pinselstrich aus Kobalt schon ein halber blauer Himmel dastand, oder ein einziger Wischer mit Neutraltinte im Nu den tiefsten Bergschatten hinzauberte, daß man meinte, förmlich die Kühlung zu spüren, die wohltuend davon herwehte. Er hatte sich jetzt den größten Zeichenblock beigebogen, der sich unter den Requisiten der Ingenieure fand, saß jeden Tag auf einem andern Stein, mitten in der Prallsonne, und fertigte nach und nach ein ganzes Bergpanorama von der Gegend an, daß man schließlich ein wahrheitsgetreues Rundbild vor sich hätte, und jeder glauben müßte, die Wegwacht leibhaftig vor sich zu sehen, wenn er die einzelnen Blätter rings herum im Zimmer aufstellte und sich in die Mitte setzte.

Befriedigt brachte er jeden Abend ein fertiges Gemälde heim, und die jungen Leute standen herum und halfen ihm bewundern. Die Liebe und Verehrung, die sie für den alten Herrn hegten, beschwichtigte ihr kritisches Gewissen, und jeder wußte etwas anderes hervorzuheben und zu loben, der eine das tiefe Blau des Himmels, der andere die Wolken, die darüber hinzogen, der dritte die Felsen oder die schneeweißen Schneeflecke, die in ihren Runsen schimmerten, der vierte die tiefen Schatten, die in die Schluchten fielen. Und weil jede Einzelheit ihren Bewunderer und Liebhaber fand, so mußte schließlich das Kunstwerk als Ganzes doch auch etwas taugen.

»Ja, es ist mir gut gelungen«, sagte dann der Großvater in naiver Künstlerfreude. Denn genau so wie es Natti Pinkenfeld mit dem Freiherrn von Grahovo ergangen war, sah er alles, mehr wie er es erstrebt und gewollt, als wie es wirklich geworden. Und er gab eifrig Erläuterungen, damit die Beschauer das Werk seines Fleißes recht zu würdigen und zu genießen imstande wären.

»Die weißen Wolken«, sagte er, »sind nämlich alle ausgespart, verstehn Sie? Und die sonnigen Stellen in den Felsen auch. Es ist unsinnig bequem in der Art, man braucht das Papier bloß leer zu lassen und hat schon einen halben Berg; nur obacht geben muß man, daß dann der Pinsel nicht unversehens ins Weiße wieder hineinwischt, sonst ist es mit der Herrlichkeit aus. Das ist aber auch das allerschwierigste und die Hauptkunst bei der ganzen Malerei.«

Und fast ein wenig wehmütig fügte er hinzu: »Ich hätt' halt früher auf das Malen kommen sollen, dann hätt' ich mich auch noch verbessern können. Dafür ist es schon ein bißchen spät ... Aber ich bleib' jetzt schon dabei, das Federzeichnen ist lang nicht so dankbar. Und wie langsam geht es damit her! Gerade noch einmal so viele Bilder hätt' ich fertig gebracht in meinem Leben, wenn ich mich gleich von Anfang an auf das Malen geworfen hätte, mit dem man auch viel mehr Freud' hat als mit dem Zeichnen. Denn ein Himmel, der weiß ist, schaut doch nicht so natürlich aus wie ein blauer, und ein schwarzer Baum nicht so natürlich wie einer der grün ist? No alsdann!«

So hatte auf der Wegwacht ein jedes seine Beschäftigung und seinen Lebenszweck. Als aber die Abende länger und die Nächte eisig wurden, drang Doll darauf, daß der Großvater ans Heimkehren dächte; denn er fürchtete eine Erkältung für den alten Herrn. Er begleitete ihn noch in die Lüsen hinunter, und beide waren sie ein wenig ergriffen, als sie voneinander Abschied nahmen; zu viele schöne, unvergeßliche Stunden hatten sie miteinander verlebt, die ungleichen Wandergenossen.

Mit innigen Worten dankte Doll dem treuen alten Herrn, daß er mit ihm gekommen war, seine ersten Schritte auf der Wegwacht begleitet hatte.

»Und was ich auch da oben erleben werde«, sagte er, »immer werde ich an dich denken, Großvater, und an diese sonnigen Wochen, wo du bei mir warst!«

Der Großvater breitete die Arme aus und zog ihn an seine Brust.

»Du wirst jetzt nur selten mehr nach Wien kommen, und ich komme wohl nie wieder da zu euch hinauf. Denn ich werde überhaupt nicht mehr viel reisen können in meinem Leben, und zu Fuß wandern schon gar nicht. Einmal muß es halt leider das letztemal sein ... Mach' es tüchtig, mein lieber Doll!« sagte er noch. »Steh' treu und fest – auf der Wegwacht!«

Die Rührung übermannte ihn, Doll packte ihn in die Postkutsche, und er fuhr davon. Noch lange sah man sein weißes Taschentuch aus dem Wagen wehen, bis dieser hinter einer Biegung der Straße verschwand.

Ehe Doll auf die Wegwacht zurückkehrte, versäumte er nicht, im Klosterschlössel vorzusprechen. Er traf Frau Gioja wie das erstemal auf ihrem Ruhebett, das auf der Veranda gegen den Garten aufgeschlagen stand. Ein Großneffe befand sich in ihrer Gesellschaft, ein junger Leodolter, der ein Bruder Bethys war, den Doll aber kaum kannte; denn er hatte sich in Lyon, in Mailand und in der Schweiz auf seinen Beruf vorbereitet und stand, seit er in das väterliche Geschäft eingetreten, in der Fabrik in Verwendung, die sich in einem an der schleichen Grenze gelegenen Industrieort befand.

Das Gespräch war angeregt, wieder ging von der Kranken jene Kraft des Geistes und des Willens aus, die einen zuversichtlich machte und für alles Gute zu stärken schien. Doll mußte berichten, wie es auf der Wegwacht stehe, sie wollte alles bis ins einzelne erfahren, und auch der junge Alfred Leodolter, dessen sicheres und verständiges Wesen angenehm auffiel, nahm lebhaften Anteil und versprach, demnächst hinaufzukommen. Darüber freute Doll sich aufrichtig. Denn der junge Mann hatte seinen Aufenthalt im Ausland offenbar gut ausgenützt und zeigte ein Urteil über geschäftliche Dinge, das über seine Jahre weit hinausging.

Als Doll sich schließlich verabschieden wollte, sagte Frau Gioja: »Sie beabsichtigen, vor Einbruch der Nacht noch die Wegwacht zu erreichen, sonst hätt' ich Sie eingeladen, hier zu übernachten. Aber Sie dürfen doch nicht von uns scheiden, ohne Bethy begrüßt zu haben, es würde sie kränken.«

»Ist Fräulein Bethy hier?« fragte er überrascht.

»Wenn Sie sich in den Garten bemühen wollen – sie pflegt das Spalierobst unten am Bach.«

Er eilte hinab und durchschritt den Garten, der Schönheit und Nutzen vereinte; denn es wurden Küchenkräuter und Gemüse, Rittersporn, Nelken und Kaiserkronen in bunter Abwechslung darin gezogen, und um die langgestreckten Beete lief gleichmäßig eine Einfassung aus niedrig gehaltenem Buchsbaum. So in der Nähe des Hauses, vor dem ein Springbrunnen plätscherte. Weiter unten fing der Obstgarten an, der sich bis an den stillen Mühlbach zog, und zunächst dem Wasser befanden sich in langen Reihen hintereinander mit zwischendurchlaufenden Pfaden die Spaliere, die üppig standen, und unter deren glänzendem Laub die saftschweren gelben Früchte hervorleuchteten.

Doll blickte sich um und fand nicht gleich, die er suchte, bis er sie auf der Stufe knien oder kauern sah, die zum Wasser hinabführte. Sie neigte sich über und hielt mit ausgestrecktem Arm eine Gießkanne in den leise ziehenden Mühlbach, um sie zu füllen. Als sie die Schritte im Kies vernahm, erhob sie sich rasch. Fast erschrocken sah sie, wer so unerwartet vor ihr stand. Sie stellte die Gießkanne auf den Boden, trocknete die nasse Hand an der blauen Gartenschürze und streifte schnell den bis zur Achsel aufgerollten Ärmel über den nackten Arm.

Er fand sie schöner als je, im schlichten Kleide, bei der Arbeit, das goldne Haar ein wenig verzaust, wie eine Prinzessin aus dem Märchen, die Magddienste verrichten muß, und um deren Haupt der Königssohn, der sie zu erlösen kommt, doch den Schimmer einer unsichtbaren Krone leuchten sieht.

Sie hatten einander die Hand gereicht und standen sich schweigend gegenüber, beide fast ein wenig befangen.

»Sie wundern sich gar nicht, daß ich in der Lüsen bin?« fragte Doll endlich.

»Ich wußte es von Gioja.«

Darauf waren sie wieder still.

»Ich werde voraussichtlich jetzt viele Jahre hier leben«, begann Doll abermals.

»Auf der Wegwacht«, sagte sie.

»Im Sommer auf der Wegwacht«, sagte Doll, »im Winter herunten in der Lüsen, wo die Steinsägen, Schleifereien und Bildhauerwerkstätten eingerichtet werden sollen.«

»Ich habe davon gehört«, sagte sie leise.

»Sie sagten einmal – damals, als wir uns zum erstenmal sahen – daß Sie gerne fern von der Stadt leben würden, in der Einsamkeit« ...

Sie nickte mit dem Kopf und sah ihn dabei an.

»Das heißt«, verbesserte er sich – »ganz mutterseelenallein – so meinten Sie es wohl nicht?«

Da flog ein verräterisches Rot über Bethys Wangen. Sie standen einander noch immer gegenüber und hielten sich noch immer an der Hand. Jetzt bemerkten sie, daß auch noch immer die Gießkanne dastand, zwischen ihnen, auf dem Boden. Und sie lächelten, wie Menschen lächeln, die ganz erfüllt und vom Augenblick überwältigt sind, wenn irgendeine Nichtigkeit sie daran erinnert, daß sie doch noch nicht alles Irdische abgestreift haben.

Und ohne ihre Hand loszulassen, führte Doll sie um die Gießkanne herum zu einer Bank, die neben dem Wasser unter einer Esche stand, und während sie sich setzten, legte er leise seinen linken Arm um ihre Schulter. Da lehnte sie ihr goldgekröntes Haupt an seine Brust.

Stummer hat nie ein Liebender um Gegenliebe geworben und stummer nie ein liebendes Mädchen ihr Jawort gegeben, als es an jenem Abend auf der Bank am Mühlbach geschah, der aus dem schäumenden und tosenden Wasser der Lüsen gespeist wird und doch still und leise wie ein Mäuschen in seinem grün umrandeten Gerinne am Garten des Klosterschlössels vorüberzieht.

Die stummen Gründlinge und Karauschen, die im Mühlbach huschen, strecken neugierig die Köpfe aus dem Wasser und unterhalten sich in ihrer Zeichensprache miteinander, indem sie ihre durchsichtigen Flossen wie Fächer hin und her bewegen.

»Sonst schlagen die Menschen doch immer Lärm«, sprechen sie zueinander; »gibt es denn auch Stumme unter ihnen? Das haben wir bis heute nicht gewußt. Die stummen Tiere sind die edleren, die lärmenden, die immer brüllen, blöken oder schreien müssen, die haben etwas gar so Gewöhnliches an sich. O wären doch alle Menschen so wie die zwei! Sie blöken nicht, sie schreien nicht, sie sprechen nicht einmal miteinander, sie denken auch nicht an uns und an keinen Angelhaken, sie haben kein Arg in sich und bilden sich offenbar ein, im Paradiese zu sein. O wären doch alle Menschen wie die zwei! Dann könnten auch wir uns unseres Daseins freun und sorglos leben wie im Paradies!«

Ein Fink, der in den Zweigen der Esche schlägt, blickt neugierig herunter.

»So machen es die Menschen?« denkt er. »Ist auch nicht übel! Ach, wenn nur erst wieder Frühling wär'! Schon fängt es zu herbsteln an, und der Winter ist hart. Da kann von keinem Nest die Rede sein und von keiner Gemeinschaft. Da hat unsereiner genug an sich selbst zu denken, und jeder ist froh, wenn er nicht verhungert und erfriert. O wir armen, armen Baumsitzer! Wann werden wir wieder bessere Tage sehen? Wann wird die Liebe wieder ihren Einzug halten in unsere kleinen, pochenden Herzen? Ach, die Menschen, die haben es gut! Sie sind an keine Jahreszeit gebunden und küssen, wo immer ein roter

Mund sich findet, im Winter oder im Sommer, es ist ihnen ganz gleich. Gott, haben es die Menschen gut! O, wenn nur erst wieder Frühling wär'!«

Schritte über den Kiesweg – die Karauschen und Grundeln verschwinden im Wasser, und der Fink fliegt fort. Ruhig blicken die Liebenden dem, der sich nähert und bald um die Büsche biegen wird, entgegen und halten sich lächelnd umschlungen.

»Sieh da, schlecht bewachte Schwester!« ruft plötzlich Alfred Leodolter, der vor ihnen steht. »Kaum habe ich Herrn Mairold kennen gelernt, und schon soll ich Schwager zu ihm sagen?«

»Haben Sie etwas dagegen?« fragte Doll lächelnd.

Alfred legte eine Hand auf Dolls Scheitel und die andre auf Bethys blondes Haupt.

»Im Gegenteil, ich segne den Bund eurer Herzen, so weit es auf mich ankommt. Nur eine Bedingung möchte ich stellen.«

»Und die wäre?«

»Dienst um Dienst. Ich gebe Ihnen meine Schwester, und Sie geben mir die Ihrige.«

»Sich da, schlecht bewachter Bruder!« gibt Bethy lächelnd es ihm zurück.

Und Doll streckt ihm die Hand hin: »Gleich kreuzweis Schwager? Dann können wir aber nicht mehr Sie zueinander sagen! Und wer ist es? Für Riki wärst du zu jung, also Vefi, das Sonnenkind?«

»Käthi.«

»Gerade die Kleinste sucht er sich aus!«

»Na höre, sie reicht mir fast an die Stirn.«

»An den Mund willst du sagen. Und mag sie dich?«

»Vorderhand hat sie mir's bloß erst ins Ohr geflüstert, also flüstert es nicht weiter! Ich muß auch erst noch in die Firma aufgenommen sein, eh' ich öffentlich davon sprechen kann. Es plagt uns ja beide noch nicht das Alter – nicht wahr?«

»Also wären wir einig!«

Die beiden jungen Männer umarmen sich und geben einander den Bruderkuß.

Bethy aber war aufgesprungen und lief wie ein reich beschenktes Kind, das sein übervolles Herz ausschütten muß, den Weg gegen das Klosterschlössel hinauf.

»Gioja! Gioja!« rief sie durch den Garten eilend, und ihr Kleid wehte wie das Gewand eines Engels, der geradenwegs in den Himmel hineinfliegt.

Und sie stürmte die Treppe empor und warf sich in lachender Glückseligkeit der sonnigen Gioja an den Hals.

* * *

Einmal, solange die Witterung es noch zuließ, kamen die drei lieben Menschen aus dem Klosterschlössel im Wagen auf die Paßhöhe, Doll zu besuchen, und für diesen einen Tag wurde es noch einmal Frühling auf der Wegwacht, und die zahllosen Herbstzeitlosen auf den Wiesen sahen aus, als wären es Frühlingskrokusblüten ...

Als der erste Schnee oben fiel, wanderte Doll mit seinen jungen Leuten in die Lüsen hinunter, und sie waren bepackt mit Reißbrettern, Requisiten und Instrumenten, wie Senner, die im Herbst ihre Alpe verlassen und wehmütig zu Tal ziehen. Da lag das Klosterschlössel eingewintert und wie vergessen und sah fast traurig drein mit seinen geschlossenen Fensterläden.

Vielleicht war es gut so. In der Lüsen gab es wieder neue Vermessungen, und ob fußhoch Schnee fiel oder nicht, sie duldeten keinen Aufschub, denn im ersten Frühling sollte mit den Erdaushebungen für die Gebäude begonnen werden. Auch Geleise wurden trassiert.

»Man muß die einzelnen Ubikationen durch kleine Förderbahnen miteinander verbinden«, sagte Herr Zwicknagel; »denn Marmorblöcke sind keine Baumwollballen.«

Und niemand widersprach ihm.

Vielleicht war es gut, daß das Klosterschlössel seine Fensterläden zugemacht hatte; wenn die Schneestürme das Arbeiten im Freien völlig unmöglich machten, so hatte Doll dafür um so mehr in seiner Stube, am Reißbrett zu tun. Er hätte nur wenig Zeit gefunden, Besuch im Klosterschlössel zu machen. Die langen Winterabende allenfalls – aber da gab es wieder lange Briefe zu schreiben, Abend für Abend ...

Allerdings! Hätte das Klosterschlössel seine Fensterläden nicht zugemacht gehabt, so wären vielleicht weniger Briefe zu schreiben gewesen. Das ist aber bloß eine Vermutung.

* * *

Frau Therese hatte sich längst von den Geschäften zurückgezogen, aber der Sorgen war sie darum nicht ledig. Eine Mutter, deren Kinder eins nach dem andern flügge werden, ins Leben hinaustreten, in fremde Verhältnisse kommen, die Härte der Menschen kennen lernen und die Liebe mit ihren Nöten – die sollte ohne Sorgen sein?

»Du mein liebes Kind, ich segne dich! Du hast dir deinen Weg gewählt. Er führt dich von meiner Seite fort, du verlässest mich, und es steht geschrieben, daß es so sein soll. Ich werde nicht mehr die schirmenden Arme um dich breiten können. Ich werde nicht mehr an deinem Lager wachen, wenn du krank bist. Meine Liebe wird nur aus der Ferne dich begleiten, eine andere Liebe wird dir näher sein. Ich werde dir nicht mehr raten können, wenn du im Zweifel bist, ich werde dir nicht mehr helfen können, wenn du in Not bist, ein anderer Rat wird dir maßgebender sein als der meine, die Hilfe, deren du bedarfst, wird von anderer Seite kommen müssen als von mir, soll es die rechte Hilfe sein. Du mein liebes Kind, ich segne dich! Was kann ich dir mitgeben außer meine Hoffnungen und Wünsche? Alles übrige, was dir not tut, mußt du mit der Muttermilch eingesogen, mußt du in dich aufgenommen haben, während du die Kinderschuhe austratst, alles übrige muß ich dich längst gelehrt haben, während ich schwieg oder von hundert anderen Dingen sprach – jetzt wär' es zu spät dafür, ich könnte, wenn etwas versäumt wäre, es nicht mehr nachholen, dir das Fehlende nicht mehr ersetzen, jetzt, da du von mir scheidest.«

Ihr Mütter, die ihr es erfahren habt, ihr wißt es, daß eine Mutter nicht anders spricht und denkt, eine Mutter, deren Kind flügge wird und ins Leben hinaustritt, um in fremde Verhältnisse zu kommen, um die Härte der Menschen kennen zu lernen und die Liebe mit ihren Nöten ...

Von Niki Mairold sagten die Leute: »Sie ist ein Hausmütterchen. Sie geht nicht in Gesellschaft, sie geht nicht auf Bälle, sie wird sitzen bleiben. Schade um sie, es wäre eine tüchtige Hausfrau aus ihr geworden!«

»Sie muß eine unglückliche Liebe haben«, sagten andere. »Ihr Bruder Moini, der nur um weniges älter ist als sie, hat längst geheiratet, während sie gar nicht daran zu denken scheint. Wie soll man sich das anders erklären? Daß ein Mädchen aus solchem Hause keine Anträge gehabt hätte, ist doch kaum anzunehmen!«

Niki indessen sah keineswegs danach aus, als ob eine unglückliche Liebe an ihr zehrte. Entweder besaß sie kein liebebedürftiges Herz, oder sie war ihrer Sache sicher.

Herrnfeld, der sich als vertrauter Freund der Familie manches erlauben durfte, hatte sie einmal ins Gebet genommen.

»Was ist eigentlich mit dir los, törichte Jungfrau? Dein alter Onkel Ludger hat dich von Herzen gern, das weißt du – aber daß er sich schließlich noch zum Ehestand bekehrt und dich nimmt, darauf wirst du doch wohl nicht warten wollen?«

»Wer kann es wissen?« sagte sie lachend. »Bist du nun schon unter die Retter des Volkes gegangen, so streckst du vielleicht auch noch einmal einem alternden Bürger-Mädchen die hilfreiche Hand entgegen, damit es nicht den Stephansturm zu reiben braucht.«

»Weißt du nicht, daß ich Wilder bin?« fragte er.

»Was ist das, ein Wilder?«

»Ein Wilder ist ein Abgeordneter, der keiner Partei angehört. Er hat nicht die Meinung anderer, er hat seine eigene Meinung, er steht allein auf einsamer Höhe. Er braucht sich von niemand etwas dreinreden zu lassen, er ist gewissermaßen unverheiratet. Du siehst, daß es zu meinen Bedürfnissen und Gewohnheiten gehört, alleinzustehen und unverheiratet zu sein.«

Die neue politische Bewegung hatte ihn in ihren Strudel gezogen. Wie war das zugegangen? Was hatte sich ereignet? Löse uns dieses Rätsel, Ludger Herrnfeld! Was kann dich, den spöttischen Zuschauer dazu bestimmt haben, deinen Sperrsitz zu verlassen und dich plötzlich auf die Bühne zu stürzen? Ist dir über der einsamen Wüste, in der du dein sehnsüchtiges Gemüt wie ein krankes Kind pflegst, endlich die Fata Morgana eines begeisternden Zieles erschienen?

Vielleicht, aber freilich bloß in unendlicher Ferne, wie ein blasser Zukunftstraum. Vorderhand sind es nur erst geringfügige Anzeichen, die ihn veranlassen, sich in Bewegung zu setzen. Die Regierung, die mit dem Namen des Grafen Taaffe verknüpft ist, interessiert ihn. Sie gibt vor, über den Parteien zu stehen, während sie nach seiner Meinung nur anderen Parteien als den bis dahin herrschenden zur Gewaltherrschaft zu verhelfen sucht. Der unerhörte Aufwand von rhetorischer Kraft und der verschwindend kleine Einsatz von Charakter und politischer Einsicht, womit er die alte Verfassungspartei den Kampf mit dem gefährlichen Gegner aufnehmen sieht, belustigen ihn. Die Tartüfferie der Tschechen, die sich herbeigelassen haben, endlich im Parlamente zu erscheinen, um die Deutschen »unbeschadet ihrer Rechtsüberzeugung« nach Kräften zu majorisieren, und die Unverfrorenheit der Polen, die ihre schwere Menge halbasiatischer Stimmen in die Wagschale werfen, um Millionen für Galizien und Steuergesetze für die anderen Länder des Staates durchzudrücken, ärgert ihn. Das alles aber hätte ihn sicher noch nicht bestimmt, sich die Sache aus der Nähe zu besehen. Indessen schien es ihm, als sollten allem wüsten Lärm, allem unseligen Partei- und Nationalitätenhader zum Trotz doch ganz neue und überraschende Dinge bei diesem scheinbar kopflosen Weiterwursteln zum Vorschein kommen. Und während man im Grunde den Eindruck gewinnen mußte, unter dem Zeichen des Rückschritts zu stehen, fesselte ihn die Beobachtung, daß eine allmähliche Gesundung der Finanzen, eine moderne Umgestaltung und heilsame Verjüngung des Vaterlandes besonders auf sozialpolitischem Gebiete sich vorbereitete und mitten im großen Durcheinander deutlich vollzog. Das setzte ihn in Erstaunen. Nie hatte er größeres Zutrauen in die Lebenskraft des Staates gesetzt als unter dem Eindruck einer solchen Genesung, während Fieberschauer die Völker schüttelten. Aus diesem Hexenkessel ging vielleicht noch einmal das wirkliche und endgültige Österreich hervor, die Idee des Vaterlandes, wie sie ihm vorschwebte. Und es lockte ihn, eigenhändig den Schaumlöffel zu ergreifen, um gelegentlich ein wenig abzuschöpfen, in die brodelnde Zukunftssuppe zu gucken und nachzusehen, was dabei herauskäme. Darum hatte er, als der Bezirk, in dem er wohnte, ihm ein Mandat anbot, seine Bereitwilligkeit erklärt und sich den Wählern zur Verfügung gestellt.

Riki Mairold belustigte es, daß man ihn einen Wilden nannte. Und es gefiel ihr, daß er auch im politischen Leben ein Eigenbrödler blieb.

»Der Name paßt zu dir, als ob sie ihn eigens für dich erfunden hätten!« sagte sie lachend. »Im Grunde bist du immer ein Wilder gewesen, lange bevor du im griechischen Tempel am Franzensring noch etwas zu suchen hattest.«

»Meinetwegen! Aber du weichst aus, liebe Niki. Wir sprechen von einer törichten Jungfrau, nicht von einem hilflosen Volkstribunen, der sich dazu hergeben muß, den armen Leuten Petroleum und Zucker zu verteuern.«

»Also, sprechen wir!« sagte sie spitzbübisch.

»Gut. Um es mit einem Wort zu sagen: ich möchte dich verheiraten.«

»Das ist wirklich sehr hübsch von dir, aber ich habe leider keine Zeit dazu. Sie brauchen mich hier. Ich bin unentbehrlich. Du glaubst es nicht? Bitte! Erst kürzlich war Frau Bohatschek vierzehn Tage lang krank. Hast du vielleicht für den Großvater gekocht und ihm aufgeräumt? Also! Wer hätt' es tun sollen, wenn nicht ich es tat?«

»Das sind Ausnahmsfälle«, sagte er. »Da nimmt man sich eine Aushilfsköchin, und die Sache ist erledigt. Für gewöhnlich ist eure Wirtschaft jetzt schon so klein, daß man nicht ein häusliches Genie, wie du es bist, dazu benötigt, um sie im Gange zu halten. Es wäre genau so, als ob man einen Bismarck und einen Moltke berufen müßte, das Fürstentum Liechtenstein zu regieren. Wer ist denn noch da, bitte? Der Christl führt in Prag seine Hörer an der Nase herum, der Moini hilft in Nedweditz der Mara Nehuda, seine Kinder zu tschechischen Patrioten erziehen, der Doll klopft Steine auf der Wegwacht, der Wolfi guckt den Lyonern in die Karten, und der Franzl übt in Mährisch-Weißkirchen Rechtsum und Linksum. Bleiben außer der Mutter und dir noch Vefi und Käthi.«

»Und Yellow mit seiner Gattin!« sagte sie.

»Wer ist das?«

»Der neue Kanarienvogel.«

So wußte sie Gesprächen ähnlicher Art stets eine scherzhafte Wendung zu geben. Bis eines Tages abermals der Lois Birenz wie aus der Versenkung auftauchte und Frau Theresen um eine Unterredung ersuchte.

Er brachte diesmal selbst den Nußknacker mit.

Die Riki hatte er lieb gewonnen, schon als Bub, während er noch Hausgenosse der Familie Mairold gewesen war, und sich in den Kopf gesetzt, sie zu erringen. Aber kein Wort wollte er davon sagen, niemandem und am allerwenigsten der Riki selbst. Sie sollte nichts davon ahnen, kein Zeichen sollte es ihr verraten. Darum hatte er davonlaufen müssen. Er wollte zeigen, daß er imstande sei, sich allein durchzubeißen, und wiederkommen, sobald etwas aus ihm geworden wäre. Jetzt stand Doktor Alois Birenz auf seiner Karte. Er hatte bei Gericht gedient und war dann bei einem Rechtsanwalt als Gehilfe eingetreten. Er bezog schon ein ganz nettes Anfangsgehalt.

»Wenn die Riki mich mag«, sagte er, »so können wir zusammenheiraten. Klein anfangen müssen wir freilich, aber mit der Zeit komme ich schon hinauf, darauf können Sie sich verlassen!«

Das war der echte Lois Birenz, der fest in seinen Stiefeln stand, geradezu und selbstsicher wie immer. Frau Theresen gefiel diese Art, denn sie wußte, daß der Lois allen Grund hatte, sich selbst Vertrauen entgegenzubringen.

»Wir werden halt die Riki fragen«, sagte sie nach kurzer Überlegung.

Riki kam herein und wurde blaß, als sie den gesunden, derben jungen Menschen, der wie ein Sturmbock aussah, vom Sessel aufstehn und eine ungelenke Verbeugung gegen sie machen sah.

»Der Lois hat dich gern und möchte dich heiraten«, sagte Frau Therese einfach und ohne Umschweife.

Es war, als ob der Ton, den Lois Birenz angeschlagen, und das Tempo gerade aufs Ziel los, das er einhielt, auch auf die andern abgefärbt hätte. Und weil heute schon alles so knapp und entschieden zuging, so zögerte Niki nicht lange, sondern sagte mit fester Stimme kurz und bündig: »Ich hab' ihn auch gern und möchte ihn auch heiraten.«

Frau Therese wunderte sich.

»Du scheinst gar nicht überrascht – ahntest du denn etwas davon?«

Jetzt wurde Riki rot und sah den trotzigen Brautwerber von der Seite an.

»Freilich ahnte ich was, deswegen ist er ja davongelaufen. Gesagt hat er nichts, aber gemerkt hab' ich es doch. Und daß er einmal wiederkommen würde, das hab' ich mir schon gedacht.«

»Das nenne ich Zutrauen!« sagte Frau Mairold lachend. »Darauf kannst du stolz sein, Lois.«

Lois Birenz aber schien nicht sehr geneigt, stolz darauf zu sein.

»Es haben noch alle Menschen Vertrauen zu mir gehabt«, sagte er beleidigt; »und dieses Vertrauen ist auch nie getäuscht worden. Bloß Sie waren mißtrauisch und haben mich für undankbar gehalten.«

»Jetzt verlangt er am Ende noch, daß ich mich bei ihm entschuldige!« rief Frau Therese belustigt.

»Das wird er nicht verlangen«, sagte Niki, den Lois verstohlen bei der Hand fassend. »Aber einsehn müßt du jetzt doch, Mutter, daß er recht gehandelt hat?«

Sie überlegte einen Augenblick, erhob sich und schloß ihn in ihre Arme.

»Gut, ich sehe es ein!«

In der Tat mußte sie sich gestehen, daß der junge Mensch nicht nur recht gehandelt, sondern sich geradezu prächtig benommen hatte. Konnte ein erwachsener und reifer Mann sich besser in der Gewalt haben? Und wäre der Takt, das Zartgefühl, das Lois Birenz schon in so jungen Jahren bewiesen, bloß an einem Proletarierkinde aller Ehren wert gewesen? Sie verstand jetzt seine Worte von damals, daß gerade die Dankbarkeit ihn genötigt hätte, dem Hause seiner Wohltäterin zu entfliehen. Die Nuß, die sie nicht hatte knacken können, war aufgesprungen und enthüllte einen schönen und reinen Kern.

In solchen Augenblicken wußte sie herzhaft zu sein. Alle Bedenken beiseite setzend, gab sie ihre Zustimmung zur Verlobung.

Als Herrnfeld davon erfuhr, freute er sich, kam aber doch zu Frau Mairold, um ein wenig Trübsal zu blasen.

»Ich wünschte Niki so von Herzen ein volles Glück. Aber ich kann gewisse Zweifel nicht unterdrücken. Ein tüchtiger Kerl ist er ja, der Lois Birenz – aber aus einer so ganz anderen Sphäre ... Und sein Einkommen ist noch so knapp« ...

»Mir scheint, Sie fangen zu altern an, Ludger?«

»Wieso?« fragte er halb gekränkt.

»Nicht von außen besehen, natürlich!« sagte sie lachend. »Aber das ist das schönste Vorrecht der Jugend, daß sie eins nicht kennt: Bedenken wälzen! Sie sieht bloß auf die Hauptsache, auf das Große, auf etwas, das mitreißt, und dem gibt sie sich hin und springt kühn über alle kleinen Einwände hinweg. Und schließlich ist das in diesem verwickelten Durcheinander von Leben auch das Richtige, sonst würde man sich überhaupt nicht mehr auskennen und zurechtfinden vor lauter Wenn und Aber. Darum halte ich es auch mit der Jugend und verlasse mich auf ihren guten Stern.«

»Sie sind eine beneidenswert einfache Natur!« sagte Herrnfeld, den Kopf schüttelnd. »Wie stellen Sie es nur an, immer so ruhig und zuversichtlich zu bleiben? Manchmal denke ich mir, Sie wüßten rein nicht, was Sorgen sind?«

»Ei, meinen Sie?« sagte sie ernst. »Es gibt ein Sprichwort: Kleine Kinder kleine Sorgen, große Kinder große Sorgen. Dabei braucht man nicht an ungeratene Kinder zu denken. Das Hinaustreten ins Leben, das Finden des richtigen Berufs, die Wahl des Lebensgefährten oder der Lebensgefährtin – das sind Dinge, die selten ohne Schwierigkeiten nach außen, ohne harte Kämpfe im Innern vor sich gehen. Glauben Sie, daß eine Mutter nicht mit einem jeden Kinde wieder aufs neue diese Nöten mitlebt? Aber es gibt zwei Arten von Sorge. Die Sorge, die liebt und hofft, ist fördersam und stärkend, gibt Mut und erleichtert das Erreichen des Ziels. Die Sorge der zweifelnden Gemüter hingegen reibt auf, macht ungeduldig und lähmt die Spannkraft des Willens. Sie fällt wie Mehltau in unsre Herzen, die durch nichts empfindlicher gequält werden, als durch Mangel an Zuversicht, und ich müßte mir vorwerfen, meine Kinder schlecht erzogen zu haben, sollte es mir nicht gelungen sein, ihnen als kostbarste Mitgift fürs Leben die goldene Regel in die innerste Seele einzuimpfen: Sorget euch nicht! Fürchtet euch nicht!«

Herrnfeld schlug sich vor die Stirn, sprang auf und stürmte erregt im Zimmer auf und nieder.

»Hab' ich die gleichen Gedanken nicht selbst gedacht«, rief er aufgebracht, »die gleichen Worte nicht oftmals ausgesprochen? Sind sie mir nicht vertraut wie meine eigenen Gedanken und Worte? Aber was wollen Sie? Ich vergesse immer wieder meine schönsten Erkenntnisse! Es fehlt mir der innere Fixpunkt, um den die Ideen und Gefühle sich kristallisieren könnten, daß ein ganzer Mensch, eine volle Persönlichkeit daraus würde. So schwimmt bloß alles wie in einer langen Suppe in mir herum! Das Schönste ist darunter, das Gescheiteste, das Feinste und das Reinste, aber was nützt es mich? Es bleibt Sache des Zufalls, ob es mir gelingt, das Richtige im richtigen Augenblick, wo es überhaupt zu brauchen wäre, gerade herauszufischen!«

Einen Ausbruch von so aufrichtiger Desperation hatte Frau Therese nie an ihm erlebt. Er dauerte sie. Sie sprach ihm Trost zu und stellte ihm vor, keiner sei vollkommen, und ein jeder müsse sich mit dem begnügen, was ihm geworden.

»Seien Sie bloß zufrieden!« sagte sie, ihm die Hand hinstreckend. »Ihr Verstand ist ein zu strenger Richter, das ist alles. Was an uns ist, entscheiden wir nicht selbst, das Urteil darüber steht anderen zu. Und mir, Ludger, sind Sie immer ein lieber und treuer Freund gewesen und bleiben es für alle Zukunft!«

Das tat wohl. Er beugte sich nieder und küßte ihre Hand. Er war ihr unsäglich dankbar, daß sie von dem stärkenden Einfluß, der von ihr ausging, auch für ihn etwas übrig hatte. Es gab jetzt oft Augenblicke der Entmutigung für ihn, wo alles zusammenzufallen schien. Dann tat Trost ihm not und eine milde Hand. Immer häufiger kam es vor, daß der einst so glänzende und scharfe Geist sich nichtig fühlte und gleichsam die Arme herumwarf, irgendeinen Halt zu fassen. Es war wie die Sehnsucht des Mannes, der seinen Schatten verkauft hat, wie heißes Verlangen nach einer Seele, wie das Bedürfnis des Menschen, den tausend zersplitterten und zusammenhangslosen Erscheinungen der Natur zu entrinnen, sich nicht an sie zu verlieren, sie unter einen einheitlichen Gesichtspunkt zu zwingen, es war der Widerwille eines überreizten Gaumens, dem nahrhaftes Kornbrot not tut ...

Die Hochzeit fand bereits nach wenigen Wochen statt, und das Haus in der Luftschützgasse blieb unerschüttert stehen und fiel nicht zusammen, als die emsige Riki Mairold daraus schied. Die Wirtschaft ging nicht drunter und drüber, sondern bewegte sich ruhig im gewohnten Geleise weiter, und wieder einmal zeigte es sich, daß niemand so leicht unentbehrlich ist. Es war ja allerdings der Haushalt in den letzten Jahren immer kleiner und bescheidener geworden, Herrnfeld hatte recht: ihn zu führen, bedurfte es nicht gerade einer Riki. Jetzt lebten überhaupt nur mehr Vefi und Käthi bei der Mutter.

So eilt das Leben hin, jedes Heute denkt schon ans Morgen, und eh' es sich's versieht, ist es zum Gestern geworden.

Von den Mairold-Kindern ist selbst Franzi, der Jüngste, längst kein Kind mehr. Auch er hat das Haus in der Luftschützgasse bereits verlassen und sich wie ein junger Spartaner dem kriegerischen Berufe geweiht. Ihr erinnert euch daran, daß das Klirren der Säbel und das Rasseln der Kanonen in seine Kinderträume klang, während er noch an der Mutterbrust schlummerte. Und ihr erinnert euch vielleicht, wie er damals als guter Patriot seine Mahlzeit absichtlich in die Länge zog, um einen preußischen Prinzen von Geblüt samt seinen Generalen auf die ihrige warten zu lassen, weil er den Feinden des Vaterlandes nichts Gutes gönnen wollte. Sollten, ohne daß er selbst es ahnt, so frühe Eindrücke und Erlebnisse seinen Weg bestimmt haben? Jedenfalls hat dieser Weg ihn vorderhand in jene Gegend geführt, in der ein Teil der kriegerischen Ereignisse von damals sich abspielte, ins Kronland Mähren nämlich, wo er in einer Militärerziehungsanstalt zum künftigen Generalfeldmarschall der österreichischen und (wenn die Ungarn es erlauben) sogar der österreichisch-ungarischen Armee herangebildet wird. Und wenn der grasgrüne Federbusch auch bloß erst in fast unabsehbar weiter, märchenhafter Ferne schwebt, so winkt wenigstens das goldene Portepee schon so nahe, daß er im Schlafen und im Wachen davon träumen kann.

An den um acht Jahre älteren Wolfi könnt ihr euch wohl kaum mehr erinnern. Ich habe nicht viel von ihm erzählt, weil er ein Normalmensch ist, der gemächlich durchs Leben geht, ohne seine Pflichten zu versäumen, und ohne sich dafür gerade zu erhitzen, nach keiner Richtung ein Ausbund, aber ein praktisch beanlagter Verdiener von Bornschbögelschem Typus und sonst eine harmlose, gesellige Natur, der man gut sein kann. Er ist an Christls Stelle ins Geschäft eingetreten, hat wie dieser in Nedweditz unter Baudrillards und in Wien unter Fanedls Leitung seinen Kurs durchgemacht und befindet sich gegenwärtig in Lyon, um sich den letzten Schliff und Glanz in seinem Beruf zu holen, die Appretur gleichsam, die dem Teilhaber einer Seidenzeugfabrik so wenig fehlen darf wie den Seidenstoffen, die darin hergestellt werden. Wenn er zurückkommt, so wird er es leicht haben. Er braucht nur zu tun, was Moini ihm sagt, und sich weiter nicht zu sorgen. Das ist ihm gerade recht; er ist ein geborener Subalterner, der sich nichts verlangt als sein gutes Auskommen und in den Freistunden seine Tarock- oder Billardpartie.

So paßt er gut zum Gesellschafter Moinis, der eine herrische Natur ist und mit beispielloser Tatkraft in den paar Jahren, seit er selbständiger Chef geworden, die Nedweditzer Fabrik völlig verjüngt, erweitert und zu einem großartigen Unternehmen ausgestaltet hat. Er lebt den größten Teil des Jahres in Nedweditz, denn seine Stärke ist das Fabrikswesen selbst, und der Betrieb hat sich so vergrößert, daß Baudrillard allein ihn nicht mehr zu überblicken vermöchte. Mit Mara Nehuda, die er heimgeführt hat, bewohnt er das kleine, traute Gartenhaus an der Fabrik, in welchem Frau Therese im Jahre sechsundsechzig so schwere Stunden verlebt, in welchem die heranwachsenden Geschwister so viele schöne, fröhliche Sommer verbracht, an die sich unauslöschliche Kindheitserinnerungen knüpfen. Und schon sieht er, wenn er am Feierabend seine Behausung betritt, ein paar kleine Mairolde um seine Knie wimmeln, die er streng und hart erzieht, als wär' er nicht ein Sohn Frau Theresens, sondern Thom Bornschbögels.

Ein sonniger Augustabend glühte über dem mährischen Land, als die schwere, alte Postkutsche, die zwischen Nedweditz und der nächsten

Eisenbahnstation verkehrt, langsam die steil ansteigende Straße auf den sogenannten Hals hinaufklomm, den langgestreckten Höhenrücken, zu dessen Füßen das industriereiche Fabriksstädtchen sich ausbreitet. Viel Passagiere hatten die Pferde nicht zu ziehen, eine einzige Frau saß in dem offenen Wagen, aber ihr Herz war voll und schwer, voll von Erinnerungen, die beim Anblick dieser Gegend auf sie einstürmten, schwer von sorgenden Gedanken über die Umstände, die den Anstoß zu dieser Reise gegeben. Sie sah die Felder und Wiesen wieder, durch die sie in längst vergangener Zeit, noch jung und blühend, mit ihrem Gatten gewandelt war, hier ein altbekanntes Bauernhaus unter verwittertem Strohdach, ein Dörfchen, einen Waldschachen, dort einen Bildstock am Wegrain, einen freistehenden Baum, an den sich schon halb sagenhaft gewordene kleine Begebenheiten knüpften, Gespräche, die sie mit ihren Kindern geführt, unbedeutende Alltagserlebnisse, die sich doch ihrem Gedächtnis eingeprägt hatten, weil irgendein Anstoß davon ausgegangen war, irgendein Scherz sich darum gesponnen hatte, oder auch ein Ernst, mit neuen Erkenntnissen, neuen Vorsätzen, neuen Absichten.

Nie hatte sie es deutlicher empfunden als in dieser stillen Sommerstunde, wo Längstvergangenes erwachte, daß mehr, weit mehr als die Hälfte ihres Lebensweges hinter ihr lag. Und während die Pferde langsam Schritt vor Schritt setzten und die Räder im Straßenschotter ächzten, überließ sie sich ihren rückschauenden Betrachtungen. Hatte sie ihr Tagwerk getan? Dem Hingeschiedenen, dem Vater ihrer Kinder, das Wort gehalten, daß sie freudig durfte Rechenschaft vor ihm ablegen, wenn es ein Wiedersehen gab? Hatte sie die Aufgabe erfüllt, die ihr vorschwebte, damals, als sie Xaver Wegrad, der nach Nedweditz gekommen war, mit heißen, stummen Worten um sie zu werben, schonend abwies, indem sie sagte: »Man darf nur eines lieben, nur eines wollen«?

Wann wäre für eine Mutter der Augenblick gekommen, die Hände in den Schoß zu legen und zu sprechen: »Ich habe das Meinige getan, ich bin müde«? Wer nur eines liebt und nur eines will, für den gibt es keine Vollendung des Lebenswerkes, kein Ausruhen vor dem letzten Atemzug, kein Müdewerden, bevor nicht das letzte Pochen des Herzens verklingt. Immer noch ist etwas zu leisten, zu bessern, zu vollenden für den, der nur eines liebt und nur eines will. Erreichbare Ziele und volle Erfüllungen winken bloß den Halben, deren Herz an vielem hängt.

Lange hat Frau Therese aus der Ferne dem Treiben in Nedweditz zugesehen, Jahre hindurch hat sie ihren Besuch verschoben, besonnen abwartend, damit kein vorschnelles Urteil ihren Blick trübe. Nun hält sie den Zeitpunkt für gekommen, wo die Pflicht sie ruft, ihrem Kinde zur Seite zu stehen. Ist es nicht immer noch ihr Kind, das sie unter dem Herzen und auf den Armen getragen hat, dessen erste Schritte sie bewachte und lenkte, dem sie Gepräge und Richtung zu geben bemüht war, damit es nicht in Versuchung falle? Und ist der reife, selbständig im Leben stehende Mann gegen Irrtümer gefeit, vor Abwegen gesichert? So groß das Ansehen wäre, das er genösse, und so klug er sich dünke – wie oft in entscheidenden Augenblicken bedürfte er doch des Rats und der warnenden Stimme einer Mutter nicht minder dringend als in frühen Kindertagen, wo seine Fehler und Unzulänglichkeiten noch klein und harmlos waren wie er selbst!

Der Wagen hat die Höhe erreicht und rollt jetzt eine Zeitlang auf ebener Straße hin, während unten die Vororte und näheren Umgebungen des Städtchens sichtbar werden. Wie haben die Fabriken sich vermehrt und die Fabriksschlote, denen dicker Qualm und Schwaden entquillt! Wo sind die langgestreckten Gebäude der Mairoldschen Weberei, die sonst so frei zwischen Feldern, Wiesen und Gärten lagen? Der Kutscher muß ihr behilflich sein, sie aufzufinden, kaum daß sie sie wiedererkennt. Die riesigen Schornsteine dort drüben, mitten in der neu erstandenen Arbeiterstadt, bezeichnen die Stelle, die langgestreckten roten Ungetüme, die im Schein der Abendsonne glühen. Ein entschlossenes Herz gehört dazu, nicht Anstoß an ihnen zu nehmen, ein freies, jugendliches Auge, das auch im Zweckmäßigen noch die Schönheit erkennt. Wie schweigende Riesen stehen sie da, ungeschlacht aber gewaltig in ihrer Art, das Sinnbild einer neuen Zeit, die stählernen Mechanismen Menschengeist einhaucht, um Menschenhände von niedriger Arbeit zu entlasten. Und die schweren, goldbraunen Wolken, die sie in wildem Ungestüm aus ihren heißen Lungen hauchen, wälzen sich wie brauende Gewitter, vom Strahl der sinkenden Sonne durchflammt, gegen den reinen Abendhimmel und schweben dann ernst und friedvoll hoch über dem weiten, grünen, fruchtgesegneten Lande hin wie ein lautlos-feierliches Preislied der neuen, ins großartige gehenden Arbeit.

Trabende Hufe klingen dem Wagen entgegen, ein Offizier und eine Dame zu Pferd fliegen an Frau Therese vorüber. Nur im Husch hat sie die Amazone ins Auge fassen können, ein schwarzes, wehendes Reitkleid, ein jugendlich lachendes Gesicht unter dem schleierumwundenen Herrnhut. War das nicht die Mara Nehuda, die Gattin Moinis, die jetzt Frau Mairold heißt und als Herrin in der Nedweditzer Fabrik schaltet?

Der Kutscher auf seinem Bocke wendet sich um und blickt den Reitenden nach. Ein verschlagenes Lächeln lauert in seinem breiten Gesicht, als ob er sich etwas dächte, als ob er wünschte, gefragt zu werden, als ob er bereit wäre, Klatsch weiter zu geben und Böses auszusagen. Aber Frau Therese fragt nicht. Mit knappen Worten macht sie ihn darauf aufmerksam, daß die große Steile kommt, wo die Straße sich ins Tal senkt, und daß es Zeit sei, den Radschuh einzulegen.

Weniges später hält der Wagen am großen Fabrikstor. Der alte Hummer springt aus seiner Loge und reißt den Schlag auf. Er ist weiß geworden, hat aber noch seine stramme militärische Haltung. Die freudige Überraschung verschlägt ihm die Stimme, zitternd faßt er nach der Hand der früheren Herrin und beugt sich nieder, ihren Handschuh zu küssen. Sie wehrt ihm und erkundigt sich wohlwollend, wie es ihm gehe? Da richtet er sich auf, und ein paar Tränen rollen ihm über die gefurchten Wangen.

»Muß schon gut sein!« sagt er. »Und jetzt, wo sich die gnädige Frau endlich einmal die Ehre geben, uns zu besuchen, jetzt wird es auch wieder besser werden!«

Sie lacht über das ganze Gesicht und schüttelt den Kopf, als begriffe sie nicht, warum er bei ihrem Anblick weint.

»No, no, wer wird denn so verzagt daherreden? Ein bissel was hat jeder auszusetzen. Man muß nicht gleich aus jeder Mücke einen Elefanten machen! Haben wir nicht miteinander das Jahr sechsundsechzig erlebt?«

Und während sie aus dem Wagen steigt und ihr Gepäck abgeladen wird, gibt sie dem alten Hummer den Auftrag, ihrem Sohn zu melden, ein Besuch sei angekommen und bitte um bescheidene Unterkunft.

»Aber daß Sie ihm nicht verraten, wer es ist! Er soll sich nur den Kopf zerbrechen und selbst nachsehen kommen!«

Eifrig enteilt der alte Hummer, Herrn Moini Mairold aufzusuchen. Und als er ihn gefunden, stellt er sich in Positur und sagt geheimnisvoll: »Wenn der gnädige Herr vielleicht Zeit hätten? Der gnädige Herr werden sich wundern!«

Moini, der gerade einer Kettenschermaschine in die Eingeweide guckt, richtet sich empor und fragt barsch: »Wundern? Warum soll ich mich wundern?«

»Ein Besuch wär' angekommen, sollt' ich melden.«

»Wer ist es denn?« herrscht Moini ihn an.

Und diplomatisch lächelnd antwortet der alte Hummer: »Das darf ich nicht verraten! Die gnädige Frau Mama hat mir's verboten.«

Eine Kettenschermaschine ist etwas Schönes, sie ist fast so gescheit wie ein Mensch und hat einen wunderbaren Organismus. Aber ein Herz fehlt ihr doch, und an der Brust eines wirklichen Menschen zu ruhen, der ein treues, warmschlagendes Herz für uns hat, ist noch tausendmal schöner, als einer Kettenmaschine in die Eingeweide zu gucken. Darum wundert sich auch der alte Hummer nicht, daß der gestrenge Chef die Maschine Maschine sein läßt und aus dem Fabrikssaal hinaus- und die Treppe hinunterrennt, als wär' er noch der halbwüchsige Moini von einst, der sich mit den Geschwistern in Hof und Garten tummelte.

Der Schußwächter

Der muntere Mundel war noch ganz derselbe wie einst. Er sah noch geradeso aus, man hatte nie recht gewußt, wieviel Jahre man ihm geben sollte; als er jünger gewesen, hatte er älter ausgesehen als ein Junger, jetzt, da er älter geworden, sah er jünger aus als ein Alter. Er veränderte sich nicht und hatte allem Anschein nach die Absicht, sein Lebtag ein Mensch in mittleren Jahren zu bleiben. Aber an Weisheit nahm er immer noch zu, und die mechanischen Webstühle, auf die Moini die ganze Fabrik eingerichtet hatte, ließen ihm auch mehr Zeit als früher, seine Betrachtungen anzustellen.

Denn der muntere Mundel ging mit dem Fortschritt, er gehörte nicht zu den Alten und Widerspenstigen, die vor den neuen Kraftstühlen das Feld geräumt hatten. Er hatte mit den kunstreichen Mechanismen einen Pakt geschlossen und ihnen gute Behandlung zugesichert, solange sie parieren wollten. Er trat jetzt nicht mehr selbst die Weberschemel, sondern stand nur gemächlich daneben, während die beiden

Kraftstühle, die seiner Obhut anvertraut waren, ihre stählernen Schützen gleich Flintenkugeln durchs Fach schossen. Er nannte sie seine braven Ackergäule, ermunterte sie mit »Hü!« und »Hott!«, schalt sie tüchtig aus, wenn sie etwas schlecht machten, und versäumte keine Gelegenheit, sie die beschämende Tatsache recht bitter fühlen zu lassen, daß er als Mensch doch um ein gut Stück gescheiter sei als sie.

Die neuen stählernen Kraftstühle, so bieder sie sonst waren, bildeten sich nämlich nicht wenig darauf ein, daß sie zehnmal schneller weben konnten als ein Handweber. Besonders stolz aber waren sie auf ihren Schußwächter, und dieses nicht ganz mit Unrecht. Denn ein Schußwächter ist in der Tat etwas außerordentlich Kluges und besteht in einer Vorrichtung, die selbsttätig den Mechanismus hemmt, sobald ein Schußfaden reißt oder sich verrüttet. Wenn also ein solcher Unfall eintrat, so wob der Webstuhl nicht blindlings weiter, sondern blieb ganz von selbst stehen und sagte gleichsam: »Heda, Freund Webergesell, sieh nach dem Rechten, es ist etwas nicht in Ordnung!«

Aus solchem Anlaß gab es denn ein ständiges Geplänkel zwischen dem munteren Mundel und seinen braven Ackergäulen. Und wenn einer von den beiden Kraftstühlen stehen blieb und ihn anrief: »Heda, Freund Webergesell, sieh nach dem Rechten, es ist etwas nicht in Ordnung!« so konnte der Mundel zornig werden. Dann kam er näher, sah grimmig drein und schnauzte den Webstuhl an: »Wirst du gleich weitermachen, faules Luder? Mir scheint, du sprengst eigens die Fäden ab, damit du nur recht oft stehen bleiben und dich ordentlich ausrasten kannst!«

So etwas konnte sich ein moderner Kraftstuhl aus der freien Schweiz, der mit einem Schußwächter versehen war, natürlich nicht gefallen lassen. Darum tat er sehr beleidigt, setzte ein trutziges Gesicht auf und brummte in den Bart: »Soll ich vielleicht weiterweben, wenn ein Faden reißt? Sei froh, daß ich einen Schußwächter habe und von selbst stehen bleibe – du hättest es ohnedies nicht bemerkt!«

Worauf wieder der Mundel begreiflicher Weise die Antwort nicht schuldig bleiben konnte. Denn er spürte, daß seine Autorität auf dem Spiele stand, und war überzeugt, daß er seinen Ackergäulen den Herrn zeigen müsse und keine Widerrede von ihnen dulden dürfe, sollten sie ihm nicht über den Kopf wachsen.

»Maul gehalten und Order pariert!« herrschte er sie dann an, daß sie ordentlich zusammenfuhren und bis in die stählernen Niete hinein erschraken. Und wenn sie nun ganz zerknirscht und an allen Platinen zitternd dastanden und nicht mehr aufzumucken getrauten, so freute er sich wie ein Schneekönig. Dann ließ er gemächlich ein kleines Weilchen Zeit verstreichen, pfiff sich eins, und während er sich schließlich daran machte, den gerissenen Faden wieder anzuknüpfen, sagte er noch: »Auf euren Schußwächter bildet euch nur ja nichts ein, hört ihr! Selbst erfunden habt ihr ihn nicht, und wenn nicht wieder ein Mensch seine Hand dabei im Spiel gehabt hätte und es bloß auf euch ankäme – ihr würdet, auch wenn hundert Fäden rissen, schon aus lauter Bequemlichkeit weiterorgeln, bloß daß ihr nichts dabei zu denken braucht!«

So ungerecht konnte der muntere Mundel sein. Aber seine beiden Kraftstühle wußten, daß er es im Grunde doch gut mit ihnen meinte. Sie seufzten noch ein wenig und fingen dann wieder drauf los zu rattern an wie wahnsinnig. Und jetzt nahmen sie sich erst in acht, noch viel mehr als früher. Daß nur um Gotteswillen kein Faden riß! Denn der muntere Mundel hatte sich bei ihnen ganz gewaltig in Respekt gesetzt.

Auf ihrem Rundgang durch die Fabrik fiel es Frau Theresen auf, daß die meisten Arbeiter und Arbeiterinnen sie nicht verstanden und bloß den Kopf schüttelten, wenn sie eine Frage an sie richtete. Es standen jetzt fast ausschließlich Tschechen in Verwendung, und überall ward ihr die gleiche Antwort: »Nix deutsch.«

Sie wendete sich an Baudrillard: »Böhmen haben wir immer gehabt«, sagte sie, »aber doch nicht lauter Böhmen. Wo sind denn auf einmal die Deutschen hingekommen?«

»Die werden nach und nach aufgefressen«, sagte er mißmutig. »Die Tschechen täten's billiger, meint Herr Moini, und darauf allein kommt es ihm an. Billiger tun sie's, das ist wahr, aber freilich sind sie auch danach. Herrn Moini geniert das wenig, er hat nicht so viel mit ihnen zu tun wie ich. Er findet, es gehe ganz gut auf diese Art. Na, wir werden es ja sehen. Erledigt!«

»Wenn es nur dann nicht zu spät ist?« meinte Frau Therese. »Ist es minderwertiges Material?«

»Einen solchen Mob, wie wir jetzt da beisammen haben«, sagte Baudrillard, »hat die Welt überhaupt noch nicht gesehen. Die Kraftstühle arbeiten ohnedies von selbst, meint Herr Moini; am liebsten tät' er die Menschen überhaupt abschaffen und bloß Dohlen abrichten, die Krah, Krah machen, wenn ein Stuhl stehen bleibt. Und so heikel ist es ja auch nicht mehr wie früher, das ist wahr, weil die Maschinen für den Menschen denken. Aber ein bloßer Handlangerdienst ist es darum noch lange nicht geworden, und ein umsichtiger Arbeiter, der etwas auf sich hält, bedient seinen Stuhl ganz anders wie ein hergelaufener Falott, der zu dumm zum Rüben rupfen wäre, wenn man ihm's Kraut in die Hand gäbe.«

»Sie wissen, ich habe immer auf meine Leute etwas gehalten«, meinte Frau Therese. »Jeden Nächstbesten hätt' ich nicht aufgenommen.«

»Und es ist auch eine Gefahr dabei!« sagte Baudrillard eifrig. »Die Agenten schleichen herum wie der Wolf um die Schafherde. Besonders der Herr Xaver Wegrad ist ein Gefährlicher!«

»Xaver Wegrad?« rief sie erstaunt. »Ich glaubte, der sei ganz verschollen?«

»O, der ist längst wieder gewaltig geworden. Erst war er ein wütender Antisemit, das scheint ihn nicht genügend ernährt zu haben; so wurde er eine Stütze der sozialdemokratischen Parteileitung. Das ist einer der verbissensten Wühler, und ein gar entschlossener Herr. Er haßt das Kapital, weil er keins hat, und die Fabriksherrn, weil er keiner mehr ist, wie den Tod. Und er macht seine Sache nicht ungeschickt, das muß man ihm lassen. Er ist sogar einer der Geriebensten in der ganzen Partei, weil er die Schwächen auf der andern Seite genau kennt.«

»Und was streben diese Parteileute eigentlich an?« fragte Frau Therese.

»Eine große Organisation wollen sie schaffen, über das ganze Reich hin. Und wenn die Führer an der Schnur ziehen, so soll die ganze Arbeiterschaft nichts anderes mehr als ein einziger großer Hampelmann sein. Schon deswegen tät' ich nicht lauter Tschechen aufnehmen. Von den Deutschen hat jeder doch mehr seine eigene Meinung, sie lassen sich nicht so leicht organisieren und unter einen Hut bringen wie die andern. Aber was wollen Sie? Schaf oder nicht – wenn sie nur auf böhmisch blöken, dann haben sie bei der Frau schon einen Stein im Brett.«

Frau Therese lachte.

»Ei, so steckt Mara dahinter?«

»Wissen Sie das nicht? Bei den Böhmen ist das wie eine Religion so heilig, daß sie ihren Landsleuten vorwärts helfen. Die Deutschen aber, wenigstens wenn sie wie Herr Moini sind, und es gibt viele von der Gattung – die setzen eine Art *Point d'honneur* darein, sich national gleichgültig und lau zu zeigen. Was geht es mich an? Handelte sich's um Franzosen, so tät' ich mich giften. So aber denk' ich mir: Gehst eh' bald in Pension. Erledigt!«

Und muffig trug er sein Spitzbäuchlein, das in all den Jahren her nicht kleiner geworden war, an die große kupferne Seidenwage im Kontor, wo dieses Gespräch stattgefunden hatte, und begann messingene Gewichte in die Wagschale zu schleudern, daß es wie Donner durch das kleine Gelaß dröhnte.

»Es ist merkwürdig«, dachte Frau Therese lächelnd bei sich; »es bleibt sich jeder Mensch doch immer gleich, sein ganzes Leben lang.«

Je mehr fremde Gesichter sie in den Fabrikssälen erblickte, und je mehr fremde Zungen an ihr Ohr schlugen, um so lieber war es ihr, wenn sie einmal einen guten alten Bekannten traf. Ganz besonders aber freute sie sich darüber, daß der muntere Mündel noch da war. Sie brachte ein paar Tage damit zu, alles zu besehen, was es Neues zu sehen gab, sich freundlich in die Familie ihres Sohnes einzuleben, das Zutrauen Mara Nehudas und ihrer Kinder zu gewinnen. Wer heilen und helfen will, muß vorsichtig zu Werke gehn und mit Beobachten anfangen, daß er den eigentlichen Sitz des Übels erforsche und seine Ursachen recht erkenne.

In Nedweditz ging eigentlich alles mit verdrossenen Gesichtern umher. Die Arbeiterinnen an den Spülmaschinen und an den Kettenschermaschinen, die Arbeiter an den Aufbäummaschinen, die Weber an den Kraftstühlen für Schaftarbeit und an den Kraftstühlen für Jacquardarbeit – alle sahen sie aus, als könnten sie ihre Arbeit nicht leiden, als wären sie ungehalten darüber, sie verrichten zu müssen. In den riesigen Sälen liefen die breiten Transmissionsriemen emsig um und um, setzten Wellen und Räder in Bewegung, leiteten die unsichtbare Kraft, die tosend und polternd irgendwoher aus der Tiefe kam, von Maschine zu Maschine, bis in die kunstvollsten und zartesten Mechanismen hinein, wo ihre Äußerungen immer feiner, immer menschlicher, immer anmutiger wurden.

Es war entzückend zu schauen, wie klug so ein mechanischer Webstuhl sich gebärdete, wie er mit zierlichen stählernen Fingern die

Kettfäden hob, mit kraftvoller stählerner Hand die Schütze schleuderte und hin und her fliegen ließ, daß es bloß so knallte wie auf einem Schießstand, Schuß auf Schuß, in rasender Eile. Oben noch die ausgespannten Seidenfäden, die über stählerne Walzen glitten und wie tausend schimmernde Sonnenstrahlen sich ins Dunkel warfen, in den Schoß des Gebärens, wo sie plötzlich ineinanderschossen, sich leidenschaftlich verstrickten und durchdrangen, während das Gewebe auch schon gleich einer sprudelnden Quelle fertig hervorrauschte, wie ein Wasserfall aus der finstern Tiefe des Berges stürzt.

Wer hätte da nicht gerne zugesehen? War es nicht eine Freude, wie stramm und fix die Arbeit flog? Und doch machten alle verdrossene Gesichter. War es das tausendfältige Rasseln, Pusten, Schnurren und Klappern, das sie abstumpfte und mit Taubheit schlug? Dann hätte doch wenigstens Baudrillard und Moini selbst, die bloß ab und zu in den Lärm der Arbeit traten, fröhlicher aussehen müssen. Oder zu allermindest Frau Mara, die jugendschöne Herrin, die von Maschinen nichts sah noch hörte, und deren liebliches Antlitz durch ein holdes Lächeln noch viel schöner geworden wäre, als es ohnedies schon war.

Aber niemand machte eine Ausnahme, auch die jugendschöne Frau Mara nicht. Bloß wenn sie Klavier spielte, konnte sie lächeln, und wenn sie ausritt, konnte sie lachen. Wenn sie aber im Hause oder im Garten umherging, wenn sie mit Moini oder mit ihren Kindern sprach, da sagte jede ihrer Mienen und jeder Zug ihres Gesichtes: »Ich gehe hier und ich rede mit dir, weil es mein Tagwerk ist, freudlos – wie es das Tagwerk der Arbeiter ist, jahraus, jahrein an der Spülmaschine oder an der Kettenschermaschine zu stehen.«

War es nicht, als ob der Qualm der riesigen Essen sich auf die Seelen geschlagen hätte?

»Mir scheint gar, da ist einer, der heiter blickt!« sagte Frau Therese erstaunt, als sie des muntern Mündel ansichtig wurde.

»Jawohl, da ist einer, der weiter blickt!« sagte der muntere Mündel schreiend, weil die Wellen und Räder und klappernden Stühle gar so einen Lärm machten.

»Jetzt geht die Arbeit leichter von der Hand?« schrie Frau Therese.

»Freilich!« schrie der muntere Mündel. »Viel leichter war die Arbeit mit der Hand!«

»Aber der Weber«, schrie Frau Therese, »der braucht sich überhaupt jetzt gar nicht mehr zu plagen?«

»Nein!« schrie der muntere Mundel. »Der Weber, der hat überhaupt jetzt gar nichts mehr zu sagen!«

Er machte »Öh!« wie ein Kutscher, der am Leitseil zieht, faßte nach dem Hebel und stellte seine beiden Kraftstühle ab. Da wurde es wenigstens in der nächsten Umgebung etwas stiller, und man konnte wieder besser verstehen.

»Ich wundere mich«, sagte Frau Therese, »daß Ihnen die Handarbeit leichter angekommen ist. Neben der Maschine stehn und zuschaun, wie sie webt, sieht entschieden bequemer aus.«

In Wahrheit wunderte sie sich nicht. Sie sagte es nur, weil sie wissen wollte, welchen Grund er dafür angeben würde.

Der muntere Mundel erklärte es ihr aber folgendermaßen.

»Die Handarbeit ist leichter«, sagte er, »weil sie schwerer ist. Man muß mehr aufpassen dabei, und deswegen hat man keine Zeit, grantig zu sein. Wenn aber der Mensch nicht alle Hände voll zu tun hat und immer bloß zuzuschauen braucht, wie die Maschine für ihn arbeitet, so kriegt der Grant, der in einem jeden steckt wie die Flohbrut in den Sägespänen, auf einmal Courage und macht sich breit. Darum sind die Handarbeiter lustige Leut' und die Maschinarbeiter Grantnickel. Ein lustiger Mensch arbeitet aber leichter als ein grantiger. Darum ist die Handarbeit leichter als die Maschinarbeit, wiewohl daß sie eigentlich schwerer ist. Und darum braucht der Arbeiter jetzt auch mehr freie Zeit zur Erholung als früher, wiewohl daß er weniger arbeiten tut.«

»Sie sehen aber gar nicht danach aus«, meinte Frau Therese belustigt, »als ob Sie ein Grantnickel geworden wären?«

»Bei mir ist das wieder ein anderes Kapitel«, sagte der muntere Mundel. »Indem, daß ich mir allerhand Gedanken machen kann. Denn unser Herrgott hat es so eingerichtet, daß ich wie einer von unseren neuen Wechselstühlen bin, die viele Schußspulen haben. Und auf einer jeden lauft wieder eine andere Seiden, und immer wartet schon eine frische, volle Schußspule, die sich selbsttätig einlegt, wenn eine alte leergelaufen ist. So geht mir der Faden nicht aus, ob ich mit der Hand arbeite, oder an der Maschine stehen tu'. Dagegen gibt es auch unter den Menschen wie unter den Webstühlen solche, die bloß eine einzige Schußspule haben. Die müssen immer wieder von vorne anfangen, alle Augenblick geht ihnen der Faden aus, und was sie einschießen, ist doch alleweil von dem nämlichen Strähn Tramseide.«

»Und von welchem Strähn nehmen die ihren Schußfaden?« fragte Frau Therese.

»Es ist meistens nicht einmal Seide«, sagte er geringschätzig. »Gasiertes Baumwollengarn, wenn's hoch kommt. Immer und immer wieder dasselbe und immer vom gleichen Strähn!«

»Sie meinen, immer bloß eines läge den Leuten im Sinn?«

»Immer bloß eines!« sagte der muntere Mundel: »Wie sie aus der kleinsten Mucken Arbeit den größten Elefanten Lohn machen sollen.«

»Und an anderes dächten sie gar nicht mehr?« fragte Frau Therese lachend.

»An gar nichts anderes mehr!« sagte der Mundel. »Bloß an den Maximalarbeitstag, an die Herabsetzung der Frauen- und Kinderarbeit, an die Sonntagsruhe – die haben wir übrigens schon und gehört sich auch – und an Lohnerhöhung. Das ist der Strähn, von dem sie ihren Faden spulen. Wundern Sie sich darüber? Ich nicht! Denn an was soll einer, dem nichts anderes einfallen tut, den ganzen lieben Tag denken, als wie er am wenigsten arbeitet und am meisten verdient? Früher, da hat er an die Handarbeit denken müssen. Jetzt muß er allweil bloß zuschauen, wie die Kraftstühle arbeiten. No, und von dem ewigen Zuschauen muß man sich doch ausrasten können? Deswegen brauchen wir jetzt den Maximalarbeitstag.«

»Und die Lohnerhöhung?« fragte Frau Therese.

»Die brauchen wir auch«, sagte der muntere Mundel. »Denn wenn es weniger Arbeitsstunden gibt, so gibt es mehr Freistunden. Und was soll einer in den Freistunden anderes tun als Geld ausgeben? Auch wird sich unser Herrgott, wie er den mechanischen Webstuhl erfunden hat, wahrscheinlich etwas dabei gedacht haben.«

»Hat den mechanischen Webstuhl unser Herrgott erfunden?« wunderte sich Frau Therese.

»Freilich!« sagte er. »Denn kein Mensch kann etwas erfinden, wenn unser Herrgott es ihm nicht eingibt.«

»Und was mag sich unser Herrgott dabei gedacht haben?« fragte Frau Therese, da sie annahm, daß der Mundel es genau wissen müsse.

»Glauben Sie vielleicht«, sagte er, »daß seine Meinung war, nur der Fabriksherr soll von der neuen Erfindung profitieren? Er wird sich halt gedacht haben, der Fabriksherr soll etwas davon haben, und der Arbeiter soll auch etwas davon haben. Denn Zeit und Kraft und Geld wird erspart mit dem mechanischen Stuhl, wir müssen unserm Herrgott dankbar dafür sein, daß er ihn erfunden hat – nur sollen die Menschen Zeit und Kraft und Geld gut anwenden und nicht Fluch aus dem Segen machen. Aber der Fabriksherr ...«

Er unterbrach sich, schüttelte den Kopf und lachte vor sich hin.

»Von dem Kapitel red' ich nichts«, sagte er. »Es ist etwas nicht in der Ordnung, das werden Sie schon selbst gesehen haben, Frau Mairold. Und überhaupt denk' ich mir, daß Sie gekommen sind, weil wir einen Schußwächter brauchen.«

»Einen Schußwächter?« fragte sie. »Was ist ein Schußwächter?«

Da trat er an einen seiner Kraftstühle, zog am Hebel und machte »Hüh!« Und sogleich begann die Maschine zu rattern, und die stählerne Schütze schoß wie besessen hin und her, von rechts nach links, von links nach rechts wie Flintenkugeln im Schnellfeuer, daß es eine Freude war, zuzuschauen.

»Es ist alles in der Ordnung, nicht wahr?« sagte der Mundel. »Jetzt geben Sie acht!«

Auf einmal griff er mitten ins Getriebe und verrüttete einen Faden. Kaum hatte der Schußwächter das gesehen, so kommandierte er »Halt!« und der Mechanismus stand fest wie eine Mauer und rührte sich nicht mehr.

»Das ist ja prächtig!« rief Frau Therese rasch begreifend. »So kann trotz der rasenden Eile, mit der der Stuhl webt, nicht leicht etwas vermurkst werden?«

Er nickte vergnügt und war stolz, fast als ob er selbst den Schußwächter erfunden hätte.

»Ja, so ein Schußwächter paßt gut auf!« sagte er eifrig. »Der wachsamste Kettenhund ist eine Schlafhauben dagegen! No, und wenn er den Kraftstuhl abstellt, so weiß ich, daß das ein Deuter ist, den er mir geben will. Jetzt kann ich ganz ruhig nachschauen, was eigentlich fehlt, und das Werkel wieder in Ordnung bringen, daß wir keinen Bofel nicht zusammenweben tun.«

»Eine wahre Herrgottserfindung!« sagte Frau Therese und lächelte.

»Und sehen Sie, Frau Mairold«, sagte der muntere Mundel; »einen solchen Schußwächter täten wir halt brauchen, hier in Nedweditz. Nicht bloß für die Kraftstühle – da haben wir ihn eh'. Für die Menschen, mein' ich, und ihren Grant. Denn Leben ist mehr als Weben, und was nützt uns die schönste Webe, wenn wir unser Leben vermurksen, daß nichts als ein armseliger Bofel daraus wird?«

* *
  *

An einem Sonntag frühmorgens war die Jugendschöne Frau Mara weggeritten. Der Rittmeister, der sie zu begleiten pflegte, hatte sie abgeholt. Es lagen in Nedweditz und dessen Umgebung mehrere Schwadronen Ulanen, und die meisten vornehmeren geselligen Veranstaltungen, die während des letzten Winters das öde Landstädtchen aus seiner Versunkenheit gerüttelt hatten, waren von den flotten Reiteroffizieren ausgegangen.

Schönheit, Jugend, Lebenslust, ihr Sterne am Himmel des Daseins! Fließet zusammen in eine einzige Erscheinung, sprühend von Geist, Laune und Leidenschaft, so leuchtet ihr wie der nahe Planet, der in allen Farben spielend am späten Abend- und am frühen Morgenhorizonte funkelt, und locket einen Schwarm sehnsüchtiger Monde an, die um den Zauber eures Glanzes kreisen. O jugendschöne Frau Venus, erbarme dich deiner Vasallen und Trabanten! Schüre nicht das Feuer, das ihr Hirn kochen macht, zieh' ein die Krallen, die ihre Herzen zerfleischen, senge sie nicht mit deinem Blick, durchkälte sie nicht mit deinem Spott! Es ist hart, Qual zu leiden um eine Tugend, aber härter noch, Qual zu leiden um die Sünde, nach der sich die Hände gierig ausstrecken, während sie leise singend durch die Finsternis schwebt, ein leuchtend nacktes Weib mit nachflatterndem Haar, das sich wie Schlangenleiber ringelt und mit hundert Natternzungen zischelt: »Greift mich, wenn ihr könnt!«

Die niedrigen, unscheinbaren Räume des Nedweditzer Gasthofes, mit Reisiggirlanden geschmückt, damit man den Schmutz an den Wänden und die Spuren der Fliegen nicht sehen soll, verwandeln sich in goldprunkende Spiegelsäle, wenn die Schönheit der Ballkönigin den märchenhaften Schimmer ihrer Erscheinung darüber ausstrahlt. Auf der winterlichen Wiese zwischen gedüngten Rübenfeldern, auf der man Wasser gefrieren machte, an deren Rändern man Drähte von Korbweide zu Korbweide gezogen hat, um bunte Papierlampen mit dürftigen Kerzenstümpfchen daran aufzuhängen, entfaltet sich ein Kostümfest, blendend und bestrickend wie die glänzendsten Eisfeste der Residenz. Hat Nedweditz jemals dergleichen gesehen? Wer ist es, der den Zauberstab schwingt? Eine einzige Gestalt in reizender Verkleidung, eine liebliche Schalksnärrin, um die sich die ganze Fastnacht dreht, die ein Meer von Licht, Glanz und Jugendlust um sich zu verbreiten scheint, daß es glitzert wie tausend Bogenlichter in Eiskristallen. Gerade als erhöben sich Feenpaläste an Stelle der Bretterbuden, in denen man Erfrischungen reicht, als spielte statt der verstimmten Feuerwehrkapelle ein Hoforchester zum anmutigen Gleittanz auf, der mit stählernen Kanten Liebesworte ins Spiegeleis ritzt – geradeso ist es. Immer ist etwas los, immer gibt es etwas zu feiern, ob die Erde weiß ist von Schnee oder weiß von Kirschbaumblüten. Bald klingen die Schellen der Schlittenpferde durch das Land, bald knallen die Freudensalven eines improvisierten Schützenfestes vom nahen Schießstand. Bald ladet der Frühlingswald zu fröhlichen Picknicks, die Maibowle duftet, benebelt die Sinne und verleitet die ausgelassenen Gemüter zu Spielen im Grünen, bei denen manche verstohlene Kühnheit vorsichtig die Fühler ausstreckt. Bald geht die Sommerfahrt mit Viererzügen nach den benachbarten Gutshöfen und Schlössern, bald sieht der rauschende Eichenbusch, durch den das Licht des Vollmonds sickert, kichernde Troll- und Elfenschatten einer phantastischen Mittsommernacht zwischen seinen Stämmen huschen, bald galoppiert die wilde Jagd hochroter Fräcke über die herbstlichen Stoppelfelder. Ist es eine Göttin, auf deren Machtspruch die alltägliche Umgebung des mährischen Fabriksstädtchens sich in die Insel Kythera verwandelt, wo im Zwielicht galanter Parks das Flügelrauschen der Schwäne aus marmorumbordeten Weihern klingt? Ist es eine Königin, die das bunte Treiben einer fürstlichen Hofhaltung, die den brausenden Jubel sich jagender Festlichkeiten mit ihrem kleinen, niedlichen Stiefelchen aus dem Nichts hervorzustampfen weiß?

Solange viele Monde um einen Planeten kreisen, schlägt ein Licht das andre, keines wird beherrschend. Warum übt Frau Luna so verführerischen Einfluß auf die Liebespärchen im Schatten der Alleen und auf die Kater, die miauend in den Dachrinnen schleichen? Weil ihre glänzende Scheibe keinen Rivalen zu fürchten hat, weil in der allgemeinen Dunkelheit jeder Blick, jeder Gedanke, jede Herzensregung in diesen einzigen Lichtkrater stürzt.

In jenem Sommer, da Frau Therese in Nedweditz weilte, war es dahingekommen, daß die Sterne und Doppelsterne der Leutnants und Oberleutnants sich bescheiden und rücksichtsvoll zurückgezogen hatten. Bloß das goldene Dreigestirn, das auf den roten Aufschlägen eines österreichischen Ulanenrittmeisters funkelt, spiegelte sich mit siegreichem Glänze in den feuchten Augen der jugendschönen Mara Nehuda.

»Es hat mir besser gefallen, wie's noch ein ganzer Schwarm gewesen ist«, sagte kopfschüttelnd der alte Hummer, wenn er die Herrin mit dem Rittmeister davonreiten sah.

Das nahm dann die Hummerin gern krumm und begann zu schelten.

»Geh schäm' dich! Redet so ein Christenmensch? Möchtest dir 'leicht einen Türkenharem einrichten, wenn ich es erlauben tät'!«

Dem alten Hummer gab es fast einen Riß. Ein ganzer Türkenharem mit lauter Hummerinnen, das war eine Vorstellung, ihm die Haare zu Berge zu treiben.

»Nicht um ein Eckhaus!« rief er erschrocken. »Hab' schon mit einer genug, in die Haut hinein!«

»Jetzt willst du dich halt schön machen, ja!« sagte sie, noch immer ein wenig mißtrauisch und doch auch ein wenig geschmeichelt. »Was begehrst du dann dagegen auf, daß die Frau nicht mehr den ganzen Schwarm hinter sich her hat?«

Er tippte mit dem Zeigefinger auf die Stirn und sah sie an, als ob er sie auffressen wollte.

»Weil einer oft mehr ist als viele – begreifst du das nicht? Wo gleich ein Dutzend Täuber ans Kukuruznürschel will, da kommt keiner recht zum Fressen, weil jeder den andern wegdrängt. Und deswegen ist mir auch eine ganze Schwadron Ulanen lieber als ein einziger Rittmeister. Capisti?«

An diesem Sonntag ging ein Gewitter nieder, das bis gegen Mittag anhielt. Was brauchte es einer andern Erklärung, daß Frau Mara zur Mahlzeit nicht heimgekommen war? Aber Moini schien es keine genügende Erklärung. Und wie ein verstimmtes oder gar mißtrauisch gewordenes Gemüt Gründen nicht mehr leicht zugänglich ist, so verschloß er sich den milden Vorstellungen der Mutter, die dem an sich unbedeutenden, aber durch die besonderen Umstände immerhin peinlichen Vorfalle eine harmlose Deutung zu geben sich bemühte.

Es ist seltsam, wie schicksalsschwere Stunden sich oft der nichtigsten Zufälle bedienen, um weittragende Entscheidungen herbeizuführen. Warum mußte Moini gerade für diesen Nachmittag die Landauerkutsche befohlen haben, um mit seiner Mutter, seiner Frau und seinen Kindern einen Ausflug ins Grüne zu unternehmen? Warum mußte Mara von ihrem Spazierritt, auf dem der Regen sie genötigt hatte, in einem Bauernhofe unterzustehen, gerade in dem Augenblick zurückkehren, als er sich entschloß, ohne sie zu fahren, und Frau Therese mit den Kindern im Wagen bereits Platz genommen hatte? Warum mußte Mara, als er, halb versöhnt durch ihr endliches Eintreffen, sie einlud, doch noch mitzukommen, darauf erwidern, sie müsse sich erst umkleiden, im Reitkleid könne sie an der Wagenfahrt nicht teilnehmen? Und warum mußte gerade diese letzte Viertelstunde Wartens, die das Eingehen auf ihren berechtigten Wunsch erfordert hätte, und auf die es wirklich nicht mehr angekommen wäre, den dürftigen Rest von Moinis Geduld völlig erschöpfen, daß er dem Kutscher ein zorniges »Vorwärts!« zurief? War denn die Kluft, die zwischen den Gatten gähnte, nicht tief genug, daß es noch solcher Kleinigkeiten bedurfte, sie unüberbrückbar zu machen?

Vielleicht ist es lächerlich, daß eine Ehe, die große Gegensätze stillschweigend überdauert hatte, daran scheitern mußte, daß Moini, das Recht seiner Frau, sich umzukleiden, nicht anerkennen wollte. Aber wer es unglaubhaft fände, der wüßte nicht, wie oft gerade entscheidende Augenblicke mehr auf einen platten als auf einen feierlichen Ton gestimmt sind. Der wüßte nicht, daß das Leben nicht gern wie ein Jambendrama stelzt und deklamiert, daß es wirksame Aktschlüsse mit bengalischer Beleuchtung nicht liebt und manchmal dem Hanswurst gleicht, der »Hopsa!« sagte, als ihn der Henker mit der Schlinge um den Hals von der Leiter stieß.

Erquicklich war diese Spazierfahrt nicht. Moini blieb einsilbig und in sich gekehrt, Frau Therese hielt sich an die Kinder, die ihr gegenübersaßen, und zwang sich dazu, mit ihnen zu scherzen, weil sie ihr leid taten. Wie lange würde es währen, so fingen sie vielleicht zu begreifen an, daß die Neigung, der sie ihr Leben dankten, zu sterben drohte oder längst gestorben war. Es waren unverkennbar Maras Kinder, sie glichen mehr ihrer schönen Mutter als dem Vater. Aber es waren auch Frau Theresens Enkelkinder, und ein Herz wie das ihrige verzichtet nicht auf das Recht zu lieben.

In der Wirtschaft, die weit draußen im grünen Lande, am Saum eines Buchenwaldes lag, erlebten die Kinder eine Enttäuschung. Die Großmutter hatte ihnen von der Schaukel gesprochen, die es dort gab, indessen fand man den Garten überfüllt und mußte froh sein, im Gedränge der Menschen noch ein Plätzchen an einem abseits stehenden Tische zu erobern, um eine kleine Erfrischung zu sich zu nehmen. Deutsche Turner aus dem benachbarten Kreisstädtchen hatten sich an diesem Tage eingefunden, um sich mit ihren Volksgenossen, die in Nedweditz zu einer winzigen Minderheit zusammengeschmolzen waren, zu verbrüdern. Jetzt feierten sie hier gemeinsam ein urgermanisches Fest, schwangen ihre mit Eichlaub geschmückten Turnerhüte, ließen ansehnlich viel Bier durch die Gurgel laufen und hielten Reden, die mit einmütiger Begeisterung aufgenommen wurden und keinen Widerspruch zu fürchten brauchten, denn es waren alle der gleichen Meinung. Dazwischen aber sangen sie mit unentwegten Stimmen, wie es sich für Wotansenkel ziemt, feierliche Scharlieder, die manchmal vielleicht ein bißchen falsch klingen mochten, an Überzeugtheit aber nichts zu wünschen übrig ließen.

Warum sollen die Menschen nicht so viel Wärme und Begeisterung in sich wecken, als jedem möglich ist? Laßt ihm das bißchen Glühen für eine allgemeine Sache, heiße sie wie immer! Hebt es nicht den Beschränktesten über seine Gewöhnlichkeit hinaus, so hoch als sein Wuchs eben langt? Hascht er nicht schon ein Endchen, einen äußersten Zipfel wenigstens vom Kleide des Göttlichen, wenn er nur erst angefangen hat, seiner eigenen Enge zu vergessen? Verrucht die irdische Gewalt, die den Gemütern ihre natürlichen Herdegüter verkümmern wollte, ihren Glauben oder ihre Sprache, ihre Art und ihre Sitte, ihre Lieder oder ihre Helden!

Aber das politische Schachspiel hat den slawischen Pionen allmählich die Meinung erweckt, die Figuren auf dem Brette würden bloß gezählt, und gleiches Recht für alle bedeute, daß ein Pion nicht weniger gelten dürfe als ein Läufer, ein Springer oder Turm. Sie haben sich alte Spielregeln ausgegraben, die nie zu Recht bestanden, und halten sich für herausgefordert, wenn sie nicht das ganze Feld allein beherrschen. Und sie hoffen die Partie auf die denkbar bequemste Art zu gewinnen, indem sie über verletzte Rechte zetern, wenn ihnen nicht gutwillig alle Vorrechte eingeräumt werden, die sie sich anmaßen.

Um den Gastgarten hatten allerhand verdächtige Gestalten sich gesammelt, die lauernd hinter die Ligusterhecken gedrückt standen und die Festfeier der Turner mit hämischen Blicken beobachteten. Durch fortwährenden Zuzug einzelner oder ganzer Rotten ans der Stadt wuchsen sie allmählich zu einer schwarzen Menschenmenge an, aus der Gejohle aufstieg und Pfiffe gellten, so oft die bierfröhlichen Teutonen in Jubelrufe ausbrachen.

»Was ist das für ein Mob?« sagte Frau Therese empört. »Die Deutschen werden doch noch ihre Feste feiern und ihre Lieder singen dürfen?«

»Warum bleiben sie nicht daheim?« antwortete Moini. »Warum müssen sie gerade nach Nedweditz kommen?«

Die Mutter sah ihn groß an, mit freiem Blick und erhobenem Haupt.

»Und warum sollen sie gerade nach Nedweditz nicht kommen dürfen, wenn es ihnen Vergnügen macht?«

Er schwieg und zuckte bloß die Achsel. Es brauste ein Lied durch den Garten. Feierlich klang es und weihevoll: »Deutschland, Deutschland über alles!« Die Turner an den Biertischen sangen es, und manchem wurde das Auge feucht und sein Antlitz verklärte sich, als ob er in einer Kirche und vor einem Altar sänge. Kaum waren die Klänge verhallt, so stimmten die Tschechen hinter den Ligusterhecken das »*Kde domov muj*« an. Es war der ganze Zauber der slawischen Melodie in dem Liede, die Sehnsucht und die Melancholie der Rasse.

»Wenn sie singen«, sagte Frau Therese milde, »so rühren sie an das Tiefste, das ihr Volkstum in sich birgt. Warum setzen sie sich nicht wie die andern in einen Gastgarten zusammen? Niemand würde sie hindern, ihr Lied zu pflegen. Warum müssen sie den deutschen Turnern ihr Fest stören?«

»Weil sie wissen«, sagte Moini, »daß es den Turnern bloß um eine Provokation zu tun ist.«

»Ist es so weit gekommen in Nedweditz«, sagte Frau Therese bekümmert, »daß schon die bloße Anwesenheit von Deutschen als Herausforderung betrachtet wird?«

»Es kann noch ungemütlich werden«, meinte Moini. »Wir wollen aufbrechen und lieber die Wagenfahrt weiter ausdehnen, statt länger hier zu sitzen.«

Ein Wettstreit der Lieder und Gesänge hatte begonnen. Im Garten klangen deutsche Worte und Weisen, von den Feldern draußen, wo die Menge immer noch anwuchs, tschechische Nationalgesänge. Schon klirrte es wie von Waffen. Wie Donner und Hagel prasselte das hussitische Hetzlied »*Hrom a peklo*« auf die Köpfe der Turner nieder, da sangen sie mit zusammengezogenen Brauen und entschlossenen Mienen: »Der Gott, der Eisen wachsen ließ.« Und jedesmal, wenn ein Sang zu Ende war, schrien die Deutschen minutenlang aus voller Kehle »Heil!« oder gar »Heilo!« und die Tschechen ebensolange und ebenso dröhnend ihr »Slawa!« Als nun aber gar in einer Sangespause ein blonder Wotansenkel, erbittert durch die Störung des internen Festes, seinen Bierkrug hob und die deutsche Staatssprache hochleben ließ, da flog der erste Stein in den Wirtsgarten.

Im Tumulte beeilte sich Moini, seine Mutter und seine Kinder in Sicherheit zu bringen. Sie bestiegen den Wagen und fuhren weiter ins Land hinaus, um über die bewaldete Bodenwelle, die sich an den sogenannten Hals schließt, in weitem Bogen nach Nedweditz zurückzukehren.

Frau Therese verbarg ihren Unmut nicht. Sie nahm sich kein Blatt vor den Mund und tadelte das herrschende System, das die Begehrlichkeit der Slawen ins Maßlose steigere. Hatte nicht der führende Staatsmann selbst in einem Augenblick des Zagens es ausgesprochen, daß es unmöglich sei, ihre Unersättlichkeit zu befriedigen? Hatte er nicht seufzend einbekannt, daß es sie jetzt nach der ganzen Hand gelüste, da er ihnen einmal den Finger gereicht? Gleiches Recht für alle Völker des Staates, meinte sie, sei das doch nicht, wenn man in den Ländern der Wenzelskrone auch rein deutschen Gebieten die tschechische Sprache neben der deutschen für Amt und Schule aufzwingen wolle und damit stillschweigend das böhmische Staatsrecht anerkenne, das das Gefüge des Reiches zu sprengen drohe!

»Haben wir jetzt nicht den Unfrieden allüberall, den Krieg im Innern? Ist an die Stelle der deutschen Ungerechtigkeit und Überhebung von früher nicht die der Slawen getreten? Warum soll nicht ein jeder sein Volk, seine Sprache, die Art seiner Väter lieben und dabei seinen Nächsten verstehen und achten können, wenn er dieselben Güter liebt und heilig hält?«

»Ich bin Fabrikant«, versetzte Moini ausweichend; »ein Mensch, der viel zu tun hat, ein einfacher Arbeiter, nichts weiter. Was kümmert mich der Zank der Nationen? Ob Böhmen oder Deutsche an meinen Webstühlen stehen, mir gilt es gleich. Der Arbeiter ist für mich der Arbeiter, welche Sprache er immer spricht. Ich habe keine anderen Interessen zu vertreten als die meiner Industrie, es fehlt mir an Zeit und Lust, mich mit Parteistreitigkeiten abzugeben. Von mir aus können die Tschechen ganz Nedweditz erobern, ich bin Weltbürger, ich wehre es ihnen nicht.«

»Bloß Weltbürger?« rief Frau Therese den Kopf schüttelnd. »Das ist nicht genug, Moini! Es muß ein jeder auch ein bestimmtes Volkstum in sich haben, soll er nicht kalt und farblos werden. Niemand kann für die Welt wirken, der nicht zuerst auf seine nächste Umgebung, für die ihm Zugehörigen, für seine Landsleute und sein Volk zu wirken gelernt hat. Weist nicht schon Christus seine Jünger an: ›Gehet nicht auf der Heiden Straße und ziehet nicht in der Samariter Städte?‹ Aus dem Kleinen ins Große muß der Segen eines tätigen Lebens strahlen, aus dem Engen ins Weite, kein Wort, kein Werk, keine Tat, keine Errungenschaft hat je die Menschheit erlöst, die nicht vorerst ein Volk erlöste. Darum soll ein jeder sich zu dem bekennen, wozu er geboren ist, und sein Volkstum nicht verraten noch veräußern. Nur darf dieses freilich nicht, wie es jetzt unter den Nationen geschieht, zum Haß und zur Unterdrückung gebraucht werden. Eine Quelle der Kraft soll es sein, die uns gegen engherzige Gesinnung stärkt, ein Born der Milde und des Verstehens, der aus unserm tiefsten Innern quillt, eine Schulung der Liebe am Nahen und Greifbaren, ehe wir reif geworden, die ganze Welt mit unserer Liebe zu umfassen.«

Bereits senkte der Abend sich hernieder, als der Wagen die lange, gerade Straße zwischen Wäldern entlang fuhr. Die beiden Kinder, die ihnen gegenübersaßen, waren müde geworden durch die lange Fahrt. Sie hatten sich zurückgelehnt und die Augen geschlossen. Der Schlummer nahm sie in seine Arme und wiegte sie sacht.

»Laß mich ein offenes Wort zu dir sprechen, Moini«, sagte Frau Therese, indem sie die Hand ihres Sohnes ergriff. »Du bist nicht zufrieden mit dir selbst, ich weiß es, und du machst auch deine Umgebung nicht froh. Die Arbeiter lieben dich nicht und sind verdrossen bei ihrem Tun. Deine Mitarbeiter lieben dich nicht und gehorchen nur widerwillig deinen Befehlen. Sie alle sehen in dir nichts anderes als den klugen, weitblickenden Ausbeuter ihrer Kraft, den sie fürchten, vielleicht achten, aber nicht lieben.«

»Du sprichst hart, Mutter«, sagte Moini.

»Du hast die Fabrik zu einem großartigen und blühenden Unternehmen ausgestaltet«, fuhr sie fort, »und ich kann dir meine Anerkennung nicht versagen, daß du meine Arbeit, die Arbeit deines Vaters so glücklich und erfolgreich fortsetzest. Aber du bist unser Nachfolger geworden nur im Werk, nicht im Geiste. Denn unser Ziel ist das Wirken selbst gewesen und das Gedeihen vieler. Deine Tätigkeit aber geht bloß auf Gewinn, die Menschen sind dir gleichgültiger geworden als Maschinen. Die Schutzgesetzgebung für die Arbeiter, die ich unserer

Zeit hoch anrechne, die Unfall- und Krankenversicherung, alles, was das Elend, das die Maschinen über die Menschen gebracht haben, durch Liebe mildern und heilen soll, ist dir ein Dorn im Auge, ich habe dich nur mit Groll davon sprechen hören. Du bist nicht auf dem rechten Wege, Moini, halte ein! Was soll aus dem deutschen Bürgerstande werden, dessen gesunde Kraft, dessen schlichter und gerechter Sinn unser Vaterland zusammenhält, wenn er über sich selbst nicht mehr hinausdächte, keine andern Ziele mehr kennte als Geldverdienen und Reichwerden? Wenn er sich nur mehr seiner Rechte bewußt wäre, seiner Pflichten aber vergäße? Du weigerst dich, deinem Volke zu geben, was deines Volkes ist. Du versagst auch den Vielhundert Menschen, die von dir abhängen, was sie von dir zu erwarten ein Recht haben: Wohlwollen, Fürsorge, ein teilnehmendes Herz. Und dies ist der Grund, warum du nicht glücklich und im Innersten mit dir nicht zufrieden bist, Moini: denn um es zu sein, muß man mehr ans Geben denken, als ans Nehmen.«

»Ich bin in erster Linie Fabriksherr«, wiederholte Moini verstockt. »Der Wettbewerb ist scharf, ich kann keine Gefühlspolitik machen. Für mich ist der wohlfeilste Arbeiter der beste, und im übrigen geht er mich nichts an. Ich wüßte auch keinen Grund, warum ich mit meinem Leben unzufrieden sein sollte – hätte ich mich nicht in Mara getäuscht. Sie ist eine oberflächliche, vielleicht sogar eine leichtfertige Frau. Sie bringt mich ins Gerede und untergräbt meine Ehre. Sie raubt meinen Nächten den Schlaf und meinen Tagen die Freudigkeit. Und das ist der wahre und einzige Grund, wenn du es schon wissen willst, Mutter, warum du mich elend und verbittert findest: Ich bin durch Argwohn und Mißtrauen vergiftet!«

»Und auch dieses Elend der Verbitterung«, sagte Frau Therese, »wächst aus derselben Wurzel, von der ich spreche. Wärst du deiner Frau der Freund und Führer, der du ihr sein solltest, so läge deine Ehre nicht in den Händen der Leute, denen stets jeder Anlaß zum Klatsch erwünscht ist. Mara ist nicht schlecht, sie ist auch nicht leichtfertig, sie ist nur jung, einsam und unberaten. Ich habe viele Menschen kennen gelernt in meinem Leben und täusche mich nicht leicht. In den Tagen, seit ich hier bin, gab ich mir Mühe, Mara zu verstehen, und ich glaube, ich habe sie verstanden. Sie sprüht von Leben und Bewegung, sie braucht Wärme, sie braucht Freude. Ihr Gemüt darbt, weil es keine Nahrung findet, und droht zu verkümmern.

Was bist du ihr? Ein Geschäftsmann, der keine Zeit für sie übrig hat. Was ist ihr deine Arbeit? Ein Rechenexempel, wie man seinen Vorteil am besten wahrnimmt. Hast du ihr je Ziele gezeigt, die ihr Herz erwärmen könnten? Hast du je versucht, in die Tiefe zu schürfen, ob ihr nicht nach Freundschaft bangt, wie sie zwischen Ehegatten bestehen soll, nach Teilnahme an deinem Denken und Tun, nach wahrer Lebensgemeinschaft? Wo sie auch anklopfte, überall hat sie Kälte gefunden, überall Kalkulation, nirgends die Möglichkeit, dir und den vielen Menschen, die sich um deine Fabriksschlote sammeln, etwas anderes zu sein, als eine Fremde.«

»Ich zweifle, ob sie sich etwas anderes wünscht«, sagte Moini.

»Sie ist eine leidenschaftliche, warmherzige und hilfsbereite Natur, das weiß ich; sonst wäre sie nicht mit solchem Eifer für ihre Landsleute eingetreten. Hat sie es nicht zuwege gebracht, allmählich die ganze Fabrik mit Tschechen zu bevölkern?«

»Und hab' ich sie etwa daran gehindert?«

»Nein! Und gerade dies zeugt von der Lauheit deines Herzens!« rief Frau Therese. »Gerade hierin muß sie bei ihrer ganzen Art zu denken, den bündigsten Beweis dafür erblicken, daß sie einen Mann zum Gatten erwählt hat, dem das Rasseln der Maschinen sein natürliches Empfinden verkümmert. Der Tscheche, der so handeln würde, wäre ihr verächtlich – meinst du, daß sie sich nicht manchmal daran erinnert, daß du ein Deutscher bist? Und weißt du nicht, daß eine Frau zu lieben aufhört, wo sie nicht achten kann? Weißt du nicht, daß ihr Glück zu Ende ist, wo sie aufhört zu lieben? Und nun wunderst du dich darüber, daß sie wenigstens lustig sein will, wenn sie schon darauf verzichten mußte, glücklich zu sein?«

»Verzeih, Mutter«, sagte Moini; »aber dies alles ist bloß – Frauenlogik.«

Sie fuhren nun schon an den ersten, noch einzeln stehenden Häusern der Stadt vorüber. Immer mehr gerieten sie in eine lästige Staubwolke, bis sie endlich eine dunkle Menschenmasse einholten, die in der Dämmerung vor ihnen herzog. Von Zeit zu Zeit schlug wildes Gejohle daraus hervor, und gelle Pfiffe schnitten durch die Luft. Der Lärm galt den deutschen Turnern, die sich nach manchen Balgereien aus jenem Gastgarten gegen Nedweditz durchgeschlagen hatten und nun, umdrängt und gefolgt von der aufgebrachten Menschenmenge, ihren

Einzug in das Städtchen hielten, das sie passieren mußten, um über den Hals die Eisenbahnstation zu erreichen.

»Fahren Sie drauf los!« befahl Moini dem Kutscher.

»Es sind zu viel Leute.«

Nur im Schritt kam der Wagen vorwärts. So rollte er durch die ersten Gassen und gelangte bis auf den Marktplatz.

»Hauen Sie auf die Pferde ein, die Leute werden schon ausweichen!«

»Es geht nicht, Herr, die Pferde werden mir scheu.«

Ein vielhundertstimmiges Geschrei stieg zum Himmel. Es dunkelte bereits, nur wenige Gaslaternen brannten auf dem weiten Platze. Alles war schwarz von Menschen, und der Wagen stand jetzt eingekeilt in der Menge, wie angenagelt.

Plötzlich klirrte es von zerbrochenen Scheiben. Die Turner hatten sich ins »Deutsche Heim« geflüchtet, gegen dessen Fenster sich ein Hagel von Steinen richtete.

»Gibt es denn in Nedweditz keine Polizei oder Gendarmerie?« fragte Frau Therese entrüstet.

»Eine echt österreichische Wirtschaft!« sagte Moini, der nun selbst ärgerlich wurde.

»Echt österreichisch?« antwortete sie. »Sagen wir lieber: eine böhmische Wirtschaft.«

»Das bringt alles die Luft mit sich, die jetzt von Wien her weht.«

»Und die Lauheit der Einflußreichen unter den Deutschen, die sich nicht einmütig dagegen erheben, daß man ihren Landsleuten dergleichen zu bieten wagt!«

Ein Kerl, der wie ein Hunne aussah, schwang sich auf den Tritt des Wagens.

»Das ist auch so ein deutscher Hund!« schrie er in tschechischer Sprache, während er die Hand gegen Moini ausstreckte.

»Schlagt sie nieder die deutschen Hunde!« scholl es aus der Menge.

Die Kinder, die erwacht waren, verbargen wimmernd ihr Gesicht in Frau Theresens Schoß.

»Ich bin kein Deutscher, ich bin Österreicher!« sagte Moini, in tschechischer Sprache antwortend. »Macht meinem Wagen Platz, ihr wißt doch, daß ich ein Freund der Böhmen bin? Ihr alle wißt es, daß ich Hunderten von böhmischen Arbeitern Brot zu verdienen gebe!«

Gelächter antwortete ihm.

»Ein Leuteschinder ist er! Ein deutscher Blutsauger!«

»Die Haut zieht er den böhmischen Arbeitern über die Ohren!«

»Ein Feigling ist er, der seine Nation verleugnet!«

»Prügeln wir ihn, den Ausbeuter, den Menschenwucherer, den deutschen Heuchler, der sich mit dem Schweiß des böhmischen Volkes mästet!«

Ein Dutzend Hände faßte ihn am Rock und versuchte ihn aus dem Wagen zu zerren.

»Zurück, tschechisches Gesindel!« rief Frau Therese empört. »Wie könnt ihr es wagen, friedliche Leute, die euch nichts angetan haben, auf offener Straße anzufallen wie Wegelagerer? Zurück sag' ich, oder ich vergreife mich an euch!«

Sie stieß einige von den Händen, die sich nach Moini ausgestreckt hatten, zur Seite und maß die hussitische Meute mit drohenden Blicken.

»Sprechen Sie böhmisch mit uns!« rief eine Stimme.

»Ich bin eine Deutsche«, sagte sie fest, »und rede in meiner Sprache zu euch, die ihr besser versteht, als ich die eurige. Und so sage ich euch auf gut deutsch, daß wir in Österreich leben und nicht in einer Wildnis, und daß ich mir und jenen deutschen Turnern, die ihr verfolgt, Recht verschaffen werde gegen eure rohen Übergriffe, so wahr mir Gott helfe!«

Murrend, aber betreten wichen die aufgehetzten Gesellen vor der erzürnten Frau zurück, die dem Kutscher den Befehl gab, sie nach dem Hause des Bürgermeisters zu fahren. Unbehelligt ließen sie den Wagen umwenden und machten schweigend und fast ehrerbietig Platz, als er dieselbe Straße davonrollte, die er gekommen war.

»Wer ist gegenwärtig Bürgermeister von Nedweditz?« wendete Frau Therese sich an Moini.

»Noch immer Herr Kilian.«

»Ist das noch der Kilian von einst, der dicke Bäckermeister, der mir im Jahre sechsundsechzig so viel zu schaffen machte?«

»Es ist derselbe. Er schreibt sich jetzt Frantisek Killjan und hat ein tschechisches Aushängeschild über seinem Bäckerladen angebracht. Bei dem wirst du nicht viel richten.«

»Wir wollen es abwarten.«

Als sie den Schwimmschulkai erreicht hatten und an der Gartenpforte der Villa »Amalienruhe« hielten, sahen sie in der Dunkelheit einen großen, starken Mann, der eben aus der Stadt zu kommen schien, in die Gittertür treten und sich eilfertig über den Kiesweg entfernen. Er tat, als hätte er gar nicht bemerkt, daß ein Wagen vorgefahren war, und beabsichtigte offenbar, so rasch als möglich im Hause zu verschwinden.

Aber Frau Therese rief ihn an: »Herr Bürgermeister?«

Da blieb ihm nichts übrig, als umzukehren und sich zu nähern. Im Schein der Wagenlaternen erkannte sie, daß es wirklich Herr Kilian war.

»Ich wundere mich«, sagte sie, ruhig im Wagen sitzen bleibend, »daß Sie in diesem Augenblicke Zeit finden, nach Hause zu gehn?«

Er gab eine Antwort in tschechischer Sprache, die sie nicht verstand.

»Ich muß alt geworden sein, Sie kennen mich nicht mehr«, fuhr Frau Therese lachend fort. »Aber da Sie gewiß den Mairoldschen Wagen sofort erkannt haben, so werden Sie sich nicht lange den Kopf darüber zerbrechen müssen, wohin Sie mich tun sollen.«

»Um Gottes willen, Frau Mairold, bitte tausendmal um Verzeihung!« sagte er, eine übertriebene Überraschung heuchelnd. »In der Finsternis kennt man sich halt nicht gleich aus. Es ist mir wirklich eine große Ehre. Darf ich untertänigst bitten, in mein bescheidenes Haus zu treten?«

»Danke! Ich komme zu Ihnen, nur weil Sie Bürgermeister sind. Ich wollte Sie fragen, warum Sie nichts vorkehren, die Krawalle zu unterdrücken, die sich in der Stadt abspielen?«

»Oh –! Krawalle?« rief er in scheinheiliger Bestürzung. »Ja, ich sag' es immer: nur eine Stunde darf man fortbleiben, so ist schon wieder der Teuxel los.«

Er gab sich den Anschein, als wüßte er von nichts. Nicht einmal, daß deutsche Turner einen Ausflug nach Nedweditz unternommen hatten, wollte er wissen. Und daß sie jetzt in der Stadt vom tschechischen Pöbel bedroht und förmlich belagert wurden, davon hatte er, wenn man ihm glauben durfte, erst recht keine Ahnung.

»Nein, so etwas!« rief er ein übers anderemal. »Ich bin wie aus den Wolken gefallen! Nicht träumen hätte ich mir's lassen!«

»Gut, nun wissen Sie es aber«, sagte Frau Therese scharf. »Und daß wir selbst vor kaum einer halben Stunde mitten auf dem Marktplatz von Nedweditz beschimpft und bedroht wurden, will ich Ihnen auch nicht verheimlichen. Nun antworten Sie mir: Ist der Deutsche rechtlos geworden in dieser Stadt? Gibt es keine Behörde, die sich verpflichtet fühlt, derartigen Ausschreitungen entgegenzutreten?«

»Freilich, freilich, tät' es sich gehören!« jammerte Herr Kilian, ganz kleinlaut geworden. »Aber denken Sie nur! Was fang' ich mit meinen drei Manndeln Polizei an?«

»Drei Männer mit Säbeln an der Seite zählen schon etwas«, sagte Frau Therese. »Nur dürfen sie sich freilich nicht über höheren Befehl im Gemeindehause versteckt halten, wie sie es heute getan zu haben scheinen.«

Er wollte Einspruch erheben, sie ließ ihn aber nicht zu Worte kommen.

»Mir wenigstens«, fuhr sie unbeirrt fort, »ist es mit dem besten Willen nicht gelungen, von Ihrer famosen Stadtgarde auch nur ein Rattenschwänzchen zu erblicken. Übrigens wäre das Postenkommando auch nicht aus der Welt. Ein paar Gendarmen mit aufgepflanztem Bajonett ließen sich leicht requirieren, wenn die Stadtwache allein nicht ausreiche und es der städtischen Behörde ernstlich darum zu tun wäre, die Ordnung aufrecht zu erhalten.«

»Ein famoser Gedanke!« rief Herr Kilian. »Ich will sofort zum Gendarmerieposten schicken. Es ist ein wahres Glück, daß Sie mich noch rechtzeitig verständigt haben.«

Er machte Miene, sich zu verabschieden, Eilfertigkeit und gerechten Eifer vorspiegelnd. Aber Frau Therese tat nichts gerne halb, sie wollte ihrer Sache sicher sein.

»Sie können mit uns fahren«, sagte sie, »damit es schneller geht. Denn daß Sie rechtzeitig verständigt worden wären, möchte ich nicht behaupten, da der tschechische Mob tatsächlich den Deutschen bereits die Fenster eingeworfen und sie an Leib und Gut bedroht hat. Im Gegenteil, es ist die höchste Zeit, und Sie haben keine Minute mehr zu verlieren, sonst könnten Sie noch in den Ruf kommen, ein pflichtvergessener und parteiischer Bürgermeister zu sein. Darum wollen wir Sie lieber gleich selbst zur Gendarmerie und aufs Gemeindehaus bringen. Es ist Ihnen doch sicher daran gelegen, Ihre Reputation wiederherzustellen und den Aufrührern so rasch als möglich zu zeigen, daß Nedweditz eine geordnete Verwaltung besitzt und die städtische Behörde sich nicht auf der Nase herumtanzen läßt?«

Herr Kilian versicherte, daß ihm in hohem Maße hieran gelegen sei, wollte aber unter allerhand Ausflüchten sich drücken und lieber zu Fuß die nötigen Gänge besorgen. Es würde sofort alles Wünschenswerte und Mögliche vorgekehrt, versicherte er; die Herrschaften könnten sich auf ihn verlassen. Aber im Wagen mitfahren, das dürfe er unmöglich annehmen, nein, das wäre des Guten zu viel, er stehe ohnedies schon tief in der Dankesschuld, weil die Herrschaften eigens herausgefahren, ihn zu verständigen. Jetzt wolle er nicht noch tiefer hineinkommen, darum bedanke er sich untertänigst und empfehle sich fernerem gnädigen Wohlwollen und geneigter Erinnerung, insbesondere, falls der unliebsame Zwischenfall vor der Bezirkshauptmannschaft zur Verhandlung käme.

Aber er mochte reden, so viel er wollte, Frau Therese ließ nicht locker, und die Offenheit, mit der sie sprach, machte Herrn Kilian starr vor Schreck.

»Nun hab' ich Sie einmal gefangen«, sagte sie lachend, »und ein alter Fuchs ändert vielleicht das Haar, aber nicht den Sinn; darum sollen Sie mir nicht mehr auskommen. Geben Sie sich also gutwillig in Ihr Schicksal, wertester Herr Bürgermeister, und kommen Sie mit. Also vorwärts, wenn ich bitten darf! Tun Sie mir den Gefallen und steigen Sie auf!«

»Der Platz wäre zu knapp«, wehrte er sich mit dem letzten Rest von Widerstandskraft, »ich würde die Herrschaften nur stören und belästigen.«

»Durchaus nicht! Auf dem Bock neben dem Kutscher ist Platz genug! Nur rasch, bitte, und keine Zeit mehr verloren!«

Da bewegte er sich gegen seine eigene Absicht wie ein Automat um den Wagen herum, kletterte völlig haltlos unter dem Einfluß von Frau Theresens starkem Willen auf den Kutschbock und ließ sich gleich einem stummen Kalbe, dem die Füße zusammengebunden sind, erst auf die Gendarmerie, dann aufs Gemeindeamt fahren, wo er sogleich wie ein Gewitter einschlug. Denn es war, als ob ein Schicksal ihn am Kragen erwischt und zu seinem willenlosen Werkzeug erkoren hätte. Unter Donnern und Poltern, als gält' es eine ganze Armee zu mobilisieren, rief er alle verfügbare, Mannschaft unter die Waffen und setzte sich selbst an deren Spitze. Was blieb ihm anderes übrig? Noch länger beide Augen zuzudrücken, war zur Unmöglichkeit geworden, so wollte er wenigstens versuchen, bei Frau Theresen den Anschein zu erwecken, als sei er ein Hort des Gesetzes und eine durch und durch pflichtbewußte Amtsperson.

In weniger als eine halben Stunde war der Marktplatz vom johlenden Gesindel gesäubert, und die Turner konnten unter dem Schütze des Kilianschen Heeres abziehen, ohne daß ihnen ein Haar gekrümmt wurde. Nun rollte auch der Wagen, in dem Frau Therese mit Sohn und Enkelkindern saß, auf der andern Seite zum Städtchen wieder hinaus. Als er sich der Mairoldschen Fabrik näherte, lag bereits undurchdringliche Nacht über dem weiten Lande und dem bewölkten Himmel, der es rings umgrenzte.

»Die tschechische Bagage«, sagte Moini, gleichsam einen Schlußpunkt hinter das Erlebnis setzend, »könnte einen fast ins deutsch-nationale Lager treiben, wüßte man nicht, daß die Deutschen, wo sie in der Mehrheit sind, es genau so machen.«

»Wollte Gott«, sagte Frau Therese ernst, »daß dann die Böhmen ihnen ebensowenig ihr Unrecht hingehen lassen, wie wir es heute taten. Denn die Völker wie die Menschen sind dazu verpflichtet, einander gegenseitig zum Recht und zur Ordnung zu erziehen, damit die Willkür nicht zur Herrschaft gelange auf der Erde!«

Zu Hause angekommen, fiel es Moini auf, daß die Dienerschaft, als er sich nach der Frau erkundigte, scheu und ausweichend antwortete. Ahnungsvoll begab er sich in Maras Gemächer, fand aber nichts von ihr als einen Brief, der in einer Weise auf den Tisch gelegt war, daß er in die Augen fallen mußte. Der Brief war an Frau Therese gerichtet und enthielt Abschiedsworte.

»Ich kehre ins Haus meiner Eltern zurück«, hieß es darin; »du wirst mich vielleicht verurteilen, Mutter, aber ich kann nicht anders. Ich fühle, daß Moini mich nicht mehr liebt. Tat er es je? Ich weiß es nicht. Wen liebt er überhaupt? Nicht einmal sein eigenes Volk, das doch der Niedrigste und Dürftigste liebt. Nicht einmal sein eigenes Volk!« ...

Der Herbst stand vor der Tür, Frau Therese war abgereist. Die mutterlos gewordenen Kinder, den Knaben und das Mädchen, hatte sie in die Stadt mitgenommen. Es verlautete, daß Mara einen Prozeß anstrengen würde um die Kinder.

Als einsamer Mann blieb Moini in Nedweditz zurück. Er war noch härter geworden als ehedem. Bei jeder Gelegenheit zeigte er den Arbeitern die Herrnfaust. »Wen liebt er überhaupt?« hatte Mara gefragt. Er wußte eine Antwort darauf. Die Kraftstühle liebte er und die Kettenschermaschinen. Die waren ebenso klug wie Menschen, und außerdem so gewissenhaft als jene leichtfertig, so gehorsam, gutwillig und anspruchslos als jene unbotmäßig, störrisch und unersättlich.

Es war eine harte Zeit für die Menschen in Nedweditz, und nur die Maschinen hatten es gut.

»Merkwürdig!« sagte der muntere Mundel; »immer einmal nützt auch der beste Schußwächter nichts. Und wenn er noch so gut obacht gibt und noch so laut schreit: Einhalten, einhalten! – immer einmal nutzt es halt nix. Und je größer der Stiefel ist, der gemacht wird, je tauberen Ohren predigt die Vernunft. Denn wenn einmal alle Fäden verrüttet sind, dann webt der Stuhl halt weiter wie ein Roß, das den Koller hat, und hört auf keine Mahnung und auf keinen Zuruf mehr, gerade als hätt' er eine Freud' an dem verrückten Bofel, der dabei herauskommt. No, und bei den Menschen ist es halt auch nicht viel anders. Je tiefer einer ins Schlamassel hineinkommt, je weniger will er einhalten, und je schwerer wird ihm das Umkehren.«

* * *

Der alte Herr Bornschbögel hatte die Chrysantheme entdeckt.

Schon in der Zeit der Weltausstellung, da er zum ersten Male lebende Japaner in ihrer volksüblichen Häuslichkeit zu sehen bekam, war ihm die seltsam geformte Blume auf bildlichen Darstellungen aufgefallen; da er diesen kleinen, häßlichen Ostasiaten aber nicht viel Gutes zutraute, so glaubte er so wenig an ihre Pflanzenwelt, wie an ihre Kunst. Damals war er selbst noch nicht zur Malerei übergegangen und hielt das leichte Hintuschen mit dem Pinsel für eine wohlfeile Spielerei, die man nicht als vollwertig gelten lassen könne.

»Es sollen ja ganz gescheite Kampeln sein, die Javaneser«, sagte er; »aber von der Kunst verstehn sie nichts. Die sollten sich einmal meine Federzeichnungen anschauen, damit sie sehen, was eine ordentliche Perspektive ist! Und auch sonst tät' es ihnen nicht schaden; mit der Botanik zum Beispiel hapert es bei ihnen gewaltig. Auf meinen Zeichnungen muß man eine Eiche und eine Buche auseinander kennen, und wenn der ganze Baum nicht größer wäre als ein Bierkreuzerbatzen. Auf denen ihren Bildern sind die Rosen manchmal so groß wie eine Mundsemmel, und schaut doch jede wie ein Flederwisch aus, kein Mensch kennt, daß es eine Rose sein soll. Mir ist es gleich, ich hab' nichts gegen die Japaneser, es ist schön von ihnen, daß sie nach Wien gekommen sind; aber man braucht nur ihre Malereien anschauen, so sieht man, daß sie halt doch nichts viel besseres sind als eine Art Chineser.«

Seither waren Jahre verflossen, und die Lieblingsblume des fernen Ostens hatte begonnen, sich allmählich auch in Europa einzubürgern. Sie gewann nur langsam an Verbreitung, und es ging viel Zeit darüber hin, ehe Herr Bornschbögel die erste Chrysantheme zu Gesicht bekam. Es war bei dem Gärtner, von dem er seine Zwiebel und Setzlinge zu beziehen pflegte. Und er kannte die Blume sofort wieder, die er damals abgebildet gesehen, so lang es auch schon her war, und es wurde ihm klar, daß keine Rose gemeint gewesen war, sondern etwas anderes. Inzwischen hatte er auch selbst mit dem Pinsel umgehen gelernt, er malte auch gern Blumen und war längst dahintergekommen, daß schon ein bißchen mehr Kunst dazu gehörte, als er früher geglaubt hatte.

»Schau, schau!« sagte er; »läßt unser Herrgott wirklich solche Flederwische wachsen? Da hab' ich ja den Schlitzäugerln Unrecht getan! Man soll halt alleweil lieber das Bessere glauben, eh' daß man was Schlimmes über einen denkt!«

Der Gärtner empfahl ihm Chrysanthemen zur Zucht.

»Meinetwegen!« sagte er. »Hab' ich den Japanesern schon Unrecht getan, so muß ich mich wenigstens bei ihnen revanschieren. Also probieren wir's mit den Christ ... Christo ... Christo-Sante ...«

»Chrysanthemen«, half ihm der Blumenhändler nach.

»Chrysostomenen«, sagte Herr Bornschbögel.

»Chrysanthemen«, beharrte der Blumenhändler. »Ich werde Ihnen den Namen aufschreiben.«

Da brauste Herr Bornschbögel aber auf.

»Aufschreiben! Bin ich denn gar so ein alter Taddädl? Was ist denn weiter dabei? Chrysantimenen – no also! Warum soll ich mir denn so einen Namen nicht merken können?«

Hatte er sich aus reiner Ritterlichkeit dazu entschlossen, Chrysanthemen zu ziehen, um den Japanern Revanche zu geben, so sollte er reichlich dafür belohnt werden. So dankbare Blumen waren ihm noch nicht unter die Hände gekommen. Sie zahlten die Sorgfalt, die er auf sie wendete, mit solcher Fülle und Farbenpracht heim, daß er noch eine rechte Freude mit ihnen erlebte, in seinem hohen Alter. Und auch zum Malen taugten sie ihm. Die Augen wurden schon schwach und die Hand wacklig. Da war es gut, wenn man sich nicht an starre, geschlossene Formen zu halten brauchte wie bei Zentifolien oder Georginen, sondern allenfalls auch ein bisset ausfahren konnte, mit dem Pinsel, ohne daß wegen jeder kleinen Entgleisung die Blumen gleich ein ganz falsches Gesicht bekommen hätten.

Ein ganzes Zimmer neben seiner Malstube hatte er diesen Winter als Treibhaus eingerichtet. Darin blühte es in allen Abschattungen von purpurbraun bis zum zarten Rosenrot, vom blassen Schwefelgelb bis zum tiefen Leuchten der Goldorange, von dunkelviolett bis zur lieblichsten Fliederfarbe. Und es war alles noch viel reicher, feiner und erlesener als damals, da er in Astern gewütet hatte.

Vefi, die jetzt ganz einsam und allein mit der Mutter im untern Stockwerk des Hauses wohnte, seit die jüngste Schwester, die blondgelockte Käthi, sich mit Alfred Leodolter vermählt hatte, kam jeden Vormittag eine Stunde herauf, dem Großvater ein wenig zu helfen. Es fiel ihm schon etwas beschwerlich, sich zu bücken, die Blumentöpfe hin und her zu tragen, um sie an die Sonne zu stellen oder wieder in den Schatten zu rücken, und die Setzlinge, die auf den oberen Stellbrettern standen, zu begießen. Aber er durfte es beileibe nicht merken, daß Vefi ihm helfen wollte, es hätte ihn gekränkt, er gab es durchaus nicht zu, daß seine Kräfte abnahmen und das Alter seine Rechte geltend machte. Selbstverständlich kam Vefi doch auch gar nicht seinetwegen herauf, nur der Blumen wegen kam sie, natürlich! Wie hatte es ihr einfallen sollen, ihm helfen zu wollen, wozu hätte er Hilfe gebraucht, gar so alt war er doch noch nicht? Sein eigener Großvater war fünfundneunzig geworden, no also! Einzig und allein, weil sie die Blumen liebte, kam Vefi alltäglich zu ihm herauf, wirklich und wahrhaftig, auf Ehre! – Warum hätte sie sich nicht mit ihm an der Herrlichkeit freuen sollen?

Und während sie fröhlich an seiner Seite arbeitete wie ein Gärtnergehilfe in einem Warmhaus, ihm allerhand dabei vorplauderte und kunstvoll seine Gedanken ablenkte, wußte sie ihn darüber zu täuschen, was seine und was ihre Hände verrichteten, und ihm den Glauben beizubringen, als hätte er alles selbst vollbracht und schließlich die getane Arbeit ganz allein geleistet.

In ihren Grübchen auf den Wangen, die sie noch genau so hatte wie als Kind und ganz junges Mädchen, saß es wie ein Sonnenstrahl, so oft sie bei ihm eintrat. Und jedesmal ging dann auch auf seinem alten Antlitz die Sonne auf, und erfreut rief er ihr entgegen: »Je, die Veferl!«

Was ist doch aus diesem leuchtenden Sonnenkinde für ein ganz eigenes junges Weib geworden! An ihr, der mittleren von den Maroldtöchtern, merkt man es fast am deutlichsten, daß ein neues, junges Jahrhundert dem altgewordenen schon bald über die Schulter lugen möchte. In aller Stille, und ohne das liebende Herz der Mutter zu beunruhigen, hat sie sich frei gerungen von dem allgemeinen Weibesschicksal, das undenkliche Zeiten für das einzig mögliche hielten. War es der Zug zur Selbständigkeit, oder das Bedürfnis zu wirken, etwas zu leisten? Wollte sie nicht warten wie tausend andere, bis einer käme, bis einer sich entschlösse? War sie zu stolz, sich bloß heiraten zu lassen? Oder liebte sie einen, der es nicht hat sein können? Hatte sie Hoffnungen in sich begraben und ein heißes Herz gebändigt?

Niemand weiß es, niemand wird es je erfahren. Bloß das eine steht fest, daß Vefi keine bleich Hinsiechende ist, keine, die nach versagten Erfüllungen schmachtet. Sie hat sich ihr Leben zugeschnitten, wie es für sie paßt. Ruhig und besonnen schreitet sie den selbst gewählten Weg. Geschieht es vielleicht manchmal in stillen Nächten, daß die zwei Grübchen in den Wangen verschwinden, oder erweisen sie sich dann als gerade groß genug, eine Träne aufzunehmen? Niemand, der Vefi kennt, hat je etwas anderes in den beiden Regenbogenschüsselchen erblickt als ein huschendes Sonnenlichtlein der Heiterkeit. Und wenn dieses reife, holde junge Weib Verzicht geleistet haben sollte – auf das wahre Glück hat sie sicher nicht verzichtet.

»Die große Kirschrote«, sagte sie jetzt zum alten Herrn Bornschbögel, »die verdient eine Belohnung. Sie hat lange im Winkel gestanden und setzt doch eine Unzahl neuer Blüten an. Dafür solltest du sie wieder einmal ans Fenster rücken, Großvater.«

»Gut, so will ich sie ans Fenster rücken! Es soll ihr kein Unrecht geschehn, eine jegliche Kreatur sehnt sich nach dem Licht, und denen, die auch im Winkel blühen, darf man die Sonne darum nicht vorenthalten.«

Vefi hatte den großen, schweren Blumentopf mit beiden Händen angefaßt und trug ihn nicht ohne Mühe ans Fenster. Geschäftig trippelte der Großvater neben ihr her und hielt die Hände unter die blütenschweren Zweige, damit sie keinen Schaden nehmen sollten, während sie in der Luft hin und her schwankten. Er bestimmte den Platz, wo sie den Topf niederzusetzen hätte, und wie jetzt die Sonne in die kirschroten Blumen schien, leuchteten sie wie das Morgenrot.

»Sie freuen sich«, sagte der Großvater, »und wollen sich dankbar dafür erweisen, daß ich sie ans Licht gestellt habe, darum sind sie gar so schön. Die Gattung gehört überhaupt zu den allerfeinsten. Ich will einen ganzen Wald davon ziehen, und wenn du Hochzeit machst, so sollen sie um den Altar und auf der Festtafel blühen.«

»Ich mache ja nicht Hochzeit, Großvater«, sagte Vefi lachend, »aber vor Weihnacht mache ich noch mein Lehrerinnenexamen.«

Der Großvater wußte es ja, aber es gefiel ihm wenig.

»Lernen schadet nicht«, meinte er – »aber wenn es genug ist, ist es genug. Mach' deine Prüfung meinetwegen, wenn du schon ein gestempeltes Zeugnis haben mußt, mir wäre eine ungestempelte Verlobungsanzeige lieber. Aber aufgeschoben ist nicht aufgehoben, und das andere wird hoffentlich bald nachkommen.«

»Nach dem Examen kommt die erste Anstellung«, sagte Vefi fröhlich.

In Nedweditz, an der deutschen Schulvereinsschule, war ihr ein Posten zugesagt, den sie angenommen hatte.

»Geh', hör' auf, Veferl!« sagte der Großvater, nichts weniger als angenehm überrascht. »Wirst doch so was nicht tun! Wo du es zu Haus so gut hast!«

Nein, das wollte nicht mehr in seinen Kopf, dafür war er zu alt. So etwas hatte es in seiner Zeit nicht gegeben, daß ein Mädchen aus dem wohlhabenden Bürgerstand Lehrerin wurde! Daß sie einen Beruf ergriff, statt zu heiraten! Nein, das wollte nicht mehr in seinen alten Kopf!

»Ich hab' die Kinder so gern«, sagte Vefi. »Ich freue mich schon unsinnig darauf. Denk' einmal, so eine ganze Klasse! Die Buben mit glatt geschorenen Köpfen. Und die Mädeln mit wegstehenden Zopferln! Und wie sie einen gern haben! Und was man ihnen alles erzählen kann! Begreifst du das nicht, Großvater, wenn man die Kinder so gut leiden mag wie ich?«

»No ja, die Kinder!« sagte er. »Die eigenen, meinetwegen. Natürlich! Aber die fremden?«

Nein, in den Gedanken konnte er sich nicht finden, dafür war er zu alt, das wollte nicht mehr in seinen Kopf!

»Aber wenn ich auch keine Hochzeit mache«, sagte Vefi, »meine Chrysanthemenfreude möcht' ich deswegen doch haben! Ich nehme dich beim Wort, Großvater! Zu Weihnacht, wenn alle Geschwister sich einfinden, gibst du mir zu Ehren ein japanisches Blumenfest, nicht wahr? Bitte, bitte! Dann feiern wir meine gut bestandene Prüfung und meinen Eintritt in den Beruf.«

Er war ein wenig verstimmt, ging nicht gleich darauf ein und meinte, es sei nicht nur Vefis Eintritt in den Beruf, sondern auch ihr Austritt aus dem Elternhaus, und den zu feiern, hätte er keine Ursache. Als sie ihm aber vorstellte, wenn sie sich verheiratete, müßte sie auch fort; und als sie ausmalte, wie sie ihm helfen würde, seine Stuben von oben bis unten mit Chrysanthemen zu schmücken und Papierlampions an den Decken zu befestigen, und wie Frau Bohatschek als Japanerin verkleidet kleine Reiskuchen zum Tee servieren würde, die man nicht mit Löffeln sondern nur mit Stäbchen essen dürfe, da erwärmte er sich nach und nach für den Gedanken und wurde schließlich Feuer und Flamme dafür.

Jeden Tag hatten sie jetzt miteinander zu tuscheln und zu lachen, weil ihnen immer noch etwas Neues einfiel. Und alles war vorderhand ein großes Geheimnis, um das nur sie zwei alleine wußten. Bloß so viel drang in die Außenwelt, daß etwas sehr Apartes bevorstünde für die Weihnachtszeit, wenn alle Mairoldkinder nach Wien kämen, und daß dann der Großvater in seinen Räumen die ganze Familie versammeln würde.

Einmal, als Vefi wieder zu ihm heraufkam, traf sie ihn müde im Lehnstuhl sitzend, wo er sonst höchstens eine halbe Stunde nach Tisch ausruhte, aber nie am Vormittag zu sitzen pflegte. Er hatte einen Schwächeanfall erlitten und sich zwar rasch wieder erholt; doch sah er gedrückt aus und schien nicht so heiteren Gemütes wie sonst.

Sie bemühte sich, ihn zu zerstreuen, und plauderte von den Vorbereitungen für die Chrysanthemenfreude.

»Ich freue mich auf das Fest«, sagte er versonnen. »Denn ich möchte alle meine Lieben noch einmal um mich sehen. Es wird ein großes Abschiednehmen sein. Du nimmst Abschied vom Elternhaus, die Mutter von dem letzten Kind, das noch bei ihr war, no, und ich – ich beurlaube mich von euch allen.«

»Aber Großvater!« sagte Vefi.

Die Grübchen in den Wangen waren plötzlich verschwunden, und er bemerkte es und beeilte sich, sie wieder hinzuzaubern. Er hatte diese Grübchen gar zu gern.

»Deswegen soll es aber doch ein Freudenfest werden«, sagte er, die wehmütige Stimmung abschüttelnd. »Wenn mir das Heiraten auch lieber gewesen wäre für dich, es ist doch auch schön, wenn ein junges Mädel etwas leistet und einen Nutzen stiftet in der Welt. Alle Achtung, Veferl, ich hab' mir das so nach und nach überlegt. Ihr Jungen werdet schon wissen, wo ihr hinaus wollt, wenn wir Alten auch manchmal nicht mehr recht mitkönnen. Und Nedweditz ist ja nicht aus der Welt, die Mutter kann im Sommer hinaufkommen, so braucht sie auch nicht Trübsal blasen.«

Er sah die Grübchen auf Vefis Wangen zurückkommen, und das stärkte ihn, es war auf einmal wieder die Sonne aufgegangen.

»No und ich«, sagte er, sich aufrichtend – »was will ich denn mehr? Kann ich nicht meine Freud' an euch haben? War mein Leben nicht gesegnet wie selten ein Leben gesegnet ist? Hab' ich nicht zwei brave Kinder, deinen Onkel Thom und deine Mutter, und eine ganze Menge brave und tüchtige Enkelkinder und sogar schon Urenkel? Ich denk' mir's öfter, wie das sein müßt', wenn man so in seinen alten Tagen zurückschaut, und es wär' alles so halb und halb schief gegangen, oder wenigstens das eine oder andere wäre schief gegangen. Was hätt' ich dagegen machen können? Die Kinder erzieht man selber, die Enkel sind einem schon mehr aus der Hand. Aber ich kann zufrieden sein. Es ist keines schief gegangen, wie es in so vielen Familien der Fall ist, und mein Leben ist gesegnet gewesen.«

Vefi beugte sich nieder und bedeckte seine gute alte Hand mit Küssen.

»Deine Mutter«, sagte er, und er sah jetzt wieder ganz so gesund und freudig aus wie sonst; »deine Mutter ist eine seltene Frau. Sie hat keinen leichten Stand gehabt – acht Kinder und kein Mann! Aber aus jedem ist etwas Rechtes geworden, und ein jedes steht auf seinem Posten. Deine Mutter, Veferl, das ist eine seltene Frau! Wenn wir viele solche Mütter hätten, dann braucht' uns nicht bang zu sein! Und wenn jeder Vater eine solche Tochter hätt', wie ich, dann brauchte keiner zu klagen und zu jammern, wenn das Alter kommt, dann brauchte keinem der Abschied schwer zu fallen, von der Welt, denn jeder könnte sagen: Siehe, es ist alles gut!«

Eine Ergriffenheit kam über ihn und wollte ihn übermannen, aber er schluckte sie hinunter.

»Ich kann lachen!« sagte er aufgeräumt, während ihm die Augen voll Wasser standen. »Was bleibt mir denn zu wünschen übrig? Ich warte nur noch darauf, daß unser Herrgott mit dem Finger winkt, dann pack' ich geschwind mein Ranzerl, das ist das einzige, was ich noch zu tun hab', und bin schon fort auch. Adjes, schöne Welt, und tausend-, tausendmal vergelt's Gott!«

So hatte der Großvater es zu wenden gewußt, daß auch ein Abschiedsfest ein Freudenfest sein könne. Und sie fuhren fort, ihre Vorbereitungen zu treffen, immer ganz geheimnisvoll, nicht einmal Frau Bohatschek wurde ins Vertrauen gezogen. Denn sie wußten, daß die sich weigern würde, ein japanisches Kostüm anzuziehen, wenn sie nicht erst im letzten Augenblick mit der fertigen Tatsache überrumpelt wurde.

* *
*

Auf allen Schränken, Tischen und Konsolen blühen Chrysanthemen, eine jede Zimmerecke ist mit einem Boskett von Chrysanthemen ausgeschmückt, von allen Wänden hängen Bildstreifen nach japanischer Art herunter, auf welchen Chrysanthemen gemalt sind, die ein bißchen wie bunte Flederwische aussehen und keck gegen einen himmelblauen Himmel oder gegen einen schneebedeckten Fusijama stehen.

Alle haben sich beim alten Herrn Bornschbögel eingefunden, die ganze engere Familie bunt durcheinander, Männer und Weiblein, Bornschbögelmenschen und Mairoldmenschen. In erster Linie Herr Thom Bornschbögel selbst, der ein wenig einem alternden Bullenbeißer gleicht, mit Frau Minka Bornschbögel, die übermäßig dick geworden ist, obgleich sie noch immer in Angst lebt, daß es ihrem Manne schaden könnte, wenn er sich aufregt. Ferner die Bornschbögel-Töchter Philippine und Ludmilla mit ihren Gatten und Laurenz und Ulrich mit ihren Frauen, die Bornschbögel-Söhne, die beide nunmehr brave Mitarbeiter ihres Vaters und Teilhaber der Firma sind, aber in seiner Nähe noch immer wie verprügelte Jungen dastehen. Dann Frau Therese Mairold, deren Haar sich silbern zu färben beginnt, während an den äußeren Winkeln der noch jugendlich froh blickenden Augen sich zahlreiche Lachfältchen eingenistet haben, mit sämtlichen Kindern und Schwiegerkindern. Da wäre vor allem Christl zu nennen, der Älteste, der ein deutscher Professor nicht nur ist, sondern auch ungefähr wie ein solcher aussieht, weil er Brillen und einen langen, dunklen Philosophenbart trägt, ferner Moini, der Zweitälteste, der ein wenig seinem Onkel Thom gleicht, wie er in jüngeren Jahren war, und ebenso wie dieser, wenn er eine Bemerkung gemacht hat, den Unterkiefer vorschiebt, als ob er zuschnappen wollte. Weiters Niki, das Hausmütterchen, die bescheiden neben dem stämmigen und mit herausfordernder Miene um sich blickenden Dr. Lois Birenz steht, und Doll, der echteste von allen Mairolden, den die Bergsonne der Lüsen und die scharfe Luft der Wegwacht braun gebrannt hat, mit seiner jungen, lieblichen Gattin, der goldhaargekrönten Bethy Leodolter. Ferner Wolfi Mairold, der seit seiner Rückkehr aus Lyon die Vertretung der Firma in Wien übernommen hat, und dessen gemächliche, zum Scherzen aufgelegte Art der Neigung der Kunden, Geschäfte mit der Erzählung von Witzen einzuleiten, aufs wünschenswerteste entgegenkommt. Vefi, die seit wenigen Tagen ihr Anstellungsdekret in der Tasche hat und insgeheim fürchtet, der Großvater könnte das Versprechen, das sie ihm noch im letzten Augenblick abgenommemen den Wind schlagen und sie am Ende wirklich zum Mittelpunkt dieses bürgerlichen Familientages machen. Ferner die blondgelockte Käthi, die Jungverheiratete, die in ihren Gatten Alfred Leodolter so verliebt ist, daß sie ihn gar nicht auslassen will und fortwährend an seinem Arme hängt, und der Jüngste von den Mairoldgeschwistern, der martialische Franzl, der seinen Leutnantssäbel nicht abgelegt und auch die schwarze Offiziersmütze in der Hand behalten hat, weil er findet, es mache sich so besser zum Eintreten. Endlich Ludger Herrnfeld, der freilich nicht ganz zur Familie gehört, aber doch nicht fehlen darf; denn auf Wunsch des Großvaters hat er es übernommen, den Sprecher zu machen und die Gäste über den Sinn der kleinen Veranstaltung aufzuklären.

Er tritt ans Fenster und weist auf den klaren, sonnigen Wintertag hinaus, der über der Stadt leuchtet. Er erinnert daran, wie vor vielen Jahren der Großvater von hier aus den Kindern die goldene Kaiserkrone auf der Rotunde gezeigt, und wie er dabei die Hoffnung ausgesprochen hätte, daß es gelingen möge, die Völker dieses Reiches unter einen Hut zu bringen, unter den Hut des Kaisers nämlich. Er erinnert an die großen Veränderungen, die das Vaterland inzwischen erfahren, an die tiefeingreifenden Umwälzungen im Innern, an die Verschärfung des wirtschaftlichen und politischen Kampfes. Er erinnert an die Erweiterung des Wahlrechts, an den Zusammenschluß der Arbeiter in

Gewerkschaften, an die Ausbreitung des Genossenschaftswesens und an das siegreiche Durchdringen des Gedankens der staatlichen Fürsorge. Und er erinnert an die neu aufgekommene Regierungsmaxime, die Slawen durch Zugeständnisse zu kaufen, an die Bedrängnis des Deutschtums in allen Teilen des Reiches, an die Entfachung eines scheinbar unversöhnlichen Hasses zwischen den Nationen und an die bittere Hoffnungslosigkeit, die sich weiter Kreise bemächtigt hat, daß sie an die Zukunft Österreichs nicht mehr glauben wollen und es nur für eine Frage der Zeit halten, wann es sich in seine Elemente auflösen wird.

Und abermals gegen das Fenster gewendet, von wo man das Häusermeer überblickt, mit seinen unzähligen, im blendenden Schneekleid funkelnden Dächern, den uralten Dom von St. Stephan in ihrer Mitte, beginnt er von den großartigen Veränderungen zu sprechen, die sich auch in dieser Stadt vollzogen haben, seit zum ersten Male die goldene Kaiserkrone auf der Rotunde darüber sichtbar wurde. Der hohe Turm dort drüben mit dem gepanzerten Ritter auf der Spitze steigt über dem neuen Rathaus empor, dem stolzen Heim einer der mächtigsten und betriebsamsten Stadtgemeinden der Welt. Die ehernen Quadrigen, die unweit davon in der Sonne glänzen, bezeichnen die Beratungssäle der Reichsboten, denen das Wohl des gemeinsamen Vaterlandes so warm am Herzen liegt, als sie verbissen in acht oder neun verschiedenen Sprachen darüber streiten. Die steilen Zwillingskuppeln mit dem fackelschwingenden Genius krönen Gebäude von prächtigen Verhältnissen, die den Künsten und Wissenschaften geweiht sind. Und in der nächsten Nachbarschaft oder in der weiteren Umgebung all dieser großartigen Bauten, die das Nützliche mit dem Schönen vereinen, erheben sich unzählige andere, die dem neu erwachten Leben auf allen Gebieten des geistigen und materiellen Schaffens eine Stätte bereiten.

Das ist nicht die Kapitale einer Staatsgemeinschaft, die sich im Niedergang befindet, das ist nicht die Hauptstadt eines Reiches, das zerfallen will!

»Es lassen sich viele durch den Hader der Parteien täuschen«, sagt er, »und meinen, weil das josephinische Österreich zu Ende gehe, so gehe Österreich überhaupt seinem Ende entgegen. Aber das ist ja gerade die geschichtliche Aufgabe dieses Reiches, das Staatsgebilde der Zukunft aufzubauen, das den freiwilligen Zusammenschluß gleichberechtigter Völker zu geistigen und wirtschaftlichen Zielen ermöglichen soll. Und mag auch die Erfüllung noch in weiter Ferne liegen, gerade damit, daß Österreichs Völker – und neuestens auch die Deutschen – sich als selbständige Nationen innerhalb der Gemeinschaft zu fühlen beginnen, ist ein wichtiger Schritt nach vorwärts getan. Wie sollen zwei Nachbarn sich vertragen, wie sollen sie über gemeinsame Interessen einig werden, wenn nicht ein jeder vorerst treu sein Haus bestellt? Nur wem sein eigenes Volkstum heilig ist, der achtet und ehrt auch das des andern! Und wenn trotzdem heute noch der wüste nationale Zank auf der Tagesordnung steht, so ist es bloß darum, weil den Menschen ihr Volksbewußtsein noch nicht zur reinen Herzenssache, noch nicht zum unverlierbaren, innig vergeistigten Besitz geworden ist. So mißbrauchen sie das Heilige zu unheiligen Zwecken, das Gut der Seele zu Spekulationen auf Gewinn, schreien und lärmen, wo sie beten sollten, und nehmen den Mund voll wie einer, der falsches Gold im Beutel hat, sich protzig auf die Tasche schlägt, damit es klirren soll. Ist das ein Zustand, der Dauer haben kann? Wird er dem anbrechenden Morgen standhalten? Muß er nicht vor der Zeit, die kommen wird, wie ein Nachtmahr verschwinden, je tiefer das Menschliche den Menschen in die Herzen dringt? Er ist nichts als die Raupe oder Puppe der freien Völkergemeinschaft der Zukunft, die unser Reich der Welt zum ersten Male zeigen wird. Er ist das Unwetter und der Hagelschlag, die niederprasseln müssen, ehe der Regenbogen des Friedens sich am Himmel wölben kann. Und niemand, der daran glaubt, daß der Weg der Menschheit aufwärts führt, wird sich dadurch irre machen lassen, niemand, dessen Blick nach der Höhe gerichtet ist, wo der Morgen die Gipfel bereits rötet. Unverlierbar stehe ihm der Glaube an unser Vaterland, kein Lärm und Zank des Tages soll ihm die Zuversicht rauben! Denn wo ein echter und edler Wein werden will – ist es verwunderlich, wenn es da gären muß?«

Herr Thom Bornschbögel, der schon ungeduldig wurde, weil er lieber sich selbst als andere reden hörte, fiel Ludgern, der sich an seinen eigenen Ausführungen immer mehr erwärmte, ins Wort und sagte: »Wenn die nationale Frage nicht bald gelöst wird, so geht Österreich halt doch in Fransen!«

Aber in der Schule des Parlaments war Herrnfeld ein zu gewandter Debatter geworden, als daß ein Zwischenruf ihn hätte aus der Fassung bringen können.

»Die nationale Frage, wie sie das Österreich von heute in Atem hält«, sagte er, »wird überhaupt nie gelöst werden, sie wird bloß in Vergessenheit geraten. Wie andere Probleme, die in den verschiedenen Jahrhunderten die Völker aufwühlten, wird sie durch neu auftauchende Sorgen und Probleme verdrängt und in den Hintergrund geschoben werden. Streiten Sie heute über Religion? Sie achten den, der sie hat, und wohl Ihnen, wenn Sie selbst sie haben! Aber wer eine politische Kampfwaffe daraus schmieden will, wie es jetzt manche mit Partei-Katholizismus übertünchte Materialisten bei uns gibt, dem fehlt die wahre und echte Religion des Herzens, die wie König Lears Cordelia liebt und – schweigt!«

»Sollen wir uns also nicht offen als Deutsche bekennen dürfen?« fragte Herr Thom Bornschbögel und schnappte mit dem Unterkiefer in die Luft.

»Die Liebe ist reicher als das Wort!« sagte Herrnfeld.

»Lächerlich!« sagte Herr Thom. »Wir werden doch nicht vor lauter Liebe die Hände in den Schoß legen und uns slawisieren lassen!«

»Im Gegenteil!« sagte Herrnfeld. »Je weniger wir reden, um so kräftiger werden wir die Hände rühren, fruchtbare Arbeit leisten, neue Werte schaffen für uns und unser Volk. Denn die echteste Liebe ist die Tat!«

Und mit einer unerwarteten Wendung aus dem Allgemeinen ins Besondere kommt er plötzlich auf Vefi zu sprechen, die erschrocken und fast beschämt dasteht, während die glückseligsten Sonnenlichtlein über die errötenden Wangen huschen.

Blumen schmücken ihr zu Ehren diese Räume, und die nächsten Verwandten haben sich vollzählig eingefunden, ihr die Hand zu drücken. Steht sie denn nicht an einem wichtigen Wendepunkt? Ist sie nicht im Begriffe, das Elternhaus zu verlassen und hinauszutreten ins Leben, um sich in die Reihe derer zu stellen, die da schweigend mit friedlichen Waffen kämpfen? Folgt sie nicht dem Beispiel ihres Bruders Doll, der durch stille Arbeit seinem Volke ein Bollwerk hat schaffen helfen, weit unten an der südlichen Sprachgrenze? Und leistet Christl nicht dasselbe in seiner Art, indem er in der heiß umstrittenen Hauptstadt Böhmens deutschen Geist und deutsche Wissenschaft zu Ehren bringt? Können Moini und Herr Alfred Leodolter, deren Fabriken an den nordöstlichen Sprachgrenzen liegen, nicht ebenfalls dasselbe leisten, wenn sie wollen? Und Wolfi in Wien, das ja längst nicht mehr den Deutschen allein gehört, indem er für das Ansehen, den Wohlstand und den Einfluß einer altgeachteten deutschen Firma wirkt, als ein rechter Erhalter und Mehrer des Reiches? Ja sogar Franzl, wenn ihm ein volkstreues Herz unter dem Waffenrock schlagen sollte – darf er sich nicht an dem Gedanken erbauen, daß die Wehrmacht dieses Reiches heute weit weniger ein Kriegsschwert ist als ein mahnend gegen Osten aufgehobener Finger, die Entwicklung der Völker, die sich unter die Fittiche des Doppeladlers scharen, nicht zu stören?

Wie schön weißt du dies alles vorzubringen, Ludger Herrnfeld! Wo hast du deinen Spott gelassen, deinen Zweifel, deine Zerrissenheit? O du Sehnsüchtiger und stets Unbefriedigter, wie sehr ist es dir zu gönnen, daß es eine Zukunft gibt! Denn die Zukunft ist leicht und schwebend wie ein Traum, farbig wie das Morgenrot und klingend wie die fernen Töne eines silbernen Waldhorns vom dunklen Berge in mondloser Nacht. Wie ganz anders die Gegenwart! Sie gleicht einer staubigen Straße, auf der viele spitze Steine liegen, sie gleicht einem dunsterfüllten Tag, wo die Landschaft ohne Zauber ist, sie ist greifbar, man kann sie jederzeit betreten, und auch wo sie schön wäre, verfärbt sie sich sogleich und wird mißfällig, sobald ein ekelerfülltes Herz sich ihr nähert.

Ach, warum bist du in die Gegenwart, warum bist du nicht in die Zukunft geboren, Ludger Herrnfeld! Oder wäre es eine fruchtlose Gnade des Schicksals gewesen? Hätte deine Anwesenheit in der Zukunft genügt, sie sofort und wie mit einem Schlage abermals in eine Gegenwart zu verwandeln?

An diesem Tage hat Ludgers frierende Phantasie sich an der Zukunft so heiß entzündet, daß ihm auch in der Gegenwart für ein Stündchen warm geworden ist. Darum sieht er die Mairoldkinder, seine Lieblinge, darum sieht er sich selbst und alle Tätigen und Leistenden des deutschösterreichischen Volkes gleichsam auf Posten stehen, das verklärte Siegeslächeln der Zukunft auf den Lippen und mit dem Friedenspalmzweig der Zukunft in der Hand den Feind abwehren. Er erinnert sich an ein Wort des Großvaters, Doll hat ihm einmal davon erzählt. Damals war er nicht in der Laune gewesen, es zu verstehen. Damals hatte er darüber gespottet. Ernüchtert durch die Erfolglosigkeit seiner parlamentarischen Arbeit, hatte er den Abstand als zu groß empfunden zwischen der mutigen Zuversicht dieses Wortes und der Wirklichkeit.

Jetzt versteht er es plötzlich. Seine eigenen Worte haben ihn darauf hingeführt.

Und indem er nochmals auf Vefis Entschlossenheit und Volkstreue zu sprechen kommt und ihr von ganzem Herzen Glück und eine gesegnete Tätigkeit in der deutschen Schulvereins-Schule wünscht, in der sie als Lehrerin wirken wird, schließt er mit jenem Worte, das damals der Großvater ausgesprochen, als Doll zum ersten Male an seiner Seite die Paßhöhe über der Lüsen betreten und hinausgeblickt hatte ins weite fremdsprachige Land: »Wir alle stehen auf der Wegwacht!«

So hat Herrnfeld es gewendet, daß Vefis künftige Tätigkeit, so bescheiden sie sein wird, mit so großen Dingen verglichen wird, wie die Werke auf der Wegwacht und in der Lüsen es sind, die einer ganzen Gegend wirtschaftliches Gedeihen bringen. So hat er es bewirkt, daß alle, die zugehört haben, ob sie wollten oder nicht, ihr Achtung und Schätzung zuwenden mußten, und daß sie, das stille, liebe Mädchen, das sich lieber verstecken möchte, auf einmal zum Mittelpunkt der ganzen kleinen Versammlung geworden ist, einen Platz, den Herr Thom Bornschbögel, aus seiner Miene zu schließen, ihr nur widerwillig überläßt. So hat er es gewendet, daß all die vielen Chrysanthemen, die wirklichen und die gemalten, heute bloß zu ihren Ehren blühen.

Aber das ist ganz im Sinne des Großvaters. Strahlend tritt dieser an Ludger heran und drückt ihm die Hand.

»Sehr schön haben Sie das alles gesagt«, meint er. »Nur ein bissel zu lang war es und zu viel von Politik ist darin vorgekommen.«

»Eine Berufskrankheit!« entschuldigt sich Herrnfeld lachend. »Übrigens was wollen Sie? Wenn man den Menschen etwas Ernsthaftes zu sagen hat, muß man sie manchmal ein bißchen langweilen.«

Auch Frau Therese geht auf Ludger zu und reicht ihm schweigend die Hand. Ihre Augen sind feucht geworden.

Moini, der in der Nähe steht, schaut lächelnd auf Herrnfeld herüber und spottet: »Redner wird von allen Seiten beglückwünscht.«

»Was will er eigentlich, dieser – Mannsfeld oder Herrenberg, oder wie er heißt?« sagte Herr Thom zu Moini. »Meine Fabrik steht, soviel ich weiß, in Schlesisch-Riebstadt. Was geht denn mich die Wegwacht an?«

Ludmilla, die geborene Bornschbögel, die ein schwerreicher Färbermeister geheiratet hatte, obgleich sie noch immer die Unterlippe hängen ließ und mit dem linken Auge ganz wo anders hinsah, befand sich auch unter jenen, die Ludger beglückwünschten.

»Sie haben mir ganz aus der Seele geredet«, sagte sie, »ich habe die Vefi immer gern gehabt und sie immer in Schutz genommen, wenn sie auch viel jünger ist als ich, das heißt, viel jünger ist zu viel gesagt, ich bin ja auch noch nicht gerade in Methusalems Alter, aber in der Zeit machen ein paar Jahre viel, deswegen haben wir als Kinder auch nicht miteinander gespielt, dafür war der Altersunterschied doch zu groß, und darum kenn' ich sie auch eigentlich fast gar nicht, deswegen kann man doch einen gern haben, wenn man ihn auch nicht näher kennt, und besonders in Schutz nehmen, das soll man überhaupt jeden Menschen, weil es zum Anstand gehört, wenn andere sich den Mund zerreißen, und einen Anlaß hat es bei der Vefi ohnedies nie gegeben, wenn auch niemand geahnt hat, daß sie einmal Lehrerin werden will, was mich wirklich wundert, denn wie man Lehrerin werden kann, begreif' ich nicht, ich möchte eher alles andere werden, weil ich von meinen eigenen Kindern weiß, was man für ein Kreuz mit den Fratzen hat, so daß man gerade genug haben könnte und sich nicht auch noch fremde auf den Hals zu laden braucht. Aber es ist jeder seines Glückes Schmied, über Gusto kann man nicht streiten, weil die Geschmäcker zu verschieden sind und der eine gerade das will, was der andere nicht will, was auch ganz gut eingerichtet ist, weil sonst alle dasselbe wollten und es Lehrerinnen gäbe zum Schweinefüttern oder gar keine, wenn alle meinen Geschmack hätten, weil ich mich viel zu viel ärgern tat' in einer Schule, denn man glaubt gar nicht, was es für Kinder gibt bei den armen Leuten, Läuse sind noch das wenigste, da kommen noch andere Sachen vor, die ich lieber gar nicht erzählen will, weil sie sonst glauben könnten, es sind nur gerade die Arbeiter bei der Färberei so, aber die andern sind auch nicht um ein Haar anders, ich begreif' überhaupt nicht, warum man auf die Färber von oben herabschaut, meine Schwester hat einen Appreteur, und ich wüßte nicht, warum mir das lieber sein sollte, ein gutes Geschäft ist das eine wie das andere, abgehn lassen brauchen wir uns nichts, und das bleibt doch immer die Hauptsache, nicht wahr?«

»Gewiß!« sagte Ludger. »Auch Sie haben mir aus der Seele gesprochen.«

Er wendete sich gegen Doll herum und erkundigte sich nach dem Stand der Marmorwerke. Die Auskünfte, die er erhielt, befriedigten ihn.

»Ein Wagnis war es immerhin«, sagte Doll. »Und ein Glück, daß wir gerade in die Zeit der vielen Neubauten hineingekommen sind.«

»Und eine Freude ist es«, sagte Ludger, »daß du mitbauen hilfst an dieser schönen Stadt!«

»Ja, es freut mich«, sagte Doll, »daß ich hier mittun kann, so weit ich auch fort bin.«

Der Großvater hatte sich Bethy genähert, die am Fenster stand und in den Winter hinausblickte. Ihre schlanke Gestalt hatte sich während der letzten Monate verändert, ein neues Leben keimte unter ihrem Herzen.

»Der Tod deiner guten Großtante ist mir nahe gegangen«, sagte er. »Ich hab' sie von Jugend auf gekannt. So eine wie die kommt nicht wieder.«

»Es war ein schönes Sterben«, sagte Bethy. »Sie ist wieder jung geworden dabei. Alle ihre Geschwister waren wieder um sie, die längst Verstorbenen. Sie, die Kranke, hat alle überlebt. Nun kamen sie an ihr Lager und saßen bei ihr wie einst. In meinem Vater sah sie nicht ihn selbst, sondern seinen Vater, der ihr Lieblingsbruder gewesen war. Und sie redete mit ihm von alten Zeiten und sorgte sich um die Erziehung seiner Söhne Poldi und Fred, denen sie eine Mutter gewesen war. In meinen Cousinen Beywald erblickte sie ihre jüngeren Schwestern Cajetana und Susann und in meinem Bruder Alfred den jung verstorbenen Bruder meines Vaters: Fred Leodolter, der ein Opfer des Sturmjahres achtundvierzig geworden ist, und den sie ihr ganzes Leben lang betrauert hatte. Es war ergreifend, wie sie ihm Mut zusprach, weil er sterben müsse. Nie sind schönere und trostreichere Worte gesprochen worden. Niemals begriff ich besser, daß unsere Seele stärker sein kann als jedes Leid. Denn es war keine Klage in ihren Worten, es war eine Verklärung darin, die über alle irdischen Begriffe geht. So dachte sie noch im Sterben nicht an sich selbst, sie dachte nur daran, zu trösten, zu ermutigen, stark zu machen – sie, die Schwache, die ihr ganzes Leben auf dem Krankenbett hingesiecht hatte!«

»Sie ist in der Lüsen gestorben?« fragte der alte Herr Bornschbügel.

»Im Klosterschlössel«, sagte Bethy. »Die ganze Bevölkerung strömte zusammen, und man sah bärtige Männer weinen wie Kinder. Gioja war ihnen eine Mutter gewesen. Sie hatte auch all den großartigen Anstalten vorgestanden, die für die Wohlfahrt der Werksarbeiter und ihrer Kinder während der letzten Jahre in der Lüsen begründet wurden, und ich bin ihr dankbar, daß sie mich stets zu Rate zog und in die oft ziemlich verwickelten Geschäfte einführte; sonst hätte ich mich schwer zurechtgefunden. Denn seit ihrem Tode habe ich mich natürlich ganz allein um diese Dinge zu bekümmern.«

Sie standen lange schweigend nebeneinander. Sie sahen immer bloß durch die halbvereisten Scheiben des Fensters, über die vielen Dächer hinweg, die wie unzählige beschneite Grabhügel unter dem reinen blauen Winterhimmel lagen. Die Sonne mußte bald untergehen, sie funkelte noch im goldenen Knauf des Turmes von St. Stephan, daß er wie eine Fackel loderte.

»Was hat der Turm nicht alles erlebt!« sagte der Großvater. »Von ihm haben sie hinausgeschaut ins weite Marchfeld und die französischen Kanonen und die Kürasse der Reiter in der Sonne blitzen sehen. Und Bürgerssöhne vom Schottenfeld, die sich zum schottischen Freibataillon hatten anwerben lassen, waren bei Aspern mit dabei, auch ein Urgroßvater von dir. Vergiß es nie, daß ein Tropfen von seinem Blut auch in den Adern deiner Kinder sein wird!«

»Ich werde es nie vergessen!« sagte Bethy.

»Und dann wieder haben die Sturmglocken von dem alten Turm geläutet. Dein Großvater Alfred Leodolter, den ich auch noch gekannt habe, war ein geistiger Führer im Kampf um die Freiheit, und der junge Bruder deines Vaters hat sein blühendes Leben für sie gelassen. Vergiß es nie, daß ein Tropfen von ihrem Blute auch in den Adern deiner Kinder sein wird!«

»Ich werde es nie vergessen!« sagte Bethy.

»Es wachsen neue Geschlechter auf«, sagte der Großvater, »und noch die Kinder deiner Kindeskinder, wenn du selbst nicht mehr sein wirst, werden diesen alten Turm sehen, und die Sonne wird scheinen wie heute und wird in seinem goldnen Knauf blitzen und funkeln wie heute. So grüßt er die Enkel von den Ahnen mit einem ewigen Strahl von Licht … Ihr seid hinausgezogen in die Ferne, und es ist gut, wenn rings in einem weiten, ungeheuren Kreise die Kinder dieser Stadt auf Grenzwacht stehen. Sie sollen das heilige Licht bewachen, das von hier ausstrahlt wie eine Mahnung derer, die gewesen sind, an die, die sein werden. Vergiß es nicht, wenn deine Söhne einmal heranwachsen, sie jeden Morgen und jeden Abend daran zu erinnern, daß ihre Väter für ihr Vaterland, für ihr Volk und für die Freiheit gekämpft haben!«

»Ich werde es nicht vergessen!« sagte Bethy.

Dr. Lois Birenz hatte sich Ludgern genähert.

»Warum haben Sie mich übergangen?« sagte er schroff. »Gehöre ich nicht halb und halb zu den Mairold-Kindern? Und jedenfalls bin ich ein Schwiegersohn.«

»Man sagt, Sie seien Sozialist.«

»Also doch Parteimann? Ich glaubte, Sie wären ein Wilder.«

»Ich gehöre der Herrnfeldpartei an, und bei dem strengen Klubzwang, der leider besteht, bin ich natürlich gezwungen, mich dem Diktat der Mehrheit zu unterwerfen.«

»Aus wieviel Mitgliedern besteht denn Ihre Partei?«

»Eigentlich nur aus mir selbst; ich bin das einzige Mitglied, aber gerade darum wurde ich zum Obmann gewählt, mußte das Amt des Obmannstellvertreters übernehmen und konnte auch das Amt des Schriftführers nur mit mir selbst besetzen. In dem Falle nun, auf den Ihre Interpellation sich bezieht, beantragte der Obmannstellvertreter, auch den Dr. Lois Birenz unter den deutschen Volkskämpfern aufzuzählen, die die Zukunft vorbereiten. Der Schriftführer machte dagegen geltend, daß Dr. Lois Birenz nicht auf der Wegwacht, sondern im sozialistischen Lager stehe. Der Obmann schritt zur Abstimmung, das Mitglied stimmte mit dem Schriftführer, und Sie fielen durch. Ein letzter Versuch des Obmanns, zu Ihren Gunsten zu dirimieren, blieb leider erfolglos. Ihre Gegner schlugen einen fürchterlichen Lärm, behaupteten, es sei gegen die Geschäftsordnung, und überzeugten den Obmann durch ein Tintenfaß, das ihm an den Kopf flog, von der Gültigkeit der bereits vollzogenen Abstimmung. So mußte es denn leider dabei bleiben.«

»Ich kann Ihrem politischen Scharfblick meine Bewunderung nicht versagen«, sagte Lois ironisch, »wenn Sie die Sozialisten nicht zu denen zählen, die um die Zukunft kämpfen.«

»Wer sagt Ihnen das?« gab Herrnfeld zurück. »Alle vier Mitglieder meiner Partei zählen die Sozialisten zu den Kämpfern für die Zukunft. Aber zwei davon sind der Meinung, daß sie mit falschen Waffen kämpfen, mit zuviel Verstand und zu wenig Gemüt, und daß die gesunde Entwicklung langsam gehe und alles Gewaltsame sie eher hemme als fördere. Die beiden anderen Mitglieder, von denen, wie erwähnt, eines sogar der Vorsitzende selbst ist, teilen diese Ansicht nicht, und damit mögen Sie sich trösten.«

»Eines Trostes bedarf ich gerade nicht«, sagte Lois lachend, »aber wenn Sie mir einmal gelegentlich eine Unterredung gewähren wollen, so möcht' ich es gern versuchen, Sie von der Richtigkeit meiner Anschauungen zu überzeugen.«

»Um Gotteswillen, daß Sie mich am Ende herumreden!« rief Herrnfeld erschrocken. »Es haben ja alle bis zu einem gewissen Grade recht und alle unrecht. Der die Helden spielt, ist manchmal ein schlechter Kerl, und der die Intriganten gibt, im Leben nicht selten ein Prachtmensch. Ich sehne mich aus diesem Reich der Schminke, der Perücken und falschen Bärte ins Parterre zurück. Solange die Welt aussieht wie heute, täte man besser, in einem großen Wald zu leben und ein Philosoph zu werden. Ich hätt' es auch schon längst getan, wenn Einsiedlerklausen mit guter Verpflegung und Badezimmer zu vermieten wären. Aber Wurzel und Kräuter – pfui Teufel! Und der Schmutz! Da kann ich lieber gleich bei der Politik bleiben.«

Verflackert dein Feuer so rasch, Ludger Herrnfeld? Sollte es denn nicht echt sein? Oder ist es ein St. Elmsfeuer, das gewisser Witterungsstimmungen und sehr hoher Gegenstände bedarf, um seine Elektrizität auszusprühen? Nein, die Unechten sehen anders aus wie du, aber die Ganzen freilich auch. Wer weiß, ob in deinem Klub von vier Mitgliedern nicht oft so tiefgehende Meinungsverschiedenheiten bestehen wie in viel größeren? Und wer weiß, ob nicht manche Entscheidung dadurch herbeigeführt wird, daß dir in deiner Eigenschaft als Obmann ein Tintenfaß an den Kopf fliegt, das du selbst in deiner Eigenschaft als Mitglied geschleudert hast? Ein Mann, der so fest in seinen Stiefeln steht wie Lois Birenz, wird kein Verständnis für dich übrig haben, und du kannst es seiner Dankbarkeit zuschreiben, die er noch von seinen Bubenjahren her für dich hegt, daß er sich nur schweigend abwendet und zu Doll hinübergeht, seinem alten Kameraden, dem er so kräftig die Hand drückt, daß man gleich sieht, es ist noch die innige Freundschaft von früher, die sie verbindet.

Herr Thom Bornschbögel hat sich inzwischen in ein längeres Gespräch mit seiner Schwester vertieft. Er macht sie aufmerksam auf gewisse Mängel und Fehler, die er an ihren Söhnen und Töchtern wahrgenommen, und rät ihr, wieder ihre Kinder aufmerksam zu machen, daß sie sie ablegen möchten. Aber sie lächelt bloß, daß die kleinen Fältchen an den Augen durcheinanderschießen und meint: »Geh', laß sie doch! Warum sollen sie nicht auch ihre Fehler haben? Jetzt ist es ohnedies schon zu spät, jetzt können sie gewiß keine Heiligen mehr werden!«

»Ein freundschaftlicher Rat sollte unter Verwandten mit Dankbarkeit aufgenommen werden«, bemerkte Herr Thom scharf.

»Ach, Thom, reg' dich nur nicht auf«, klagte Frau Minka. »Bitte, Therese, sag' ihm, daß er sich nicht aufregen soll! Du weißt, es schadet ihm!«

In einzelnen Gruppen unterhielten die jungen Leute sich gut miteinander, es wurde gescherzt und gelacht, und der Großvater kam auf keinen Stuhl, er ging nur immer von einem zum andern und hatte für jeden ein gutes Wort. Es war, als ob er sich alle noch einmal recht gut anschauen wollte, um sie im Gedächtnis zu behalten. Und oft führte er Vefi an der Hand und erzählte jedem von ihrem guten Zeugnis, und daß es schon etwas wäre, wenn ein junges Mädchen, das es nicht nötig hätte, selbständig hinaustrete ins Leben, um zu leisten und zu wirken. Und dann fügte er jedesmal hinzu: »Darum hab' ich ihr auch ein Blumenfest gegeben, und japanisch ist es bloß deswegen, weil die Chrysanthemen japanesische Blumen sind.«

Und so wurde es nach und nach dämmrig, der frühe Winterabend schlich durch die Stuben, und jetzt wurden die Lichter in den vielen bunten Papierlampions angezündet, die von den Decken hingen. Da trat Frau Bohatschek ein, als Japanerin verkleidet, mit einer Frisur, die natürlich nicht so echt hätte sein können, wenn sie nicht falsch gewesen wäre, und brachte das Teebrett und Tassen und alles Zubehör, und Vefi half ihr die Gäste bedienen. Mit Ernst begonnen und heiter beendet – das war nach des Großvaters Sinn. Man blieb noch lange munter beisammen, und Frau Bohatschek, die nicht wenig zur allgemeinen Fröhlichkeit beitrug, tat nicht zimper, machte kleine, kurze Schrittchen, kühlte den Tee, wenn er zu heiß war, mit dem Fächer und lupfte manchmal ihren Kimono, daß man ihr nichts weniger als japanisches Schuhwerk zu sehen bekam. Es war wirklich edel von ihr, wie sie den Spaß mitmachte. Niemand hätte ihr eine solche Selbstverleugnung zugetraut. Aber sie vergab sich dabei nichts. Über ein Kostüm mochte man lachen, sie selbst war den andern Tag doch wieder – die Frau Bohatschek. Und dann tat sie es auch Vefi zulieb. Der Abschied von dem lieben Mädchen, das sie schon gekannt hatte, eh' es geboren war, fiel ihr schwer. Wie leicht hätte eine gedrückte Stimmung aufkommen können, bei ihr und beim Großvater und bei Frau Mairold. Nein, das sollte nicht geschehen! Man konnte sich doch nicht zusammensetzen, um zu schluchzen, wie einem eigentlich zumut gewesen wäre.

»No, und deswegen«, hatte sie sich entschlossen, »mach' ich ihnen meinetwegen einen Kasperl.«

* * *

Es gibt zwei höchste Glücksgüter des Menschen, die Arbeit und die Liebe. Die Arbeit ist das silbergraue Glück und die Liebe das hellrote, die Arbeit allein wirkt auf die Dauer zu eintönig und die Liebe allein zu aufreizend jubeltrunken. Gemeinsam aber heben und stärken sie sich, daß das ruhige und sichere Glück daraus wird, das Dauer hat. Das Feuer kühlt sich an der Asche, und die Asche durchwärmt sich am Feuer. Schon der Mythus von der Vertreibung aus dem Garten Eden bringt die Liebe mit der Arbeit in Verbindung. Aber ist es nicht ein falscher Zusammenhang, den er hergestellt wissen will? Wie –? Um der Liebe willen hätten die Menschen das Paradies verloren? Haben sie es nicht erst gewonnen, da die Liebe in die Welt kam? Und um der Liebe willen wären sie dazu verurteilt worden, im Schweiße ihres Angesichts ihr Brot zu essen? Steht es nicht vielmehr so, daß die angebliche Strafe ihnen zum Lohn wird, wenn sie die Arbeit, mit der sie gesegnet sind, für jene leisten dürfen, die sie lieben?

Doll und Bethy, die während der kalten Jahreszeit im Klosterschlössel und im Sommer auf der Wegwacht wohnen, dringen von Jahr zu Jahr tiefer in diese Erkenntnis ein. Nein, es kann kein vollkommeneres Glück der Menschen geben als strenge Arbeit, der die Hoffnung winkt, an einem treuen, verstehenden Herzen auszuruhen.

In der Lüsen ist es jetzt nicht mehr so still wie einst, da man nichts als das Tosen des Bergwassers darin hörte. Der Lüsenbach, der ungebärdige, wälzt seine grauen Wogen nicht mehr zwecklos zu Tal. Er darf sich nicht mehr in wildem Übermut über die Wiesen und Felder stürzen, so oft es ihm gefällt, das Werk der Menschen zu zerstören. Er hat es lernen müssen, sich in ihre Ordnung zu fügen, sie haben ihn gebändigt, so wütend er dagegen schäumte und sich bäumte, sie haben ihn sogar gezwungen, ihnen Dienste zu leisten.

Was ist das für ein umfangreiches Geviert der verschiedenartigsten Gebäude, das gleich hinter St. Jodok beginnt und sich fast bis zum Klosterschlössel erstreckt? Dienen, diese Gebäude, die teils wie Wohnhäuser, teils wie Maschinenhallen, teils wie Fabrikswerkstätten, Hammerwerke oder Schmelzhütten aussehen, und von denen die meisten ununterbrochen vom Lärm der Arbeit erfüllt sind alle ein und demselben Zweck? Wir wissen es nicht, Herr Zwicknagel aber, Dolls rechte Hand, hätte dem Fragenden dienstbereit Auskunft erteilt.

»Das sind die Anlagen für die Steinbearbeitung«, hätte er gesagt, »die zu den Marmorwerken auf der Wegwacht gehören.«

Und hättest du ihn gebeten, das Werk besichtigen zu dürfen, so hätt' er es vermutlich nicht nur gestattet, sondern, zuvorkommend wie er ist, sich vielleicht sogar bereit erklärt, selbst den Führer zu machen. Er hätte dich zuerst ins stattliche Verwaltungshaus geführt, das in der Mitte liegt, und hätte gesagt: »Hier befinden sich die Ubikationen für die Kanzleien, technischen Bureaus und Zeichensäle.«

Er hätte dich hierauf durch die Torfahrt des Verwaltungshauses auf das weite, lärmende Flötz geführt, das dahinter liegt, und hätte dir die Geleise gezeigt, die den Werksplatz mit der Seilbahn verbinden, welche die auf der Wegwacht gebrochenen Steine zu Tal fördert. Er hätte dir die Wagen gezeigt, die mit riesigen Marmorblöcken beladen heranrollen, und dich den großen elektrischen Kranen vorgestellt, die die Marmorblöcke in ihre starken Arme nehmen, emporheben und keuchend an die Stellen tragen, wo sie gelagert werden sollen.

Aus der langgestreckten Arbeitshalle, die mit Ober- und Seitenlicht versehen ist, dringt ein emsiges Pochen und Klirren. Und von den eisernen Kranen wird manchmal einer neugierig und möchte sehen, was sie darin machen. Da hebt er mit seinen Riesenkräften einen Steinblock vom Boden und schleppt ihn stöhnend und ächzend in die Werkstatt. Und er sieht Leute mit grauen Mänteln und Papiermützen auf dem Kopfe auf stählerne Meißel klopfen. Er wundert sich, wie kunstvoll sie alles machen, und wie unter ihren Händen der rohe Stein sich allmählich in allerhand Form und Bildwerk verwandelt. Da entstehen Gesimse, Stufen und Schnörkel, Ranken und Fruchtkränze, Tier- und sogar Menschengestalten. Die Menschengestalten sind schneeweiß und oft doppelt so groß wie gewöhnliche Menschen und haben starre und kalte Augen. Da erschrickt der eiserne Kran, das plumpe Ungetüm, vor diesen großen, kalten, steinernen Menschen, die sie in der Werkstatt aus den Blöcken hauen, und denkt: »Wie wird es mir erst ergehen, wenn sie einmal zu leben anfangen sollten?«

Und er legt geschwind seinen Stein hin und trollt sich wieder und macht, daß er hinauskommt.

Herr Zwicknagel lacht über den erschrockenen Kran, der aber muß seinen Kollegen irgendeinen Bären aufgebunden und ihnen eingeredet haben, es sei doch entschieden lustiger, ab und zu einmal auf Abenteuer auszuziehen, als immer bloß Handlangerdienste zu leisten. Denn sie horchen auf und staunen und wenden ihre Hälse hin und her wie richtige Kraniche, und einer, der besonders abenteuerlustig zu sein scheint, setzt sich sogleich in Bewegung und marschiert ebenfalls mit einem riesigen Steinklotz beladen in ein anderes Gebäude hinein, das am Wasser liegt, und aus dem fortwährend ein lautes Schnarren und Ächzen erschallt wie von einer Säge. Und wirklich ist es etwas wie eine Säge. Schneeweiße Steinblöcke sind eingespannt und werden in dünne Platten zersägt, worüber der Kran sich nicht wenig zu wundern scheint.

»Wird denn die Säge nicht stumpf?« denkt er. »Ist denn der Stein nicht härter als die Schärfe ihrer Zähne? Man sollte es nicht für möglich halten, daß Eisen imstande ist, Marmor wie Holz auseinanderzuschneiden!«

Wie er aber näher hinsieht, erkennt er erst, daß nicht das Eisen den Stein schneidet, sondern der Stein sich selbst. Daß es gar keine Sägezähne sind, die in ihn hineinbeißen, daß bloß befeuchteter Marmorsand durch ungezahnte Sägeblätter so lange auf ihm hin und her gewetzt wird, bis er ächzend und jammernd nachgibt. So muß er sein festes Fleisch von seinesgleichen zerstückeln lassen, der Marmorsand hat sich mit dem Menschen verbündet, den Marmorblock auseinanderzusägen. Ist es nicht ein trauriges Los, das die harten, unerbittlichen Menschen den armen Steinen auflegen?

Der gute Kran, der ungefüge Riese, steht erschüttert still vor solchem Anblick. Das Los der Marmorblöcke, die er immer so sorglich in, seinen Armen trug, damit ihnen ja nichts geschehe, scheint ihm bitter zu Herzen zu gehen. Und wie vorher sein Genosse tat, so legt auch er seine Last geschwind auf den Boden und schiebt sich murrend und kettenrasselnd wieder aus der Halle hinaus, um zu den Kameraden zurückzukehren.

»Ich seh' es schon«, sagt er traurig zu ihnen, »es bleibt uns nichts übrig, wir müssen parieren, wir können uns nicht auflehnen gegen die Menschen; denn wir sind die Schwächeren, so tausendfach größere Lasten wir auch zu heben imstande sind als sie!«

Und währned die Krane stumm beisammen stehen und über ihr Schicksal nachdenken, führt dich Herr Zwicknagel weiter, von einem Haus ins andere. Er zeigt dir alle Einrichtungen und Maschinen des großartigen Werkes und erklärt sie dir genau, bis du nach und nach zu der Erkenntnis gelangst, daß die Steine ebenso wie wir durch viele Kreise der Läuterung hindurchgehen, ehe sie reif werden für Zeit und Ewigkeit, und daß sie keine minder harten Schicksale erlebt haben müssen als die Menschen, ehe sie als reinlich behauene Würfel oder Prismen, als spiegelblank geschliffene Platten, als kunstvoll profilierte Versetzstücke oder gar als herrliche Bildwerke schließlich verladen und vierspännig hinausgefahren werden können in die weite Ferne, wo ihnen das letzte Ziel winkt.

In all das Geräusch der Arbeit, das in der Lüsen tobt, klingt manchmal außerdem noch ein frisches, schmetterndes Lachen, das niemand anderm gehört als Herrn Direktor Haarhammer. Der muntere, noch immer von jugendlicher Zuversicht und Tatkraft sprühende alte Herr kommt gern in die Lüsen. Er hängt an Doll und an Bethy, er hat sie gern, und die Geschäfte dienen seinem Erscheinen oft mehr zum Vorwand, als daß sie der eigentliche Anlaß dafür wären. Mit Vorliebe wählt er den Winter zu seinen Besuchen, weil um diese Jahreszeit die Bautätigkeit in Wien stockt, und es kommt vor, daß manchmal ganz unerwartet ein fröhliches Schellengeklingel an Bethys aufhorchendes Ohr schlägt. Dann springt sie empor und eilt jubelnd die steinerne Treppe hinunter ans Tor des Hauses; denn sie weiß es, noch ehe Haarhammer sich aus seinen Pelzen gewickelt hat, was für einen lieben Gast ihr die dampfenden Schlittenpferde in die verschneite Einsamkeit des Klosterschlössels gebracht haben.

Gemeinsam Tüchtiges wirken schmiedet feste Freundschaft. Haarhammer hat nicht bloß mit Doll zu tun, er hat auch mit Bethy zu tun. Die Wohlfahrtseinrichtungen, die noch zu Giojas Zeiten begründet wurden, sind ihrer Aufsicht anvertraut. Außerdem hat Haarhammer den Versuch unternommen, den Angestellten und Werksarbeitern eine Beteiligung an dem Unternehmen zu ermöglichen, dem sie dienen. Durch wochenweise Einzahlung kleiner Ersparnisse können sie nach und nach gewisse Anteile daran erwerben, und da keiner seine privaten Angelegenheiten gern in jedermanns Mund weiß, so haben sie Bethy einmütig zu ihrem Vertrauensmann gewählt und sie ersucht, das Buch, worin die Einzahlungen verzeichnet stehen, um Dankeslohn für sie zu führen. Was läßt sich aus diesem Buche nicht alles herauslesen! Glück und Leid, Aufstieg und Niedergang, die Schicksale Einzelner wie ganzer Familien. Im allgemeinen aber geht zahlenmäßig eine Tatsache daraus hervor, die Bethy für alle Mühe reichlich entlohnt: der zusehends wachsende Wohlstand der ganzen Gegend.

Einmal, an einem langen Winterabend, saß sie gemeinsam mit dem Direktor über dem Buche. Sie rechneten und zählten zusammen und waren mit solchem Feuereifer bei ihrer Sache, als handelte es sich um ihre eigenen Ersparnisse, und als hätten sie etwas davon, wenn es schon recht viel geworden wäre. Sie hatten beide rote Wangen davon bekommen und mußten schließlich darüber lachen.

»Rechte Geizhälse sind wir geworden!« sagte Bethy. »Ich kenn' ja die meisten Leute gar nicht«, sagte Haarhammer, »sie sind mir nichts als leere Namen. Und doch hab' ich jedesmal eine Freud', wenn dieser Berti oder jener Mundl einen kleinen Schuß vorwärts getan hat. Ich bin nur froh, daß die Leute von den Vätern her noch eine gewisse Handwerksüberlieferung im Blut haben. Wären sie für das Steinmetzgewerbe nicht abzurichten gewesen, so hätten wir Welsche kommen lassen müssen, die sich in der Regel besser darauf verstehen als die Deutschen.«

»Dann hätt' ich nicht mitgetan«, sagte Doll.

Haarhammer lachte, daß es nur so schmetterte.

»Glauben Sie, ein Unternehmer kann sich das aussuchen? Vor ihm müssen alle gleich sein wie vor unserm Herrgott. Und das ist auch recht so! Wer sich nicht konkurrenzfähig zu machen weiß, der verdient nicht, daß man ihm hilft.«

»Denen, die einem näher stehen, darf man schon ein bißchen mehr helfen als den andern«, meinte Doll.

»Wenn sie ihre Sache ebenso gut machen!« sagte Haarhammer ernst.

»Das tun sie – zum Glück!« sagte Doll.

Es war von jedem Hof im ganzen Tal der Vater oder ein Sohn, manchmal zwei, drei und mehr Söhne, beim Werk, So groß war die Bauernwirtschaft ja nicht, hier im Gebirg, daß sie kinderreiche Familien hätte ernähren können. Und Kinder, viel Kinder hatten sie alle, es wimmelte von Kindern in der Lüsen. Die konnten der Mutter helfen, das bißchen schütteren Roggen mit der Sichel schneiden und die paar

Stück Vieh versorgen, während die Männer verdienten. Und wenn dann die Kinder größer wurden, blieb der Vater meist wieder daheim, und die Kinder hatten ihren Verdienst. Das leuchtete den Leuten bald ein. Ein jedes Kind in der Lüsen, wenn man es fragte: »Was wird denn einmal aus dir?« antwortete: »Ich geh' in Berg.« Denn es mußten alle oben anfangen, auf der Berghöhe, mit dem harten Dienst in den Steinbrüchen.

Kein Anwesen in der Lüsen war in andere Hände übergegangen, seit das Werk bestand, keines hatte seinen Besitzer gewechselt.

O, es ist eine Lust zu schaffen, wenn Erfolg und Segen bei der Arbeit ist! Es liegt viel auf Dolls starken Schultern, und es liegen auch auf Bethys schwachen Schultern nicht bloß die Sorgen der jungen Mutter. Aber gibt es ein vollkommeneres Glück der Menschen als strenge Arbeit, der die Hoffnung winkt, an einem treuen, verstehenden Herzen auszuruhen?

Vereint in Arbeit und in Liebe schreiten Doll und Bethy Hand in Hand ihren Weg aufwärts nicht nur bildlich gesprochen; jeden neuen Sommer auch wirklich aufwärts, zur Paßhöhe über der Lüsen – auf die Wegwacht.

O Zeit der vollen Reife und der vollen Kraft, wo der Mensch auf seiner Höhe steht, verweile! Du bist süßer als die beschränkte Kinderzeit, die noch nichts von sich weiß, süßer als das Bangen und dunkle Sehnen der Jugend, die einem ungewissen Ziele entgegengeht. Du bist die Erfüllung und doch nicht die Sättigung, du bist die Beruhigung und doch nicht die Ruhe. Du bist ganz Bewegung, Wirksamkeit, Stärke. Du bist das Leben, ja, nur du allein bist das eigentliche und einzige Leben!

Die Landkartenzeichner, wenn sie die Wegwacht neu aufnehmen wollten, fänden jetzt nicht mehr ihr Auslangen mit einem kleinen schwarzen Viereck für das Hospiz und einem Kreuzlein über einem winzigen Kreise für die Kapelle. Sie müßten ihre Feder tiefer in die Tusche tauchen und eine Menge andere Vierecke hinzeichnen, große und kleinere, und eines wäre das Werkshaus und eines das Haus der Steinmetzen, wo sie den Blöcken die erste rohe Form geben, und ein anderes, um das kleine Hausgärten blühen, wäre das Wohngebäude für die Werksarbeiter und wieder ein anderes das Schulhaus für die Sommerschule. Und um die großen Vierecke würden noch viele winzige herumwimmeln, für Ställe, Remisen, Maschinenräume und Reparaturwerkstätten, für Lagerräume und Magazine, für einen Konsumverein, wo die Arbeiter ihre Lebensmittel beziehen, für ein Erholungsheim, wo sie ausruhen, miteinander plaudern oder in einem Buche lesen können, und für ein Krankenhaus, das gottlob nicht groß zu sein braucht, denn die Luft auf der Wegwacht macht gesund und stark.

Und etwas abseits von den übrigen, wo die Karte grün wäre, weil die Alpwiesen beginnen, und wo die übliche Schraffierung anzeigen müßte, daß der Boden ansteigt, da hätten die Kartographen noch ein ganz kleines Viereck einzuzeichnen, und das wäre das Haus, in dem Doll und Bethy wohnen. Es ist aus grauem Stein gebaut wie die übrigen und sieht unscheinbar aus unter seinem grauen Schindeldache; man könnte es für einen der Felsblocke halten, die die Bergstürze alter Zeiten vom Mahrkopf auf die grünen Matten herabgewälzt haben. Aber in seinem Innern ist es ein warmes Nest für die Liebe, während draußen die Arbeit klingt, das Klirren der Meißel, das Sausen der Bohrmaschinen, das Donnern und Krachen der Sprengschüsse in den Steinbrüchen, daß die Felsberge rings in der Runde erbebend widerhallen.

Auf der eigentlichen Paßhöhe hätten die Kartenzeichner ihre Aufgabe erschöpft, wenn sie die erwähnten Baulichkeiten in ihren Plan eingetragen haben. Steigen sie aber noch mehr in die Felsen und biegen sie gegen die unwirtlichen Staffeln ein, in denen der Mahrkopf kahl und weiß wie gebleichtes Gebein nach der südlichen Seite abstürzt, die gegen Gorenje hinunterschaut, so erblicken sie in einer Steinmulde außerdem noch eine Ansammlung niedriger und langgestreckter steinerner Hütten, die wie Nester der Felsenschwalbe mit dem Berg selbst verwachsen scheinen. Das sind die Schutzhäuser der Arbeiter, die von der andern Seite heraufkommen. Das ist das feindliche Fort, das sich der Festung auf der Wegmacht entgegenstellt.

Der Freiherr von Grahovo hatte es verstanden, die Entscheidungen der Verwaltungsbehörde auf die lange Bank zu schieben. Sein Einfluß reichte weit, aber doch nicht bis zu den Gerichten. Indessen zog der Zivilprozeß, der anhängig war, durch die Schwerfälligkeit des schriftlichen Verfahrens und durch den Umstand, daß die Verhältnisse ohnedies verwickelt genug lagen, sich von selbst in die Länge, ohne daß er viel dazu hätte beitragen brauchen. Es genügte, sich auf Formsachen zu steifen, Termine abzuwarten und den Instanzenzug auszunützen. Immer hieß es, die endgültige Entscheidung stehe vor der Tür. Aber noch immer war sie nicht erflossen, noch immer ließ der Freiherr im Edelweißbruch arbeiten, ohne daß Doll ihn daran hätte hindern können.

Das war freilich eine seltsame Art des Steinbruchbetriebes, die da oben beliebt wurde. Denn es kam kein brauchbares Material zum Vorschein, das gefördert worden wäre, bloß die Schutthalden im Gsölk, die gegen die Paßhöhe abfielen, wuchsen unheimlich und rückten wie ein Gletscher, der ins Wandern geraten ist, den Werksanlagen auf der Wegmacht näher. Schon konnte man auf den Alpmatten, die sich von Dolls Wohnhaus am Fuße des Gsölks hinzogen, kein Vieh mehr werden, ohne Steinschläge befürchten zu müssen. Aus der Schlucht, die hoch oben den Einstieg in den Edelweißbruch ermöglichte, führten sie mittels einer Huntebahn, die der Freiherr hatte anlegen lassen, Unmassen von Bruchgestein aus und stürzten es gegen das Gsölk ab.

Es ging die Sage, der Freiherr hätte einen Stollen von bald hundert Metern Tiefe in die Bergwand getrieben und durch Querschläge eine riesige Verzweigung von Gängen geschaffen, an deren Enden Minenkammern von ungewöhnlichem Umfang angelegt seien. Den ganzen Mahitopf wolle er heruntersprengen, hieß es. Einige von den Werksarbeitern auf der Wegwacht, die Bekannte in Gorenje hatten, wußten zu erzählen, daß er sich geäußert haben sollte, er werde den Leuten zeigen, wie man ins Große arbeite. Ganz Gorenje und Grahovo würde zu tun bekommen, so viel Marmor würde es bald zu bergen und zu bearbeiten geben.

Unter solchen Umständen ist es begreiflich, wenn ein wahrer Alp von Dolls Brust fiel, als eines Nachmittags ein Brief von Lois Birenz kam, der ihm die Freudenbotschaft brachte, die Werksgesellschaft hätte den Prozeß gegen den Freiherrn in letzter Instanz gewonnen.

Birenz war nämlich jetzt der Vertreter der Gesellschaft. Haarhammer hatte ihn, seit er als Rechtsanwalt selbständig geworden, dazu gemacht. Er schätzte ihn in jeder Hinsicht, schon von damals her, da er Instruktor seiner Kinder gewesen war. Und Lois hatte sich in diesem Prozeß die Sporen verdient. Er blieb fortan einer der gesuchtesten Advokaten, besonders in industriellen Kreisen, und brachte es zu großem Wohlstand. Später verlor er seine Klientel wieder, als er sich von der Sozialdemokratie in den Reichsrat wählen ließ.

»So muß es auch sein«, sagte er; »erst verdienen, dann wieder einbrocken, das ist das Richtige! Für mich und meine Frau langt es bis ans Ende, und den Kindern soll man nichts hinterlassen, sonst wird nichts aus ihnen.«

Was mochte der Freiherr dazu sagen, daß ihm das Recht, im Edelweißbruch Steine zu brechen, abgesprochen war? Nun blieb ihm kein Rechtsmittel mehr zur Verfügung. Seine Sache war offenkundig von allem Anfang an eine so anrüchige gewesen, daß Doll kein Mitleid mit ihm empfand. Bloß daß er der Gesellschaft auch noch den ganzen entgangenen Gewinn zu ersetzen verurteilt worden war, schien ihm zwar nicht unbillig, aber immerhin äußerst hart.

Zufällig fand sich denselben Nachmittag Besuch auf der Wegmacht ein. Baronin Natalie war mit ihrem Bruder Leo von Pinkenfeld aus Grahovo heraufgekommen. Sie pflegte sich jeden Sommer ein paarmal auf der Wegmacht zu zeigen, und während der Freiherr gewöhnlich nur vorbeifuhr, um sein Jagdhaus aufzusuchen, das auf der entgegengesetzten, grasigen Seite des Mahrkopfes lag und erst nach Umgehung anderer Gebirge von der Sattelhöhe aus zu erreichen war, versäumte sie selten, Doll und Bethy aufzusuchen. Der Verkehr bewegte sich freundschaftlich innerhalb der üblichen gesellschaftlichen Formen. Sie half sich Doll gegenüber gern durch eine leichte Ironie, hinter der sich ein bitter gekränktes Herz verstecken mochte. Es war der Ton der verschmähten, gleichsam im Frost verbrannten Gefühle, die sich zu früh oder zu weit vorgewagt haben und doch nicht ganz absterben können.

Immer besser verstand Doll, wie wenig er sie an jenem Abend, da sie einsam über die Höhe gingen, verstanden hatte.

Ihr ganzes Leben hatte sie damals vor ihm ausgebreitet, ihren Mann verraten, mit werbenden Worten um ein Verständnis gefleht, das er ihr nicht zu bieten vermochte. Er hatte sie nicht verstanden oder nicht verstehen wollen. Er wußte, daß eine Frau so etwas nie verzeiht. Und er wußte auch, daß er sich nicht täuschte. Jetzt, da er einmal aufmerksam geworden war, fand er überall Bestätigungen. Jedes geringste Anzeichen wußte er zu deuten, einen halben Blick, ein hingeworfenes Wort, ein kleines Auflachen, wodurch plötzlich ihr wahres Verhältnis zu Bethy wie mit einem Blitzlicht sich aufhellte. Bethy selbst aber ging ahnungslos an diesen Dingen vorüber, ihr war die Baronin nichts weiter als eine ziemlich gleichgültige Bekanntschaft von ehedem. Und sie ließ sie wie alle Menschen, die sich ihr nahten, der Himmelsgabe eines in sich ruhenden gleichmäßigen und von Natur aus liebenswürdigen Gemütes teilhaftig werden.

Leo von Pinkenfeld, der sich eine Zeitlang in Grahovo aufhielt, kam mit der Absicht, einen Marmorblock auszuwählen. Er war der Kunst treu geblieben. Sein neues Werk, eine rätselhafte Brunnenfigur, sollte in der Bildhauerwerkstätte in der Lüsen punktiert werden. Er zeigte Doll die Photographie des Gipsmodells. Alle seine Figuren hatten dieselbe schwermütige Haltung des Hauptes und des Oberkörpers, die ihm selbst eigen war. Man schätzte ihn als Plastiker, wenn auch mehr in Kreisen der Fachgenossen als des Publikums.

»Es ist eigentlich nichts Neues darin«, sagte er mit einer Bescheidenheit, an der nichts Unechtes war.

Doll gefiel die Gestalt ausnehmend gut. Er freute sich darauf, wenn sie aus dem Marmorblock herauswachsen würde. Aber es war ihm freilich, als hätte Leo Ähnliches schon öfter gemacht. Ihn selbst hatte er seit den Studentenjahren nicht wiedergesehen, aber die Werke der Bildhauerkunst behielt er im Auge und tat sich in den Ausstellungen um, so oft er nach Wien oder in eine andere Stadt kam. Denn es gehörte halb und halb zum Beruf.

»Ich drücke immer wieder denselben Gedanken aus«, sagte der Bildhauer in einem Ton, der fast wie Schwermut klang.

»Sie geben immer sinnende, gleichsam bedrückte Gestalten.«

»Heimatlosigkeit«, sagte Leo.

Die Baronin hatte sich ins Wohnhaus begeben, um Bethy aufzusuchen. Sie gingen auf dem Lagerplatz umher, um den schönsten Block auszuwählen.

»Warum suchen Sie nicht neue und kräftigere Ziele?« fragte Doll.

»Es ist nur eine einzige echte Note in jedem Künstler«, sagte Leo. »Ganz mein eigen ist nur die eine Idee: das Entwurzeltsein.«

Und er neigte traurig sein schönes Haupt, das Anzeichen frühen Verfalles zeigte.

War es vielleicht keine ganz freiwillige Beschränkung, die er sich auferlegte? Es sprach auch aus dem neuen Werk wieder jene innige Zartheit der Linie, die seine früheren Werke auszeichnete. Aber wenn man einiges von ihm kannte, so glaubte man immer wieder dasselbe zu sehen. Vielleicht hatte die Einseitigkeit seines Schaffens nicht wenig dazu beigetragen, ihm den Namen zu machen, den er immerhin besaß. Sieht nicht Einseitigkeit auf den ersten Blick wie Eigenart aus? Aber wie stünde es um die Kunst, wenn jede Eigenart sich in so engen Grenzen bewegte wie die Leo Pinkenfelds?

Das Gespräch kam auf den Prozeß mit dem Freiherrn. Er interessierte sich für die gefallene Entscheidung, von der er noch nichts wußte, und Doll gewährte ihm Einblick in die Mitteilungen des Lois Birenz.

»Mein Schwager war sicher im Unrecht«, sagte Leo, als er den Brief zurückgab. »Mein guter Vater, der doch genau wußte, wie bei der Pentelikon-Gesellschaft alles zusammenhing, hat ihn noch kurz vor seinem Tode beschworen, den Prozeß aufzugeben. Nun wird er sich die Folgen selbst zuzuschreiben haben.«

Doll hatte gehört, daß Herr von Pinkenfeld keineswegs als reicher Mann gestorben war. Es sollte nach dem jähen Aufstieg wieder nach und nach bergab gegangen sein, wie es eben bei dieser Art des Geldverdienens vorkommt. Vielleicht war die kühne Idee, den ganzen Mahrkopf zu sprengen, gleichsam ein verzweifelter Einsatz auf eine letzte Karte? Der Wahnsinn eines Spielers, der gehofft hat, sich durch eine reiche Erbschaft zu retten und sich nun enttäuscht sieht?

»Mir tut es nur um Natti leid«, sagte Leo. »Die Verpflichtung, der Gesellschaft den entgangenen Gewinn zu ersetzen, kann, wenn ich mich nicht sehr täusche, ruinös für den Freiherrn werden.«

»Soweit es an mir liegt«, sagte Doll, »werden wir die Berechnungen so milde als möglich aufstellen.«

Sie holten die Baronin im Wohnhaus ab, und Doll und Bethy begleiteten die Gäste, während der Wagen langsam nachfuhr, noch bis an die Stelle, wo die Straße sich gegen Gorenje zu senken beginnt.

Als sie am Fuß des Gsölks hingingen, dessen Schutthalden schon fast bis an die Straße reichten, sahen sie nach dem Mahrkopf hinauf.

Doll faßte den Bildhauer unter und redete leise zu ihm.

»Bereiten Sie Ihre Schwester schonend vor und sagen Sie ihr, daß ich bemüht sein werde, sie und ihren Mann vor Vermögensverlust tunlichst zu bewahren. Ich will gleich morgen vormittag in den Edelweißbruch einsteigen. Sollte es sich herausstellen, daß die dort geleisteten Arbeiten für uns von Wert sind, so können wir kaum eine Entschädigung für entgangenen Gewinn beanspruchen; im Gegenteil, unter Umständen würden wir uns vielleicht sogar verpflichtet fühlen, die aufgewendeten Auslagen zu ersetzen. Ich meine natürlich nur für den

Fall, als uns gewissermaßen die Früchte des bisher Geleisteten in den Schoß fielen – Sie verstehen mich?«

»Ich kenne Ihre und Direktor Haarhammers vornehme Geschäftspraxis und danke Ihnen«, sagte Leo. »Übrigens muß ich gestehen: Es ist ein wahres Glück, daß meinem Schwager das Heft aus der Hand gewunden wird; die Schutthalden bedrohen ja schon fast Ihre Anlagen!«

»Nun denken Sie«, sagte Doll, »wenn der Freiherr gar noch Zeit gewonnen hätte, die großen Sprengungen vorzunehmen, von denen man munkelt! Wüßte ich nicht, daß er ein Laie ist, der von technischen Dingen keine Ahnung hat, so müßte ich fast glauben, er hätte uns mit Mann und Maus unter einem Bergsturz begraben wollen.«

Sie waren an der Stelle angelangt, wo Doll am ersten Tage, den er auf der Wegmacht verlebte, mit dem guten Großvater gesessen hatte, und verabschiedeten sich jetzt voneinander. Die Baronin und ihr Bruder bestiegen den bereitstehenden Wagen.

»Natürlich darf ich wie immer auf keinen Gegenbesuch zählen«, sagte sie bitter und grüßte mit einem halben Lächeln zurück, während sie sehr vornehm ihr Haupt neigte.

Dann fuhr der Wagen mit eingelegtem Radschuh behutsam die Schlangenwindungen der Straße hinunter.

Leo hatte auf dem Wege seiner Schwester den Inhalt seiner Unterredung mit Doll erzählt. Sie nahm seine Mitteilungen ohne sonderliche Bewegung entgegen.

»Meinem Mann geschieht recht«, sagte sie. »Von mir aus mag er auch abwirtschaften, mir ist es gleichgültig. Aber Herrn Mairold wird jetzt der Kamm noch höher wachsen, das ärgert mich. Daß wir gewissermaßen Gnaden von ihm annehmen werden, das soll er sich nur ja nicht einbilden!«

Auf Schloß Grahovo stand, als sie ankamen, das Abendbrot bereit. Der Freiherr schien heiter und ließ sich nichts merken. Erst nach dem Essen kam die Rede auf die Wegmacht.

»Ich freue mich«, sagte Leo, »daß du die Entscheidung so gefaßt hinnimmst.«

Der Freiherr gab vor, von nichts zu wissen – vielleicht wußte er auch wirklich noch nichts davon.

»Herr Mairold nimmt den Mund voll«, sagte er gelassen. »Ich habe keine amtliche Verständigung erhalten und lasse mir meinen Besitz nicht durch Maulmachen aus der Hand winden.«

Er machte Miene, sich früh auf sein Zimmer zurückzuziehen. Natalie, in einer Anwandlung von Mitleid, sagte, als sie ihm Gutenacht wünschte: »Mach' dir nichts daraus, du wirst dich eben jetzt mehr auf die Landwirtschaft werfen.«

»Das fällt mir nicht ein!« sagte er. »Selbstverständlich setze ich meine Arbeit fort. Ich stehe knapp am Ziel, die Minen sind geladen, die Stollen verdämmt und die elektrische Zündung im Gang. In dem Augenblick, wo ich zuschlagen will, werde ich mir doch nicht gutwillig den Säbel aus der Hand nehmen lassen – da kennst du mich schlecht!«

»Herr Mairold meint«, sagte Leo, »daß eine Sprengung im großen Maßstab die Bauten auf der Wegwacht gefährden könnte.«

»Meinetwegen!« sagte er. »Was geht es mich an? Was bauen sie ihre Anlagen gerade an den Fuß des Gsölks, das von Rechtswegen mein Eigentum ist – seit dreihundert Jahren, bitte, denn es gehört zu Grahovo, das früher Familienfideikommiß war! Und sprengen vielleicht die andern nicht auch, wo es ihnen gefällt? Haben sie mir aus meinem Revier hinter dem Rosenbruch nicht das ganze Gemswild vertrieben? Es war die beste Jagd in der ganzen Gegend, jetzt ist sie keinen Schuß Pulver mehr wert!«

Er hatte sich in Zorn geredet und verließ unmutig das Zimmer, die Tür hinter sich ins Schloß werfend.

Erschrocken blickte Leo seine Schwester an, die aber sagte mit verzogenen Mundwinkeln: »Jetzt siehst du einmal, wie er sein kann. Aber beunruhigen brauchst du dich deswegen nicht. Er liebt es zu drohen, im Grunde ist er feig. Er wird es nicht wagen, etwas gegen die behördliche Entscheidung zu unternehmen, die er sicher bereits in der Tasche hat, wenn er sich auch anstellt, als wüßte er von nichts.«

Am nächsten Morgen fehlte der Freiherr beim Frühstück. Die Baronin schickte den Diener auf sein Zimmer, er war aber im ganzen Schlosse nicht aufzufinden. Der Diener kam zurück und meldete, nach Aussage des Stallburschen sei der Freiherr schon vor Tagesanbruch weggeritten.

Die Baronin erhob sich vom Frühstückstisch; Leo sah, daß sie sich verfärbt hatte. Sie gab Befehl, sofort ihr Pferd zu satteln, und eilte aus dem Zimmer. Er stand auf und ging beunruhigt hin und her. Endlich trat er auf den Gang hinaus, da kam sie ihm schon im Reitkleid entgegen.

»Was willst du eigentlich tun, Natti?«

»Sagtest du nicht, daß Herr Mairold heute in den Edelweißbruch hinauf will?«

Damit glitt sie an ihm vorüber und war auch schon die Treppe hinunter. Er sah vom Hoffenster, wie sie sich in den Sattel schwang und zum Tor hinausjagte. Sie hatte nicht einmal gewartet, bis auch der Reitknecht gesattelt hätte. Sie ritt allein davon.

Die Sonne brennt heiß, keine Luft rührt sich, die Hufeisen klingen auf dem Schotter. In der ganzen weiten Landschaft ist nichts zu hören als das Klingen der Hufeisen auf dem Schotter ...

Ob sie noch zurecht kommt? Ob es nicht zu spät ist?

Ihr, die ihr es erfahren habt, wie die Angst um das Leben eines Menschen, den man liebt, in den Eingeweiden wühlt, ihr werdet es verstehen, daß der Reiterin, die über die staubige Landstraße von Grahovo gegen Gorenje fliegt, die Windeseile ihres englischen Halbbluts ein langweiliger Schneckengang dünkt.

Ob sie noch zurecht kommt? Ob es nicht zu spät ist?

Eine riesige weiße Staubwolke wandert das sonnige Tal entlang, die immer wieder von vorn anfängt und Roß und Reiterin zu verfolgen scheint, obgleich sie nach der entgegengesetzten Seite strebt ...

Ob sie noch zurecht kommt? Ob es nicht zu spät ist?

Ihr, die ihr es erfahren habt, wie die Angst um das Leben eines Menschen, den man liebt, in den Eingeweiden wühlt, ihr wißt, was die Sorge ist, die wie eine scharfe Feile am Herzen nagt, ihr kennt den wirbelnden Reigen der Gedanken, der wie ein sturmgepeitschter Hexentanz durch das Hirn jagt.

Siehe! Der Felskoloß fliegt in die Luft und begräbt unter seinen Trümmern den Wandernden, der nach der Höhe strebt! O welches Entsetzen, welcher Jammer!

Nein, hier ist der triefende Pferdehals, und die Hufe klingen. In der ganzen weiten Landschaft ist nichts zu vernehmen als das Klingen der Hufeisen auf dem Straßenschotter.

Ob sie noch zurechtkommt? Ob es nicht zu spät wird?

Horch! War es nicht wie ein dumpfes Getöse aus der Ferne durch die Luft?

Sie hält das Pferd an und lauscht. Ein Wasser stürzt schäumend aus der Felsrinne seitlich der Straße. Steil baut sich die Bergwand darüber, kahl und fahl wie gebleichtes Gebein bis zum Mahrkopf hinauf, der von dieser Seite wie ein schneeweißer ausgebrannter Vulkan in der glühenden Sonne steht.

Vorwärts! Fliege, mein Windspiel! Lauf' mit dem Sturm um die Wette! Was schleichst du so? Da ist die Peitsche!

O, was für ein verfehltes Leben, Natti! Du liebtest ihn, er aber dachte nicht an dich. Warum hast du nicht dein Leid auf dich genommen? Warum bist du nicht du selbst geblieben?

Ob es noch Zeit ist? Ob es nicht zu spät wird?

Die Häuser da – ist das nicht Gorenje? Weiter! So schnell als immer möglich weiter! Wenn inzwischen der Mahrkopf in die Luft flöge? Wer von der Wegwacht über das Gsölk ansteigt, der wäre rettungslos verloren!

Aber nun wird die Straße steil. Vorwärts und kühn hinan! Meinst du, ich ritte, um mein Pferd zu schonen? Heute gilt es noch edleres Blut!

O, was für ein verfehltes Leben, Natti! Der falsche Schein, in dem du von Kind auf lebtest, ist nicht von dir gewichen bis zu dieser Stunde. Nur einmal eine Tat der Liebe und dann der Tod! Wäre es nicht schön?

Ob sie noch zurechtkommt? Ob es nicht zu spät wird?

Die Sonne brennt auf die schlangenweis bergan gewundene Straße. Die edle englische Stute ist mit Schaum bedeckt, aber sie nimmt die Windungen, als flöge sie auf ebenem Wege dahin.

Noch steht der Mahrkopf fest. Wie lastend liegt er auf den grünen Matten, in die er die Wurzeln seiner Schutthalden senkt.

O, was für ein verfehltes Leben, Natti! Nur einmal echt sein, nur einmal ganz du selbst! Ist es nicht zu spät? Wirst du noch zurechtkommen?

Ihr, die ihr es erfahren habt, wie die Angst um das Leben eines Menschen, den man liebt, in den Eingeweiden wühlt, ihr habt es auch erlebt, wie die ganze Welt und wie man selbst mit ihr versinkt, wie das Bewußtsein auslöscht, wie man im Schlafe handelt und das Richtige tut, ohne es zu wissen, wie alle Begriffe von Raum und Zeit schwinden und nur der eine Gedanke noch vorhanden ist: Warnen! Retten! Helfen!

Ob sie noch zurechtkommt? Ob es nicht zu spät wird?

Hier ist die Stelle, wo sie gestern noch von ihm Abschied nahm. Warum sprachen ihre Lippen nicht ein gutes Wort? Mußte es ein bitteres sein? Gibt es keine Liebe ohne Besitz? Öffne dein Herz, laß Licht einströmen! O, was für ein verfehltes Leben, Natti!

Vorwärts! Weiter! Noch steht der Mahrkopf wie lastend unter der Sonne, auf den grünen Matten, in die er seine Schutthalden wie klammernde Wurzeln schlägt.

Vorwärts, mein Windspiel! Vorwärts, du Schnecke! Heute gibt es kein Ausruhen, kein Verschnaufen! Zieh' deinen Atem aus dem letzten verflackernden Feuer deines eigenen Lebens, wenn er nicht mehr reichen will! Was liegt daran, ob auch das edelste Pferd zuschanden geritten wird?

Weiter und weiter! Die Straße ist wieder flach, nun verdopple deine Eile, da ist die Peitsche!

Mit hervorgequollenen Augen, fast mit brechenden Knien saust das treue Tier die Hochstraße auf der Wegwacht entlang. Es wird sterben müssen, es wird an diesem Ritte sterben. Warum nicht? Was liegt daran? O, was für ein verfehltes Leben, Natti!

Da hält sie am Hospiz auf der Wegwacht. Martina, die Tochter des Wirtes, steht an der Tür.

»Wissen Sie zufällig, wo Herr Mairold sich aufhält?«

»Er ist mit dem Vater nach dem Edelweißbruch aufgestiegen.«

Schon hat Natti sich vom Pferd geschwungen. Das Reitkleid schürzend, eilt sie die Schutthalde des Gsölks aufwärts. Weglos über die rauhen Steine hinweg. Hoch oben im Gsölk hat Martina ihr zwei schwarze Punkte gezeigt, die sich im grellen, sonnigen Gestein bewegen.

Der Pfad windet sich in Serpentinen durch den Schutt wie die Straße von Gorenje auf die Höhe. Es wäre Zeitverschwendung, ihm zu folgen. Sie schneidet ihn ab und springt atemlos über das Geröll hinweg, das nachgibt und abwärtsgleitet. Oft muß sie sich mit den Händen festsaugen, um emporzuklimmen. Die scharfen Steine zerreißen ihr Kleid und ihre Schuhe. Die Sonne brennt und strahlt vom glühenden Gestein zurück wie aus einem Backofen. Ihre Wangen hitzen und das Blut hämmert in den Schläfen, daß sie meint, der Kopf müßte ihr zerspringen.

Sie bleibt stehen, läßt einen gellen Ruf erschallen und winkt mit dem Taschentuch. Vergebens! Wie das Zirpen eines Heimchens verhallt ihr Schrei in der Großräumigkeit dieser Berge.

Nur weiter, nur höher! Ihre Hände sind zerschunden, ihre Füße wund. Ein Strom von Blut bricht ihr aus dem Munde. Sie sinkt zu

Boden, rafft sich auf und klettert auf allen Vieren wie ein elendes Tier bergan.

Sie sieht, wie die Entfernung abnimmt. Das stählt die Kräfte! Die beiden Männer haben keine Eile. Wahrscheinlich reden sie miteinander während des Ansteigens.

Sie schwingt sich von Stein zu Stein. Es ist, als ob sie leichter geworden wäre, seit ihr das Blut aus dem Mund gequollen. Sie atmet freier. Es ist, als ob der Leib von ihr fiele. Sie ist nichts mehr als Wille. Wie eine Seele, wie eine von den weißen Frauen, die um die hohen Berge geistern, fliegt sie aufwärts über das Geröll. Trotzig schaut der Mahrkopf auf sie herunter. Sein Antlitz wird älter und voll von Runzeln, je mehr man sich ihm nähert.

Jetzt erblickt sie hoch über sich die beiden Männer, die das Gsölk durchqueren. Aber sie sehen nicht mehr wie Punkte aus, man kann schon erkennen, daß es Männer sind, Männer aus Liliput, gerade so groß.

Sie hält ein. Ihre Brust tobt wie eine arbeitende Maschine. Sie fühlt, jetzt könnte sie nicht mehr weiter, es wäre zu Ende. Da legt sie abermals die Hände an den Mund und schreit. Wenn sie es diesmal nicht hören, so ist alles verfehlt. Nicht einen Schritt könnte sie mehr weiter!

»Hoihoh!«

Und siehe, die zwei Liliputaner da oben stehen still und schauen sich um. Ihre letzten Kräfte zusammennehmend, winkt sie mit dem Tuche.

Gottlob! Sie müssen sie erblickt haben. Sie lugen aus, und dann fangen sie an abzusteigen, jäh herunter, man erkennt sie genau. Da sinkt sie erschöpft aufs harte Bett der Steine.

Doll steht vor ihr. Er erkennt sie kaum wieder. Abgerissen, verstört, blutüberströmt liegt sie vor ihm.

»Um Gotteswillen, Baronin, was ist Ihnen?«

»Nichts! Nichts!« deutet sie mehr, als sie es spricht. »Eilen Sie! Fliehen Sie! Hinunter! Hinunter!«

Kopfschüttelnd sehen beide Männer einander an. Sie begreifen nicht, was in ihr vorgeht, warum sie hier heraufgekommen ist.

»Der Mahrkopf!« stößt sie hervor und hebt den Arm.

Sie folgen mit dem Blicke ihrer ausgestreckten Hand. Ist es nicht, als ob plötzlich der ganze Mahrkopf sich neigt? Als ob er sich langsam umlegt? Und im nächsten Augenblicke stürzen beide Männer zu Boden, die Erde hebt sich und schüttelt. Ein dumpfer Donner steigt aus ihrem Innern. Ein Sturm braust durch die Luft, und krachend poltern hausgroße Felstrümmer und Schuttlawinen rechts und links an der Stelle vorbei, wo sie stehen. Wie Gewitter geht es durch die Wände und hallt ringsum lange grollend nach, während immer noch Gesteinsmassen kollern und gleiten, als wäre das ganze Gsölk ins Rutschen geraten.

Als Doll sich aufrichtete, sah er Ambros an der Erde liegen.

»Was war das?«

Er springt empor und blickt nach der Wegwacht hinunter. Seine Brust hebt sich, wie von einem Gebet der Dankbarkeit geschwellt. Unversehrt liegen die Werksgebäude auf der grünen Paßhöhe nebeneinander, und aus seinem eigenen kleinen Haus, wo jetzt Bethy um ihn zittern wird, steigt bläulich der friedliche Rauch des Herdes. Bis nahe an das Werk der Menschen hat der Bergsturz seine Trümmer herangewälzt, aber knapp davor haben sie halt gemacht. Ihr plumpes Schwergewicht gehorchte der Bosheit nicht, die sie sandte, sobald sich ihnen Gelegenheit dazu bot, blieben sie lastend liegen wie schwerfällige Tiere, die nichts Gutes wollen, aber zu stumpf und träge sind, das Werk der Zerstörung auf ihr versteinertes Gewissen zu laden.

Und die vielen Arbeiter, die rings in den andern Steinbrüchen auf der Höhe beschäftigt sind, haben sich durch den Schreck nicht lange aufhalten lassen. Schon hört man von allen Seiten wieder das emsige Klirren der Meißel und Pochen der Hämmer im Gestein, und durch die lautlose Stille, die jetzt über der Wegwacht liegt, klingt traut und friedlich das Geräusch der Arbeit.

Auch Ambros hat sich aus seiner Betäubung aufgerichtet und ist zu Doll getreten. Sie blicken nach dem Mahrkopf hinauf. Die ganze Gestalt des Berges scheint verändert. Und an der Stelle im Gsölk, wo sie standen, als die Baronin sie anrief, türmen sich jetzt Felsentrümmer übereinander, als hätten Titanen in wildem Übermute sich gegenseitig damit bombardiert.

Doll streckte nur die Hand aus und zeigte stumm hinauf. Und auch Ambros redete kein Wort. Er nahm die Mütze vom Kopf, und Doll sah, wie er mit gesenktem Haupt und gefalteten Händen dastand.

Ein Stöhnen schlug an Dolls Ohr. Da bemerkte er erst, daß der Baronin das Bewußtsein geschwunden war. Bleich wie eine Tote lag sie im Gestein. Regungslos ruhte ihr Haupt auf einem Felsstück, und aus dem halb geöffneten Mund kam der Atem röchelnd und stoßweise wie bei einer Sterbenden.

O wie gern würden sie ihr danken! O wie gern würden sie ihr helfen, ihr beistehen, sie retten, wie sie soeben selbst gerettet wurden!

Die beiden Männer flechten eine Bahre aus den zähen Zweigen der Bergkiefer und tragen die Ohnmächtige auf die Wegmacht hinunter.

Ist hier noch etwas zu helfen? O wie gern würden sie ihr beistehen, wie gern sie retten, wie sie soeben selbst gerettet wurden!

Im Hospiz auf der Wegwacht, in demselben Zimmer, wo Doll gewohnt hatte, als er zum ersten Male die Paßhöhe betrat, wurde sie gebettet. Sie fiel in Delirien und kam nur für kurze Augenblicke zu sich. In einem solchen Augenblicke erkannte sie Bethy, die sie pflegte und betreute.

Da sagte sie zu ihr, indem sie sie duzte, obgleich sie sonst nicht auf du und du gestanden hatten: »Du mußt mir nicht böse sein, Bethy! Ich habe Doll geliebt.«

Bethy streichelte ihre Hand.

»Du bist Dolls Schutzengel geworden.«

Da trat ein verklärtes Lächeln auf ihre Lippen.

»So ist es gut!« sagte sie.

Bald darauf erkannte sie Bethy nicht mehr. In weniger als sechsunddreißig Stunden raffte ein Blutsturz sie hin.

Bei ihrem Begräbnis betraten Doll und Bethy zum erstenmal Schloß Grahovo. Es fiel ihnen auf, daß der Freiherr nicht daran teilnahm. Als sie ihren Wagen bestiegen hatten, um auf die Wegwacht zurückzukehren, trat Leo von Pinkenfeld heran und teilte ihnen mit, daß der Freiherr abgängig sei. Er war seit dem Morgen, da er vor Tagesanbruch das Schloß verlassen hatte, nicht mehr dahin zurückgekehrt. Die slawischen Arbeiter, die er im Edelweißbruch beschäftigt hatte, sagten aus, er sei an demselben Morgen bei ihnen erschienen und hätte Befehl erteilt, die elektrische Zündung zu einer bestimmten Stunde in Tätigkeit zu setzen. Hierauf hatte er sich entfernt, niemand wußte, wohin, niemand hatte ihn seither gesehen.

Es blieb lange ein Rätsel, wo er geblieben war. Leo hielt es für möglich, daß er sich ins Ausland begeben hätte, um seinen Gläubigern zu entfliehen. Wenigstens ergab die Erhebung seiner Verhältnisse, daß auch ein für ihn günstiger Ausgang seines Prozesses ihn kaum vor dem Ruin hätte retten können.

Viel später erst stellte es sich heraus, daß es ihm nicht an dem Mute gefehlt hatte, der immerhin noch dazu gehört, die Summe eines verfehlten Lebens zu ziehen.

Als Doll unterhalb jener Schlucht, die nach dem Edelweißbruch führt, die Felsentrümmer wegräumen ließ, um den Einstieg freizulegen, fand man die Leiche des Freiherrn darunter begraben. Da die Zündung genau zu der von ihm selbst bestimmten Stunde betätigt worden war, so schien ein unglücklicher Zufall ausgeschlossen. Es blieb keine andere Deutung übrig, als daß er freiwillig in den Tod gegangen war.

Das Wappenschild der Freiherrn von Gall-Rastenburg-Grahovo wurde bei seinem Leichenbegängnis umgekehrt getragen, so daß die drei silbernen Panther im roten Feld auf dem Kopfe standen. Denn der Mannesstamm der Linie starb mit ihm aus. Und wenn er – was übrigens nicht erwiesen ist und nie zu erweisen sein wird – wirklich die verbrecherische Absicht gehabt haben sollte, zugleich mit sich selbst auch seine Feinde und ihr Werk zu vernichten, so mag, wenn nicht zur Entschuldigung, so doch zur Erklärung seines Vorgehens die Erwägung beitragen, daß er als letzter Sproß eines Geschlechtes, das jahrhundertelang sein Recht mit der Faust gesucht hatte, sich in die neue Zeit nicht finden konnte, in der Kämpfe immer weniger durch Gewalt entschieden und dauernde Siege nur durch stetige Friedensarbeit errungen und festgehalten werden.

* * *

In Nedweditz gährte es seit geraumer Zeit, innerhalb der Mauern der Stadt und außerhalb derselben, wo die Fabriken lagen. Die Ursachen der Aufregung waren nicht die gleichen in der Bürgerschaft und unter den Arbeitern, bei beiden aber hingen sie mit Maßnahmen der neuen Regierung zusammen, an deren Spitze ein Pole stand.

Die Bürger, von denen einige offen und viele wenigstens insgeheim Deutsche geblieben waren, wurden von der allgemeinen Bewegung mitgerissen, die damals durch ganz Deutsch-Österreich ging, und die sich gegen die Sprachenverordnungen für Böhmen und Mähren richtete, durch die das Ministerium die Stimmen der Tschechen gekauft hatte. Die an sich ganz einleuchtende Bestimmung, daß alle Beamte beider Länder imstande sein sollten, in beiden Landessprachen zu amtieren, wurde zum Gegenstand politischer Entrüstung, weil sie, wie die Verhältnisse nun einmal lagen, eine Verdrängung der Deutschen aus den Ämtern bedeutete. Am meisten aber schürte die Erregung der Umstand, daß eine so ausgiebige Verschiebung des Gleichgewichts zwischen den beiden Nationen nicht durch ein Gesetz bewirkt worden war, sondern durch eine Verordnung, die den Charakter eines einseitigen Zugeständnisses trug. Die Obstruktion, durch die die Deutschen im Wiener Reichsrat der Regierung Schwierigkeiten bereiteten, fand ungeahnten Widerhall in allen deutsch-österreichischen Städten, und als man sie durch Gewalt niederzuwerfen versuchte, die widerspenstigen Abgeordneten durch Polizeimänner aus dem marmorgeschmückten Sitzungssaal am Franzensring schleppen und in allen Provinzorten, wo es gärte, Militär aufziehen ließ, da brauste ein solcher Sturm der Empörung durch die deutschen Lande, daß die mißliebige Regierung über Nacht in den Abgrund gefegt wurde, aus dem es keine Wiederkehr gibt.

Herr Kilian, der Bürgermeister von Nedweditz, ließ den Tag darauf eine schwarz-rot-goldene Fahne am Gemeindehaus hissen, um seiner Genugtuung über den Sturz des Ministeriums und seiner plötzlich erwachten Gesinnung Ausdruck zu geben. Es war ihm klar geworden, daß die Deutschen in Österreich sich zwar in der Minderheit befinden, wenn man sie mit allen andern Nationen zusammengenommen vergleicht, daß sie jedoch über jede einzelne von diesen ein Übergewicht auch der Zahl nach, nicht bloß in geistiger und wirtschaftlicher Hinsicht besitzen. Und vor nichts hatte Herr Kilian größeren Respekt als vor der Mehrheit.

»Wir brauchen uns nicht an die Wand drücken zu lassen«, sagte er, gab dem Gemeindediener den Befehl, den Schildermaler herüberzuholen, und bestellte bei diesem ein neues Aushängeschild mit der Aufschrift: Franz Kilian, bürgerlicher Bäckermeister, und einer schönen, knusperigen Brezel darüber.

Moini Mairold, der zufällig an diesem Tage auf dem Gemeindeamt zu tun hatte, sah die schwarz-rot-goldene Fahne vom Rathaus wehen und sagte zu Herrn Kilian: »Schielen Sie denn über die Grenze?«

»Um Gotteswillen!« rief der Bürgermeister erschrocken. »Was fällt Ihnen denn ein? Aber wir sind doch Deutsche, Sie so gut wie ich!«

»Ich habe mich stets bloß als Österreicher gefühlt«, sagte Moini. »In diesen Tagen erst hab' ich entdeckt, daß ich auch ein Deutscher bin; denn das Kesseltreiben gegen unser Volk geht mir schon bald selbst über die Hutschnur. Aber ich bin Deutsch-Österreicher, merken Sie, kein Deutscher aus dem Reich, und das ist ganz etwas anderes! Auch zu unseren alldeutschen Radaubrüdern lasse ich mich nicht zählen, von schwarz-rot-gold mag ich nichts wissen, und wenn ich Ihnen raten darf, so lassen Sie den Humbug von achtundvierzig und ziehen Sie das schwarz-gelbe Banner auf. Unter diesen Farben wollen wir ein jeder sein und bleiben, was wir waren!«

»Sie haben recht!« sagte Herr Kilian. »Ich, als Ritter des Franz-Joseph-Ordens, hätte es ohnedies nicht getan; aber ein Bürgermeister fühlt sich halt immer verpflichtet, auch der Stimmung in der Bevölkerung ein bissel Rechnung zu tragen.«

Wenige Minuten später wehte die schwarz-gelbe Flagge vom Gemeindehaus, aber nicht lange. Denn der tschechische Mob, der sich bereits angesammelt hatte, das alldeutsche Banner herunterzureißen, riß nun auch das kaiserliche herunter und zog die slawische Trikolore dafür auf.

Als Moini aus dem Tor trat und die schwarz-gelbe Fahne zerfetzt im Staube liegen, die slawischen Farben aber vom Dach des Rathauses flattern sah, wurde er zornig, kehrte in die Amtsstube des Bürgermeisters zurück und fragte: »Lassen Sie sich so etwas gefallen?«

»Was wollen Sie?« jammerte Herr Kilian, die Schultern bis zu den Ohren emporhebend; »hier in Nedweditz sind halt die Deutschen doch in der Minderzahl!«

»Und die Österreicher auch, wie es scheint!« sagte Moini empört. »Gut, daß ich es weiß! So will ich wenigstens, soweit es an mir liegt, dazu beitragen, daß in Zukunft so etwas nicht mehr vorkommen kann. Ich werde dafür zu sorgen wissen, daß die Deutschen in Nedweditz wieder das Übergewicht gewinnen und das schwarz-gelbe Banner nicht mehr in den Staub gezerrt wird!«

Er ging heim und sagte zu Baudrillard: »Wie viele Arbeiter beschäftigen wir gegenwärtig?«

Baudrillard schlug ein Buch auf und zählte zusammen.

»Genau neunhundertsechsunddreißig«, sagte er.

»Es sind fast lauter Tschechen«, sagte Moini. »Eine Fabriksleitung muß zuerst auf die Verwendbarkeit der Leute schauen und kann nicht bei einem jeden Herz und Nieren prüfen. Von jetzt an aber, so oft ein Wechsel stattfindet, sehen Sie darauf, daß womöglich Deutsche aufgenommen werden – gleiche Brauchbarkeit mit den andern Bewerbern natürlich vorausgesetzt.«

»Diese Voraussetzung trifft ohnedies fast immer zu«, sagte Baudrillard. »Mir war es schon lang nicht recht, daß man sich mit den Leuten oft kaum verständigen kann. Aber Sie haben es ja so gewünscht.«

»Weil ich ein Beispiel völliger Unparteilichkeit geben wollte«, sagte Moini.

»Deswegen haben Sie für die andern Partei ergriffen?« spottete Baudrillard.

»Wir haben im ganzen doch recht billige Arbeitskräfte.«

»Lassen Sie mir nur freie Hand, so werden Sie bald dahinter kommen, daß das Sparen am unrechten Ort mehr ein Verschwenden war.«

»Gut, ich lasse Ihnen freie Hand. Die Verhältnisse in Nedweditz fangen an mir widerlich zu werden. Wollen wir uns durch diese Hussiten nicht in unseren heiligsten Gefühlen verletzen lassen, so müssen wir dafür sorgen, das deutsche Element in der Stadt zu stärken ...«

Er hielt inne und überlegte. Er dachte an den guten Großvater, der längst dahin gegangen war, wo es keinen Kampf und Streit mehr gibt. Und er dachte an jenes Wort, das Ludger damals ausgesprochen, auf dem Familientage bei Herrn Bornschbögel. Er wußte, daß es von dem trefflichen alten Herrn geprägt war, diesem schlichten, einfachen, braven Manne, der so oft mit seinem Hausverstand das Richtige traf, weil er das Herz auf dem rechten Fleck gehabt hatte.

Und nach all den politischen Wirren der letzten Zeit, nach allen Ärgernissen, die er noch diesen Morgen in Nedweditz erfahren, ging ihm plötzlich der Sinn jenes Wortes auf, das er bis dahin kaum beachtet, vielleicht belächelt, jedenfalls nicht voll erfaßt und verstanden hatte.

»Ich will doch sehen«, sagte er, »ob der Wind nicht aus einem andern Loch bläst, wenn wir einmal statt neunhundert Tschechen neunhundert deutsche Arbeiter in der Fabrik beschäftigen ... Der gute Großvater hat recht gehabt, wenn er zu Doll sagte: Wir alle stehen auf der Wegwacht!«

Baudrillard stutzte, aber er begriff schnell, wie es gemeint sei.

»Spät genug kommen Sie darauf!« sagte er so knurrig und ungeniert, als er immer gewohnt gewesen war, früher mit Frau Theresen und später mit Moini zu reden. »Die Schwerfälligkeit haben die Deutsch-

Österreicher halt doch mit den andern Deutschen gemein. Und wie ihnen das Nächste und Natürlichste immer zuletzt einfällt, so haben sie es erst mühsam lernen müssen, daß der Mensch eine Muttersprache hat und zu einem bestimmten Volk gehört. Dabei redet man noch von deutscher Treue! Einen Franzosen, der erst nach und nach darauf käme, daß er ein Franzose ist, den können Sie mit der Laterne suchen, finden werden Sie ihn nicht! Gottlob! Nirgends! Erledigt!«

Es ist gut, daß der neue Entschluß Moinis die volle Zustimmung Baudrillards gefunden hat, er wird dafür sorgen, daß er auch durchgeführt wird. Denn Baudrillard ist noch immer eine gewichtige Persönlichkeit in Nedweditz; er redet zwar immer davon, daß er in Pension gehen wird, tut es aber doch nicht, die gewohnte Tätigkeit ist ihm zu eng ans Herz gewachsen, als daß er sich davon trennen könnte. Jetzt geht er sogar mit gesteigerter Freude ans Werk, er hat es in der Hand, einen Zustand, der ihm widersinnig und unnatürlich schien, allmählich zu beseitigen, und verhofft sich überdies davon einen Vorteil für die gesamte Fabrikation. Fraglich aber bleibt es, ob Moini sich nicht täuscht, wenn er mit seinem Entschlusse zum Schutz der schwarzgelben Flagge beizutragen glaubt. Hat denn die Arbeiterschaft mit dem Hissen der slawischen Trikolore auf dem Rathaus von Nedweditz überhaupt etwas zu tun gehabt? Wird nicht vielmehr die eingesessene städtische Bevölkerung ganz allein dafür verantwortlich zu machen sein? Die Kleinbürger und deren Anhang mögen sich wohl um zwei- oder dreifarbiges Fahnentuch erhitzen – aber die Arbeiter? Sind denen die österreichischen Farben nicht ebenso gleichgültig wie die alldeutschen oder slawischen? Schwingen sie denn nicht, welcher Nation immer sie angehören mögen, das hochrote Banner der Sozialdemokratie?

Die Erregung, die auch in der Arbeiterschaft bis zur Siedehitze gestiegen ist, hat wieder ganz andere Ursachen wie die Gärungen unter jenen Ständen, die sich den Gefühlsluxus eines gesteigerten Volksbewußtseins gestatten können.

Der gewaltige Xaver Wegrad ging in Nedweditz um. Die polnische Regierung hatte aufs Geratewohl eine Wahlreform durchgesetzt, die der bisherigen Interessenvertretung eine fünfte Kurie für die Arbeiter angliederte. Siebzig Mandate sollten ihnen zufallen! Aber hatte man sie nicht an der Nase herumgeführt? Kaum mehr als ein Dutzend Sozialdemokraten waren wirklich gewählt worden! Und nun mußten sich diese an der Seite der Deutschen noch um die primitivsten parlamentarischen Rechte raufen! Auch Dr. Lois Birenz, ein Nedweditzer Kind, der im Frühjahr zum ersten Male in den Reichsrat gewählt worden war, befand sich unter den Abgeordneten, die von Polizeileuten wie Holzklötze aus dem Sitzungssaale hinausgetragen worden waren. Das machte böses Blut in Nedweditz; der Zündstoff lag berghoch gehäuft, bloß ein Funken genügte, ihn in Brand zu setzen.

Es gehören ohnedies die meisten Arbeiter der Gewerkschaftsorganisation bereits an, aber der gewaltige Xaver Wegrad findet, daß es noch immer nicht genug waren. Raketensatz müßten die Leute in den Leib bekommen!

Er hält Versammlungen ab, zu denen die Arbeiter fabriksweise eingeladen werden. Er läßt Vertrauensmänner darin wählen, aus denen er einen Lokalausschuß zusammensetzt, der in die Bezirksorganisation eingegliedert wird. Durch unzählige Konferenzen und Massenversammlungen hält er die Arbeiterschaft in Atem. Er begründet eine Zeitung, die aufreizende Notizen aus den einzelnen Fabriken, Berichte über Ausstände und Schilderungen des üppigen Lebens der Fabriksherren bringt. In langen Listen werden die Namen aller Streikbrecher in anderen Industriebezirken an den Pranger gestellt. Und die Leitartikel, die halb mit Galle, halb mit Berliner Blau geschrieben sind, schildern die überwältigende Macht und Größe der sozialistischen Partei, hinter der schützend und schirmend eine ganze Welt und eine ganze Zukunft steht.

Das Blatt kam in deutscher Sprache heraus, aber nun verstanden auf einmal auch die tschechischen Arbeiter deutsch, alle lasen es, im Nu erreichte es eine ungeheure Auflage und war jedenfalls ein weit einträglicheres Geschäft als das Nedweditzer Lokalblättchen es je gewesen.

Die Fabriken werden in diesem vornehmen Organ nicht anders als Lebensverkürzungsanstalten oder Knochenmühlen genannt, die Werkmeister heißen Sklavenaufseher mit der Peitsche in der Hand, die Fabriksbesitzer, auch wenn sie knapp auf ihre Rechnung kommen, sind durchweg hartgesottene Millionäre, denen es ein diebisches Vergnügen bereitet, die Arbeiter auszuhungern oder ihnen wie einem Hunde, den man quälen will, den kargen Bissen immer höher und höher in die Luft zu halten.

Der gewaltige Xaver Wegrad hatte seine Leute bald in der Hand. Er drückte die Augen zu und ließ die Flügel seines schneeweiß gewordenen Bartes durch die Finger gleiten. Er wußte, daß er der Herr aller Fabriksherren von Nedweditz war. Ein Zucken seiner Wimpern, und es gab Arbeiterdeputationen an die Fabriksleitungen mit Forderungen und Drohungen. Schon hatte eine Spinnerei Lohnerhöhung bewilligen und eine Seidenbandfabrik den ersten Mai als Feiertag anerkennen müssen. Die Nedweditzer Bierbrauerei sah sich genötigt, die Arbeitszeit herabzusetzen, Moini mußte knirschend das feierliche Versprechen ablegen, daß an jedem Kraftstuhl fortan ein eigener Arbeiter stehen würde. Die Parteileitung erlaubte es ihm nicht länger, zwei Stühle durch einen Mann bedienen zu lassen, wie es bisher geschehen war, es sollte recht viele Proletarier geben und keiner so viel verdienen, daß er sich am Ende zu den Zufriedenen gesellte.

Aber vorderhand spielt sich der gewaltige Xaver Wegrad bloß. Er reckt gleichsam seine Arme, wie um seine Kraft zu erproben. Wenn die Menschenwucherer von Nedweditz schon unter Nadelstichen zusammenzucken und klein beigeben, warum sollte man es nicht gelegentlich auch einmal mit einem Keulenschlag versuchen?

Wie ein Damoklesschwert hängt die Tyrannis über den Nedweditzer Industrieunternehmungen.

»So kommt man herunter«, sagte der muntere Mündel; »früher bin ich zweispännig gefahren, jetzt muß es halt einspännig auch gehen. No – mir macht es nichts, mich kutschieren sie eh' bald auf die Sommerfrischen hinaus, wo ein jeder sein eigenes Rabattl hat, auf dem unser Herrgott schöne Blumen wachsen läßt. Dann fahr' ich eh' wieder zweispännig, denn die Toten geben es nobel. Nur um meinen braven Ackergaul ist mir, der macht gar so ein tristes G'fries, seit er in andere Hände gekommen ist.«

Die wärmere Jahreszeit war wiedergekehrt, da geschah es, daß die Zuckerraffinerie der Firma Nehuda bei Nedweditz einen Arbeiter wegen Unbotmäßigkeit entließ, der als Sprecher und Aufwiegler eine gewisse Rolle in der Organisation spielte. Eine Arbeiterdeputation erschien bei der Fabriksleitung und forderte die Wiederaufnahme des Entlassenen. Herr Nehuda, Maras Vater, hatte die Kühnheit, das Verlangen rundweg abzuweisen. Die Arbeiter der Raffinerie traten in Ausstand, ohne die gesetzliche Kündigungsfrist einzuhalten, worauf Herr Nehuda mit der Aussperrung sämtlicher Arbeiter antwortete und ihnen die Wohnungen kündigte. Als aber die Arbeiterfamilien sich weigerten, dir Wohnungen zu verlassen, wendete Herr Nehuda sich an die Behörde und ersuchte sie, die Arbeiterhäuser, die widerrechtlich bewohnt würden, zwangsweise räumen zu lassen.

Noch ehe die Behörde, die lieber vermittelt als eingegriffen hätte, ernstlich Miene machte, ihrer Pflicht nachzukommen, drückte der gewaltige Xaver Wegrad beide Augen zu und ließ die Spitzen seines Bartes durch die Hände gleiten. Da legten die Arbeiter sämtlicher Fabriken, die es um Nedweditz gab, wie auf Kommando die Arbeit nieder und erklärten sich durch Abordnungen, die sie an ihre Fabriksleiter sandten, mit den Arbeitern der Zuckerraffinerie solidarisch. Zugleich ließen sie bekanntgeben, daß sie am nächsten Tage die Arbeit zur gewöhnlichen Stunde wieder aufnehmen würden.

Es handelte sich also bloß um eine Demonstration. Der gewaltige Xaver Wegrad hatte drohend den Finger erhoben: Gebt acht, ihr Blutsauger! Wenn es wirklich zur Räumung der Arbeiterwohnungen kommen sollte, so geschieht etwas!

Alle Fabriksherren von Nedweditz, einer wie der andere, waren über die willkürliche und ungesetzliche Arbeitseinstellung empört. Alle empfanden sie das Bedürfnis eines gemeinsamen Vorgehens gegenüber der gleichfalls gemeinsam vorgehenden Arbeiterschaft. Darum folgten sie ausnahmslos der Einladung zu einer Besprechung, die Herr Nehuda an sie ergehen ließ.

Moini hat seinen Schwiegervater nicht wiedergesehen, seit Mara ihn verließ. Er betritt das Haus nicht ohne Befangenheit. Er weiß, daß Mara unter diesem Dache wohnt, er liebt sie noch immer mit dieser strengen und unwirschen Liebe, die seiner Natur eigen ist, und die sie nicht hat verstehen können. Er weiß, daß sie sich völlig von der Welt zurückgezogen hat. Sie reitet nicht mehr aus, selten überschreitet sie die Grenzen des großen Gartens, der die Fabrik umgibt. Den Umgang mit den Offizieren hat sie jäh abgebrochen, seit sie das Haus ihres Vaters betreten. Sie geht nicht mehr in Gesellschaft. Sie ist wie verschollen. Und auch Moini kommt ja so selten von seiner Arbeit weg, aus seiner Fabrik heraus. Er hat sie nicht ein einziges Mal wiedergesehen seit jenem unglückseligen Tage, da er nicht so viel Geduld für sie übrig hatte, auch nur eine Minute zu warten, damit sie an der Wagenfahrt hätte teilnehmen können.

Die Ehe war nicht gerichtlich geschieden worden, es war nur eine freiwillige Trennung im gegenseitigen Einvernehmen der Gatten. Man hatte sich dahin geeinigt, daß Christian, der Knabe, ihm und das Mädchen, das nach der Großmutter Therese hieß, ihr gehören sollte. Aber was hat er von seinem Sohne, der schon hoch herangewachsen ist? Er sieht ihn selten, er hat ihn hergeben müssen, die Studien fordern es. Es ist ein einsames Leben, das er führt. Er kommt sich oft wie verlassen vor von aller Welt, so sehr ist er vereinsamt ...

Herr Nehuda, sein Schwiegervater, empfing ihn mit gemessener Höflichkeit. Er benahm sich ihm gegenüber genau so wie gegen die andern Fabriksherren, mit denen er durch keine verwandtschaftlichen Bande verknüpft war. Es handelte sich ja auch nur um eine rein sachliche Besprechung gemeinsamer Interessen. Und da alle gleich betroffen und gleich entrüstet waren, so hielt es nicht schwer, eine Einigung zu erzielen. Sie blieben nicht länger Herr im eigenen Hause, wenn sie den allgemeinen Ausstand ruhig hinnahmen. Und sie beschlossen einmütig, sämtliche Fabriken von Nedweditz zu sperren, bis durch das Eingreifen der Behörden der ungestörte Fortgang der Arbeit wieder möglich geworden wäre.

Den andern Tag verkünden Maueranschläge an den Fabriken, daß alle Arbeiter ausnahmslos entlassen sind. Der Krieg ist erklärt, der allgemeine Ausstand mit einer allgemeinen Aussperrung beantwortet.

Als Moini das Haus seines Schwiegervaters verließ, begegnete er auf dem Flur einem fast erwachsenen jungen Mädchen.

Was war das für ein eines, liebreizendes Geschöpf! Was steht er wie festgebannt ihr gegenüber und kann den Blick nicht von ihr wenden? Ist es nicht Mara Nehuda in ihrer ersten Jugendblüte, da er sie liebte, wie er niemand sonst geliebt in seinem ganzen Leben? Und liebt sie ihn nicht wieder mit der ganzen Glut eines jungen Herzens? Fliegt sie nicht an seinen Hals und bedeckt seine Wangen mit Küssen? Schlingt sie nicht bebend die Arme um ihn, als ob sie ihn festhalten wollte? Stürzen ihr nicht Tränen aus den Augen, weil sie weiß, daß sie ihn wieder verlieren muß?

O heiße Stimme des Blutes, schrei' es hinein in die verdorrten Herzen der Eltern, daß nur die Liebe Leben ist, rufe sie wach zum neuen Tag, versöhne, beglücke, erlöse! Scheuche den Bann von den verstockten Gemütern und die falsche Scham aus den allzu stolzen

Seelen, die sich zu sehr im Recht dünken, als daß sie das erste Wort sprechen könnten!

»Therese!« scholl ein Ruf über den Gang.

Ja, das ist Maras Stimme! Und ein einsamer Mann steigt die Treppe hinab, freudlos, verlassen, wie er es seit Jahren gewesen.

Es war ein Kampf bis aufs Messer, der sich in Nedweditz zwischen Arbeitgebern und Arbeitnehmern entsponnen hatte. Mehr als viertausend Arbeiter waren ausgesperrt. Man randalierte nicht und zündete keine Fabriken an – das sind Requisiten aus abgelebter Zeit. Es gab nur Verhandlungen auf Einladung der Behörden, Vermittlungsversuche des Gewerbeinspektors, Starrköpfigkeit in parlamentarischer Form auf beiden Seiten. Herr Nehuda und Moini sind die Delegierten der Unternehmer, der gewaltige Xaver Wegrad und der Weber Kernbeiß die Vertrauensmänner der Parteileitung und des Streikkomitees. Aber sie können nicht zueinander kommen, das Wasser ist allzu tief. Und so oft es aussieht, als ob es doch möglich sein könnte, einen Steg zu zimmern, drückt der gewaltige Xaver Wegrad die Augen zu und läßt die Flügel seines Bartes durch die Hände gleiten. Da prasselt das mühsame Bauwerk zusammen, und die Fluter schwemmen seine Trümmer hinweg ...

Die Arbeiter haben einen Überwachungsdienst eingerichtet, den Zuzug Arbeitswilliger hintanzuhalten. Alle Arbeiterzeitungen der Monarchie verkünden die über Nedweditz verhängte Sperre. Kein klassenbewußter Arbeiter wird in Nedweditz einstehen!

»Schau, schau«, sagte der muntere Mundel; »wenn einer alt genug wird, so erlebt er halt doch so ziemlich alles, was es auf der Welt überhaupt zu erleben gibt. Jetzt hab' ich gar einen vierwöchentlichen Urlaub bekommen wie ein wirklicher Hofrat; vielleicht dauert er auch sechs Wochen oder noch länger. Fehlt nur noch, daß sie mich mit vollem Gehalt pensionieren.«

»Aber es schlagt mir nicht gut an«, fügte er mißmutig hinzu. »Das Nichtstun ist eine vermaledeite Faulenzerei! Es fällt mir auch rein gar nichts mehr ein dabei; wenn ich nicht arbeiten tu', so kann ich mir auch nichts denken. Und wenn ich mir nichts denken tu', so ist es, als ob ich mich den ganzen Tag nicht schneuzen dürft'. Am liebsten tät' ich auf meinen Urlaub verzichten. Aber was kann ich machen? Die Streikposten um die Fabrik herum sind stärker als ich; und wenn ich auch hineinkäm' – mein Nüsserl hat ja doch keinen Odem nicht, wenn sogar dem großen Rauchfang der Odem ausgegangen ist.«

Je länger die Aussperrung dauert, um so schwüler wird es dem gewaltigen Xaver Wegrad. Die Unternehmer scheinen diesmal verdammt entschlossen und einig, was sonst ihre Sache nicht ist. Was nützt es, wenn jeder Tag sie hunderttausend Kronen oder mehr kostet? Kostet dafür nicht auch die Arbeiter jeder Tag zehn- bis fünfzehntausend?

»Jetzt seht ihr, wie sie euch ausgebeutet haben!« ruft er in die Massenversammlungen hinein. »Millionen haben sie schon eingebrockt und sind noch immer nicht mürbe. Noch haben sie es und können es tun, euer Schweiß hat ihnen die eisernen Kassen gefüllt, eure Einigkeit und eure Ausdauer wird sie binnen kurzem geleert haben. Harret aus und wanket nicht, so ist der Sieg unser!«

Unter den Proletariern und ihren Weibern aber erhebt sich ein Gemurre, halb in deutscher, halb in tschechischer Sprache: »Wir hungern, wir hungern, wir hungern!«

Die Zuschüsse aus der Parteikasse beginnen spärlicher zu fließen, die Kleinbürger und Bauern, die mit der Arbeiterschaft sympathisieren und ihnen Lebensmittel gespendet oder Kredit gewährt haben, erlahmen allmählich.

»Wir haben auch nichts übrig«, sagen sie. »Wir müssen es uns auch schwer verdienen. Schließlich kann keiner mit dem Kopf durch die Wand, und ein jeder muß sich nach der Decke strecken.«

Da drückt der gewaltige Xaver Wegrad beide Augen zu und zerrt mit nervösen Fingern an seinem langen Bart.

Den nächsten Tag bieten Abordnungen der Arbeiterschaft den Unternehmern den Frieden an. Aber ganz fruchtlos kann dieses Darben doch nicht gewesen sein. Darum stellen sie Bedingungen. Sie verlangen den zehnstündigen Arbeitstag, zwanzig Prozent Lohnerhöhung und zum Aufputz, damit niemand sagen soll, sie hätten den kürzeren gezogen, auch noch die allgemeine Freigabe des ersten Mai sowie die Wiederaufnahme aller Genossen ohne Unterschied der Person.

Abermals fand Moini sich bei Herrn Nehuda ein. Er war der erste, der erschien. Vergebens blickte er auf dem Korridor nach dem liebreizenden jungen Mädchen aus, das seine Tochter war, ohne daß er sie kannte. Er bekam sie nicht zu sehen und empfand eine Enttäuschung wie ein Liebhaber, dem ein erhofftes Stelldichein fehlschlägt.

Verstimmt saßen die beiden Männer einander gegenüber.

»Was kommt schließlich heraus?« sagte Herr Nehuda. »Unzählige Familien sind an den Bettelstab gebracht, und wir verlieren jeder ein kleines Vermögen – oder auch ein großes. Unglück auf beiden Seiten!«

Schweigend stimmte Moini zu.

»Es wäre immer besser, sich zu vertragen«, sagte Herr Nehuda nach einer Weile. »Wieviel weniger Kummer hätte es gegeben, wenn Sie, Herr Schwiegersohn, sich mit Mara vertragen hätten.«

»Sie hat mich verlassen, nicht ich sie.«

»Ich weiß es. Haben Sie ihr eigentlich etwas Ernsthaftes vorzuwerfen?«

»Nein«, sagte Moini.

»Sie Ihnen auch nicht«, sagte Herr Nehuda. »Ist es dann nicht der reine Wahnsinn? Ich bedaure nur meine armen Enkelkinder, besonders Therese, die hat eine wahre Sehnsucht nach Ihnen!«

Sie wurden unterbrochen, weil andere Herren sich einfanden. Als sie alle beisammen waren, kamen sie sich stark vor. Bloß Herr Nehuda mahnte zur Versöhnlichkeit. Aber er drang nicht durch. Nein, es konnte keine Rede sein von Versöhnung! Die Tyrannei mußte gebrochen werden. Wenn sie die Bedingungen der Arbeiter annahmen, so war es doch ein Rückzug. Und ihre Antwort lautete, die Arbeiter seien nicht berechtigt, Forderungen zu stellen, weil sie entlassen wären.

Zweifellos sind sie nach Gesetz und Ordnung berechtigt, vorzugehen, wie sie es tun. Zweifellos sind sie dazu berechtigt, die Arbeiterwohnungen behördlich räumen zu lassen und zahllose Familien auf die Straße zu setzen. Sie sind berechtigt, Zugeständnisse zu verweigern, unzählige Arbeiter an den Bettelstab zu bringen, sie ins Elend zu stoßen oder zum Verbrechen zu treiben, sie sind berechtigt, ruhig abzuwarten, bis die geringen Sparpfennige der Leute aufgezehrt sind und der Hunger stärker wird als Stolz und Parteigeist. Aber ist es wirklich nötig, jedes Recht auszunützen bis zum letzten Buchstaben? Täten sie nicht besser, mildere Saiten aufzuziehen und auch der Stimme der Menschlichkeit ein Ohr zu leihen? O, sie täten es gern, wenigstens einige von ihnen, Herr Nehuda ganz gewiß und auch Moini, wenn es ohne Beugung des Nackens geschehen könnte. Aber sie können es nicht, sie sehen sich gezwungen, ihr Recht auszunützen; es ist eine bare Unmöglichkeit, anders zu handeln. Jede Güte würde nur als Schwäche gedeutet, jede Nachgiebigkeit würde die Organisation stärken. Und wenn sie sich diese Gewaltherrschaft über den Kopf wachsen ließen, so wäre jede

Möglichkeit, ein Fabriksunternehmen zu führen, überhaupt vernichtet, niemand könnte es mehr wagen, ein Geschäft anzufangen, wenn mutwillige Agitatoren mehr dabei mitzusprechen hätten als er selbst.

Es blieb nichts anderes übrig, als den Kampf zu Ende zu kämpfen, selbst wo er grausam wird. Herr Nehuda hätte schon aus nationalen Gründen gern gewisse Vermittlungsvorschläge angenommen, aber auch er war machtlos gegenüber den Tatsachen.

»Ich beschäftige ausschließlich Tschechen in meiner Fabrik«, sagte er zu Moini. »So lohnen sie es mir! Aber ich kann mich doch auch in sie hineindenken. Die Nationalität muß schließlich Privatsache werden. Wir brauchen gesündere und fruchtbarere Kämpfe als nationale. Nur soll der Kampf freilich nicht mit so niedrigen Mitteln geführt werden und sein Ziel nicht die Vergewaltigung sein, wie die Organisation sie anstrebt.«

Sechs Wochen dauerte der Krieg. Dann entstand Uneinigkeit im feindlichen Lager. In einer stürmischen Arbeiterversammlung wurde der gewaltige Xaver Wegrad von der Rednertribüne gezerrt und unter Stößen und Schlägen schmählich an die Luft gesetzt.

Dieselbe Versammlung hatte beschlossen, die Arbeit bedingungslos wieder aufzunehmen, und so geschah es auch. Aber nicht wenige fehlten. Manche hatten in andern Orten Arbeit gefunden, andere waren nach Amerika ausgewandert, noch andere von der Behörde wegen Mittellosigkeit in ihre Heimatgemeinde abgeschoben worden. Bei allen aber herrschte Not und Elend, die Kindersterblichkeit in Nedweditz hat nie zuvor eine so erschreckend hohe Ziffer erreicht, und auch unter den Erwachsenen gingen Krankheiten um.

»Die Cholera hat auch nicht schlimmer gewütet«, sagte der alte Hummer. »Damals war wenigstens ein Krieg, und ein Krieg muß manchmal sein, sonst könnte es keine Soldaten geben und auch keine Veteranen. Wenn aber die Menschen einander im Frieden bis aufs Blut sekkieren, so verdienen sie ein jeder fünfundzwanzig auf die verkehrte Seiten, wie es zu der Zeit eingeführt gewesen ist, wo ich selbst noch beim Militari war. No, ich bin nur froh, daß wenigstens der Wegrad, dieser Sozius, seine Wichse gekriegt hat.«

Unter den Opfern der stürmischen Zeit befand sich auch einer, um den Frau Therese Trauer anlegte, als sie in Wien die Nachricht von seinem Tode erhielt. Es war der muntere Mundel. Er hatte die sechs Wochen Arbeitslosigkeit nicht überlebt, er starb an seinem Urlaub, an Langerweile oder an gebrochenem Herzen, vielleicht vor Sehnsucht nach seinem braven Ackergaul, nach den edlen, farbigen Geweben aus schimmernder Seide, die er sein Leben lang gewebt hatte.

Als Moini noch einmal Herrn Nehuda besuchte, um die letzten Erledigungen zu besprechen, fand er Mara bei ihrem Vater in dessen Arbeitszimmer. Sie erhob sich rasch, grüßte ernst und wollte das Zimmer verlassen.

»Ich möchte dich etwas bitten, Mara«, sagte Moini. »Könntest du mir nicht wenigstens jede Woche einmal Theresen hinüberschicken?«

»Ich will es gern tun«, sagte sie. »Wie geht es Christian? Würdest du ihm nicht erlauben, mir hie und da zu schreiben?«

»Ich werde ihm den Auftrag geben, es zu tun.«

»Keinen Auftrag, bitte!« jagte sie. »Nur eine Erlaubnis, falls er es gern tut.«

»Er wird es sicher mit tausend Freuden tun. Er sehnt sich nach seiner Mutter.«

»Ich danke dir ... Und noch meinen Glückwunsch zu dem vollen Sieg der Unternehmer«, sagte sie, »wenn du dich darüber freuen kannst.«

Die letzten Worte klangen bitter. Sie lächelte dabei, es war, als traute sie Moini zu, daß er Genugtuung empfand über das Unglück, unter dem ganz Nedweditz seufzte. Sie hatte Miene gemacht, sich jetzt zu entfernen, blieb jedoch abermals stehen, als Moini sagte: »Ich freue mich so wenig darüber wie dein Vater. Wir stehen auf einem Schlachtfeld, auf dem es viele Tote gibt, und wir selbst gehören zu den Schwerverwundeten. Und doch – konnten wir anderes?«

»Ja, das ist das Leben«, sagte sie. »Wir weinen darüber und konnten doch nicht anders ... So will wenigstens unser Stolz es uns einreden. Denn er gesteht es nicht gern zu, wenn wir schuldig geworden sind.«

»Schuldig geworden?« fragte Moini befremdet.

»Ja, schuldig!« sagte sie fest. »Du und der Vater und alle andern und auch ich, als ich noch deine Frau, die Gattin eines Fabriksherrn gewesen bin. Schuldig all den Enterbten gegenüber, die von uns abhängen!«

»Wenn hier von Schuld gesprochen werden kann«, sagte Moini finster, »so hast doch sicher du keinen Grund dazu, dich anzuklagen.«

»Ich bin reifer geworden, Moini«, sagte sie, »ich habe viel nachgedacht und gelesen, und ich fühle mich schuldig, ich klage mich an!

Gerade ich, als Frau, hätte ein Recht darauf gehabt, auch mit dem Herzen zu denken. Was wunder glaubten wir für diese Leute in den Fabriken zu tun, wenn sie nur Arbeit bei uns fanden! Und was hatten wir anderes dabei im Sinne, als uns selbst und höchstens noch unsere Nation? Wäre es nicht unsere erste Pflicht gewesen, daran zu denken, daß es Menschen sind, die in unsere Hand gegeben waren? Hätten wir nicht unablässig darauf sinnen müssen, ihnen ein menschenwürdiges Los zu bereiten, ihnen beizustehen in ihren Nöten, ihren Verstand und ihr Herz zu bilden, daß sie als frei urteilende Männer mit Lust und Liebe bei ihrer Arbeit gewesen und nicht dem nächstbesten wüsten Agitator auf den Leim gegangen wären?«

»Kind, Kind«, sagte Herr Nehuda, »du verlierst dich in uferlose Utopien!«

Moini aber war nachdenklich geworden.

»Vielleicht hat Mara so unrecht nicht«, sagte er, den Blick zu Boden gesenkt, »Vielleicht hätten wir uns mehr unserer sozialen Pflichten erinnern müssen .... Aber das Leben macht hart, wie oft wird man enttäuscht, man vergeudet nicht gern fruchtlos seine Gefühle.«

»O, es geht kein Saatkorn verloren«, rief sie, »wo man Liebe sät! Aber ihr Männer wollt freilich nicht daran glauben ...«

Sie tat einen Schritt gegen die Tür und machte ein drittes Mal Miene, das Zimmer zu verlassen. Da rief ihr Vater sie an: »Mara, bleibe!«

Sie schwiegen alle drei, keines wußte das rechte Wort zu finden. Endlich sagte Maras Vater – und er nannte Moini nicht mehr Herr Mairold, sondern redete ihn vertraulich mit dem Vornamen an wie einst: »Wir haben in den letzten sechs Wochen viele schwere Tage miteinander durchgemacht, Moini. Wir haben einander gut verstanden, obgleich ich Tscheche bin und Sie Deutscher. Unsere Völker stehen im Kampf, ich tue für meine Landsleute, was ich tun kann, Sie wahrscheinlich dasselbe für die Ihrigen; ich achte Gesinnung auch beim nationalen Gegner – wir haben uns trotzdem verstanden. So werden auch unsere Völker sich vertragen lernen, ihre Vergangenheit und ihre Zukunft nötigt sie dazu. Es kommt nur darauf an, daß man das Einigende sucht und das Trennende milde und nachsichtig übersieht. Im Kampf der letzten Wochen standen nicht die Völker einander gegenüber, sondern die wirtschaftlichen Gegensätze. Auch hier wäre es vielleicht besser gewesen, wenn wir nicht auf unserm Schein bestanden, sondern milde eingelenkt hätten. Vielleicht haben auch wir Fehler begangen, vielleicht hätten wir in der Tat mehr an unsere sozialen Pflichten denken sollen! Vielleicht hat Mara recht, wenn sie sagt, daß kein Saatkorn verloren geht, wo man Liebe sät!«

Er hielt inne, er sah seine Tochter an und sah Moini an, er schien auf etwas zu warten. Aber die beiden Gatten schwiegen und standen unbeweglich einander gegenüber, den Blick zu Boden geschlagen.

»Vielleicht kommt es wirklich im Leben«, fuhr Herr Nehuda fort, »mehr auf ein bißchen Güte an, als darauf, recht zu behalten und auf seinem Schein zu bestehen. Nicht nur im Leben der Völker, nicht nur im Wirtschaftskampfe ... Moini! ... Mara! ... es gab doch eine Zeit, da ihr euch liebtet!«

Abermals schwieg er und wartete, und abermals schwiegen sie und sahen aneinander vorbei.

»Im Innersten seid ihr gar nicht so kalt und hart, wie ihr scheint«, sagte Herr Nehuda. »Und was habt ihr im Grunde einander vorzuwerfen? Irrungen und Fehler vielleicht, aber nichts wirklich Trennendes. Wie vieles dagegen könnte euch einen! Was für große Aufgaben gäbe es zu erfüllen auf sozialem Gebiete, in schönem, einträchtigem Zusammenwirken! Was für wichtige und edle Aufgaben, die niemand euch abnehmen kann, im Schoß einer echten, auf Freundschaft und gegenseitiges Vertrauen begründeten Familie! Denkt an die Jugendliebe, die euch einst zusammenführte! Denkt an eure Kinder, von denen dem einen nach der Mutter, dem andern nach dem Vater bangt! Denke an Christian, Mara, denken Sie an Therese, lieber Moini!«

Da ging Moini auf Mara zu und streckte ihr die Hand entgegen.

»Ich möchte meinen Kindern so gern ein wahrer Vater und ich möchte auch ein rechter Freund und Vater meiner Arbeiter sein –! Wenn du mir dabei helfen wolltest, Mara?«

»Ja, das will ich!«

Und sie legte, während sie mit Tränen kämpfte, ihre Hand in die seinige. Da schlang er den Arm um ihre Schulter, und wie sie seine Berührung fühlte, lehnte sie ihr schönes dunkles Haupt an seine Brust und weinte.

Die weiße Krönleinschlange

In der Lüsen erzählen sich die Leute, daß vor vielen, vielen Jahren die Matta-Bärbel, die Ziegenhirtin auf der Wegwacht gewesen ist, einmal einen hellen Schein im Grase erblickte. Und als sie näher hinzutrat, da sah sie zwölf kupferbraune Schlangen, die im Kreise herumlagen und sich behaglich sonnten. In der Mitte aber saß eine weiße, die hielt ihren Hals zierlich und kerzengerade in die Höhe, und auf dem Kopf trug sie ein güldenes Krönlein, das weithin glänzte.

Die Matta-Bärbel schlug verwundert die Hände zusammen, sie getraute sich kaum zu rühren und betrachtete die Schlangenkönigin, ohne ihr etwas zuleide zu tun, bis diese sich in Bewegung setzte und mitsamt ihren zwölf Trabanten im Alpenrosengesträpp verschwand. Und man sah seitdem die weiße Schlange mit dem güldenen Krönlein noch oft in der Gegend, und solange sie da war, herrschte überall Glück, Wohlstand und Segen, auf der Wegwacht und in der ganzen Lüsen.

Viel später dann, aber noch immer vor hundert Jahren oder länger, da war die Matta-Bärbel längst alt geworden oder gestorben, und statt ihrer weidete ein Junge die Ziegen auf der Wegwacht. Der saß einmal vor dem Hause und löffelte Milch mit eingebrockten Eierschnitten aus einem Napf. Da schlich die Krönleinschlange sachte heran, setzte sich zu ihm und hielt mit, als ob sie eingeladen wäre. Als der Bub jedoch sah, daß sein Gast nur die Milch soff, das Feste aber liegen ließ, da schlug er die Schlangenkönigin mit dem Löffel auf den Kopf, daß das güldene Krönlein klirrend herunterfiel, und sagte: »Du, friß auch Brocken, nicht lauter Schlappes!«

Seither ist keine weiße Schlange mehr in der Gegend zu sehen gewesen, und mit dem Glück war es aus.

Inzwischen hat die Wegwacht längst aufgehört, ein Weideplatz für Bergziegen zu sein. Glatte Rinder weiden das würzige Gras zwischen den vielen großen Steinen, die umherliegen, und von den Felsen rings schallt das Geräusch der Arbeit. In der Lüsen aber sind die Menschen wieder zu Wohlstand gekommen, an den blanken Fenstern der Häuser und in den kleinen Gärten davor blühen bunte Blumen, und die Väter, die mit Weib und Kind am Abend gemächlich auf der Bank vor dem Hause sitzen und von ihrem Tagewerk ausruhen, sehen so zufrieden aus, als hätten sie das Ihrige getan und keine anderen Sorgen zu fürchten als die, die ihnen das Schicksal auch ohne ihre eigene Schuld aufbürden wird, so oft es ihm gefällt. Das sind freilich oft die schwersten und doch am leichtesten zu tragen.

Wenn aber um die Mittagsstunde oder zum Abendbrot der Hausvater und die Seinigen sich um die Schüssel setzen, so kommt manchmal die weiße Krönleinschlange, die sich längst wieder eingefunden hat, sachte herangeschlichen und hält mit, als ob sie zu Gast geladen wäre. Und sie kann Trocknes oder Nasses nehmen, wie es ihr beliebt, keines schlägt sie mit dem Löffel auf den Kopf, sie sind nur froh, daß sie wieder da ist. Sie stellen sich an, als ob sie sie gar nicht sehen würden, und plaudern fröhlich miteinander während des Essens, nehmen sich zusammen und sind so behutsam, ehrbar und heiter als möglich. Denn sie wissen, so hat es die weiße Schlange gern, und möchten sie beileibe nicht wieder fortscheuchen.

Noch nie hat sich die Schlangenkönigin so oft in der Gegend gezeigt wie gerade diesen Frühling. Noch nie war der Himmel über den Bergen so blau, noch nie schien die Sonne so wonnig, wehte der Wind so lind, noch nie blühten auf allen Wiesen so unzählige Feuerlilien und duftende Narzissen.

Ist es nicht, als hätte die Wegwacht sich zu einem Fest geschmückt? Gleicht das lange Tal der Lüsen nicht einer Fronleichnamsstraße, durch die das Allerheiligste ziehen soll?

Und zieht an diesem taufrischen Frühmorgen, wo die ganze Welt wie neugeboren aussieht, nicht auch wirklich das Heiligste durch diesen prangenden Frühling? Das glückerfüllte Herz einer Mutter mit schneeweißem Haar, die auf ein Leben der Liebe, der Arbeit, der Sorge zurückblickt und jetzt ihr Tagewerk vollendet sieht, so daß sie sprechen darf: »Herr, ich danke dir, denn es ist alles gut!«

Sie hat es sich gewünscht, ihr Wiegenfest, vielleicht das letzte, das sie feiern wird, auf der Wegwacht zu feiern. Und sie hat so etwas munkeln hören, als ob alle ihre Kinder und alle ihre Enkel es sich nicht nehmen lassen würden, bei diesem Anlaß mit dabei zu sein. Darf sie wirklich darauf hoffen? Wird es ihnen denn möglich sein, abzukommen? Kann es nicht leicht geschehen, daß wenigstens das eine oder andere von ihnen verhindert ist?

O, einer richtigen Mutter fehlt immer noch der letzte Tropfen, das Gefäß des Glückes voll zu machen, wenn auch nur ein einziges ihrer

Lieben fehlt, wenn sie nicht alle um sich vereint sieht, nicht alle zugleich umfassen und an ihr Herz drücken kann!

Es ist ohnedies einsam geworden um sie, viel einsamer, als sie es in früheren Jahren gewohnt war. Die Zeit geht hin, die Kinder werden reif, stehen auf der Höhe des Lebens oder steigen sogar auf der andern Seite wieder hinunter, schon sind die Kinder der Kinder herangewachsen, treten ins Leben hinaus, lernen die Sorgen der Menschen kennen und die Liebe mit ihren Nöten.

Es ist einsam um sie geworden, einsamer, als es einem heißen Mutterherzen zuträglich ist.

Christl, der Älteste, der das rüstigste Mannesalter längst überschritten hat, lebt mit seiner Familie in Prag, wo er zu den Zierden der deutschen Hochschule zählt. Wird er auf die Wegwacht kommen können? Werden die großen Arbeiten, mit denen er beschäftigt ist, und zu denen sich neuestens auch noch allerhand unerwünschte Ablenkungen gesellen, ihn nicht daran hindern? Wie leicht wäre es möglich! Denn seit er durch eine Abhandlung über die Bedeutung des deutsch-österreichischen Volkes für die sittliche Kultur der Slawen sich den Zorn der Tschechen zugezogen hat, wird seine Zeit auch noch durch abzuwehrende Angriffe und durch eine wissenschaftliche Polemik in Anspruch genommen, die zu Ende geführt werden muß, soll er nicht für einen Parteimann gelten, sondern für das, was er ist, ein Gelehrter, der nur der Wahrheit dient.

O, Christl wird sicher nicht kommen können, es wäre eine zu weite Reise, seine Zeit wird es ihm nicht erlauben. Sie wird ihn nicht wiedersehen, er wird fehlen unter ihren Lieben, auch heute, sogar heute! O, sie ist einsam geworden, einsamer, als es einem heißen Mutterherzen zuträglich ist.

Moini lebt nach wie vor in Nedweditz, Doll mit den Seinen auf der Wegwacht, die sonnige Vefi, die unvermählt geblieben ist, wirkt als Lehrerin des deutschen Schulvereins gegenwärtig in Laibach, das noch weiter von Wien entfernt liegt als Nedweditz. Die kleine blondgelockte Käthi, auch schon seit Jahren mehrfache Mutter, ist ihrem Manne an die schlesische Grenze gefolgt, wo er die Leodoltersche Fabrik zu leiten hat, und Franz, der längst kein Franzl mehr ist und sogar schon einen goldenen Kragen trägt, steht gegenwärtig in Bosnien. Der fehlt ganz bestimmt auf der Wegwacht! Der kann seinen Posten auf keinen Fall verlassen. Denn die Wogen gehen hoch da unten, seit der Annexion des Landes durch Österreich.

Den ganzen Winter über haben die Serben, deren letztes Ziel es wäre, durch Begründung eines großen südslawischen Reiches Österreich und damit das ganze deutsche Volk von der Adria abzuschneiden, einen insgeheim von Rußland eingeflüsterten wüsten Kriegslärm unterhalten. Noch steht Österreichs Wehrmacht schlagfertig an den Grenzen, jeden Augenblick bereit, leichtfertige Eingriffe in geschichtliche Notwendigkeiten gebührend zurückzuweisen.

Nein, mach' dir nur keine leeren Hoffnungen, du sehnsüchtige Mutter, sie würden doch enttäuscht werden! Dein Franzl kann heute nicht auf die Wegwacht kommen. In den Zeiten der Kriegsgefahr darf ein Offizier keine Mutter haben, und wenn sie noch so alt wäre, und wenn sie auch ihren Geburtstag feiert, der vielleicht der letzte ist, und wenn sie sich noch so sehr nach ihm bangen würde.

Ach, wenn er nur dabei sein könnte! Wenn er nicht fehlen müßte! Sicher wird keiner fehlen, der nicht muß! Nein, sie weiß es, sie kennen ihre Mutter, jeder wird kommen, wenn er nur kann! Und gegen das Unmögliche soll auch ein Mutterherz sich nicht auflehnen. Ist es nicht genug, daß alle da sein werden, die es irgend so einrichten können, daß sie abkommen?

Der Wagen rollt durch die morgendlich kühle Lüsen aufwärts, immer dem rauschenden Lüsenbach entgegen. Und der junge Lenz wird immer prangender, je näher die farbenreiche Frühlingsflora der Berge heruntersteigt.

Der Frau im silberweißen Haar, die in dem Wagen sitzt, pocht das Herz von freudiger Erwartung. Was für ein unaussprechliches Glück steht ihr heute bevor! Alle ihre Lieben, die so weit in alle Himmelsrichtungen zerstreut sind, wird sie noch einmal beisammen sehen und umarmen – fast alle wenigstens. Und die, die fehlen, fehlen nicht aus freiem Willen oder weil sie zu früh gestorben wären, sie fehlen, weil ihre Aufgaben sie festhalten, weil ihre Pflicht sie festhält, vor der sie ihnen von früher Jugend auf durch ihr Beispiel Achtung einzuflößen bemüht war.

Wie kommt es, daß ihr auf einmal die schwere Zeit einfällt, da sie mit den Kindern in Nedweditz ausharrte, während der Krieg und die Seuche durchs Land wüteten? O, was waren das für Ängste und Sorgen!

Vorbei! Versunken und längst überwunden! Schon halb vergessen, schon halb nicht mehr wahr ...

Sie lächelt. Was ist es, das dort am Waldrand in der Sonne glitzert? Ist es nicht eine schneeweiße Schlange mit einem goldenen Krönlein auf dem Haupt? Nein, solche Wunder gibt es heute nicht mehr! Nichts als ein abgeschälter und gebleichter Ast ist es, der am Boden liegt, und an einem Grase hängt ein Tautropfen gerade darüber, der in der Morgensonne funkelt und spiegelt.

O, was für ein langes, langes Leben liegt hinter ihr! Muß man nicht dankbar dafür sein, wenn einem wenigstens einige von den Lieben, an denen das Mutterherz hängt, in der Nähe geblieben sind? Riki, die Gattin des wild gewordenen Lois Birenz, lebt ja in Wien, und ihr Mann hat es zu viel mit politischen Sitzungen und Versammlungen zu tun, als daß ihr und ihren Kindern nicht genug Zeit übrig bliebe, ab und zu die Mutter zu besuchen. Und Wolfi und die Seinen wohnen sogar in demselben Haus, im oberen Stockwerk, wo einst der gute Großvater hauste, da er noch lebte. Es steht noch immer unverändert in der Luftschützgasse, die freilich einen andern Namen bekommen hat und gar nicht mehr Luftschützgasse heißt. Aber das Klappern der Webstühle hört Frau Therese noch immer, denn noch immer hält ihr zulieb Wolfi im Hoftrakt ein paar Handwebstühle von ehemals in Gang, die das uralte traute Lied der Arbeit singen, an das sie von Jugend auf gewöhnt war, und das sie nicht missen möchte ...

Da ist St. Jodok – was für ein stattlicher Ort ist es geworden in den letzten Jahren! Und hier beginnen schon die Werksanlagen in der Lüsen. Ist es noch zu früh am Morgen? Oder haben sie heute hier Feiertag? Es sieht aus, als ruhte die Arbeit. Man wird doch ihren Geburtstag nicht auch in der Lüsen festlich begehen? Fast erschrocken sieht sie, daß Fahnen vom Verwaltungsgebäude flattern, daß die Fenster mit grünen Girlanden geschmückt sind. Und da steht gar die ganze Arbeiterschaft aufmarschiert, in Festtagsgewändern. Der Wagen hält plötzlich still, Herr Zwicknagel tritt vor und begrüßt und beglückwünscht sie namens der Werksverwaltung mit einer kurzen Ansprache. Ein donnerndes Hoch aus Hunderten von Kehlen steigt zum unbewölkten Sonnenhimmel.

Sie hat kaum Zeit, ein paar Worte des Dankes zu stammeln, da fährt der Wagen schon wieder weiter und biegt, während die Berge von Böllerschüssen widerhallen, in die neue Hochstraße ein, die jetzt das Werk auf dem kürzesten Wege mit der Paßhöhe verbindet. Sie sieht, es ist alles abgekartet, sie hat keinen eigenen Willen mehr, der Wagen hält an, wenn er will, und fährt wieder zu, wenn er will, sie wird gar nicht gefragt. Aber warum soll sie sich nicht dem fremden, unsichtbaren Willen fügen, der über ihr waltet? Errät er nicht feinfühlig ihre eigenen Wünsche? Nur ganz kurz sollte der Aufenthalt in der Lüsen sein; der fremde Wille, dem sie Untertan ist, scheint es erraten zu haben, daß einer alten Mutter ungeduldig das Herz pocht, wenn sie hofft, nach langer Zeit wieder einmal alle ihre Kinder und Kindeskinder versammelt zu finden – oder wenigstens fast alle.

Langsam fährt der Wagen jetzt aufwärts, höher und höher. Ist der Koffer gut festgeschnallt? Daß er nicht am Ende herabgleitet und am Wege liegen bleibt!

Es sind soviele wertvolle Andenken darin. In allen Schränken und Laden hat sie gekramt und unzählige Kleinigkeiten zusammengesucht. Sie liebte es an ihren Geburtstagen, zu beschenken. Es war ja üblich, daß man selbst etwas bekam, daß man beschenkt wurde. Aber sie hielt sich nicht daran, sie war gewohnt, den Spieß umzukehren. Immer hatte sie es so gehalten. Und nun gar dieses Mal! Jedes sollte seine Familienandenken haben, noch bei ihren Lebzeiten, in Freuden. Eine Verlassenschaft ohne eine Beimischung von Trauer.

In allen Schränken und Laden hat sie gekramt und unzählige Kleinigkeiten zusammengesucht, Dinge, die in der Familie bleiben sollen. Für jeden ein paar Stücke, den Kindern und den Enkeln. Andenken an den guten alten Großvater. Andenken an ihren verstorbenen Mann, der sie die weitaus größere Hälfte ihres ganzen Lebens hatte allein lassen müssen.

Was waren nicht für Erinnerungen in ihr wach geworden, als sie diese stummen Zeugen verschiedener Lebensstufen und eindrucksvoller Augenblicke aus den alten Schränken und Laden hervorkramte, um sie in ihren Koffer zu packen! Erinnerungen aus der Zeit der Liebe, der Brautschaft, Erinnerungen an die Hochzeit und an die Hochzeitsreise, die sie mit ihrem Gatten gemacht hatte, Erinnerungen aus der Zeit der Ehe, kleine Andenken und Kostbarkeiten, die ihr der beglückte Vater bei der Geburt eines jeden Kindes auf die Decke des Wochenbettes gelegt hatte. Und abermals, während sie jeden einzelnen Gegenstand in die Hand genommen und betrachtet hatte, war ihr die bange

Frage auf die Lippen getreten: Habe ich treu erfüllt, was ich dem Hingegangenen gelobt?

So göttlich wird der Morgen, je mehr man sich der Höhe nähert! Es ist, als ob man in den Himmel hineinführe. Schon stehen nur mehr zartgefiederte Lärchen an den Seiten der Straße, und die Feuerbüsche der Alpenrose flammen aus dem Grün der Matten und aus dem Grau der Felsen.

O du Verklärter, ins weite All Übergegangener, grüßest du mich aus dem reinen Atem dieser Luft, aus der prangenden Schönheit dieser Gebirge und dieses Frühlings? Leuchtet deine Seele aus dem Schnee, der dort von den höchsten Gipfeln strahlt? Flüstert sie zu mir aus der Stimme des Windes, der leise pfeifend über die Sattelhöhe streicht?

O du Verklärter, ins weite All Übergegangener, mit der Gottheit Vereinter, höre die Bitte meines demütigen Herzens! Sieh heute auf mich nieder und auf meine Kinder, die die deinigen sind! Und zürne mir nicht, wenn ich etwas verfehlt habe! Zürne mir nicht, wenn nicht alles nach deinem Sinn gewesen ist! Ich bin ein schwaches Weib und wußte mir nicht immer Rat. Aber ich habe nur eines geliebt und nur eines gewollt! ...

Da ist die Sattelhöhe erreicht! Wie ein blühender Garten liegen die mit Frühlingsblumen bedeckten Matten der Wegwacht unter den starren, mit glitzernden Schneeflecken geschmückten Felsbergen, die ihre Schutthalden wie klammernde Wurzeln darein versenken. Und während der Wagen die Straße gegen die Werksgebäude hinunterfährt, geht ein Knallen und Krachen durch die Wände und hallt donnernd in den Schluchten und Klüften wider. Sind es Sprengschüsse? Arbeiten sie heute so emsig in den Steinbrüchen? O nein, es befinden sich heute keine Arbeiter hier oben, auf der Wegwacht, die haben sich alle in die Lüsen hinunterbegeben, denn heute ist Feiertag!

Die Werkskapelle, die vor dem Schulhaus aufgestellt ist, bläst ihr eine fröhliche Fanfare entgegen. Von allen Gebäuden wehen bunte Wimpel, die Arbeit ruht, denn heute ist Feiertag.

Nein, es befinden sich heute keine Arbeiter auf der Wegwacht, nur Kinder und Kindeskinder sind es, die auf dem freien Platz vor dem mit Fahnen und Gewinden geschmückten Hause Dolls den Wagen erwarten.

Und wirklich, es sind alle, alle! Keiner fehlt! Es könnten doch nicht so viele sein, wenn auch nur einer fehlte!

Als sie aber aus dem Wagen gestiegen war und eins nach dem andern an ihr Herz gedrückt hatte, da fehlte doch einer ...

Sie blickte um sich und sah von der Sattelhöhe in rasender Eile einen Reiter herunterjagen. Es blitzte nur so in der Sonne, es war ein Offizier in Felduniform, ein österreichischer Offizier! In gestrecktem Galopp wie ein Meldereiter sprengte er heran und war auch schon da, parierte das Pferd und schwang sich aus dem Sattel.

»Verzeih', Mutter«, rief er, ihr um den Hals fallend, »daß ich zu spät komme! Der Dienst hat mich nicht früher losgelassen, ich komme geradenwegs aus dem Lager!«

»Nun sind es doch alle!« sagte sie, ihn beglückt festhaltend. »Und rumort es denn nicht noch immer – da unten? Und konnten sie dich entbehren?«

»Gar so unentbehrlich bin ich gerade nicht, wie der Stolz einer Mutter meint«, sagte er lachend. »Aber ich kann euch melden – und das wird besonders die Geschäftsleute unter uns interessieren –, daß abgerüstet wird. Der Aufmarsch unserer Armee war ein so glänzender, daß den serbischen Banden da unten die Angriffswaffen aus der Hand fielen. Und als auch noch der deutsche Bundesgenosse drohend seinen Finger erhob, da drehte das riesige Rußland, so schwerfällig es ist, sich geschwind herum und sah zum andern Fenster hinaus. Die Kriegsgefahr ist beseitigt, die Arbeit des Friedens wird nicht durch das Brüllen der Kanonen gestört werden!«

Die Werkskapelle, die unten vor dem Schulhaus stand, weil sie die Tafelmusik besorgen sollte, zählte viele ehemalige Soldaten zu ihren Mitgliedern. Und weil sie gesehen hatten, daß ein Offizier angekommen war, so setzten sie jetzt ein und bliesen und flöteten, so gut sie es eben konnten, die österreichische Hymne. Und so falsch es auch manchmal klang, es wurden doch fast alle davon ergriffen, wie die alte, ehrwürdige, feierlich getragene Weise über der Wegwacht schwebte.

Nur Lois Birenz sagte zum Schluß: »Nicht einmal auf dieser reinen Höhe ist man sicher vor dem Getute!«

Doll schlug ihm fröhlich auf die Schulter, daß er fast zusammenknickte.

»Gegen wen geht das?« rief er lachend. »Ich will hoffen, bloß gegen unsere Werkskapelle?«

Und er reichte seiner Mutter den Arm, um sie ins Haus zu führen.

Im Grase aber raschelte es und schlürfte es. Ein schneeweißes Schlänglein mit einem güldenen Krönlein auf dem Kopf glitt hinter einem Felsen hervor. Es richtete sich kerzengerade in die Höhe und blickte neugierig um sich.

»Wann wird endlich das Essen bereit stehen?« zischte es. »Mich hungert, daß mir der Magen kracht. Ihr laßt mich doch mithalten, ihr guten Leute? Aber daß mich keiner mit seinem Löffel auf mein Krönlein schlägt! Denn ich mag keine Brocken, keine Brocken, keine Brocken, ich esse nur Schlappes, nur Schlappes, nur Schlappes!«

Ende.

Nachwort

Ein Handweber, der ein Stück Sammet oder Seide fertiggebracht hat, streicht sachte mit prüfenden Fingern darüber hin und hat seine Freude daran. Jetzt lehnt er sich für eine kurze Spanne Zeit auf seinem Webersitz zurück, legt die Hände in den Schoß und blickt ausruhend vor sich hin, »Es gibt andere Stoffe«, spricht er, »von anderer Art und mit anderen Musterungen, aber dieser hier ist ganz mein eigen. Es ist meine Marke und meine Zeichnung, ich habe alles in meinem Kopfe ausgedacht und mit meinem Fleiß zu Ende geführt. Prüfe jeder, so gut er mag, und wenn er kann, so freu' er sich mit mir! Denn es ist ein gutes Stück Arbeit gewesen.«

Meine lieben Freunde! Ich spreche heute so zu euch, indem ich die Feder aus der Hand lege und mich in meinem Schreibsessel zurücklehne. Denn mit diesem Bande bringe ich ein Werk zum Abschluß, das mich länger als fünf Jahre hindurch beschäftigt hat, und das jetzt vollendet vor euch liegt. Dieses Werk, welches zwar nicht äußerlich, wohl aber dem Gedanken nach eine festgefügte, in sich abgeschlossene Einheit bildet, die kein Einsichtiger mit willkürlichen Fortsetzungen oder Anstückelungen verwechseln wird, besteht aus den drei Romanen: *»Die Leute vom Blauen Guguckshaus«*, *»Freiheit die ich meine«* und *»Auf der Wegwacht«*, die in ihrer Gesamtheit hundert Jahre Österreich darstellen, vom Anfang des neunzehnten Jahrhunderts bis in unsere Tage.

Hundert Jahre Österreich, sag' ich, und damit meine ich Österreich – nicht in seinen einzelnen Gliedern und Nationen, sondern als ein Ganzes, von Wien aus gesehen, von seinem geistigen Mittelpunkt, vom Herzen des Reiches. Österreich – nicht in jedem gleichgültigen Augenblicke vorübergehender Stockungen und Wirren, sondern an entscheidenden Wendepunkten, in bedeutsamen Schicksalsstunden, während der Franzosenzeit von 1809, im Sturmjahr 1848 und in der Umgestaltung, die mit 1866 anhebt. Österreich endlich, wo es am ausgeprägtesten österreichisch ist, nicht das Österreich politischer und nationaler Dissidenten, auch nicht jenes der internationalen Salons und Arbeiterviertel, die halb heimatlos einander überall gleichen – sondern das Österreich des deutsch-österreichischen Volkes, insbesondere des arbeitenden Bürgerstandes.

Dieses Österreich, das wir lieben, und an dessen Zukunft wir glauben, will euch meine Roman-Trilogie in seinem Werden und Wesen anschaulich machen, indem sie es aus den verwirrenden Einzelheiten einer flüchtigen Wirklichkeit ins Licht dauernder künstlerischer Gestaltung rückt.

Meine lieben Freunde! Die freudige Zustimmung, mit der ihr die beiden früher ausgegebenen Bände aufgenommen habt, läßt mich hoffen, daß es mir auch in diesem letzten Bande gelungen sein möge, zu euren Herzen zu sprechen. Es drängt mich jetzt, am Ende meiner Arbeit, euch allen, Bekannten und Unbekannten aus nah und fern, an dieser Stelle herzlich für den warmen Anteil zu danken, durch den ihr mich wiederholt erfreut und in meinem weit ausgreifenden Unternehmen ermutigt und gefördert habt! Wie ihr mir gerne durch das alte Wien gefolgt seid, so werdet ihr mich diesmal, hoff' ich, auch willig durch das neue begleitet haben und von da hinaus, an die gefährdeten Sprachgrenzen des Reiches. Und überall, in alten und in jungen Tagen, werdet ihr weittragende Entscheidungen haben fallen sehen, überall werdet ihr eine Wahlstatt betreten haben, und überall wird es Deutsch-Österreich gewesen sein, das ihr auf seinem Posten fandet.

So erzählen diese Geschichten von uns selbst, von unseren Vätern und von unseren Söhnen.

Denn ihr wißt, daß wir im Kampfe stehen. Im friedlichen Kampf um unser Volkstum und um das Vaterland der Zukunft. Und stehen wir darum nicht auch, gerade so wie der von stiller Liebe zu seinem Volk erfüllte schlichte Held dieses Buches, ein jeder von uns in seiner Art und ein jeder innerhalb seines Wirkungskreises – auf der Wegwacht?

Laßt uns standhaft sein, meine lieben Freunde, arbeitsam und gelassen, treu und gütig, kraftvoll und milde! Es kommt eine Zeit, wo man der zwecklos hadernden Worte überdrüssig geworden sein wird wie vergifteter Waffen. Nur was an fruchtbarer Arbeit geleistet ist, zählt im Kampfe der Völker, und nur die Aussaat der Liebe behält Wert vor der Zukunft und verspricht eine reiche Ernte!

Emil Ertl.